中国古典文学名家选集

黄庭坚选集

黄宝华 选注

圖書在版編目(CIP)數據

黄庭堅選集 / 黄寶華選注. —上海：上海古籍出版社，2016.8 (2022.8 重印)
(中國古典文學名家選集)
ISBN 978-7-5325-7972-3

Ⅰ.①黄… Ⅱ.①黄… Ⅲ.①古典詩歌-詩集-中國-北宋②古典散文-散文集-中國-北宋 Ⅳ.①I214.412

中國版本圖書館 CIP 數據核字(2016)第 038917 號

中國古典文學名家選集

黃庭堅選集

黄寶華　選注

上海古籍出版社出版發行
(上海市閔行區號景路 159 弄 1-5 號 A 座 5F　郵政編碼 201101)
(1) 網址：www. guji. com. cn
(2) E-mail：guji1@guji. com. cn
(3) 易文網網址：www. ewen. co
江陰市機關印刷服務有限公司印刷
開本 890×1240　1/32　印張 15.75　插頁 5　字數 438,000
2016 年 8 月第 1 版　2022 年 8 月第 5 次印刷
印數：6,201—7,300
ISBN 978-7-5325-7972-3

I·3012　定價：72.00 元
如有質量問題，請與承印公司聯繫

出版説明

　　上海古籍出版社及其前身中華書局上海編輯所一向重視中國古典文學的普及工作,早在二十世紀六十年代,在出版《中國古典文學作品選讀》等基礎性普及讀物的同時,又出版了兼顧普及與研究的中級選本。該系列選本首批出版的是周汝昌先生選注的《楊萬里選集》和朱東潤先生選注的《陸游選集》。

　　一九七九年,時值百廢俱舉,書業重興,我社爲滿足研究者及愛好者的迫切需要,修訂重印了上述兩書,并進而約請王汝弼、聶石樵、周振甫、陳新、杜維沫、王水照等先生選輯白居易、杜甫、李商隱、歐陽修、蘇軾等唐宋文學名家的作品,略依前書體例,加以注釋。該套選本規模在此期間得以壯大,叢書漸成氣候,初名“古典文學名家選集”。此後,王達津、郁賢皓、孫昌武等先生先後參與到選注工作中來,叢書陸續收入王維、孟浩然、李白、韓愈、柳宗元、杜牧、黄庭堅、辛棄疾等唐宋文學名家的選本近十種,且新增了清代如陳維崧、朱彝尊、查慎行等重要作家的作品選集,品種因而更加豐富,并最終定名爲“中國古典文學名家選集”。

　　本叢書的初創與興起得到學界和讀者的支持。叢書作品的選注者多是長期從事古典文學研究的名家,功力扎實,勤勉嚴謹,選輯精當,注釋、箋評深淺適宜,選本既有對古典文學名家生平、作品特色的總論，又或附有關名家生平簡譜或相關研究成果，所以推出伊始即深受讀者喜愛，很快成爲一些研究者的重要參考用書，在海内外頗獲好評。至上世紀九十年代，本叢書品種蔚然成林，在業界同類型選集作品中以其特色鮮明而著稱：既可供研究者案頭參閲，也可作爲古典文學愛好者品評賞鑒的優秀版本。由於初版早已售罄，部分品種雖有重印，但印數有限，不成規模，應讀者呼籲，今特予改版，重新排印，并稍加修訂。此叢書將以全新的面貌展現在讀者面前。

上海古籍出版社

二〇一二年十二月

前　　言

作爲蘇門四學士之首、以後其聲名與蘇軾相垺的黃庭堅,是北宋著名詩人,他在文學藝術領域多方面的深湛造詣,尤其是他的詩歌,對後世産生了深遠的影響。南宋吕居仁將他奉爲江西詩派的開創者,宋末元初的方回又尊之爲"一祖三宗"之一,其影響一直維持到清代的宋詩派。對於這樣一個重要的作家,文學史上歷來聚訟紛紜,評價不一。建國以來的文學史研究基本上對他持否定態度,貶之爲剽竊模擬的拙劣詩匠,雕章琢句的形式主義者。祇有在新的歷史時期,學術界纔有可能對他進行全面深入的研究,作出較爲客觀公允的評價。本書的編撰也可説爲這一工作盡了一點綿薄之力。爲了讓讀者能更好地瞭解黃庭堅及其創作,下面擬對他的生平與創作作一鳥瞰式的介紹。

(一)

黃庭堅,字魯直,號山谷道人,晚號涪翁。仁宗慶曆五年(一〇四五)生於洪州分寧縣(今江西修水)一個士大夫家庭。父親黃庶長期在州郡爲屬官,家境清寒,謝世頗早,所以他在詩文中多次提到孤寒的身世,所謂"私田苦薄王税多,諸弟號寒諸妹瘦"(《還家呈伯氏》),"某少孤窘於衣食,又有弟妹婚嫁之責"(《答李機仲》)即是。這種生活使他與兄弟和諸妹間有着深厚的情誼,所以詩人一生以"孝友"見稱;同時,這一身世也促使他較能體會民間疾苦,并在作品中加以反映。他上有兄長大臨(元明),下有諸弟三人,排行第二。母親是李常(公擇)之妹,他從小即在李公擇的教養下長大,十五歲以後隨舅父至淮南遊學(時公擇權宣州觀察推官,監漣水軍),又從孫覺(莘老)學,爲其賞識,娶其女蘭溪爲妻。《奉和公擇舅氏送吕道人研長韻》、《和答莘老見贈》等詩追憶了早年的這段生活。《再和公擇舅氏雜言》詩云:"外家有金玉我躬之道術,有衣食我家之德心,使我蟬蜕俗學之市,烏哺仁人之林",可見他對長輩的教養之恩是銘感不忘的。詩人在《新寨餞南歸客》中還寫到:"往在江南最少年,萬事過眼如鳥翼。夜行南山看射虎,失脚墜入崖底黑,却攀荆棘上平田,何曾悔念身可惜! 辭家上馬不反顧,談笑據鞍似無敵。"《漫尉》一詩也寫到了類似的經歷。由此可知他不是一個死守章句的儒生,自幼就頗有俠氣豪情。

　　治平四年(一〇六七)春,山谷登進士第,開始進入仕途。初調汝州葉縣尉,後夫人孫氏歿於官所。熙寧五年(一〇七二)試中學官,除北京國子監教授。當時北京稱大名府,山谷在北京首尾凡七年,其繼室謝氏(謝景初之女)又歿於官所。教授作爲學官無多大實權,生活清苦,故山谷常以杜甫筆下的廣文先生鄭虔自比,稱爲"冷官"。元豐三年(一〇八〇)始入京改官,授知吉州太和縣,至元豐六年歲末移監德州德平鎮,直至八年哲宗繼位時。山谷之爲地方官與神宗的在位相始終,這正是王安石發動變法的一個重要歷史階段。這一時期山谷的作品表現出深刻的思想矛盾。首先是理想抱負與現實政治的矛盾。他從儒家的仁政理想出發,想爲國家作出一番事業,如《虎號南山》直斥苛政之猛於虎,《流民嘆》同情地震中的災民,呼籲執政者關心民瘼,全力賑濟。但他對王安石變法又基本持反對態度。新法固然以富國强兵爲目的,但它畢竟是依靠封建專制制度推行的一種改革運動,必然有加强剝削人民的一面,其弊端也是不可避免的。山谷長期爲地方官,故而對人民遭受的痛苦感同身受。如在太和任上,適逢推行新的鹽茶專賣法,官府壟斷食鹽,以高價抑配給百姓,百姓爲避苛政,寧願淡食。爲了銷鹽和徵稅,山谷曾深入窮鄉僻壤、深山老林,目睹百姓的慘狀,内心非常痛苦,寫下了一組紀行詩,堪稱實録,其批判精神確不下於杜甫。由於政見不合,他原有的孤高秉性發展成與當政者的不合作態度。如當時在治河中有人創製一種挖泥工具稱"鐵龍爪",聲稱有奇效,并在大名府河中使用,企圖以此邀功。山谷諷刺道:"有器可深川,吾未之學也。"(《同堯民游靈源廟廖獻臣置酒用馬陵二字賦詩》)後來這也成爲他的一條罪狀。他在官寂寞自守,以草《玄》的揚雄自居,對所謂新進之輩則睥睨而視。這種心態在其詩中有突出反映。如"枯桐滿腹生蛛網,忍向時人覓清賞","據席談經衹强顏,不守時論取譏彈"(《再答明略二首》);"高蓋相磨戛,騎奴争道喧;吾人撫榮觀,宴處自超然"(《次韻感春五首》)等。與此相聯的是爲官與歸隱的矛盾。江湖田園之思在其詩中觸處可見。一個初入仕途的人就有這樣强烈的退隱情緒,確實耐人尋味。詩人反復表白入仕完全是爲了養親,本非其初衷,所謂"斑斑吾親髮,弟妹逼婚嫁。無以供甘旨,何緣敢閑暇? 安得釋此懸,相從老桑柘!"(《宿山家效孟浩然》)爲官與孤高的秉性難以調和,故他常慨嘆:"我官塵土間,强折腰不曲"(《送陳季常歸洛》);"身欲免官去,駑馬戀豆糠"(《己未過太湖僧寺得宗汝爲書……》)。而政見不合、民生凋敝的困擾又助長了這一傾向:"我愧疲民欲歸去,麥田春雨把鋤頭。"(《再次韻和答吉老二首》)其《癸丑宿早禾渡僧舍》一詩即具體揭示了這種内心的矛盾與痛苦:"憶在田園日,放浪友禽魚。今來

3

長山邑,忍饑撫悍孤。出入部曲隨,咳唾吏史趨。形骸束簪笏,可意一事無。謀生理未拙,仰愧擁腫樗。”詩人嚮往的是:“安得田園可温飽,長拋簪紱裹頭巾”(《同韻和元明兄知命弟九日相憶》)的閑居生活。

哲宗繼位,高太后聽政,標誌着變法派的暫時失敗與反對派的東山再起,史稱“元祐更化”。司馬光、吕公著主持朝政,被斥逐者紛紛召回,其中包括山谷的尊長師友,他本人亦在元豐八年以秘書省校書郎被召,次年除神宗實録院檢討官、集賢校理。元祐二年又除著作佐郎,三年東坡知貢舉,爲其屬官,六年,遷起居舍人,丁母憂。這段時期對詩人來説,與其説在政治上,毋寧説在文學上更有建樹。除文壇耆宿外,年輕的後輩這時也雲集京師,蘇門四學士即同在館閣任職。文士們詩酒唱酬,流連勝景,其間又有名畫家李公麟等揮毫,作品一出,民間爭誦,紙價爲貴,形成了北宋文壇的空前盛况。這也是山谷一生中的黄金時期。分析這個時期詩人的思想言行,可以看出他并未因地位的擢升而飄然自得,而是清醒地看待現實,表現出卓越的見識。首先他不滿執政者對新法一概廢斥的態度,主張參酌新舊,擇善而從。《次韻子由績谿病起被召寄王定國》云“人材包新舊,王度濟寬猛”;《和邢惇夫秋懷十首》云“王度無畦畛,包荒用馮河”,都體現出這一傾向。元祐元年,蘇軾爲學士院考試出一策論題,主張將仁宗的寬厚與神宗的勵精相結合;表現在政策上,則要保留免役法,反對全面恢復差役法,前者實踐證明確爲便民之舉,而後者則是一項陋政。這一意見得到李常等人的支持,但却召致頑固派的强烈反對,山谷的立場則與東坡一致。在對王安石的一片貶斥聲中,山谷能獨具隻眼,肯定其人品與功績,確實難能可貴。如《次韻王荆公題西太一宫壁二首》批評當時的輿論界“北看成南”,不能認清“真是真非”;《有懷半山老人再次韻二首》

贊揚荆公的經學如揚雄之草《玄》準《易》，“論詩終近周南”，這和他在《楊子建通神論序》中以劉敞與王安石爲本朝經學之代表的意見相一致。考慮到《三經新義》在當時遭禁的背景，山谷的持論不能不説是頗具膽識的。《跋王荆公禪簡》則對其人品作了很高的評價，稱其“視富貴如浮雲，不溺於財利酒色，一世之偉人也”。其次，對執政者黨同伐異，一概貶黜變法派的做法持反對態度。他曾反覆表示：人才難得，應兼收并蓄，切忌以黨派劃綫。《和邢惇夫秋懷十首》云：“秦收鄭渠成，晉得楚材多。”直至晚年他還説“不須要出我門下，實用人材即至公”(《病起荆江亭即事十首》)，都是不念舊怨、網羅人材之意。其目的在於求得政局安定：“股肱共一體，間不容戈矛。人材如金玉，同美異剛柔。政須衆賢和，乃可疎共咬。”(《常父惠示丁卯雪十四韻謹同韻賦之》)元祐四年發生所謂“車蓋亭詩案”：新黨蔡確遊安州時賦詩，被指爲訕謗，詩中有“睡起莞然成獨笑”之句，也被目爲別有用心，當受誅戮。范純仁等爲蔡力争，方免一死。山谷曾感慨此事：“獨笑真成夢，狂歌或似詩。”(《德孺五丈和之字詩韻》)對於變法派中的某些人物，山谷與之交誼篤厚，并充分肯定其功績。如徐禧爲山谷妹夫，徐俯之父，戰死於永樂之役，即深受其推崇。元祐時除新舊之争外，舊派内部還有激烈的黨争，其中洛、蜀黨争尤烈。山谷作爲蘇門人物，却能摒棄門户之見，誠如黄震所評：“方蘇門與程子學術不同，其徒互相攻訐，獨涪翁超然其間，無一語黨同。”(《黄氏日鈔》)值得注意的是，山谷此時雖處順境，但憂患畏禍、渴望歸隱的意識更有滋長。憑着詩人的敏感，他預感局勢將會非常嚴峻。果然，在一段京官生涯之後，等待着他的是長期流放。

哲宗親政，改元紹聖，政局大變，元祐大臣盡遭斥逐。山谷因參與修《神宗實録》被指控失實，詆毁朝政，在紹聖二年(一〇九五)

貶爲涪州別駕、黔州安置。元符元年(一〇九八)爲避親嫌，又移戎州，先後在蜀中度過了六年。元符三年，徽宗即位，山谷放還，待命荆南。起初他對徽宗寄予較大的希望，以爲或許能刷新朝政，但現實使他的希望歸於破滅，蔡京等把持朝政，鎮壓行動變本加厲。崇寧元年(一一〇二)六月，山谷領太平州事，僅九天即被罷免，遂流寓鄂州。前此在荆州時，他曾寫過《承天院塔記》一文，執政趙挺之據此羅織"幸災謗國"之罪，遂被除名，流放至宜州羈管，直至崇寧四年病逝。山谷的最後十年可説是在放逐中度過的，他已離開政治舞臺，面對的是艱苦惡劣的生活環境。他曾在書信中這樣描寫自己的處境："某待罪於此，謝病杜門，粗營數口衣食，使不至寒饑，買地畦菜，已爲黔中老農矣。"(《答京南君瑞運勾》)"萬死投荒，一身弔影，不復齒於士大夫矣"，"憂患之餘，癃瘠未復，鬚髮半白……已成鐵人石心，亦無兒女之戀矣。"(《答瀘州安撫王補之》)儘管如此，他仍然保持着生活的信心和豪健的精神，"雖寡友朋，藏修游泳，自放文字之間，此亦吏隱之嘉趣也"(《答王觀復》)。他在流放中，詩歌創作相對減少，而更多地致力於作詞。不僅本人寫作不輟，而且對慕名而來的學子都悉心指導，并對其中的傑出者加以揄揚，幫助他們走上文學之路。一些地方官出於對他的敬慕，對他的生活也頗有照拂。山谷身處逆境，而能持節守正，根源於他的道德思想修養。他融合儒道佛三家思想，把"至大至剛"的"浩然之氣"與清心去欲、隨緣任運的處世態度結合起來，形成一種既堅持節操，又超脱放達的人生哲學。所以即使在遭受九日罷官的打擊時，也能遇變不驚，坦然處之。此時山谷已是一個老病垂暮之人，還要遠赴南荒，到宜州後，又不准在城中或寺院居住，祇得棲身戍樓，如果沒有堅定的人品修養，是無法置生死榮辱於度外的。

融合儒道佛三家思想在宋代士大夫中本很普遍，山谷的思想特色在於他以圓融三家的獨特方式,構成一個有機的體系,而不是簡單的拼湊。簡言之,就是以儒家爲本,吸收佛道的處世外殼,形成其獨特的"内剛外和"的人生哲學。山谷早年研讀莊子,并接觸禪宗。江西是禪宗勝地,法席鼎盛,他與臨濟宗的黄龍系關係密切,從祖心學道,又與祖心的法嗣死心悟新及靈源惟清往還。《五燈會元》中載有山谷之傳,可見其在禪門的地位。但山谷并未全盤接受禪宗教義,他的修禪没有動搖儒家在其心中的本位。道家講"齊物",佛家講"中道",都是通過泯滅差别而進入空無,以達到去欲的目的,求得超然物外。而山谷却以孟子"物不齊"的命題來改造佛道,强調是非善惡的倫理規範,所謂修養則是"克己""正心","以道義敵紛華之兵"(《答王雲子飛》)。正如孟子所説,發揮人心中固有的至誠之性——"仁",就可以進入"不動心"的境界,則憂樂得失,不爲所動,進退出處,皆能自如,這也是一種不爲物欲所累的"自由"狀態。正是在這一點上,山谷找到了圓融三家的聯結點,並由此形成了一套内儒外佛道的人生哲學:内心對是非善惡涇渭分明,而外表隨俗,和光同塵,與世委蛇。所謂"俗裏光塵合,胸中涇渭分"(《次韻答王慎中》)、"胸次九流清似鏡,人間萬事醉如泥"(《戲效禪月作遠公詠》),或"中剛而外和"(《跋歐陽文忠公〈廬山高〉》)、"溷俗而志剛"(《與元勛不伐》)。山谷稱此爲"不俗":"余嘗爲少年言:士大夫處世可以百爲,唯不可俗,俗便不可醫也。……視其平居無以異於俗人,臨大節而不可奪,此不俗人也。"(《書繒卷後》)《書嵇叔夜詩與姪榎》一文又復申此意,足見其重視。這種境界正是山谷所追求的一種理想人格,他曾以此贊揚東坡,并用以概括自己的處世態度。然而這一哲學内部并非融合無間,故導致了他思想言行中一系列矛盾。可以説,詩人的哲學是對此岸世界的執着和對彼岸世界的嚮往的混合,它是我們探討其文學創作的基礎,也是理解其理論及實踐矛盾的一把鑰匙。

(二)

山谷是作爲宋詩的代表作家之一而載於史册的。對於他的詩歌的成就和特色,一般論者往往標舉其"點鐵成金"、"奪胎換骨"之論,認爲他是通過使事用典、鍛煉詞句,造成奇崛瘦硬的風格,來矯正宋初詩風的纖弱浮靡的。這樣,他自然成了一個祇重章句辭藻的形式主義者。然而祇要全面考察詩人的理論與創作,便可發現這祇是一種偏見。筆者認爲,山谷革新詩風的基本觀點是認爲,詩乃至一切藝事,不能落入俗套。如其評嵇康詩"豪壯清麗,無一點塵俗氣,凡學作詩者,不可不成誦在心,想見其人。"(《書嵇叔夜詩與姪榎》)而其倡言藝事須求"不俗",在集中則觸處可見,涵蓋了詩詞書畫等各個領域。如評東坡詞"筆下無一點塵俗氣",評二王書法"脱然都無風塵氣",評燕肅畫竹"超然免於流俗"等等,都説明"不俗"是山谷乃至以後江西詩派的基本立足點。在他們看來,無論是西崑體的組麗藻繪,還是晚唐詩的點綴風月,都是俗格,都須抛棄。

"不俗"首先是一種高尚的精神境界。山谷《書嵇叔夜詩與姪榎》一文在論詩不俗後,接着論人品不俗,可見其認爲二者是密切相關的。詩只有在表現這種人品和修養時,纔能有不俗的風格。他一再强調藝事的精深華妙、風格的超邁流俗,歸根結蒂取決於創作者的道德思想修養。所以他特别注重"養心探道"的修養功夫,如《與洪甥駒父》云:"然孝友忠信是此物(按指學問文章)之根本,極當加意,養以敦厚醇粹,使根深蒂固,然後枝葉茂爾。"在道與文、理與辭、思想内容與藝術形式的關係上,他主張前者是第一位的,後者只是從屬。《次韻楊明叔序》云:"文章者,道之器也;言者,行之枝葉也。”《答王觀復》云:“但當以理爲主,理得而詞順,文章自然出羣拔萃。”又云:“文章蓋自建安以來好作奇語,故其氣象萎苶,其病至今猶在。唯陳伯玉、韓退之、李習之,近世歐陽永叔、王介甫、蘇子瞻、秦少游乃無此病耳。”這和李白《古風》所云“自從建安來,綺麗不足珍”同一旨歸,表明他要上繼李杜韓柳歐蘇反對形式主義浮靡文風的優良傳統。應該説,在北宋的詩文革新中,山谷的基本立場與歐梅蘇等人是一致的,以前的論者將他説成是詩文革新的一股逆流,祇能説是一種偏浮之詞、無根之論。實際上他的觀點正是儒家“原道、徵聖、宗經”的正統派文學觀的繼續,遠紹荀子、揚雄、劉勰、韓愈,近承宋初古文家的餘緒。又如在學杜的問題上,有些論者認爲他僅從聲律形式上模擬,其實不然。山谷推崇杜甫首先是其憂國憂民,“雖在流落顛沛,未嘗一日不在本朝,故善陳時事,句律精深,超古作者,忠義之氣,感發而然”(《潘子真詩話》錄山谷語)。在比較《北征》與《南山》二詩時,山谷以爲《北征》“書一代之事,以與國風、雅頌相爲表裏,則《北征》不可無,而《南山》雖不作未害也”(《潛溪詩眼》),都可見其鮮明傾向。

山谷所倡言的“不俗”,在他的詩歌中表現在三個方面。其一是抒寫個人情懷的抒情詩。這些作品抒發了詩人與世乖合、孤高放曠的思想感情,揭示了内心深刻複雜的矛盾,從而塑造出一個耿介兀傲而又無力抗爭的詩人形象。其二是描寫人物形象的詩。它們展現了一個多采的人物畫廊,其中有醫生、卜者、隱士、貴胄、豪俠、詩人等,大多是一些卓犖超羣、才具不凡而又坎壈不遇、貧賤自守的奇人異士。詩人的筆觸不僅勾勒了他們的外貌風采,而且突現了他們的精神氣度,閃耀出人格的光彩。這類作品多爲贈答、唱酬之什,與其抒情詩異曲同工。其三是描述繪畫、音樂、書法等藝事的詩。它們不僅再現了藝術的意境美,而且寄寓了詩人的精神懷抱。如題畫馬、畫鷹寄託着人材際遇的感慨,題山水則蘊含着田園之思,題松竹則高揚着節操之美。這類詩還寫出了藝術家在創造活動中的精神風貌,表現他們驚世絕俗的才氣和嶔崎磊落的情懷。這三個方面歸結爲一個總的主題,即表現所謂"不俗"的精神境界。

山谷詩的價值正在於它表現出北宋中後期一大批知識分子的精神面貌,頗有其典型意義。其中雖有避世退遁的消極成分,但不慕榮利、不能忘懷現實、反映才識之士遭受打擊的黑暗現實等,都是應該肯定的。一個時期以來,人們往往以反映國事民生的多寡來評判詩人,而忽略主觀抒情的現實意義。洪炎在《豫章先生退聽堂錄序》中評山谷詩:"其發源以治心修性爲宗本,放而至於遠聲利、薄軒冕,極其致,憂國愛民,忠義之氣,藹然見於筆墨之外",不必盡如《三吏》、《三別》或《秦中吟》等的直陳時事。這一看法確實抓住了山谷詩的精髓。

山谷詩之重品格氣節,向內開掘,與北宋的時代思潮聲息相通。在魏晉玄學試圖以道釋儒之後,宋學是思想史上的又一大轉折。儒學傳統的章句之學讓位於心性之學,思孟學派更受重視,又吸收佛道的思想資料而形成道學。禪宗的復興助長了心性之學的發展。禪宗講"直指人心,見性成佛",莊子講"退聽返聞",孟子講"反身而誠","反求諸己",都融合爲宋儒向內用功夫的修養論。山谷的文學也得力於這種修養論,誠如晁補之所說:"魯直於怡心養氣,能爲人所不爲,故用於讀書、爲文字,致思高遠,亦似其爲人。"(《書魯直題高求父揚清亭詩後》)宋儒多崇尚節義,以肩負道統自任,又以超然灑脫自命。山谷推崇的周敦頤即是如此:"人品甚高,胸中灑落如光風霽月,好讀書,雅意林壑。"(《濂溪詩序》)山谷詩中的精神境界無疑打上了時代思潮的烙印。此後道學家對山谷頗多稱許,也就不難理解了。

　　山谷詩的這一特色,我認爲是宋詩區別於唐詩的根本所在。劉熙載《藝概》説:"唐詩以情韻氣格勝,宋蘇黃以意勝。"一般所謂的"唐體"是指那種意境渾然悠遠、感情含蓄朦朧的風格。這一傳統經杜甫、韓愈等的突破,至北宋而丕變。詩的境界轉移到主要刻劃人的精神世界方面來,山谷最典型地體現了這一傾向:着力向内心深層抉剔和透視,以刻劃入微見長。這也就是現在所説的"主體性"的加強。韋勒克與沃倫的《文學理論》提出有兩類詩人:主觀的和客觀的。前者"旨在表現自己的個性,繪出自畫像,進行自我表白,作自我表現";後者"寧肯使自己具體的個性消泯","在他們的作品中表現個人的成分微乎其微,然而其美學價值却很大。"唐詩的意境情韻自有其不可磨滅的美學價值,但當它成爲一種文學的傳統和慣例後,就會使詩定型化。作家的寫作往往受制於傳統,正如雄才大略的唐太宗之寫宮體詩,宋初詩人也徘徊在晚唐西崑的藩籬中,流連光景,點綴風物,而宋詩和宋詞則都從強化主體性方面突破傳統。山谷詩的求新求變亦應作如是觀。

　　但是,詩人的新變也有其不足之處。由於強調"不俗",導致了創作主題的局限。他關於"道"的含義較爲狹窄,缺乏廣泛的社會政治内涵。前期尚有反映國事民生之作,後來却多局限於知識分子的生活。他論杜甫側重點也與前不同,提出"杜子美到夔州後詩,韓退之自潮州還朝後文章"纔是不可企及的高格,這是因爲他們晚年抒發個人感慨之作趨於爐火純青之境,故得到山谷的高度評價。他的"道"雖有持節守正的一面,但着眼點却在清静去欲,藝術家祇有保持純静的心境纔能達到脱俗的高格,這就導致了文學批判精神的削弱。他一方面肯定詩歌是"不平則鳴"的產物,另一方面又力圖將現實矛盾消融在佛道的超脱虚静之中,不致使感情放縱不羈。《書王知載朐山雜詠後》集中闡明了上述觀點，他認爲詩人"忠信篤敬，抱道而居，與時乖逢，遇物悲喜"，發而爲詩，可歌可舞，使聞者有所勸勉，是爲詩之美；如果一味怨忿怒罵，召來災禍，則失詩之旨。《胡宗元詩集序》揭示了"不怨之怨"的"中庸"境界，體現了儒家"溫柔敦厚"的詩教。這一傾向的形成與北宋的黨爭之烈及山谷的遭遇也有關係。在藝術上，重意的傾向造成了詩的進一步散文化，因爲詩更多地轉向寫内心情志，勢必要吸收散文手法來增强表現力。但過分的散文化也帶來了生硬之病，破壞了詩的韻味。他從經史子集、道書佛典中汲取詩料，但有時過多的議論與深奧的玄理淹没了具體可感的形象。堆垛典故，造作奇語，有些詩就顯得僻澀；講究句法，烹煉詞語，求之過甚，確有形式主義的流弊。這些都是人們不滿於山谷詩的地方。

（三）

從山谷的同時代人起，論者多以"奇"來概括其詩風。如陳師道稱"黃魯直以奇"，陳巖肖謂"山谷之詩，清新奇峭"，王若虚云"有奇而無妙"，方東樹曰"入思深，造句奇崛，筆勢健"。無論褒貶，都揭出一個"奇"字，這確實概括了山谷詩風的主要特徵。

但是山谷論詩，却偏偏反覆强調不能刻意求奇，要追求自然的化境。其《答王觀復書》集中表述了這一觀點。他批評王詩"生硬不諧律吕"，"雕琢功多"，揭舉"不煩繩削而自合"的境界，所謂"簡易而大巧出焉，平淡如山高水深"，"文章成就，更無斧鑿痕，乃爲佳作"。《大雅堂記》稱"子美詩妙處乃在無意於文，夫無意而意已至"。不僅論詩如此，其論文談藝也不例外。如稱爲文"自當造平淡"，"氣質渾厚，勿太彫琢"（《與洪甥駒父》），繪畫當"如蟲蝕木，偶爾成文"（《題李漢舉墨竹》），書法則應"蕭然出於繩墨之外而卒與之合"(《題顏魯公帖》)。此類議論,尚可拈出不少。研究者對山谷崇尚自然的藝術論,或有所忽視,或雖知而覺其自相牴牾,不可理解。

然而瞭解這一矛盾,正是我們把握山谷詩風的一個關鍵。其《題意可詩後》云:

> 寧律不諧而不使句弱,用字不工,不使語俗,此庾開府之所長也,然有意於爲詩也。至於淵明,則所謂不煩繩削而自合者。雖然,巧於斧斤者多疑其拙,窘於檢括者,輒病其放……說者曰:若以法眼觀,無俗不真;若以世眼觀,無真不俗。淵明之詩,要當與一丘一壑者共之耳。

這裏有兩種境界:奇崛和自然。一般人以爲矛盾的兩種風格,山谷認爲有其内在聯繫,即統一於"不俗"的總的境界中。這一點從其書法論中也可看出:"論書者以右軍草入能品而大令草入神品也。余嘗以右軍父子草書比之文章,右軍似左氏,大令似莊周也。由晉以來難得脱然都無風塵氣似二王者。"(《跋法帖》)耐人尋味的是,二王之書恰似庾、陶之詩,雖有軒輊,但都脱俗。

值得注意的是,這兩種風格又和人的精神境界相聯繫。感慨憂憤、牢騷不平的情懷,往往發爲奇崛拗硬之作,而沖淡閑遠、超脱虚靜的胸襟則表現爲自然平淡的風格。《和答李子真讀陶庾詩》云:"樂易陶彭澤,憂思庾義城。"兩種情懷,兩種風格,其相通之處是顯而易見的。山谷詩以奇崛爲主而與陶詩異貌,與其人生經歷與哲學思想有關。如前所述山谷力圖將儒家的道德規範與佛道的隨緣任運結合起來,但其中仍存在着本質的矛盾。佛道之委運任化是從其虚寂的本體引發出來的,山谷只是用以應付政治的逆境和人生的挫折，并不全盤接受其虛寂的本體論，相反要恪守儒家之道，明辨是非，這樣勢必與現實社會發生撞擊。從俗要求他超脱，而守節又導致他兀傲，矛盾不可避免。儘管他高唱與世同波，所謂“遇人不崖異，順物無瑕疵”(《漫尉》)，但有時又對此不滿：“夫隨波上下，若水中之鳧，既不可以爲人師表，又不可以爲人臣作則。”(《題魏鄭公砥柱銘後》)而從其立身行事來看，持節倒是其主要方面，他更多地以砥柱之屹中流自勵，“松柏生澗壑，坐閲草木秋；金石在波中，仰看萬物流”(《次韻楊明叔見餞》)，即是很好的寫照。另外，佛道思想本身也有内在本質與外在形式之别。它們雖教人混同世俗，但并非等同世俗，而認爲得道是超脱世俗的。莊子認爲達於逍遥遊之境即成“至人”、“神人”、“聖人”，“有人之形，無人之情。有人之形，故羣於人；無人之情，故是非不得於身。”(《德充符》)“獨與天地精神往來，而不傲睨於萬物，不譴是非，以與世俗處。”(《天下》)禪宗則標榜“成佛作祖”，“若識自本心，見自本性，即名大夫、天人師、佛”(《壇經·行由品》)，“凡夫若修無念者，即非凡夫也”(《荷澤神會禪師語録》)。這些因素使修道者産生一種超凡入聖的崇高的自我意識，常外露爲獨立特行，睥睨世俗。佛道中一些人物的奇言怪行就是如此，而表現在作品中，就成了一種奇崛的風格。要之，處俗而不俗，入世而超然，這是山谷，也是宋代許多士大夫追求向往的人生境界，但真正做到并非易事。他在《與崇勝密老》中論“處俗”説：“道人壁立千仞，病在不入俗；至於和光同塵，又和本折却。與其和光同塵，不若壁立千仞。”這裏雖是論處世，却可啓發我們理解山谷的詩風。真正達於陶詩的高格并不容易，故與其落於俗格，不如取奇崛奥峭一路。這就是爲什麽他一方面向慕陶詩，另一方面却又取法杜、韓的原因。

與此相關的還有法與無法的問題。陶詩是一種渾然無跡的

“神品”，而杜詩用法的痕迹則較爲明顯。山谷在《贈高子勉》中説：“拾遺句中有眼，彭澤意在無絃。”追求“無法”、“無迹”也與佛道的影響有關。他將“神品”比莊周，而莊子正是持自然無跡之論的。《知北游》説：“道不可聞，聞而非也；道不可見，見而非也；道不可言，言而非也。知形形之不形乎！道不當名。”莊子把各種技藝中由掌握規律而達到的自由境界神秘化，説成是無法可循的神化莫測之舉。佛教哲學也把所謂“佛性”説成不可名狀的“實體”，即《維摩詰經》所云“無有文字語言，是真入不二法門”。禪宗標榜“不立文字，教外別傳”，倡言“我宗無語句，實無一法與人”。儘管佛法不可言説，但爲方便學人，又只能通過語言名相來闡釋，“於無名相法強名相説，令禀學之徒因而得悟”（吉藏《三論玄義》），故而“即不壞假名，説諸法實相……唯假名即實相，豈須廢之？”（吉藏《二諦義》）禪宗雖説不立文字，但公案話頭，連篇累牘，師徒授受，仍不離言筌。但這僅是修道的初級階段，還須升入無有言説、破棄執着的高級階段。谷隱禪師曾用書法喻修行：“此事如人學書，點畫可效者工，否者拙，蓋未能忘法耳。當筆忘手，手忘心，乃可也。”（《五燈會元》卷十二）反之，也可以修禪來説明藝事。法與無法，實即《莊子》“庖丁解牛”中“技”與“道”的兩種境界。這一命題已觸及規律和自由的問題，雖然是以唯心主義本體論的形式出現的。山谷之論陶、庾之詩及二王書法，以及東坡之論王維與吴道子畫，都標舉兩種境界，不難看出他們對佛道哲學的借鑑。

　　在創作中，山谷十分重視法度。他強調多讀書，其中一個重要的方面即是學習前人的文章法度。范温《潛溪詩眼》載：“山谷言文章必謹布置，每見後學，多告以《原道》命意曲折。”范據此揣摩杜甫《奉贈韋左丞丈》一詩，結果悟及詩之布局“如官府甲第廳堂房室，各有定處，不可亂也”。山谷尤重詩之“句律”、“句法”，如“句法俊逸清新"、"李侯詩律嚴且清"等。但學習法度僅是第一步，還要追求超於法的境界，所以他又説："覓句真成小技，知音定須絶絃。"（《荆南簽判向和卿用予六言見惠次韻奉酬》）他反覆提到的"不煩繩削而自合"正是動合規矩，運用法度達於出神入化之境的意思，上引《答王觀復書》中論杜詩"得句法"而臻"無斧鑿痕"，亦是此意。法的問題也和藝術風格、精神境界一脈相關。前引數例説明，心懷憂思者多刻意用法，抒寫憂憤，待至精神超脱，就可自由抒寫，達於泯然無法之境。杜甫之重法度亦可作如是觀。山谷從其耿介兀傲的精神出發，主要追求有意爲詩的境界，論者也常用"寧律不諧而不使句弱，用字不工不使語俗"來概括他的詩法，儘管他并不認爲這是最高的境界。

在前輩詩人中，他着重繼承杜甫、韓愈的傳統，學習他們標奇尚硬的寫作方法。前人多評山谷學杜"聲調之偏者"，"得其變而不得其正"（胡應麟《詩藪》），"擬議其橫空排奡，奇句硬語"（周亮工《書影》），"專取其苦澀慘淡、律脈嚴峭一種"（方東樹《昭昧詹言》）。可見其多學杜拗硬一面，這是因爲杜甫感慨時危世艱、窮愁飄零，發爲頓挫崛奇之詩，與山谷精神趣尚相通之故。韓愈仕途坎坷、胸次不平，又博識多才、磊落雄放，故大大發展了杜甫以文爲詩的手法，去陳言，盤硬語，力闢險怪雄奇古硬之境，直接爲山谷所取法。以下對山谷詩法擇要試加論列。

一、構思奇巧。方東樹評山谷詩"奇思，奇句，奇氣"，首標"奇思"，正説明其構思常出人意表，不落常格。試看《次韻雨絲雲鶴二首》之一：

> 煙雲杳靄合中稀，霧雨空濛密更微。園客繭絲抽萬緒，蛛
> 蝥網面罩羣飛。風光錯綜天經緯，草木文章帝杼機。願染朝

霞成五色，爲君王補坐朝衣。

全詩從雨絲展開想象，關合《神仙傳》中園客得仙人之助養蠶得繭的典故，以繭絲喻雨絲，千頭萬緒，密布空中。又想象爲蛛網蒙面，籠罩萬物。既已坐實爲絲，進而想象爲造化神手紡出的經緯之綫，而大地上繁茂的花卉草木正如天帝織出的錦繡紋章。最後化用杜牧的詩句，寄託忠君愛國之思。普通的雨絲能生出如許奇思妙想，真可謂想落天外，機杼獨運。他的短章小詩尤多構思奇巧之作，如《和師厚接花》、《六月十七日晝寢》、《睡鴨》、《題竹石牧牛》、《和答錢穆父詠猩猩毛筆》等，由常見題材翻出新意，真是匪夷所思，令人叫絶。

二、造語奇特。山谷用事的特點是富贍奥博、翻新出奇，即所謂"鋪張學問以爲富，點化陳腐以爲新"（王若虚《滹南詩話》）。他從各類典籍中爬羅剔抉，"搜獵奇書，穿穴異聞"（劉克莊《後村詩話》），尤喜用《莊子》、《世説新語》及禪宗語録，採其奇人逸事、玄思妙理。他用事之博確實令人嘆服，也給注疏家提供了用武之地，誠如許尹爲任淵《山谷詩注》作序所言："其用事深密，雜以儒佛，虞初稗官之説，雋永鴻寶之書，牢籠漁獵，取諸左右。"翻新出奇即山谷所謂"點鐵成金"，或"臭腐化爲神奇"，其主要方法是反古人之意而用之，亦即所謂"翻案法"。此法唐人偶一爲之，至山谷則樂此不疲。試以《池口風雨留三日》爲例，其頸聯云："翁從旁舍來收網，我適臨淵不羨魚。"漁翁收網，本極尋常，他却由網及魚，進而反用"臨淵羨魚，不如退而結網"的成語，表達了不求仕進、自甘淡泊的心境。這不能不説是一種巧思，從生活瑣事觸發聯想，閃出思想的火花，頗類禪宗的機鋒妙悟。此外如《卧陶軒》之"欲眠不遣客，真處更難忘"，《古意贈鄭彦能》之"金欲百煉剛，不欲繞指柔"，《贈趙言》

之“學書不成不學劍”等,不勝枚舉。此法無疑受禪宗影響,因爲禪宗推重翻却成案,更進一解的睿智。

山谷於詩中又常用新鮮的比喻來描述思想感情上的微妙體驗,尤喜吸收道、釋典籍中的曲譬隱喻,在形象中參以理致。如他多次運用《關尹子》中“魚游千里”的典故來比喻虛無思想:“從師學道魚千里,蓋世成功黍一炊”(《欸乃歌二章戲王稚川》);又如用禪宗的比喻來表達精神超脱:“春草肥牛脱鼻繩,菰蒲野鴨還飛去”(《奉答茂衡惠紙長句》)。刻意求新出奇,道前人所未道,這正是山谷所追求的意境。如“露濕何郎試湯餅,日烘荀令炷爐香”(《觀王主簿家酴醾》),“程嬰杵臼立孤難,伯夷叔齊採薇瘦”(《寄題榮州祖元大師此君軒》),前者以美丈夫比花,後者以忠烈士喻竹,擺落常套,頓現神采風骨。山谷詩還善於將比喻與比擬結合運用,不僅有静態之比,而且往往將喻體坐實,讓它有行爲動作。錢鍾書先生在《談藝録》中稱之爲“曲喻”,并有精闢分析。如“管城子無食肉相,孔方兄有絶交書”(《戲呈孔毅父》),“王侯鬚若緣坡竹,哦詩清風起空谷”(《次韻王炳之惠玉版紙》),“富貴功名繭一盆,繅車頭緒正紛紛”(《絶句》),都是認假作真,妙想聯珠之例。此外,山谷還喜用借代詞,稱謂事物以古名代今名,以僻名代常名,如以“坐隱”、“手談”稱弈棋,以“阿堵”指錢,“此君”指竹等。更甚者一味鈎新摘冷,造成庾詞隱語,實爲好奇太過。

三、格律奇拗。這主要表現在用散文句法入詩。隨着律詩的發展,駢偶化也侵入古詩,無論古律都變得風調圓美,成爲一種俗格,好奇尚硬者則反其道而行之。山谷首先用文的自然節奏取代詩的固定節奏,造成詰屈拗口的不和諧音,如“笑陸海潘江”(《晚泊長沙示秦處度范元實》),“似仁祖德性”(《重贈徐天隱》),“邀陶淵明把酒椀,送陸修静過虎溪”(《戲效禪月作遠公詠》)。其次是運用虛詞，使詩歌產生一種渾灝古樸的文章氣勢，再加上押韻險窄，造語生新，就形成了奧硬的風格。東坡稱其五古爲"庭堅體"，就因爲它獨標一格，而究其淵源，則來自韓愈。七古筆力雄健縱恣，從排奡參差的語句中，傾吐出胸中的壘塊不平，風格直逼老杜的歌行。

　　山谷對律詩的改造更是他的獨創。如果説韓孟詩派以文爲詩集中在古體方面，那末他則進一步將古文的精神貫注於格律森嚴的律詩，以散破駢，刷新詩律，而又保持了律詩的神韻。山谷的七律是最富特色和成就的。傳統的七律多鋪排景物，對偶精切，音調和諧。山谷則破對偶，拗聲調，繼承杜甫的拗律而又有創新。以往七律多借景傳情，中間常有一聯寫景，而山谷則少借乃至不借景，表現出重意輕景的特點，而直接將感受體驗凝縮在對偶中。如"蓋世功名棋一局，藏山文字紙千張"（《題李十八知常軒》），"世上豈無千里馬，人中難得九方皋"（《過平輿懷李子先》）。方回稱此爲"意聯"。又前人謂山谷善用"全語"，實即以古人的成句或詞組，融入對偶，如"天於萬物定貧我，智效一官全爲親"（《次韻戲答彦和》），"三人成虎事多有，衆口鑠金君自寬"（《戲交代張和父酒》），這些都表現出山谷鎔鑄鍛煉的深厚功力。他也頗以此自許，曾教人説"千里馬"一聯"可爲律詩之法"（《潛夫詩話》）。同時，律詩對偶向求工切，而山谷則以不切求硬。然其不求切對也有程度不同，有的僅個別詞不對，屬寬對性質；有的則純屬散行。前者如"湘東一目誠甘死，天下中分尚可持"（《弈棋二首呈任公漸》），其中"一目"與"中分"形式相對而詞性相異；後者如"李侯短褐有長處，不與俗物同條生"（《再次韻兼簡履中南玉》），頷聯用此散句，實爲破格。另外，兩句一意貫注的流水對，也被詩人用來造成散文的氣勢和流走的筆意。如《新喻道中寄元明》之頸聯："但知家裏俱無恙，不用書來細作行。"初讀之，如家常瑣語，叮嚀口吻；細審之，則爲工整的對偶，

19

没有深厚的功力絕難安排得如此妥貼。又有一種對偶,上下兩句常描寫相距甚遠之事,葛立方稱之爲"意甚遠而中實潛貫者,最爲高作"(《韻語陽秋》),所舉山谷詩有"天於萬物"一聯(前引)及"萬里書來兒女瘦,十月山行冰雪深"(《寄上叔父夷仲》)。再如"舞陽去葉纔百里,賤子與公俱少年"(《次韻裴仲謀同年》)亦屬此類,其對句接得出人意表,遂生奇趣。上述對偶均在唐詩之外別開生面,令人起"異軍蒼頭突起"之嘆。

山谷詩有時打破尋常的平仄規律,故意造成平仄不協。《題落星寺》之一就很典型:

> 星宫游空何時落?着地亦化爲寶坊。詩人晝吟山入座,醉客夜愕江撼牀。蜜房各自開户牖,蟻穴或夢封侯王。不知青雲梯幾級,更借瘦藤尋上方。

起句連用六個平聲,次句連用四個仄聲,且犯孤平,以下平仄亦不協調,頸聯對句尾三字用了古風三平格式。此類詩再輔以句式節奏、用字對仗等手段,即成了別具一格的律詩。正因其非古非律,所以李彤編《外集》時將它歸入古體。

(四)

山谷又崇尚自然,對自然平淡的追求,不會不影響到創作,使他的詩風呈現出複雜多樣的面貌。他在《再次韻楊明叔》序中提出了作詩的綱領:"試舉一綱而張萬目,蓋以俗爲雅,以故爲新。"這是理解山谷詩的一把鑰匙,極可重視。如前所述,山谷對詩的根本要求是"不俗",也就是要求詩人去發掘世俗生活中的詩意和美感,描寫那些表面無異於俗人、實際又超脱凡俗的人物及思想情趣,并用質樸自然的語言形式加以表達。這和西崑體的堆金砌玉及晚唐體的吟風弄月不同,因爲它們貌似高雅,實爲俗格。如僅從運用俚詞俗語或成語典故來理解山谷提出的作詩綱領,可説未能觸及其根本。

山谷這一詩歌美學思想也與他的人生哲學有内在聯繫。前已論及他受佛道的影響,試圖把崇高脱俗的精神境界披上隨俗從衆的外在形式,此處再稍加闡發以見其淵源。大乘佛學較之道家對此有更多的發揮。像《維摩詰經》就抹殺出家與在家的界限,認爲解脱不一定要出家,甚至在家反而高於出家。僧肇爲此經作注説:"小乘障隔生死,故不能和光。大士美惡齊旨,道俗一觀。故終日凡夫,終日道法也。净名之有居家,即其事也。"禪宗思想即由此而來。慧能禪法的重要内容是"出世而入世",《壇經》云:"法無在世間,於世出世間,勿離世間上,外求出世間。"馬祖提出"平常心是道":"行住坐卧,無非是道","縱橫自在,無非是法"。故禪僧常寓修行於俗務之中,耕作鋤草,劈柴煮飯,無所不爲,變蒲團静修爲世俗勞作。這一思想批判了小乘入滅寂定、形如枯木的修行法,目的是泯滅差别,摒棄執着,達於絶對的空無。山谷所採用的正是這種"超世而不避世"的哲學態度,儘管二者之間有矛盾,他還是努力追求"無山而隱,不褐而禪"(《趙景仁彈琴舞鶴圖贊》)的境界。《贈劉静翁頌》云:"在家出家,無俗可捨","心若出家身若住,何須更覓剃頭書"。《寫真自贊》云:"似僧有髮,似俗無塵。作夢中夢,見身外身。"形容可謂妙絶。

直接影響山谷詩論的是所謂"真俗"二諦論。"真諦"是指關於佛性本體的"真理",亦名"第一義諦";"俗諦"則是指虚幻不實的現象世界,亦名"世諦"。二諦論是大乘佛學中的重要論題。僧肇《不真空論》引《中論》云:"諸法不有不無者,第一真諦也。尋夫不有不無者,豈謂滌除萬物,杜塞視聽,寂寥虛豁,然後爲真諦者乎?誠以即物順通,故物莫之逆;即僞即真,故性莫之易。……故經云:真諦俗諦,謂有異耶?答曰:無異也。"亦即俗中求真之意。吉藏則進一步發揮其相反相成之理:"俗非真則不俗,真非俗則不真。非真則不俗,俗不礙真;非俗則不真,真不礙俗。俗不礙真,俗以真爲義;真不礙俗,真以俗爲義也。"(《二諦義》)這和"出世入世"是同一指歸,無非要人直接從現象界之"俗"中體會色之性空的"真",假如落於真、空一邊,仍屬執礙不通,祇有真、俗兩觀,纔能領悟非有非無,達到真正的解脫。

這種人生哲學浸潤於山谷的審美趣味中。前引《題意可詩後》一文在論詩後説:"若以法眼觀,無俗不真;若以世眼觀,無真不俗。"佛法與詩法之相通是不言而喻的。在他看來,陶淵明躬耕於隴畝,陸沉於世,但志潔行芳,安貧樂道,實在是處俗而懷真的高尚之士。陶詩樸素真切、自然渾厚,淺薄者以爲"俗",殊不知雅在俗中,堪稱"以俗爲雅"的典範。陶詩説明只要詩人情懷高潔,抱真脱俗,則雖處俗世,寫俗事,用俗語,都無妨其人之真、其詩之雅,相反能更好地表現其真和雅。陶詩的精神正貫注在山谷詩中,它與杜之拗、韓之奇融匯在一起,形成了自己的獨特風格。論者往往只知其奇,未見其質。清人張泰來《江西詩社宗派圖録跋》云:"江西之派實祖淵明。山谷云淵明於詩直寄焉耳。絳雲在霄,舒卷自如,寧復有派?夫無派即淵明之派也。"劉熙載《藝概》云:"西江名家好處,在鍛鍊而歸於自然。"都是中肯之論。

山谷詩的風格可從以下幾個方面來考察。首先是奇崛奧峭常與樸拙本色結合在一起。我們可以通過比較鑒別來把握它。山谷與昌黎同具奇氣,但昌黎用鋪張揚厲的手法、奇麗冷僻的詞藻,淋漓盡致地描寫一些奇事異景來造成雄奇的氣勢,這和他的思想感情是一致的。他倡言儒學，攘斥佛老，頗具鬥爭性。故葉燮《原詩》謂："舉韓愈之一篇一句，無處不可見其骨相稜嶒，俯視一切，進則不能容於朝，退又不肯獨善於野，疾惡甚嚴，愛才若渴，此韓愈之面目也。"而山谷則沒有這種峻峭圭角，缺乏一往直前的氣概，雖有牢騷不平，但總歸於超脫放達，二者常融合於詩中。他一方面寫憤世嫉俗之情，一方面又寫江湖田園之思、頹放玩世之行及佛道玄妙之理，企圖將現實矛盾消溶於放達與玄理，二者往往在一些詩中兼而有之。與此相應，他的詩不過分堆砌詞藻，追求色彩的奇麗，而是以樸拙、甚至俚俗的語言來抒寫日常生活中的見聞感受，或描寫陸沉於世的懷才有道之士。他在提出"以俗爲雅，以故爲新"之後，接着説"此詩人之奇也"，説明他所追求的奇，正是以俗的形式表達獨具個性的奇。而"以故爲新"的一個重要内容，也是繼承古詩樸拙本色的傳統，不僅僅是翻新典故，因而與"以俗爲雅"相輔相成。山谷曾説："矢詩寫予心，莊語不加綺"（《次韻定國聞子由卧病績溪》），"後生玩華藻，照影終没世"（《奉和文潛贈無咎》）；又論畫云："至俗子乃衒丹青"（《道臻師畫墨竹序》），都是此意。他的《戲呈孔毅父》一詩就很典型。全詩無炫目的藻飾，字裏行間則透出壘塊不平，才士之貧賤與庸人之顯赫成鮮明對比，最後則歸於江湖之思。"管城子"一聯修辭奇特，爲人所艷稱，但仍用尋常語鍛煉而成，俗中有奇，正是山谷的特色。

　　山谷詩的這一特點，我們在禪宗的某些語録和詩歌中也可以發現，它們常以俗語俗事來表達奇思玄理，甚至以粗俗之語出之。山谷因而常吸收其意象來描述在宗教哲學中尋求解脱的體念，時時雜以詼諧，帶有理趣。如《題槐安閣》一詩寫病僧之遺落世事，潛心修行，抒發人間如夢的感慨，隱含對勢利奔競的唾棄。還有一類詩用一連串的意象隱喻構成一種獨特的格言詩，精闢警世，從中見出寒山、王梵志等人的影響。

要之，山谷詩在超然平和的外表下透出兀傲奇崛之氣，并不劍拔弩張。宋人稱其詩“古硬”、“涵蓄”，清人謂如“綿裹針”（錢鍾書《談藝録》），可謂得之。而這正是他和陶詩的精神相通之處。山谷詩有陶詩之神，但無其沖淡閑遠之姿；有韓詩之奇，但乏其險怪奔放之風。

其次是奇峭與自然清新結合在一起。“清新”也是山谷對詩的一個基本要求，這已見於前引的詩論，他的學古也貫注了這一精神。例如他説：“詩才清壯近陰何”（《廖袁州次韻見答》），又説：“寄我五字詩，句法窺鮑謝”（《寄陳適用》），並贊謝師厚“謝公藴風流，詩作鮑照語”（《和邢惇夫秋懷》）。他教王周彦“讀建安作者之詩與淵明、子美所作”（《答王周彦》），還推許“李白歌詩度越六代，與漢魏樂府争衡”（《答黎晦叔暹》）。綜合以上言論，可以看出他是要繼承漢魏古詩、樂府民歌以至六朝文人詩的良好傳統，追求自然清新的創作風格。

山谷的五言詩并非一味拗硬，其中不乏運用比興和抒情真切的篇什，得古詩與樂府的神韻。另有部分作品清新自然、平易流暢，有陶、韋之風。但是最能體現其特色的是清新流利中自有勁健峭拔，一些傳世佳作，特別是一些七律，即是代表。如《寄黄幾復》寫落寞之情、飄泊之感、友朋之思，情致深厚，“桃李春風”一聯情景交融，尤有清新俊逸之致，而窮且益堅，骨氣峥峥，是一首風清骨峻的佳作。這類詩骨氣勁健，但不生硬枯瘠，而是兼具意境情韻之美。此外如“黄流不解浣明月，碧樹爲我生涼秋”（《汴岸置酒贈黄十七》），“小雨藏山客坐久，長江接天帆到遲”（《題落星寺》），“山隨宴坐畫圖出，水作夜窗風雨來”（《題胡逸老致虛菴》），“落木千山天遠大，澄江一道月分明”（《登快閣》）等，都是這類情景俱佳的好詩。

更有一些詩寫得瀟灑俊逸，富有色澤才情，尤其是一些詠花及寫人情風俗之什，像《戲詠江南土風》即是一幅優美的風俗畫，而《出迎使客質明放船自瓦窰歸》則有杜牧的風流俊賞，詩云：

> 鼓吹喧江雨不開，丹楓落葉放船回。風行水上如雲過，地近嶺南無雁來。樓閣人家捲簾幕，菰蒲鷗鳥樂灣洄。惜無陶謝揮斤手，詩句縱橫付酒杯。

朱熹也注意到了山谷詩的這一特點："後山詩雅健勝山谷，無山谷瀟灑輕揚之態。"（《朱子語類》）因而江西派傳人隱隱有後山在某些方面超越山谷之意。方回則對後山稱頌備至："老杜後始有後山律詩，往往精於山谷也。"（《瀛奎律髓》卷十七）"陳無己鍛勁鍊瘦，岳握厓聳，黃魯直敬之畏之。"（《送胡植芸北行序》）他主要着眼於後山的老健瘦硬更甚於山谷。然而主唐詩、重情韻者却認爲山谷勝於後山，如胡應麟謂後山七律"老硬枯瘦，全乏風神，亦何取也！""然黃視陳覺稍勝"（《詩藪》）。王漁洋曰："涪翁掉臂自清新"（《戲效元遺山論詩絶句》），"瓣香只下涪翁拜"（《冬日讀唐宋金元諸家詩》）。此中消息，正可揣摩玩味。

以上我們着重從人生哲學與藝術思想的聯繫上探討了山谷的詩，它也能启發我們進一步理解宋人的藝術趣尚。傳統的入世而又出世的思想到宋代更深地影響於士大夫，滲入其審美趣味，并在文人詩畫中得到突出表現。在詩歌上他們高倡學杜，又標榜學陶。杜、陶地位的真正提高是在宋代，對二人的兼收并蓄，形成了宋詩的獨特風貌。方回説："以四人爲格之尤高者：魯直、無己，上配淵明、子美爲四也。"（《唐長孺藝圃小集序》）正揭示了這一傾向。對此東坡與山谷持論相同，他既尊杜甫爲"詩人之首"，又盛贊陶、王

（維）、韋、柳的清淡簡遠，而且視之爲超於李、杜的高格。山谷則認爲東坡此論“極有理”，特爲教人讀其《書黄子思詩卷後》等文（《答王周彦》）。但在蘇、黄那裏，這種高格并未成爲其詩的主流，倒是在逐漸發達的文人畫中取得了主導地位。東坡的《王維吳道子畫》一詩甚至被後來的“南宗”畫家奉爲圭臬。文人畫之追求筆墨意趣、清遠神似與詩中之神韻獨標可謂異曲同工。錢鍾書先生曾提出一個有趣的問題：何以舊詩傳統以杜甫爲正宗，而繪畫則尊王維爲教主？我們發現，這兩種美學趣尚植根於士大夫人生思想的不同方面，只是在詩畫中表現的側重點不同罷了。從傳統的“詩言志”出發，詩歌歷來爲言志抒情的主要形式，與現實的聯繫較爲緊密；而繪畫更多地用以遣懷暢神，寄託超然之思，所以顯得清遠雅逸。一虛一實，恐怕這就是分歧所從來的原因之一。主宰封建社會後期的這一詩畫傾向，其肇端正在北宋。就詩而言，盡管尊仰杜甫，但大部分文人已無杜甫直面現實的勇氣，詩更多地成了文人清高的自我寫照，不能與博大雄深的杜詩同日而語。所以與其説是杜詩，毋寧説是山谷式的宋詩在後代贏得了日益增多的追隨者。

（五）

作爲全面反映山谷文學成就的一個選本，本書也酌量選注了他的一些詞和文。對於他的詞，歷來評價就多分歧，這主要是因爲它們流品頗雜，高下不一。總的來説，山谷詞可以分爲兩大類：俗詞和雅詞。前者以俚俗之語寫側艷之情、玩世之態，大多淺俗褻譚，鄙俚軟媚，爲人所詬病。它們多作於早年，且只佔少數。當年法秀道人批評他以筆墨勸淫，當下犁舌之獄，即指此。但它們抒情之大膽坦率，語言之俚俗粗直，在北宋詞中可説絶無僅有，可以看作金元曲子的濫觴。而其雅詞則踵武東坡，又別具格調，代表了他的成就與風格。

　　山谷的雅詞,多作於貶謫期間,而此時詩作則大爲減少。他在一些書信中也曾述及這一創作重心的偏移。這是因爲詞更適於遣興抒懷,政治色彩淡化,較少被禍的可能。從總體上看,山谷詞與其詩的精神是相通的,即着重表現仕宦和貶謫生涯中的精神境界,而非鏤紅刻翠,淺斟低唱的産物。較之詩,其詞更爲情真意切,不少詞作着力抒發雖遭貶謫而仍傲岸豪健、達觀放曠的胸懷。無論是黔州所作之《定風波》(萬里黔中一漏天),還是戎州所作之《鷓鴣天》(黃菊枝頭生曉寒),及至最後在宜州所作之《南鄉子》(諸將説封侯),都表現出不以憂患得失縈懷,惟以縱酒放歌爲事的逸情浩氣。“莫笑老翁猶氣岸”,“風流猶拍古人肩”,身處逆境而能有此胸襟氣度,確實令人感嘆。但是山谷詞於豪健背後也同時反映出落寞,心靈深處積澱的人生創傷。山谷往往將自己置於世俗的對立面,通過侮世慢俗表現出他的兀傲,因而同時透露出情懷的寂寞。《鷓鴣天》云:“黃花白髮相牽挽,付與時人冷眼看”;《南鄉子》云:“諸將説封侯,短笛長歌獨倚樓”,都表現出他遺世獨立的心態。縱酒放耽是其笑傲人世的主要方式,而這正折射出他心底的悲哀,因而在高歌豪情之時,也不禁傾吐出“去國十年老盡少年心”、“萬事盡隨風雨去”的深沉感慨。導致這一矛盾的根源在於:他只能從傳統思想中尋找精神的遁逃藪,而無力與命運抗爭。他在詞中也曾借用禪宗的公案偈頌描述過解悟之境,如《訴衷情》(一波纔動萬波隨)等。他的豪健所依賴的,正是這種精神解脱(當然儒家的持節也是精神支柱之一),故而蒙上了一層虛幻迷茫的色彩。《水調歌頭》(瑶草一何碧)寫直入桃源勝境,徜徉流連,彈琴嘯歌,顯然是他幻化出的理想的自由天地;“我爲靈芝仙草,不爲朱脣丹臉”,不作靦顔事人之態,棱棱風骨依然;結句“醉舞下山去,明月逐人歸”,則又由幻想

27

跌入現實。《清平樂》(春歸何處)通過抒發惜春之情,表達對美好境界的追求,"若有人知春去處,喚取歸來同住";但春之蹤跡無人知曉,"除非問取黃鸝";但它"百囀無人能解,因風飛過薔薇"。全詞一波三折,變奏着追求與失望的旋律,最後終歸於無盡的悵惘。

山谷詞題材多樣,風格各異,即以其雅詞論,也異彩紛呈,這就給準確表述其風格帶來了一定的困難。但是山谷詞應該說還是有其主導的藝術風格的,我們可用清雅峻潔、豪健峭拔來概括。

山谷詞的特色在於能將不同的、甚至對立的審美範疇結合起來,找到一個共同的支點,最突出的是豪放與婉約的結合。從主流看,他走的是東坡一路,援詩法入詞,抒豪健之情,但又參以婉約詞之聲情色澤,具綢繆宛轉之度。《水調歌頭》中桃花黃鸝之景語,令人想起秦觀詞的意境:"春路雨添花,花動一山春色。行到小溪深處,有黃鸝千百。"(《好事近》)又"祇恐花深裏,紅露濕人衣",纖麗婉妍,有"花間"餘韻。《醉蓬萊》寫途經三峽之旅況,既有雲峰煙雨的峽江風光,又有神女歌姬的聲色意象,"荔頰紅深,麝臍香滿,醉舞裀歌袂",不啻溫詞翻版。尤爲奇絕的是運用女性容貌的意象來模山範水,如《浣溪沙》:"新婦磯頭眉黛愁,女兒浦口眼波秋";《念奴嬌》:"山染修眉新綠"即是。歷代論者由此往往見仁見智,歧見叢出。陳後山以爲"今代詞手,惟秦七、黃九"(《後山詩話》),晁補之則謂黃詞"不是當行家語,乃著腔子唱好詩也"(《侯鯖錄》)。長期以來後一種意見雖佔上風,但後山之論也非鑿空亂道。陳廷焯稱其"倔強中見姿態","筆力奇橫無匹,中有一片深情"(《白雨齋詞話》),正揭示了豪放與婉約的揉合。要之,山谷以詩爲詞,又不失詞之本色;以豪放爲宗,又濟以婉約,力避生硬粗豪,從而融合成一種雅健的詞風。當然,作爲山谷的美學追求,二者的結合還不能説臻於完美。繆鉞先生指出,清剛峭拔與幽約馨逸的融合要到姜白石巖完成(《靈谿詞説》),洵爲中肯之論。

　　俚俗與典雅的結合是黄詞的又一特色。青山、明月、風笛、玉人之類的意象,使詞帶有清雅之氣;而俗事俗語的運用,又使其雅顯出生新奇峭的色彩。他用俗詞口語寫其耿介兀傲之氣,或幽思宛轉之情,在傳統詞中確是另闢一境。像《望江東》(江水西頭隔煙樹)寫幽怨迷茫之思,與《清平樂》異曲同工,都明白如話,但情思曲折深宛。有的詞或使事用典,或寄寓哲理,深曲奇奥之意藴却以尋常語出之。《木蘭花令》寫在當塗九日罷官時,首句"凌歊臺上青青麥"逗起黍離麥秀之慨,實即用《莊子·外物》中之逸詩"青青之麥,生於陵陂",而不見化用之跡。全詞展示了暫作主人——反主爲客——主客不分三種境界的演變。對於得官,他淡然處之,故以一"暫"字帶過;而一夜突變,畢竟難堪,故有主客易位之嘆;最後又以齊物論否定牢騷,達於解脱。詞的語言通俗,但俗而不俚,倔强之態宛然。這正是他"以俗爲雅"的詩法在詞中的運用。

　　山谷之文雖爲其詩詞成就所掩,但在北宋亦不失爲一作手。他作文以立意爲本,并注重辨體,稱"荆公評文章常先體制而後文之工拙"(《書王元之〈竹樓記〉後》),故頗致力於學習前人的文章法度。在其記述性文章中,不僅寫景狀物形象生動,而且寓以哲理,啓迪人生,使文具情理相生之趣。在他留下的衆多的書信中,以貶謫時期的居多,它們或述交誼行止,或談藝論文,多真情實感,非泛泛應酬之作,從中表現出山谷的人品與識見。他的題跋隨筆涉及面很廣,尤以討論書畫藝術者爲多,涉筆成趣,常多慧心解悟之論,短章雋語,意味深長。他對楚辭也用功頗深,并以辭賦作手自許。在此因篇幅之限,不能一一臚列。要之,山谷文的雅健警鍊,自當在北宋佔一席之地。

　　最後交代一下本書編撰的有關情況。對山谷的研討始於我在復旦大學師從朱東潤先生研讀唐宋文學之時，我并以此作爲論文課題，先生的教誨扶掖，令我銘感終生。也是在先生的指導策勵下，我纔不揣譾陋，勉力從事黄庭堅詩文的選注。以自己有限的學養，深知難度極大，好在前輩學者於此已作了不少努力，其内、外、別集詩皆有注本，錢鍾書先生在《談藝録》中的補注尤稱淹博精詳，在《管錐編》中的論列抉幽闡微，足啓匱思；傅璇琮先生的《黄庭堅和江西詩派卷》資料彙編搜羅宏富，廣開聞見；還有其他未能一一注明的研究成果，都給我以極大的資益，在此謹表深摯的謝意。但這些有利條件同時也給選注工作設置了更高的標的，百尺竿頭，更進一步，就需付出更艱巨的勞動。本書選詩一百六十二首、詞十二首、文三十篇，力圖能全面反映山谷的創作概況與主要特色；注釋則力求翔實有據，對其藝術匠心、哲理意藴盡力發明，故於各家之說多所採擇，但注中所録不必都泥定爲山谷點化所據。正文參校的版本頗多，恕不一一列舉；然所據全集的兩種版本是：明嘉靖間周季鳳等江西刻本（爲《四庫全書》所著録）；明萬曆間莆田方沆校刊、周希令重編之本（復旦大學藏），雖錯訛較多，但可供參校。在編寫過程中，我雖勉力爲之，泛覽旁搜，尋章摘句，但成績如何，祇能留待專家和讀者批評了。這裏，我要特別感謝錢鍾書先生，承他在百忙之中爲本書題簽，作爲山谷研究的權威學者，他的題簽是對後學的極大策勵。上海古籍出版社何滿子先生、曹明綱同志認真審訂此稿，花了大量心血，提出不少寶貴意見，在此一并深致謝忱。遺憾的是朱先生已經作古，不能獲見此書問世，故只能以此作爲對先生的紀念了。

黄寶華

一九八八年六月

目　　録

前言 ………………………………………………………………… 1

詩選

徐孺子祠堂 …………………………………………………… 1

虎號南山 ……………………………………………………… 3

次韻戲答彦和 ………………………………………………… 5

思親汝州作 …………………………………………………… 6

次韻裴仲謀同年 ……………………………………………… 8

流民嘆 ………………………………………………………… 9

春近四絶句 …………………………………………………… 13

漫尉 …………………………………………………………… 14

紅蕉洞獨宿 …………………………………………………… 19

過平輿懷李子先時在并州 …………………………………… 20

謝仲謀示新詩 ………………………………………………… 21

答王晦之見寄 ………………………………………………… 22

戲詠江南土風 ………………………………………………… 25

答龍門潘秀才見寄 …………………………………………… 26

聽崇德君鼓琴 ………………………………………………… 28

次韻謝子高讀淵明傳 ………………………………………… 30

西禪聽戴道士彈琴 …………………………… 34

閏月訪同年李夷伯子真於河上子真以詩謝次其韻……… 37

過方城尋七叔祖舊題 ………………………… 38

對酒歌答謝公静 ……………………………… 40

和師厚接花 …………………………………… 44

和師厚郊居示里中諸君 ……………………… 45

戲贈彦深 ……………………………………… 47

古詩二首上蘇子瞻 …………………………… 51

同世弼韻作寄伯氏在濟南兼呈六舅祠部 …… 54

伯氏到濟南寄詩頗言太守居有湖山之勝同韻和……… 56

次韻寅菴四首（選二）………………………… 57

次韻子瞻與舒堯文禱雪霧豬泉唱和 ………… 59

見子瞻粲字韻詩和答三人四返不困而愈崛奇輒次韻寄

　　彭門三首 ………………………………… 63

次韻蓋郎中率郭郎中休官二首 ……………… 72

送楊瓛雁門省親二首 ………………………… 74

次韻答張沙河 ………………………………… 77

再次韻呈明略并寄無咎 ……………………… 85

次韻無咎閤子常攜琴入村 …………………… 87

再和答爲之 …………………………………… 90

贈趙言 ………………………………………… 93

乞貓 …………………………………………… 97

次韻答柳通叟求田問舍之詩 ………………… 98

次韻答叔原會寂照房呈稚川 ………………… 99

稚川約晚過進叔次前韻贈稚川并呈進叔 …… 103

汴岸置酒贈黄十七 …………………………… 104

贈別李端叔 …………………………………… 106

池口風雨留三日 ·· 108

以右軍書數種贈丘十四 ······························ 109

宿舊彭澤懷陶令 ·· 112

過致政屯田劉公隱廬 ··································· 114

姨母李夫人墨竹二首 ··································· 119

到官歸志浩然二絶句 ··································· 120

發贛上寄余洪範 ·· 120

贛上食蓮有感 ··· 122

題槐安閣 ·· 124

秋思寄子由 ··· 126

次元明韻寄子由 ·· 127

次韻寄上七兄 ··· 128

次韻和答孔毅甫 ·· 129

再用舊韻寄孔毅甫 ······································ 132

二月二日曉夢會於盧陵西齋作寄陳適用 ······· 135

寄李次翁 ·· 138

上大蒙籠 ·· 140

勞坑入前城 ··· 142

丙辰仍宿清泉寺 ·· 143

己未過太湖僧寺得宗汝爲書寄山蘱白酒長韻寄答 ········ 144

登快閣 ··· 150

彤陂 ·· 151

送徐隱父宰餘干二首 ··································· 153

和答任仲微贈別 ·· 155

梅花 ·· 156

觀王主簿家酴醾 ·· 157

讀方言 ··· 159

太和奉呈吉老縣丞 …………………………………… 162

次韻吉老遊青原將歸 ………………………………… 163

送彥孚主簿 …………………………………………… 164

奉答李和甫代簡二絶句（選一） ……………………… 169

答永新宗令寄石耳 …………………………………… 170

静居寺上方南入一徑有釣臺氣象甚古而俗傳謬妄嘗
　有隱君子漁釣其上感之作詩 ……………………… 173

摩詰畫 ………………………………………………… 174

過家 …………………………………………………… 176

次韻郭明叔長歌 ……………………………………… 177

夜發分寧寄杜澗叟 …………………………………… 180

題宛陵張待舉曲肱亭 ………………………………… 181

寄耿令幾父過新堂邑作迺幾父舊治之地 …………… 182

送王郎 ………………………………………………… 185

寄黄幾復 ……………………………………………… 187

和答莘老見贈 ………………………………………… 189

以小團龍及半挺贈無咎并詩用前韻爲戲 …………… 194

次韻子由績谿病起被召寄王定國 …………………… 196

送舅氏野夫之宣城二首 ……………………………… 201

送范德孺知慶州 ……………………………………… 203

題王黄州墨蹟後 ……………………………………… 206

次韻張詢齋中晚春 …………………………………… 208

和答錢穆父詠猩猩毛筆 ……………………………… 209

奉和文潛贈無咎篇末多見及以既見君子云胡不喜爲韻 … 212

次韻答邢惇夫 ………………………………………… 214

次韻王荆公題西太一宮壁二首 ……………………… 217

有懷半山老人再次韻二首 …………………………… 218

送謝公定作竟陵主簿 …………………………………………… 220

次韻子瞻武昌西山 …………………………………………… 221

子瞻詩句妙一世乃云效庭堅體蓋退之戲效孟郊樊宗師
　　之比以文滑稽耳恐後生不解故次韻道之 …………… 225

贈陳師道 ……………………………………………………… 228

觀秘閣蘇子美題壁及中人張侯家墨蹟十九紙率同舍錢
　　才翁學士賦之 ………………………………………… 230

詠雪奉呈廣平公 ……………………………………………… 239

戲呈孔毅父 …………………………………………………… 240

謝黃從善司業寄惠山泉 ……………………………………… 242

詠李伯時摹韓幹三馬次蘇子由韻簡伯時兼寄李德素 …… 243

次韻子瞻和子由觀韓幹馬因論伯時畫天馬 ……………… 246

題陽關圖二首 ………………………………………………… 248

次韻子瞻題郭熙畫山 ………………………………………… 250

題郭熙山水扇 ………………………………………………… 252

題鄭防畫夾五首 ……………………………………………… 253

睡鴨 …………………………………………………………… 256

題晁以道雪雁圖 ……………………………………………… 257

奉同子瞻韻寄定國 …………………………………………… 257

次韻柳通叟寄王文通 ………………………………………… 259

再答元輿 ……………………………………………………… 260

奉答謝公静與榮子邕論狄元規孫少述詩長韻 …………… 262

戲答趙伯充勸莫學書及爲席子澤解嘲 …………………… 264

答王道濟寺丞觀許道寧山水圖 …………………………… 267

觀伯時畫馬禮部試院作 ……………………………………… 271

題伯時畫嚴子陵釣灘 ………………………………………… 272

戲答陳季常寄黃州山中連理松枝二首 …………………… 274

次韻子瞻送李豸 ……………………………………………… 275

次韻子瞻以紅帶寄王宣義 ……………………………………… 277

聽宋宗儒摘阮歌 ………………………………………………… 280

題竹石牧牛 ……………………………………………………… 282

題子瞻墨竹 ……………………………………………………… 284

謝送宣城筆 ……………………………………………………… 284

憶邢惇夫 ………………………………………………………… 286

老杜浣花溪圖引 ………………………………………………… 287

六月十七日晝寢 ………………………………………………… 291

題大雲倉達觀臺 ………………………………………………… 292

竹枝詞 …………………………………………………………… 293

和答元明黔南贈別 ……………………………………………… 294

次韻黃斌老所畫橫竹 …………………………………………… 295

用前韻謝子舟爲予作風雨竹 …………………………………… 297

寄題榮州祖元大師此君軒 ……………………………………… 299

再次韻兼簡履中南玉三首（選一） …………………………… 301

送石長卿太學秋補 ……………………………………………… 303

次韻楊明叔見餞十首（選四） ………………………………… 304

戲題巫山縣用杜子美韻 ………………………………………… 307

跋子瞻和陶詩 …………………………………………………… 308

病起荊江亭即事十首（選三） ………………………………… 310

次韻中玉水仙花二首（選一） ………………………………… 312

王充道送水仙花五十枝欣然會心爲之作詠 …………………… 313

蟻蝶圖 …………………………………………………………… 315

雨中登岳陽樓望君山二首 ……………………………………… 316

自巴陵略平江臨湘入通城無日不雨至黃龍奉謁清禪師
　　繼而晚晴邂逅禪客戴道純款語作長句呈道純 ………… 317

題胡逸老致虛庵 ……………………………………………… 319

送密老住五峰 ………………………………………………… 320

新喻道中寄元明用觴字韻 …………………………………… 322

題落星寺四首（選一）……………………………………… 323

湖口人李正臣蓄異石九峰東坡先生名曰壺中九華幷爲
　作詩後八年自海外歸湖口石已爲好事者所取乃和前
　篇以爲笑實建中靖國元年四月十六日明年當崇寧之
　元五月二十庭堅繫舟湖口李正臣持此詩來石既不
　可復見東坡亦下世矣感嘆不足因次前韻 ……………… 325

觀化 …………………………………………………………… 327

武昌松風閣 …………………………………………………… 329

次韻文潛 ……………………………………………………… 331

寄賀方回 ……………………………………………………… 333

鄂州南樓書事四首（選二）………………………………… 334

追和東坡題李亮功歸來圖 …………………………………… 335

贈惠洪 ………………………………………………………… 336

書磨崖碑後 …………………………………………………… 338

到桂州 ………………………………………………………… 342

寄黄龍清老三首（選一）…………………………………… 343

和范信中寓居崇寧遇雨二首 ………………………………… 344

詞選

醉蓬萊 ………………………………………………………… 347

定風波 ………………………………………………………… 348

念奴嬌 ………………………………………………………… 349

鷓鴣天 ………………………………………………………… 351

木蘭花令 ……………………………………………………… 352

千秋歲 ……………………………………………… 353

虞美人 ……………………………………………… 355

南鄉子 ……………………………………………… 356

清平樂 ……………………………………………… 357

滿庭芳 ……………………………………………… 358

水調歌頭 …………………………………………… 359

西江月 ……………………………………………… 361

文選

跋奚移文 …………………………………………… 363

上蘇子瞻書 ………………………………………… 368

胡宗元詩集序 ……………………………………… 371

東郭居士南園記 …………………………………… 374

毀璧 ………………………………………………… 378

黃幾復墓誌銘 ……………………………………… 382

寫真自贊 …………………………………………… 387

小山集序 …………………………………………… 390

祭舅氏李公擇文 …………………………………… 394

松菊亭記 …………………………………………… 397

與洪甥駒父 ………………………………………… 400

跋東坡論畫 ………………………………………… 405

劉明仲墨竹賦 ……………………………………… 407

家誡 ………………………………………………… 413

黔南道中行記 ……………………………………… 418

南園遁翁廖君墓誌銘 ……………………………… 422

與王周彥長書 ……………………………………… 426

道臻師畫墨竹序 …………………………………… 431

龐安常傷寒論後序 …………………………………………… 434

大雅堂記 ……………………………………………………… 437

與王觀復書 …………………………………………………… 439

書幽芳亭 ……………………………………………………… 443

題魏鄭公砥柱銘後 …………………………………………… 445

承天院塔記 …………………………………………………… 447

跋亡弟嗣功列子册 …………………………………………… 450

題自書卷後 …………………………………………………… 451

題李白詩草後 ………………………………………………… 452

書家弟幼安作草後 …………………………………………… 454

跋東坡水陸贊 ………………………………………………… 455

論語斷篇 ……………………………………………………… 457

詩選

徐孺子祠堂〔一〕

喬木幽人三畝宅〔二〕,生芻一束向誰論〔三〕?藤蘿得意干雲日〔四〕,簫鼓何心進酒樽〔五〕?白屋可能無孺子〔六〕?黃堂不是欠陳蕃〔七〕。古人冷淡今人笑,湖水年年到舊痕。

〔一〕熙寧元年作。時山谷調任汝州葉縣尉,九月到任,此詩作於赴任前滯留鄉里時。徐穉,字孺子,東漢高士,豫章南昌人,家貧躬耕,公府屢辟不就。"時陳蕃爲太守,以禮請署功曹,穉不免之,既謁而退。蕃在郡不接賓客,唯穉來特設一榻,去則縣(懸)之。"(《後漢書·徐穉傳》)曾鞏《徐孺子祠堂記》:"按《圖記》:'章水北逕南昌城,西歷白社,其西有孺子墓;又北歷南塘,其東爲東湖,湖南小洲上有孺子宅,號孺子臺。吳嘉禾中,太守徐熙於孺子墓隧種松,太守謝景於墓側立碑。晉永安中,太守夏侯嵩於碑旁立思賢亭,世世修治;至拓跋魏時,謂之聘君亭。'今亭尚存,而湖南小洲,世不知其嘗爲孺子宅,又嘗爲臺也。予爲太守之明年,始即其處,結茅爲堂,圖孺子像,祠以中牢,率州之賓屬拜焉。"

〔二〕喬木:高大樹木。《詩·小雅·伐木》:"出自幽谷,遷於喬木。"幽人:隱士。《易·履》:"履道坦坦,幽人貞吉。"孟浩然《夜歸鹿門山歌》:"巖扉松徑長寂寥,唯有幽人自來去。"三畝宅:《孟子·梁

1

惠王》:"五畝之宅,樹之以桑。"三畝極言其小。

〔三〕生芻一束:《後漢書·徐穉傳》:"及林宗(郭泰字)有母憂,穉往弔之,置生芻一束於廬前而去。衆怪,不知其故。林宗曰:'此必南州高士徐孺子也。《詩》不云乎:"生芻一束,其人如玉。"(《小雅·白駒》)吾無德以堪之。'"生芻,新割的青草。

〔四〕藤蘿:泛指蔓生植物,其莖常攀援於喬木之上,如紫藤、女蘿等。干雲:形容樹木參天,高及雲際。此句隱喻新進官僚夤緣攀附,得意一時。

〔五〕簫鼓:漢武帝《秋風辭》:"橫中流兮揚素波,簫鼓鳴兮發棹歌。"此指祭祀時奏樂。此句感嘆才德之士不受重用。

〔六〕白屋:古代平民住屋不施采,故稱白屋。《漢書·吾丘壽王傳》:"三公有司,或由窮巷,起白屋,裂地而封。"顏師古注:"白屋,以白茅覆屋也。"可能:怎能,豈能。

〔七〕黃堂:太守之堂。范成大《吳郡志》卷六:"黃堂:《郡國志》:在雞陂之側,春申君子假君之殿也,後太守居之。以數失火,塗以雌黃,遂名黃堂,即今太守正廳是也。今天下郡治,皆名黃堂,昉此。"又《後漢書·郭丹傳》:"太守杜詩請(郭丹)爲功曹,丹薦鄉人長者自代而去。……(太守)勑以丹事,編署黃堂,以爲後法。"此句由曾鞏爲徐穉立祠一事生發,説地方官中亦不乏禮賢下士者。

【評箋】 方東樹《昭昧詹言》卷二十:起二句分點,三四寫景,五六所謂借感自己,收切祠堂,高超入妙,即五六句中意。今人尚笑古人冷淡,則我安得不爲人笑,但有志者不顧也。末句所謂興也,言外之妙,不可執着。……三四即老杜"杉松"二意。

高步瀛《唐宋詩舉要》引姚範語:從杜公《詠懷古跡》來,而變其面貌。凡詠古詩鎔鑄事跡,裁對工巧,此西崑纖麗之體。若大家以自吐胸臆,兀傲縱橫,豈以儷事爲尚哉!

虎　號　南　山〔一〕

　　虎號南山,北風雨雪〔二〕。百夫莫爲〔三〕,其下流血。相彼暴政,幾何不虎〔四〕?父子相戒:"是將食汝!"〔五〕伊彼大吏〔六〕,易我鰥寡〔七〕;矧彼小吏,取桎梏以舞〔八〕。念昔先民〔九〕,求民之瘼〔一〇〕;今其病之〔一一〕,言置於壑〔一二〕。出民於水〔一三〕,惟夏伯禹〔一四〕。今俾我民,是墊平土〔一五〕。豈弟君子,伊我父母〔一六〕。不念赤子,今我何怙〔一七〕!嗚呼旻天,如此罪何苦〔一八〕!

〔一〕《外集》卷十二題下注:"虎號南山,民怨吏也。"作於熙寧元年至葉縣前。

〔二〕北風句:《詩·邶風·北風》:"北風其涼,雨雪其雱。""北風其喈,雨雪其霏。"《序》:"《北風》刺虐也。衛國並爲威虐,百姓不親,莫不相携持而去焉。"詩即用此意。

〔三〕百夫:衆人。《詩·秦風·黄鳥》:"維此奄息,百夫之特。"

〔四〕相:視也。《詩·小雅·伐木》:"相彼鳥矣,猶求友聲。"二句用《禮記·檀弓》事:孔子經泰山,見一婦人哀哭於墓,使子路問之,婦人言其公、夫、子均死於虎,"夫子曰:'何爲不去也?'曰:'無苛政。'夫子曰:'小子識之:苛政猛於虎也!'"幾何不虎:有多少不像虎的。

〔五〕二句用《詩·魏風·碩鼠》:"逝將去女(汝),適彼樂土"句式,謂父子相互告誡虎要吃人。

〔六〕伊:語助詞。

〔七〕易:輕視,簡慢。《孟子·梁惠王下》:"老而無妻曰鰥,老而無夫曰寡。"

3

〔八〕矧：何況。桎梏：刑具。《易·蒙》：“利用刑人，用説桎梏。”《疏》：“在足曰桎，在手曰梏。”此代指刑法。舞桎梏，謂肆意濫用刑法，亦即《史記·貨殖列傳》“吏士舞文弄法，刻章僞書”、王充《論衡·程材》“長大成吏，舞文巧法，徇私爲己，勉赴權利”之意。

〔九〕先民：古代賢人。《詩·大雅·板》：“先民有言，詢於芻蕘。”《箋》：“古之賢者有言，有疑事當與薪采者謀之。”

〔一〇〕《後漢書·循吏傳序》：“廣求民瘼，觀納風謡，故能内外匪懈，百姓寬息。”民瘼，民間疾苦。

〔一一〕其：指上文中的官吏。病：爲難。《論語·雍也》：“子貢曰：‘如有博施於民而能濟衆，何如？可謂仁乎？’子曰：‘何事於仁！必也聖乎！堯舜其猶病諸！’”病諸，即病之乎，難以做到。

〔一二〕言：助詞。置：捐棄。溝壑：《孟子·梁惠王》：“凶年饑歲，君之民老弱轉乎溝壑，壯者散而之四方者，幾千人矣。”此即指流離至死，填尸山谷。

〔一三〕出民句：《孟子·梁惠王下》：“今燕虐其民，王往而征之，民以爲拯己於水火之中也。”

〔一四〕夏伯禹：即夏禹。《左傳·昭公元年》：“劉子曰：‘美哉禹功！明德遠矣！微禹，吾其魚乎！’”禹父鯀爲崇伯，故稱夏禹爲伯禹。伯，古代統治一方之長。《書·舜典》：“伯禹作司空。”

〔一五〕俾：使。墊：淹没，沉陷。《書·益稷》：“禹曰：‘洪水滔天，浩浩懷山襄陵，下民昏墊。’”《孟子·滕文公下》：“（孟子曰）當堯之時，水逆行，氾濫於中國，蛇龍居之，民無所定，……使禹治之。禹掘地而注之海，驅蛇龍而放之菹，水由地中行，江淮河漢是也。險阻既遠，鳥獸之害人者消，然後人得平土而居之。堯舜既没，聖人之道衰，暴君代作，壞宫室以爲汙池，民無所安息，棄田以爲園囿，使民不得衣食。邪説暴行又作，園囿、汙池、沛澤多而禽獸至。”以上四句即概括《孟子》此段文字，對現實作了猛烈批判。

〔一六〕豈弟二句：《詩·大雅·泂酌》：“豈弟君子，民之父母。”豈弟，同愷悌，和樂平易。君子：此指官吏。伊，是也。

〔一七〕赤子：嬰兒，引申爲子民百姓。《書·康誥》：“若保赤子，惟民其
　　　康乂。”《疏》：“愛養人若母之安赤子……子生赤色，故言赤子。”
　　　怙：依靠。《詩·小雅·蓼莪》：“無父何怙？無母何恃？”二句謂
　　　統治者不顧人民，人民又有何依靠？

〔一八〕旻(mín)天：原指秋天，此泛指天。《書·大禹謨》：“帝(舜)初于歷
　　　山，往于田，日號泣于旻天。”末二句向天慨嘆所受之罪深重苦痛。

次韻戲答彦和〔一〕

　　本不因循老鏡春〔二〕，江湖歸去作閑人〔三〕。天於萬
物定貧我〔四〕，智效一官全爲親〔五〕。布袋形骸增磈
磊〔六〕，錦囊詩句愧清新〔七〕。杜門絕俗無行跡〔八〕，相憶
猶當遣化身〔九〕。

〔一〕作於熙寧元年赴葉縣前。原註云：“彦和年四十，棄官杜門不出。”
　　次韻：又稱步韻，按他人原詩韻脚或用韻次序賦詩。

〔二〕因循：墨守舊法，無所作爲。鏡春：鏡中的容顔。此句言彦和本
　　不想做個因循守舊的官吏而蹉跎歲月。

〔三〕江湖句：李商隱《安定城樓》：“永憶江湖歸白髮。”又白居易《歲暮
　　寄微之三首》：“唯欠結廬嵩洛下，一時歸去作閑人。”

〔四〕天於句：《莊子·大宗師》：子輿見子桑若歌若哭，問曰：“子之歌
　　詩，何故若是？”子桑答曰：“吾思夫使我至此極者而弗得也。父母
　　豈欲吾貧哉？天無私覆，地無私載，天地豈私貧我哉？求其爲之
　　者而不得也！然而至此極者，命也夫！”

〔五〕智效一官：語出《莊子·逍遥游》，“智”原作“知”，相通，意謂智能
　　可勝任一官之職。全爲親：古人爲養親而仕被認爲高義。《後漢

書·劉趙淳于江劉周趙列傳序》：廬江毛義家貧孝義，南陽張奉慕名往見，適府檄至，以毛義爲守令，義捧檄而入，喜形於色。張奉心賤之，固辭而去。及毛義母死，義去官行服。"後舉賢良，公車徵，遂不至。張奉嘆曰：'賢者固不可測。往日之喜，乃爲親屈也。斯蓋所謂家貧親老，不擇官而仕者也。'"

〔六〕布袋：指五代時梁朝禪僧布袋和尚。《景德傳燈録》卷二十七："明州奉化縣布袋和尚者，未詳氏族，自稱名契此，形裁腲脮，蹙額皤腹，出語無定，寢卧隨處，常以杖荷一布囊，凡供身之具，盡貯囊中。入鄽肆聚落，見物則乞，或醯醢魚葅，才接入口，分少許投囊中，時號長汀子布袋師也。……梁貞明三年丙子三月，……安然而化。"或以爲即彌勒菩薩化身，見莊綽《鷄肋編》卷中。磈磊：不平貌。此以布袋和尚狀彦和。

〔七〕錦囊詩句：李商隱《李長吉小傳》："(賀)每旦日出，與諸公游，未嘗得題然後爲詩，如他人思量牽合以及程限爲意。恒從小奚奴，騎距驢，背一古破錦囊，遇有所得，即書投囊中。及暮歸，……從婢取書，研墨疊紙足成之，投他囊中。"清新：杜甫《春日憶李白》："清新庾開府，俊逸鮑參軍。"此句稱贊彦和詩才，自愧不如。

〔八〕杜門句：白居易《中隱》："君若欲高卧，但自深掩關，亦無車馬客，造次到門前。"

〔九〕化身：指彦和，用布袋和尚逝世前所説偈中"彌勒真彌勒，分身百千億"之意。佛有三身：法身、報身、化身。佛的本身可化爲各種形相，以便現身説法，是爲化身，釋迦牟尼即是佛的一個化身。此句寫相思之情，期望彦和來訪。柳宗元《與浩初上人同看山寄京華親故》："若爲化作身千億，散向峰頭望故鄉。"

思親汝州作〔一〕

歲晚寒侵游子衣〔二〕，拘留幕府報官移〔三〕。五更歸

夢三百里,一日思親十二時〔四〕。車上吐茵元不逐〔五〕,市
中有虎竟成疑〔六〕。秋毫得失關何事?總爲平安書
到遲〔七〕。

〔一〕熙寧元年在葉縣作。黄㲄《山谷年譜》:"按玉山汪氏有先生此詩
　　　真跡,題云:《戊申九月到汝州,時鎮相富鄭公》,而首句與集中不
　　　同,云:風力霜威侵短衣。"汝州:轄境爲今河南北汝河、沙河流域
　　　各縣,治所梁縣(今河南臨汝)。

〔二〕游子衣:孟郊《游子吟》:"慈母手中綫,游子身上衣。臨行密密
　　　縫,意恐遲遲歸。"

〔三〕幕府:原爲將帥營帳,後也用以稱衙署,此指汝州府治。官移:官
　　　府文書。此句言山谷未能按期到任而受責。《外集》有《還家呈伯
　　　氏》一詩,述及此事:"强趨手板汝陽城,更責愆期被訶詬。法官毒
　　　螫草自搖,丞相霜威人避走。"史容注:"山谷嘗云:思親,初到汝
　　　州,時鎮相富公以予到官逾期下吏。"

〔四〕五更二句:吴曾《能改齋漫録》卷六《事實》:"唐朱晝《喜陳懿至》
　　　詩云:'一別一千日,一日十二憶。苦心無閒時,今夕見玉色。'乃
　　　知山谷'五更歸夢三千里,一日思親十二時'之句,蓋取此。"按唐
　　　人詩中以時空相對之例甚多。如柳宗元《别舍弟宗一》:"一身去
　　　國六千里,萬死投荒十二年";張祜《宫詞》:"故國三千里,深宫二
　　　十年";白居易《夢亡友劉太白同遊彰敬寺》:"三千里外卧江州,十
　　　五年前哭老劉"等均是。

〔五〕車上句:《漢書·丙吉傳》:"吉爲人深厚,不伐善。……於官屬掾
　　　史,務掩過揚善。吉馭吏者(嗜)酒,數逋蕩(顔注:亡其所供之職
　　　而遊放),嘗從吉出,醉歐(嘔)丞相車上。西曹主吏白欲斥之,吉
　　　曰:'以醉飽之失去士,使此人將復何所容?西曹地(第)忍之,此
　　　不過汙丞相車茵耳。'遂不去也。"茵:車墊。此以丙吉之寬厚喻
　　　富弼,意謂初未受責罰。

〔六〕市中句:《韓非子·内儲説》載魏國龐恭與太子到趙國邯鄲去作

人質,龐恭問魏王:有一人或二人言市中有虎,是否相信?魏王皆曰不信。"'三人言市有虎,王信之乎?'王曰:'寡人信之。'龐恭曰:'夫市之無虎也明矣,然而三人言而成虎。今邯鄲之去魏也遠於市,議臣者過於三人,願王察之。'"此借言有人讒毁。

〔七〕二句表示對受責一事毫不在意,所念僅是家書遲遲未到。平安書:報告平安的家書。岑參《逢入京使》:"馬上相逢無紙筆,憑君傳語報平安。"詩人這種態度在《還家呈伯氏》中亦有表露:"賤貧孤遠蓋如此,此事端於我何有!"

次韻裴仲謀同年〔一〕

交蓋春風汝水邊〔二〕,客牀相對卧僧氈〔三〕。舞陽去葉纔百里,賤子與公皆少年〔四〕。白髮齊生如有種〔五〕,青山好去坐無錢〔六〕。煙沙篁竹江南岸〔七〕,輸與鷗鷺取次眠〔八〕。

〔一〕熙寧二年葉縣作。裴仲謀名綸,時爲舞陽尉。同年:舊時對同榜登科者的稱謂。

〔二〕交蓋:路上兩車相遇,車篷相接,形容朋友相逢談話之親切。《漢書》鄒陽《獄中上書》:"語曰:'有白頭如新,傾蓋如故。'"顏注:"傾蓋猶交蓋駐車也。"汝水:古水名,上游即今河南北汝河,發源於河南魯山縣大盂山,流經襄城、郾城、上蔡、汝南;下游即今南汝河,注入淮河。舞陽在郾城之西,葉縣又在舞陽之西。

〔三〕客牀句:形容二人情意投合,相處甚洽。韋應物《示全真元常》:"寧知風雪夜,復此對牀眠。"白居易《招張司業宿》:"能來同宿否?聽雨對牀眠。"後經東坡兄弟互用,"對牀夜雨"遂成表現兄弟朋友之情的熟典。僧氈：佛寺用的禦寒之具。

〔四〕舞陽：縣名,在今河南舞陽縣西。葉：葉縣,在今河南葉縣南。賤
　　　子：作者自謙之稱。《漢書・樓護傳》：大司空王邑尊重樓護,"時
　　　請召賓客,邑居樽下,稱'賤子上壽'。"鮑照《代東武吟》："主人且
　　　勿諠,賤子歌一言。"公：指裴同年。

〔五〕白髮句：《史記・陳涉世家》："王侯將相寧有種乎!"此借言白髮
　　　如有種一般,衍生不絶。

〔六〕此句謂青山雖好,却無錢買而歸隱。《世説新語・排調》："支道林
　　　因人就深公買印山。深公答曰：'未聞巢由買山而隱。'"後遂以買
　　　山指歸隱。顧況《送李山人還玉溪》詩："幽人獨欠買山錢。"又《雲
　　　溪友議》卷一："又有匡廬符載山人,遣三尺童子,賫數幅文書乞買
　　　山錢百萬,公(指于頔)遂與之,仍加紙墨衣服等。"坐：因爲。杜
　　　牧《山行》："停車坐愛楓林晚。"

〔七〕煙沙：雲煙繚繞的沙洲。篁竹：叢竹。

〔八〕輸與：讓給。王禹偁《松江》："滿眼碧波輸野鳥",梅堯臣《西湖閑
　　　望》："愛閑輸白鳥,盡日立沙汀。"鸕鷀：水鳥名,俗稱水老鴉,形
　　　似鴉而大,色黑,棲息水濱,善於潛水捕魚。取次：隨便或草草。
　　　白居易《偶眠》："老愛尋思事,慵多取次眠。"

流　民　嘆〔一〕

　　朔方頻年無好雨〔二〕,五種不入虚春秋〔三〕。邇來后
土中夜震〔四〕,有似巨鼇復戴三山遊〔五〕。傾牆摧棟壓老
弱,寃聲未定隨洪流。地文劃劙水觱沸〔六〕,十户八九生
魚頭〔七〕。稍聞澶淵渡河日數萬〔八〕,河北不知虚幾州。
纍纍襁負襄葉間〔九〕,問舍無所耕無牛〔一〇〕。初來猶自得

曠土〔一一〕，嗟爾後至將何怙〔一二〕？刺史守令真分憂〔一三〕，明詔哀痛如父母〔一四〕。廟堂已用伊周徒〔一五〕，何時眼前見安堵〔一六〕？疎遠之謀未易陳，市上三言或成虎〔一七〕。禍災流行固無時〔一八〕，堯湯水旱人不知〔一九〕。桓侯之疾初無證，扁鵲入秦始治病〔二〇〕。投膠盈掬俟河清〔二一〕，一簞豈能續民命〔二二〕？雖然猶願及此春，略講周公十二政〔二三〕。風生羣口方出奇〔二四〕，老生常談幸聽之〔二五〕。

〔一〕作於熙寧二年，時在葉縣。熙寧元年秋冬，河朔及京師連續地震，震後洪水泛濫，災民紛紛渡河而南。《續資治通鑑長編拾補》熙寧元年八月，司馬光奏曰：“今河決之外，加以地震，官府民居蕩焉。糞壤繼以霖雨，倉廩腐朽，軍食且乏，何暇及民！冬夏之交，民必大困。”此詩蓋爲當年災情之實錄。

〔二〕朔方：《尚書·堯典》：“申命和叔，宅朔方，曰幽都。”《史記·五帝本紀》則作“申命和叔居北方”，此泛指北方。

〔三〕五種：即五種穀物。《周禮·夏官·職方氏》：“正北曰并州，其山鎮曰恒山，其澤藪曰昭餘祁……其民二男三女，其畜宜五擾，其穀宜五種。”鄭玄注：“五種：黍、稷、菽、麥、稻也。”古恒山在今河北曲陽西北，昭餘祁故跡在今山西平遥西南。當時河北連年乾旱、顆粒無收，熙寧之初又連續地震，故“宜五種”之地今却“五種不入”。此處既寫實，又用典，十分精切。虛春秋：虛度春秋。

〔四〕邇來：近來。后土：指大地，《左傳·僖公十五年》：“君履后土而戴皇天。”此句寫地震。《續通鑑長編拾補》熙寧元年七月注引《十朝綱要·宋史本紀》：“甲申京師地震，乙酉又震，辛卯以河朔地大震……八月壬寅京師地震，甲辰又震，九月戊子莫州地震，有聲如雷，十一月乙未，京師及莫州地震，癸卯瀛州地大震。”

〔五〕此句形容地震時地動山搖之狀。古代神話謂渤海之東，不知幾億萬里,有無底深谷,中有五山,互不相連,隨波上下往還。天帝命禺彊使巨鼇十五,更迭舉首而戴之,五山始峙。見屈原《天問》及《列子·湯問》。此以"三山"代"五山",又兼用"三神山"事。《史記·封禪書》:"自威、宣、燕昭使人入海求蓬萊、方丈、瀛洲。此三神山者,其傅在勃海中……未至,望之如雲;及到,三神山反居水下;臨之,風輒引去,終莫能至云。"又王嘉《拾遺記》:"三壺,則海中三山也。一曰方壺,則方丈也;二曰蓬壺,則蓬萊也;三曰瀛壺,則瀛洲也。"

〔六〕地文:地上裂紋。劃劙(lí)割裂。韓愈《潮州祭神文》:"劃劙雲陰,卷月日也。"觱(bì)沸:泉水湧出貌。《詩·小雅·采菽》:"觱沸檻泉,言采其芹。"又梁元帝《玄覽賦》:"井觱沸而蛩蟺。"

〔七〕生魚頭:盧仝《月蝕詩》:"憶昔堯爲天,十日燒九州……堯心增百憂,帝見堯心憂,勃然發怒決洪流,……但見萬國赤子鰕鰕生魚頭。"韓愈《月蝕詩效玉川子作》亦用此語。此句寫百姓爲洪水所困。

〔八〕澶淵:原爲古湖泊名,故址在今河南濮陽西,又名繁淵,見《水經注》卷五。後又指澶州,州即以澶淵得名。北宋時,與地震之莫州、瀛州同屬河北東路,見《元豐九域志》卷二。宋真宗景德元年,宋遼"澶淵之盟"即訂於此。

〔九〕纍纍:接連不斷。襁負:用襁褓背負,襁褓爲背小兒的背帶和布兜。《論語·子路》:"夫如是,則四方之民襁負其子而至矣,焉用稼?"襄葉間:襄城、葉縣一帶,二地均屬汝州。史容《外集詩注》引《實錄》:"熙寧二年正月,判汝州富弼言:'唐、鄧、襄、汝,地廣不耕,河北流民,至者日衆,若盡給以閑田,使獲生養,實兩得其便。'"可參見。

〔一〇〕問舍:《三國志·陳登傳》載劉備言許汜"求田問舍,言無可采"。此用其字面,寫災民流離失所。

〔一一〕初來句:韓愈《桃源圖》:"初來猶自念鄉邑,歲久此地還成家。"因用《桃源圖》之句式而又兼及陶淵明《桃花源記》"土地平曠,屋舍儼然"之意,足見山谷詩心深細。

〔一二〕何怙:依靠什麽。《詩·小雅·蓼莪》:"無父何怙?無母何恃?"怙,依賴。此言後來者將無以爲生。

〔一三〕刺史:州郡行政長官。守令:指太守縣令等地方官。分憂:杜甫《同元使君〈舂陵行〉序》:"志之曰:'當天子分憂之地,效漢官良吏之目。'"

〔一四〕明詔句:《漢書·西域傳》:漢武帝連年征戰,海内空虚,乃下詔曰:"乃者貳師(將軍李廣利)敗,軍士死略離散,悲痛常在朕心。"此句寫皇帝下詔拯災,表示哀痛。杜甫《收京三首》之二:"忽聞哀痛詔,又下聖明朝。"

〔一五〕廟堂:指朝廷。伊周徒:指伊尹、周公一類主持國政的大臣。伊尹,名摯,原爲奴隸,後佐湯伐桀,被尊爲阿衡(宰相)。周公,姬旦,文王子,武王死後攝政,輔佐成王。此指王安石在熙寧二年拜相,實行新法。按王安石在此期間,已隱然以伊、周自居,事見《宋史紀事本末》卷三七及其《謝除史館表》。

〔一六〕安堵:安居。《史記·田單傳》:"願無虜掠吾族家妻妾,令安堵。"此指安居之室。詩人在此語含諷刺。

〔一七〕市上句:見《思親汝州作》註〔六〕。

〔一八〕禍災句:《左傳·僖公十三年》:"天災流行,國家代有。"

〔一九〕堯湯句:《漢書·食貨志》:"故堯禹有九年之水,湯有七年之旱,而國亡(無)捐瘠者,以畜積多而備先具也。"

〔二〇〕桓侯二句:據《韓非子·喻老》,扁鵲見蔡桓公,言其有病,欲治之,桓公以爲無病而拒之,如是者三次,其病由腠理而入肌膚,入腸胃。第四次"扁鵲望桓侯而還走",因其病已至骨髓,無可藥救。"居五日,桓侯體痛,使人索扁鵲,已逃秦矣。桓侯遂死。"此即言治國如治病,"夫事之禍福亦有腠理之地,故聖人蚤(早)從事焉。"證:徵兆。

〔二一〕投膠句:《抱朴子·外篇》卷一《嘉遁》:"寸膠不能治黄河之濁,尺水不能却蕭丘之熱。"又《古詩·客從遠方來》:"以膠投漆中。"盈掬：滿捧；掬，用雙手捧取。杜甫《佳人》：“采柏動盈掬。”俟河清：見《左傳·襄公八年》：“周詩有之曰：‘俟河之清，人壽幾何？’”杜預註：“逸詩也。言人壽促而河清遲。”

〔二二〕一簞句：《孟子·告子上》：“一簞食，一豆羹，得之則生，弗得則死。”簞，盛飯之竹器；一簞，極言食少。續：延續。《韓詩外傳》卷二：“君子謀之則爲國用。故動則安百姓，議則延民命。”

〔二三〕略講句：《周禮·地官·大司徒》：“以荒政十有二，聚萬民。一曰散利，二曰薄征，三曰緩刑，四曰弛力，五曰舍禁，六曰去幾，七曰眚禮，八曰殺哀，九曰蕃樂，十曰多昏，十有一曰索鬼神，十有二曰除盜賊。”相傳周朝禮樂制度皆爲周公所作，故云“周公十二政”。詩意謂賑濟救災不能根本解決問題，然趁今春抓緊賑濟，猶能補救於萬一。

〔二四〕風生句：《莊子·齊物論》：“（南郭）子綦曰：‘夫大塊噫氣，其名爲風。是唯無作，作則萬竅怒呺。’”此指言論。出奇：指提出各種新奇的建議，與下文“老生常談”相對。

〔二五〕老生句：《世説新語·規箴》：“何晏、鄧颺令管輅作卦，云：‘不知位至三公不？’卦成，輅稱引古義，深以戒之。颺曰：‘此老生之常談。’”二句似暗指賑災問題上當時與變法派的爭論。

春近四絶句〔一〕

閏後陽和臘裏回〔二〕，濛濛小雨暗樓臺。柳條榆莢弄顔色〔三〕，便恐入簾雙燕來。

亭臺經雨壓塵沙，春近登臨意氣佳。更喜輕寒勒成雪，未春先放一城花。

小雪晴沙不作泥，疏簾紅日弄朝暉。年華已伴梅梢晚,春色先從草際歸。

　　梅英欲盡香無賴〔四〕,草色纔蘇緑未勻。苦竹空將歲寒節〔五〕,又隨官柳到青春〔六〕。

〔一〕熙寧二年在葉縣作。《年譜》題下注:"詩中有'閏後陽和臘裏回'之句,按是歲閏十一月。"
〔二〕閏後:閏月過後。陽和:春天的和暖之氣。《爾雅·釋天》:"春爲青陽。"臘:原爲歲末祭名。《藝文類聚》卷五引《風俗通》曰:"因臘取獸,祭先祖也";《漢舊儀》曰:"臘者報諸鬼神,古聖賢有功於民者也。"漢後行夏曆,以十二月爲終,故稱臘月。
〔三〕柳條句:韓愈《晚春》:"楊花榆莢無才思,惟解漫天作雪飛。"榆莢:即榆錢,榆未生葉時,先在枝條間生莢,繼呈白色,隨風飄落。
〔四〕梅英:梅花。無賴:猶言可愛,含親昵之意。杜甫《奉陪鄭駙馬韋曲》:"韋曲花無賴,家家惱殺人。"
〔五〕苦竹:竹之一種,初夏始生筍,味苦不中食,故云。
〔六〕官柳:舊時官府常植柳於庭院和道旁,後也泛指路邊的柳樹。杜甫《西郊》:"市橋官柳細,江路野梅香。"青春:春天。《楚辭·大招》:"青春受謝,白日昭只。"王逸注:"青,東方春位,其色青也。"杜甫《聞官軍收河南河北》:"青春作伴好還鄉。"

漫　　尉〔一〕

　　庭堅讀漫叟文〔二〕,愛其不從於役〔三〕,而人性物理淵然詣於根理〔四〕,因戲作《漫尉》一篇,簡舞陽尉裴仲謨〔五〕,兼寄贈郝希孟、胡深夫二同年,爲我相與和而張之,尚使來者知居厚爲寡悔之府〔六〕,然知我罪我,皆在此詩〔七〕。

豫章黃魯直〔八〕，既拙又狂癡。往在江湖南〔九〕，漁樵乃其師。腰斧入白雲，揮車棹清溪〔一〇〕。虎豹不亂行，鷗鳥相與嬉〔一一〕。遇人不崖異〔一二〕，順物無瑕疵〔一三〕。不知愛故厭〔一四〕，不悔爲人欺。晨朝常漫出，莫夜亦漫歸〔一五〕，漫尉葉公城〔一六〕，漫撫病餘黎〔一七〕。不簒非己事〔一八〕，不趨非吾時。人罵狂癡拙，魯直更喜之。或請陳漫尉，壽尉蒲萄巵〔一九〕，酒行激懦氣，攘袂起哨規〔二〇〕：君子守一官〔二一〕，烏肯苟簡爲〔二二〕，奈何如秋葭〔二三〕，信狂風離披〔二四〕？漫行恐汙德〔二五〕，漫止將敗機〔二六〕，漫默買猜謗〔二七〕，漫言來詬譏〔二八〕。漫尉謝答客〔二九〕：願客深長思。漫行無軌躅〔三〇〕，漫止無羇縶〔三一〕，漫默怨者寡，漫言知者稀。吾生漫叟後，不券與之齊〔三二〕。於戲獨如子〔三三〕，因使目爲眉〔三四〕。強顏不計返〔三五〕，乾坤一醯雞〔三六〕。崑崙視糟坏〔三七〕，既化不自知〔三八〕。悔吝雖萬塗〔三九〕，直道甚坦夷〔四〇〕。覆轍索孤竹，奔車求仲尼〔四一〕。以旌招虞人〔四二〕，賤者不肯尸〔四三〕。玉潤安可涸〔四四〕，日光安可緇〔四五〕？斯言出繫表〔四六〕，當以罔象窺〔四七〕。賦分有自然〔四八〕，那用時世移？吾漫誠難改，盡醉不敢辭〔四九〕。

〔一〕原注："庚戌(熙寧三年)爲葉縣尉時作。"漫：自由放任。尉：縣尉。

〔二〕漫叟文：漫叟爲唐代元結之號。肅宗寶應元年元結隱居武昌(今湖北鄂城)，自號漫叟，作《自釋》、《漫論》、《漫歌八曲》等詩文以見意。如《自釋》云："後家瀼濱，乃自稱浪士。及有官，人以爲浪者亦漫爲官乎？呼爲漫郎。既客樊上，漫遂顯。……當以漫叟爲稱,直荒浪其情性,誕漫其所爲,使人知無所存有,無所將待。”

〔三〕不從於役:指不爲官場俗務奔走。《自釋》:“吾不從聽於時俗,不
鉤加於當世。”

〔四〕人性物理:《鶡冠子·度萬》:“龐子曰:‘願聞其人情物理。’”物
理,事物的常理。淵然:深沉貌。詣於根理:達於根本之理。

〔五〕簡:寄送。裴仲謨:即裴仲謀,山谷同年,時爲舞陽尉。見前《次
韻裴仲謀同年》。

〔六〕尚使句:《老子》三十八章:“是以大丈夫處其厚,不居其薄;處其
實,不居其華。”又《論語·爲政》:“言寡尤,行寡悔,禄在其中
矣。”府:集中之處。

〔七〕然知我罪我:《孟子·滕文公下》:“是故孔子曰:‘知我者其惟《春
秋》乎!罪我者其惟《春秋》乎!’”

〔八〕豫章:漢郡名,唐改洪州,治南昌。山谷爲洪州分寧人,故云。

〔九〕江湖南:按洪州在長江之南,彭蠡湖之西南,故云。

〔一〇〕揮車:駕船。車:水車,一種輕便船,又名飛鳧、水馬,多用於競
渡,見《荆楚歲時記》。

〔一一〕虎豹二句:形容爲人真率,不存機心,鳥獸也不迴避。《莊子·山
木》:“(孔子)辭其交游,去其弟子,逃於大澤……,入獸不亂羣,入
鳥不亂行。鳥獸不惡,而況人乎!”又《莊子·馬蹄》:“是故禽獸可
繫羈而游,鳥鵲之巢可攀援而窺。夫至德之世,同與禽獸居,族與
萬物並。”“鷗鳥”事見《列子·黃帝》:“海上之人,有好漚鳥者,每
旦之海上,從漚鳥游。漚鳥之至者,百住而不止。其父曰:‘吾聞
漚鳥皆從汝游。汝取來,吾玩之。’明日之海上,漚鳥舞而不下
也。”按此段文字,《世説新語·言語》劉孝標注引作《莊子》,“漚”
作“鷗”,今本《莊子》無,然學者推測可能爲《莊子》佚文。謝靈運
《山居賦》云:“撫鷗鯢而悦豫,杜機心於林池。”自註:“莊周云:
‘海人有機心,鷗鳥舞而不下。’”可參覽。又元結《招孟武昌》:“湖
上有水鳥,見人不飛鳴;谷中有山獸,往往隨人行。”

〔一二〕遇人句:《莊子·天地》:“行不崖異之謂寬,有萬不同之謂富。”崖

異,不同於一般人,標奇立異。

〔一三〕順物句:《莊子·應帝王》:"汝游心於淡,合氣於漠,順物自然而無容私焉,而天下治矣。"順物:此謂順應世事人情。瑕疵:毛病。

〔一四〕此句謂不知吝嗇,故常感滿足。愛,吝嗇。厭,滿足。

〔一五〕晨朝句以下連用"漫"字,係模擬元結詩文中句式。元結《漫酬賈沔州》:"漫醉人不嗔,漫眠人不喚,漫遊無遠近,漫樂無早晏。漫中漫亦忘,名利誰能算?"又《漫論》:"時人相誚議曰:元次山嘗漫有所爲,且漫聚兵,又漫辭官,漫聞議云云,因作《漫論》。"莫:通"暮"。

〔一六〕尉:縣尉,維持一縣治安的長官。此用作動詞。葉公城:即葉縣,在今河南葉縣南。《左傳·成公十五年》:"許靈公畏偪於鄭,請遷於楚。楚公子申遷許於葉。"葉遂爲楚之附庸,漢置縣。

〔一七〕撫:撫慰,體恤。黎:黎民百姓。

〔一八〕篡:奪取,此引申爲干預、插手。

〔一九〕或:有人。壽:祝人健康長壽。蒲萄卮:盛葡萄酒的杯子。王翰《涼州詞》:"葡萄美酒夜光杯。"

〔二〇〕攘:揎,捋;袂:袖子。哨規:多言規勸。

〔二一〕守一官:擔任一個官職。

〔二二〕烏肯:怎能。苟簡爲:敷衍從事,草率隨便。

〔二三〕秋葭:秋天的蘆葦。

〔二四〕此句謂聽任狂風吹得東倒西歪。離披:散亂貌。宋玉《九辯》:"白露既下百草兮,奄離披此梧楸。"

〔二五〕汙德:玷污德行。

〔二六〕敗機:喪失時機,耽誤大事。

〔二七〕買猜謗:招致猜忌與毀謗。買,召來。《戰國策·韓策》:"此所謂市怨而買禍者也。"

〔二八〕來詬讒:召來詬罵讒刺。來,召來。以上八句爲設辭規勸。

〔二九〕謝答:回答。謝,告訴。

〔三〇〕軌躅:軌跡,喻法度、規範。《漢書·叙傳》:"繫名聲之韁鎖,伏周

17

孔之軌躅。"

〔三一〕覉馽:覉(zhí),同縶,拴縛馬足的繩索;馽,馬韁繩。引申爲束縛、羈絆之意。《莊子·馬蹄》:"連之以羈覉,編之以皁棧,馬之死者十二三矣。"

〔三二〕券:約束。

〔三三〕於戲:嗚呼。子:對勸客的尊稱。

〔三四〕目爲眉:比喻認識不清,無觀察力。元結《元子》(今佚)載方國、相乳國、無手國等怪事(見《容齋隨筆》),此"使目爲眉"者,或爲同類形象。

〔三五〕強顔:強爲厚顔。不計返:不想退出官場。返,即返初服,辭官歸田。江淹《效阮公詩》:"常願返初服,閑步潁水阿。"

〔三六〕醯鷄:《莊子·田子方》:"孔子出,以告顔回曰:'丘之於道也,其猶醯鷄與!'"醯鷄,即蠛蠓,一種很小的飛蟲。此句謂天地之大,人實與小蟲無異。

〔三七〕糟垤:酒糟聚成的小堆。此言人之渺小又像糟垤與崑崙山相比。視:比照。

〔三八〕既化句:莊子認爲萬物之變化,人不可知,也無法干預,只有無爲而任其自化。《莊子·大宗師》:"孟孫氏不知所以生,不知所以死。不知就先,不知就後。若化爲物,以待其所不知之化已乎。且方將化,惡知不化哉?方將不化,惡知已化哉?"

〔三九〕悔吝:即悔恨。《易·繫辭上》:"悔吝者,憂虞之象也。"《三國志·魏志·王昶傳》載《戒子書》:"患人知進而不知退,知欲而不知足,故有困辱之累、悔吝之咎。"

〔四〇〕直道:正直之道。《論語·衛靈公》:"斯民也,三代之所以直道而行也。"坦夷:平坦寬廣。《易·履卦》:"履道坦坦,幽人貞吉。"

〔四一〕覆轍二句:《韓非子·安危》:"奔車之上無仲尼,覆舟之下無伯夷。"其原以奔車、覆舟喻危亂之國,而此指追名逐利之塗。孤竹:古國名。此指孤竹君的二子伯夷、叔齊。因辭君位而奔周,武王滅殷後隱於首陽山,採薇而食,終至餓死。此謂在奔競争利的道上找不到有道之士。

〔四二〕以旌句：《孟子·滕文公》：“孟子曰：‘昔齊景公田（打獵），招虞人以旌，不至，將殺之。志士不忘在溝壑，勇士不忘喪其元。孔子奚取焉？取其非招不往也。’”又，《左傳·昭公二十年》：“齊侯田於沛，招虞人以弓，不進，公使執之。辭曰：‘昔我先君之田也，旃以招大夫，弓以招士，皮冠以招虞人。臣不見皮冠，故不敢進。’乃舍之。仲尼曰：‘守道不如守官，君子韙之。’”虞人：掌管山澤園囿之官。

〔四三〕尸：尸位，指據位而不作事、不盡責。

〔四四〕玉潤：董仲舒《春秋繁露·執贄》：“玉潤而不污，是仁而至清潔也。”涸：乾竭。

〔四五〕緇：黑色，此用作動詞，猶“遮掩”。

〔四六〕出繫表：意出於言辭之外。庾信《哀江南賦》：“聲超於繫表，道高於河上。”楊慎《丹鉛雜錄》十：“二字多不解所出。按《晉春秋》荀粲曰：‘立象以盡意，非通乎象外者也；繫辭以盡言，非言乎繫表者也。’象外之意，繫表之言，固蘊而不出矣。《晉春秋》今亡，僅見類書所引耳。”繫，指《易·繫辭》。

〔四七〕罔象：精怪。《國語·魯語下》：“季桓子穿井，獲如土缶，其中有羊焉。使問之仲尼曰：‘吾穿井而獲狗，何也？’對曰：‘以丘之所聞，羊也。丘聞之：木石之怪曰夔、蝄蜽，水之怪曰龍、罔象，土之怪曰羵羊。’”窺：觀看。

〔四八〕賦分：天賦本性。

〔四九〕以上二十七句爲漫尉的答辭。本詩之對話體模擬元結《漫論》。

紅蕉洞獨宿〔一〕

南牀高臥獨逍遙，真感生來不易銷。枕落夢魂飛峽蝶〔二〕，燈殘風雨送芭蕉。永懷玉樹埋塵土〔三〕，何異蒙鳩掛葦苕〔四〕。衣笐妝臺蛛結網〔五〕，可憐無以永今朝〔六〕！

〔一〕熙寧三年在葉縣作。是歲七月初二夫人孫氏蘭溪歿於官所，見《年譜》。其《黃氏二室墓誌銘》曰："初室曰蘭溪縣君孫氏，故龍圖閣直學士高郵孫公覺莘老之女，年十八歸黃氏，能執婦道，其居室相保惠教誨，有遷善改過之美，家人短長不入庭堅之耳。方是時，庭堅爲葉縣尉，貧甚，蘭溪安之，未嘗求索於外家，不幸年二十而卒。"此詩爲悼亡之作。

〔二〕枕落句：《莊子·齊物論》："昔者莊周夢爲胡蝶，栩栩然胡蝶也。自喻適者與，不知周也。俄然覺，則蘧蘧然周也。不知周之夢爲胡蝶與？胡蝶之夢爲周與？"此以蝶化喻逝世。

〔三〕永懷句：《世說新語·傷逝》："庾文康（亮）亡，何揚州（充）臨葬云：'埋玉樹箸土中，使人情何能已已！'"

〔四〕蒙鳩：即鷦鷯，鳥名。《荀子·勸學》："南方有鳥焉，名曰蒙鳩，以羽爲巢，而編之以髮，繫之葦苕，風至苕折，卵破子死，巢非不完也，所繫者然也。"葦苕：即蘆葦，蘆葦之花稱苕。

〔五〕衣笐（hàng）：衣架。

〔六〕可憐句：《詩·小雅·白駒》："皎皎白駒，食我場苗，縶之維之，以永今朝。"永，消磨、打發時日。

【評箋】 方東樹《昭昧詹言》卷二十：此悼亡詩，以第二句爲主。三四情景交融，切"宿"字，所謂奇詞傑句者。後半只叙情而已。

過平輿懷李子先時在并州〔一〕

前日幽人佐吏曹〔二〕，我行堤草認青袍〔三〕。心隨汝水春波動，興與并門夜月高〔四〕。世上豈無千里馬？人中難得九方皋〔五〕。酒船魚網歸來是，花落故溪深一篙。

〔一〕熙寧四年作。平輿：隸蔡州，即今河南平輿縣。并州：嘉祐四年升爲太原府，屬河東路，即今山西太原市。李子先，未詳。

〔二〕幽人：見前《徐孺子祠堂》注〔二〕。此指李子先。吏曹：低級屬官。宋朝州府分曹治事，主管者爲參軍。佐吏曹當爲參軍之類屬官。

〔三〕我行句：謂在途中見堤上青草，不由懷念起友人。認：認作。青袍：低級官員之服色。《古詩·穆穆清風至》："青袍似春草、長條隨風舒。"後人即多仿其語。庾信《哀江南賦》："青袍如草，白馬如練。"杜甫《渡江》："渚花張素錦，汀草亂青袍。"

〔四〕汝水：見前《次韻裴仲謀同年》注〔二〕。并門：指并州。二句前寫己經平輿，後寫李子先在并州。

〔五〕九方皋：古之善相馬者，見《列子·説符》。伯樂稱其相馬"所觀天機也，得其精而忘其粗，在其內而忘其外。"此又兼用韓愈《雜説》："世有伯樂，然後有千里馬。千里馬常有而伯樂不常有。嗚呼！其真無馬耶？其真不知馬也"之意。錢鍾書《管錐編》(二)論《楚辭補註·九章(三)》：山谷此聯"尤與韓旨相同，而善使事屬對"。又史容《外集詩注》引《潛夫詩話》：山谷以此聯教人，謂"此可爲律詩之法"。

謝仲謀示新詩〔一〕

贈我新詩許指瑕〔二〕，令人失喜更驚嗟。清於夷則初秋律〔三〕，美似芙蓉八月花〔四〕。采菲直須論下體，鍊金猶欲去寒沙〔五〕。唐朝韓老誇張籍,定有雲孫作世家〔六〕。

〔一〕熙寧四年作於葉縣,仲謀:張詢字仲謀。元祐中爲兩浙提刑、知越州,遷福建轉運副使,元符初,由陝西轉運使知熙州。山谷《書張仲謀詩集後》:"仲謀與余同在葉縣,皆年少,然仲謀當官清慎,已有老成之風,相樂如弟兄也。此時仲謀刻意學作詩。去葉縣後三十年間,隨禄東西,或不相見數歲,然每相見,仲謀詩句必進。……余觀仲謀之詩,用意刻苦,故語清壯;持身豈弟,故聲和平;作語多而知不瑒爲工,事久而知世間無巧,以此自成一家,可傳也。"

〔二〕指瑕:指出不足。

〔三〕夷則:古樂有十二個標準音,稱十二律,夷則爲第九。初秋律:樂律又與月令相配,《禮記·月令》:"孟秋之月……其音商,律中夷則……涼風至,白露降,寒蟬鳴。"歐陽修《秋聲賦》:"夷則爲七月之律。"

〔四〕芙蓉:荷花別名。

〔五〕采菲二句:《詩·邶風·谷風》:"采葑采菲,無以下體。"菲:蘿蔔、蕪菁類植物。下體:指根莖。鍾嶸《詩品》:"陸(機)文如披沙簡金,往往見寶。"劉禹錫《浪淘沙》:"吹盡狂沙始到金。"此稱仲謀詩探根求本,去蕪存菁。

〔六〕唐朝二句:韓愈《病中贈張十八》:"文章自娱戲,金石日擊撞。龍文百斛鼎,筆力可獨扛。"又:《舉薦張籍狀》:"學有師法,文多古風;沈默静退,介然自守;聲華行實,光映儒林。"雲孫:遠孫。作世家:謂繼承家族的風範。按因仲謀與籍同姓,故有此說。

答王晦之見寄〔一〕

臨西風,動商歌〔二〕,故人別來少書信,爲問故人今若何？白雲濛濛迷少室〔三〕，明月耿耿照秋河。可憐此月幾回缺，空城每見傷離別。郵筒朝解得君詩〔四〕，讀罷涼飇奪炎熱〔五〕。嗟乎晦之遣詞長於猛健，故意淡而孤絕，有如怒流雲山三峽泉〔六〕，亂下龍山千里雪〔七〕。大宛天馬嘶青芻〔八〕，神俊照人絕世無〔九〕。自言欲解羈銜去，不能帖耳駕鹽車〔一〇〕。朝登商山採三秀〔一一〕，暮上緱嶺追雙鳧〔一二〕。紛紛黃口爭粟粒〔一三〕，君用此策固未疎〔一四〕。但恐高才必爲一世用，雖有潺湲不得釣，空曠不得鋤〔一五〕。西風酌酒遙勸君，好去齊飛鸞鳳羣〔一六〕。窮山遠水迺是我輩事，荷鋤把釣聽子入青雲〔一七〕。

〔一〕熙寧四年葉縣作。同時有《和答登封王晦之登樓見寄》一詩。

〔二〕商歌：悲涼之歌，此指秋聲。商爲五音之一，配四時爲秋，商音凄厲，正應秋氣之肅殺。

〔三〕少室：嵩山之西謂少室。《初學記》卷五：“嵩高山者，五嶽之中嶽也……其山，東謂太室，西謂少室，相去十七里。嵩其總名也。謂之室者，以其下各有石室焉，少室高八百六十丈，上方十里，與太室相埒，但小耳。”此句既描寫山色，又兼有“神仙之鄉”意，因舊説神仙處居爲“白雲鄉”，見伶玄《飛燕外傳》。又《莊子·天地》：“千歲厭世，去而上仙，乘彼白雲，至于帝鄉。”相傳王子喬吹笙作鳳鳴，被浮邱公接上嵩山成仙，故兼及之。又“白雲”亦切秋季。《史記·五帝本紀》：“（黃帝）官名皆以雲命，爲雲師。”《集解》：“秋官爲白雲。”

〔四〕郵筒：古時傳遞書信的竹筒。白居易《醉封詩筒寄微之》：“爲向兩川郵吏道，莫辭來去遞詩筒。”

〔五〕涼飇奪炎熱：語出班婕好《怨歌行》：“常恐秋節至，涼飇奪炎熱。”涼飇，涼風。此謂晦之詩清泠宜人。

〔六〕有如句：《樂府詩集》卷六十《琴曲歌辭》有唐李季蘭《三峽流泉

歌》："三峽流泉幾千里，一時流入深閨裹。巨石奔崖指下生，飛波走浪絃中起。"題解引《琴集》曰：《三峽流泉》，晉阮咸所作也。"岑參有《秋夕聽羅山人彈三峽流泉》詩，李冶有《賦得三峽流泉歌》。怒流：形容水勢盛大，奔瀉而下。

〔七〕龍山：鮑照《學劉公幹體》："胡風吹朔雪，千里度龍山。""龍山"難確指，山谷亦僅用爲藻飾。千里雪：《楚辭·大招》："增冰峨峨，飛雪千里。"又曰："北有寒山，逴龍赩只。"王逸注："逴龍，山名。"是否即龍山，未可知，録以備考。又裴子野《詠雪》詩："飄飄千里雪，倏忽度龍沙。"

〔八〕大宛天馬：《史記·大宛列傳》："得烏孫馬，好，名曰天馬。及得大宛汗血馬，益壯，更名烏孫馬曰西極，名大宛馬曰天馬云。"大宛，西域國名。天馬，駿馬。青蒭：飼馬的草料。杜甫《入奏行贈西山檢察使竇侍御》："與奴白飯馬青蒭。"

〔九〕神俊：形容馬精神奕奕，光采照人。杜甫《天育驃圖歌》："別養驥子憐神駿。"

〔一○〕羈銜：馬絡頭和銜口，皆勒馬用具。帖耳：俯順貌。帖通貼。駕鹽車：《戰國策·楚策》載：驥服鹽車而上太行，白汗交流，負轅不能上，伯樂見而憐之。此言王晦之欲擺脱官場羈絆而歸隱。

〔一一〕朝登句：據皇甫謐《高士傳》卷中載，商山四皓爲避秦虐，"退入藍田山而作歌曰：'莫莫高山，深谷逶迤；曄曄紫芝，可以療饑……'乃共入商雒，隱地肺山。"地肺山即商山，在陝西商縣東南。三秀：靈芝草的別名。屈原《九歌·山鬼》："采三秀兮於山間。"

〔一二〕此句用漢王喬事。王喬在東漢明帝時爲葉縣令，每月初一、十五自縣詣朝，不乘車騎。太史發現其來時有雙鳧飛來，張網候鳧而得一舄，視之則帝所賜之履（見《後漢書·王喬傳》）。或以爲王喬即古之仙人王子喬，《列仙傳》謂其在嵩山修煉三十餘年後，在緱氏山頂升天。二事往往相混。故此云"緱嶺"。

〔一三〕黃口：雛鳥。

〔一四〕疎：疏失。

〔一五〕高才三句：用李白《將進酒》"天生我材必有用"意，謂王晦之必有
　　　　施展才能之時，故雖欲隱退而不可得。
〔一六〕鸞鳳羣：喻俊賢之士。
〔一七〕青雲：喻高官顯爵。《史記·范雎傳》："不意君能自致於青雲
　　　　之上。"

戲詠江南土風〔一〕

　　十月江南未得霜〔二〕，高林殘水下寒塘。飯香獵户分
熊白〔三〕。酒熟漁家擘蟹黃〔四〕。橘摘金苞隨驛使〔五〕，禾
春玉粒送官倉〔六〕。踏歌夜結田神社〔七〕，游女多隨陌
上郎〔八〕。

〔一〕熙寧四年葉縣作。
〔二〕十月句：白居易《早冬》："十月江南天氣好，可憐冬景似春華。霜
　　　輕未殺萋萋草，日暖初乾漠漠沙。"
〔三〕熊白：熊背上的白脂，爲珍饈美味。《政和證類本草》十六："熊
　　　脂：此脂即是熊白，是背上膏，寒月則有，夏月則無。"蘇軾《次韻
　　　孔毅父集古人句見贈》："今君坐致五侯鯖，盡是猩脣與熊白。"
〔四〕擘(bò)：剖開，分開。
〔五〕金苞：指金橘。《文選》潘岳《笙賦》："披黃包以授甘。""黃包"，
　　　《初學記》卷二十八《甘》引作"黃苞"。又同上《橘》引李尤《七嘆》：
　　　"金衣素裏，班理内充。"歐陽修《歸田録》卷二："金橘産於江西，以
　　　遠難致，都人初不識。明道、景祐初，始與竹子俱至京師。……而
　　　金橘香清味美，置之鱒俎間，光彩灼爍，如金彈丸，誠珍果也。都
　　　人初亦不甚貴，其後因温成皇后尤好食之，由是價重京師。"驛使：

驛站傳送文書等物的使者。此指向朝廷進貢。

〔六〕玉粒：指米。王嘉《拾遺記》卷十《員嶠山》：“粟穗高三丈，粒皎如玉。”官倉：官府用以儲存糧食的倉廩。

〔七〕踏歌：唐宋時民間有拉手以足踏地爲節奏而歌的風俗。李白《贈汪倫》：“李白乘舟將欲行，忽聞岸上踏歌聲。”後有《踏歌詞》、《踏歌行》等。田神社：古時農村爲祭土神而舉行的一種活動。《荆楚歲時記》：“社日，四鄰並結綜會社牲醪，爲屋於樹下，先祭神然後饗其胙。”

〔八〕游女：《詩·周南·漢廣》：“漢有游女，不可求思。”或以爲即指漢水女神，張衡《南都賦》：“游女弄珠於漢臯之曲。”此指出游的女郎。此二句寫南國風情。劉禹錫《踏歌詞》：“春江月出大隄平，隄上女郎連袂行。唱盡新詞歡不見，紅霞映樹鷓鴣鳴。”陌：田間小道。

【評箋】 方回《瀛奎律髓》（上海古籍出版社版李慶甲彙評本，下同）卷四：亦非他人所能及也。紀昀：意摹柳州諸作，而骨韵神采不及遠矣。

清袁昶《山谷外集詩注評點》（抄本，藏上海圖書館）：題甚佳，詩亦翔雅。

答龍門潘秀才見寄〔一〕

男兒四十未全老，便入林泉真自豪〔二〕。明月清風非俗物〔三〕，輕裘肥馬謝兒曹〔四〕。山中是處有黃菊〔五〕，洛下誰家無白醪〔六〕。想得秋來常日醉，伊川清淺石樓高〔七〕。

〔一〕熙寧四年葉縣作。龍門：即伊闕，在洛陽南。《水經注·洛水》："伊水又北入伊闕，昔大禹疏以通水，兩山相對，望之若闕。伊水歷其間北流，故謂之伊闕矣。……傅毅《反都賦》曰：'因龍門以暢化，開伊闕以達聰'也。"潘秀才：未詳。

〔二〕林泉：山林泉石，指隱居之地。

〔三〕明月清風：《許彥周詩話》："(歐陽修)《會老堂口號》曰：'金馬玉堂三學士，清風明月兩閒人。'初謂'清風明月'古通用語，後讀《南史·謝譓傳》曰：'入我室者，但有清風；對我飲者，惟當明月。'"又《世說新語·言語》："劉尹(惔)云：'清風朗月，輒思玄度。'"李白《襄陽歌》："清風朗月不用一錢買。"造語相類。此句謂明月清風不是凡夫俗子所能欣賞的東西。

〔四〕輕裘肥馬：《論語·雍也》："乘肥馬，衣輕裘。"指生活富貴豪華。謝：辭，推辭不受。兒曹：猶"爾曹"，這些東西，指輕裘肥馬之類的享受。

〔五〕是處：到處。黃菊：此暗用陶潛"採菊東籬下，悠然見南山"(《飲酒》)之意。

〔六〕洛下句：《洛陽伽藍記》卷四："市西有退酤、治觴二里，里内之人多醞酒爲業。河東人劉白墮善能釀酒，季夏六月，時暑赫晞，以甖貯酒，暴於日中，經一旬，其酒不動，飲之香美而醉，經月不醒。……游俠語曰：'不畏張弓拔刀，唯畏白墮春醪。'"醪(láo)酒。"白醪"語意雙關，既切劉白墮，又爲一種糯米酒名，《齊民要術》卷七《白醪酒》記其釀造之法甚詳。

〔七〕伊川：即伊水。《水經注·洛水》："伊水出南陽縣西蔓渠山……又東北過伊闕中，又東北至洛陽縣南，北入於洛。"按伊水發源於河南熊耳山，東北流，於偃師入洛水。石樓：龍門香山寺中的一處建築，爲詩人登臨吟詠之地。武則天常會羣臣於此，並發生過著名的"賦詩奪錦"之事。

【評箋】　方東樹《昭昧詹言》卷二十：起兀傲，一氣湧出。三四頓挫。

五六略衍。收出場。然余嫌多成空套,山谷最有此病,不足爲法。如"出門一笑大江横"亦然。

聽崇德君鼓琴〔一〕

月明江静寂寥中,大家斂袂撫孤桐〔二〕。古人已矣古樂在〔三〕,髣髴雅頌之遺風〔四〕。妙手不易得〔五〕,善聽良獨難〔六〕,猶如優曇華,時一出世間〔七〕。兩忘琴意與己意,迺似不著十指彈〔八〕。禪心默默三淵静〔九〕,幽谷清風淡相應。絲聲誰道不如竹〔一〇〕?我已忘言得真性〔一一〕。罷琴窗外月沈江〔一二〕,萬籟俱空七絃定〔一三〕。

〔一〕熙寧四年作。崇德君:山谷姨母,稱李夫人,南康建昌(今江西永修)人。米芾《畫史》:"朝議大夫王之才妻,南昌縣君,李尚書公擇之妹,能臨松竹木石畫,見本即爲之,難卒辨。"

〔二〕大家(gū):原指東漢才女班昭。《後漢書·列女傳》:"扶風曹世叔妻者,同郡班彪之女也,名昭,字惠班,一名姬。博學高才,世叔早卒,有節行法度,兄固著《漢書》,其八表及天文志未及竟而卒,和帝詔昭就東觀臧書閣踵而成之。帝數召入宫,令皇后諸貴人師事焉,號曰大家。"後常用作對婦女的敬稱。斂袂:整理衣袖,以示恭敬。撫孤桐:彈琴。《尚書·禹貢》:"海岱及淮惟徐州……嶧陽孤桐。"《傳》:"孤,特也。嶧山之陽特生桐,中琴瑟。"嶧山又名鄒山,在今山東鄒縣東南;一説爲今江蘇邳縣西南之葛嶧山,又名嶧陽山。傳説二地均産桐,宜製琴。桓譚《新論·琴道》:"昔神農氏繼宓羲而王天下……於是始削桐爲琴,繩絲爲絃。"

〔三〕已矣:完了,逝去了。杜甫《石壕吏》:"死者長已矣。"古樂:指雅

樂,有別於民間俗樂。《孟子·梁惠王》:(孟子)曰:"今之樂,由
(猶)古之樂也。"《禮記·樂記》:"魏文侯問於子夏曰:'我端冕而
聽古樂,則唯恐臥;聽鄭衛之音,則不知倦。'"

〔四〕雅頌:原是《詩經》的兩個部分,"六義"中的二義,後用以指雅樂。
　　　《禮記·樂記》:"故聽其雅頌之聲,志意得廣焉。"

〔五〕妙手:技藝高超者。《藝文類聚》七四晉蔡洪《圍棋賦》:"命班、倕
　　　之妙手。"又高適《畫馬篇》:"感茲絕代稱妙手。"

〔六〕善聽句:用曹植《怨歌行》:"爲君既不易,爲臣良獨難"句律。又
　　　兼用劉勰"知音其難哉"之意(《文心雕龍·知音》)。

〔七〕猶如二句:《法華經》:"如是妙法,諸佛如來,時乃説之,如優曇鉢
　　　花,時一現耳。"優曇華,即優曇鉢花,梵語音譯,無花果樹的一種,
　　　義譯爲瑞應,或作祥瑞花。

〔八〕兩忘二句:《莊子·大宗師》:"與其譽堯而非桀也,不如兩忘而化
　　　其道。"又《外物》:"與其譽堯而非桀,不如兩忘而閉其所譽。"白居
　　　易《詔下》:"我心與世兩相忘。"此謂演奏出神入化,使人物我
　　　兩忘。

〔九〕禪心默默:佛教修行所追求達到的一種境界。東晉道安《合放光
　　　光贊略解序》:"真際者,無所著也。泊然不動,湛爾玄齊,無爲也,
　　　無不爲也。萬法有爲而此法淵默。"三淵:用《莊子·應帝王》語:
　　　"鯢桓之審爲淵,止水之審爲淵,流水之審爲淵。淵有九名,此處
　　　三焉。"審,潘之省字,假爲沈,深意;淵,謂道之静深不測。静:
　　　《莊子·天道》:"萬物無足以鐃心者,故静也。水静則明燭鬚眉,
　　　平中準,大匠取法焉。水静猶明,而況精神! 聖人之心静乎!"此
　　　句謂演奏者藝事神妙全出於深静玄默的心境。

〔一○〕絲聲:指絃樂之音。竹:指管樂。《世説新語·識鑒》注引《孟嘉
　　　別傳》:"(桓温)又問:'聽伎,絲不如竹,竹不如肉,何也?'答曰:
　　　'漸近自然。'"此反其意而言之。

〔一一〕忘言:《莊子·外物》:"筌者所以在魚,得魚而忘筌;蹄者所以在
　　　兔,得兔而忘蹄;言者所以在意,得意而忘言。"又《天道》:"語之所

貴者意也,意有所隨,意之所隨者,不可以言傳也。"此寫己陶醉樂中;得其真意而難以言傳。

〔一二〕杜甫《送孔巢父謝病歸遊江東兼呈李白》:"罷琴惆悵月照席。"

〔一三〕萬籟:自然界萬物發出的各種聲響。常建《題破山寺後禪院》:"萬籟此俱寂,但餘鐘磬音。"七絃:指琴。《風俗通義》第六《琴》:"今琴長四尺五寸,法四時五行也。七絃者,法七星也。"

【評箋】 袁昶《山谷外集詩注評點》:賦物述情以筆先筆後攝取神魄爲佳,無呆砌題面者⋯⋯此章首尾皆不使一直筆,亦詩家秘密法也。

清黃爵滋《讀山谷詩集》:"兩忘"二語善談琴理。

次韻謝子高讀淵明傳〔一〕

枯木嵌空微暗淡〔二〕,古器雖在無古絃〔三〕。袖中政有南風手〔四〕,誰爲聽之誰爲傳〔五〕?風流豈落正始後〔六〕,甲子不數義熙前〔七〕。一軒黃菊平生事,無酒令人意缺然〔八〕。

〔一〕山谷於神宗熙寧五年除北京(今河北省大名縣)國子監教授。此詩作於熙寧八年北京大名府。其時另有《招子高二十二韻兼簡常甫世弼》詩,《外集詩注》云:"此詩言三子者舉進士不中選,謝治《易》,崔習《書》,王習《詩》,不爲不至,而譬之於博,有勝負也。"詩云:"我行向厭次(棣州),夏扇日在搖⋯⋯駕言聊攝(博州)歸,飛霜曉封條。"詩人身爲學官,爲考試事自夏至冬,往來各地。

〔二〕枯木:指琴。嵌空:凹陷有空穴,引申爲玲瓏剔透貌。杜甫《鐵堂峽》:"修纖無垠竹,嵌空太始雪。"

〔三〕古器句：《晉書·陶潛傳》：“性不解音，而蓄素琴一張，絃徽不具，每朋酒之會，則撫而和之，曰：‘但識琴中趣，何勞絃上聲？’”

〔四〕政：通“正”。南風：《禮記·樂記》：“昔者舜作五弦之琴，以歌《南風》。”《孔子家語》載其詞曰：“南風之薰兮，可以解吾民之慍兮！南風之時兮，可以阜吾民之財兮！”《史記·樂書》：“故舜彈五弦之琴，歌《南風》之詩而天下治……夫《南風》之詩者，生長之音也，舜樂好之，樂與天地同意，得萬國之驩心，故天下治也。”此即用其意。一說此歌爲僞作。

〔五〕誰爲句：司馬遷《報任少卿書》：“諺曰：‘誰爲爲之？孰令聽之？’蓋鍾子期死，伯牙終身不復鼓琴。何則？士爲知己者用，女爲説己者容。”以上二句言陶淵明有賦《南風》之才，却生當亂世而無人知遇。

〔六〕風流句：化用李白《流夜郎贈辛判官》：“氣岸遥凌豪士前，風流肯落他人後”句。正始：三國魏齊王曹芳年號。此指這一時期內出現的一批極有才華的詩人。《文心雕龍·明詩》：“乃正始明道，詩雜仙心。……唯嵇（康）志清峻，阮（籍）旨遥深，故能標焉。”嵇阮之外，另有山濤、向秀、阮咸、王戎、劉伶等人，相與友善，遊於竹林，時稱“竹林七賢”，均以風流倜儻聞名於世。

〔七〕甲子句：沈約《宋書·隱逸傳》：陶淵明“自以曾祖晉世宰輔，恥復屈身後代，自高祖（宋武帝）王業漸隆，不復肯仕，所著文章，皆題其年月，義熙以前，則書晉氏年號，自永初以來，唯云甲子而已。”義熙，東晉安帝年號；永初，宋武帝年號。《南史》本傳仍之。《文選》卷二十六陶淵明《辛丑歲七月赴假還江陵夜行塗口作》詩劉良注：“潛詩晉所作者皆題年號，入宋所作者但題甲子而已。意者恥事二姓，故以異之。”顏真卿《栗里詩》：“嗚呼陶淵明，奕葉爲晉臣。自以公相後，每懷宗國屯。題詩庚子歲，自謂羲皇人。”秦觀《王儉論》：“宋初受命，陶潛自以祖侃晉世宰輔，恥復屈身，投劾而歸，躬耕於潯陽之野。其所著書，自義熙以前，題晉年號，永初以後，但稱甲子而已。”而宋治平間僧人思悦曾駁此說。此事歷來辯說紛紜，見附録。山谷於此僅沿舊説而已。

〔八〕一軒二句：陶淵明《九日閑居》詩序：“余閑居，愛重九之名。秋菊
盈園，而持醪靡由，空服九華，寄懷於言。”詩云：“世短意恒多，斯
人樂久生。……酒能祛百慮，菊爲制頽齡。如何蓬廬士，空視時
運傾！塵爵恥虛罍，寒華徒自榮。”又《宋書》本傳：“嘗九月九日無
酒，出宅邊菊叢中坐久，值(王)弘送酒至，即便就酌，醉而後歸。”
軒：堂之前沿，外周以欄，或稱迴廊。缺然：欠缺，缺憾。《莊子·
逍遥遊》：“吾自視缺然，請致天下。”

【評箋】 袁昶《山谷外集詩注評點》：以枯淡語吸取神髓，調謇吃而
意渾圓，如書家北宗，以側鋒用抽掣翻絞法取平直體勢。

【附録】

《苕溪漁隱叢話》前集卷三録《陶淵明集》思悦之論：“思悦考淵明之
詩，有以題甲子者，始庚子，距丙辰，凡十七年間只九首耳，皆晉安帝時所
作也。中有《乙巳歲三月爲建威參軍使節(此字衍)都經前(當爲錢)溪
作》，此年秋乃爲彭澤令，在官八十餘日，即解印綬，賦《歸去來兮辭》。後
一十六年庚申，晉禪宋，恭帝元熙二年也。蕭德施《淵明傳》曰：‘自宋高
祖王業漸隆，不復肯仕。’於淵明出處，得其實矣。寧容晉未禪宋前二十
年，輒恥事二姓，所作詩但題甲子而自取異哉！矧詩中又無有標晉年號
者，其所題甲子，蓋偶記一事耳。後人類而次之，亦非淵明之意也。”(清
陶澍集注《靖節先生集》卷三亦録此文，文字稍異)贊同思悦説者有宋·
曾季貍《艇齋詩話》、元吳師道《吳禮部詩話》等。清傅占衡《永初甲子辯》
(《湘帆堂集》卷十一)論之甚詳，今録之：“《文選》陶詩《辛丑歲七月赴假
還江陵夜行塗口作》題下注云(略)，《選》中陶詩有歲月者獨此，故以是説
註之，以應史文。按辛丑是晉隆安五年，與皆題年號之説適相違背，此註
與史傳皆妄也。予因就考陶集有《遊斜川》詩，其序云辛丑正月五日，正
是年也。《庚子歲五月中從都還阻風規林》，則先是隆安四年也。《癸卯
歲始春懷古田舍》，又《癸卯歲十二月中作與從弟敬遠》，則後此晉元興二

年也,《乙巳歲三月爲建威參軍使都經錢溪》,則安帝反正義熙元年也,《歸去來辭》亦乙巳歲十一月也,《戊申歲六月中遇火》、《己酉歲九月九日》、《庚戌歲九月中於西田獲早稻》,則義熙四年、五年、六年也。《丙辰歲八月中於下潠田舍穫》,義熙十二年也。陶詩中凡題甲子者十,皆是晉年。最後丙辰,安帝尚在,瑯琊未立,雖知裕篡代形成,何得先棄司馬家年號而豫題甲子者乎?自沈約、李延壽並爲此説,唐顔魯公《醉石詩》亦云:‘題詩庚子歲,自謂羲皇人。’蓋始以集考之,謂庚子以后,不復題年矣;不知陶公之節,出處大定,豈在區區乎?”

　　另一種意見認爲“甲子”之説雖與史實不合,但也有若干合理因素。宋吳仁杰《陶靖節先生年譜》云:“嘗考集中諸文,義熙已前書晉氏年號者,如《桃花源詩》序云‘晉太元中’,又《祭程氏妹文》云‘維晉義熙三年’是也。至《游斜川》詩序,在宋永初二年作,則但稱辛酉歲(按此序一作辛丑);《自祭文》在元嘉四年作,則但稱‘歲惟丁卯’。史氏之言,亦不誣矣。然其《祭從弟敬遠文》在義熙中,亦止云‘歲在辛亥’。要之,集中詩文於晉年號或書或否固不一,概卒無一字稱宋永初以來年號者,此史氏所以著之也。……詳味先生出處大節,當桓靈竊僭位號,與劉氏創業之初,未嘗一日出仕,而眷眷本朝之意,自見於詩文者多矣。……淵明忠義如此,今人或謂淵明所題甲子,不必皆義熙後,此亦豈足論淵明哉!”(吳瞻泰輯《陶詩匯注》)謝枋得(一作蔡采之)《碧湖雜記》則云:“然以余考之,元興二年,桓玄篡位,晉氏不斷如線,得劉裕而始平,改元義熙,自此天下大權盡歸劉裕。淵明賦《歸去來辭》,實義熙元年也,至十四年,劉公爲相國,恭帝即位,改元元熙;至二年庚申,禪於宋。觀恭帝之言曰:‘桓玄之時,晉氏已亡,天下重爲劉公所延,將二十載。今日之事,本所甘心。’詳味此言,則劉氏自庚子得政至庚申革命,凡二十年。淵明自庚子以後題甲子者,蓋逆知末流必至於此,忠之至,義之盡也。思悦、裘父(曾季貍),殆不足以知之。”

　　朱自清《陶淵明年譜中之問題》排比衆説,立論公允。朱氏認爲“甲子”之説殊爲無據,殆是沈約恣臆之談,然亦非無根之談。吳譜指出淵明無一字稱宋之年號,實爲有見。“然此不書者,有意耶?無意耶?以《述酒》詩徵之，或不爲偶然。"朱氏且據王應麟《困學紀聞》二之説，指出此説之本。《後漢書·陳寵傳》載曾祖父陳咸不願依附王莽，辭官歸里，"猶用漢家'祖''臘'。人問其故，咸曰：'我先人豈知王氏"臘"乎！'"

西禪聽戴道士彈琴〔一〕

靈宮蒼煙蔭老柏〔二〕，風吹霜空月生魄〔三〕。羣烏得巢寒夜静，市井收聲虚室白〔四〕。少年抱琴爲予來，乃是天台桃源未歸客〔五〕。危冠匡坐如無傍〔六〕，弄絃鏗鏗燈燭光。誰言伯牙絶絃鍾期死，泰山峨峨水湯湯〔七〕。春天百鳥語撩亂，風蕩楊花無畔岸〔八〕。微霜愁猿抱山木，玄冬孤鴻度雲漢〔九〕。斧斤丁丁空谷樵〔一〇〕，幽泉落澗夜蕭蕭。十二峰前巫峽雨〔一一〕，七八月後錢塘潮〔一二〕。孝子流離在中野，羈臣歸來哭亡社〔一三〕。空牀思婦感蠨蛸〔一四〕，暮年遺老依桑柘〔一五〕。人言此曲不堪聽，我憐酷解寫人情〔一六〕。悲歌浩嘆絃欲斷，翻作恬淡雍容聲。五絃橫坐嵩廊静〔一七〕，薰風南天厚民性〔一八〕。人言帝力何有哉〔一九〕，鳳凰麒麟舞虞詠〔二〇〕。我思五代如探湯〔二一〕，真人指揮定四方〔二二〕。昭陵仁心及蟲蟻〔二三〕，百蠻九譯覘天光〔二四〕。極知功高樂未稱，誰能持此獻樂正〔二五〕？賤臣疎遠安敢言？且欲空江寒灘静。漁艇幽人知我心悠哉，更作嚴陵在釣臺〔二六〕。吾知之矣師且止，安得長竿入手來？

〔一〕熙寧八年作。西禪：西面的禪院。戴道士：未詳。詩人另有《招
　　　戴道士彈琴》詩。

〔二〕靈宮：班固《西都賦》："乃有靈宮起乎其中。"此指戴道士彈琴之
　　　禪院。

〔三〕月生魄：月初生或始缺時，有圓形輪廓而光綫暗淡者稱魄，初三
　　　後逐漸明亮，謂之成魄。《尚書·康誥》："惟三月哉生魄。"李商隱
　　　《碧城三首》之三："玉輪顧兔初生魄，鐵網珊瑚未有枝。"

〔四〕虛室白：《莊子·人間世》："虛室生白。"此寫月光照亮屋舍。

〔五〕乃是句：據劉義慶《幽明録》，東漢永平年間，剡縣人劉晨、阮肇入
　　　天台山採藥迷路，經十三日，採山上之桃充饑，下山取水，見水中
　　　有一杯流下，中有胡麻飯，遂循水翻山，見二女，色甚美。因相款
　　　待，食畢行酒，有羣女持桃，賀二女得婿。半年後回家，子孫已過
　　　七代。此言戴道士宛若神仙中人。

〔六〕危冠：高冠。匡坐：正坐，端坐。《莊子·讓王》："匡坐而弦歌。"
　　　無傍：旁若無人。

〔七〕誰言二句：《吕氏春秋·本味》："伯牙鼓琴，鍾子期聽之。方鼓琴
　　　而志在太山，鍾子期曰：'善哉乎鼓琴！巍巍乎若太山。'少選之間
　　　而志在流水，鍾子期又曰：'善哉乎鼓琴！湯湯乎若流水。'鍾子期
　　　死，伯牙破琴絶絃，終身不復鼓琴，以爲世無足復爲鼓琴者。"此以
　　　伯牙比戴道士，以鍾子期自比。峨峨：高峻貌。湯湯(shāng)：水
　　　浩大貌。《詩·大雅·江漢》："江漢湯湯。"

〔八〕無畔岸：無邊無際。

〔九〕玄冬：冬季。《漢書·揚雄傳》載《校獵賦》"於是玄冬季月，天地
　　　隆烈"注："北方色黑，故曰玄冬。"雲漢：猶"雲霄"，高空。

〔一〇〕丁丁(zhēng)：伐木之聲。《詩·小雅·伐木》："伐木丁丁。"

〔一一〕十二峰：巫山羣峰連綿，其尤著者十二峰，峰名説法不一，明曹學
　　　佺《蜀中名勝記》卷二十二："峽中有十二峰，曰：望霞、翠屏、朝
　　　雲、松巒、集仙、聚鶴、浄日、上升、起雲、栖鳳、登龍、聖泉。"

〔一二〕錢塘潮：浙江下游稱錢塘江，其出海口在中秋前後有湧潮壯觀。

二句用李賀《李憑箜篌引》：“十二門前融冷光，二十三弦動紫皇”句律。

〔一三〕羈臣：爲俗務拘限，或因事滯留在外的官吏。亡社：被毀之社。社，土地神，亦指祭土地神之社廟、社宫。古時建國均須立社，《禮記・祭法》：“王爲羣姓立社，曰大社；王自爲立社，曰王社。諸侯爲百姓立社，曰國社；諸侯自爲立社，曰侯社。大夫以下成羣立社，曰置社。”滅人之國，必廢其社而另立之。

〔一四〕蟏蛸(xiāo shāo)：即喜蛛，又稱喜子，古人認爲是喜事的徵兆。《詩・豳風・東山》：“蟏蛸在户。”

〔一五〕遺老：前朝之臣。依桑柘：屏居鄉里。

〔一六〕酷解：極知，甚解。

〔一七〕五絃：琴名。《新唐書・禮樂志》：“五弦如琵琶而小，北國所出，舊以木撥彈，樂工裴神符初以手彈。”橫坐：橫放，指彈琴已畢。嵓：同巖。

〔一八〕薰風南天：見前《次韻謝子高讀淵明傳》註〔四〕。厚民性：使民性淳厚。

〔一九〕帝力何有哉：語出《擊壤歌》。此歌詞句各本有出入，《初學記》卷九《總叙帝王》：“堯時有老父者，擊壤而嬉於路，言曰：‘我鑿井而飲，耕田而食，帝力何有於我哉！’”

〔二〇〕鳳凰句：《尚書・虞書・益稷》：“簫韶九成，鳳皇来儀。夔曰：‘於！予擊石拊石，百獸率舞，庶尹允諧。’帝庸作歌曰：‘勅天之命，惟時惟幾。’乃歌曰：‘股肱喜哉！元首起哉！百工熙哉！’”虞詠：即指舜所作之歌。虞，有虞氏，遠古部落名，舜乃其首領。

〔二一〕五代：指唐以後的梁、唐、晉、漢、周五朝。探湯：言割據戰亂之痛苦。《論語・季氏》：“見善如不及，見不善如探湯。”湯，沸水。

〔二二〕真人：指宋太祖趙匡胤，仕後周朝，積功至殿前都指揮使，升殿前都點檢，於顯德七年初發動陳橋兵變，平定戰亂，建立宋朝。

〔二三〕昭陵：指宋仁宗趙禎。

〔二四〕百蠻：各少數民族。《詩・大雅・韓奕》：“以先祖受命，因時百

蠻。"班固《東都賦》:"內撫諸夏,外綏百蠻。"九譯:通過輾轉翻譯
纔能聽懂,舊多指外族政權來朝見中央政府。覘(chān):窺視。
天光:天朝的光焰。

〔二五〕樂正:朝廷樂官,亦執掌教化。

〔二六〕嚴陵:東漢隱士嚴光,字子陵,會稽餘姚人,與劉秀同學,秀稱帝,
嚴子陵辭官不就,耕於富春山,後人名其釣處爲嚴陵瀨,即今浙江
桐廬城西富春山之釣臺。事具《後漢書·逸民傳》。

【評箋】　黃爵滋《讀山谷詩集》:亦是縱筆之作,而氣力尚能包舉。

閏月訪同年李夷伯子真於河上
子真以詩謝次其韻〔一〕

　　十年不見猶如此〔二〕,未覺斯人嘆滯留〔三〕。白璧明
珠多按劍〔四〕,濁涇清渭要同流〔五〕。日晴花色自深
淺〔六〕,風軟鳥聲相應酬〔七〕。談笑一樽非俗物〔八〕,對公
無地可言愁。

〔一〕元豐元年作於北京大名府。是歲閏正月。

〔二〕十年句:山谷於治平四年(一〇六七)登進士第,李子真(字夷伯)
爲其同年,至作詩時恰好十年。猶如此:《世說新語·言語》:"桓
公(溫)北征,經金城,見前爲琅邪時種柳,皆已十圍,慨然曰:'木
猶如此,人何以堪!'"

〔三〕滯留:停留。指沉淪下僚,久不得升遷。白居易《送韋侍御量移
金州司馬》:"留滯多時如我少,遷移好處似君稀。"

〔四〕白璧句:《史記·鄒陽傳》:"臣聞明月之珠,夜光之璧,以闇投人

於道路,人無不按劍相眄者,何則? 無因而至前也。"白璧明珠,喻李子真;按劍,指妬賢忌才者。

〔五〕濁涇句:《詩·邶風·谷風》:"涇以渭濁。"毛《傳》:"涇渭相入而清濁異。"《釋文》:"涇,濁水也;渭,清水也。"而事實爲涇清渭濁,《釋文》誤。後亦以涇渭喻人品清濁。《晉書·王濛傳》載與王導牋:"夫軍國殊用,文武異容,豈可令涇渭混流,虧清穆之風。"鮑照《見賣玉器者》:"涇渭不可雜,珉玉當早分。"此反其意而用之,勸李子真隨俗從衆,與世同波。即杜甫《秋雨嘆》"濁涇清渭何當分"之意。

〔六〕日晴句:杜甫《江畔獨步尋花七絶句》之四:"桃花一簇開無主,可愛深紅愛淺紅。"

〔七〕風軟句:杜荀鶴《春宮怨》:"風暖鳥聲碎,日高花影重。"

〔八〕俗物:庸俗而無雅趣者。《世說新語·排調》:"嵇(康)、阮(籍)、山(濤)、劉(伶)在竹林酣飲,王戎後往,步兵(阮籍)曰:'俗物已復來敗人意!'"

過方城尋七叔祖舊題〔一〕

壯氣南山若可排〔二〕,今爲野馬與塵埃〔三〕。清談落筆一萬字〔四〕,白眼舉觴三百盃〔五〕。周鼎不酬康瓠價〔六〕,豫章元是棟梁材〔七〕。眷然揮涕方城路,冠蓋當年向此來〔八〕。

〔一〕作於元豐元年。此年春山谷嘗從北京至鄧州,方城(今河南方城縣)屬唐州,在鄧州東北,爲其途經之地。七叔祖:黃注,字夢升,終南陽主簿,歐陽修爲作墓誌銘。按:山谷始祖贍,子元績、元吉,元吉子中理、中雅,中理子湜,即山谷之祖,中雅子注,即七叔祖。

〔二〕壯氣句:《樂府詩集》卷四一諸葛亮《梁甫吟》:"力能排南山,文能絕地紀。"李白《梁甫吟》:"力排南山三壯士,齊相殺之費二桃。"此形容黃注意氣非凡。歐陽修《黃夢升墓誌銘》:"久之,復調江陵府公安主簿。時予謫夷陵令,遇之於江陵。夢升顏色憔悴,初不可識。久而握手噓嘻,相飲以酒,夜醉起舞,歌呼大噱,予益悲夢升志雖衰,而少時意氣尚在也。"

〔三〕今爲句:《莊子·逍遙遊》:"野馬也,塵埃也,生物之以息相吹也。"野馬,指田野上浮動的水氣與游塵,遠望若奔馬。此謂黃注已去世,化作塵土。《墓誌銘》:"夢升素剛,不苟合,負其所有,常怏怏無所施,卒以不得志,死於南陽。夢升諱注,以寶元二年四月二十五日卒,享年四十有二。"近人高步瀛以爲"二年"係"三年"之誤,參見其《唐宋文舉要》甲編卷六。

〔四〕清談:清雅的談吐和議論。《後漢書·鄭太傳》:"孔公緒清談高論,噓枯吹生。"此句稱其文思傑出。《墓誌銘》謂其文"博辨雄偉,其意氣奔放,猶不可禦。予又益悲夢升志雖困而獨其文章未衰也"。山谷《跋歐陽文忠公撰七叔祖主簿墓誌後》:"叔祖夢升,學問文章,五兵從橫,制作之意,似徐陵、庾信,使同時遇合,未知孰先孰後也。然不幸得人間四十年爾,使之白髮角逐於英俊之場,又未知與歐陽文忠公孰先孰後也。"

〔五〕白眼:表示對世俗的蔑視。《世說新語·簡傲》注引《晉百官名》:"(阮籍)見凡俗之士以白眼對之。"杜甫《飲中八仙歌》:"宗之蕭灑美少年,舉觴白眼望青天。"三百盃:狀酒興之豪。《世說新語·文學》注引《鄭玄別傳》:"袁紹辟玄,及去,餞之城東,欲玄必醉。會者三百餘人,皆離席奉觴,自旦及莫,度玄飲三百餘盃,而溫克之容,終日無怠。"李白《將進酒》:"烹羊宰牛且爲樂,會須一飲三百杯。"

〔六〕周鼎:周朝傳國之九鼎,後喻貴重之物。康瓠:空壺,一說破罐。

瓠,即壺。酬價:即酬值。賈誼《弔屈原賦》:"斡棄周鼎兮寶
康瓠。"
〔七〕豫章:大木。《淮南子·修務》:"豫章之生也,七年而後知,故可
以爲棺舟。"此句慨嘆叔祖材大難用。
〔八〕眷然:顧戀難捨貌。冠蓋:古代士大夫的服飾和車乘。此借指七
叔祖。

對酒歌答謝公静〔一〕

我爲北海飲〔二〕,君作東武吟〔三〕。看君平生用意處,
蕭灑定自知人心。南陽城邊雪三日〔四〕,愁陰不能分皂
白〔五〕。摧輪浣蹄泥數尺〔六〕,城門晝閉眠賈客〔七〕。移人
僵尸在旦夕,誰能忍飢待食麥〔八〕?身憂天下自有人〔九〕,
寒士何者愁填臆!民生正自不願材〔一〇〕,可乘以車可鞭
策〔一一〕。君不見海南水沈紫斾檀〔一二〕,碎身百煉金博
山〔一三〕。豈如不蒙斧斤賞,老大絶崖霜雪間。投身有用
禍所集〔一四〕,何況四達之衢井先汲〔一五〕。昨日青童天上
回〔一六〕,手捧玉帝除書來〔一七〕,一番通籍清都闕〔一八〕,百
身書名赤城臺〔一九〕。飛升度世無虛日〔二〇〕,怪我短褐趨
塵埃〔二一〕。顧謂彼童子〔二二〕,此何預人事〔二三〕?但對清
樽即眼開,一杯引人著勝地〔二四〕。傳聞官酒亦自清,徑須
沽取續吾瓶,南山朝來似有意〔二五〕,今夜儻放春
月明〔二六〕。

〔一〕元豐元年作。時山谷岳父謝景初(師厚)免官廢居鄧州。謝公静:

名憺,師厚長子,隨父在鄧。山谷此年春與謝氏父子多有唱酬,其赴鄧之因不詳。編年體《外集詩注》卷三有《丙寅十四首效韋蘇州》詩序云:"二月丙寅(按:二十一日)率李原彦深、謝憺公静游百花洲。"洲在鄧州。序下史容注:"又《送朱覬中允宰宋城》詩亦云:'鄴王臺邊春一空,但有雪飛楊柳風。我從南陽解歸橐,重簾復幕坐學宫。'當時山谷告假或因他故至南陽,在冬春間耳。"按南陽爲鄧州郡名,詩當作於此年春。

〔二〕北海:指東漢孔融,字文舉,獻帝時爲北海(漢郡國名,即今山東濰坊一帶)相,故稱孔北海。《後漢書》本傳:"及退閑職,賓客日盈其門。常嘆曰:'坐上客恒滿,尊中酒不空,吾無憂矣。'"

〔三〕東武吟:樂府舊題。《樂府詩集》卷四十一陸機《東武吟行》題注:"左思《齊都賦》注云:'《東武》、《泰山》,皆齊之土風,弦歌謳吟之曲名也。'《通典》曰:'漢有東武郡,今高密、諸城縣是也。'"李白《東武吟》:"閑作東武吟,曲盡情未終。"

〔四〕南陽城:指鄧州南陽郡治所穰縣,今河南鄧縣。

〔五〕分皂白:形容天色昏暗,黑白不分。《晉書·天文志》載庾翼與兄冰書:"此復是天公憒憒,無皂白之徵也。"

〔六〕摧輪句:曹操《苦寒行》:"羊腸坂詰屈,車輪爲之摧。"涴(wò):污染,沾黏。

〔七〕城門句:寫雪天苦寒,賈客晝眠。賈客:來往商人。盧綸《晚次鄂州》:"估客晝眠知浪静。"

〔八〕誰能句:《左傳·成公十年》:"晉侯夢大厲(厲鬼),被髮及地,搏膺而踊曰:'殺余孫不義,余得請於帝矣。'壞大門及寢門而入。公懼,入於室。又壞户。公覺,召桑田巫,巫言如夢。公曰:'何如?'曰'不食新矣。'"意爲晉景公活不到食新麥之時了。"六月丙午,晉侯欲麥。使甸人(主爲公田者)獻麥。饋人爲之召桑田巫,示而殺之。將食,張(腹漲),如廁,陷而卒。"此借以言飢饉。

〔九〕身憂句:白居易《舟中晚起》:"退身江海應無用,憂國朝廷自有賢。"

〔一○〕民生句:《莊子·逍遙遊》:"今子有大樹,患其無用,何不樹之於無何有之鄉,廣莫之野,彷徨乎無爲其側,逍遙乎寢臥其下?不夭斤斧,物無害者,無所可用,安所困苦哉!"又《人間世》:"散木也,以爲舟則沉,以爲棺椁(槨)則速腐,以爲器則速毀,以爲門户則液樠,以爲柱則蠹。是不材之木也,無所可用,故能若是之壽。"韓愈《祭柳子厚文》:"凡木之生,不願爲材。"不材即可全身避害,故云。

〔一一〕可乘句:《初學記》十八引晉周處《風土記》:"卿雖乘車我戴笠,後日相逢下車揖。我步行,卿乘馬,後日相逢卿當下。"《列女傳》卷二《楚老萊妻》:"萊子逃世,耕於蒙山之陽……人或言之楚王曰:'老萊賢士也。'王欲聘以璧帛,恐不來。楚王駕至老萊之門(聘之)……妻曰:'妾聞之,可食以酒肉者,可隨以鞭捶;可受(授)以官祿者,可隨以鈇鉞。今先生食人酒肉,受人官祿,爲人所制也,能免於患乎?'"山谷有《薄薄酒》詩云:"吾聞食人之肉,可隨以鞭扑之戮;乘人之車,可加以鈇鉞之誅。"同此。按:此處二句互用,意思前後補充,即"乘車"已含"酒肉","鞭策"亦包"鈇鉞"之意。

〔一二〕海南,南方瀕海諸州。水沈:即沈水,香木名,又名沈香。《政和證類本草》卷十二《木部上品》引《南越志》:"交州有蜜香樹,欲取先斷其根,經年後,外皮朽爛,木心與節堅黑沉水者,爲沈香。"紫旃檀:檀香有白檀及紫檀兩種。崔豹《古今注》下《草木》:"紫栴木出扶南(南海古國名),色紫,亦謂之紫檀。"

〔一三〕碎身句:百煉,反復鍛燒。晉劉琨《重贈盧諶》:"何意百煉剛,化爲繞指柔。"金博山:博山爐,一種表面雕刻重疊山形的香爐。《西京雜記》卷一:"長安巧工丁緩者……又作九層博山香爐,鏤爲奇禽怪獸,窮諸靈異,皆自然運動。"宋吕大臨《考古圖》:"香爐像海中博山,下盤貯湯,使潤氣蒸香,以像海之四環。"

〔一四〕投身句:《莊子·人間世》:"山木,自寇也;膏火,自煎也。桂可食,故伐之;漆可用,故割之。人皆知有用之用,而莫知無用之用也。"

〔一五〕何況句:謂大路邊之井先被人汲取。四達:四通八達。衢:四通八達的大道。《爾雅·釋宮》:"四達謂之衢。"《莊子·山木》:"直木先伐,甘井先竭。"

〔一六〕青童:仙童。

〔一七〕除書:授官之詔書。《漢書·王莽傳》:"是時爭爲符命封侯,其不爲者,相戲曰:'獨無天帝除書乎?'"

〔一八〕一番句:漢制:入宫者應將姓名、年齡、身份等記於竹牒,懸於宫門,經核驗始得進宫。竹牒稱籍,記名於上爲通籍,後亦指及第爲官。劉禹錫《酬元九院長江陵見寄》:"金門通籍真多士,黄紙除書每日聞。"清都闕:《列子·周穆王》:"化人之宫,構以金銀,絡以珠玉,出雲雨之上……王實以爲清都、紫微、鈞天、廣樂,帝之所居。"張湛注:"清都、紫微,天帝之所居也。"闕,宫闕。此謂在仙界做官,李商隱《重過聖女祠》:"玉郎會此通仙籍。"

〔一九〕百身:《詩·秦風·黄鳥》:"如可贖兮,人百其身。"此指衆人。赤城:山名,在浙江天台縣北,爲天台山南門,因土色皆赤,望之似雉堞,故名。孫綽《遊天台山賦》:"赤城霞起而建標。"此山又被傅會爲道教之神山。《初學記》卷八:"《登真隱訣》云:赤城山下有丹洞,在三十六洞天數,其山足丹。《名山略記》云:赤城山,一名燒山,東卿司命君所居。洞周回三百里,上有玉清平天。"《太平廣記》卷二十一:"天台山司馬承禎,名在丹臺,身居赤城。"此句謂得道成仙。

〔二〇〕飛升句:《魏書·釋老志》:"其爲教也,咸蠲去邪累,澡雪心神,積行樹功,累德增善,乃至白日昇天,長生世上。"度世:出世,超脱世間。屈原《遠遊》:"欲度世以忘歸兮。"無虛日:没有空閑之日。

〔二一〕短褐:粗布短衣。此句謂對我奔走於塵世感到奇怪。

〔二二〕此句用韓愈《秋懷詩》"顧謂汝童子"句。

〔二三〕此何句:《世説新語·言語》:"謝太傅(安)問諸子姪:'子弟亦何預人事,而正欲使其佳?'諸人莫有言者。車騎(謝玄)答曰:'譬如芝蘭玉樹,欲使其生於階庭耳。'"預:參與,關係。此謂修道成仙與人事又有何關係。

〔二四〕但：只要。清樽：盛有美酒的杯子。一杯句：《世説新語·任誕》：“王衛軍（薈）云：‘酒正自引人箸勝地。’”勝地：美好的境界。杜甫《陪李金吾花下飲》：“勝地初相引，徐行得自娱。”

〔二五〕南山句：《世説新語·簡傲》：“王子猷（徽之）作桓車騎（沖）參軍。桓謂王曰：‘卿在府日久，比當相料理。’初不答，直高視，以手版拄頰云：‘西山朝来，致有爽氣。’”此化用其語，意謂與其修仙學道，不如優游人世。

〔二六〕儻：或許。此句推想今夜月色甚佳。

和師厚接花〔一〕

妙手從心得〔二〕，接花如有神。根株穰下土〔三〕，顔色洛陽春〔四〕。雍也本犁子〔五〕，仲由元鄙人〔六〕。升堂與入室，祇在一揮斤〔七〕。

〔一〕元豐元年作，時謝師厚閑居於鄧州。接花：嫁接花木。

〔二〕妙手：高手，技藝超羣者。《藝文類聚》七四引蔡洪《圍棋賦》：“命班倕之妙手，制朝陽之柔木。”高適《畫馬篇》：“感兹絶代稱妙手。”從心得：猶得心應手。《莊子·天道》載輪扁斲輪之事，輪扁曰：“斲輪，徐則甘而不固，疾則苦而不入，不徐不疾，得之於手而應於心，有數存乎其間。”

〔三〕穰下：指穰縣，鄧州治所。此言花之根株植於穰之土中。

〔四〕洛陽春：指洛陽名花牡丹。白居易《六年立春日人日作》：“何由得見洛陽春。”《王直方詩話》：“東坡平日最愛樂天之爲人，故有詩云：‘我甚似樂天，但無素與蠻。’又：‘我似樂天君記取，華顛賞遍洛陽春。’”趙與時《賓退録》卷三：“邵康節《洛陽春》八絶，其一云：

'四方景好無如洛，一歲花奇莫若春。景好花奇精妙處，又能分付與閑人。'"此句謂以洛陽牡丹嫁接鄧州之花。

〔五〕雍也句：《史記·仲尼弟子列傳》："冉雍字仲弓……孔子以仲弓爲有德行，曰：'雍也可使南面。'仲弓父，賤人。孔子曰：'犁牛之子騂且角，雖欲勿用，山川其舍諸?'"按孔子語出《論語·雍也篇》。

〔六〕仲由句：《史記·仲尼弟子列傳》："仲由字子路，卞人也，少孔子九歲。子路性鄙，好勇力，志伉直，冠雄鷄，佩豭豚，陵暴孔子。"元：同"原"。鄙：粗野。

〔七〕升堂二句：《論語·先進篇》："門人不敬子路。子曰：'由也升堂矣，未入於室也。'"堂：正廳；室：内室。古以升堂與入室表示學問的由淺入深。揮斤：揮動斧頭。揚雄《法言·君子篇》："般之揮斤，羿之激矢。君子不言，言必有中也；不行，行必有稱也。"此處又兼用《莊子·徐无鬼》中"匠石運斤"事。此詩妙在用孔門弟子的升堂入室，喻嫁接之變凡花爲名葩，而以"一揮斤"挽結二事，更覺別開生面。

【評箋】　方回《瀛奎律髓》卷二十七：山谷最善用事，以孔門變化雍、由譬接花，而繳以莊子揮斤語，此"江西"奇處。……曾文清、陸放翁、楊誠齋皆得此法。紀昀：腐陋至極。二馮痛詆"江西"，此種實有以召之。虛谷以爲善用事，僻謬甚矣。按："二馮"指馮舒、馮班，舒評此詩"惡極粗極"；班則云"拙醜。山谷最不善用事。"

查慎行：五、六稍嫌腐，不應以聖賢爲諧。

黃爵滋《讀山谷詩集》：開穿鑿一派。

和師厚郊居示里中諸君〔一〕

籬邊黃菊關心事〔二〕，窗外青山不世情〔三〕。江橋千

45

頭供歲計〔四〕，秋蛙一部洗朝酲〔五〕。歸鴻往燕競時節，宿草新墳多友生〔六〕。身後功名空自重，眼前樽酒未宜輕〔七〕。

〔一〕元豐元年作。里中：猶鄉間。

〔二〕籬邊黃菊：陶淵明《飲酒》：“採菊東籬下，悠然見南山。”

〔三〕窗外句：唐代詩人常贊美自然公正多情，無炎涼世態。戴叔倫《旅次寄湖南張郎中》：“卻是梅花無世態，隔牆分送一枝春。”《全唐詩話》卷五引羅鄴《賞春》：“芳草和煙暖更青，閑門要路一時生。年年點檢人間事，惟有春風不世情。”宋人亦多承其風。而唐施肩吾《及第後過揚子江》：“憶昔將貢年，抱愁此江邊。魚龍互閃爍，黑浪高於天。今日步春草，復來經此道。江神也世情，爲我風色好。”則反其意而用之。

〔四〕江橘句：《三國志·吳志·三嗣主傳》注引《襄陽記》：吳丹陽太守李衡於宅邊種橘千株，臨死謂其子曰：“汝母惡我治家，故窮如是。然吾州里有千頭木奴，不責汝衣食，歲上一匹絹，亦可足用耳。”歲計：一年的開銷。

〔五〕秋蛙句：《南齊書·孔稚珪傳》：“門庭之內，草萊不剪，中有蛙鳴。或問之曰：‘欲爲陳蕃乎？’稚珪笑曰：‘我以此當兩部鼓吹，何必期效仲舉（陳蕃字）？’”朝酲（chéng）：早晨殘留的隔夜醉意。酲，史游《急就篇》：“侍酒行觴宿昔酲。”注：“病酒曰酲，謂經宿飲酒故曰酲也。”

〔六〕宿草：隔年之草。《禮記·檀弓》：“朋友之墓有宿草而不哭焉。”友生：朋友，生作助詞，無義。《詩·小雅·常棣》：“雖有兄弟，不如友生。”韓愈《哭楊兵部凝陸歙州參》：“新墳與宿草，已矣兩如何！”山谷直接化用韓詩，謂時間流逝，友人紛紛謝世。

〔七〕身後二句：《世説新語·任誕》：“張季鷹（翰）縱任不拘，時人號爲江東步兵。或謂之曰：‘卿乃可縱適一時，獨不爲身後名邪？’答曰：‘使我有身後名，不如即時一杯酒。’”李白《行路難》化用其意：

“且樂生前一杯酒，何須身後千載名！”白居易《勸酒》：“身後堆金拄北斗，不如生前一樽酒。”

【評箋】　方回《瀛奎律髓》卷二十六：“歸鴻……”，天時也。“宿草……”，人事也。亦一景對一情。上面四句用菊、山、橘、蛙四物，亦不覺冗。紀昀“山谷謹飭之作。”“歸鴻往燕”，言時光之易逝；“宿草新墳”，言人事之難久。起末二句之意硬分情景，未得作者之意。

戲　贈　彥　深〔一〕

李髯家徒立四壁，未嘗一飯能留客〔二〕。春寒茅屋交相風〔三〕，倚牆捫虱讀書策〔四〕。老妻甘貧能養姑，寧剪髻鬟不典書〔五〕。大兒得餤不索魚，小兒得褌不索襦〔六〕。庾郎鮭菜二十七〔七〕，太常齋日三百餘〔八〕。上丁分膰一飽飯〔九〕，藏神夢訴羊蹴蔬〔一〇〕。世傳寒士有食籍，一生當飯百甕葅〔一一〕。冥冥主張審如此，附郭小圃宜勤鉏〔一二〕。葱秧青青葵甲綠〔一三〕，早韭晚菘羹糝熟〔一四〕。充虛解戰賴湯餅〔一五〕，芼以蘋蘩與甘菊〔一六〕。幾日憐槐已着花〔一七〕，一心咒筍莫成竹。羣兒笑髯窮百巧，我謂勝人飯重肉〔一八〕。羣兒笑髯不若人，我獨愛髯無事貧〔一九〕。君不見猛虎即人厭麋鹿，人還寢皮食其肉〔二〇〕。濡需終與豕俱焦〔二一〕，飫肥擇甘果非福〔二二〕。蟲蟻無知不足驚，橫目之民萬物靈〔二三〕。請食熊蹯楚千乘〔二四〕，立死山壁漢公卿〔二五〕。李髯作人有佳處，李髯作詩有佳句。雖無厚祿故人書〔二六〕，門外猶多長者車〔二七〕。我讀揚雄《逐貧賦》,斯人用意未全疏〔二八〕。

〔一〕元豐元年作。題下原注:"李原字彥深,厚之弟,居南陽。"按:南陽即鄧州。山谷另有《祭李彥深文》,可參觀。

〔二〕李髯:李原。徒立四壁:言家貧無資,空立四壁。《史記·司馬相如列傳》:"家居徒四壁立。"一飯:一餐飯,《史記·魯世家》:周公曰:"我一沐三握髮,一飯三吐哺。"此化用杜甫《解悶》:"一飯未曾留俗客,數篇今見古人詩"句意。

〔三〕交相風:陶淵明《飲酒》:"弊廬交悲風,荒草沒前庭。"

〔四〕捫虱:《晉書·符堅載記下》:"桓溫入關,(王)猛被褐而詣之,一面,談當世之事,捫虱而言,旁若無人。"此寫其放達疏散,不拘常禮。

〔五〕老妻二句:寫妻子識禮。據《晉書·陶侃傳》,侃早孤貧,鄱陽孝廉范逵嘗過侃,倉卒之間,無以待賓,其母乃剪髮以易酒菜,令賓主盡歡。又杜甫《送重表姪王砅評事使南海》:"我之曾老姑,爾之高祖母。爾祖未顯時,歸為尚書(指王珪)婦。隋朝大業末,房杜俱交友。長者來在門,荒年自餬口。家貧無供給,客位但箕帚。俄頃羞頗珍,寂寥人散後。入怪鬢髮空,吁嗟為之久。自陳剪髻鬟,市鬻充杯酒。"姑:婆婆。典:典賣。

〔六〕大兒二句:寫兒輩懂事。大兒小兒對舉,乃詩文常格。飧:食。褌(kūn 坤):褲子。襦:短衣、短襖,服於單衫之外。《世說新語·夙惠》:"韓康伯數歲,家酷貧,至大寒,止得襦。母殷夫人自成之,令康伯捉熨斗,謂康伯曰:'且箸襦,尋作複褌。'兒云:'已足,不須複褌也。'母問其故,答曰:'火在熨斗中而柄熱,今既箸襦,下亦當煖,故不須耳。'"此處活用之。

〔七〕庾郎句:《南齊書·庾杲之傳》:"清貧自業,食唯有韭菹、瀹韭、生韭雜菜。或戲之曰:'誰謂庾郎貧?食鮭常有二十七種。'言三九也。"按"九"諧"韭"音,"三九"指三種韭菜。鮭菜:吳人對魚菜的總稱。

〔八〕太常句：據《後漢書·周澤傳》,澤爲太常,臥病齋宫,妻哀其老病,窺問所苦,澤怒妻干犯齋禁,竟收送詔獄謝罪,時人云："生世不諧,作太常妻。一歲三百六十日,三百五十九日齋,一日不齋醉如泥。"(末句爲李賢注據《漢官儀》補。)此云常年吃素。

〔九〕上丁：農曆每月上旬的丁日。古時仲春(二月)、仲秋(八月)上丁爲祭孔之日。膰(fán)：祭祀用肉,生曰脤,熟曰膰。古禮,宗廟社稷諸祭,必分賜祭肉與同姓之國及有關諸人。《周禮·春官·大宗伯》："以脤膰之禮,親兄弟之國。"《孟子·告子下》："孔子爲魯司寇,不用,從而祭,燔肉不至,不税冕而行。"此言衹有逢祭日纔能食肉飽餐一頓。

〔一〇〕藏神句：隋侯白《啓顔録》："有人常食菜蔬,忽食羊,夢五藏(臟)神曰：'羊踏破菜園。'"此爲嘲笑食肉而至腹疾。蹴：踩踏。

〔一一〕百甕：《周禮·秋官·掌客》："醢醢百甕。"菹(zū)：同葅,腌菜。按百甕原言饌肴之盛,此言百甕腌菜,則寓嘲謔之意。

〔一二〕附郭：即負郭,近城之地。《史記·蘇秦列傳》："使我有雒陽負郭田二頃,吾豈能佩六國相印乎!"

〔一三〕葵甲：葵,蔬菜名,子名冬葵子,可入藥,《詩·豳風·七月》："七月烹葵及菽。"甲,草木破土出生,此指秧苗。《易·解卦》："雷雨作而百果草木皆甲坼。"

〔一四〕早韭句：《南史·周顒傳》："清貧寡欲,終日長蔬……王儉謂顒曰：'卿山中何所食?'顒曰：'赤米白鹽,緑葵紫蓼。'文惠太子問顒菜食何味最勝,顒曰：'春初早韭,秋末晚菘。'"菘：蔬菜名,兼指青菜與白菜。羹糝：《莊子·讓王》："孔子窮於陳蔡之間,七日不火食,藜羹不糝。"糝,以米和羹。

〔一五〕湯餅：宋黄朝英《緗素雜記》卷二："凡以麵爲食具者,皆謂之餅,故火燒而食者,呼爲燒餅;水瀹而食者,呼爲湯餅;籠蒸而食者,呼爲蒸餅,而饅頭謂之籠餅,宜矣。"湯餅乃煮麵,包括麵條、片兒湯之類。東坡《過土山寨》："湯餅一杯銀綫亂,蔞蒿如箸玉簪横。"即指麵條。《能改齋漫録》卷十五引黄朝英考證後云："(晉)束皙《湯餅賦》云：‘元冬猛寒，清晨之會。涕凍鼻中，霜凝口外。充虛解戰，湯餅爲最。弱以春綿，白若秋練。氣勃鬱以揚布，香飛散而遠徧。行人失涎於下風，童僕空嚼而斜眄。擎器者舐唇，立侍者乾咽’云云。乃知煮麵之爲湯餅，無可疑者。”此用束晳賦中語。

〔一六〕芼（mào）：蔬菜，此用作動詞，猶言作菜。荓：即萍，虀：切細的菜。《後漢書·華佗傳》：“向來道隅有賣餅人荓虀甚效。”甘菊：菊之一種，味甘。《政和證類本草》卷六引《圖經》：“菊之種類頗多，有紫莖而氣香，葉厚至柔嫩可食者，其花微小，味甚甘，此爲真。”

〔一七〕幾日句：槐葉與槐花皆可食，故云。杜甫有《槐葉冷淘》詩，所寫即槐葉汁和麵製成之食品。

〔一八〕重肉：多種肉食。《漢書·公孫弘傳》：“晏嬰相景公，食不重肉，妾不衣絲，齊國亦治。”

〔一九〕羣兒二句：蘇軾《次韻葉致遠見贈》：“人皆勸我杯中物，我獨憐君屋上烏。”機杼相同。此類句式實祖唐太宗贊魏徵語。參見《贈趙言》注〔二二〕。

〔二〇〕即：追逐。《易·屯卦》：“即鹿無虞。”厭：飽食。寢皮食其肉：《左傳·襄公二十一年》：晉伐齊，晉州綽曾俘獲齊將殖綽及郭最。後州綽避禍奔齊，齊莊公稱殖、郭二將之勇，州綽曰：“然二子者，譬於禽獸，臣食其肉而寢處其皮矣。”

〔二一〕濡需句：《莊子·徐无鬼》：“濡需者，豕虱是也，擇疏鬣長毛，自以爲廣宮大囿。奎蹏（蹄）曲隈，乳間股脚，自以爲安室利處。不知屠者之一旦鼓臂布草操煙火，而己與豕俱焦也。”濡需，原意偷安一時，此代指豬身上的虱子。

〔二二〕飫（yù）：宴食。

〔二三〕橫目之民：指人。《莊子·天地》：“夫子無意於橫目之民乎？”萬物靈：《尚書·泰誓》：“惟天地萬物父母。惟人萬物之靈。”

〔二四〕請食句：《左傳·文公元年》：楚成王“欲立王子職而黜太子商臣”，商臣反，“冬十月，以宮甲圍成王。王請食熊蹯而死。弗聽。

丁未，王縊。”熊掌難熟，成王想藉此拖延時間，以待外援。千乘：
一千輛兵車。《孟子·梁惠王上》：“萬乘之國，弑其君者，必千乘
之家；千乘之國，弑其君者，必百乘之家。”趙岐注：“萬乘謂天子
也，千乘諸侯也。”此指楚成王。

〔二五〕立死句：《後漢書·獻帝紀》載，建安初，洛陽“宮室燒盡，百官披
荆棘，依牆壁間。州郡各擁强兵，而委輸不至，羣僚饑乏，尚書郎
以下自出採稆，或饑死牆壁間，或爲兵士所殺。”

〔二六〕雖無句：杜甫《狂夫》：“厚禄故人書斷絶，恒饑稚子色凄涼。”

〔二七〕門外句：《史記·陳丞相世家》：漢初丞相陳平，少時家貧，富人張
負欲以孫女嫁平，“負隨平至其家，家乃負郭窮巷，以弊席爲門，然
門外多有長者車轍。”意謂雖貧賤而受人尊重，常有長者造訪。

〔二八〕揚雄《逐貧賦》：見《古文苑》、《藝文類聚》等書。賦略云揚子厭
貧，逐之不去，遂思其德，終相處自安。疏：疏闊，不現實。

【評箋】　方東樹《昭昧詹言》卷十二：“君不見”以下，終是粗硬寡味，
學杜之過。

清范大士《歷代詩發》卷二十五：才氣横逸，故冗長中有靈變蕭疎
之趣。

袁昶《山谷外集詩注評點》：此章多情至語，一時興到語，音節諧暢，
風度絶佳。

古詩二首上蘇子瞻〔一〕

　　江梅有佳實〔二〕，託根桃李場〔三〕，桃李終不言，朝露
借恩光〔四〕。孤芳忌皎潔〔五〕，冰雪空自香〔六〕，古來和鼎
實，此物升廟廊〔七〕。歲月坐成晚〔八〕，煙雨青已黃〔九〕，得

升桃李盤〔一〇〕,以遠初見嘗〔一一〕。終然不可口,擲置官道傍〔一二〕,但使本根在,棄捐果何傷?

青松出澗壑,十里聞風聲〔一三〕。上有百尺絲,下有千歲苓〔一四〕。自性得久要,爲人制頽齡〔一五〕。小草有遠志〔一六〕,相依在平生。醫和不並世,深根且固蒂〔一七〕,人言可醫國,何用太蚤計〔一八〕?大小材則殊,氣味固相似〔一九〕。

〔一〕作於元豐元年,時蘇軾知徐州。寄詩同時,山谷又有《上蘇子瞻書》一首,盛贊東坡之學問人品,表達了師事之願。東坡有報章及和詩,稱山谷“超逸絕塵,獨立萬物之表,馭風騎氣,以與造物者游”,並謂《古風》二首,託物引類,真得古詩人之風”。後洪炎爲其編集詩文,題爲《退聽堂錄》。洪炎序云:“凡詩斷自‘退聽’始,‘退聽’以前蓋不復取,獨取《古風》二篇冠詩之首,以見魯直受知於蘇公,有所自也。”

〔二〕江梅:《羣書通要》庚一釋云:“遺核野生,不經栽接者,又名直脚梅。凡山間水濱、荒寒迥絕之處,皆此本也。”

〔三〕託根:《文選》趙至《與嵇茂齊書》:“北土之性,難以託根。”桃李場:桃李園。

〔四〕桃李二句:言江梅爲桃李所忌。樂府《飲馬長城窟行》:“入門各自媚,誰肯相爲言?”此處桃李喻羣小,朝露喻君王之恩。借:假借,賜予。江淹《詣建平王上書》:“大王惠以恩光,顧以顏色。”此句謂東坡雖見疾於羣小,然獨受君王之眷顧。邵博《邵氏聞見後錄》卷二十載東坡嘗蒙宣仁太后召見,太后問何以官至翰林學士,東坡所答皆不中其意,太后曰:“久欲令學士知此,是神宗皇帝之意。帝飲食停匕箸,看文字,宮人私相語:‘必蘇軾之作。’帝每曰:‘奇才,奇才!’但未及進用學士,上僊耳。”

〔五〕孤芳句:《文選》顏延年《祭屈原文》:“物忌堅芳,人諱明潔。”韓愈

《孟生詩》：“異質忌處羣，孤芳難寄林。誰憐松桂性，競愛桃李
陰。”此處隱含規勸，亦即《楚辭·漁父》所云“不凝滯於物而能與
世推移”之意。

〔六〕冰雪句：言梅花冰清玉潔，空有幽香。陳蘇子卿《梅花落》：“中庭
一樹梅，寒多葉未開。祇言花是雪，不悟有香來。”

〔七〕古來二句：《尚書·説命》：“若作和羹，爾惟鹽梅。”殷高宗武丁得
傅説爲相，並喻爲調味之鹽梅，後因以調和鼎鼐作宰相治國的代
稱。廟廊：朝廷。

〔八〕歲月句：《古詩十九首》：“思君令人老，歲月忽已晚。”坐：猶寖，漸
漸地。

〔九〕煙雨句：言梅子在煙雨中由青轉黄。

〔一〇〕桃李盤：盛桃李進用之盤。韓愈《李花》：“冰盤夏薦碧實脆。”

〔一一〕以遠句：《韓詩外傳》卷二：田饒謂魯哀公曰：“夫黃鵠一舉千里，
止君園池，食君魚鼈，啄君黍粱，無此五德者，君猶貴之者何也？
以其所從來者遠也。”此用喻東坡由川入京，登第入仕。

〔一二〕終然二句：喻東坡終於不被重用，於熙寧四年出任杭州通判，後
知密、徐二州。

〔一三〕青松二句：左思《詠史》：“鬱鬱澗底松，離離山上苗。”此言東坡以
高材而沉淪下僚，若青松之在澗壑，然美名遠播，如松風聞於十里
之外。

〔一四〕百尺絲：指菟絲，一種纏繞寄生之草，然附於松者非菟絲，而應是
女蘿。千歲苓：指生長多年的茯苓，一種多生於松根處的菌類植
物。《淮南子·説山訓》：“千年之松，下有茯苓，上有菟絲。”此喻
東坡的追隨者甚衆。

〔一五〕久要：《論語·憲問》：“久要不忘平生之言。”此處用作久遠之意。
《政和證類本草》卷十二引陶隱居言：“(茯苓)爲藥無朽蛀，嘗掘地
得昔人所埋一塊，計應三十許年，而色理無異。”制頽齡：猶延緩
衰老。陶淵明《九日閑居》：“菊爲制頽齡。”二句謂茯苓於己能久
持本性，爲人可延年益壽。《史記·龜策列傳》：“所謂伏靈者，在

兔絲之下……千歲松根也，食之不死。"伏靈，即茯苓。

〔一六〕小草句：《博物志·藥物》："遠志，苗曰小草，根曰遠志。"《世説新語·排調》："有人餉桓公(温)藥草，中有遠志。公取以問謝(安)：'此藥又名小草，何一物而有二稱？'謝未即答。時郝隆在坐，應聲答曰：'此甚易解。處則爲遠志，出則爲小草。'"此處一語雙關，謂菟絲志不在小，與松相依，所託高遠。

〔一七〕醫和：春秋時名醫。並世：同世。深根、固蒂：出《老子》。二句謂世無名醫，小草不爲人識，故宜深自韜晦。

〔一八〕人言二句：《國語·晉語》："平公有疾，秦景公使醫和視之……文子曰：'醫及國家乎？'對曰：'上醫醫國，其次疾人，固醫官也。'"才高而可醫國，雖一時不爲世用，也無需汲汲仕進，早爲之計。蚤：通早。

〔一九〕大小二句：言東坡與己才有大小，然意氣相投。唐鄭處誨《明皇雜録》載高力士詠薺詩："兩京作斤賣，五溪無人採。夷夏雖有殊，氣味終不改。"氣味：此指情調、意趣，參見《發贛上寄余洪範》注〔三〕。

【評箋】 吴喬《圍爐詩話》卷五：山谷古詩，若盡如上子瞻二篇，將以漢人待之，其他祇是唐人之殘山剩水耳。

陳衍《宋詩精華録》卷二：兩首轉處皆心苦分明，餘則比體老法也。

(第一首)此句言亦出求仕也。轉處言失時而太酸。

同世弼韻作寄伯氏在濟南
兼呈六舅祠部〔一〕

山光掃黛水挼藍〔二〕，聞説樽前惬笑談〔三〕。伯氏清修如舅氏〔四〕，濟南瀟灑似江南。屢陪風月乾吟筆〔五〕，不解笙簧醉舞衫。祇恐使君乘傳去，拾遺今日是前銜〔六〕。

〔一〕元豐元年作。世弼，姓王，名純亮，山谷妹夫。伯氏，山谷長兄黃
大臨，字元明，自號寅菴，在衆從兄弟中排行第七，故又稱七兄。
此時隨李公擇在齊州。秦觀《李公擇行狀》：“（公擇）論青苗尤爲
激切，至十餘上不已，於是落職通判滑州，歲餘復職，知鄂州，徙知
湖州，遷尚書祠部員外郎，賜五品服，徙知齊州。”時在熙寧八年。
齊州濟南郡，治歷城縣。六舅，即李公擇，山谷舅父。

〔二〕山光句：古人以山喻眉，《飛燕外傳》：“女弟合德入宮、爲薄眉，號
遠山黛。”此以眉喻山。李商隱《代贈》：“總把春山掃眉黛，不知供
得幾多愁。”挼（ruó）：揉搓；藍：藍草，可制青藍色染料。白居易
《春池上戲贈李郎中》：“滿池春水何人愛，……直似挼藍新汁
色……。”宋吳聿《觀林詩話》：“半山（王安石）嘗於江上人家壁間
見一絶云：‘一江春水碧挼藍，船趁歸潮未上帆。渡口酒家賒不
得，問人何處典春衫。’深味其首句，爲躊躇久之而去。已而作小
詞，有‘平漲小橋千嶂抱，挼藍一水縈花草’之句，蓋追用其語。”

〔三〕樽前：猶酒前、席上。牛僧孺《席上贈劉夢得》：“休論世上升沉
事，且鬭尊前見在身。”

〔四〕伯氏：兄長。《詩·小雅·何人斯》：“伯氏吹壎，仲氏吹箎。”清
修：指操行潔美。《後漢書·宋弘傳》：“清修雪白，正直無邪。”

〔五〕風月：吟風弄月。《梁書·徐勉傳》：“常與門人夜集，客有虞暠求
詹事五官，勉正色答云：‘今夕止可談風月，不宜及公事。’”范傳正
《李翰林白墓誌銘》：“吟風詠月，席地幕天。”吟筆：即詩筆。劉昭
《贈惠律大師》：“風月資吟筆，杉篁籠静居。”筆乾用《隋書·鄭譯
傳》事：“上（隋文帝）顧謂侍臣曰：‘鄭譯與朕同生死，間關危難，興
言念此，何日忘之！’譯因奉觴上壽，上令内史令李德林立作詔書，
高熲戲謂譯曰：‘筆乾。’譯答曰：‘出爲方岳，杖策言歸，不得一錢，
何以潤筆。’”

〔六〕使君：原爲漢代對太守或刺史的稱呼，此指李公擇。傳：傳車，驛

車。前衛：神宗即位，詔試學士院，除李公擇爲秘閣校理，改右正言。右正言爲諫官，相當於唐代的拾遺。後因論新法不便，落職通判滑州，故云“前衛”。

伯氏到濟南寄詩頗言太守居有湖山之勝同韻和〔一〕

西來黄犬傳佳句，知是陸機思陸雲〔二〕。歷下樓臺追把酒〔三〕。舅家賓客厭論文〔四〕。山椒欲雨好雲氣〔五〕，湖面逆風生水紋〔六〕。想得爭棋飛鳥上，行人不見祇聽聞〔七〕。

〔一〕元豐元年作。伯氏：見前詩注〔一〕。濟南：即齊州。太守：指李公擇。

〔二〕西來二句：《晉書·陸機傳》：“初，機有駿犬，名曰黄耳，甚愛之。既而羈寓京師，久無家問，笑語犬曰：‘我家絶無書信，汝能齎書取消息不？’犬搖尾作聲。機乃爲書，以竹筩盛之，而繫其頸。犬尋路南走，遂至其家，得報還洛。其後因以爲常。”此借指黄大臨自濟南寄詩於山谷。陸機，字士衡，吳郡人，東吳丞相陸遜之孫，與弟陸雲俱以文才稱，世號“二陸”。

〔三〕歷下：古邑名，在今濟南市西，因南對歷山得名，此指齊州治所歷城縣。樓臺：杜甫《陪李北海宴歷下亭》：“海右此亭古，濟南名士多。”又《同李太守登歷下古城員外新亭》：“跡籍臺觀舊，氣冥海嶽深。”此泛指齊州名勝。

〔四〕厭，滿足，享受。論文：杜甫《春日憶李白》：“何時一樽酒，重與細論文。”

〔五〕山椒：山頂。《漢書·孝武李夫人傳》載漢武帝《悼李夫人賦》：
　　“釋輿馬於山椒兮，奄修夜之不陽。”注：“山椒，山陵也。”又謝莊
　　《月賦》：“菊散芳於山椒，雁流哀於江瀨。”《文選》李善注：“山椒，
　　山頂也。”山頂雲氣蒸騰，爲天將雨之兆。《公羊傳·僖公三十一
　　年》：“(雲)觸石而出，膚寸而合。不崇朝而徧雨乎天下者，唯泰山
　　爾。”《初學記》卷一《雲》引作“唯泰山雲乎”。李白《夢遊天姥吟留
　　別》：“雲青青兮欲雨，水澹澹兮生煙。”

〔六〕湖面句：劉禹錫《酬竇員外使君寒日途次松滋渡先寄示四韻》：
　　“草色連雲人去住，水紋如縠燕差池。”按：杜牧《樊川詩集》録此
　　詩前半首，題爲《江上偶見絶句》。逆：承受。

〔七〕想得二句：唐代李遠爲郡守，標榜流連棋酒，被目爲風雅。《北夢
　　瑣言》卷六：“李遠以曾有詩云：‘人事三盃酒，流年一局棋。’唐宣
　　宗以其非牧人之才，不與郡守，宰相爲言，然始俞允。”李商隱《懷
　　求古翁》：“欲收棋子醉，竟把釣車眠。”馮浩注引張固《幽閑鼓吹》：
　　“宣宗朝，令狐綯薦(李)遠爲杭州。帝曰：‘我聞遠詩云，長日惟消
　　一局棋，豈可以臨郡哉？’對曰：‘詩人之言，非有實也。’乃俞之。”
　　此用李姓事，正切李公擇之爲齊州守。飛鳥上：形容地勢之高，
　　故行人不見而唯聞弈棋之聲。王維《寒食城東即事》：“蹴踘屢過
　　飛鳥上，鞦韆競出垂楊裏。”《能改齋漫録》卷八：“張文潛詩云：‘新
　　月已生飛鳥外，落霞更在夕陽西。’蓋用郎士元送楊中丞和番詩
　　耳。郎詩云：‘河源飛鳥外，雪岑大荒西。’”均以飛鳥狀高遠。

【評箋】　袁昶《山谷外集詩注評點》：寫景入細。凡七律盛唐作手純
以氣勝。西崑工詞，西江工意，意勝亦能御詞。後山、山谷之清鑱雋永，
終壓楊劉之豐肉少骨也。

次韻寅菴四首(選二)〔一〕

四詩説盡菴前事，寄遠如開水墨圖。略有生涯如谷

口〔二〕，非無卜肆在成都〔三〕。旁籬榛栗供賓客〔四〕，滿眼
雲山奉燕居〔五〕。閑與老農歌帝力〔六〕，年豐村落罷
追胥〔七〕。

　　兄作新菴接舊居，一原風物萃庭隅。陸機《招隱》方
傳洛〔八〕，張翰思歸正在吳〔九〕。五斗折腰慚僕妾〔一〇〕，
幾年合眼夢鄉閭〔一一〕。白雲行處應垂淚〔一二〕，黃犬歸時
早寄書〔一三〕。

〔一〕元豐元年作。此爲第一、二首。寅菴：山谷兄大臨(元明)之號。
　　　《山谷年譜》元豐元年此首題下附大臨詩，序云：“雙井弊廬之東，得
　　　勝地一區，長林巨麓，危峰四環，泉甘土肥，可以結茅菴居，是在寅
　　　山之頟，命曰寅菴，喜成四詩，遠寄魯直，可同魏都士人共和之。”

〔二〕谷口：漢鄭子真隱於雲陽谷口，成帝時大將軍王鳳禮聘之，不應，
　　　世號“谷口子真”，見《漢書》本傳。揚雄《法言·問神篇》：“谷口鄭
　　　子真，不屈其志，而耕乎巖石之下，名震於京師。”

〔三〕非無句：用漢嚴君平事。據《漢書·王吉傳序》，嚴君平賣卜於成
　　　都市中，“日閱數人，得百錢足自養，則閉肆下簾而授《老子》。”二
　　　句皆以古之隱者比大臨。

〔四〕榛栗：榛子與栗子。《詩·鄘風·定之方中》：“樹之榛栗。”《左
　　　傳·莊公二十四年》：“不過榛、栗、棗、脩，以告虔也。”

〔五〕奉燕居：奉，侍奉；燕居，安居，閒居。此句謂閒居時有滿眼雲山
　　　可供玩賞。

〔六〕閑與句：見《西禪聽戴道士彈琴》注〔一九〕。《藝文類聚》卷十一
　　　引《帝王世紀》：帝堯之時，“天下大和，百姓無事，有五十老人，擊
　　　壤於道。”《高士傳》云：“壤父年八十餘而擊壤於道中。觀者曰：
　　　‘大哉，帝之德也！’”此寫閑時與老農歌頌太平之世。

〔七〕追胥：原爲偵捕盜賊，《周禮·地官·小司徒》：“小司徒之職，掌
　　　建邦之教法……以起軍旅，以作田役，以比追胥，以令貢賦。”後引

申爲胥吏之催逼勒索。《宋史・食貨志》：“蠶者未絲，農者未穫，追胥旁午，民無所措。”

〔八〕陸機句：陸機有《招隱詩》。此以陸機之詩傳至洛中，喻大臨寄詩北京。

〔九〕張翰句：《世說新語・識鑒》：“張季鷹（翰）辟齊王東曹掾，在洛見秋風起，因思吳中菰菜羹、鱸魚膾，曰：‘人生貴得適意爾，何能羈宦數千里以要名爵！’遂命駕便歸。”此亦喻大臨。

〔一○〕五斗句：《宋書・陶潛傳》：陶淵明爲彭澤令，“郡遣督郵至縣，吏白：‘應束帶見之。’潛嘆曰：‘我不能爲五斗米折腰向鄉里小人！’即日解印綬去職。”此爲山谷自嘆靦顏爲官。

〔一一〕幾年句：白居易《寄行簡》：“渴人多夢飲，饑人多夢餐。春來夢何處？合眼到東川。”

〔一二〕白雲句：用唐狄仁傑事。劉肅《大唐新語・舉賢》：“（狄仁傑）爲并州法曹，其親在河陽別業。仁傑赴任於并州，登太行，南望白雲孤飛，謂左右曰：‘吾親所居，近此雲下。’悲泣佇立久之，候雲移乃行。”按：由并州而及白雲，蓋肇自漢武帝《秋風辭》：“秋風起兮白雲飛。”武帝行幸河東（即并州地），祠后土，顧視帝京而作此歌，見《漢武故事》。岑參《虢州後亭送李判官》：“君去試看汾水上，白雲猶似漢時秋。”

〔一三〕黃犬句：見前《伯氏到濟南寄詩……》注〔二〕。

【評箋】　方東樹《昭昧詹言》卷二十：通首皆寫寅菴自得之趣，而措語清高，不雜一毫塵俗氣。讀山谷詩，皆當以此求之。世間一切廚饌腥螻意義語句，皆絕去，所以謂之高雅，脫去凡俗在此。

次韻子瞻與舒堯文禱雪霧豬泉唱和〔一〕

老農年饑望人腹〔二〕，想見四溟森雨足〔三〕。林回投璧負嬰兒〔四〕，豈聞烹兒翁不哭〔五〕？未論萬户無炊煙〔六〕，蛛絲蝸涎經杼軸〔七〕。使君閔雪無肉味〔八〕，煮餅青蒿下鹽菽〔九〕。豈云剪爪宜侵肌〔一〇〕？霜不殺草仍故綠。幽靈蟄賾西山霧〔一一〕，牲肥酒香神未瀆〔一二〕。得微往從董父飱〔一三〕，寧當罪繫葛陂淵〔一四〕？卜擇祠官齊博士〔一五〕，暴露致告蒼崖顛。請天行澤不汲汲，爾亦枯魚過河泣〔一六〕。生鵝斬頸血未乾〔一七〕，風馬雲車坐相及〔一八〕。百里旌旗灑玉花〔一九〕，使君義動龍蛇蟄〔二〇〕。老農歡喜有春事，呼兒飯牛理簑笠〔二一〕。博士勿嘆從公疲，明年麥飯滑流匙〔二二〕。

〔一〕作於元豐元年，時蘇軾知徐州。子瞻：蘇軾字。舒堯文：徐州教授，與東坡多有唱酬。東坡《雨中過舒教授》施元之注："舒教授名煥，字堯文，嚴陵人。東坡守徐，堯文時爲徐州教授。元祐八年，以左朝散郎爲校對秘書省黃本書籍，紹聖初，通判熙州。"時徐州久旱不雨，元年冬雪薄不能蓋土，東坡遂至此泉祈雪，見其《祈雪霧豬泉文》。又有《祈雪霧豬泉出城馬上作贈舒堯文》、《次韻舒堯文祈雪霧豬泉》等詩。霧豬泉：查慎行注引《徐州志》："蕭縣東南五十里爲大觀山，其處有霧豬山，其泉曰豬泉，爲豬龍所伏，歲旱，禱雨極應。"

〔二〕望人腹：《莊子·德充符》："無君人之位以濟乎人之死，無聚祿以望人之腹。"望，原意爲飽，此有渴望飽食之意。

〔三〕四溟：四海，普天下。《文選》張協《雜詩十首》之十："雲根臨八極，雨足灑四溟。"李善注："四溟，四海也。"又張協《雜詩》之四："翳翳結繁雲，森森散雨足。"森森，繁密貌，此指大雨密集。

〔四〕林回句：《莊子·山木》："林回棄千金之璧，負赤子而趨。或曰：'爲其布(錢)與？赤子之布寡矣。爲其累與？赤子之累多矣。棄千金之璧，負赤子而趨，何也？'林回曰：'彼以利合，此以天屬也。’"意謂棄璧救子,出於天性。

〔五〕豈聞句:《左傳·哀公八年》:"楚人圍宋,易子而食。析骸而爨。"

〔六〕未論句:韓偓《自沙縣抵龍溪縣,值泉州軍過後,村落皆空,因有一絕》:"千村萬落如寒食,不見人煙空見花。"王維《菩提寺禁裴迪來相看……》:"萬户傷心生野煙。"未論:無論,且不説,更不要説。

〔七〕蝸涎;蝸牛行經處留下的黏痕。杼軸:《詩·小雅·大東》:"小東大東,杼柚其空。"杼,梭,司緯綫;軸,滚筒,卷織物之軸。

〔八〕使君:指蘇軾。閔:憂慮。《左傳·昭公三十二年》:"閔閔焉如農夫之望歲。"無肉味:《論語·述而》:"子在齊,聞《韶》,三月不知肉味。"此言東坡憂慮災情,食不甘味,其《祈雪霧豬泉文》云:"噫嘻我民,何辜於天! 不水則旱,於今二年。天未悔禍,百日不雨。雪不斂塵,麥不蓋土。"

〔九〕餅:麵食。青蒿:野草,蒿之一種,初春生苗可充蔬食。《詩·小雅·鹿鳴》:"呦呦鹿鳴,食野之蒿。"鹽豉:即鹽和豆,豉爲豆類總稱。《世説新語·言語》載王濟問陸機江東有何美味可敵羊酪,陸機答:"有千里蓴羹,但未下鹽豉耳。"山谷化用此語,但改豉爲菽,已非指美味,而是寫百姓以野菜加鹽豆聊以充饑。

〔一〇〕豈云句:《吕氏春秋·順民》:"昔者湯克夏而正天下,天大旱,五年不收,湯乃以身禱於桑林……於是翦其髮,酈其手,以身爲犧牲,用祈福於上帝,民乃甚説(悦),雨乃大至。"《文選》應璩《與廣川長岑文瑜書》:"昔夏禹之解陽旰,殷湯之禱桑林,言未發而水旋流,辭未卒而澤滂沛。今者,雲重積而復散,雨垂落而復收,得無賢聖殊品,優劣異姿,割髮宜及膚,翦爪宜侵肌乎?"云:是。此句謂這難道是祭禱不够虔誠的緣故嗎。

〔一一〕幽靈贔屭:張衡《西京賦》:"巨靈贔屭。"贔屭(bì xì),强勁有力。又左思《吴都賦》:"巨鼇贔屭,首冠靈山。"也作贔屓、屓贔(bì),後又用以稱靈龜,此即指龜。作"奰屭",似誤。傳説龜能興雲作霧,《初學記》卷三十引孫惠《龜言賦》:"有緇衣之丈夫兮,衣玄繡之衣

裳,乘輕車之炎炎兮,駕雲霧而翱翔。風雨爲之電奮,五色赫以
焜煌。"

〔一二〕牲肥句:韓愈《南海神廟碑》:"牲肥酒香,罇爵静潔。"瀆:輕慢、
褻瀆。

〔一三〕得微:得無,莫非之意。《莊子·盗跖》:"今者闕然數日不見,車
馬有行色,得微往見跖邪?"董父:舜時養龍者。《左傳·昭公二
十九年》:"昔有飂叔安,有裔子,曰董父,實甚好龍,能求其者(嗜)
欲,以飲食之,龍多歸之,乃擾畜龍以服事帝舜,帝賜之姓曰董,氏
曰豢龍。"飧:晚飯,泛指熟食。

〔一四〕寧當:豈當。據《後漢書·費長房傳》,長房爲汝南人,曾從一老
翁學道,後"長房辭歸,翁與一竹杖,曰:'騎此任所之,則自至矣。
既至,可以杖投葛陂中也。'……(長房歸家)即以杖投陂,顧視則
龍也。"葛陂在今河南新蔡縣北。二句推想龍可能就食董父,或以
罪囚於葛陂之淵,故不能前來興雨雪。

〔一五〕祠官:掌管祭祀、祠廟之官。《史記·封禪書》:"及秦并天下,令
祠官所常奉天地,名山大川鬼神可得而序也。"齊博士:漢時五經
博士多爲齊人,此指舒堯文教授。按:漢唐置博士,教育諸生,即
後世教授之職。宋制:諸路州軍立學,置教授,用經術行義教導
諸生,並掌管課試之事,爲教授名官之始。

〔一六〕請天二句:《樂府詩集·雜曲歌辭》:"枯魚過河泣,何時悔復及?
作書與魴鱮,相教慎出入。"又李白《枯魚過河泣》:"白龍改常服,
偶被豫且制。誰使爾爲魚,徒勞訴天帝。作書報鯨鯢,勿恃風濤
勢。濤落歸泥沙,翻遭螻蟻噬。萬乘慎出入,柏人以爲誡。"此即
化用其意,告誡蛟龍不要遲遲不行雨雪,持續乾旱,以免自身難
保。汲汲,急切貌。

〔一七〕生鵝句:蘇軾《次韻舒堯文祈雪霧豬泉》:"蒼鵝無罪亦可憐,斬頸
橫盤不敢哭。"施注:"國朝祈雨雪法:先擇有龍潭湫濼或靈祠古
廟以爲壇,畫龍懸竹上,取白鵝一隻,籠於壇南,以物束口,無令作
聲。奠酒訖,取鵝於潭南,刀割其項,三分存一,勿令斷,用新盤盛

血置壇上,承之以俎;又以盤盛鵝身於壇南,取血奠之。次日,視血盤中有無他物,以爲雨雪遲速之候。看訖,取盤洗血,並鵝於壇前,撅坎瘞之。”

〔一八〕風馬句:《樂府詩集·漢郊祀歌·練時日》:“靈之車,結玄雲,駕飛龍,羽旄紛。靈之下,若風馬。”傅玄《吳楚歌》:“雲爲車兮風爲馬。”李白《夢遊天姥吟留別》:“霓爲衣兮風爲馬。”此言鵝血未乾,風雲即至。

〔一九〕玉花:雪花。

〔二〇〕龍蛇蟄:《易·繫辭下》:“龍蛇之蟄,以存身也。”蟄,動物在冬天伏藏於土穴之中。《左傳·桓公五年》:“凡祀:啓蟄而郊,龍見而雩。”啓蟄即驚蟄,動物至春從蟄伏中復出。其時爲冬日,而使君高義致使龍蛇提前從蟄伏中蘇醒。此句化用杜甫《送率府程録事還鄉》:“意鍾老柏青,義動修蛇蟄”之意。

〔二一〕呼兒句:寫農夫喜見雨雪之降,準備春耕。杜甫《雨過蘇端》:“呼兒具梨棗。”又《賓至》:“呼兒正葛巾。”

〔二二〕滑流匙:杜詩多用“滑”狀飲食之美,如《佐還山後寄三首》之二:“老人他日愛,正想滑流匙。”又《江閣臥病走筆寄呈崔盧兩侍御》:“滑憶彫胡飯,香聞錦帶羹,溜匙兼暖腹,誰欲致盃罌。”此句預想明年夏麥豐收,人得飽食,迴應首句“望人腹”。

【評箋】　袁昶《山谷外集詩注評點》(評“林回”二句):上句“林回”硬用,此句托不起。黃詩有貪使事之病。“卜擇”句、“爾亦”句皆硬裝,語氣不瑩圓。

見子瞻粲字韻詩和答三人四返不困而愈崛奇輒次韻寄彭門三首〔一〕

公材如洪河〔二〕,灌注天下半〔三〕。風日未嘗攖〔四〕,

畫夜聖所嘆〔五〕。名世二十年〔六〕，窮無歌舞玩。入宮又
見妒〔七〕，徒友飛鳥散〔八〕。一飽事難諧〔九〕，五車書作
伴〔一〇〕。風雨暗樓臺，鷄鳴自昏旦〔一一〕。雖非錦繡贈，
欲報清玉案〔一二〕。文似《離騷經》〔一三〕，詩窺《關雎》
亂〔一四〕。賤生恨學晚，曾未奉巾盥〔一五〕。昨蒙雙鯉魚，
遠託鄭人緩〔一六〕。風義薄秋天〔一七〕，神明還舊貫〔一八〕。
更磨薦褍墨〔一九〕，推挽起疲懦〔二〇〕。忽忽未嗣音〔二一〕，
微陽歸候炭〔二二〕。仁風從東來，拭目望齋館〔二三〕。鳥聲
日日春，柳色弄晴暖〔二四〕。漫有酒盈樽〔二五〕，何因見
此粲〔二六〕？

　　人生等尺捶，豈耐日取半〔二七〕？誰能如秋蟲，長夜向
壁嘆？朝四與暮三，適爲狙公玩〔二八〕。臭腐蜇神
奇〔二九〕，暗噫即飄散〔三〇〕。我觀萬世中，獨立無介
伴〔三一〕。小黠而大癡〔三二〕，夜氣不及旦〔三三〕。低首甘豢
養，尻脽登俎案〔三四〕。所以終日飲，醉眠朱碧亂〔三五〕。
無人明此心，忍垢待濯盥〔三六〕。仰看東飛雲，祇使衣帶
緩〔三七〕。先生古人學〔三八〕，百氏一以貫〔三九〕。見義勇必
爲〔四〇〕，少作衰俗懦〔四一〕。忠言願回天〔四二〕，不忍敫吞
炭〔四三〕。還從股肱郡〔四四〕，待詔圖書館〔四五〕。投壺得賜
金〔四六〕，侏儒餘飽暖〔四七〕。寧令東方公，但索長
安粲〔四八〕。

　　元龍湖海士，毀譽略相半。下牀臥許君，上牀自永
嘆〔四九〕。丈夫屬有念〔五〇〕，人物非所玩〔五一〕。坐令結歡
客，化爲煙霧散。武功有大略〔五二〕，亦復寡朋伴。詠歌思
見之，長夜鳴戛旦〔五三〕。東南望彭門，官道平如案〔五四〕。

簡書束縛人〔五五〕，一水不能亂〔五六〕。斯文媲秬鬯，可用
圭瓚盥〔五七〕。誠求活國醫〔五八〕，何忍棄和緩〔五九〕！開疆
日百里，都内錢朽貫〔六〇〕。銘功甚俊偉〔六一〕，迺見儒生
懦。且當置是事，勿使冰作炭〔六二〕。上帝羣玉府〔六三〕，
道家蓬萊館〔六四〕。曲肱夏簟寒，炙背冬屋暖〔六五〕。祇令
文字垂，萬世星斗粲〔六六〕。

〔一〕作於元豐二年。熙寧七年冬，東坡知密州時，有《除夜病中贈段屯
　　田》一詩，押"粲"字韻。段屯田名繹，字釋之。後又有《喬太博見
　　和復次韻答之》、《二公再和亦再答之》等詩。所謂"三人"即指東
　　坡、段屯田及喬太博，喬名有功。山谷寄詩後，東坡又作《往在東
　　武，與人往反作粲字韻詩四首，今黄魯直亦次韻見寄，復和答之》。
　　時東坡知徐州，古稱彭城，故云彭門。

〔二〕洪河：黄河。班固《西都賦》："帶以洪河涇渭之川。"鮑照《河清
　　頌》："泰階既平，洪河既清。"梁蕭琛《和元帝詩》："麗藻若龍雕，洪
　　才類河瀉。"

〔三〕灌注句：左思《吴都賦》："灌注乎天下之半。"此寫東坡名播海内。

〔四〕風日句：《莊子·徐无鬼》："風之過，河也有損焉；日之過，河也有
　　損焉；請祇風與日相與守河(風與日一起對河水吹曬)，而河以爲
　　未始其攖也，恃源而往者也。"攖：觸犯，侵擾。

〔五〕晝夜句：《論語·子罕》："子在川上曰：'逝者如斯夫，不舍晝
　　夜！'"聖：指孔子。以上二句謂東坡的才華如黄河日夜奔流不
　　息，並不因風日的吹曬而有所減損。

〔六〕名世：聞名於當世。《孟子·公孫丑》："五百年必有王者興，其間
　　必有名世者。"東坡在仁宗嘉祐二年(一〇五七)應進士試，以《刑
　　賞忠厚之至論》得到主考歐陽修的激賞，經御試而賜進士及第，五
　　年應制科入上等，至此時約二十年。

〔七〕入宫句：《史記·鄒陽傳》：獄中上書："故女無美惡，入宫見妬；士

無賢不肖,入朝見嫉。"東坡在朝因黨爭而受誣陷,時謝景温正以
所謂丁憂期間販賣私鹽等罪名彈劾東坡。

〔八〕徒友句:《莊子·山木》:"孔子曰:'吾再逐於魯,伐樹於宋,削迹
於衛,窮於商周,圍於陳蔡之間。吾犯此數患,親交益疏,徒友益
散,何與?'"又《漢書·李廣傳》附李陵:"各鳥獸散,猶有得脱歸報
天子者。"此寫反對王安石變法者紛紛受貶,離開朝廷。熙寧二年
富弼罷相;三年司馬光出知永興軍,范鎮、孫覺、李常、吕公著等皆
貶黜;四年東坡通判杭州,歐陽修致仕。

〔九〕一飽:陶淵明《飲酒》:"傾身營一飽,少許便有餘。"

〔一〇〕五車書:《莊子·天下》:"惠施多方,其書五車。"

〔一一〕風雨二句:《詩·鄭風·風雨》:"風雨如晦,雞鳴不已。"

〔一二〕雖非二句:張衡《四愁詩》:"美人贈我錦繡段,何以報之青玉案。"
案,食器,用以盛杯筯之盤。

〔一三〕《離騷經》:屈原《離騷》至東漢王逸《楚辭章句》,即稱之爲經,其
《離騷經序》:"屈原執履忠貞而被讒衺,憂心煩亂,不知所愬,乃作
《離騷經》。離,別也;騷,愁也;經,徑也;言己放逐離別,中心愁
思,猶依道徑以風諫君也。"後世則目之爲經典。洪興祖《楚辭補
注》:"古人引《離騷》未有言經者,蓋後世之士,祖述其詞,尊之爲
經耳。"

〔一四〕《關雎》亂:《論語·泰伯》:"子曰:'師摯之始,《關雎》之亂,洋洋
乎盈耳哉!'"《關雎》,《詩經》第一篇;亂,古代樂曲末章。二句以
風騷比東坡之詩文。

〔一五〕奉巾盥:服侍尊者洗手,《禮記·内則》:"進盥:少者奉槃,長者奉
水,清沃盥,盥卒授巾。"此言未曾隨侍東坡,執弟子之禮。

〔一六〕雙鯉魚:古樂府《飲馬長城窟行》:"客從遠方來,遺我雙鯉魚。"後
即代指書信。鄭人緩:原爲《莊子·列禦寇》中人名,此指山谷在
北京之同僚。《山谷年譜》元豐元年:"是秋,考試舉人於衛州。先
生與東坡書云:'自衛州試舉人,歸於鄭掾處,得賜教。'……"似即
此人。

〔一七〕風義：風範節義。薄：迫近。《楚辭·九章·哀郢》：“堯舜之抗行兮,瞭杳杳而薄天。”《宋書·謝靈運傳論》：“英辭潤金石,高義薄雲天。”杜甫《彭衙行》：“高義薄曾雲。”

〔一八〕神明句：《論語·先進》：“閔子騫曰：‘仍舊貫,如之何？何必改作？’”《法書要録》卷三《唐李嗣真書品後》：“庾翼每不服逸少……及後見逸少與亮書,曰：‘今見足下答家兄書,焕若神明,頓還舊貫。’方乃大服。”神明：此指精神才智。《莊子·齊物論》：“勞神明爲一,而不知其同也。”《淮南子·兵略》：“見人所不見謂之明,知人之所不知謂之神,神明者先勝者也。”

〔一九〕薦禰墨：指東漢孔融爲薦禰衡而寫的表文,見《文選》卷三十七《薦禰衡表》。

〔二〇〕推挽：《左傳·襄公十四年》：“夫二子者,或輓之,或推之,欲無入得乎？”輓亦作挽,拉車、牽引。推挽多指推舉扶植後進,韓愈《柳子厚墓誌銘》：“又無相知有氣力得位者推挽,故卒死於窮裔。”

〔二一〕嗣音：傳寄音訊。《詩·鄭風·子衿》：“縱我不往,子寧不嗣音。”此言歲月匆匆,未得東坡音訊。

〔二二〕微陽句：《漢書·天文志》：“冬至短極,縣（懸）土炭,炭動。”注引孟康曰：“先冬至三日,縣土炭於衡兩端,輕重適均,冬至而陽氣至,則炭重；夏至陰氣至,則土重。”

〔二三〕齋館：此指東坡居處。

〔二四〕鳥聲二句：杜荀鶴《春宮怨》：“風暖鳥聲碎,日高花影重。”

〔二五〕酒盈樽：陶淵明《歸去來辭》：“攜幼入室,有酒盈罇。”

〔二六〕見此粲：《詩·唐風·綢繆》：“今夕何夕,見此粲者。子兮子兮,如此粲者何？”粲,鮮明美麗貌；粲者指美人,亦指知己、友人,此即指東坡。

〔二七〕人生二句：《莊子·天下》：“一尺之捶,日取其半,萬世不竭。”此反用其意。

〔二八〕朝四二句：《莊子·齊物論》：“狙公賦芧（養獼猴的老翁給猴分發橡子）,曰：‘朝三而暮四。’衆狙皆怒。曰：‘然則朝四而暮三。’衆狙皆悦。名實未虧而喜怒爲用,亦因是也。"按此數句言人生短暫,不必執着於是非得失,否則就像衆狙一樣愚蠢。

〔二九〕臭腐句:《莊子·知北遊》:"故萬物一也。是其所美者爲神奇,其所惡者爲臭腐。臭腐復化爲神奇,神奇復化爲臭腐。"

〔三〇〕喑噫:呼氣。《莊子·知北遊》:"自本觀之,生者,喑醷物也。"醷亦作噫。飄散:以氣之散喻人之逝,即莊子所謂"人之生,氣之聚也。聚則爲生,散則爲死"(同上)之意。

〔三一〕獨立句:《易·大過》:"君子以獨立不懼,遯世無悶。"《晉書·庾敳傳》:"雅有遠韻。爲陳留相,未嘗以事嬰心,從容酣暢,寄通而已。處衆人中,居然獨立。"介伴:助手,同伴。《漢書·谷永傳》:"無一日之雅,左右之介。"

〔三二〕小黠句:《抱朴子·道意》:"凡人多以小黠而大愚。"韓愈《送窮文》:"子知我名,凡我所爲,驅我令去,小黠大癡。人生一世,其久幾何?"

〔三三〕夜氣句:《孟子·告子上》:"雖存乎人者,豈無仁義之心哉?其所以放其良心者,亦猶斧斤之於木也,旦旦而伐之,可以爲美乎?其日夜之所息,平旦之氣,其好惡與人相近也者幾希,則其旦晝之所爲,有梏亡(消亡)之矣。梏之反覆,則其夜氣不足以存;夜氣不足以存,則其違禽獸不遠矣。"意謂人本有仁義之心,在晚上養息了善性,一到白天,受外界干擾,又陷於邪惡,故泯失其良心。此言夜間清明之氣不能保持到白天。

〔三四〕低首二句:《莊子·達生》:"祝宗人(祭祀之官)玄端,(穿黑色祭服),以臨牢筴(猪圈)説彘曰:'汝奚惡死!吾將三月豢(養)汝,十日戒,三日齊(齋),藉白茅,加汝肩尻(kāo 屁股)乎雕俎之上,則汝爲之乎?'爲彘謀曰:'不如食以糠糟而錯之牢筴之中。'"此謂世人追求榮華爵禄,如同猪一樣,最後祇能成爲獻上祭壇的犧牲。

〔三五〕朱碧亂:梁王僧孺《夜愁示諸賓》:"誰知心眼亂,看朱忽成碧。"李白《前有樽酒行》:"看朱成碧顏始紅。"以上八句寫己與世乖合,世人皆熱中功名富貴,而己祇以酒消憂。

〔三六〕濯盥：洗滌，此猶言“湔祓”，含有賞識、推舉之意。此句謂己含垢忍辱，等待像東坡這樣的知音。

〔三七〕衣帶緩：《古詩十九首》：“相去日已遠，衣帶日已緩。”此言思念之切。

〔三八〕古人學：《論語·憲問》：“古之學者爲己，今之學者爲为人。”此稱頌東坡有古人之學風。

〔三九〕百氏：猶百家。一以貫：《論語·里仁》：“吾道一以貫之。”詩中“一”即指道，謂用道統帥各種學說。《老子》三十九章：“天得一以清，地得一以寧，神得一以靈，谷得一以盈，萬物得一以生，侯王得一以爲天下貞。”《莊子·齊物論》：“道通爲一。”“凡物無成與毀，復通爲一，唯達者知通爲一。”

〔四〇〕見義句：《論語·爲政》：“見義不爲，無勇也。”

〔四一〕少，稍；作，振起。

〔四二〕回天：舊指能諫止皇帝的某種行爲。如唐張玄素諫止太宗修洛陽乾元殿，魏徵嘆曰：“張公遂有回天之力。”（《貞觀政要》二）此指東坡上書言事。據《宋史》本傳，“（熙寧）四年，安石欲變科舉，興學校，詔兩制三館議，軾上議”，以爲不可，“神宗悚然曰：‘卿之言朕當熟思之。凡在館閣，皆當爲朕深思治亂，無有所隱。’”後軾又針對變法兩次上書，即《上神宗皇帝書》、《再上皇帝書》。

〔四三〕不忍句：晉國智伯門客豫讓爲智伯報仇，恐爲人識，便漆身爲厲（癩），吞炭爲啞，毀容變聲，想乘機刺殺趙襄子，事見《史記·刺客列傳》。斅（xiào）：效法。

〔四四〕股肱郡：拱衛京師之要地。《史記·季布傳》：“河東，吾股肱郡。”此指徐州。

〔四五〕待詔句：東坡以直史館之身份知州郡事。《宋朝事實類苑》卷二十九：太平興國中建崇文院，貯三館書籍，“以東廊爲昭文館書庫，南廊爲集賢院書庫，西廊八經史子集四部爲史館書庫”。

〔四六〕投壺句：《西京雜記》卷五：“（漢）武帝時，郭舍人善投壺，以竹爲矢，不用棘也。……每爲武帝投壺，輒賜金帛。”

〔四七〕侏儒句：《漢書‧東方朔傳》：武帝"召問朔，何恐朱儒爲？對曰：……朱儒飽欲死，臣朔饑欲死。"

〔四八〕東方公：即東方朔，漢武帝侍臣。粲：精米。《詩‧鄭風‧緇衣》："予授子之粲兮。"朱熹《集傳》謂粟之精鑿者爲粲。東方朔謂漢武帝曰："臣言可用，幸異其禮；不可用，罷之，無令但索長安米。"（《漢書》本傳）詩以郭舍人及侏儒比當時附會而新進者，東方朔比東坡。

〔四九〕元龍四句：《三國志‧魏志‧陳登傳》：陳登，字元龍，"許汜與劉備並在荆州牧劉表坐，表與備共論天下人。汜曰：'陳元龍湖海之士，豪氣不除。'備謂表曰：'許君論是非？'表曰：'欲言非，此君爲善士，不宜虛言；欲言是，元龍名重天下。'備問汜：'君言豪，寧有事耶？'汜曰：'昔遭亂過下邳，見元龍。元龍無客主之意，久不相與語，自上大牀臥，使客臥下牀。'"此以元龍比東坡。毀譽：即言是非。此謂世人對東坡毀譽參半。

〔五〇〕丈夫句：鮑照《答客》："幽居屬有念，含意未連詞。"韓愈《秋懷詩》："丈夫屬有念，事業無窮年。"屬：近來。

〔五一〕人物句：《尚書‧周書‧旅獒》："玩人喪德，玩物喪志。"

〔五二〕武功：指蘇氏。據《元和姓纂》，蘇氏徙自武功。又《新唐書‧宰相世系表》："蘇氏出自己姓……蘇忿生爲周司寇，世居河內，後徙武功杜陵。"

〔五三〕長夜句：《禮記‧坊記》："詩云：'相彼盍旦，尚猶患之。'"註："盍旦，夜鳴求旦之鳥也。"盍，通曷。又《禮記‧月令‧仲冬之月》："冰益壯，地始坼，鶡旦不鳴。"此寫思念東坡，夜不成寐。

〔五四〕官道句：杜甫《行官張望補稻畦水歸》："東屯大江北，百頃平若案。"

〔五五〕簡書：公文書簿。《詩‧小雅‧出車》："王事多難，不遑啓居。豈不懷歸，畏此簡書。"

〔五六〕一水：指黄河。亂：横渡。山谷自嘆困於簿領，無由渡河至徐州。

〔五七〕斯文二句：《尚書‧周書‧文侯之命》："平王錫晉文侯秬鬯圭

瓚。"媲：比。秬鬯(chàng)：祭祀時灌地所用之酒，以鬱金草合黍釀造，色黄而香。圭瓚：玉石酒器，形如勺，以圭爲柄，用以酌秬鬯之酒。盥：即灌，祭名，進酒灌地以降神。《禮記·明堂位》："灌用玉瓚大圭。"疏："灌謂酌鬱鬯獻尸求神也。"

〔五八〕活國醫：《南史·王廣之傳》："子珍國字德重，仕齊爲南譙太守，有能名。時郡境苦饑，乃發米散財以振(賑)窮乏。高帝手勅云：'卿愛人活國，甚副吾意。'"杜甫《贈崔十三評事公輔》："活國名公在。"活國，救活國家。又見《古詩二首上蘇子瞻》注〔一八〕。

〔五九〕和緩：春秋時兩位良醫。《左傳·昭公元年》："晉侯求醫於秦，秦伯使醫和視之。"又《成公十年》："(晉景)公疾病，求醫於秦，秦伯使醫緩爲之。"此皆喻東坡。

〔六〇〕都内句：形容國庫豐足。《史記·平準書》："漢興七十餘年之間，國家無事，非遇水旱之災，民則人給家足，都鄙廩庾皆滿，而府庫餘貨財。京師之錢累巨萬，貫朽而不可校。"

〔六一〕銘功：刻石紀功。熙寧五年，王韶擊敗羌族木征，置熙河路；六年，收復河、洮、岷等州；九年，郭逵敗交趾，交趾請降。"開疆"、"銘功"當謂此。

〔六二〕冰作炭：古人常以冰炭指内心感情、欲念之冷熱。東方朔《七諫·自悲》："冰炭不可以相並兮，吾固知乎命之不長。"陶淵明《雜詩》："孰若當世士，冰炭滿懷抱。"韓愈《聽穎師彈琴》："無以冰炭置我腸。"此言將功名事業置之度外，以保持内心清涼。

〔六三〕羣玉府：羣玉，神話中之仙山。《穆天子傳》："羣玉之山……先王之所謂策府。"後因用以稱帝王藏書之府。

〔六四〕道家句：《後漢書·竇融傳》："是時學者稱東觀爲老氏藏室，道家蓬萊山。"東觀原爲漢洛陽南宫，爲藏書之所，班固等曾在此撰書，後即泛指宫中藏書著書之地。二句皆與東坡直史館有關。

〔六五〕炙背句：《列子·楊朱》載宋國有一田夫衣服單薄，自曝於日，"顧謂其妻曰：'負日之暄，人莫知者，以獻吾君，將有重賞。'"嵇康《與山巨源絶交書》："野人有快炙背而美芹子者，欲獻之至尊。"此寫優游之樂。

〔六六〕祇令二句：勸東坡勤於著述，垂之久遠。曹丕《典論·論文》：“蓋文章經國之大業，不朽之盛事。年壽有時而盡，榮樂止乎其身，二者必至之常期，未若文章之無窮。是以古之作者，寄身於翰墨，見意於篇籍，不假良史之辭，不託飛馳之勢，而聲名自傳於後。”星斗粲：曹操《觀滄海》：“星漢燦爛，若出其裏。”

次韻蓋郎中率郭郎中休官二首〔一〕

仕路風波雙白髮〔二〕，閑曹笑傲兩詩流〔三〕。故人相見自青眼〔四〕，新貴即今多黑頭〔五〕。桃葉柳花明曉市，荻牙蒲笋上春洲〔六〕。定知聞健休官去〔七〕，酒戶家園得自由〔八〕。

世態已更千變盡〔九〕，心源不受一塵侵〔一〇〕。青春白日無公事〔一一〕，紫燕黃鸝俱好音〔一二〕。付與兒孫知伏臘〔一三〕，聽教魚鳥逐飛沉〔一四〕。黃公壚下曾知味〔一五〕，定是逃禪入少林〔一六〕。

〔一〕元豐二年作。蓋、郭皆爲山谷同僚。郎中：原爲尚書省及各部之官員，元豐改制前爲寄禄官。

〔二〕仕路：即仕途。王充《論衡·自紀》：“仕路隔絶。”風波：喻動蕩不定。舊題李陵《與蘇武詩》：“風波一失所，各在天一隅。”白髮：寫二人已年老。

〔三〕閑曹：猶閒官。曹：分職治事的官署或部門，或稱州縣之屬官。笑傲：《詩·邶風·終風》：“謔浪笑敖，中心是悼。”李白《江上吟》：“興酣落筆搖五岳，詩成笑傲凌滄洲。”

〔四〕青眼：用阮籍事。《晉書》本傳：“籍又能爲青白眼。”嵇康“齎酒挾琴造焉。籍大悦，乃見青眼”。此寫老友之間感情深篤。

〔五〕新貴句：熙寧元豐間行新法多用新進少年，黑頭示其年輕。《晉書·王珣傳》：弱冠爲桓温掾，爲温所敬重，温謂之曰：“王掾當作黑頭公。”杜甫《晚行口號》：“遠愧梁江總，還家尚黑頭。”

〔六〕荻：草名，與蘆同爲禾本科而異種，葉稍闊而韌。牙：即芽。蒲笋：即香蒲，叢生水際，可食。

〔七〕聞健：白居易《尋春題諸家園林》：“聞健朝朝出，乘春處處尋。”“聞”、“乘”互文見義，張相《詩詞曲語辭匯釋》卷五：“聞，猶趁也，乘也。與聽聞之本義異。”聞健猶云趁健也，含有乘興之意。

〔八〕酒户句：原注：“郭丈時御道巾野服，過親黨飲，頗爲分臺御史所訶，故有此句。”古稱酒量大者爲大户，小者爲小户，故謂酒量曰酒户。元稹《和樂天仇家酒》：“病嗟酒户年年減。”二句謂趁身體健朗即辭官歸去，可飲酒逍遥。

〔九〕世態句：言人世情態歷盡千變萬化。

〔一〇〕心源：佛教以心爲萬物之源。《四十二章經》：“斷欲去愛，識自心源，達佛深理。”神秀《觀心論》：“心者萬法之根本也。一切諸法，唯心所生。”又神秀偈：“身是菩提樹，心如明鏡臺。時時勤拂拭，莫使有塵埃。”慧能偈：“心是菩提樹，身爲明鏡臺。明鏡本清净，何處染塵埃？”詩即化用二偈，言内心潔净無染。

〔一一〕青春：春天。青春白日作對用杜甫《聞官軍收河南河北》：“白日放歌須縱酒，青春作伴好還鄉。”

〔一二〕紫燕句：杜甫《蜀相》：“映階碧草自春色，隔葉黄鸝空好音。”李商隱《二月二日》：“花鬚柳眼各無賴，紫蝶黄蜂俱有情。”

〔一三〕伏臘：秦漢時，夏之伏日與冬之臘日都爲節日，因合稱伏臘。

〔一四〕聽教句：《後漢書·李膺傳》：東漢黨錮禍烈，荀爽恐李膺名高致禍，欲令屈節以全亂世，致書曰：“願怡神無事，偃息衡門，任其飛沈，與時抑揚。”飛：指鳥類；沉：指魚類。白居易《續古詩十首》之九："上有和鳴雁,下有掉尾魚。飛沈一何樂,鱗羽各有徒。"此句寫適性逍遥之樂。白居易《夢得相過,援琴命酒,因彈秋思,偶詠所懷……》："雙鳳棲梧魚在藻,飛沈隨分各逍遥。"

〔一五〕黄公壚:《世説新語·傷逝》："王濬冲(戎)爲尚書令,著公服,乘軺車,經黄公酒壚下過,顧謂後車客:'吾昔與嵇叔夜、阮嗣宗共酣飲於此壚,竹林之遊,亦預其末。自嵇生天、阮公亡以來,便爲時所羈紲。今日視此雖近,邈若山河。'"壚:酒店中置酒瓮之土臺,四邊隆起似爐,故云。按:此事係虚構,由"黄壚"(黄泉下土)附會而成。

〔一六〕逃禪:逃避世俗而修習禪法。杜甫《飲中八仙歌》:"醉中往往愛逃禪。"仇兆鰲注:"逃禪,猶云逃墨,逃楊,是逃而出,非逃而入……後人以學佛者爲逃禪,誤矣。"而山谷正用後一意。少林:寺名,在少室山北麓,菩提達摩在北魏時來少林寺,面壁九年,傳授禪法。

【評箋】 方回《瀛奎律髓》卷二十六:"青春白日","紫燕黄鸝",變體。

紀昀:此種句法屢用,亦是濫調。五六兩句却對得活變。

許印芳:宋詩好作理語,往往腐氣熏人。此詩次句亦理語,而尚不惡。曉嵐抹之,未免太刻。三四自是佳句,曉嵐謂屢用亦是濫調。則凡詩皆然,不獨此一聯也。……原選祇録後章,今全録之(略)。此首前半蘊藉,後半亦稱,虚谷何以棄之?

范大士《歷代詩發》卷二十五:清和秀健,淡然以遠。

送楊瓘雁門省親二首〔一〕

執戟老翁年七十〔二〕,人看生理亦無聊〔三〕。草《玄》事業窺《周易》〔四〕,作賦聲名動漢朝〔五〕。今見遠孫勤翰

墨〔六〕,還持遺藁困簞瓢〔七〕。三年鄉校趨晨鼓〔八〕,一日
邊城聽夜刁〔九〕。野飯盈盤厭葱韭〔一○〕,春風半道解狐
貂〔一一〕。歸時定倒迎門屐〔一二〕,問雁安能學度遼〔一三〕!

　　蜀客出衰世〔一四〕,獨升鄒魯堂〔一五〕。蚊虻觀得
失〔一六〕,虎豹擅文章〔一七〕。吾子已強學〔一八〕,草《玄》宜
不忘。江河須畎澮〔一九〕,松柏要冰霜〔二○〕。馬策路千
里〔二一〕,雁門書數行。旨甘君有婦〔二二〕,尺璧愛
分光〔二三〕。

〔　一　〕作於元豐二年。楊璿:山谷原注:"從予學《易》,業未成,辭歸。"
　　　　雁門:代州雁門郡,屬河東路,治雁門縣(今山西代縣)。
〔　二　〕執戟老翁:指揚雄。《文選》曹植《與楊德祖書》:"昔楊子雲先朝
　　　　執戟之臣耳。"李善注:"《漢書》曰:'揚雄奏《羽獵賦》,爲郎。'然郎
　　　　皆執戟而侍也。東方朔《答客難》曰:'官不過侍郎,位不過執
　　　　戟。'"漢代郎官在宮中侍衞時要執戟,故云。
〔　三　〕生理:生活,謀生之道。無聊:無所依賴。
〔　四　〕草玄句:《漢書·揚雄傳》:"實好古而樂道,其意欲求文章成名於
　　　　後世,以爲經莫大於《易》,故作《太玄》。"
〔　五　〕作賦句:揚雄爲漢朝著名賦家,著有《甘泉》、《羽獵》、《長楊》、《河
　　　　東》諸賦。李賀《高軒過》:"殿前作賦聲摩空,筆補造化天無功。"
　　　　此化用其語。又杜甫《酬高使君相贈》:"草玄吾豈敢?賦或似相
　　　　如。"以草玄對作賦,亦由杜詩而來。
〔　六　〕遠孫:後代,此指楊璿。勤翰墨:勤於著述。
〔　七　〕簞瓢:指貧困的生活。孔子學生顏回"一簞食,一瓢飲,在陋巷"
　　　　(《論語·雍也》),語即出此。
〔　八　〕三年句:寫楊璿在北京國子監讀書三年。鄉校:鄉學。《左傳·
　　　　襄公三十一年》:"鄭人遊於鄉校,以論執政。"此指北京國子監,山
　　　　谷時爲教授。鼓:更鼓。

〔九〕邊城：指雁門，宋時爲北方邊境，與遼相接。夜刁：夜間報更的刁斗聲。刁，刁斗，古軍中用具，白天燒飯，夜間報更。

〔一〇〕野飯句：《莊子·徐无鬼》：“徐无鬼見(魏)武侯，武侯曰：‘先生居山林，食芋栗，厭葱韭，以賓(擯)寡人，久矣夫！’”厭：飽食。此言飲食粗陋。

〔一一〕春風句：李白《送姪良攜二妓赴會稽戲有此贈》：“攜妓東山去，春光半道催。”解：脱去。狐貂：狐皮與貂皮製成的袍子。

〔一二〕歸時句：《三國志·魏志·王粲傳》：“時邕(蔡邕)才學顯著，貴重朝廷，常車騎填巷，賓客盈坐。聞粲在門，倒屣迎之。”後常以“倒屣迎門”形容禮賢下士。

〔一三〕問雁句：《後漢書·王符傳》：“後度遼將軍皇甫規解官歸安定，鄉人有以貨得雁門太守者，亦去職還家，書刺謁規。規卧不迎，既入而問：‘卿前在郡食雁美乎？’有頃，又白王符在門。規素聞符名，乃驚遽而起，衣不及帶，屣履出迎，援符手而還，與同坐，極歡。”二句謂楊瓌歸來時一定熱切迎候，不會學皇甫規問雁肉之美否。此典切雁門。

〔一四〕蜀客：指揚雄，蜀郡成都人。衰世：揚雄生當西漢成帝、哀帝及王莽篡政時期，正值外戚專權、朝政腐敗，故云。

〔一五〕獨升句：見《和師厚接花》註〔七〕。又揚雄《法言·吾子篇》：“如孔氏之門用賦也，則賈誼升堂，相如入室矣。”鄒魯：指孔子與孟子。此言揚雄獨得孔孟之真傳。山谷一再推崇揚雄，如《孟子斷篇》云：“由孔子已來力學者多矣，而才有孟子；由孟子已來，力學者多矣，而才有揚雄，來者豈可不勉！”

〔一六〕蚊虻：《莊子·寓言》：“彼視三釜、三千鍾，如觀雀蚊虻相過乎前也。”《淮南子·俶真訓》：“夫貴賤之於身也，猶儵風之時麗也。毁譽之於己，猶蚊虻之一過也。”得失：《論語·陽貨》：“其未得之也，患不得之；既得之，患失之。”此反其意，謂得失微不足道。

〔一七〕虎豹句：《易·革卦》：“大人虎變，其文炳也。”“君子豹變，其文蔚也。”《論語·顏淵》：“子貢曰：‘文猶質也，質猶文也。虎豹之鞟猶

犬羊之鞟。'"皆以虎豹喻人,言文彩反映内在本質,詩句則贊揚楊
瓘像虎豹一樣有美麗的皮毛。文章:猶紋章,花紋。按:此亦化
用《法言·吾子篇》語意:"或曰:'有人焉,自姓孔而字仲尼,入其
門,升其堂,伏其几,襲其裳,則可謂仲尼乎?'曰:'其文是也,其質
非也。''敢問質?'曰:'羊質而虎皮,見草而説(悦),見豺而戰,忘
其皮之虎也。聖人虎别,其文炳也;君子豹别,其文蔚也;辯人貍
别,其文萃也。貍變則豹,豹變則虎。'"

〔一八〕強學:勉力而學。語出《禮記·儒行》:孔子曰:"儒有席上之珍以
待聘,夙夜強學以待問,懷忠信以待舉,力行以待取,其自立有如
此者。"《法言·修身篇》:"是以君子強學而力行,珍其貨而後市,
修其身而後交,善其謀而後動,成道也。"

〔一九〕畎澮(quǎn kuài):田間小溝。《書·益稷》:"濬畎澮,距川。"此言
江河須由溝水滙聚而成。《荀子·勸學》:"不積小流,無以成
江海。"

〔二〇〕松柏句:《論語·子罕》:"歲寒,然後知松柏之後凋也。"此謂松柏
需要在冰霜嚴寒中顯示其堅貞。

〔二一〕馬策句:《荀子·勸學》:"假輿馬者,非利足也,而致千里。"此言
乘馬去千里之外。

〔二二〕旨甘:美味食品。

〔二三〕尺璧:直徑一尺的璧玉。《淮南子·原道》:"故聖人不貴尺之璧,
而重寸之陰。"《初學記》卷一《日》引王隱《晉書》:陶侃常語人曰:
"大禹聖人,乃惜寸陰;至於凡俗,當惜分陰。"

次韻答張沙河〔一〕

張侯堂堂身八尺〔二〕,老大無機如漢陰〔三〕。猛摩虎
牙取吞噬〔四〕,自嘆日月不照臨〔五〕,策名日已汙軒冕〔六〕,

逃去未必焚山林〔七〕。我評君才甚高妙，孤竹截管空桑琴〔八〕。四十未曾成老翁〔九〕，紫髯垂頤鬱森森〔一〇〕。眉宇之間見風雅〔一一〕，藍田煙霧生球琳〔一二〕。胸中碨磊政須酒〔一三〕，東海可攬北斗斟〔一四〕。古人已悲銅雀上，不聞向時清吹音〔一五〕。百年毀譽付誰定〔一六〕？取醉自可結舌瘖〔一七〕。使公繫腰印如斗〔一八〕，駟馬高蓋驅騤騤〔一九〕。親朋改觀婢僕敬，成都男子寧異今〔二〇〕？又言屋底甚懸罄〔二一〕，兒婚女嫁取千金〔二二〕。古來聖賢多不飽〔二三〕，誰能獨無父母心〔二四〕？眾雛墮地各有命〔二五〕，強爲百草憂春霖〔二六〕。艾封人子暗目睫，與王同牀悔沾襟〔二七〕。隴鳥入籠左右啄〔二八〕，終日思歸碧山岑〔二九〕。一生能幾開口笑〔三〇〕？何忍更遣百慮侵〔三一〕？忽投雄篇寫逸興〔三二〕，仰占乾文動奎參〔三三〕。自陳使酒嘗罵坐〔三四〕，惜予不與朋合簪〔三五〕。君材蜀錦三千丈〔三六〕，要在刀尺成衣衾。南朝例有風流癖〔三七〕，楚地俗多詞賦淫〔三八〕。屈原《離騷》豈不好？祇今漂骨滄江潯〔三九〕。正令夷甫開三窟〔四〇〕，獵以我道皆成禽〔四一〕。溫恭忠厚神所勞〔四二〕，於魚得計豈厭深〔四三〕？丈夫身在要勉力，豈有吾子終陸沉〔四四〕？鄙人相士蓋多矣〔四五〕，勿作蔡澤笑嗫吟〔四六〕。

〔一〕元豐二年作。張沙河：原題下注：“知邢州沙河縣。”邢州鉅鹿郡，屬河北西路，治龍岡縣(今河北邢台市)。

〔二〕堂堂：容貌氣度不凡。《論語·子張》：“堂堂乎張也。”《後漢書·伏湛傳》：“容貌堂堂，國之光輝。”

〔三〕老大：年老。《文選·古辭·長歌行》：“少壯不努力，老大乃傷

悲。"無機：沒有機心，即無智巧變詐之心。漢陰：漢水之南。此
指《莊子・天地》中的"漢陰丈人"："子貢南遊於楚，反於晉，過漢
陰，見一丈人，方將爲圃畦，鑿隧而入井，抱甕而出灌，滑滑然用力
甚多。"子貢問爲何不用機械汲水，丈人答曰："吾聞之吾師，有機
械者必有機事，有機事者必有機心。……吾非不知，羞而不
爲也。"

〔四〕猛摩句：《法言・重黎篇》："（茅）焦逆訐而順守之。雖辯，劘虎牙
矣。"劘通摩。茅焦爲秦始皇時齊人，時太后私通嫪毐，始皇車裂
之，遷太后於別宮，茅焦冒死進諫，始皇遂迎回太后，封茅爲上卿。
虎牙：指始皇。取吞噬：自召災禍。此言張沙河曾冒犯有權勢
者，所指未詳。

〔五〕自嘆句：《詩・邶風・日月》："日居月諸，照臨下土。"此寫張沙河
未受賞識。

〔六〕策名：謂出仕。《左傳・僖公二十三年》："策名委質。"《疏》："古
之仕者，於所臣之人書己名於策，以明系屬之也。"軒冕：軒車與
冕服，指官位爵禄。《莊子・繕性》"古之所謂得志者，非軒冕之
謂也。"

〔七〕逃去句：用介子推事。介子推從晉文公流亡，文公歸國，賞賜功
臣，未及介子推，推與母俱隱，至死不見。事見《左傳・僖公二十
四年》，作"介之推"，《史記・晉世家》作介子推，又見於《吕氏春
秋・介立篇》，均未及焚山林事。至《新序・節士篇》則曰："（文
公）求之不能得，以謂焚其山宜出。及焚其山，遂不出而焚死。"又
《三國志・魏志・阮瑀傳》注引《文士傳》："太祖雅聞瑀名，辟之不
應，連見偪促，乃逃入山中。太祖使人焚山，得瑀。"裴松之以爲此
事虚妄。按：以上三句是爲張沙河怨嘆，即使辭官逃去，君上亦
不會來尋找的。

〔八〕孤竹句：古時截竹以爲律管。《吕氏春秋・古樂》："昔黄帝令伶
倫作爲律，伶倫自大夏之西，乃之阮隃之陰，取竹於嶰谿之谷，以
生空竅厚鈞者，斷兩節間，其長三寸九分，而吹之以爲黄鍾之宫。"

此指竹管樂器。《周禮·春官·宗伯》:"孤竹之管,雲和之琴瑟",
"孫竹之管,空桑之琴瑟。"孤竹:獨生之竹。空桑:傳説中山名,
在魯,一説在楚,出琴瑟之材。此以管弦之妙音喻張之才。

〔九〕此句謂年未四十,已成老翁。《文選》魏文帝《與吳質書》:"已成老
翁,但未白頭耳。"杜甫《君不見簡蘇徯》:"丈夫蓋棺事始定,君今
幸未成老翁。"

〔一〇〕紫髯:原指孫權。《三國志·吳志·吳主傳》注引《獻帝春秋》:
"張遼問吳降人:'向有紫髯將軍,長上短下,便馬善射,是誰?'降
人答曰:'是孫會稽。'"此狀張之容貌。森森:茂密貌。

〔一一〕眉宇句:枚乘《七發》:"陽氣見於眉宇之間。"眉宇:指容貌。杜甫
《八哀詩》:"汝陽讓帝子,眉宇真天人。"風雅:風流儒雅。

〔一二〕藍田:即今陝西藍田縣,藍爲一種美玉,因縣產玉,故名。此以玉
喻風度人品。《三國志·吳志·諸葛恪傳》注引《江表傳》:"恪少
有才名……(孫)權見而奇之,謂(其父)謹曰:'藍田生玉,真不虛
也。'"李商隱《錦瑟》:"藍田日暖玉生煙。"司空圖《與極浦書》:"詩
家之景如藍田日暖,良玉生煙。"球琳:《尚書·禹貢》:"厥貢惟球
琳琅玕。"球琳皆玉名。

〔一三〕磈磊:即壘塊,心中鬱結的不平之氣。《世説新語·任誕》:"阮籍
胸中壘塊,故須酒澆之。"政:通正。

〔一四〕東海句:攬:挹取。《詩·小雅·大東》:"維北有斗,不可以挹酒
漿。"《楚辭·九歌·東君》:"援北斗兮酌桂漿。"北斗:北斗七星,
形如杓,故云。此言飲酒之豪。

〔一五〕古人二句:建安十五年,曹操建銅雀、金虎、冰井三臺於鄴城西北
隅,銅雀臺高十丈,有殿屋百餘間,於樓頂置銅雀,舒翼若飛,故
名,見《水經注》卷十。《文選》陸機《弔魏武帝文》引曹操《遺令》:
"吾婕好妓人,皆著銅爵臺,於臺堂上,施八尺牀繐帳,朝晡上脯糒
之屬,月朝十五,輒向帳作妓,汝等時時登銅爵臺,望吾西陵墓
田。"文中云:"苟形聲之翳没,雖音景其必藏……登爵臺而羣悲,
眝美目其何望?"又謝朓《同謝諮議銅雀臺詩》:"鬱鬱西陵樹,詎聞

歌吹聲?"鮑照《擬行路難》:"不見柏梁、銅雀上,寧聞古時清吹音?"此即用謝朓、鮑照詩意。

〔一六〕毀譽:《論語·衛靈公》:"吾之於人也,誰毀誰譽?"《列子·楊朱》:"矜一時之毀譽,以焦苦其神形,要死後數百年中餘名。"

〔一七〕取醉句:杜甫《撥悶》:"乘舟取醉非難事。"結舌:緘口不言。《漢書·李尋傳》:"智者結舌,邪偽並興。"瘖:不説話。

〔一八〕印如斗:《世説新語·尤悔》:"周(顗)曰:'今年殺諸賊奴,當取金印如斗大繫肘。'"

〔一九〕駟馬句:《漢書·于定國傳》:"少高大閭門,令容駟馬高蓋車。……子孫必有興者。"此又用司馬相如事。《太平御覽》七十三引《華陽國志》:"升遷橋在成都縣北十里,即司馬相如題橋柱曰:'不乘駟馬高車,不過此橋。'"駸駸:馬疾行貌。

〔二〇〕親朋二句:據《史記·司馬相如列傳》,相如爲蜀郡成都人,與臨邛卓王孫之女文君相愛私奔,以賣酒爲生,卓王孫聞而恥之,爲杜門不出。相如富貴後,奉使通西南夷,"至蜀,蜀太守以下郊迎,縣令負弩矢先驅,蜀人以爲寵。於是卓王孫、臨邛諸公皆因門下獻牛酒以交驩。"孟郊《送韓愈從軍》詩:"親賓改舊觀,僮僕生新敬。"此即化用孟詩。以上用富貴之短暫、世態之炎涼勸慰對方,不必嘆老嗟卑。

〔二一〕懸罄:空無所有,極度貧困。《左傳·僖公二十六年》:"室如縣罄,野無青草。"

〔二二〕兒婚女嫁:古人認爲兒女婚姻是生活之一大累,《後漢書·向長傳》及《南齊書·蕭惠基傳》皆有"婚嫁畢"之嘆。

〔二三〕古來句:以下又爲山谷之勸慰。此用李、杜句律。李白《將進酒》:"古來聖賢皆寂寞,惟有飲者留其名。"杜甫《錦樹行》:"自古聖賢皆薄命。"

〔二四〕父母心:《孟子·滕文公下》:"父母之心,人皆有之。"

〔二五〕衆雛句:傅玄《豫章行·苦相篇》:"男兒當門户,墮地自生神。"墮地:指降生。嵇康《幽憤詩》:"窮達有命,亦又何求!"此又暗用梁

范縝語:“人生如樹花同發,隨風而墮,自有拂簾幌墜於茵席之上,自有關籬牆落於糞溷之中。”(《南史·范縝傳》)

〔二六〕強爲句:山谷《書贈俞清老》云:“男女昏嫁,緣渠儂墮地自有衣食分齊,所謂誕置之隘巷,牛羊腓字之,其不應凍餓溝壑者,天不能殺也。今蹙眉終日者,正爲百草憂春雨耳。”與此詩意相同,即不必爲兒輩的成長過分憂慮。

〔二七〕艾封二句:《莊子·齊物論》:“麗之姬,艾封人之子也。晉國之始得之也,涕泣沾襟,及其至於王所,與王同筐牀,食芻豢。而後悔其泣也。”艾:麗戎國地名;封人:守邊境之官。暗目睫:認識不清。《史記·越王句踐世家》:“齊使者曰:‘幸也越之不亡也!吾不貴其用智之如目,見豪(毫)毛而不見其睫。今王知晉之失計,而不自知越之過,是目論也。’”

〔二八〕隴鳥:指鸚鵡。隴,指隴山,又稱坻坁。禰衡《鸚鵡賦》:“命虞人於隴坻,詔伯益於流沙。跨崑崙而播弋,冠雲霓而張羅……爾迺歸窮委命,離羣喪侣,閉以雕籠,翦其翅羽。”李商隱《五言述德抒情……》:“隴鳥悲丹觜,湘蘭怨紫莖。”

〔二九〕碧山岑:李白《聽蜀僧濬彈琴》:“不覺碧山暮,秋雲暗幾重。”韓愈《城南聯句》:“遥岑出寸碧。”

〔三〇〕一生句:《莊子·盜跖》:“人上壽百歲,中壽八十,下壽六十,除病瘐死喪憂患,其中開口而笑者,一月之中不過四五日而已矣。”白居易《喜友至留宿》:“人生開口笑,百年都幾回。”杜牧《九日齊山登高》:“塵世難逢開口笑。”

〔三一〕百慮:各種思慮。《易·繫辭》:“一致而百慮。”杜甫《羌村三首》之二:“撫事煎百慮。”以上爲山谷勸慰對方不必憂慮,人生之否泰窮達均無一定。

〔三二〕雄篇:雄文,有才氣魄力的詩文,此指對方給山谷的詩。逸興:飄逸清雅的興致。王勃《滕王閣序》:“逸興遄飛。”

〔三三〕占:觀察。乾文:天文,即天上的星象。《易·説卦》:“乾,天也,故稱乎父。”奎:星名,二十八宿之一,西方白虎七宿之首宿,有星

十六顆。奎星主文章,因其屈曲相鈎,似文字之畫。參:星宿名,
西方白虎七宿之末一宿,有星七顆。此句贊揚張沙河之文才。

〔三四〕自陳:自己陳述。使酒:乘着酒性發泄。《史記·魏其武安侯列
傳》:"灌夫爲人剛直使酒",曾於武安侯田蚡的酒宴上罵臨汝侯,
武安侯"劾灌夫罵坐不敬"。

〔三五〕朋合簪:《易·豫》:"勿疑朋盍簪。"盍:即合;簪:疾、快(據王弼
注)。原意爲對人不疑,則朋友很快會聚合而來。此用如動詞,猶
"交友"。

〔三六〕君材句:以錦喻人才華,古時甚多。如《南史·江淹傳》記江淹晚
年才思衰退,"夜夢一人自稱張景陽(協),謂曰:'前以一匹錦相
寄,今可見還。'"江淹還錦,文章遂日替。蜀錦爲錦中珍品,《初學
記》卷二十七引《丹陽記》:"歷代尚未有錦,而成都獨稱妙。故三
國時魏則市於蜀,吳亦資西蜀,至是始乃有之。"三千丈:極言其
長大。

〔三七〕南朝句:風流指才氣俊發,脱略形跡的風度氣質。《世説新語·
品藻》:"(韓康伯)居然有名士風流。"《晉書·王獻之傳》:"風流爲
一時之冠。"足見其時多以風流相尚,以至成癖。癖:嗜好。《晉
書·杜預傳》:"預常稱:(王)濟有馬癖,(和)嶠有錢癖。武帝聞
之,謂預曰:'卿有何癖?'對曰:'臣有《左傳》癖。'"

〔三八〕楚地句:王逸《楚辭章句·九歌序》:"昔楚南郢之邑,沅湘之間,
其俗信鬼而好祠。其祠必作歌樂鼓舞以樂諸神。"淫:過分。《法
言·吾子篇》:"辭人之賦麗以淫。"

〔三九〕屈原二句:化用揚雄《反離騷》批評屈原投水自沉:"卷薜芷與若
蕙兮,臨湘淵而投之;椓申椒與菌桂兮,赴江湖而漚之。費椒稰以
要神兮,又勤索彼瓊茅,違靈氛而不從兮,反湛(沉)身於江皋!"山
谷常以此勸人與時同波,不必自絕於世。其《次韻答常甫世弼二
君》云:"勿學《懷沙》賦,離魂不可招。"《次韻答宗汝爲初夏見寄》:
"終不作湘纍,憔悴吟杜若。"潯:水邊地,枚乘《七發》:"彌節乎
江潯。"

〔四〇〕夷甫：晉王衍字。《晉書·王衍傳》：“衍雖居宰輔之重，不以經國
　　　　爲念，而思自全之計……乃以弟澄爲荆州，族弟敦爲青州。因謂
　　　　澄、敦曰：‘荆州有江漢之固，青州有負海之險，卿二人在外，而吾
　　　　留此，足以爲三窟矣。’”三窟：《戰國策·齊策四》載馮諼説孟嘗君
　　　　曰：“狡兔有三窟，僅得免其死耳。”

〔四一〕獵以句：山谷《奉和文潛贈無咎篇末多見及……》詩：“安得八紘
　　　　置，以道獵衆智。”與此意同，謂世人任智用巧，未足爲能，只有得
　　　　道纔能無往而不可；換言之，以道統智，萬物皆在掌握中。《淮南
　　　　子》論之甚夥，如《詮言訓》云：“天下不可以智爲也，不可以慧識
　　　　也……故得道則愚者有餘，失道則智者不足。”“釋道而任智者必
　　　　危，棄數而用才者必困。”而其所謂“道”，即是無爲而自然之道，如
　　　　《主術訓》云：“無爲者道之宗，故得道之宗，應物無窮。”“是故聖人
　　　　舉事業，豈能拂道理之數，詭自然之性……是以積力之所舉，無不
　　　　勝也，而衆智之所爲，無不成也。”又《法言·學行篇》：“耕道而得
　　　　道，獵德而得德。”“獵”字用法仿此。禽：通擒。

〔四二〕温恭句：《詩·商頌·那》：“温恭朝夕。”《論語·學而》：“夫子温
　　　　良恭儉讓以得之。”又《詩·大雅·旱麓》：“豈弟君子，神所勞矣。”
　　　　《箋》：“勞，勞來，猶言佑助。”《左傳·僖公五年》：“鬼神非人實親，
　　　　惟德是依。故周書曰：‘皇天無親，惟德是輔。’……神所馮（憑）
　　　　依，將在德矣。”此謂有仁厚美德者，神將會幫助他。

〔四三〕於魚句：《莊子·徐无鬼》：“於魚得計。”又《庚桑楚》：“故鳥獸不
　　　　厭高，魚鱉不厭深。夫全其形生之人，藏其身也，不厭深眇而已
　　　　矣。”此言韜晦藏身，正可適性逍遥。

〔四四〕陸沉：《莊子·則陽》：“方且與世違而心不屑與之俱，是陸沉者
　　　　也。”此謂沉晦不顯。

〔四五〕鄙人句：《史記·高祖本紀》：劉邦微時，吕公謂曰：“臣少好相人，
　　　　相人多矣，無如季（劉邦）相，願季自愛。”此用其勸人自重意。相：
　　　　看相。

〔四六〕勿作句：據《史記·蔡澤列傳》，蔡澤爲戰國時燕人，貌醜而從唐

舉相,唐舉曰:"吾聞聖人不相(不可貌相),殆先生乎? ……蔡澤
笑謝而去。"揚雄《解嘲》:"蔡澤雖噤吟而笑唐舉。"《漢書·揚雄
傳》引此文,顏師古注:"噤吟,鎮頤之貌。"即曲頤,面頰歪曲突出。

再次韻呈明略并寄無咎〔一〕

夏雲涼生土囊口〔二〕,周鼎湯盤見科斗〔三〕。清風古
氣滿眼前〔四〕,乃是户曹報章還〔五〕。祇今書生無此語,已
在貞元元和間〔六〕。一夫鄂鄂獨無望,千夫唯唯皆論
賞〔七〕。野人泣血漫相明,和氏之璧無連城〔八〕。參軍拄
笏看雲氣,此中安知枯與榮〔九〕。我夢浮天波萬里,扁舟
去作鴟夷子〔一〇〕。兩士風流對酒樽〔一一〕,四無人聲鳥聲
喜〔一二〕。夢回擾擾仍世間,心如傷弓怯虛彈〔一三〕。不堪
市井逐乾没〔一四〕,且顧朋舊相追攀〔一五〕。寄聲小掾篤行
李〔一六〕,落日東面空雲山。

〔 一 〕元豐二年作。明略:廖正一字,安州(今湖北安陸)人。無咎:晁
　　　補之字,巨野(今屬山東)人。廖、晁二人同登元豐二年進士第,補
　　　之爲澶州司户參軍,廖正一爲華州司户參軍。詩人與其前後唱和
　　　之詩共七首,《再次韻呈廖明略》云:"且向華陰郡下作參軍。"元祐
　　　初明略召試學士院,除祕書省正字。蘇軾奇其才,待以殊禮,"軾
　　　門人黄、秦、張、晁,世謂之四學士,每過軾,軾必取密雲龍瀹以飲
　　　之。正一詣軾謝,軾亦取密雲龍以待正一,由是正一之名亞於四
　　　人者"(《東都事略·文藝傳》)。
〔 二 〕夏雲句:顧愷之《神情詩》:"春水滿四澤,夏雲多奇峰。"土囊口:
　　　宋玉《風賦》:"夫風生於地……盛怒於土囊之口。"

〔三〕周鼎湯盤：皆珍貴文物。賈誼《弔屈原賦》：“斡棄周鼎兮寶康瓠。”《禮記·大學》有“湯之盤銘”。李商隱《韓碑》：“湯盤孔鼎有述作。”科斗：即科斗(蝌蚪)文，一種古文字。

〔四〕清風古氣：《梁書·吳均傳》：“均文體清拔有古氣。”

〔五〕户曹：户曹參軍，指廖明略。報章：答詩。

〔六〕貞元、元和：唐德宗與憲宗年號。《新唐書·韓愈傳》贊曰：“至貞元元和間，愈遂以六經之文爲諸儒倡，障隄末流，反刓以樸，劖僞以真……當其所得，粹然一出於正，刊落陳言，橫鶩別驅，汪洋大肆，要之無抵梧聖人者。”李翱《與陸傪書》：“我友韓愈，非兹世之文，古之文也；非兹世之人，古之人也。”此即以古人之文贊明略。

〔七〕鄂鄂：亦作諤諤，直言貌。《史記·商君傳》：“千羊之皮，不如一狐之腋；千人之諾諾，不如一士之諤諤。”唯唯：順從貌。《趙世家》：“諸大夫朝，徒聞唯唯，不聞周舍之鄂鄂。”二句贊明略正直敢言。

〔八〕野人二句：野人即指和氏。《韓非子·和氏》記楚人和氏得玉璞於山中，初獻厲王，王以爲石而刖其左足；後獻武王，又刖其右足；文王即位，抱璞哭於山下，淚盡，繼之以血，王使玉人理璞，得寶玉，名爲“和氏之璧”。漫相明：原指向君王説明所得爲玉，終歸徒勞；此喻向君王表明心跡。連城：極言貴重。《史記·藺相如列傳》：“趙惠文王時，得楚和氏璧。秦昭王聞之，使人遺趙王書，願以十五城請易璧。”張載《擬四愁詩》：“何以贈之連城璧。”

〔九〕參軍二句：見前《對酒歌答謝公静》注〔二六〕。此以王徽之比廖明略。笏：手版，古代官員上朝時記事所用。枯與榮：原指草木盛衰，此借喻命運之否泰、仕宦之升沉。

〔一〇〕扁舟句：《史記·越王勾踐世家》：勾踐滅吳後，范蠡乃“乘舟浮海以行，終不反……變姓名，自謂‘鴟夷子皮’”。鴟夷：革囊，以皮作鴟鳥形，可盛酒。李白《古風》之十八：“何如鴟夷子，散髮棹扁舟。”

〔一一〕兩士：指廖、晁二人。

〔一二〕四無人聲：韓愈《履霜操》：“四無人聲，誰與兒語？”

〔一三〕心如句：《戰國策·楚策四》：“雁從東方來，更羸以虛發而下之”，魏王問其故，對曰：“故瘡未息，而驚心未至也，聞弦音，引而高飛，故瘡隕也。”

〔一四〕不堪句：對追名逐利表示鄙棄。市井：世俗。乾没：投機取巧，徼幸取利，語出《史記·酷吏列傳》，又《抱朴子·内篇·黄白卷》：“浮深越險，乾没逐利。”

〔一五〕朋舊：親朋故舊。相追攀：相互追隨攀援。杜甫《遣興五首》之五：“昔在洛陽時，親友相追攀。”

〔一六〕小掾：屬官，此指晁廖二人。篤行李：常派使者，勤寄書信。鮑照《代門有車馬客行》：“手跡可傳心，願爾篤行李。”篤：厚，引申爲勤。行李：使者，此指信使。

次韻無咎閎子常攜琴入村〔一〕

士寒餓，古猶今〔二〕，向來亦有子桑琴〔三〕，倚楹嘯歌非寓淫〔四〕。伯牙高山水深深〔五〕，萬世丘壟一知音〔六〕。閎君七弦抱幽獨〔七〕，晁子爲之《梁父吟》〔八〕。天寒絡緯悲向壁〔九〕，秋高風露聲入林。冷絲枯木拂蛛網，十指乃能寫人心〔一〇〕。村村擊皷如鳴鼉〔一一〕，豆田見角穀成螺〔一二〕。歲豐寒士亦把酒，滿眼飣餖梨棗多〔一三〕。晁家公子屢經過〔一四〕，笑談與世殊臼科〔一五〕。文章落落映晁董〔一六〕，詩句往往妙陰何〔一七〕。閎夫子，勿謂知人難〔一八〕，使琴抑怨久不和，明光晝開九門肅〔一九〕，不令高才牛下歌〔二〇〕。

〔一〕作於元豐二年。晁補之有《閭子常攜琴入村》詩,見《鷄肋集》
　　卷九。

〔二〕士寒二句:《列子·天瑞》:"貧者士之常也,死者人之終也。"又
　　《列子·楊朱》:楊朱曰:"五情好惡,古猶今也;四體安危,古猶今
　　也;世事苦樂,古猶今也;變易治亂,古猶今也。"晁詩云:"閭夫子,
　　通古今,家徒四壁猶一琴。"

〔三〕子桑琴:子桑爲《莊子·大宗師》中所寫之貧士,嘗鼓琴而歌,自
　　嘆命苦,此以比閭子常。

〔四〕倚楹句:《列女傳》卷三:"漆室女者,魯漆室邑之女也,過時未適
　　人。當穆公時,君老太子幼,女倚柱而嘯,傍人聞之,莫不爲之慘
　　者。"人以爲因未嫁而悲,女曰:"吾豈爲不嫁不樂而悲哉?吾愛魯
　　君老,太子幼。"楹:堂前之柱。此謂子常之琴別有寄託。

〔五〕伯牙句:見《西禪聽戴道士彈琴》注〔七〕。

〔六〕丘壟:墳墓,墓地。《列子·楊朱》:"太古至於今日,年數固不可
　　勝紀……賢愚好醜,成敗是非,無不消滅。"江淹《恨賦》:"綺羅畢
　　兮池館盡,琴瑟滅兮丘壟平。"此言人生難得一知音。

〔七〕七弦:見《聽崇德君鼓琴》注〔一二〕。

〔八〕梁父吟:樂府相和歌楚調曲名。《樂府詩集》卷四十一《梁甫吟》題
　　解:"按梁甫,山名,在泰山下。《梁甫吟》,蓋言人死葬此山,亦葬歌
　　也。"今所傳古辭相傳爲諸葛亮作,《三國志》本傳:"亮躬耕隴畝,好
　　爲《梁父吟》。"其詞詠齊國晏嬰以二桃殺三士事。山谷手寫此詩並
　　有跋:"余觀武侯此詩乃以曹公專國,殺楊脩、孔融、荀彧耳。"

〔九〕絡緯:晉崔豹《古今註》:"莎鷄一名絡緯,一名蟋蟀,謂其鳴如紡
　　緯也。"

〔一〇〕十指:蔡邕《琴賦》:"屈伸低昂,十指如雨。"白居易《五弦琴詩》:
　　"十指無定音,顛倒宮徵羽。坐客聞此聲,形神若無主。行客聞此
　　聲,駐足不能舉。"寫人心:抒發内心的感情。《禮記·樂記》:"凡
　　音者,生人心者也。情動於中,故形於聲;聲成文,謂之音。"向秀
　　《思舊賦》:"遂援翰而寫心。"

〔一一〕鼉：一名鼉龍，即揚子鰐，俗名豬婆龍，鳴聲如鼓。陸佃《埤雅·釋魚》：“鼉宵鳴如桴鼓，今江淮之間謂鼉鳴爲鼉鼓。”《詩·大雅·靈臺》：“鼉鼓逢逢，矇瞍奏功。”古以鼉皮蒙鼓，聲類鼉鳴。

〔一二〕穀成螺：《晉書·石崇傳》：“崇家稻米飯在地，經宿皆化爲螺。時人以爲族滅之應。”《衛瓘傳》亦有此類事。此借言穀物成熟。

〔一三〕釘餖：堆疊於盤中供陳設的蔬菓。韓愈《南山詩》：“或如臨食案，看核紛釘餖。”

〔一四〕屢經過：晉謝混《遊西池》：“逍遥越城肆，願言屢經過。”經過：過訪，來訪。

〔一五〕殊臼科：猶不同類。韓愈《石鼓歌》：“爲我量度掘臼科。”科，窠之借字；臼科，坑坎，指安置石鼓的凹形底座。

〔一六〕落落：高超不凡。庾信《謝趙王示新詩啓》：“落落詞高，飄飄意遠。”晁董：漢代學者晁錯、董仲舒。據《舊唐書·文苑傳》：劉蕡對策，抨擊宦官，考官嘆服，“以爲漢之晁、董無以過之”。

〔一七〕陰何：梁朝詩人陰鏗與何遜。杜甫《解悶》：“孰知二謝將能事，頗學陰何苦用心。”

〔一八〕知人難：《尚書·皋陶謨》：“禹曰：‘吁，咸若時，惟帝其難之，知人則哲。’”傳：“言帝堯亦以知人安民爲難。”韓愈《答楊子書》：“知人堯舜所難。”

〔一九〕明光：漢宫殿名，武帝所建，有二處：一在北宫，一在甘泉宫，見《三輔黃圖》卷三。杜甫《壯遊》：“曳裾置醴地，奏賦入明光。”高適《塞下曲》：“畫圖麒麟閣，入朝明光宫。”九門：古制，天子所居有九門，後泛指皇宫。

〔二〇〕牛下歌：《吕氏春秋》卷十九《舉難》：“甯戚欲干齊桓公，窮困無以自進，於是爲商旅，將任車以至齊，暮宿於郭門之外。桓公郊迎客，夜開門辟任車，爝火甚盛，從者甚衆。甯戚飯牛居車下，望桓公而悲，擊牛角疾歌。桓公聞之，撫其僕之手曰：‘異哉！之歌者非常人也。’命後車載之。”此以甯戚之得拔於貧賤，勉勵閻子常將來一定會爲朝廷所用。

再和答爲之〔一〕

君勿嘲廣文〔二〕，冱寒被絺葛〔三〕。君勿嘲廣文，窮年飯粱糲〔四〕。常恐俎豆予〔五〕，與世充肴核〔六〕。凡木不願材〔七〕，大折小枝洩〔八〕。櫟依曲轅社，聊用神其拙〔九〕。吾家本江南，一丘藏曲折〔一○〕。瀬溪蔭蒼筤〔一一〕，瀟灑可散髮〔一二〕。既無使鬼錢，又無封侯骨〔一三〕。薄禄庇閑曹〔一四〕，且免受逼卒。爲此懶出門，徒弊懷中謁〔一五〕。直齋賓客退，風物供落筆。詩成着牀頭〔一六〕，不知今幾束。君何向予勤〔一七〕，見詩嘆埋没。嗣宗須酒澆〔一八〕，未信胸懷闊。自狀一片心，碧潭浸寒月〔一九〕。令德感來教，爲君賦《車轄》〔二○〕。君思揚雄吃，何似張儀舌〔二一〕？此意恐太狂，願爲引繩墨〔二二〕。政使此道非，改過從今日。報章望瓊琚〔二三〕，勿使音塵闊〔二四〕。

〔一〕元豐二年作。爲之：姓林，《山谷外集》詩中前有《林爲之送筆戲贈》，後有與此同題一首，云："林君維閩英，數面成瓜葛。"則林當爲閩人。

〔二〕廣文：山谷自謂。杜甫《醉時歌》："諸公袞袞登臺省，廣文先生官獨冷。甲第紛紛厭粱肉，廣文先生飯不足。"廣文先生，杜甫之友鄭虔，任廣文館博士。山谷時爲學官，故以此自稱。

〔三〕冱(hù)：凍結。《莊子・齊物論》："河漢冱而不能寒。"《左傳・昭公四年》："其藏冰也，深山窮谷，固陰冱寒。"絺(chī)：葛布。《詩・周南・葛覃》："爲絺爲綌，服之無斁。"按葛衣爲夏日所服，《論語・鄉黨》："當暑，袗絺綌，必表而出之。"冬日而穿夏衣，其貧

寒可知。《北史·袁充傳》：“充少警悟，年十餘歲，其父黨至門，時
冬初，充尚衣葛衫。客戲充曰：‘袁郎子，絺兮綌兮，淒其以風。’充
應聲答曰：‘唯絺與綌，服之無斁。’”杜甫《遣興》：“焉知南鄰客，九
月猶絺綌。”

〔四〕窮年：終年。謝靈運《擬魏太子鄴中集詩·徐幹》：“窮年迫憂
慄。”杜甫《自京赴奉先縣詠懷五百字》：“窮年憂黎元。”糲櫨：粗米
劣食。《韓非子·五蠹》：“堯之王天下也，茅茨不翦，采椽不斲，糲
粢之食，藜藿之羹，冬日麑裘，夏日葛衣，雖監門之服養，不虧於
此矣。”

〔五〕常恐句：《莊子·庚桑楚》：庚桑楚居畏壘之山三年，畏壘之民立
社稷，像祭祖一樣崇拜他，他很不高興，謂弟子曰：“吾聞至人，尸
居(寂靜而居)環堵之室，而百姓猖狂，不知所如往。今以畏壘之
細民，而竊竊焉欲俎豆予於賢人之間，我其杓(榜樣)之人邪？”俎
豆：原爲祭祀宴享時所用食具，此用如動詞，《莊子》中作“奉祀”
解，與此以我爲俎豆之意有別。

〔六〕充：充滿。肴核：即殽核，菜肴菓品。殽，帶骨熟肉；核，有核之
果。《詩·小雅·賓之初筵》：“籩豆有楚，殽核維旅。”二句意謂不
願爲世人作盛放肴核的俎豆。此又兼用《莊子·天地》之意：“百
年之木，破爲犧尊(祭器)，青黃而文之，其斷(斫剩的斷木)在溝
中。比犧尊於溝中之斷，則美惡有間矣，其於失性一也。”

〔七〕凡木句：《莊子》中常用不成材的樹木能避免砍伐來發揮全身去
害的思想，見《對酒歌答謝公静》注〔一〇〕。又《莊子·人間世》載
南伯子綦游商丘，見大木而嘆曰：“此果不材之木也，以至於此其
大也。嗟乎，神人以此不材。”

〔八〕大折句：《莊子·人間世》載匠石之齊，見櫟社樹，大而無用，社樹
現夢，謂匠石曰：“夫柤梨橘柚果蓏之屬，實熟則剝，剝則辱。大枝
折，小枝泄(扭曲)。此以其能苦其生者也。”

〔九〕櫟：樹名。曲轅：齊國地名，上引《莊子》匠石所經之地。社：土
地神。櫟樹被奉爲該處神樹。神其拙：因拙劣而被奉若神明。

櫟樹曰：“且予求無所可用久矣！幾死，乃今得之，爲予大用。使予也而有用，且得有此大也邪？”

〔一〇〕一丘句：寫山水幽美。杜甫《早起》：“一丘藏曲折，緩步有躋攀。”

〔一一〕瀕溪句：寫溪邊緑竹成陰。蒼筤：青色，此指竹。《易·説卦》：“震爲雷，爲蒼筤竹。”

〔一二〕散髮：古人多束髮，隱者散之，以示其蕭散自由。《後漢書·袁閎傳》：“黨事將作，閎遂散髮絶世，欲投跡深林。”李白《宣州謝朓樓餞别校書叔云》：“明朝散髮弄扁舟。”

〔一三〕使鬼錢：晉魯褒《錢神論》：“錢無耳，可使鬼。”封侯骨：用漢翟方進事。翟爲小史，從汝南蔡父相，“蔡父大奇其形貌，謂曰：‘小史有封侯骨，當以經術進。’”（《漢書》本傳）山谷詩中常以此二事對舉，如《次韻胡彦明同年羈旅京師寄李子飛》：“原無馬上封侯骨，安用人間使鬼錢。”

〔一四〕閑曹：閑官。

〔一五〕弊：弄舊，損壞。謁：名片。《史記·高祖本紀》：沛令善吕公，人皆往賀，高祖“乃紿爲謁曰：‘賀錢萬。’實不持一錢。”《索隱》：“謁謂以札書姓名，若今之通刺，而兼載錢穀也。”此處“謁”用如“刺”。《後漢書·禰衡傳》：“建安初，來遊許下，始達潁川，乃陰懷一刺，既而無所之適，至於刺字漫滅。”二句寫不事干謁。

〔一六〕“落筆”、“詩成”連用，用李、杜句律。李白《江上吟》：“興酣筆落摇五嶽，詩成笑傲凌滄洲。”杜甫《寄李十二白二十韻》：“筆落驚風雨，詩成泣鬼神。”著牀頭：《晉書·王湛傳》：“（王）濟嘗詣湛，見牀頭有《周易》，問曰：‘叔父何用此爲？’湛曰：‘體中不佳時，脱復看耳。’”

〔一七〕勤：憂心，掛念。

〔一八〕嗣宗：阮籍字。參見《次韻答張沙河》注〔一三〕。

〔一九〕自狀二句：寒山子詩：“吾心似秋月，碧潭清皎潔。無物堪比倫，教我如何説！”按：此詩無題，《全唐詩》總題其五言詩爲“詩三百三首”。

〔二〇〕令德二句：《詩·小雅·車舝(轄)》："辰彼碩女，令德來教。"令德：美意。此謂感激來書教誨的美意，我要爲你賦《車舝》之詩。

〔二一〕揚雄吃：《外集注》"吃當爲吃"。揚雄口吃不能劇談。張儀舌：戰國時策士張儀，善於辭令，嘗受楚相鞭笞，"其妻曰：'嘻！子毋讀書游説，安得此辱乎？'張儀謂其妻曰：'視吾舌尚在不？'其妻笑曰：'舌在也。'儀曰：'足矣。'"(《史記·張儀傳》)二句謂巧舌如簧不如拙於言辭。山谷時有此論，見《贈別李端叔》、《贈送張和叔》等詩。

〔二二〕繩墨：匠人畫墨綫之工具，引申爲規矩法度。二句爲答其和章之意，望其規正，如木之從繩。

〔二三〕報章：酬答之詩文或書信。杜甫《早發湘潭寄杜員外院長》："相憶無來雁，何時有報章？"瓊琚：美玉，此喻爲之復信和新作詩文。《詩·衛風·木瓜》："投我以木瓜，報之以瓊琚。"白居易《見尹公亮新詩偶贈絕句》："袖裏新詩十首餘，吟看句句是瓊琚。"

〔二四〕音塵闕：音訊斷絕。謝莊《月賦》："美人邁兮音塵闕，隔千里兮共明月。"音塵，音訊；闕，通缺。

贈　趙　言〔一〕

饒陽趙方士〔二〕，眼如九秋鷹〔三〕。學書不成不學劍〔四〕，心術妙解通神明。醫如俯身拾地芥〔五〕，相如仰面觀天星。自言："方術雜鬼怪，萬種一貫皆天成。"〔六〕大梁卜肆傾賓客〔七〕，二十餘年聲籍籍〔八〕。得錢滿屋不經營，散與世人還寄食。北門塵土滿衣襟，廣文直舍官槐陰〔九〕。白雲勸酒終日醉，紅燭圍棋清夜深。大車駟馬不回首〔一〇〕，強項老翁來見尋〔一一〕。向人忠信去表褥〔一二〕，可喜正在無機心〔一三〕。輕談禍福邀重稽〔一四〕，所在多於竹葦林〔一五〕。翁言此輩無足聽，見葉知根論才性〔一六〕。飛騰九天沉九泉〔一七〕，自種自收皆在行〔一八〕。先期出語駭傳聞，事至十九中時病〔一九〕，輪囷離奇惜老大，成器本可千萬乘〔二〇〕。自嘆輕霜白髮新，又去驚動都城人。都城達官老於事〔二一〕，嫌翁出言不妌媚〔二二〕。有手莫炙權門火〔二三〕，有口莫辯荆山玉〔二四〕。吳宮火起燕焚巢〔二五〕，當時卞和斷兩足。千里辭家却入門〔二六〕，三春榮木會歸根〔二七〕。我有江南黃篾舫〔二八〕，與翁長入白鷗羣〔二九〕。

〔一〕元豐二年作。趙言：未詳。據詩所寫，當是一個通曉醫道相術的方士。

〔二〕饒陽：河北西路深州饒陽郡，有饒陽縣。方士：方術之士。《史記・秦始皇本紀》：“悉召文學方術士甚衆，欲以興太平，方士欲練以求奇藥。”後泛稱擅於醫卜星相者。

〔三〕九秋鷹：秋鷹矯健俊捷。張鷟《朝野僉載》卷四：張元一評蘇味道爲：“蘇九月得霜鷹。”或問其故，答曰：“得霜鷹俊捷。”杜甫《醉歌行贈公安顏十少府請顧八題壁》：“神仙中人不易得，顏氏之子才孤標。天馬長鳴待駕馭，秋鷹整翮當雲霄。”九秋，秋季九十天，故云。曹植《七啓》：“九秋之夕，爲歡未央。”此句形容趙言目光犀利，炯炯有神。

〔四〕學書句：《史記・項羽本紀》：“項籍少時，學書不成，去學劍，又不成。”此反用之，謂其學文不成又不習武。

〔五〕醫如句：《漢書・夏侯勝傳》：“勝每講授，常謂諸生曰：‘士病不明經術；經術苟明，其取青紫如俛拾地芥耳。’”地芥，地上之草芥。此喻其醫術高明，治病輕而易舉，如俯身拾草。

〔六〕萬種句：《論語・里仁》：“吾道一以貫之。”《後漢書・張衡傳》：

“親履艱難者知下情,備經險易者達物僞,故能一貫萬機,靡所疑惑。”天成:自然形成。以道貫通萬事,猶今言掌握其規律,則有自然天成之妙。

〔七〕大梁:古城名,指開封。卜肆:賣卜之所。傾賓客:使賓客傾倒。

〔八〕聲籍籍:聲名卓著。

〔九〕北門二句:爲山谷自道。北門:指北京大名府。廣文:指學官,見《再和答爲之》注〔二〕。直舍:官舍。官槐:官府所植槐樹。學舍植槐,由來已久。《藝文類聚》卷八十八引《三輔黄圖》:“元始四年,起明堂辟雍,爲博士舍三十區,爲會市,但列槐樹數百行,諸生朔望會此市。”

〔一〇〕大車駟馬:四匹馬拉的大車,爲達官顯貴所乘。《史記·范睢傳》:魏人須賈使秦,秦相范睢微服訪之,“須賈曰:‘吾馬病,車軸折,非大車駟馬,吾固不出。’”此言顯貴對己不屑一顧。

〔一一〕强項:挺着脖子不願低頭。《後漢書·董宣傳》:爲洛陽令,殺陽湖公主惡奴,光武帝强令董宣叩頭謝公主,宣兩手據地,終不肯俯首,帝敕:“彊(强)項令出。”此强項老翁指趙言。見尋:來找我。

〔一二〕去表襮:謂坦誠相見,不加矯飾。表:加在外面的上衣;襮(bó):繡花衣領,《詩·唐風·揚之水》:“素衣朱襮。”表襮指外表,引申爲炫耀或矯飾。

〔一三〕無機心:見《次韻答張沙河》注〔三〕。

〔一四〕重䄷(xǔ):衆多的糧食。《史記·貨殖列傳》:“醫方諸食技術之人,焦神極能,爲重䄷也。”又《日者列傳》載宋忠與賈誼游卜肆,與卜者司馬季主交談。宋、賈曰:“夫卜筮者,世俗之所賤簡也。世皆言曰:‘夫卜者多言誇嚴以得人情,虚高人禄命以説(悦)人志,擅言禍災以傷人心,矯言鬼神以盡人財,厚求拜謝以私於己’”後相謂自嘆曰:“夫卜而有不審,不見奪䄷;爲人主計而不審,身無所處。”《離騷》:“懷椒䄷而要(邀)之。”王逸注:“䄷,精米,所以享神。”則䄷既爲享神之米,又爲卜者所得報酬。此寫卜者輕率地談論吉凶禍福,以求豐厚的報酬。邀:求取。

〔一五〕所在：到處。竹葦：竹與蘆葦,常連言之。此句意謂這類江湖術
　　　　士比比皆是。

〔一六〕翁言二句：老翁説：此輩所言不值一聽,相人應由表及裏,察其
　　　　才性。

〔一七〕九天：傳説天有九重,極言其高。屈原《天問》：“圜則九重,孰營
　　　　度之?”《離騷》：“指九天以爲正兮,夫唯靈修之故也。”九泉：地下
　　　　深處。阮瑀《七哀》：“冥冥九泉室,漫漫長夜臺。”此指命運否泰,
　　　　有如天壤之別。《晉書·胡奮傳》：奮女選爲武帝貴人,奮哭曰：
　　　　“老奴不死,唯有二兒,男入九地之下,女上九天之上。”奮子早亡,
　　　　故云。

〔一八〕自種自收：王禹偁《畬田詩》：“自種自收還自足,不知堯舜是吾
　　　　君。”此借言命運好壞皆取決於自身,猶如種與收之關係,即今言
　　　　“種瓜得瓜,種豆得豆”之意。《呂氏春秋·用民》：“夫種麥而得
　　　　麥,種稷而得稷,人不怪也。”皆在行：皆在於(自己之)行事。

〔一九〕先期二句：謂起先出語驚世駭俗,待到事情發生,往往十有八九
　　　　切中時弊。此言趙言相卜如神。

〔二〇〕輪囷二句：《史記·鄒陽傳》：獄中上書：“蟠木根柢,輪囷離詭,而
　　　　爲萬乘器者。何則? 以左右先爲之容也。”輪囷,屈曲貌,此喻趙
　　　　之奇才。惜老大：可惜年紀已大。千萬乘：古時以兵車多少衡量
　　　　國力,千乘指諸侯,萬乘指天子,見《戲贈彦深》注〔二三〕。此謂趙
　　　　言身負奇才,本可成爲治國之器,兼寓無人薦拔之嘆。

〔二一〕都城句：韓愈《石鼓歌》：“中朝大官老於事。”老於事：老於世故。

〔二二〕斌媚：即嫵媚。《舊唐書·魏徵傳》：“帝(太宗)大笑曰：‘人言魏
　　　　徵舉動疏慢,我但覺嫵媚。’”

〔二三〕有手句：崔顥《長安道》：“長安甲第高入雲,誰家居住霍將軍。日
　　　　晚朝回擁賓從,路旁拜揖何紛紛。莫言炙手手可熱,須臾火盡灰
　　　　亦滅。”此言不要依附權貴之門。

〔二四〕有口句：見前《再次韻呈明略並寄無咎》注〔八〕。

〔二五〕吳宮句：《越絕書》卷二：“(吳)東宮周一里二百七十步,路西宮在

長秋,周一里二十六步。秦始皇帝十一年,守宮者照燕失火,燒之。"鮑照《代空城雀》:"誠不及青鳥,遠食玉山禾。猶勝吳宮燕,無罪得焚窠。"李白《野田黃雀行》:"遊莫逐炎洲翠,棲莫近吳宮燕。吳宮火起焚巢窠,炎洲逐翠遭網羅。"

〔二六〕千里句:謂當年辭家遠遊,而今返回家門。却:返回。

〔二七〕三春:春季三個月,故云。榮:花。陶淵明《歸去來辭》:"木欣欣以向榮。"歸根《老子》:十六章:"夫物芸芸,各復歸其根。歸根曰靜,是曰復命。復命曰常,知常曰明。"《景德傳燈録》卷五《慧能大師》:"衆曰:'師從此去,早晚却迴?'師曰:'葉落歸根,來時無日。'"

〔二八〕黃篾舫:船名。篾,長條狀竹片;黃篾當指以此編成的船篷。

〔二九〕與翁句:用海上鷗鳥事,見《漫尉》注〔一三〕。

乞　貓〔一〕

秋來鼠輩欺貓死,窺甕翻盤攪夜眠。聞道貍奴將數子〔二〕,買魚穿柳聘銜蟬〔三〕。

〔一〕元豐二年作。《年譜》:"先生有手書此詩,題云:《從隨主簿乞貓》。"

〔二〕貍奴:貓的別稱。《景德傳燈録》卷十:"請大衆爲貍奴白牯念摩訶般若波羅蜜。"將:養。

〔三〕買魚句:蘇軾《石鼓歌》:"强尋偏旁推點畫,時得一二遺八九。我車既攻馬亦同,其魚維鱮貫之柳。"自注:"其詞(石鼓文)云:'我車既攻,我馬既同。'又云:'其魚維何? 維鱮維鯉。何以貫之? 維楊與柳。'惟此六句可讀,餘多不可通。"前人多謂"貫"字爲蘇軾誤讀,但宋人多如此讀,如梅堯臣《雷逸老以倣石鼓文見遺因呈祭酒吳公》：“何以貫之維楊柳。”又《送王郎中知江陰》：“魚穿楊柳誇鮮膾。”

【評箋】　陳師道《後山詩話》：雖滑而可喜，千載而下，讀者如新。
吳可《藏海詩話》：“聘”字下得好，“啣蟬”、“穿柳”四字尤好。

次韻答柳通叟求田問舍之詩〔一〕

　　少日心期轉謬悠〔二〕，蛾眉見妬且障羞〔三〕。但令有婦如康子〔四〕，安用生兒似仲謀〔五〕。橫笛牛羊歸晚徑〔六〕，卷簾瓜芋熟西疇〔七〕。功名可致猶回首，何況功名不可求〔八〕。

〔一〕元豐二年作。柳通叟：未詳。求田問舍：《三國志·魏志·陳登傳》載劉備與許汜共論陳登，備曰：“君有國士之名，今天下大亂，帝王失所，望君憂國忘家，有救世之意，而君求田問舍，言無可采，是元龍所諱也。”後“求田問舍”多引申爲退隱田園之意。

〔二〕少日：猶少時，年輕時。心期：內心的期望、抱負。謬悠：虛妄悠遠。《莊子·天下》：“謬悠之説，荒唐之言，無端崖之辭。”

〔三〕蛾眉：蠶蛾觸鬚，多喻女子細長而彎曲之眉，亦代指美人。《詩·衛風·碩人》：“螓首蛾眉。”亦指才德之士。《離騷》：“衆女嫉余之蛾眉兮，謠諑謂余以善淫。”障羞：遮羞。《玉臺新詠》卷十《近代雜詩》：“舉袖欲障羞，迴持理髮亂。”李商隱《擬意》：“雲屏不取暖，月扇未障羞。”

〔四〕但令句：《列女傳》卷二《魯黔婁妻》：魯黔婁先生死，曾子往弔，問何以爲諡，“其妻曰：‘以康爲諡。’曾子曰：‘先生在時，食不充虛，

衣不蓋形，死則手足不斂，旁無酒肉，生不得其美，死不得其榮，何
樂於此而謚爲康乎?'其妻曰：'昔先生，君嘗欲授之政，以爲國相，
辭而不爲，是有餘貴也。君嘗賜之粟三十鍾，先生辭而不受，是有
餘富也。彼先生者，甘天下之淡味，安天下之卑位，不戚戚於貧
賤，不忻忻於富貴，求仁而得仁，求義而得義，其謚爲康，不亦宜
乎?'曾子曰：'唯斯人也而有斯婦！'君子謂黔婁妻爲樂貧行道。"

〔五〕生兒似仲謀：《三國志・吳主傳》注引《吳歷》："公（曹操）見舟船
　　　器仗軍伍整肅，喟然嘆曰：'生子當如孫仲謀，劉景升兒子若豚犬
　　　耳！'"孫權字仲謀。二句謂家有賢妻足矣，不必定有賢子。
〔六〕橫笛句：《詩・王風・君子于役》："日之夕矣，羊牛下來。"
〔七〕卷簾：樂府古辭《西洲曲》："卷簾天自高，海水搖空綠。"杜甫《客
　　　夜》："捲簾殘月影，高枕遠江聲。"瓜芋：左思《蜀都賦》："瓜疇芋
　　　區。"疇：農田。陶淵明《歸去來辭》："將有事於西疇。"
〔八〕功名二句：鮑照《擬行路難》十八首之五："功名竹帛非我事，存亡
　　　貴賤付皇天。"

【評箋】　方東樹《昭昧詹言》卷二十：首二句先爲解釋，識趣高人一
等。以下又極言其得意樂趣，收足求田問舍不得已之心。

次韻答叔原會寂照房呈稚川〔一〕

　　客愁非一種，歷亂如蜜房〔二〕。食甘念慈母〔三〕，衣綻
懷孟光〔四〕。我家猶北門〔五〕，王子渺湖湘〔六〕。寄書無雁
來，衰草漫寒塘〔七〕。故人哀王孫〔八〕，交味耐久長〔九〕。
置酒相暖熱，愜於冬飲湯〔一〇〕。吾儕癡絶處，不減顧長
康〔一一〕。得閑枯木坐〔一二〕，冷日下牛羊。坐有稻田

衲〔一三〕，頗薰知見香〔一四〕。勝談初曇曇〔一五〕，修綆汲銀牀〔一六〕。聲名九鼎重〔一七〕，冠蓋萬夫望〔一八〕。老禪不掛眼，看蝸書屋梁〔一九〕。韻與境俱勝，意將言兩忘〔二〇〕。出門事衮衮〔二一〕，斗柄莫昂昂〔二二〕。月色麗雙闕，雪雲浮建章〔二三〕。苦寒無處避，唯欲酒中藏。

〔一〕作於元豐三年，時山谷入京改官。《内集》有《次韻王稚川客舍二首》，任淵注："彭山黃氏有山谷手書此詩云：'王彀稚川元豐初調官京師，寓家鼎州，親年九十餘矣，嘗閱貴人家歌舞，醉歸，書其旅邸壁間云：雁外無書爲客久，蛩邊有夢到家多。畫堂玉佩縈雲響，不及桃源欵乃歌。余訪稚川於邸中而和之。'"叔原：晏幾道字，號小山，晏殊第七子，仕太常寺太祝，監潁昌許田鎮。寂照房：僧寺齋房名，《同王稚川晏叔原飯寂照房》："高人住寶坊，重客款齋房。"

〔二〕客愁：客居他鄉的愁苦。杜甫《卜居》："已知出郭少塵事，更有澄江銷客愁。"歷亂：雜亂無緒。鮑照《紹古辭》七首之七："憂來無行伍，歷亂如覃葛。"蜜房：蜂房，此形容愁密集紛亂。班固《終南山賦》："蜜房溜其巔。"左思《蜀都賦》："蜜房鬱毓被其阜。"

〔三〕甘：甜，美味食品。《史記·刺客列傳》："聶政謝曰：'臣幸有老母，家貧，客游以爲狗屠，可以旦夕得甘毳（脆）以養親。'"得美味而思敬母，古人多此類孝行，如《左傳·隱公元年》載潁考叔欲以鄭莊公所賜之肉羹遺母；又《三國志·吳志·陸績傳》載績六歲時於九江見袁術，懷橘三枚，欲歸獻母，皆是。

〔四〕衣綻句：樂府相和歌辭《豔歌行》："翩翩堂前燕，冬藏夏來見。兄弟兩三人，流宕在他縣。故衣誰當補，新衣誰當綻？賴得賢主人，覽取爲吾組。"原詩寫男子流亡在外，客舍主婦爲之補衣，此借言衣破即想起家中賢妻。孟光：東漢梁鴻之妻，夫婦相敬，有"舉案齊眉"之美談。

〔 五 〕北門：指北京大名府,時山谷北京教授任滿,至京師改官,其家暫
　　　留北京。

〔 六 〕王子：王稚川。湖湘：洞庭湖及湘江流域。王稚川寓家鼎州,屬
　　　荆湖北路,治武陵(今湖南常德),故云。

〔 七 〕衰草句：梁何遜《與胡興安夜別》："露濕寒塘草,月映清淮流。"王
　　　維《奉寄韋太守陟》："寒塘映衰草,高館落疏桐。"漫：彌漫。又
　　　"漫"字用嚴維《酬劉員外見寄》："柳塘春水漫,花塢夕陽遲。"宋人
　　　談藝稱"漫""遲"字工,見《六一詩話》引梅堯臣語。

〔 八 〕故人句：《史記·淮陰侯列傳》：漂母曰："吾哀王孫而進食,豈望
　　　報乎!"故人：指王稚川。王孫：猶言公子,此指晏叔原。

〔 九 〕交味句：言交往之誼篤長。《舊唐書·魏玄同傳》："玄同素與裴
　　　炎結交,能保終始,時人呼爲耐久朋。"

〔一〇〕冬飲湯：《孟子·告子上》："公都子曰：'冬日則飲湯,夏日則飲
　　　水,然則飲食亦在外也?'"

〔一一〕吾儕：我輩。癡絕：極度癡呆。《世説新語·文學》注引《文章
　　　志》："桓温云：'顧長康(愷之)體中癡黠各半,合而論之,正平平
　　　耳。'世云有三絶：畫絶、文絶、癡絶。"此指超凡脱俗的情趣。山
　　　谷曾爲晏叔原作《小山集序》,云："余嘗論叔原固人英也,其癡亦
　　　自絶。"

〔一二〕枯木坐：道家静修與佛家坐禅均要求形如枯木。《莊子·齊物
　　　論》："形固可使如槁木,而心固可使如死灰乎?"孫綽《喻道論》：
　　　"禪定拱默,山停淵澹,神若寒灰,形猶枯木。"《五燈會元》卷五《石
　　　霜慶諸禪師》："師居石霜山二十年間,學衆有長坐不卧,屹若株
　　　杌,天下謂之枯木衆也。"

〔一三〕稻田衲：指袈裟,以繡作方格似稻而名。王維《能禪師碑》："悉棄
　　　罟網,襲稻田之衣。"

〔一四〕知見香：《外集》注："釋氏書有解脱知見香。"按：慧能《壇經·懺
　　　悔品第六》(宗寶本)："五：解脱知見香。自心既無所攀緣善惡,
　　　不可沉空守寂,即須廣學多聞,識自本心,達諸佛理,和光接物,無

我無人,直至菩提,真性不易,名解脱知見香。善知識! 此香各自内薰,莫得升覓。”

〔一五〕勝談:健談。亹亹(wěi):言詞動聽。《世説新語・賞譽》:“謝太傅(安)未冠,始出西,詣王長史(濛),清言良久。去後,苟子(濛子修)問曰:‘向客何如尊?’長史曰:‘向客亹亹,爲來逼人。’”鍾嶸《詩品》:“(張協)詞旨葱蒨,音韻鏗鏘,使人味之,亹亹不倦。”

〔一六〕修綆句:以汲井喻學。《莊子・至樂》:“綆短者不可以汲深。”修,長。綆,提水之繩。韓愈《秋懷詩》十一首之五:“汲古得修綆。”銀牀:銀飾井欄。古樂府舞曲歌辭《淮南王篇》:“後園鑿井銀作牀,金瓶素綆汲寒漿。”此即化用其語。

〔一七〕九鼎:古代傳國之寶,統治權之象徵。《史記・武帝本紀》:“禹收九牧之金,鑄九鼎,象九州。”後亦喻事物之貴重。《史記・平原君列傳》:“毛先生(遂)一至楚,而使趙重於九鼎大吕。”

〔一八〕冠:禮帽;蓋:車蓋;冠蓋指官吏或有身份者。萬夫望:《易・繋辭下》:“君子知微知彰,知柔知剛,萬夫之望。”

〔一九〕看蝸句:古人常把蝸牛行動時留下的痕跡比作字跡,故云“書”。以上八句寫座中有禪僧,議論精警,引人入勝,對功名利祿不屑一顧。

〔二〇〕韻與二句:謂情韻與境界都極美好,非言語所能表達。《易・繋辭上》:“書不盡言,言不盡意。”餘見《聽崇德君鼓琴》注〔一一〕。兩忘:《莊子・外物》:“言者所以在意,得意而忘言。”此則言並意俱忘矣。按此二句用白居易詩句律,如《分司洛中多暇,數與諸客宴遊,醉後狂吟,偶成十韻》:“性與時相遠,身將世兩忘。”《代書詩一百韻寄微之》:“道將心共直,言與行兼危。”

〔二一〕袞袞:相繼不絶,衆多貌。杜甫《醉時歌》:“諸公袞袞登臺省。”

〔二二〕斗柄:指北斗七星。莫:通暮。昂昂:高貌,謂斗柄高掛。

〔二三〕月色二句:謝朓《暫使下都夜發新林至京邑贈西府同僚》:“金波麗鳷鵲,玉繩低建章。”麗:附麗,照着。建章:漢宫名,《三輔黄圖》卷二:“武帝太初元年……作建章宫,度爲千門萬户,宫在未央

宮西,長安城外。"雙闕:建章宮之鳳闕,高二十五丈,上有銅鳳
凰,"古歌云:'長安城西有雙闕,上有雙銅雀(即銅鳳),一鳴五穀
生,再鳴五穀熟。'"此借指汴京宮觀。

稚川約晚過進叔次前韻贈
稚川并呈進叔〔一〕

　　人騎一馬鈍如蛙,行向城東小隱家〔二〕。道上風埃迷
皂白,堂前水竹湛清華〔三〕。我歸河曲定寒食〔四〕,公到江
南應削瓜〔五〕。樽酒光陰俱可惜,端須連夜發園花〔六〕。

〔一〕元豐三年作於汴京。進叔:姓時,山谷有《次韻時進叔二十六
　　　韻》詩。
〔二〕小隱家:王康琚《反招隱詩》:"小隱隱陵藪,大隱隱朝市。"李白
　　　《秋夜獨坐懷故山》:"小隱慕安石,遠遊學子平。"
〔三〕堂前句:謝混《遊西池》:"景昃鳴禽集,水木湛清華。"湛:澄清。
〔四〕河曲:宋時黃河在濮陽折向北流,形成彎曲,故云。此借指北京,
　　　因其在濮陽之北。寒食:清明前一二天。相傳晉文公因悼念介
　　　子推抱木焚死,定是日禁火寒食。時山谷家眷仍留北京,待改官
　　　後,即往迎而南歸。
〔五〕公:指王稚川。因其寓家鼎州,故言"到江南"。
〔六〕端須句:樂史《廣卓異記》卷二:"則天天授二年臘月,卿相恥輔女
　　　君,欲謀弒則天,詐稱花發,請幸上苑。許之,尋疑有異圖,乃遣使
　　　宣詔曰:'明朝遊上苑,火急報春知:花須連夜發,莫待曉風吹。'
　　　於是凌晨名花瑞草布苑而開,羣臣咸服其異焉。"端:直,徑。此
　　　謂當及時行樂。

汴岸置酒贈黃十七〔一〕

吾宗端居蘘百憂〔二〕，長歌勸之肯出游〔三〕。黃流不解浣明月，碧樹爲我生涼秋〔四〕。初平羣羊置莫問〔五〕，叔度千頃醉即休〔六〕。誰倚柁樓吹玉笛〔七〕，斗杓寒掛屋山頭〔八〕。

〔一〕元豐三年離汴京時作，時山谷授知吉州太和縣。汴岸：汴河之岸。隋開通濟渠，自黃河入淮河一段稱汴河，爲唐宋時自中原至東南地區的主要水道。山谷授知吉州太和縣，三年秋南歸，其《曉放汴舟》有“秋聲滿山河”及“又持三十口，去作江南夢”之句，與此詩作於同時。黃十七：黃幾復。

〔二〕吾宗：同姓，指黃幾復。端居：猶言平居。《梁書·傅昭傳》：“終日端居，以書記爲樂。”蘘（cōng）：叢之異體字，此言憂多而密。

〔三〕長歌：長聲而歌，亦指長詩。《樂府詩集》卷三十《長歌行》題解：“按古詩云‘長歌正激烈’；魏文帝《燕歌行》云‘短歌微吟不能長’；晉傅玄《豔歌行》云：‘咄來長歌續短歌。’然則歌聲有長短，非言壽命也。”二句一作：“百丈暮卷篙人休，侵星爭前猶幾舟。”

〔四〕黃流：指汴河水流；浣（wò）：污染。此句寫明月映在汴水中，不因其黃濁而暗淡。下句寫兩岸碧樹透出秋天的涼意。江淹《雜體詩·陳思王曹植贈友》：“涼風盪芳氣，碧樹先秋落。”杜甫《晚秋長沙蔡王侍御飲筵送殷六參軍歸澧州覲省》：“高鳥黃雲暮，寒蟬碧樹秋。”唐彥謙《金陵懷古》：“碧樹涼生宿雨收。”

〔五〕初平句：葛洪《神仙傳》載：皇初平年十五，家使牧羊，爲道士攜至金華山，歷四十餘年，其兄尋覓至山，“與初平相見，語畢，問：‘羊何在？’‘在山東，兄往視之。’但見白石，不見羊。平曰：‘羊在耳，兄自不見。'平乃往言：'叱，叱！羊起！'於是白石皆起，成羊數萬頭。"皇初平亦作黃初平。

〔六〕叔度句：東漢黃憲字叔度，深受士林推重，《後漢書》本傳："同郡陳蕃、周舉常相謂曰：'時月之間，不見黃生，則鄙吝之萌復存乎心。'……或以問(郭)林宗，林宗曰：'奉高之器，譬諸泛濫，雖清而易挹。叔度汪汪若千頃陂，澄之不清，淆之不濁，不可量也。'"二句謂神仙之事渺茫，不如一醉方休。所用皆黃姓事。又此聯一作："詩吟吾黨夜來作，酒買田翁社後篘。"

〔七〕誰倚句：《世說新語‧仇隙》注引《王廙別傳》："廙高朗豪率。王導、庾亮遊於石頭，會廙至，爾日迅風飛驪，廙倚船樓長嘯，神氣甚逸。"柂：即舵、柂；柂樓，掌舵處的船樓。吹玉笛：李白《與史郎中欽聽黃鶴樓上吹笛》："黃鶴樓中吹玉笛，江城五月落梅花。"趙嘏《長安秋望》："殘星幾點雁橫塞，長笛一聲人倚樓。"

〔八〕斗杓：指北斗七星。古人將七星相連想象爲舀酒之斗杓，故云。屋山：屋脊，成山形。

【評箋】《王直方詩話》：山谷謂洪龜父云："甥最愛老舅詩中何等篇?"龜父舉"蜂房各自開戶牖，螻穴或夢封侯王"，及"黃流不解澆明月，碧樹爲我生涼秋"，以爲絶類工部。山谷云："得之矣。"

方回《瀛奎律髓》卷二十五：亦吳體，學老杜者。注脚四句可參看。必從"吾宗"起句，則五六"初平"、"叔度"黃姓事爲切。若止用"百丈"、"暮捲"起句，則"吾黨"、"田翁"一聯亦可也。

紀昀："百丈"二句對面襯出兩人汴岸間坐，勝"吾宗"二句。三、四絶佳。五、六言神仙可不必學，且與世浮沉，取醉爲佳耳。

查慎行：可悟作詩之法。

許印芳：曉嵐取"百丈"二句，眼力固高。而三聯取"初平"二句，切姓可厭。押韻又與"百丈"句複，斷不可從。故愚仍依虛谷之説，錄"吾黨"、"田翁"一聯云。

贈別李端叔〔一〕

　　我觀江南山,如目不受垢〔二〕。憶食江南薇〔三〕,子獨於我厚。在北思江山,如懷冰雪顏〔四〕。千峰上雲雨,岑絕何由攀?當時喜文章,各有兒子氣。爾來頷鬚白,有兒能拜起〔五〕。讀書浴湖海,解意開春冰〔六〕。成山更崇堁〔七〕,顧我醜丘陵〔八〕。白玉著石中,與物太落落〔九〕。涇渭相將流,世不名清濁〔一〇〕。乞言既不易,贈言良獨難〔一一〕。古來得道人,掛舌屋壁間〔一二〕。牧羊金華道〔一三〕,載酒太玄宅〔一四〕。支頤聽晤語〔一五〕,願君喙三尺〔一六〕。我行風雨夜,船窗聞遠雞〔一七〕。故人不可見,故人心可知〔一八〕。

〔一〕元豐三年作。李之儀字端叔,《宋史》稱滄州無棣人,吳芾作《姑溪居士前集序》,乃曰景人。《四庫提要》云:“考《元豐九域志》,熙寧六年省景城入樂壽,則當爲樂壽人。史殆因滄州景城郡橫海軍節度,治平九年嘗由清池徙治無棣,遂誤以景城爲無棣也。”元豐進士,晚居當塗姑孰溪,自號姑溪居士。時寓居蕪湖,詩爲山谷南歸時經途所作。

〔二〕我觀二句:佛家常以“眼目”説法,有所謂“金鎞抉目”,即以除去眼中垢翳爲領悟佛法之喻。《涅槃經》八:“盲人爲治目,故造詣良醫,是時良醫即以金錍抉其眼膜。”又枯崖圓悟云:“所謂金屑雖貴,落眼成翳,直須打併一切凈盡。”(《枯崖和尚漫録》卷中)此借言江南山明水净。

〔三〕憶食句:《史記·伯夷列傳》:伯夷、叔齊“隱於首陽山,采薇而食之”。陶淵明《擬古》:“飢食首陽薇,渴飲易水流。”薇:一種野菜。

〔四〕冰雪顏：《莊子·逍遙遊》寫神人"肌膚若冰雪"；杜甫《丈人山》："君看他時冰雪容。"

〔五〕當時四句：寫契闊今昔之慨，化用杜甫《贈衛八處士》詩意："少壯能幾時，鬢髮各已蒼。……昔別君未婚，兒女忽成行。"

〔六〕解意句：謂會心解意，豁然貫通，若春冰融化。《老子》："渙兮若冰之將釋。"杜預《春秋左氏傳序》："渙然冰釋，怡然理順。"

〔七〕崇堀：高大。堀(kū)，隆起。

〔八〕顧：但，轉折連詞。醜：類，象。

〔九〕白玉二句：《老子》："不欲琭琭如玉，珞珞(河上公注本作"落落")如石。"落落：突出貌，此謂孤高不羣。

〔一〇〕涇渭二句：謂與世同波，清濁共流，亦即莊子所謂"内直外曲"之意。《史記·屈原列傳》："漁父曰：'夫聖人者，不凝滯於物而能與世推移。舉世混濁，何不隨其流而揚其波？'"《五燈會元》卷三《百丈懷海》："善惡是非，俱不運用，亦不愛一法，亦不捨一法，名為大乘人。不被一切善惡、空有、垢净、有為無為、世出世間、福德智慧之所拘繫，名為佛慧。"相將：相與，相共。

〔一一〕乞言：原為古代帝王及嫡長子向老人求教，《禮記·文王世子》鄭玄注："養老人之賢者，因從乞善言也。"此謂請教。二句化用曹植《怨歌行》："為君既不易，為臣良獨難"句律。

〔一二〕古來二句：《五燈會元》卷十一《風穴延沼禪師》："問：'如何是諦實之言！'師曰：'口懸壁上。'"山谷勸人寡言慎行，如《贈送張叔和》："百戰百勝不如一忍，萬言萬當不如一默。"《與洪甥駒父》："寡怨寡言是為進德之階。"

〔一三〕牧羊句：見《汴岸置酒贈黃十七》注〔五〕。此指歸隱。

〔一四〕載酒句：用揚雄事，《漢書》傳贊："家素貧，耆(嗜)酒，人希至其門。時有好事者，載酒肴從游學。"太玄宅：即子雲宅，一名草玄堂，在成都少城西南，揚雄在此寫《太玄》，故名。

〔一五〕支頤：以手托頰。晤語：見面交談。《詩·陳風·東門之池》："彼美淑姬，可與晤語。"

〔一六〕願君句：《莊子·徐无鬼》：仲尼曰："丘願有喙三尺。"此言希望端
　　　　叔侃侃而談。

〔一七〕我行二句：化用《詩·鄭風·風雨》："風雨凄凄，鷄鳴喈喈。"

〔一八〕故人二句：《文選》李陵《與蘇武書》："人之相知，貴相知心。"

池口風雨留三日〔一〕

　　孤城三日風吹雨，小市人家只菜蔬〔二〕。水遠山長雙
屬玉〔三〕，身閑心苦一春鉏〔四〕。翁從旁舍來收網，我適臨
淵不羨魚〔五〕。俛仰之間已陳跡〔六〕，暮窗歸了讀
殘書〔七〕。

〔一〕元豐三年自京南歸途中作。池口：鎮名，屬池州治所貴池縣，在
　　　縣西長江邊。

〔二〕孤城：指貴池縣城。小市：指池口鎮集市。杜甫《題忠州龍興寺
　　　所居院壁》："小市常争米，孤城早閉門。"

〔三〕水遠句：許渾《寄宋邧》："山長水遠無消息，瑤瑟一彈秋月高。"又
　　　李涉《六嘆》："欲傳一札孤飛翼，山長水遠無消息。"李羣玉《黃陵
　　　廟》："輕舟短櫂唱歌去，水遠山長愁殺人。"屬玉：水鳥名。《文
　　　選》司馬相如《上林賦》："鴻鷫鵠鴇，駕鵝屬玉。"李善注引郭璞曰：
　　　"屬玉似鴨而大，長頸赤目，紫紺色者。"

〔四〕身閑句：許渾《南亭夜坐貽開元禪定二道者》："身閑境静日爲樂，
　　　若問其餘非我能。"春鉏：即白鷺，俗稱鷺鷥，羽毛潔白，高脚長
　　　頸，棲息水邊，善捕魚。錢鍾書《談藝録·補訂》："太白《白鷺鷥》
　　　云：'心閒且未去，獨立沙洲旁。'樂天《池上寓興》之二云：'水淺魚
　　　稀白鷺饑，勞心瞪目待魚時；外容閒暇心中苦，似是而非誰得知。'

盧仝《白鷺鷥》云：‘刻成片玉白鷺鷥，欲捉纖鱗心自急；翹足沙頭不得時，傍人不知謂閒立。’羅隱《鷺鷥》云：‘不要向人誇素白，也知常有羨魚心。’來鵠《鷺鷥》云：‘若使見魚無羨意，向人姿態更應閒。’山谷采擷唐人賦此題之慣詞常意耳。”

〔五〕翁：指魚翁。《淮南子·説林訓》：“臨河而羨魚，不如歸家織網。”《漢書·董仲舒傳》：《賢良對策》：“古人有言曰：‘臨淵羨魚，不如退而結網。’”又《漢書·禮樂志》：“臨淵羨魚，不如歸而結網。”《談藝録·補訂》：“又按山谷此詩以‘翁從鄰舍來收網，我適臨淵不羨魚’一聯，承‘水遠身閒’一聯；‘我適’句詞與‘翁從’句對照成聯，而意與‘翁從’一句及‘水遠身閒’一聯對照作轉，蓋‘翁’與‘屬玉春鋤’，皆羨魚者也。章法錯落有致，不特對仗流行自在。”

〔六〕俛仰句：王羲之《蘭亭集序》：“向之所欣，俯仰之間，已爲陳跡。”俛仰：即俯仰。

〔七〕讀殘書：薛能《老圃堂》：“昨日春風欺不在，就牀吹落讀殘書。”

【評箋】　方東樹《昭昧詹言》卷二十：起句順點。次句夾寫夾叙。三四以物爲興，兼比。五六以人爲興。收出場入妙。此詩別有風味，一洗腥腴。

以右軍書數種贈丘十四〔一〕

丘郎氣如春景晴，風暄百果草木生，眼如霜鶻齒玉冰〔二〕。擁書環坐愛窗明〔三〕，松花泛硯摹真行〔四〕，字身藏穎秀勁清〔五〕，問誰學之果《蘭亭》〔六〕。我昔頗復喜墨卿〔七〕，銀鈎蠆尾爛箱籯〔八〕，贈君鋪案黏曲屏。小字莫作癡凍蠅〔九〕，《樂毅論》勝《遺教經》〔一〇〕；大字無過《瘞鶴

銘》〔一一〕，官奴作草欺伯英〔一二〕。隨人作計終後人，自成
一家始逼真〔一三〕。卿家小女名阿潛，眉目似翁存精神，試
留此書他日學，往往不減衛夫人〔一四〕。

〔一〕作於元豐三年赴吉州太和任途中。右軍：東晉書法家王羲之，因
官至右軍將軍、會稽内史，人稱“王右軍”。其書備精諸體，尤擅
正、行，字勢雄健多變。山谷另有《從丘十四借韓文二首》，詩中有
“同安得見丘遲”句，舒州郡名同安。時舅父李常爲提點淮南西路
刑獄，提刑司在舒州，故山谷途中曾在舒州逗留。據《年譜》，山谷
十月游三祖山山谷寺，十一月小寒日上灊峰，有題名石刻云：“建
康李參、彭蠡李秉彝、秉文、磁湖吳擇賓、華陽丘楫、豫章黄庭堅，
歲庚申日小寒，過飯而西上灊峰……”以長歷考之，即元豐三年十
一月二十一日。詩當作於此時，“丘遲”蓋用典，非真名。丘十四
當即題名中之“華陽丘楫”。

〔二〕暄：暖和。《初學記》卷三引梁元帝《纂要》：“春曰青陽……風曰
陽風、春風、暄風、柔風、惠風。”楊凝《送客歸淮南》：“畫坊照河堤，
暄風百草齊。”霜鵑：見《贈趙言》注〔三〕。

〔三〕擁書：聚書。《魏書·李謐傳》：“每曰：‘丈夫擁書萬卷，何假南面
百城！’”

〔四〕松花：指墨汁，因墨又稱松煙。真行：以楷書爲體而具行書筆意
的一種書體。真，即真書，亦即楷書、正書。“真行”作真書與行書
兩種書體解，亦通。

〔五〕藏穎：即藏鋒。穎，筆鋒。《法書要録》三徐浩《論書》：“用筆之
勢，特須藏鋒，鋒若不藏，字則有病。”《墨池編·王右軍筆勢論》：
“並須遞相掩蓋，不可孤露形影。藏鋒點畫，使左先右，回右
亦然。”

〔六〕《蘭亭》：指王羲之的《蘭亭序帖》。東晉永和九年三月三日，王羲
之等四十一人會於會稽山陰之蘭亭，修禊賦詩，羲之作序，以蠶繭
紙、鼠鬚筆書，凡二十八行，三百二十四字。真跡已隨唐太宗葬於

昭陵，傳世皆摹本。

〔七〕墨卿：揚雄《長楊賦序》：“聊因筆墨之成文章，故藉翰林以爲主人，子墨爲客卿以風。”此指書法。

〔八〕銀鈎蠆尾：形容字跡筆劃遒勁。《法書要録》卷一王僧虔《論書》：“索靖字幼安……甚矜其書，名其字勢曰銀鈎蠆尾。”蠆：蝎類昆蟲。箱籯（yíng）：箱籠之類；籯，竹編盛物器。

〔九〕小字句：《南史·蕭鈞傳》：鈞手寫小字五經置巾箱中，“侍讀賀玠問曰：‘殿下家自有墳素，復何須蠅頭細書，别藏巾箱中？’”癡凍蠅：張鷟《朝野僉載》卷四：張元一評王方慶爲：“王十月被凍蠅。”或問其故，答曰：“被凍蠅頑怯。”此借喻字體僵化不活。韓愈《送侯參謀赴河中幕》：“癡如遇寒蠅。”

〔一〇〕《樂毅論》：魏夏侯玄作，論燕國樂毅攻齊被疑，去燕仕趙之事。此文由王羲之書，凡四十四行，六百字，梁時已懷疑傳本之爲右軍真跡，見《法書要録》卷二《陶隱居與梁武帝論書啓》，又《智永題右軍樂毅論後》：“《樂毅論》者，正書第一，梁世模出，天下珍之。”或以爲真跡至唐尚存，《唐褚河南搨本樂毅記》：“貞觀十三年四月九日，奉敕内出《樂毅論》，是王右軍真跡。”又據《唐徐浩古跡記》，此本爲太平公主所得，以袋盛箱裹，備極珍愛，“及籍没后，有咸陽老嫗竊舉袖中，縣吏尋覓，遽而奔趁，嫗乃驚懼，投之竈下，香聞數里，不可復得。”（同上卷三）一説羲之先書之於石，唐太宗得此石，后殉昭陵，爲盜掘出，殘石入北宋高紳之手，存前半段二十九行，末行僅存“海”字，稱海字本。另有全文本，相傳爲宋初王著所臨。《遺教經》：佛經寫本。歐陽修《集古録跋尾》：“右《遺教經》，相傳云羲之書，僞也。蓋唐世寫經手所書。”

〔一一〕瘞鶴銘：潤州（今江蘇鎮江）焦山西麓之磨崖石刻，宋時字已殘缺，題“華陽真逸撰，上皇山樵書”，其時代、作者、書者歷來辯説紛紜。其原文亦有不同之本。一爲宋人邵興宗、張子厚先後實地考察，據石刻所録者，存其殘缺之原貌；一爲刁景純就金山經庋中得唐人於經後所書之《瘞鶴文》，較爲完整，見《廣川書跋》卷六。又

111

宋劉昌詩《蘆浦筆記》卷六亦録此二種銘文，與前稍有出入。第二種銘文題"上皇山樵人逸少書"，故世傳此銘出王羲之手筆。歐陽修《集古録》疑爲顧況書。黄伯思《東觀餘論》以爲陶弘景書，持此論者較多。然山谷則以爲右軍書，如《書遺教經後》云："《瘞鶴銘》大字右軍書，其勝處乃不可名貌……若瘞鶴碑斷爲右軍書，端使人不疑。"此論不確，《蘆浦筆記》駁之甚當。

〔一二〕官奴：王羲之第七子王獻之小名。伯英：東漢書法家張芝字。王獻之書法在繼承張芝、王羲之基礎上，又有創新，有"破體"之稱。

〔一三〕隨人二句：強調藝貴創新。《苕溪漁隱叢話》前集卷四十九："宋子京《筆記》云：'文章必自名一家，然後可以不朽；若體規畫圓，准方作矩，終爲人之臣僕。古人譏屋下架屋，信然。陸機曰："謝朝花於已披，啓夕秀於未振。"韓愈曰："惟陳言之務去。"此乃爲文之要。'苕溪漁隱曰：'學詩亦然，若循習陳言，規摹舊作，不能變化，自出新意，亦何以名家。魯直詩云："隨人作計終後人。"又云："文章最忌隨人後。"誠至論也。'"

〔一四〕衛夫人：東晉女書法家衛鑠，字茂漪，河東安邑（今山西夏縣）人，適汝陰太守李矩，人稱衛夫人。師鍾繇，王羲之少時曾從其習書。

【評箋】 方東樹《昭昧詹言》卷十二："問誰"句倒入。"隨人"二句皆古人自道其自得處。山谷自道，所以自成一家。古人無不如此，無不快妙。亦是順叙，收段稍佳，出題外矣。

宿舊彭澤懷陶令〔一〕

潛魚願深渺〔二〕，淵明無由逃〔三〕。彭澤當此時，沉冥一世豪〔四〕。司馬寒如灰，禮樂卯金刀〔五〕。歲晚以字行，更始號元亮〔六〕。凄其望諸葛〔七〕，骯髒猶漢相〔八〕。時無益州牧，指揮用諸將〔九〕。平生本朝心，歲月閱江浪。空餘詩語工，落筆九天上〔一〇〕。向來非無人，此友獨可尚〔一一〕。屬予剛制酒〔一二〕，無用酹杯盎。欲招千載魂，斯文或宜當〔一三〕。

〔一〕元豐三年赴吉州太和縣任，途經彭澤縣作。陶淵明在晉義熙元年八月爲彭澤令，十一月棄官返里。

〔二〕潛魚句：《莊子·庚桑楚》：“故鳥獸不厭高，魚鱉不厭深。夫全其形生之人，藏其身也，不厭深眇而已矣。”此謂潛魚願深藏水底，以“潛”字關合其名，寫陶淵明生當晉宋鼎革之際，沉潛自晦，一心歸隱。其《歸園田居》云：“羈鳥戀舊林，池魚思故淵。”

〔三〕淵明句：《詩·小雅·正月》：“魚在于沼，亦匪克樂。潛雖伏矣，亦孔之炤。”《箋》：“池，魚之所樂，而非能樂；其潛伏於淵又不足以逃，甚炤炤易見。”陶淵明初仕江州祭酒，旋棄官，復仕於桓玄幕下，桓玄篡晉，又仕於劉裕，晚年又親見劉裕篡晉稱宋。其生當季世，欲隱不得，後雖隱而身歷易代之痛，故仍不能逃避現實。“淵明”語義雙關。

〔四〕沉冥：沉晦幽冥，指隱居或隱士。揚雄《法言·問明篇》：“蜀莊沉冥。”此句謂淵明雖隱居而不忘國事，外表恬淡靜穆而內蘊雄心豪情。如《讀山海經》：“精衛銜微木，將以填滄海。刑天舞干戚，猛志固常在。”即是證明。

〔五〕司馬：指司馬氏之晉室。寒如灰：喻晉室衰微。禮樂：此借指政權、制度。《論語·季氏》：“孔子曰：‘天下有道，則禮樂征伐自天子出；天下無道，則禮樂征伐自諸侯出。’”卯金刀：合爲“劉”字，此言晉末朝政已歸劉裕。

〔六〕歲晚：晚年。以字行：指陶潛以字“淵明”行世。更始：謂劉宋代晉。按：關於陶潛的名與字衆説紛紜。蕭統《陶淵明傳》：“陶淵明字元亮。或云潛字淵明。”山谷承其説。宋吴仁傑《陶靖節先生年譜》引葉夢得語：“統去淵明最近，宜得其實。既兩見，則淵明蓋嘗自更其名字,所謂‘或云潛字淵明’者,其前所行也,‘淵明字元亮’者,後所更也。……意淵明自別於晉宋之間,而微見其意歟?”實發揮山谷之説。

〔七〕凄其:凄涼悲愴。謝靈運《初發石首城》:“欽聖若旦暮,懷賢亦凄其。”杜甫《晚登瀼上堂》:“凄其望吕葛,不復夢周孔。”此化用杜詩。諸葛:諸葛亮。

〔八〕骯髒:即抗髒,高亢剛直。漢趙壹《刺世疾邪賦》:“伊優北堂上,抗髒倚門邊。”劉備在成都即帝位,建立蜀漢政權,建元章武,以諸葛亮爲丞相,見《三國志·先主傳》。此謂淵明向往諸葛亮之才德功業。

〔九〕時無二句:建安十九年,劉備進據蜀中,劉璋降,“先主復領益州牧,諸葛亮爲股肱,法正爲謀主,關羽、張飛、馬超爲爪牙,許靖、糜竺、簡雍爲賓友。”(《三國志·先主傳》)諸將即指關、張、馬等人。此謂當時没有像劉備那樣的雄才英主,能指揮諸將,匡復晉室。

〔一〇〕落筆句:贊其詩落筆不凡。杜甫《寄李十二白二十韻》:“筆落驚風雨,詩成泣鬼神。”李白《妾薄命》:“咳唾落九天,隨風生珠玉。”

〔一一〕此友:指淵明。尚:通上。上與古人爲友稱“尚友”,出《孟子·萬章下》。

〔一二〕屬:正當、適逢。剛,堅決;制,戒絶。《尚書·周書·酒誥》:“矧汝剛制于酒。”

〔一三〕欲招二句:謂可用此詩來招淵明之魂。

過致政屯田劉公隱廬〔一〕

兒時拜公牀〔二〕,眼碧眉紫煙〔三〕。舍前架茅茨〔四〕,爐香坐僧禪。女奴煮罋粟〔五〕,石盆瀉機泉〔六〕。今來掃門巷〔七〕,竹間翁蛻蟬〔八〕。堂堂列五老〔九〕,勝氣失江山〔一〇〕。石盆爛黃土，茅齋薪壞椽。女奴爲民妻，又瘞蒿里園〔一一〕。當年笑語地，華屋轉朱欄〔一二〕。課兒種松子〔一三〕，傘蓋上參天。投策數去日，木行天再環〔一四〕。先生古人風〔一五〕，鐵膽石肺肝〔一六〕。眼前不可意，壯日掛其冠〔一七〕。解衣廬君峰〔一八〕，洗耳瀑布源〔一九〕。霧豹藏文章〔二〇〕，驚世時一斑〔二一〕。衆人初易之〔二二〕，久遠乃見難。憶昔子政在，爲翁數解顏〔二三〕。五兵森武庫〔二四〕，河漢落舌端〔二五〕。王陽已富貴，塵冠不肯彈〔二六〕。呻吟刊十史，凡例墨新乾〔二七〕。宰木忽拱把〔二八〕，相望風隧寒〔二九〕。百楹書萬卷，少子似翁賢〔三〇〕。

〔一〕《外集詩注》題下注："劉煥字凝之，筠州人，舉進士爲潁上令，以剛直不屈棄官，家於廬山之陽，時年五十，歐陽公爲作《廬山高》。崇寧元年，山谷自荆南經岳鄂歸洪之分寧，遂往袁州萍鄉省其兄元明，見於《萍鄉廳壁記》，還至江州，與其家相會。此詩當是自萍鄉往江州經塗所作，蓋凝之家於南康軍也。《題落星寺》四詩必有同此時作者。"按以上所録爲分體之《山谷外集詩注》史容之注文，見《四部叢刊》三編之影元刻本，與後來通行之編年體《外集詩注》有異，當爲史季溫改編所致。編年本題注自"《廬山高》"以下改爲："按蜀本《拜劉凝之畫象》詩置之崇寧元年。時山谷自荆入岳，遵陸至萍鄉，回途自筠陽、豫章山行，由東林太平觀至江州，初不經南康。且道純已卒於元祐前，而詩中有'少子似公賢'之句，則是詩作於元豐無疑。"編年本及《年譜》均繫此詩於元豐三年，可從。又《内集注》目録《宿舊彭澤懷陶令》題下："按山谷過南康軍，《祭劉凝之文》云：元豐三年庚申十二月辛酉。"可爲證。

〔二〕拜公牀：拜牀爲舊時拜謁尊長的一種禮節，《後漢書・馬援傳》載"援嘗有疾，梁松來候之，獨拜牀下"。《世説新語・方正》：南陽宗世林（承）不與曹操交往，而“文帝兄弟每造其門，皆獨拜牀下，其見禮如此。”公，指劉涣。

〔三〕眼碧：《外集詩注》引《祖庭事苑》：“初祖達磨，眼有紺青之色，故稱祖曰碧眼。”紫煙：《世説新語·容止》：“劉尹道桓公：鬢如反猬皮，眉如紫石稜，自是孫仲謀、司馬宣王一流人。”

〔四〕茅茨：茅草屋頂，此指屋前茅草棚。《韓非子·五蠹》：“堯之王天下也，茅茨不翦，采椽不斲。”

〔五〕罌粟：即罌粟，二年生草，果實球形，未成熟時破皮取汁，可製鴉片，殼可入藥。

〔六〕機泉：用桔槔汲水之泉。《莊子·天地》：“鑿木爲機，後重前輕，挈水若抽，數如泆湯，其名爲槔。”

〔七〕掃門巷：古人以掃門庭爲拜謁尊長之禮。《莊子·達生》：“田開之曰：‘開之操拔篲（持帚）以侍門庭，亦何聞於夫子。’”《史記·齊悼惠王世家》：“及魏勃少時，欲求見齊相曹參，家貧無以自通，乃常獨早夜埽齊相舍人門外。相舍人怪之，以爲物（鬼怪）而伺之，得勃。勃曰：‘願見相君，無因，故爲子埽，欲以求見。’”此指拜謁劉凝之故居。

〔八〕翁蜕蟬：謂凝之去世。道家謂得道之人，其死如蟬之脱殼，即尸解登仙。《文選》夏侯孝若《東方朔畫贊》：“蟬蜕龍變，弄俗登仙，神交造化，靈爲星辰。”

〔九〕五老：廬山五老峰。《太平御覽》卷四十一引《潯陽記》：“山北有五老峰，於廬山最爲峻極，橫隱蒼穹，積石巖巉，迴壓彭蠡，其形勢如河中虞鄉縣前五老之形，故名之。”

〔一〇〕勝氣句：即江山失勝氣。勝氣：山川靈秀之氣。張九齡《陪王司馬登薛公逍遥臺》：“晴光送遠目，勝氣入幽襟。”江西素有“人傑地靈”之稱，此言凝之已逝，江山遂失靈秀之氣。

〔一一〕蒿里園：指墓地。蒿里本山名，在泰山南，爲死人葬地。《樂府詩集》卷二十七《相和歌辭》二《蒿里》：“蒿里誰家地，聚斂魂魄無賢愚。”

〔一二〕華屋：曹植《箜篌引》：“生存華屋處，零落歸山丘。”

〔一三〕課兒：遣兒。課：指派。杜甫有《課伐木》詩云：“長夏無所爲，客居課童僕。”

〔一四〕投策：棄鞭。去日：離開的時間。木：指木星，古名歲星。古歲星紀年法將黄道附近一周天分爲十二等分，歲星由西向東十二年繞天一周。此句有二釋：《外集詩注》謂“恐是山谷兒時常拜凝之，至元豐庚申歲過其隱廬，蓋天再環矣。山谷是年三十六，則拜凝之時年十二，必少時自豫章至南康也。”此“再”作“兩次”解。《年譜》：“蓋先生自戊申(熙寧元年，一〇六八)赴葉縣尉至庚申(一〇八〇)方改官歸，政與詩句合。”“再”作“又”解，則爲十二年。

〔一五〕古人風：杜甫《吾宗》：“吾宗老孫子，質樸古人風。”

〔一六〕鐵膽句：皮日休《桃花賦序》：“余嘗慕宋廣平(璟)之爲相，貞姿勁質，剛態毅狀，疑其鐵腸石心，不解吐婉媚辭。”又《宋史·錢顗傳》：“錢顗字安道，常州無錫人……蘇軾遺以詩，有‘烏府先生鐵作肝’之句，世因目爲‘鐵肝御史’。”此言凝之剛正不阿。

〔一七〕壯日句：謂其壯年即辭官。《後漢書·逄萌傳》：“即解冠掛東都城門，歸將家屬浮海，客於遼東。”

〔一八〕解衣：脱略形跡貌，見《莊子·田子方》。廬君峰：即廬山。其得名有二説：一説匡俗爲秦漢間人，其父與鄱陽令吴芮佐漢定天下，封俗爲鄱陽廬君，隱於此山，故名，參見《世説新語·規箴》注引《豫章舊志》及《太平御覽》卷四十一引《尋陽記》。一説匡俗爲周武王時人，屢逃徵聘，結廬此山，“俗後仙化，空廬猶存，弟子覩室悲哀，哭之旦暮，同烏號，世稱廬君，故山取號焉”(《水經注·廬水》)。

〔一九〕洗耳句：用許由事，見皇甫謐《高士傳》：“堯讓天下於許由……由不欲聞之，洗耳於潁水濱。”廬山多飛瀑流泉，《水經注·廬水》：“廬山之北，有石門水，水出嶺端，有雙石高竦，其狀若門，因有石門之目焉。水導雙石之中，懸流飛瀑，近三百許步，下散漫千數步，上望之連天，若曳飛練於霄中矣。”

〔二〇〕霧豹句:《列女傳·陶答子妻》:"妾聞南山有玄豹,霧雨七日而不下食者,何也?欲以澤其毛而成文章也,故藏而遠害。"後則以"霧豹"、"豹隱"喻隱居不仕。文章:即紋章,花紋、文采。

〔二一〕時一斑:《晉書·王獻之傳》:"管中窺豹,時見一斑。"此謂凝之雖隱而不出,但有時也顯露光采。

〔二二〕易之:認爲此事很容易。

〔二三〕子政:漢劉向字,此比凝之子劉恕道原。解顔:開顔而笑,《列子·黄帝》:"夫子始一解顔而笑。"

〔二四〕五兵句:晉人常以武庫中兵器喻人之才識。《晉書·杜預傳》:"朝野稱美,號曰:'杜武庫',言其無所不有也。"《晉書·裴秀傳》:秀子裴頠,"周弼見而嘆曰:'頠若武庫,五兵縱橫,一時之傑也。'"又秀從弟裴楷有知人之鑒,稱鍾會"如觀武庫森森,但見矛戟在前"。兵,兵器。

〔二五〕河漢句:形容口若懸河,言詞滔滔不絕。《莊子·逍遥遊》:"吾驚怖其言猶河漢而無極也。"河漢,指銀河。又《世説新語·賞譽》:"王太尉(衍)云:'郭子玄(象)語議如懸河瀉水,注而不竭。'"舌端:《韓詩外傳》卷七:"避辯士之舌端。"二句贊劉恕之才學。恕學問淹博,尤精史學,司馬光召之,參與編寫《資治通鑑》,著有《通鑑外紀》、《五代十國紀年》等。

〔二六〕王陽二句:《漢書·王吉傳》:"吉與貢禹爲友,世稱'王陽在位,貢公彈冠',言其取舍同也。"吉字子陽。顔師古注:"彈冠者言入仕也。"此言王安石貴爲宰相,劉道原不肯爲官。道原本與安石有舊,安石欲引置三司條例司,辭不就,嘗面刺安石,抗言不避,遂與之絶,以親老求監南康軍酒税以就養。

〔二七〕十史:指《十國紀年》。凡例:杜預《春秋左氏傳序》:"其發凡以言例,皆經國之常制,周公之垂法,史書之舊章。"二句謂道原著史有發凡起例之功。

〔二八〕宰木句:《春秋公羊傳·僖公三十三年》:"宰上之木拱矣。"何休注:"宰,冢也;拱,可以手對抱。"《孟子·告子上》:"拱把之桐梓。"

趙岐注：“拱，合兩手也；把，以一手把之也。”此寫道原溘然去世，時在元豐元年，其生於天聖十年（一〇三二），終年四十七。

〔二九〕隧：地道，此指墓道。此句謂於道原之墓地，但見寒風淒厲。

〔三〇〕少子：指凝之少子劉格，字道純。

姨母李夫人墨竹二首〔一〕

深閨静几試筆墨，白頭腕中百斛力〔二〕。榮榮枯枯皆本色，懸之高堂風動壁〔三〕。

小竹扶疏大竹枯〔四〕，筆端真有造化爐〔五〕。人間俗氣一點無〔六〕，健婦果勝大丈夫〔七〕。

〔一〕《内集詩注》繫於元祐三年。《年譜》繫於元豐三年：“蜀本置之館中，非是，蓋畫壁在廬山楞伽寺。”李夫人：見《聽崇德君鼓琴》注〔一〕。

〔二〕百斛力：韓愈《病中贈張十八》：“龍文百斛鼎，筆力可獨扛。”形容筆力雄健。

〔三〕榮榮枯枯：指竹之盛衰。本色：本來的色澤、形狀。二句形容李夫人之墨竹風姿瀟灑，幾可亂真。

〔四〕小竹句：《後漢書·五行志》載桓帝初童謡：“小麥青青大麥枯，誰當穫者婦與姑。”杜甫《大麥行》：“大麥乾枯小麥黄，婦女行泣夫走藏。”山谷句律仿此。扶疏：枝葉紛披貌。

〔五〕造化爐：指摹繪、再造萬物的能力。《莊子·大宗師》：“今一以天地爲大爐，以造化爲大冶，惡乎往而不可哉！”

〔六〕人間句：山谷論爲人爲文，皆主擯棄俗氣。《書繪卷後》：“余嘗爲少年言：士大夫處世可以百爲，唯不可俗，俗便不可醫也。”《跋東坡樂府》：“非胸中有萬卷書，筆下無一點塵俗氣，孰能至此？”《題東坡字後》:"東坡簡札,字形溫潤,無一點俗氣。"
〔七〕健婦句:樂府《隴西行》:"健婦持門户,勝一大丈夫。"(《玉臺新
　詠》卷一)張佩綸《澗于日記》:"呼從母以健婦,殊不得體,且於墨
　竹全不關會,此無乃近於傖父乎? 坡公集中決無此。"按此言筆力
　胸襟,不能説無關。

到官歸志浩然二絶句〔一〕

雨洗風吹桃李净,松聲聒盡鳥驚春。滿船明月從此
去,本是江湖寂寞人〔二〕。

烏烏未覺常先曉〔三〕,笋蕨登盤始見春〔四〕。斂手還
他能者作,從來刀筆不如人〔五〕。

〔一〕元豐四年初到太和作。《孟子·公孫丑下》:"予然後浩然有歸志。"
〔二〕滿船二句:《五燈會元》卷五《船子德誠禪師》:師有偈曰:"千尺絲
　綸直下垂,一波纔動萬波隨。夜静水寒魚不食,滿船空載月明歸。"
〔三〕烏烏:烏鴉。《左傳·襄公十八年》:"烏烏之聲樂。"
〔四〕笋蕨:《外集詩注》:"曉鴉未鳴而先起,因見筍蕨始知春深,言作邑
　之勞如此也。"蕨,菜名,初生像小兒拳,莖紫色,多澱粉,嫩葉可食。
〔五〕斂手:縮手,拱手。刀筆:古代用刀筆作書寫工具,後亦指官府文
　牘之事,或主辦文案之官吏。白居易《舟中晚起》:"退身江海應無
　用,憂國朝廷自有賢。"

發贛上寄余洪範〔一〕

二川來集南康郡〔二〕,氣味相似相和流〔三〕。木落山

明數歸雁〔四〕，鬱孤欄楯繞深秋〔五〕。胸中淳于吞一石〔六〕，塵下庖丁解十牛〔七〕。它日欲言人不解，西風散髮掉扁舟〔八〕。

〔一〕元豐四年作。山谷另有《洪範以不合俗人題廳壁二絶句次韻和之》，《外集詩注》云：“余洪範名卞，山谷元豐四年自太和往南安軍考試，經行贛上，洪範時爲贛州郡掾，與之唱和。”贛上：指虔州，因虔字爲虎頭，且有虔殺之意，紹興二十三年改名贛州。

〔二〕二川：章、貢二水，在贛縣（今江西贛州市）合流爲贛江。南康郡：虔州郡名南康，屬江南西路。

〔三〕氣味：指情調、意趣。白居易詩多用此語，其《憶微之》：“兩地飄零氣味同。”《閒意》：“漸老漸諳閒氣味。”以上寫人。又《偶飲》：“今日心情如往日，秋風氣味似春風。”則寫自然。此用後一義，寫二水，並興起友情。又《王夫子》：“吾觀九品至一品，其間氣味都相似。”造語相類。《長恨歌》：“迴看血淚相和流。”

〔四〕木落句：《周禮‧春官‧大宗伯》：“大夫執雁。”《疏》：“雁以北方爲居，但隨陽南北，木落南翔，冰泮北徂。”鮑照《登黄鶴磯詩》：“木落江渡寒，雁還風送秋。”柳宗元《遊南亭夜還叙志七十韻》：“木落寒山盡，江空秋月高。”

〔五〕鬱孤：《輿地紀勝》卷三十二《贛州》：“鬱孤臺：在郡治，隆阜鬱然，孤起平地數丈，冠冕一郡之形勝，而襟帶千里之山川，登其上者若跨鼇背而升方壺。唐李勉爲虔州刺史，登臨北望，慨然曰：‘余雖不及子牟而心在魏闕也。’改鬱孤爲望闕。”欄楯（shǔn）：欄干；楯，欄干上之横木。

〔六〕胸中句：《史記‧滑稽列傳》：“淳于髡者，齊之贅壻也。長不滿七尺，滑稽多辯。……（齊威王）召髡賜之酒，問曰：‘先生能飲幾何而醉？’對曰：‘臣飲一斗亦醉，一石亦醉。’”並兼用司馬相如《子虛賦》：“吞若雲夢者八九於其胸中曾不蔕芥。”

〔七〕塵下句：庖丁解牛事見《莊子‧養生主》，山谷詩亦用以比吏事，

如《長句謝陳適用惠送吳南雄所贈紙》:"盧陵政事無全牛。"解十
牛:兼用屠牛坦事。《管子·制分》:"屠牛坦朝解九牛而刀可以
莫鐵,則刃游間也。"《淮南子·齊俗訓》:"屠牛吐一朝解九牛,而
刀以剃毛;庖丁用刀十九年,而刀如新剖硎。何則?游乎衆虛之
間。"《漢書·賈誼傳》載《陳政事疏》作"十二牛",均言其多。此聯
前句寫其胸襟,後句稱其吏能。

〔八〕西風句:見《再和答爲之》注〔一二〕。

贛上食蓮有感〔一〕

蓮食大如指,分甘念母慈〔二〕,共房頭臟臟〔三〕,更深
兄弟思。實中有么荷,拳如小兒手〔四〕。令我憶衆雛,迎
門索梨棗〔五〕。蓮心政自苦,食苦何能甘?甘飧恐腊
毒〔六〕,素食則懷慙〔七〕。蓮生淤泥中,不與泥同調〔八〕。
食蓮誰不甘,知味良獨少〔九〕。吾家雙井塘〔一〇〕,十里秋
風香。安得同袍子,歸製芙蓉裳〔一一〕。

〔一〕元豐四年作。贛上:指虔州,見《發贛上寄余洪範》注〔一〕。
〔二〕分甘:將甘美之食分與別人,多指對子女的疼愛。《晉書·王羲
　　之傳》:"率諸子,抱弱孫,游觀其間,有一味之甘,割而分之,以娛
　　目前。"
〔三〕房:蓮房,即蓮蓬。臟臟:角多貌。《詩·小雅·無羊》:"爾羊來
　　思,其角濈濈。"濈濈,即臟臟。此狀蓮子聚生於蓮房。
〔四〕么荷:蓮實中的嫩芽;么:小。小兒手:蕨初生如小兒拳,此借喻
　　蓮實。
〔五〕令我二句:謂由蓮實想到家中小輩迎門來要梨棗的情景。陶淵

明《歸去來兮辭》:"僮僕歡迎,稚子候門。"又《責子》:"通子垂九
齡,但覓梨與栗。"

〔六〕甘飡句:謂嗜好美食恐會中毒。腊(xī):乾肉,久置易變質,食之
易中毒。《易·噬嗑》:"噬腊肉,遇毒。"《國語·周語下》:"高位寔
疾顚,厚味寔腊毒。"

〔七〕素食:即素餐,吃白食,語出《詩·魏風·伐檀》。以上四句從蓮心
之苦推想到安逸享樂之害及尸位素餐之恥。

〔八〕蓮生二句:鳩摩羅什譯《維摩詰所説經·佛道品》:"見及一切煩
惱皆是佛種。……譬如高原陸地不生蓮華,卑濕淤泥乃生此華。"
《大智度論·釋初品中尸羅波羅蜜下》:"譬如蓮花,出自淤泥,色
雖鮮好,出處不净。"大乘佛教以此喻修行不必避世,而要深入世
間,超度衆生,處"有爲"之俗世,而達"無爲"之涅槃。

〔九〕食蓮二句:謂食蓮誰都知甘,但由此悟道,體會其中的意味却很
少。《禮記·中庸》:"道之不明也,我知之矣。……人莫不飲食
也,鮮能知味也。"山谷喜詠味苦之物以明此理。

〔一〇〕雙井:山谷家鄉。《方輿勝覽》卷十九:"雙井在分寧縣西二十里。
黄山谷所居之南溪,有二井,土人汲以造茶,爲草茶之第一。"

〔一一〕同袍子:《詩·秦風·無衣》:"豈曰無衣?與子同袍。"此指志同
道合之士。芙蓉裳:《離騷》:"製芰荷以爲衣兮,集芙蓉以爲裳。"
芙蓉,荷花別名。詩以贛上食蓮而思故里芙蓉,表示潔身自好的
情志。

【評箋】　宋曾季貍《艇齋詩話》:山谷《贛上食蓮》詩,讀之知其孝弟
人也。東湖(徐師川)每喜誦此詩。

清汪薇《詩倫》卷下:山谷食蓮詩,比體入妙,發端在家庭間,漸引入
身世相接處,落落穆穆,甘苦自知,人意難諧,歸計遂決。風人之致,偶然
遠矣。

黄爵滋《讀山谷詩集》:比興雜陳,樂府佳致,效山谷者誰解爲此。

題槐安閣〔一〕

　　東禪僧進文結小閣於寢室東，養生之具取諸左右而足〔二〕。彼雖聞中天之臺〔三〕、百常之觀〔四〕，蓋無慕嫪之心〔五〕，予爲題曰"槐安閣"而賦詩。夫據功名之會，以嵽嵲一世〔六〕，其與蟻丘亦有辨乎〔七〕？雖然，陋蟻丘而仰泰山之崇崛，猶未離乎俗觀也〔八〕。

曲閣深房古屋頭，病僧枯几過春秋〔九〕。垣衣蛛網蒙窗牖〔一〇〕，萬象縱橫不繫留〔一一〕。白蟻戰酣千里血，黃粱炊熟百年休〔一二〕。功成事遂人間世〔一三〕，欲夢槐安向此遊。

〔一〕元豐四年作。《外集詩注》："東禪屬虔州。山谷自太和考試南安，過虔州作。"槐安閣：《泰和縣志》卷二："槐安閣，一作真教院，即今東禪寺，宋元豐間僧進文修，黃庭堅有詩序。"又明楊士奇《東里續集》卷二十三《黃文節公〈槐安閣詩〉後》："在太和三歲，於慈恩、普覺、觀山及諸山寺題詠頗多，今惟東禪有《槐安》一詩。"按：當以太和爲是。

〔二〕養生之具：維持生活所需物品。

〔三〕中天之臺：《列子·周穆王》：穆王改築宮殿，"五府爲虛，而臺始成，其高千仞，臨終南之上，號曰中天之臺。"

〔四〕百常之觀：《文選》謝朓《觀朝雨》："朔風吹飛雨，蕭條江上來，既灑百常觀，復集九成臺。"李善注："張景陽《七命》曰：'表以百常之闕。'《西京賦》曰：'通天眇以竦峙，劲百常而莖擢。'"常，長度名，八尺曰尋，倍尋爲常。百常，極言其高。

〔五〕慕嫪(lào)：愛慕留戀。

〔六〕嫮姱(hù kuā)：本意美好，此作誇耀解。

〔七〕蟻丘：蟻垤、蟻塚，蟻穴外隆起的小土堆。辨：分别。

〔八〕陋：賤視、鄙視。崇嵬：高聳屹立。俗觀：世俗的觀念，凡人的看法。道家講“齊物”，佛家講“中觀”，都是要泯滅彼此、是非、大小等對立的觀念，若執着於事物的差别，則仍未超脱。

〔九〕病僧：李商隱《題白石蓮花寄楚公》：“空庭苔蘚饒霜露，時夢西山老病僧。”枯几：憑几枯坐。《莊子·齊物論》：“南郭子綦隱机(几)而坐，仰天而噓，嗒焉似喪其耦。顔成子游立侍乎前，曰：‘何居乎？形固可使如槁木，而心固可使如死灰乎？’”參見《次韻答叔原會寂照房呈稚川》注〔一二〕。

〔一〇〕垣衣：生在牆上陰濕處的苔蘚。《山海經·西山經》：“其草有萆荔，狀如烏韭，而生於石上，亦緣木而生。”郭璞注：“烏韭，在屋者曰昔邪，在牆者曰垣衣。”窗牖(yǒu)：窗户。

〔一一〕萬象：萬事萬物，各種景象。不繫留：《莊子·列禦寇》：“巧者勞而知者憂，無能者無所求，飽食而敖游，汎若不繫之舟，虚而敖游者也。”此寫寺僧内心虚静，於世間萬事漫不關心。

〔一二〕白蟻二句：用李公佐《南柯太守傳》事：淳于棼夢入槐安國，被招爲駙馬，任南柯太守，榮耀顯赫，極一時之盛，醒後發現槐安國原是槐樹下的蟻洞。其中寫到“有檀蘿國者，來伐是郡。王命生練將訓師以征之”，結果將軍周弁“剛勇輕敵，師徒敗績”。黄粱句：用沈既濟《枕中記》事：盧生於邯鄲客店遇道者吕翁，生自嘆窮困，翁乃授之枕，使入睡。生於夢中享盡榮華富貴，及醒，主人炊黄粱(小米)尚未熟。二句謂人生之争鬥如蟻戰，富貴如夢幻。《談藝録·山谷詩補註》：“按《次韻子瞻贈王定國》云：‘百年炊未熟，一垤蟻追奔’，即此聯意。又《次韻王荆公題西太一宫壁》云：‘雨來戰蟻方酣’，與此聯上句，皆用錢昭度《野墅夏晚》詩第四句：‘白蟻戰酣山雨來。’”百年：人生，此謂即使人活百歲，富貴也有盡頭，猶如夢至黄粱炊熟也總有一醒。

〔一三〕功成事遂：王弼注《老子》九章：“功遂，身退，天之道。”河上公注本作:"功成,名遂,身退,天之道。"

秋思寄子由〔一〕

黃落山川知晚秋〔二〕,小蟲催女獻功裘〔三〕。老松閱
世臥雲壑〔四〕,挽著滄江無萬牛〔五〕。

〔一〕元豐四年作,時蘇轍謫監筠州鹽酒稅,山谷在吉州太和,均屬江南
西路。子由:蘇轍字。

〔二〕黃落句:《禮記·月令》:"季秋之月……是月也,草木黃落,乃伐
薪爲炭。"季秋即晚秋。

〔三〕小蟲:指蟋蟀,一名促織。其鳴聲似催促婦女紡織,趕製寒衣。
陸璣《毛詩草木鳥獸蟲魚疏》卷下:"蟋蟀……幽州人謂之趣織,督
促之言也。里語曰'趨織鳴,懶婦驚'是也。"獻功裘:《周禮·天
官·冢宰下》:"司裘,掌爲大裘,以共(供)王祀天之服。……季
秋,獻功裘,以待頒賜。"功裘原指卿大夫之裘衣,次於王者之良
裘。此處"功"轉指"婦功",即婦女從事的各項工作。"凡授嬪婦
功,及秋獻功,辨其苦良。"(同上)

〔四〕老松句:鮑照《代昇天行》:"風餐委松宿,雲臥恣天行。"杜甫《遊
龍門奉先寺》:"天闕象緯逼,雲臥衣裳冷。"又《解悶》:"雲壑布衣
鮐背死,勞人害馬翠眉須。"臥雲壑,實由雲臥與雲壑二詞鎔鑄而
成,表現才士高臥山林,不爲世用。《解悶》一詩因荔枝入貢而嘆
賢才窮阨,老死雲壑,正是此意。

〔五〕挽著句:化用杜甫《古柏行》詩意,申足才大難用之意。杜詩云:
"大厦如傾要梁棟,萬牛迴首丘山重。不露文章世已驚,未辭剪伐
誰能送? 苦心豈免容螻蟻,香葉終經宿鸞鳳。志士幽人莫怨嗟,
古來材大難爲用!"蔡正孫《詩林廣記》後集卷五錄山谷此詩,引熊

勿軒云："此詩言世道將變，人才老死山林，無人推挽，出而用世也。"萬牛：喻能推舉人才的有力之士。詩既嘆子由懷才不遇，又寫出對自身境遇的怨艾。

【評箋】　黄爵滋《讀山谷詩集》：老横，在七絶中另是一格。

次元明韻寄子由〔一〕

半世交親隨逝水〔二〕，幾人圖畫入凌煙〔三〕？春風春雨花經眼，江北江南水拍天〔四〕。欲解銅章行問道〔五〕，定知石友許忘年〔六〕。脊令各有思歸恨〔七〕，日月相催雪滿顛〔八〕。

〔一〕元豐四年作。元明：山谷兄大臨字。
〔二〕半世句：孟郊《達士》："四時如逝水，百川皆東波。"此寫親友紛紛謝世。
〔三〕凌煙：凌煙閣，古代朝廷爲表彰功臣所建之閣，上畫功臣圖像。庾信《周柱國大將軍紇干弘神道碑》："天子畫凌煙之閣，言念舊臣。"劉肅《大唐新語》卷十一："貞觀十七年，太宗圖畫太原倡義及秦府功臣……二十四人於凌煙閣。"
〔四〕水拍天：韓愈《題臨瀧寺》："海氣昏昏水拍天。"
〔五〕銅章：縣級官吏標誌。漢制：縣令秩千石至六百石，銅印墨綬。章，印章。時山谷爲太和知縣，思解官歸去，故云。問道：探求至道、大道。《莊子·在宥》："黄帝立爲天子十九年，令行天下，聞廣成子在於空同之山，故往見之，曰：'我聞吾子達於至道，敢問至道之精。'"《莊子·知北游》："孔子問於老聃曰：'今日晏閒，敢問

　　　　至道。’”

〔六〕石友：喻情誼堅篤之友。潘岳《金谷集作詩》：“投分寄石友，白首
　　　　同所歸。”忘年：忘年之交。《梁書·何遜傳》：“弱冠州舉秀才。
　　　　南鄉范雲見其對策，大相稱賞，因結忘年交好。”此指與蘇轍訂交。

〔七〕脊令：鳥名，巢於沙上，常在水邊覓食，喻兄弟。《詩·小雅·常
　　　　棣》：“脊令在原，兄弟急難。”此言彼此皆有兄弟之思。

〔八〕日月句：杜甫《閣夜》：“歲暮陰陽催短景。”陰陽即指日月，此化用
　　　　之。雪滿顛：白髮滿頭。

　　【評箋】　方東樹《昭昧詹言》卷二十：平叙起。次句接得不測，不覺
其爲對，筆勢宏放。三四即從次句生出，更橫闊。五六始入題叙情。收
別有情事，親切，言彼此皆有兄弟之思，非如前諸結句之空套也。此詩足
供揣摩取法。

次韻寄上七兄〔一〕

　　學得屠龍長縮手〔二〕，鍊成五色化蒼煙〔三〕。誰言遊
刃有餘地？自信無功可補天〔四〕。啼鳥笑歌追暇日，飽牛
耕鑿望豐年〔五〕。荷鋤端欲相隨去，邂逅青雲恐疾顛〔六〕。

〔一〕元豐四年作。七兄：即黃大臨，因在羣從兄弟中排行第七，故稱。

〔二〕屠龍：《莊子·列禦寇》：“朱泙漫學屠龍於支離益，單（殫，用盡）
　　　　千金之家，三年技成，而無所用其巧。”後因喻高超技藝。縮手：
　　　　袖手旁觀，無所用其技。《爾雅·釋鳥》：“鷯鶉……射之衛矢射
　　　　人。”《疏》：“應弦衡鏑，矢不著地，逢蒙縮手，養由不睨。”韓愈《祭
　　　　柳子厚文》：“巧匠旁觀，縮手袖間。”

〔三〕鍊成句：《淮南子·覽冥訓》：“往古之時，四極廢，九州裂，天不兼覆，地不周載……於是女媧鍊五色石以補蒼天，斷鼇足以立四極，殺黑龍以濟冀州，積蘆灰以止淫水。”二句抒發懷才不遇之慨。

〔四〕遊刃有餘地：《莊子·養生主》寫庖丁解牛：“彼節者有間，而刀刃者無厚，以無厚入有間，恢恢乎其於游刃必有餘地矣。”此句自嘆人生艱難，不能舒展才能，猶《詩·小雅·正月》所謂“謂天蓋高，不敢不局；謂地蓋厚，不敢不踏”。補天：用女媧補天事。此指補救時弊。

〔五〕耕鑿：耕田鑿井，此泛指農活。皇甫謐《帝王世紀》載古《擊壤歌》：“鑿井而飲，耕田而食。”

〔六〕邂逅：不期而遇；青雲：喻高官厚祿。此謂爵祿在人生中只是偶然得到的東西。《莊子·繕性》：“軒冕(祿位)在身，非性命也，物之儻來，寄者也。寄之，其來不可圉(抵擋)，其去不可止。”疾顛：猶禍患。《國語·周語下》：“高位寔疾顛，厚味寔腊毒。”

次韻和答孔毅甫〔一〕

　　鵬飛鯤化未即逍遥游〔二〕。龍章鳳姿終作《廣陵散》〔三〕。溢浦鑪邊督數錢〔四〕，故人陸沉心可見〔五〕。氣與神兵上斗牛〔六〕，詩如晴雪濯江漢〔七〕。把詠公詩闔且開，旁無知音面牆嘆。我今廢書迷簿領〔八〕，魚蠹筆鋒蛛網硯〔九〕。六年國子無寸功〔一〇〕，猶得江南萬家縣。客來欲語誰與同？令人熟寐觸屏風〔一一〕。竊食仰愧冥冥鴻〔一二〕，少年所期如夢中〔一三〕。江頭酒賤樽屢空，南山有田歲不逢〔一四〕。相思夜半涕無從〔一五〕，千金公亦費屠龍〔一六〕。

〔一〕元豐四年作。孔毅甫：孔平仲，字毅父，臨江新淦（今江西新干）人，與兄文仲（經父）、武仲（常父）俱以文名，合稱“清江三孔”。平仲爲治平進士，元祐中爲秘書丞、集賢校理，紹聖中貶衡州，又徙韶州。徽宗立，提點永興路刑獄，知慶州，黨論復起，終坐黨籍而罷。

〔二〕鵬飛句：《莊子·逍遙遊》：“北冥有魚，其名爲鯤。鯤之大，不知其幾千里也。化而爲鳥，其名爲鵬。鵬之背，不知其幾千里也。怒而飛，其翼若垂天之雲。”鵬鳥將徙南冥，水擊三千里，乘風直上九萬里。鵬飛尚有待於風，故未爲逍遙。“若夫乘天地之正，而御六氣之辯，以游無窮者，彼且惡乎待哉！”意即只有得道之“至人”纔能真正達於無待而逍遙的境界。

〔三〕龍章句：《晉書·嵇康傳》：“康早孤，有奇才，遠邁不羣，身長七尺八寸，美詞氣，有風儀，而土木形骸，不自藻飾，人以爲龍章鳳姿。”嵇康終爲司馬昭所殺，“臨刑東市，神氣不變，索琴彈之，奏《廣陵散》，曲終曰：‘袁孝尼嘗請學此散，吾靳固不與，《廣陵散》於今絶矣！’”（《世說新語·雅量》）

〔四〕溢浦：即溢江，流經九江西，北流入長江。今九江市古稱溢城，東晉後爲江州治所，唐置潯陽縣，有廣寧監，歲鑄錢二十餘萬。《外集詩注》：孔毅父“元祐入館時監江州錢監。”“督數錢”即指此。《後漢書·五行志》：京都童謠：“河間姹女工數錢。”岑參《邯鄲客舍歌》：“邯鄲女兒夜沽酒，對客挑燈誇數錢。”

〔五〕陸沉：無水而沉，此喻孔毅父沉淪下僚。

〔六〕氣與句：據《晉書·張華傳》，牛、斗之間有紫氣，雷煥對張華說：此係寶劍之精上徹於天，結果在豐城縣（屬豫章郡）牢獄地下，掘得寶劍一雙，謂龍泉、太阿，後二劍化爲雙龍。此寫孔之精神氣概。

〔七〕詩如句：《孟子·滕文公上》：曾子曰：“江漢以濯之，秋陽以暴之，皜皜乎不可尚已。”

〔八〕迷簿領：言爲公文簿書所拘。劉楨《雜詩》：“沈迷簿領間，回回自昏亂。"此句謂己忙於公務,無暇讀書。

〔九〕魚:蠹魚,銀白色的魚形蛀蟲。蠹:蛀;網;罩,均用作動詞。

〔一〇〕六年句:山谷於熙寧五年除北京國子監教授,至元豐三年春入京改官,在北京共六年。宋制:國子監爲最高學府,宋初招收七品以上官員子弟入學,慶曆四年建太學,國子監遂成掌管全國學校的總機構,各陪都亦設國子監。寸功:《史記·李將軍列傳》:"廣不爲後人,然無尺寸之功以得封邑者,何也?"杜甫《前出塞》:"從軍十年餘,能無分寸功?"

〔一一〕令人句:《漢書·陳萬年傳》:"萬年嘗病,召咸(萬年子)教戒於牀下,語至夜半,咸睡,頭觸屏風。萬年大怒,欲杖之,曰:'乃公教戒汝,汝反睡,不聽吾言,何也?'咸叩頭謝曰:'具曉所言,大要教咸諂(諛)也。'"此言應酬待客,祇能令人昏昏欲睡。

〔一二〕竊食:自嘆食官祿而無作爲。山谷詩中多有此意,如《次韻邢之才將流民過懸帛嶺均田》:"素餐每愧斯民病。"冥冥鴻:揚雄《法言·問明篇》:"治則見,亂則隱。鴻飛冥冥,弋人何篡焉?"後遂以冥鴻喻避世隱居者。李賀《高軒過》:"我今垂翅附冥鴻,他日不羞蛇作龍。"此言己尸位素餐,實愧對高人隱士。

〔一三〕少年句:參見《次韻答柳通叟求田問舍之詩》。

〔一四〕南山句:《漢書·楊惲傳》:"其詩曰:'田彼南山,蕪穢不治,種一頃豆,落而爲萁。'"歲:指收成、年景。

〔一五〕涕無從:《禮記·檀弓》:"孔子之衞,遇舊館人之喪,入而哭之哀,出,使子貢説(脱)驂而賻(助喪)之。"子貢以爲喪禮太重,"夫子曰:'予鄉者入而哭之,遇於一哀而出涕。予惡夫涕之無從也,小子行之。'"舊注以爲:涕淚交下,不能無物相副,故脱馬相贈,以爲喪禮。從,配、附之意。此言無以相贈。

〔一六〕千金句:見《次韻寄上七兄》注〔二〕。韓愈《岳陽樓別竇司直》:"屠龍破千金。"山谷於此慨嘆孔毅父懷才不遇,無用武之地。

再用舊韻寄孔毅甫〔一〕

鑒中之髮蒲柳望秋衰〔二〕，眼中之人風雨俱星散〔三〕。往者託體同青山，健者漂零不相見〔四〕。庾公樓上有詩人〔五〕，平生落筆瀉河漢〔六〕。置驛勤來索我詩〔七〕，自說中郎識元歎〔八〕。我方凍坐酒官曹，爲公然薪炙冰硯〔九〕。不解窮愁著一書〔一〇〕，豈有文章名九縣〔一一〕？奴星結柳送文窮〔一二〕，退倚北窗睡松風〔一三〕。太阿耿耿截歸鴻〔一四〕，夜思龍泉號匣中〔一五〕。斗柄垂天霜雨空〔一六〕，獨雁叫羣雲萬重〔一七〕。何時握手香爐峰〔一八〕？下看寒泉濯臥龍〔一九〕。

〔一〕元豐四年作。“舊韻”指前詩之“散”、“見”、“漢”、“嘆”、“硯”、“縣”、“風”、“鴻”、“中”、“空”、“龍”諸韻。

〔二〕鑒中句：鑒，鏡。《世說新語·言語》：“顧悅與簡文同年，而髮蚤（早）白。簡文曰：‘卿何以先白？’對曰：‘蒲柳之姿，望秋而落；松柏之質，經霜彌茂。’”王觀國《學林》五：“《爾雅》曰：‘檉，河柳。楊，蒲柳。’所謂蒲柳者，乃柳之一種，其名爲蒲柳，是一物也。……以松柏對蒲柳，意謂蒲草與柳爲二物也，誤矣。”蒲柳又名水楊、萑苻，生於水邊。然釋蒲柳爲二物，亦可通，因蒲草與柳皆早落葉。

〔三〕眼中句：杜甫《短歌行贈王郎司直》：“青眼高歌望吾子，眼中之人吾老矣。”王粲《贈蔡子篤》：“風流雲散，一別如雨。”此寫相知者大多離散。《外集詩注》：“言熙豐間諸人皆斥逐。”可參觀。

〔四〕往者二句：《論語·微子》：“往者不可諫，來者猶可追。”杜甫《石壕吏》：“存者且偷生，死者長已矣。”又《茅屋爲秋風所破歌》：“高

者掛罥長林梢,下者飄轉沉塘坳。"山谷用其句律。託體同青山:
陶淵明《輓歌辭》:"死去何所道,託體同山阿。"此謂死者已與自然
化爲一體,生者則離散不能相見。

〔五〕庾公樓:《世說新語·容止》:"庾太尉(亮)在武昌,秋夜氣佳景
清,使吏殷浩、王胡之之徒登南樓理詠。音調始道,聞函道中有屐
聲甚厲,定是庾公。俄而率左右十許人步來,諸賢欲起避之。公
徐云:'諸君少住,老子於此處興復不淺!'因便據胡牀,與諸人
詠謔,竟坐甚得任樂。"庾亮所登之南樓在武昌(今湖北鄂城),
此庾樓在江州治所潯陽,位於州治之後,蓋傅會而成。陸游《入
蜀記》卷三《江州》:"樓正對廬山雙劍峰,北臨大江,氣象雄麗,
自京口以西登覽之地多矣,無出庾樓右者。樓不甚高,而覺江
山煙雲皆在几席間,真絶景也! 庾亮嘗爲江荆豫州刺史,其實
則治武昌,若武昌南樓名庾樓,猶有理,今江州治所在晉特柴桑
縣之湓口關耳,此樓附會甚明。"詩人:指孔毅父,其時孔爲江
州錢監。

〔六〕平生句:稱孔文才橫溢。參見《過致政屯田劉公隱廬》注〔二五〕。
又蕭琛《和元帝詩》:"麗藻若龍雕,洪才類河瀉。"

〔七〕置驛句:謂常通過郵驛來向己要詩。

〔八〕中郎:東漢蔡邕,因官主中郎將,人稱"蔡中郎"。孔以蔡比山谷。
元歎:《三國志·吳志·顧雍傳》:"顧雍字元歎,吳郡吳人也。蔡
伯喈從朔方還,嘗避怨於吳,雍從學琴書。"注引《江表傳》:"雍從
伯喈學,專一清静,敏而易教,伯喈貴異之,謂曰:'卿必成致,今以
吾名與卿。'故雍與伯喈同名,由此也。"

〔九〕爲公句:《三國志·魏志·倉慈傳》注引《魏略》:顏斐爲京兆太
守,重文教,"聽吏民欲讀書者,復其小徭。……又課民當輸租時,
車牛各因便致薪兩束,爲冬寒冰炙筆硯。"然,即燃。

〔一〇〕不解句:《史記·虞卿列傳》:虞卿著書"以刺譏國家得失,世傳之
曰《虞氏春秋》"。太史公曰:"然虞卿非窮愁,亦不能著書以自見
於後世云。"

〔一一〕豈有句：杜甫《有客》：“豈有文章驚海内。”名：聞名。九縣：指天
　　　下。《左傳·宣公十二年》：鄭伯迎楚王曰：“使改事君，夷於九
　　　縣，君之惠也，孤之願也。”注：“楚滅九國以爲縣，願得比之。”按九
　　　爲多數，非實指。

〔一二〕奴星句：韓愈《送窮文》：“主人使奴星，結柳作車，縛草爲船，載糗
　　　輿粮，牛繫軛下，引帆上檣，三揖窮鬼而告之。”

〔一三〕退倚句：陶淵明《與子儼等疏》：“五六月中，北窗下臥，遇涼風暫
　　　至，自謂是羲皇上人。”

〔一四〕太阿：寶劍名，見前詩注〔六〕。耿耿：明貌。宋玉《大言賦》：“長
　　　劍耿耿倚天外。”韓愈《利劍》：“利劍光耿耿。”《戰國策·韓策一》：
　　　蘇秦説韓王曰：“韓卒之劍戟……龍淵、大阿，皆陸斷馬牛，水擊鵠
　　　雁，當敵即斬堅。”《文選》曹植《七啓》：“步光之劍……隨波截鴻，
　　　水不漸刃。”山谷化用其語，借指得到書信。

〔一五〕夜思句：鮑照《贈故人馬子喬》：“雙劍將離別，先在匣中鳴。煙雨
　　　交將夕，從此遂分形。雌沈吳江里，雄飛入楚城，吳江深無底，楚
　　　關有崇扃。一爲天地別，豈直限幽明。神物終不隔，千祀儻還
　　　并。”此用其意，以匣中劍鳴，喻相思之情。

〔一六〕雨：作動詞，猶下。

〔一七〕獨雁句：杜甫《孤雁》：“孤雁不飲啄，飛鳴聲念羣。誰憐一片影，
　　　相失萬重雲。”

〔一八〕香爐峰：在廬山之北，煙氣籠罩，狀如香爐。

〔一九〕下看句：《易·井》：“井列（洌）寒泉食。”《詩·邶風·凱風》：“爰
　　　有寒泉，在浚之下。”《後漢書·許楊傳》：成帝時，翟方進奏毀汝
　　　南鴻郤陂，後太守鄧晨欲修復之，與許楊議，楊曰：“昔成帝用方進
　　　之言，尋而自夢上天，天帝怒曰：‘何故壞我濯龍淵？’”諸葛亮與嵇
　　　康均有“臥龍”之稱（見《三國志》及《晉書》本傳），此處借用，又切
　　　雙劍化爲龍入延平津事。

二月二日曉夢會於廬陵
西齋作寄陳適用〔一〕

　　燕寢著爐香，愔愔閑窗闥〔二〕。夢到郡城東，笑談西齋月。行樂未渠央〔三〕，苦遭晴鳩聒〔四〕。江郡梅李白〔五〕，士女嬉城闕〔六〕。聞道潘河陽，滿城花秀發〔七〕。頗留載酒車，共醉生塵襪〔八〕。想見舞餘姿，風枝斜蠆髮〔九〕。鄙夫不舉酒，春事亦可悅〔一○〕。雨足肥菌芝〔一一〕，沙暄饒笋蕨〔一二〕。海牛壓風簾〔一三〕，野飯薰僧鉢〔一四〕。飽食愧公家〔一五〕，曾無助毫末。勸鹽推新令〔一六〕，王欲悍獨活〔一七〕。此邦淡食儈〔一八〕，儉陋深刺骨〔一九〕。公困積丘山〔二○〕，賈豎但圭撮〔二一〕。縣官恩乳哺〔二二〕，下吏用鞭撻。政恐利一源，未塞兔三窟〔二三〕。寄聲賢令尹〔二四〕，何道補黥刖〔二五〕。從來無研桑〔二六〕，顧影愧簪笏〔二七〕。何顏課殿上〔二八〕？解綬行采葛〔二九〕。

〔一〕元豐五年作。陳適用名汝器，時知廬陵縣（今江西吉安），縣爲吉州治所。

〔二〕燕寢：古代帝王休息安寢之所。《禮記·曲禮下》孔穎達疏：“周禮，王有六寢：一是正寢，餘五寢在後，通名燕寢。”後亦指官宦內寢。韋應物《郡中與諸文士讌集》：“兵衛森畫戟，燕寢凝清香。”愔愔：安閒和悅貌。闥（tà）：夾室，寢室左右之小屋。

〔三〕未渠央：即未遽央，沒有馬上結束。《詩·小雅·庭燎》：“夜如何其，夜未央。”鄭玄箋：“猶言夜未渠央也。”渠，通遽；央，完結。

〔四〕苦遭句：杜甫《夏日李公見訪》：“巢多衆鳥鬥，葉密鳴蟬稠。苦遭此物耶,孰謂吾廬幽。"陸佃《埤雅·釋鳥》:"鶻鳩灰色無繡項,陰則屏逐其匹,晴則呼之。語曰'天將雨,鳩逐婦'者是也。"歐陽修《鳴鳩》:"天雨止,鳩呼婦歸鳴且喜,婦不亟歸呼不已。"又:"日長思睡不可得,遭爾聒聒何時停?"

〔五〕江郡:廬陵濱贛江,故稱。

〔六〕士女句:《詩·鄭風·溱洧》:"維士與女,伊其相謔。"士女,男子與女子。《詩·鄭風·子衿》:"挑兮達兮,在城闕兮。"城闕,城樓。

〔七〕聞道二句:晉潘岳爲河陽令,滿縣種花,傳爲美談。庾信《枯樹賦》:"若非金谷滿園樹,即是河陽一縣花。"

〔八〕載酒車:見《贈別李端叔》注〔一四〕。生塵襪:曹植《洛神賦》:"陵波微步,羅襪生塵。"此指舞女。

〔九〕斜蠆髮:《詩·小雅·都人士》:"彼君子女,卷髮如蠆。"蠆(chài),蠍子類毒蟲,尾向上曲,故稱末梢上卷之髮型爲蠆髮。山谷《清人怨戲效徐庾慢體》:"晚風斜蠆髮,逸豔照窗籠。"

〔一〇〕鄙夫:鄙陋淺薄之人。《論語·陽貨》:"鄙夫可與事君哉?"《孟子·盡心》:"聞柳下惠之風者,薄夫敦,鄙夫寬。"此爲自謙之詞。春事:春天的農事。杜甫《曲江陪鄭八丈南史飲》:"自知白髮非春事,且盡芳樽戀物華。"又《北征》:"青雲動高興,幽事亦可悦。"此化用之。

〔一一〕菌:菌類植物,亦稱蕈。芝:菌之一種,古人以爲瑞草。

〔一二〕沙暄句:杜甫《後遊》:"野闊煙光薄,沙暄日色遲。"又《客堂》:"石暄蕨芽紫,渚秀蘆筍綠。"暄,温暖。

〔一三〕海牛:犀角。山谷《效王仲至少監詠姚花用其韻》:"海牛壓簾風不開。"《外集詩注》:"蓋用張君房《脞説》:蕭學士夢中賦《曉寒歌》云:'海牛壓簾風不入。'"杜牧《杜秋娘詩》:"金檠犀鎮帷。"蘇軾《四時詞》之四:"夜風摇動鎮帷犀。"山谷於此以"海牛"代犀角,蓋避熟求新。

〔一四〕野飯句:《維摩詰所説經·香積佛品》:有國名衆香,佛號香積,維摩詰求其香飯以化衆生,"於是香積如來以衆香鉢盛滿香飯與彼化菩薩……化菩薩以滿鉢香飯與維摩詰,飯香普熏毗耶離城及三千大千世界。"故薰亦喻佛法之薰陶。此僅用作藻飾。

〔一五〕飽食句:《論語·陽貨》:"飽食終日,無所用心,難矣哉!"參見《次韻和答孔毅甫》註〔一二〕。

〔一六〕勸鹽句:指推行食鹽官賣。司馬光《涑水記聞》十五:"官自賣鹽,民不肯買,乃課民日買官鹽,隨其貧富作業爲多少之差,有買賣私鹽,聽人告訐,重給賞錢,以犯人家財充賞,官鹽食不盡,留經宿者同私鹽法。"

〔一七〕惸獨:《詩·小雅·正月》:"哀此惸獨。"惸,同煢,惸獨,孤苦之人。

〔一八〕淡食:官鹽價高,民寧淡食。傖:粗野、鄙陋,南人譏罵北人之語。《世説新語·雅量》:"吏云:昨有一傖父來寄亭中。"《註》:"吳人以中州人爲傖。"亦泛指粗鄙者,柳宗元《聞黃鸝》:"身同傖人不思還。"此指吉州山民。

〔一九〕儉陋句:言極其儉樸簡陋之至。次骨:入骨。《史記·酷吏列傳》:杜周"外寬,内深次骨"。

〔二〇〕公困句:謂公家倉庫食鹽堆積如山。

〔二一〕賈豎:對商人的蔑稱,此指抑配官鹽者。主撮:古量名,指極小之數。

〔二二〕縣官:天子、朝廷。《史記·絳侯世家》:"庸知其盜買縣官器。"《索隱》:"縣官謂天子也。所以謂國家爲縣官者,《夏官》王畿内縣即國都也,王者官天下,故曰縣官也。"乳哺:舊時形容天子朝廷對下民施行恩澤。《南史·梁始興忠武王憺傳》:憺行仁政,"人歌曰:'始興王,人之爹,赴人急,如水火。何時復來哺乳我!'"

〔二三〕政恐二句:《陰符經》下:"瞽者善聽,聾者善視。絶利一源,用師十倍。"利原指耳目之利(敏感、能力),此指以鹽爲利之源。狡兔三窟:見《戰國策·齊策》馮諼語。二句謂刻剝聚斂雖能得利,却未能阻止百姓别思對策。

〔二四〕賢令尹:指陳適用。

〔二五〕補鯨刖：《莊子・大宗師》：“（許由曰：）‘夫堯既已黥汝以仁義，而劓汝以是非矣。’……（意而子曰：）‘庸詎知夫造物者之不息我黥而補我劓？’”黥，以刀刺面，再塗以墨；劓（yì），割鼻，皆酷刑。《莊子》原喻以仁義戕殘人性，謂補回我被割去的皮肉和鼻子。此指設法補救受殘害刻剥的人民。其改劓爲刖，爲押韻，並兼用韓愈《送文暢師北遊》：“又聞識大道，何路補黥刖。”

〔二六〕研桑：《史記・貨殖列傳》：“昔者越王勾踐困於會稽之上，乃用范蠡、計然。”《集解》：“計然者，范蠡之師也，名研，故諺曰，‘研、桑心筭。’”桑，指漢桑弘羊，武帝時推行鹽鐵專賣。二人皆工於計算理財。班固《答賓戲》：“研桑心計於無垠。”

〔二七〕顧影句：韓愈《朝歸》：“峨峨進賢冠，耿耿水蒼佩。服章豈不好，不與德相對。顧影聽其聲，頳顏汗漸背。進乏犬鷄效，又不勇自退。坐食取其肥，無堪等聾瞶。”簪笏：指官，笏以書事，簪筆備書。

〔二八〕課：考核，此指朝廷對官吏的考績。殿：考績的下等。上：上等。《漢書・兒寬傳》：寬待民寬厚，租多不入，後“以負租課殿，當免。民聞當免，皆恐失之，大家牛車，小家擔負，輸租繈屬不絶，課更以最（上等）”。

〔二九〕解綬：去官。采葛：《詩・王風・采葛》毛傳以爲“懼讒也”。葛，草名，根可食并入藥，纖維可織葛布。此指棄官歸隱，亦含避讒之意。庾信《擬詠懷詩》：“避讒猶采葛，忘情遂食薇。”

【評箋】 黄爵滋《讀山谷詩集》：前半極清綺之致，後半稍冗。

寄 李 次 翁〔一〕

雨斷山川明，花深鳥烏樂〔二〕。枯骨不露名〔三〕，古今同一壑〔四〕。惟有在世時,聊厚不爲薄〔五〕。南箕與北斗,親友多離索〔六〕。斯文如舊歡〔七〕,李侯極磊落。頗似元魯山,用心撫疲弱〔八〕。不以民爲梯,俯仰無所怍。胸中種妙覺,歲晚期必穫〔九〕。然膏夜讀書〔一〇〕,見聖宜有作〔一一〕。文字寄我來,官郵遠飛橐〔一二〕。世緣心已死,儻得萬金藥〔一三〕。

〔一〕元豐五年作。李次翁:不詳。

〔二〕烏烏:見《到官歸志浩然二絕句》註〔三〕

〔三〕枯骨句:《列子‧楊朱》:“萬物所異者生也,所同者死也……。矜一時之毀譽,以焦苦其神形,要死後數百年中餘名,豈足潤枯骨?”

〔四〕古今句:《漢書‧楊惲傳》:“古與今如一丘之貉。”此改作“壑”,言身後之名無用,人同歸一死,古今皆然。阮籍《詠懷詩》:“丘墓蔽山岡,萬代同一時。千秋萬歲後,榮名安所之。”

〔五〕惟有二句:《古詩十九首》:“人生天地間,忽如遠行客。斗酒相娛樂,聊厚不爲薄。”斗酒雖少,聊以爲厚,不以爲薄。此言人生在世,當隨遇知足。

〔六〕南箕二句:《詩‧小雅‧大東》:“維南有箕……維北有斗。”《古詩十九首》:“南箕北有斗。”箕、斗,二星宿名,喻親友暌隔。離索:猶言離羣索居,索,散也。柳宗元《郊居歲暮》:“屏居負山郭,歲暮驚離索。”

〔七〕斯文:出《論語‧子罕》,後亦指文人,此指李次翁。舊歡:舊交、故友。嵇康《與阮德如》:“疇昔恨不早,既面侔舊歡。”

〔八〕元魯山:《舊唐書‧文苑傳》:“元德秀者,河南人,字紫芝”,爲邢州南和尉,有惠政,“以兄子婚娶,家貧無以爲禮,求爲魯山令。”後隱居陸渾,死後“門人相與謚爲文行先生,士大夫高其行,不名,謂之元魯山。”據此,李次翁嘗爲縣令。撫疲弱:安撫關照貧弱者。

〔九〕胸中二句：謂得道。《圓覺經》下：“無上妙覺，徧諸十方，出生如
　　來，與一切法，同體平等。”大乘佛教認爲衆生皆有佛性，這是成佛
　　的種子，亦即妙覺。《壇經·付囑品》：“我今説法，猶如時雨，普潤
　　大地，汝等佛性，譬諸種子，遇兹霑洽，悉皆發生，承吾旨者，決獲
　　菩提，依吾行者，定證妙果。”

〔一〇〕然：即燃；膏：膏燭、燈火。韓愈《進學解》：“焚膏油以繼晷。”

〔一一〕見聖句：《尚書·周書·君陳》：“凡人未見聖，若不克見；既見聖，
　　亦不克由聖。”傳：“此言凡人有初無終。未見聖道，如不能得見，
　　已見聖道，亦不能用之，所以無成。”《周禮·考工記》：“坐而論道，
　　謂之王公。作而行之，謂之士大夫。”此言得見聖道就應起而實
　　行。作，起。

〔一二〕官郵句：謂通過郵傳從遠方寄來詩筒。槖：口袋，此指盛詩之筒，
　　元白唱和常郵寄詩筒。

〔一三〕世緣：世事。儻：見《管錐編》(四)論《全梁文卷五四》：“張充《與
　　王儉書》：‘關山夐阻，書罷莫因，儻遇樵者，妄塵執事。’按‘儻’如
　　‘儻來’之‘儻’，謂偶然、忽然也。”萬金藥：《史記·魏其武安侯列
　　傳》：灌夫“身中大創十餘，適有萬金良藥，故得無死”。此喻對方
　　寄詩的真摯之情。二句謂已死之心忽得良藥而復蘇。

上 大 蒙 籠〔一〕

　　黃霧冥冥小石門〔二〕，苔衣草路無人跡〔三〕。苦竹參
天大石門〔四〕，虎远兔蹊聊倚息〔五〕。陰風搜林山鬼嘯，千
丈寒藤繞崩石〔六〕。清風源裏有人家〔七〕，牛羊在山亦桑
麻〔八〕。向來陸梁嫚官府〔九〕，試呼使前問其故。衣冠漢
儀民父子〔一〇〕，吏曹擾之至如此！窮鄉有米無食鹽，今日

有 田 無 米 食〔一一〕。但 願 官 清 不 愛 錢，長 養 兒 孫 聽
驅 使〔一二〕。

〔一〕元豐五年山谷在太和縣任上，爲銷售官鹽而深入山區窮鄉，目睹
　　　人民生活之悲慘，寫下十餘首紀行詩，此其四。詩作於四月，題下
　　　原注：“乙卯晨起。”以下二詩同時作。大蒙籠及詩中大小石門均
　　　山名。

〔二〕黃霧冥冥：霧色昏黃陰暗。鮑照《上潯陽還都道中作》：“騰沙鬱
　　　黃霧。”杜甫《早發》：“日出黃霧映。”

〔三〕苔衣：青苔。謝靈運《嶺表賦》：“蘿蔓絶攀，苔衣流滑。”

〔四〕苦竹：竹之一種，其筍味苦。李白《勞勞亭》：“苦竹寒聲動秋月。”

〔五〕虎远句：謂在野獸出没處休息。远（háng）：獸跡。蹊：足跡。張
　　　衡《西京賦》：“結罝百里，远杜蹊塞。”杜牧《皇風》：“远蹊巢穴盡
　　　窒塞。”

〔六〕崩石：崩塌之石，危石。

〔七〕清風源：指山谷。宋玉《風賦》：“夫風生於地，起於青蘋之末，侵
　　　淫谿谷。”

〔八〕牛羊句：寫山民亦牧亦耕。

〔九〕陸梁：原爲跳躍貌，又指囂張、猖獗。《史記·秦始皇本紀》：“發
　　　諸嘗逋亡人、贅壻、買人略取陸梁地。”《正義》：“嶺南之人多處山
　　　陸，其性强梁，故曰陸梁。”嫚：輕慢、藐視。

〔一〇〕衣冠句：《後漢書·光武帝紀》：“以光武行司隸校尉……老吏或
　　　　垂涕曰：‘不圖今日復見漢官威儀！’”此謂山民非蠻夷之族。

〔一一〕窮鄉二句：後句史容注，“當作‘今日有鹽無食米。’”按此前句言
　　　　有米無鹽，後句言連米食亦無，其苦可想。此處化用禪宗偈語。
　　　　《景德傳燈録》卷十一：香嚴智閑禪師有偈曰：“去年貧，未是貧；
　　　　今年貧，始是貧。去年無卓錐之地，今年錐也無。”

〔一二〕但願二句：《六一詩話》：“等是山色荒僻，官况蕭條，不如‘縣古槐
　　　　根出，官清馬骨高’爲工也。”李白《贈崔秋浦》：“見客但傾酒，爲官

不愛錢。"長養：使兒孫成長。杜甫《少年行》："莫笑田家老瓦盆，
自從盛酒長兒孫。"

勞坑入前城〔一〕

　　刀坑石如刀，勞坑人馬勞。窈窕篁竹陰〔二〕，是常主
逋逃〔三〕。白狐跳梁去，豪豬森怒嘷〔四〕。雲黃覺日
瘦〔五〕，木落知風饕〔六〕。輕軒息源口〔七〕，飯羹煮溪
毛〔八〕。山農驚長吏，出拜家騷騷。借問淡食民：祖孫甘
餔糟〔九〕？賴官得鹽喫，正苦無錢刀〔一〇〕。

〔一〕題下原注："乙卯飯後。"勞坑及詩中刀坑均地名。

〔二〕窈窕：幽深貌。篁竹：叢竹、竹林。《漢書·嚴助傳》："越非有城
　　　郭邑里也，處谿谷之間，篁竹之中。"此狀山民居處。

〔三〕主逋逃：《尚書·周書·武成》："爲天下逋逃主。"此處"主"用作
　　　動詞，猶作主人，此謂接納逃亡者。

〔四〕豪豬：亦稱箭豬，全身長滿棘毛，遇敵則豎毛防身。森：毛髮聳立
　　　貌。怒嘷：吼叫。

〔五〕雲黃句：高適《別董大》："千里黃雲白日曛。"杜甫《無家別》："日
　　　瘦氣慘悽。"

〔六〕風饕：風勢猛烈。韓愈《祭河南張員外文》："歲弊寒凶，雪虐
　　　風饕。"

〔七〕輕軒：輕車。軒，大夫所乘之車，亦爲車之通稱。源口：谷口。見
　　　前《上大蒙籠》注〔七〕。

〔八〕溪毛：水中植物，水草之類。

〔九〕借問二句：謂問山民是否祖祖輩輩甘心吃酒糟，即世代不吃鹽。

餔：食。糟：酒滓。

〔一〇〕錢刀：錢幣，一種古錢形如刀，故云。

丙辰仍宿清泉寺〔一〕

山農居負山〔二〕，呼集來苦遲。既來授政役，謠諑謂余欺〔三〕。按省其家貲，可忍鞭抶之〔四〕！恩言輸公家，疑阻久乃隨〔五〕。縢口終自愧〔六〕，吾敢乏王師〔七〕！官寧憚淹留？職在拊婷嫠〔八〕。所將部曲多，潿汝父老爲〔九〕。西山失半壁〔一〇〕，且復下囊鞲〔一一〕。啼鴉散篇帙，休吏稅巾衣〔一二〕。石泉鼓坎坎〔一三〕，竹風吹參差〔一四〕。書憐行熠燿〔一五〕，壁蟲催杼機。昏釭夜未央〔一六〕，高枕夢登巇〔一七〕。

〔一〕此詩前有《乙卯宿清泉寺》詩。據詩所寫，清泉寺當是山中傍泉而建的一座寺廟。

〔二〕負山：背山，山背面。

〔三〕授：攤派。政：通徵，賦稅。役：徭役。張衡《東京賦》："賦政任役。"謠諑句：《離騷》："謠諑謂余以善淫。"此謂山民紛傳官府欺騙百姓。

〔四〕按省：查驗、察看。家貲：家產。鞭抶（chì）：鞭打。高適《封丘作》："鞭撻黎庶令人悲。"元結《舂陵行》："追呼尚不忍，況乃鞭扑之！……悉使索其家，而又無生資。"此用元結詩意。

〔五〕恩言二句：用好言說明公家誠意，山民疑惑很久纔聽從。恩言：仁言。諭：說明。疑阻：疑惑。《左傳·閔公二年》："狂夫阻之。"注："阻，疑也。"

〔六〕滕口：張口説話。《易·咸》：“咸其輔頰舌滕口説也。”

〔七〕乏：耽誤。王師：帝王之師。此指朝廷委派的軍國大事。

〔八〕官寧二句：謂做官豈怕滯留在外，安撫孤寡煢獨乃是爲官之職責。拊：保護撫養。惸：通悍、煢，無兄弟者。嫠(lí)：無丈夫者，此泛指孤苦無依者。

〔九〕溷(hùn)：打擾，累及。《漢書·陸賈傳》：陸賈將家産分給五個兒子，與之相約：此後到每一家中，均應酒食款待，一歲中“率不過再過，數擊鮮，毋久溷女(汝)爲也。”爲，語尾助詞。

〔一〇〕西山句：寫太陽落山，山的半邊已轉陰暗。半壁：半邊。

〔一一〕囊輜：行裝輜重。

〔一二〕啼鴉句：謂日暮鴉啼，因停止批閱文書，讓隨員脱下頭巾和外衣休息。税：解，脱。

〔一三〕石泉句：寫泉鳴如鼓。《詩·小雅·伐木》：“坎坎鼓我。”坎坎：鼓聲。按前詩有“泉泓數白石”句，寺當由此泉而名。

〔一四〕吹參差：《九歌·湘君》：“望夫君兮未來，吹參差兮誰思。”參差，長短不齊，此謂排簫。《風俗通義·聲音·簫》：“其形參差，象鳳之翼，十管，長一尺。”

〔一五〕熠燿(yì yào)：指螢火。《詩·豳風·東山》：“熠燿宵行。”

〔一六〕釭：燈。《文選》江淹《別賦》：“冬釭凝兮夜何長。”

〔一七〕巇(xī)：險峻，此指山峰。

己未過太湖僧寺得宗汝爲書
寄山蔌白酒長韻寄答〔一〕

　　從學晚聞道，謀官無見功。早衰觀水鑒〔二〕，内熱愧鄰邦〔三〕。北鄰有宗侯〔四〕，治劇乃雍容〔五〕。摩手撫鰥寡〔六〕，薰礩礦强梁〔七〕。桃李與荆棘，稱物施露霜〔八〕。

政經甚積密〔九〕，私不蚍蜉通〔一〇〕。吏舍無請賕〔一一〕，家有侯在堂。府符下鹽筴〔一二〕，縣官勸和羹〔一三〕。作民敏風雨〔一四〕，令先諸邑行。我居萬夫上，闔惰世無雙〔一五〕。此邑宅巖巖〔一六〕，里中頗秦風〔一七〕。翁媼無恙時，出分如蜂房。一錢氣不直，白梃及父兄〔一八〕。簪筆懷三尺，揖我謂我臧〔一九〕。向來豪傑吏〔二〇〕，治之以牛羊。我不忍敵民，教養如兒甥。荆鷄伏鵠卵，久望羽翼成〔二一〕。訟端洶洶來，諭去稍聽從。尚餘租庸調，歲歲稽法程〔二二〕。按圖索家資，四壁達牖窗〔二三〕。搘目鞭扑之，桁楊相推揘〔二四〕。身欲免官去，駑馬戀豆糠〔二五〕。所以積廩鹽，未使戶得烹。八月釃社酒〔二六〕，公私樂年登。遣徒與會稽，而悉走荻篁〔二七〕。吾惟不足遣〔二八〕，夙駕略我疆〔二九〕。邑西軧庂地〔三〇〕，是嘗嬰吾鋒〔三一〕。齦齕其强宗〔三二〕，彼乃可使令。夙夜于遠郊，草露沾帷裳〔三三〕。入磴履虎尾，捫蘿觸薑芒〔三四〕。借問夕何宿？煙邊數峰橫。松竹不見天，蟠空作秋聲〔三五〕。谷鳥與溪瀨，合絃琵琶箏〔三六〕。稅駕亂石間〔三七〕，巖寺鳴疏鍾。山農頗來服，見其父孫翁〔三八〕。苦辭王賦遲〔三九〕，戶戶無積藏。民病我亦病，呻吟達五更。韻爲誦書語，行歌類楚狂〔四〇〕。舉鞭問嘉禾，秣馬可及城〔四一〕。惜哉憂城旦〔四二〕，不得對榻牀。灑筆付飛鳥，北風吹報章〔四三〕。書回銀鉤壯，句與麝煤香〔四四〕。浮蛆撥官醅〔四五〕，傾壺嫩鵝黃〔四六〕。山氣常蓊匌〔四七〕，此物可屢觴。蒩藥割紫藤〔四八〕，開籠喜手封。味温頗宜人，芼以石飴薑〔四九〕。舉盃引藥糜〔五〇〕，詠詩對寒江。寄聲甚勞苦，相思秋月明。我邑萬户鄉，其民資嚚凶〔五一〕。欲割以壽公〔五二〕，

使之承化光〔五三〕。反以來壽我,中有吞舟鯨〔五四〕。銅墨
俱王命〔五五〕,職思慰孤惸〔五六〕。何時賭一擲〔五七〕,燒燭
呪明瓊〔五八〕。

〔一〕元豐五年作,四月己未山谷仍在賦鹽途中。宗汝爲:永新縣令。
山蕷:即山藥;蕷,薯蕷(山藥)之簡稱,塊根呈圓柱形。

〔二〕水鑒:以水爲鏡。《莊子·德充符》:"人莫鑒于流水而鑒于止
水。"又《天道》:"水靜則明燭鬚眉。"

〔三〕内熱:内心煩熱。《莊子·人間世》:"今吾朝受命而夕飲冰,我其
内熱與。"此指内心由慚愧而引起的煩熱。

〔四〕北鄰:永新地處太和西北,故云。宗侯:對宗汝爲的敬稱。

〔五〕劇:劇縣,政務繁重之縣,漢時有平縣與劇縣之分。雍容:從容
不迫。

〔六〕摩手句:謂致力於安撫鰥寡。鰥寡:《孟子·梁惠王下》:"老而無
妻曰鰥,老而無夫曰寡,老而無子曰獨,幼而無父曰孤。此四者,
天下之窮民而無告者。文王發政施仁,必先斯四者。"此兼及
孤獨。

〔七〕藁:禾稭;碪:同砧。古時處死刑,犯人蓆藁伏砧,以斧斬之。磔:
車裂,分解肢體,此指處死。强梁:强横之人。《老子》:"强梁者
不得其死。"

〔八〕桃李:喻賢良。荆棘:比邪惡。《韓詩外傳》七:"夫春樹桃李,夏
得蔭其下,秋得食其食;春樹蒺藜,夏不可採其葉,秋得其刺焉。"
語又見《説苑·復恩》,作趙簡子答陽虎語。露霜:喻恩威。此謂
恩威因物而施,剛柔並用。

〔九〕政經句:《左傳·宣公十二年》:"叛而伐之,服而舍之,德刑成矣。
伐叛,刑也;柔服,德也。……民不罷(疲)勞,君無怨讟,政有經
矣。"政經,治道常則,並由"經"字引出縝密之意,贊其爲政有方。
縝,同縝。

〔一〇〕私不句:謂其絲毫不徇私情。蚍蜉:螞蟻,喻其小。

〔一一〕請賕：請託與賄賂。

〔一二〕府符：官府下達之文書。鹽策：食鹽者的户口策籍。《管子·海王》：“海王之國,謹正鹽筴。”

〔一三〕勸和羹：此指攤派食鹽。《尚書·説命》：“若作和羹,爾惟鹽梅。”

〔一四〕作民句：謂發動人民執行法令,如風雨之速。《荀子·臣道》：“恭敬而遜,聽從而敏……以順上爲志,是事聖君之義也。”

〔一五〕我居二句：自謂治縣不力。《尚書·咸有一德》：“萬夫之長,可以觀政。”闒(tà)惰：駑鈍懶散。

〔一六〕巖巖：高峻貌。《詩·魯頌·閟宫》：“泰山巖巖。”

〔一七〕秦風：賈誼《陳政事疏》：“故秦人家富,子壯則出分；家貧,子壯則出贅。借父耰鉏,慮有德色；母取箕箒,立而誶語。抱哺其子,與公併倨；婦姑不相説,則反脣而相稽。其慈子耆利,不同禽獸者亡幾耳。”此指頹敗的社會風氣。

〔一八〕一錢二句：《史記·魏其武安侯列傳》：“生平毀程不識不直一錢。”直：同值。白梃：白色棒杖。此寫父兄間甚至爲爭財利而動武。

〔一九〕簪筆：插筆于冠。三尺：法律,古時以三尺竹簡書法律條文。揖我句：出《詩·齊風·還》：“並驅從兩狼兮,揖我謂我臧兮。”臧：善。此言訴訟風盛。山谷《江西道院賦》：“江西之俗……其細民險而健,以終訟爲能,由是玉石俱焚,名曰珥筆之民。”

〔二〇〕豪傑吏：《史記·高祖本紀》：“沛中豪桀吏聞令有重客,皆往賀。”此指强悍之吏。

〔二一〕荆鷄二句：《莊子·庚桑楚》：“越鷄不能伏鵠卵。”鵠卵：天鵝蛋。《文選》張衡《南都賦》李善注：“《韓詩外傳》曰：‘鄭交甫將南適楚,遵彼漢皋臺下,乃遇二女佩兩珠,大如荆鷄之卵。’”此言教民之難。

〔二二〕租庸調：唐代武德二年(六一九)製定的一種賦役法,合田租、力庸、户調三種方式於一體,後爲兩税法所代。此泛指賦役。稽：考核、計算。法程：條令、法則。此言每年都要檢查賦税繳納的情況。

〔二三〕圖:户籍。宋代有"五等丁産簿",登記鄉村户的丁口、産業和户等,據以徵課賦役。户分五等,每逢閏年,即約隔三年,推排産業,升降户等,加以重造。四壁:家徒四壁,極言其窮。

〔二四〕揜目:掩目、閉眼。此謂不忍心鞭打百姓。桁楊:枷鎖。《莊子·在宥》:"今世殊死者相枕也,桁楊者相推也。"振:碰撞。

〔二五〕駑馬句:《三國志·魏志·曹真傳》注引干寶《晉書》:桓範出赴曹爽,蔣濟曰:"範則智矣,駑馬戀棧豆,爽必不能用也。"此言己留戀俸禄而未能去官。

〔二六〕釃(shī):斟酒。社酒:古代春秋兩季祭社神所用之酒。

〔二七〕遣徒:派遣差吏。會稽:《史記·夏本紀》:"會稽者,會計也。"此指核算賦税。走荻篁:逃至蘆葦叢竹中。

〔二八〕吾惟句:《史記·留侯世家》:"上曰:'吾惟豎子固不足遣。'"惟:思。不足遣:不值得派遣(差吏)。

〔二九〕夙駕:早起駕車出行。略:巡行、視察。我疆:指自己管轄的區域。

〔三〇〕軟庋:《外集詩注》:"軟當作軱。"《莊子·養生主》:"技經肯綮之未嘗,而況大軱乎。"軱(gū),髀骨;軱庋,筋骨盤結處,喻麻煩叢集之地。

〔三一〕嬰:通攖,觸犯。鋒:鋒芒。

〔三二〕齦齕(yín hé):咬嚙,喻鎮壓。强宗:豪强之家。

〔三三〕草露句:王粲《從軍詩》:"草露霑我衣。"帷裳:車旁布幔。

〔三四〕磴:石級。履虎尾:語出《易·履》。此喻登山艱危。捫蘿:握住藤蘿。薑芒:薑之毒刺。此喻攀援之苦。

〔三五〕松竹二句:《楚辭·山鬼》:"余處幽篁兮終不見天。"蟠空:猶盤空,布滿天空。

〔三六〕谷鳥二句:寫鳥語水聲如琵琶與古箏合奏。瀬:湍急之水,水激石間爲瀬。張籍《祭退之》:"合彈琵琶箏。"

〔三七〕税駕:停車,謂休息或住宿。

〔三八〕見：同現，出示。父孫翁：祖孫三代。

〔三九〕苦辭句：謂苦苦陳述遲繳賦稅的原因。辭：告。

〔四〇〕行歌句：《論語·微子》："楚狂接輿歌而過孔子。"

〔四一〕嘉禾：永新縣別稱。因縣西北有禾山，昔有嘉禾生其上，故名(見
　　　　《輿地紀勝·吉州》)。秣馬：喂馬。

〔四二〕城旦：秦漢時刑名。《史記·秦始皇本紀》："黥爲城旦。"《集解》：
　　　　"《律說》：'論決爲髡鉗，輸邊築長城。'"此指犯法之民。

〔四三〕灑筆二句：暗用雁足傳書事。報章：指回信。杜甫《早發湘潭寄
　　　　杜員外院長》："相憶無來雁，何時有報章？"高適《別董大》："北風
　　　　吹雁雪紛紛。"

〔四四〕銀鉤：見《以右軍書數種贈丘十四》注〔八〕。麝煤：麝香與松煙，
　　　　用爲製墨原料，故以稱墨。韓偓《橫塘》："蜀紙麝煤添筆媚。"

〔四五〕浮蛆：浮于酒面的泡沫。撥官醅：李白《襄陽歌》："遙看漢水鴨頭
　　　　綠，恰似葡萄初醱(一作撥)醅。"白居易《醉吟先生傳》："揭甕撥
　　　　醅，又飲數杯。"醅，未濾之酒。官醅，官釀之酒。

〔四六〕鵝黃：杜甫《舟前小鵝兒》："鵝兒黃似酒，對酒愛新鵝。"後因以名
　　　　酒。蘇軾《追和子由去歲試舉人洛下所寄……》："應傾半熟鵝
　　　　黃酒。"

〔四七〕菾匋：即菾匋，瀰漫。杜甫《三川觀水漲二十韻》："菾匋川氣黃。"

〔四八〕蕷藥：即山藥，一種塊莖可食用和入藥的植物。紫藤：山藥藤色
　　　　紫，《政和本草》卷六："春生苗，蔓延籬援，莖紫葉青，似牽牛。"

〔四九〕芼：以菜作羹。石飴：《政和本草》卷二十："石蜜味甘平……久服
　　　　强志輕身，不饑不老，延年神仙，一名石飴。"又稱崖蜜，即山間野
　　　　蜂之蜜，"色青赤，味小鹼。"杜甫《發秦州》："充腸多薯蕷，崖蜜亦
　　　　易求。"二物相對，正仿杜詩。

〔五〇〕藥糜：粥狀之藥。

〔五一〕資：資質、天性。嚚(yín)：奸詐頑劣。

〔五二〕壽公：祝您健康長壽。

〔五三〕承化光：《易·坤》："含萬物而化光。坤道其順乎，承天而時行。"

此言承受大自然的恩光。

〔五四〕吞舟鯨：大魚。《莊子·庚桑楚》有"吞舟之魚"。杜甫《太子張舍人遺織成褥段》："開緘風濤湧，中有掉尾鯨。"韓愈《海水》："海有吞舟鯨。"

〔五五〕銅墨：銅印墨綬，指縣令之職。

〔五六〕職：通直，訓但，説見王引之《經義述聞》。悍：即煢，孤獨無依之人。

〔五七〕賭一擲：《晉書·何無忌傳》："劉毅家無儋石之儲，樗蒱一擲百萬。"

〔五八〕呪：禱告、祝願。明瓊：瓊爲一種賭具，類骰子，投瓊得五白，曰明瓊。《列子·説符》："樓上博者，射明瓊張中。"張湛注："明瓊，齒五白也。"

登　快　閣〔一〕

癡兒了却公家事〔二〕，快閣東西倚晚晴〔三〕。落木千山天遠大，澄江一道月分明〔四〕。朱絃已爲佳人絶〔五〕，青眼聊因美酒橫〔六〕。萬里歸船弄長笛，此心吾與白鷗盟〔七〕。

〔一〕元豐五年作。快閣：《泰和縣志》："在慈恩寺普照院南，前臨大江，舊名慈氏閣，宋太常博士沈遵爲邑宰，更今名。"

〔二〕癡兒句：《晉書·傅咸傳》：楊濟與傅咸書曰："江海之流混混，故能成其深廣也。天下大器，非可稍了，而相觀每事欲了。生子癡，了官事，官事未易了也。了事正作癡，復爲快耳。"山谷於此以"癡"自嘲。

〔三〕倚晚晴：李商隱《即日》："小苑試春衣，高樓倚暮暉。"又《晚晴》："天意憐幽草，人間重晚晴。"所倚"晚晴"，非具體之物，其造語生新,正仿李詩。

〔四〕落木二句:李白《秋夜宿龍門香山寺……》:"水寒夕波急,木落秋
　　　山空。"柳宗元《遊南亭夜還叙志七十韻》:"木落寒山静,江空秋月
　　　高。"此寫登臨所見。元程文海《快閣記》:"蓋自章貢沿流五百餘
　　　里,江盤峽束,牽挽鬱隘,罷心怵目,至是而山平川舒,曠朗襄開"
　　　(《泰和縣志》引)。

〔五〕朱絃:琴絃。《禮記·樂記》:"清廟之瑟,朱弦而疏越,壹倡而三
　　　嘆。"絶絃用伯牙事。佳人:此指知己、摯友。李白《江上寄巴東
　　　故人》:"覺後思白帝,佳人與我違。"

〔六〕青眼句:阮籍"能爲青白眼",青眼示喜愛。又阮籍喜歡飲酒,"聞
　　　步兵廚營人善釀,有貯酒三百斛,乃求爲步兵校尉,遺落世事"
　　　(《晉書》本傳)。

〔七〕此心句:以與鷗鳥爲盟,寫胸無機心,退隱江湖。鷗盟:由《列
　　　子·黄帝》中"海上鷗鳥"寓言引申而來。

【評箋】　方回《瀛奎律髓》卷一:爲太和宰時作,吕居仁謂"山谷妙年
詩已氣骨成就",是也。

　　紀昀:起句山谷習氣,後六句意境殊闊。陸貽典:大雅。山谷天分
絶高,學力不如陳。查慎行:三、四句極似杜家氣象。許印芳:首句在本
集爲習氣,在選本中却無妨礙。第三句亦無疵纇。

　　方東樹《昭昧詹言》卷二十:起四句且叙且寫,一往浩然。五、六句對
意流行。收尤豪放,此所謂寓單行之氣於排偶之中者。姚先生云:"能移
太白歌行於律詩。"愚謂小謝《冬日晚郡事隙》等篇,山谷所全本,可悟爲
詩之理。

彤　　阪〔一〕

彤阪之水清且沘〔二〕,屈爲印文三百里〔三〕。呼船載

過七十餘，褰裳亂流初不記〔四〕。竹輿嘔啞山徑涼〔五〕，僕姑呼婦聲相倚〔六〕。篁中猶道泥滑滑〔七〕，僕夫慘慘耕夫喜〔八〕。窮山爲吏如漫郎〔九〕，安能爲人作嚆矢〔一〇〕！老僧迎謁喜我來，吾以王事篤行李〔一一〕。知民虛實應縣官，我寧信目不信耳。僧言生長八十餘，縣令未曾身到此。

〔一〕元豐五年作於太和。彫陂：太和縣內一水庫。《大清一統志·吉安府》：“槎灘陂：在泰和縣禾溪上流，後唐天成進士、西臺監察御史周矩所築，長百餘丈。灘下七里許，築碙石陂約三十丈，又於近地鑿渠三十六支，分灌田畝無算。子羨仕宋爲僕射，增置山田魚塘，歲收子粒以贍修陂之費。”《泰和縣志》稱爲“槎灘、碙石二陂”。陂，水塘。

〔二〕清且泚：水清澈。謝朓《始出尚書省》：“寒流自清泚。”

〔三〕屈爲句：謂水波層層如印篆屈曲，綿延三百里。

〔四〕呼船二句：原注：“乘舟七十餘渡，徒涉者不可復記。”褰裳：撩起衣服。亂流：橫渡水流。《詩·鄭風·褰裳》：“褰裳涉溱。”《尚書·禹貢》：“入於渭，亂於河。”《疏》：“正絕流曰亂……橫渡也。”

〔五〕竹輿：竹轎。《新唐書·裴玢傳》：“入朝不事驪仗，妻乘竹輿。”

〔六〕僕姑：即鵓鴣，亦作鵓鳩，見《二月二日曉夢……》注〔四〕。

〔七〕篁中句：寫竹林中竹雞鳴叫。泥滑滑：竹雞別名。梅堯臣《禽言·竹雞》：“泥滑滑，苦竹岡。”此一語雙關，兼指竹雞和雨後道路泥濘。

〔八〕僕夫：僕人。《離騷》：“僕夫悲余馬懷兮。”此句寫雨後路途難行，故僕夫愁；然利農事，故耕夫喜。

〔九〕窮山句：以元結自比，見《漫尉》注〔二〕。

〔一〇〕安能句：謂不願受人役使，充當前驅。《莊子·在宥》：“焉知曾（參）、史（鰌）之不爲桀、跖嚆矢也。”嚆（hāo）矢：響箭，喻開端、先聲。

〔一一〕王事：猶公事。篤行李：此指忙於奔走。見《再次韻呈明略並寄無咎》注〔一六〕。

送徐隱父宰餘干二首〔一〕

地方百里身南面〔二〕，翻手冷霜覆手炎〔三〕。贅壻得牛庭少訟〔四〕，長官齋馬吏争廉〔五〕。邑中丞掾陰桃李〔六〕，案上文書略米鹽〔七〕。治狀要須聞豈弟〔八〕，此行端爲霽威嚴〔九〕。

天上麒麟來下瑞〔一○〕，江南橘柚閒生賢〔一一〕。《玉臺》書在猶騷雅〔一二〕，孺子亭荒只草煙〔一三〕。半世功名初墨綬，同兄文字直青錢〔一四〕。割鷄不合庖丁手〔一五〕，家傳風流更著鞭〔一六〕。

〔　一　〕元豐五年作。徐隱父：未詳。宰：主治。餘干：屬饒州。《輿地紀勝》卷二十三《饒州》：“餘干縣，在州東一百六十里。《寰宇記》云：本越王勾踐之西界。《元和郡縣志》云：漢餘汗縣。淮南王書云‘田于餘汗’是也，縣因餘汗之水以爲名。隋開皇九年，去水存干，名曰餘干。”
〔　二　〕地方句：《孟子·梁惠王上》：“地方百里而可以王。”此指一縣之地。《論語·雍也》：“雍也可使南面。”南面：爲長官，古以坐北朝南爲尊。
〔　三　〕翻手句：杜甫《貧交行》：“翻手爲雲覆手雨。”此用其句律，意謂治縣當恩威并施。
〔　四　〕贅壻：入贅之壻，即男子入女家成婚者。得牛：《舊唐書·張允濟

153

傳》:“隋大業中爲武陽令,務以德教訓下,百姓懷之。元武縣與其
鄰接,有人以牸牛依其妻家者八九年,牛孳産十餘頭。及將異居,
妻家不與,縣司累政不能決。”其人申訴于允濟,“允濟遂令左右縛
牛主,以衫蒙其頭,將詣妻家村中,云捕盜牛賊,召村中牛悉集,各
問所從來處。妻家不知其故,恐被連及,指其所訴牛曰:‘此是女
壻家牛也,非我所知。’允濟遂發蒙,謂妻家人曰:‘此即女壻,可以
牛歸之。’妻家叩頭服罪。《後漢書·魯恭傳》:亭長從人借牛而
不還,牛主訟於恭,恭令歸牛者再三,不從,恭嘆曰:“是教化不行
也。”此則言徐有辨訟之才,故教化大行。

〔五〕長官句:《舊唐書·馮元常傳》:“從父弟元淑,則天時爲清漳令,
政有殊績,百姓號爲神明。又歷浚儀、始平二縣令,皆單騎赴職,
未嘗以妻子之官。所乘馬,午後則不與芻,云令其作齋。”

〔六〕邑中丞掾:縣內屬吏。桃李:喻賢臣。《資治通鑑》唐久視元年:
“(狄)仁傑又嘗薦夏官侍郎姚元崇……等數十人,率爲名臣。或
謂仁傑曰:‘天下桃李,悉在公門矣。’”此謂屬下皆得庇受益于徐
隱父。參見《己未過太湖僧寺得宗汝爲書……》注〔八〕。

〔七〕案上句:《史記·酷吏列傳》:“(減)宣爲左內史,其治米鹽,事大
小皆關其手,自部署縣名曹實物,官吏令丞不得擅搖,痛以重法繩
之。”此則稱徐治縣能略去瑣事凡務,其中隱含對鹽政的批判。

〔八〕豈弟:見《虎號南山》注〔一六〕。

〔九〕端爲:應爲、須爲。霽:雨雪停止,此猶收斂。《漢書·魏相傳》:
丙吉“與相書曰:‘……願少慎事自重,臧器于身。’相心善其言,爲
霽威嚴。”

〔一〇〕天上句:《南史·徐陵傳》:“陵字孝穆,母臧氏,嘗夢五色雲化爲
鳳,集左肩上,已而誕陵。年數歲,家人攜以候沙門釋寶誌,寶誌
摩其頂曰:‘天上石麒麟也。’”杜牧《贈李秀才》:“天上麒麟時一
下,人間不獨有徐陵。”下瑞:上天降下的祥瑞之物。韓愈《嗟哉
董生行》:“生祥下瑞無休期。”

〔一一〕江南句:《尚書·禹貢》:“淮海惟揚州……厥包橘柚錫貢。”屈原

《橘頌》："后皇嘉樹,橘徠服兮。受命不遷,生南國兮。"張九齡《感遇》："江南有丹橘,經冬猶綠林。豈伊地氣暖,自有歲寒心。……徒言樹桃李,此木豈無陰!"《韓非子·外儲說左下》:陽虎培植之人反而對其落井下石,因自嘆"不善樹人"。趙簡主"俛而笑曰:'樹橘柚者,食之則甘,嗅之則香;樹枳棘者,成而刺人。故君子慎所樹。'"《韓詩外傳》以桃李喻賢,韓非以橘柚比才,張詩合二者於一詩,山谷承之,其淵源有自,特表而出之。

〔一二〕玉臺句:以徐陵編《玉臺新詠》稱徐隱父之文才。騷雅:指《詩經》和《楚辭》。

〔一三〕孺子句:見前《徐孺子祠堂》。隱父徐姓,故詩以徐陵、徐孺子比之。

〔一四〕墨綬:黑色絲帶,繫於印上,低級官吏之標誌,後指縣官。青錢:《新唐書·張薦傳》:"員外郎員半千數爲公卿稱:'(張)鷟文辭猶青銅錢,萬選萬中。'時號鷟青錢學士。"此喻徐文才超羣。《管錐編》(四)論魯褒《錢神論》:"'半世功名初墨綬,同兄文字敵青錢',下句正用魯《論》語(按即"親之如兄,字曰孔方")與張鷟文詞號'萬選青錢'語牽合,'同'即'敵','兄'即'錢',謂'文字'之效不亞於錢。"

〔一五〕割雞句:子游爲武城宰,孔子過而聞弦歌之聲,笑曰,"割雞焉用牛刀?"見《論語·陽貨》。此切徐宰餘干,又兼用庖丁解牛事,謂徐之治縣乃大材小用。

〔一六〕家傳句:謂徐氏文學世代家傳,再加努力,定當大有所成。著鞭:策馬加鞭,喻努力。劉琨有"常恐祖生(逖)先吾著鞭"之語,見《晉書·劉琨傳》。

和答任仲微贈別〔一〕

任君洒墨即成詩,萬物生愁困品題〔二〕。清似釣船聞夜雨,壯如軍壘動秋鼙〔三〕。寒花籬脚飄金鈿〔四〕,新月天涯掛玉篦。更欲少留觀落筆,須判一飲醉如泥〔五〕。

〔一〕元豐五年太和作。任仲微:不詳。

〔二〕萬物句:謂詩人描摹天地萬物,盡態極妍,萬物好像受其困擾、壓迫。韓愈《薦士》:"勃興得李杜,萬類困陵暴";姜夔《送朝天續集歸誠齋時在金陵》:"翰墨場中老斲輪,真能一筆掃千軍。年年花月無閑處,處處江山怕見君",用意相同。又杜甫《江上值水如海勢聊短述》:"老去詩篇渾漫興,春來花鳥莫深愁";韓愈《贈賈島》:"孟郊死葬北邙山,從此風雲得暫閑",意亦相類。品題:評論並決定次第,此指描繪。

〔三〕鼙(pí):軍鼓。

〔四〕寒花:此指菊花。金鈿:用金花所飾之婦女飾物,如頭釵之類。此句形容菊花飄散於籬下如撒落的金鈿。

〔五〕判:同拚,豁出去。醉如泥:見《戲贈彥深》注〔八〕。又杜甫《將赴成都草堂途中有作先寄嚴鄭公》:"肯藉荒亭春草色,先判一飲醉如泥。"

梅　　花〔一〕

障羞半面依篁竹〔二〕,隨意淡妝窺野塘〔三〕。飄泊風塵少滋味,一枝猶傍故人香〔四〕。

〔一〕元豐間在太和作。

〔二〕障羞:見《次韻答柳通叟求田問舍之詩》注〔三〕。又江總《怨詩》:"新梅嫩柳未障羞,情去恩移那可留。"半面:用梁元帝徐妃事:

“妃以帝眇一目，每知帝將至，必爲半面妝以俟，帝見則大怒而出。”(《南史》本傳)李商隱《南朝》：“休誇此地分天下，祇得徐妃半面妝。”此又兼用壽陽公主事。《太平御覽》九七〇引《宋書》：“武帝女壽陽公主人日臥於含章檐下，梅花落公主額上，成五出之花，拂之不去。皇后留之，自後有梅花妝。”杜甫《佳人》：“天寒翠袖薄，日暮倚修竹。”此以美人嬌羞之態擬梅花。

〔三〕隨意句：山谷《書林和靜(靖)詩》：“歐陽文忠公極賞林和靜‘疏影橫斜水清淺，暗香浮動月黃昏’之句，而不知和靜別有《詠梅》一聯云：‘雪後園林纔半樹，水邊籬落忽橫枝’，似勝前句。”而此句意境實可與之相比。

〔四〕飄泊二句：杜甫《詠懷古跡》：“支離東北風塵際，漂泊西南天地間。”史季溫注：“此言雖飄泊風塵而清香不改，山谷蓋以自況也。”其實不必泥定自況以花寫人，自有韻致。

觀王主簿家酴醾[一]

　　肌膚冰雪薰沉水[二]，百草千花莫比芳[三]。露濕何郎試湯餅[四]，日烘荀令炷爐香[五]。風流徹骨成春酒[六]，夢寐宜人入枕囊[七]。輸與能詩王主簿，瑤臺影裏據胡牀[八]。

〔一〕元豐六年作。王主簿：未詳。主簿：古代州縣掌管文書雜務的屬官。酴醾：原爲酒名；亦作花名，因其花色似酴。酒，又作荼蘼。

〔二〕肌膚句：《莊子·逍遙遊》：“藐姑射之山有神人居焉。肌膚若冰雪，綽約若處子。”沉水：香名。

〔三〕百草千花：杜甫《白絲行》：“萬草千花動凝碧。”白居易《題李次雲虛窗竹》：“千花百草凋零後，留向紛紛雪裏看。”《宋朝事實類苑》卷三十七：“鄭文寶《春郊云》：‘百草千花路，華風細雨天。’”

〔四〕露濕句：《世說新語·容止》：“何平叔（晏）美姿儀，面至白，魏明帝疑其傅粉。正夏月，與熱湯餅，既噉，大汗出，以朱衣自拭，色轉皎然。”此以何晏之汗出狀酴醿之爲露水所霑。

〔五〕日烘句：東漢荀彧爲尚書令，其衣帶有香氣，人稱爲令君香。《藝文類聚》卷七十引《襄陽記》：“（劉）季和曰：‘荀令君至人家，坐處三日香。’”李端《贈郭駙馬》：“薰香荀令偏憐少，傅粉何郎不解愁。”李商隱《酬崔八早梅有贈兼示之作》：“謝郎衣袖初翻雪，荀令薰爐更換香。”炷：點燃；爐：薰爐。此句寫花香。

〔六〕風流：指花的風姿綽約。酴醿本以名酒，此反用之。言其風韻迷人如醇酒之醉人。

〔七〕夢寐句：酴醿花可充枕囊。山谷有《見諸人唱和酴醿詩輒次韻戲詠》：“名字因壺酒，風流付枕幃。”

〔八〕輸：送。瑶臺：美玉砌成之臺。胡牀：坐具，可折疊，猶後世之交椅。程大昌《演繁露》十四：“今之交牀，制本虜來，始名胡牀……隋以讖有胡，改名交牀。”此用庾亮事，見《再用舊韻寄孔毅甫》注〔五〕。

【評箋】 宋惠洪《冷齋夜話》卷四：前輩作花詩，多用美女比其狀，如曰：“若教解語應傾國，任是無情也動人。”（羅隱《詠牡丹》詩）誠然哉！山谷作《酴醿》詩曰：……乃用美丈夫比之，特若出類，而吾叔淵材作《海棠》詩又不然，曰：“雨過溫泉浴妃子，露濃湯餅試何郎。”意尤工也。

宋朱翌《猗覺寮雜記》卷上：不以婦人比花，乃用美丈夫事。不知魯直此格亦有來歷。李義山《早梅》云：“謝郎衣袖初翻雪，荀令薰爐更換香。”亦以美丈夫比花。魯直爲工。

金王若虛《滹南詩話》：花比婦人，尚矣，蓋其於類爲宜，不獨在顏色之間。山谷易以男子，有以見其好異之僻，淵才又雜而用之，益不倫可笑。此固甚紕繆者，而惠洪乃節節嘆賞，以爲愈奇，不求當而求新，吾恐他日有以白晳武夫比之者矣！此花無乃太粗鄙乎？

　　清賀裳《載酒園詩話》：山谷《酴醿》詩：……。楊誠齋云此以美丈夫比花也。余以所言未盡。上言其白，下言其香耳。又云此詩出奇，古人未有。余以此亦余、宋落花一類，總出玉溪，固非獨創。余又思此二語雖佳，尚不及東坡《紅梅》詩："寒心未肯隨春態，酒暈無端上玉肌"，尤無痕跡。

讀　方　言〔一〕

　　八月梨棗紅〔二〕，繞牆風自落。江南風雨餘，未覺衣衾薄。壁蟲憂寒來，催婦織衣著。荒畦杞菊花，猶用充羹臛〔三〕。連日無酒飲，令人風味惡〔四〕。頗似揚子雲，家貧官落魄〔五〕。忽聞軺軒書〔六〕，澀讀勞輔齶〔七〕。虛堂漏刻間，九土可領略〔八〕。願多載酒人，喜我識字博〔九〕。設心更自笑，欲過屠門嚼〔一〇〕。往時抱經綸，待價一丘壑〔一一〕。卜師非熊羆〔一二〕，夢相解虋索〔一三〕。所欲吾未奢〔一四〕，儻使耕可穫〔一五〕。今年美牟麥〔一六〕，廚饌豐餅飥〔一七〕。摩莎腹中書〔一八〕，安知非糟粕〔一九〕？

〔一〕元豐六年作。《方言》：揚雄《方言》，全名《軺軒使者絕代語釋別國方言》。

〔二〕八月句：杜甫《百憂集行》："庭前八月梨棗熟。"

〔三〕杞菊：枸杞與菊花。陸龜蒙《杞菊賦序》："前後皆樹以杞菊，春苗恣肥，日得以採擷之，以供左右盃案。"羹臛：羹湯，肉羹曰臛。

〔四〕風味：滋味、興味。惡：不好受。《世說新語·言語》：謝安曰："中年傷於哀樂，與親友別，輒作數日惡。"

〔五〕揚子雲：揚雄，字子雲。落魄：仕途困頓失意，亦作落拓。《史記·酈生傳》：“家貧落魄。”揚雄《解嘲》：“何爲官之拓落也！”又《逐貧賦》：“人皆文繡，余褐不完；人皆稻粱，我獨藜飧。……朋友道絶，進官凌遲。”

〔六〕輶軒書：指《方言》。輶軒：輕車，使臣所乘。應劭《風俗通義序》：“周秦常以歲八月遣輶軒之使，求異代方言，還奏籍之，藏於秘室。”揚雄《答劉歆書》言先代輶軒之書已多散失，“獨蜀人有嚴君平、臨邛林閭翁孺者，深好訓詁，猶見輶軒之使所奏言。翁孺與雄外家牽連之親，又君平過誤有以私遇”，故雄能得其遺意。又云：“天下上計、孝廉及内郡衛卒會者，雄常把三寸弱翰，齎油素四尺，以問其異語，歸即以鉛摘次之於槧，詳悉集之。”漢時使者猶古之輶軒使，揚雄集其資料而成書，因稱“輶軒書”。

〔七〕澀讀：讀來詰屈聱牙。柳宗元《答韋珩示韓愈相推以文墨事書》：“雄之遣言措意，頗短局滯澀，不若退之猖狂恣睢，肆意有所作。”輔齶，此指發音器官。輔：腮、頰；齶：口腔上腔。

〔八〕虛堂二句：謂足不出户，頃刻之間，即可領略各地方言。虛堂：梁蕭統《示徐州弟》：“高宇既清，虛堂復静。”由《莊子》“虛室”之意化來。漏刻間：頃刻間。《論衡·變動》：“盜賊之人，見物而取，睹敵而殺，皆在徙倚漏刻之間。”九土：九州之地。宋玉《登徒子好色賦》：“周覽九土，足歷五都。”

〔九〕載酒人：見《贈別李端叔》注〔一四〕。識字博：《漢書·揚雄傳》：“劉棻嘗從雄學作奇字。”趙與時《賓退録》卷五：“韓文公《題張十六所居》詩云：‘端來問奇字，爲我講聲形。’然傳但云‘學作奇字’，不言‘問奇字’，後來相承而用，蓋又以韓詩爲本。”且“載酒”與“學奇字”二事“凡隔數十字，了不相涉，而近世文人多云‘載酒問字’、‘載酒問奇字’之類，不知何所本也？”

〔一〇〕設心二句：桓譚《新論》：“人知肉味美，即對屠門而嚼。”曹植《與吳季重書》：“過屠門而大嚼，雖不得肉，貴且快意。”此爲山谷自嘲，言己貧無酒肉，只能設想有人載酒來問字，猶如對屠門大嚼。

〔一一〕抱經綸：胸懷治國濟天下的才志。待價：待價而沽，等待統治者的賞識重用。《論語·子罕》：“子曰：沽之哉，沽之哉，我待價而沽者也！”一丘壑：《漢書·自叙傳》：“漁釣於一壑，則萬物不奸其志；棲遲於一丘，則天下不易其樂。”此指隱居之地。

〔一二〕卜師句：《史記·齊太公世家》：“呂尚蓋嘗窮困，年老矣，以漁釣奸(干)周西伯。西伯將出獵，卜之，曰：‘所獲非龍非彲，非虎非羆，所獲霸王之輔。’於是周西伯獵，果遇太公於渭之陽。”此以漁釣承上丘壑，希望得君王賞識。按：“非虎”何以作“非熊”，前人多所辯證。《宋書·符瑞志》已作“非熊非羆”，《搜神記》(二十卷本)卷八亦同。宋葉大慶《考古質疑》卷三：“蓋虎字乃唐太祖諱，所以章懷注《東漢書》(崔駰傳)雖引《史記》之文，特改非熊之字。杜甫、李翰、白居易皆唐人也，故相傳皆作非熊，而豫章亦本諸此而已。”可參考。

〔一三〕夢相句：《史記·殷本紀》：殷王“武丁夜夢得聖人，名曰説……迺使百工營求之野，得説於傅險中。是時説爲胥靡，築於傅險。見於武丁，武丁曰是也。得而與之語，果聖人，舉以爲相，殷國大治。”事又載《尚書·商書·説命》(僞古文)，傅險作傅巖。胥靡，服勞役之刑徒。縻索：此指捆縛之繩索。

〔一四〕所欲句：《史記·滑稽列傳》：淳于髡言於道旁見一穰田者，操一豚蹄，酒一盂，祝禱豐年，“臣見其所持者狹而所欲者奢，故笑之。”此反用之。

〔一五〕耕可穫：《法言·學行篇》：“耕不穫，獵不饗，耕獵乎？”

〔一六〕美牟麥：《詩·大雅·臣工》：“於皇來牟。”《疏》：“皇訓爲美。於美乎，嘆其受麥瑞而得豐年也。”來牟，麥之别名。

〔一七〕饌：食物。餅飥：即湯餅。歐陽修《歸田録》：“湯餅，唐人謂之不托，今俗謂之餺飥矣。”《齊民要術》九《餅法》：“餺飥(飥)，挼如大指許，二寸一斷，著水盆中浸，宜以手向盆旁挼，使極薄，皆急火逐沸熟煮。”猶今所謂“片兒湯”。

〔一八〕摩莎：即摩挲，翻弄、撫摸。腹中書：《後漢書·邊韶傳》：“腹便

便,五經笥。"後因稱學識淵博爲腹笥。《世説新語·排調》:"郝隆
七月七日出日中仰卧。人問其故,答曰:'我曬書。'"

〔一九〕安知句:《莊子·天道》載輪扁斫輪故事,桓公稱所讀之書爲"聖
人之言",輪扁曰:"然則君之所讀者,古人之糟魄(粕)已夫。"

太和奉呈吉老縣丞〔一〕

　　山擁鳩民縣〔二〕,江横决事廳。土風尊健訟〔三〕,吏道
要繁刑〔四〕。觟觟今無種〔五〕,蒲盧教未形〔六〕。里多齊晭
氏〔七〕,材謝宋庖丁〔八〕。令尹三年課,斯人萬物靈〔九〕。
吾方師豈弟,僚友助丹青〔一〇〕。

〔　一　〕作於元豐六年,吉老:姓陳,太和縣丞。

〔　二　〕鳩民:安集民衆。《左傳·隱公八年》:"君釋三國之圖,以鳩其
民,君之惠也。"

〔　三　〕土風句:謂民風喜好訴訟,參見《己未過太湖僧寺……》注〔一
九〕。健訟:《易·訟》:"訟,上剛下險,險而健,訟。"《疏》:"猶人
意懷險惡,性又剛健,所以訟也。"後人誤將"健"、"訟"二字連讀,
意爲好打官司,洪邁《容齋四筆》九《健訟之誤》:"(《易》)皆是卦名
之上爲句絶,而童蒙入學之初,其師點句,輒混於上,遂以健訟
相連。"

〔　四　〕吏道:作官之道。繁刑:刑法繁冗。《左傳·昭公三年》:"於是景
公繁於刑,有鬻踊者。故(晏子)對曰:'踊貴屨賤。'"《孔叢子·刑
論》:"孔子曰:'古之刑省,今之刑繁。'"《韓詩外傳》卷四:"嚴令繁
刑不足以爲威。"

〔　五　〕觟觟(huà zhì):《外集注》:"此兩姓今無人矣。"誤。王應麟《困學

紀聞》卷十八：“按《太元（玄）·難》十九云：‘角觟觝，終以直，其有犯。’二字與解豸同，亦見王充《論衡》云：‘一角之羊也。’”按此爲傳說中之神獸，即獬廌。《論衡·是應》：“儒者説云：觟觝者，一角之羊也，性知有罪。皋陶治獄，其罪疑者，令羊觸之，有罪則觸，無罪則不觸。”後世官廳正牆所畫即此獸。此謂刑法不公。

〔六〕蒲盧：即蜾蠃，一種細腰蜂，産卵於螟蛉幼蟲體内，蜂即從中孵出。古人誤以爲蜾蠃養螟蛉爲子。《禮記·中庸》：“夫政也者，蒲盧也。”鄭玄注：“《詩》（《小雅·小宛》）曰：‘螟蛉有子，蜾蠃負之。’螟蛉，桑蟲也。蒲盧取桑蟲之子，去而變化之，以成爲己子。政之於百姓，若蒲盧之於桑蟲然。”疏：“善爲政者，化養他民，以爲己民，若蒲盧然也。”未形：未化成蟲，喻教化之未成。揚雄《法言·先知篇》：“雌之不才，其卵鷇（孵不出）矣；君之不才，其民野矣。”可參覽。此謂治民當重教化。

〔七〕齊瞯氏：原注：“瞯氏，《漢書》音閑，而今濟南田家有此姓，音諫。”按《史記·酷吏列傳》：“濟南瞯氏，宗人三百餘家，豪猾，二千石莫能制。”此指强悍之民。

〔八〕材謝句：謂没有象解牛庖丁那樣的才能。解牛多喻吏治，此自謂缺乏吏能。稱庖丁爲宋人，未詳所以。

〔九〕令尹：縣令、府尹，地方長官。三年課：三年一考績。萬物靈：《尚書·秦誓》：“惟人萬物之靈。”二句謂爲官當愛民養民，以民爲本。

〔一〇〕豈弟：見《虎號南山》注〔一六〕。丹青：原指繪畫，此喻吏治。《法言·君子篇》：“或問聖人之言，炳若丹青。”二句謂己盡力爲官，望得到僚友的輔佐。

次韻吉老遊青原將歸〔一〕

欣欣林臯樂〔二〕，賞心天際翔〔三〕。清樽鱠魴鯉〔四〕，朱果實圓方〔五〕。醉罷聽疏雨〔六〕，衾寒夢國香〔七〕。雨餘山吐月〔八〕，的皪滿簾霜〔九〕。展轉復展轉〔一○〕，鍾魚曉瑯瑯〔一一〕，思歸笑迎門，兒女相扶將〔一二〕。

〔一〕作於元豐六年。青原：吉州山名。

〔二〕欣欣句：《莊子·知北游》：“山林與，皋壤與，使我欣欣然而樂與！”

〔三〕賞心：歡樂的心境。

〔四〕鱠：即膾，細切魚肉。魴：鯿魚。《詩·陳風·衡門》：“豈其食魚，必河之魴？……豈其食魚，必河之鯉？”

〔五〕朱果：紅色果子。實：充實，充滿。圓方：指各種形狀的器皿。張衡《南都賦》：“珍羞琅玕，充溢圓方。”

〔六〕聽疏雨：孟浩然有句：“微雲淡河漢，疏雨滴梧桐”（見《全唐詩話》卷一）。

〔七〕衾寒句：《左傳·宣公三年》：“初，鄭文公有賤妾曰燕姞，夢天使與己蘭，曰：‘余爲伯儵，余而祖也，以是爲而子。’以蘭有國香，人服媚之如是。”後果生子，爲穆公。此僅用其字面。

〔八〕雨餘句：杜甫《月》：“四更山吐月，殘夜水明樓。”

〔九〕的皪：即的歷，光亮鮮明貌。司馬相如《上林賦》：“明月珠子，的皪江靡。”

〔一○〕展轉：即輾轉，《詩·周南·關雎》：“悠哉悠哉，輾轉反側。”形容夜不能寐。

〔一一〕鍾魚：佛寺懸挂的鍾與木魚。瑯瑯：聲音清朗響亮。

〔一二〕笑迎門：韓愈《平准西碑》：“蔡之婦女，迎門笑語。”扶將：扶持，攙扶。《木蘭詩》：“出郭相扶將。”

送彦孚主簿〔一〕

斯文當兩都，江夏世無雙〔二〕。叔度初不言，漢庭望風降〔三〕。中間眇人物〔四〕，潛伏老崆谾〔五〕。本朝開典禮〔六〕，械樸作株樁〔七〕。世父盛文藻，如陸海潘江〔八〕。三戰士皆北〔九〕，韔弓錦韜杠〔一〇〕。白衣受傳詔，短命終螢窗〔一一〕。夢升卧南陽，耆舊無兩龐〔一二〕。空鑱歐陽銘〔一三〕，松風悲隴瀧〔一四〕。四海羣從間，爾來頗珲淙〔一五〕。主簿吾宗秀〔一六〕，其能任爲邦〔一七〕。軀幹雖眇小〔一八〕，勇沉鼎可扛〔一九〕。擇師別陳許〔二〇〕，取友觀羿逄〔二一〕。折腰佐鬈令，邑訟銷吠厖〔二二〕。時邀府中飲，下箔蠟燒釭〔二三〕。紅裳笑千金〔二四〕，清夜酒百缸。同僚有惡少，嘲謔語亂哤〔二五〕。君但隱几笑。諸老嘆敦厖〔二六〕。況乃工朱墨〔二七〕，氣和信甚矼〔二八〕。持此應時須，十年擁麾幢〔二九〕。相逢常軵掌〔三〇〕，衙鼓趨鼞鼞〔三一〕。簿書敗清談〔三二〕，汗顏吏樅樅〔三三〕。臨分何以贈？要我賦蘭茳〔三四〕。黃華雖衆笑〔三五〕，白雪不同腔〔三六〕。野人甘芹味〔三七〕，敢饋厭羊羫〔三八〕。顧予百短拙，飽腹戀脟肛〔三九〕。唯思解官去，一丘事耕稑〔四〇〕。君當取富貴，鍾皷羅擊撞〔四一〕。伏藏躤躘徑，猶想足音跫〔四二〕。

〔一〕元豐六年作。彦孚姓黄，太和縣主簿。此詩模擬韓愈《病中贈張十八》詩，用韻亦同，風格奧崛。

〔二〕斯文：此人之文。當兩都：敵得上兩漢。西漢都長安，東漢都洛陽，故以兩京或兩都稱兩漢。江夏：指黄香。世無雙：《後漢書·文苑列傳》：“黄香字文彊，江夏安陸人也。……博學經典，究精道術，能文章，京師號曰：‘天下無雙，江夏黄童。’”

〔三〕叔度：東漢黄憲字叔度，參見《汴岸置酒贈黄十七》注〔六〕。又《世說新語·德行》注引《典略》：時人稱黄憲“顔子復生。”“父爲牛醫。潁川荀季和執憲手曰:'足下吾師範也。'……戴良少所服下,見憲則自降簿,悵然若有所失。母問:'汝何不樂乎?復從牛醫兒所來邪?'良曰:'瞻之在前,忽焉在後,所謂良之師也。'"漢庭:漢朝人。望風降:極言敬欽。

〔四〕眇人物:指有才之士沉晦不顯。眇,渺遠迷茫。

〔五〕崆谾(kōng hōng):舊屬江韻。崆,山石高峻;谾,山谷深空。此句寫人才潛伏於古老的深山幽谷。

〔六〕典禮:制度、禮儀。此句謂宋朝開國。

〔七〕棫樸:兩種叢生樹名。《詩·大雅·棫樸》:芃芃棫樸,薪之槱之。濟濟辟王,左右趣之。"株椿:樹根與樹椿,此猶言根基。此句謂人盡其才,國家蕃興。

〔八〕世父:《宋史·文苑傳》:"黃庠,字長善,洪州分寧人,名聲動京師,所作程文,傳誦天下,聞於外夷,近世布衣罕匹也。"歐陽修《黃夢升墓誌銘》:夢升"哭其兄子庠之詞曰:'子之文章,電激雷震。雨雹忽止,闃然滅泯。'"《涑水紀聞》卷九稱其"文章精贍,取國子監進士解,貢院奏名皆第一,聲名赫然,天下之士皆服爲之下。及就殿試,病不能執筆,有詔復舉就殿試,未及期而卒。"山谷稱其爲"世父",《跋歐陽文忠公撰七叔祖主簿墓誌後》:"夢升既乖牾不逢,嘗以文哭世父長善。"世父,大伯父,後爲伯父通稱。《爾雅·釋親》:"父之昆弟,先生爲世父,後生爲叔父。"此句用韓愈《薦士》句律:"國朝盛文章,子昂始高蹈。"文藻:文章藻飾,此指文采。宋玉《神女賦》:"其盛飾也,則羅紈綺繢盛文章。"陸海潘江:鍾嶸《詩品》上:"陸才如海,潘才如江。"陸指陸機,潘爲潘岳。

〔九〕三戰句:《列子·力命》:"管仲嘆曰:'吾嘗三戰三北,鮑叔不以我爲怯,知我有老母也。'"此指文士皆敗北。

〔一〇〕韔(chàng):弓袋。韜:套子。此皆用作動詞。《詩·小雅·采綠》:"之子于狩,言韔其弓。"錦韜杠:《爾雅·釋天》:"素錦綢杠。"《疏》:"綢,韜也。杠,竿也。先以白地錦韜旍之竿。"此謂藏弓偃旗,戰敗投降。

〔一一〕白衣：猶布衣，未出仕者，此指黄庠。受傳詔：見注〔八〕引《涑水紀聞》語。螢窗：晉車胤以囊聚螢，照明讀書，見《晉書》本傳。

〔一二〕夢升：山谷七叔祖黄注字夢升，曾官南陽（今河南南陽縣）主簿，死於南陽。耆舊：年老故舊。兩龐：漢末襄陽人龐德公及其姪龐統（字士元）均爲當時德才兼備的高士。此喻黄注與黄庠叔姪。

〔一三〕鑱：鐫刻。歐陽銘：指歐陽修《黄夢升墓誌銘》。

〔一四〕隴：丘隴，高地或墳墓。瀧（shuāng）：急流。韓愈《病中贈張十八》：“籍乃隴頭瀧。”又切古樂府《隴頭歌辭》：“隴頭流水，鳴聲嗚咽。”此句寫墓地松風流水爲之悲鳴。

〔一五〕羣從：有從親關係的親屬，此指以黄夢升爲祖父的同祖兄弟。玎淙：同玎琮，原爲鳴玉之聲，亦狀水流聲，此以清雅之音譽美黄氏兄弟。

〔一六〕吾宗秀：李邕《登歷下古城員外孫新亭》：“吾宗固神秀。”彦孚姓黄，故云“吾宗”。

〔一七〕任爲邦：《論語·子路》：“善人爲邦百年，亦可以勝殘去殺矣。”爲，治理。

〔一八〕軀幹句：《樂府詩集》卷八十五《隴上歌》：“隴上壯士有陳安，軀幹雖小腹中寬。”杜甫《送韋十六評事充同谷郡防禦判官》：“子雖軀幹小，老氣橫九州。”

〔一九〕勇沉：猶勇猛。鼎可扛：《史記·秦本紀》：“（武）王與孟説舉鼎。”又《項羽本紀》：“力能扛鼎，才氣過人。”陸機《百年歌》：“力可扛鼎志干雲。”

〔二〇〕擇師句：《孟子·滕文公》：“有爲神農之言者許行……陳相見許行而大悦，盡棄其學而學焉。”此謂擇師有別於陳相之以異端許行爲師。

〔二一〕取友句：《孟子·離婁下》：“逢蒙學射於羿，盡羿之道，思天下惟羿爲愈己，於是殺羿。”又，“鄭人使子濯孺子侵衛，衛使庾公之斯追之”，子濯孺子以爲不會死，謂僕曰：“庾公之斯學射於尹公之他，尹公之他學射於我。夫尹公之他，端（正直）人也，其取友必端矣。”庾公果然放了他。取友：選擇朋友。此句兼用二事，以“射”
挽合。逄(páng)，同逢。

〔二二〕折腰：猶言屈尊，用陶潛事。髯令：長鬚縣令。銷尨龙：謂邑中
訟事平息，犬亦不吠。尨(máng)：多毛狗。《詩·召南·野有死
麕》：“無使尨也吠。”

〔二三〕箔：簾子。缸：燈。

〔二四〕紅裳：此指女子。笑千金：鮑照《代白紵曲》：“千金雇笑買芳年。”
梁王僧孺《詠寵姬》：“再顧連城易，一笑千金買。”《玉臺新詠》録此
詩，吳兆宜注引崔駰《七依》：“回眸百萬，一笑千金。”

〔二五〕嘲謔：譏諷戲謔。哤(máng)：聲音雜亂。《國語·齊語》：“四民
者，勿使雜處，雜處則其言哤。”

〔二六〕敦厖：《左傳·成公十六年》：“時無災害，民生敦厖。”原意爲豐
厚，後亦指敦厚篤實。《潛夫論·本訓》：“以淳粹之氣，生敦厖
之民。”

〔二七〕朱墨：指公文，因公文用紅黑二色書寫。《北史·蘇綽傳》：“綽始
制文案程式，朱出墨入。”

〔二八〕信甚矼(qiāng)：忠厚老實。《莊子·人間世》：“且德厚信矼。”

〔二九〕麾幢：麾，旌旗；幢，以羽毛爲飾之旗，均爲官員出行時所用之
儀仗。

〔三〇〕鞅掌：煩忙。《詩·小雅·北山》：“或王事鞅掌。”後常指公事忙
碌。嵇康《與山巨源絶交書》：“而官事鞅掌。”

〔三一〕衙鼓：衙門報時之鼓，吏員早晚衙參，皆聽鼓爲號，趨衙鼓即應鼓
上衙門辦公。鼜鼜(páng)：即逄逄，鼓聲。韓愈《病中贈張十
八》：“不蹋曉鼓朝，安眠聽逄逄。”

〔三二〕簿書句：謂因公務而妨礙清談雅興。

〔三三〕汗顏：汗流滿面。摐摐：當爲摐摐(chuāng)，紛雜貌。此句寫官
吏公務忙碌。

〔三四〕臨分：臨到分別。蘭：蘭草；茳(jiāng)：江離，皆香草。《離騷》：
“扈江離與辟芷兮，紉秋蘭以爲佩。”此謂臨別時彥孚請山谷賦詩。

〔三五〕黄華句:《莊子·天地》:"大聲不入於里耳,折楊、皇荂,則嗑然而笑。"皇荂,亦作黄(皇)華,俗曲名。唐舒元輿《悲剡溪古藤文》:"使《周南》、《召南》風骨折入於《折楊》《皇荂》中。"李白《答王十二寒夜獨酌有懷》:"《折楊》《皇華》合流俗。"

〔三六〕白雪:高雅的歌曲。宋玉《對楚王問》:"其爲《陽春》、《白雪》,國中屬而和者不過數十人。"二句爲山谷自謙,言己詩俗而不雅。

〔三七〕野人句:古時有人稱美芹菜等物,爲人嗤笑,見《列子·楊朱》。又嵇康《與山巨源絶交書》:"野人有快炙背而美芹子者,欲獻之至尊。"

〔三八〕饁:贈。厭:飽食。羊羫:即羊腔。《病中贈張十八》:"酒壺綴羊腔。"此聯言己贈詩,不啻獻芹於美食家前。

〔三九〕戇:吳方音,癡呆、愚笨。胮肛(pāng xiāng):脹大,指腹脹。韓愈《病中贈張十八》:"形軀頓胮肛。"

〔四〇〕耕稯(chuāng):耕種。

〔四一〕鍾鼓句:《史記·魏其武安侯列傳》:"(武安侯)堂前羅鍾鼓,立曲旃。"古以鍾鼓爲尊貴的象徵。

〔四二〕伏藏二句:《莊子·徐无鬼》:"夫逃虚空者,藜藋柱乎鼪鼬之徑,踉位其空,聞人足音跫然而喜矣,又況乎昆弟親戚之謦欬其側者乎!"跫(qióng):亦讀 kuāng,脚步聲。鼪鼬,黄鼠狼,見《爾雅·釋獸》。此改爲"鼯",俗稱飛鼠,形似蝙蝠。此言己雖隱却願聽到好友的音訊。

奉答李和甫代簡二絶句(選一)〔一〕

山色江聲相與清〔二〕,卷簾待得月華生〔三〕。可憐一曲並船笛,説盡故人離別情〔四〕。

〔一〕元豐六年太和作。此爲第一首。李和甫：不詳。簡：書信。

〔二〕山色句：杜甫《書堂飲既夜復邀李尚書下馬月下賦絶句》："湖水林風相與清。"相與：交互。《易·咸》："二氣感應以相與。"此以"清"字溝通視聽，乃"通感"之一例。

〔三〕卷簾句：杜甫《客夜》："捲簾殘月影，高枕遠江聲。"歐陽修《臨江仙》："欄干倚徧，待得月華生。"月華：月光。

〔四〕可憐二句：寫聞笛而起離情，爲唐詩常境。李白《春夜洛城聞笛》："誰家玉笛暗飛聲，散入春風滿洛城。此夜曲中聞折柳，何人不起故園情。"王昌齡《從軍行》："更吹羌笛關山月，無那金閨萬里愁。"李益《夜上受降城聞笛》："不知何處吹蘆管，一夜征人盡望鄉。"

答永新宗令寄石耳〔一〕

飢欲食首山薇〔二〕，渴欲飲潁川水〔三〕。嘉禾令尹清如冰〔四〕，寄我南山石上耳〔五〕。筠籠動浮煙雨姿〔六〕，瀹湯磨沙光陸離〔七〕。竹萌粉餌相發揮〔八〕，芥薑作辛和味宜〔九〕。公庭退食飽下箸〔一〇〕，杞菊避席遺萍虀〔一一〕。雁門天花不復憶〔一二〕，況乃桑鵝與楮雞〔一三〕。小人藜羹亦易足〔一四〕，嘉蔬遺餉荷眷私〔一五〕。吾聞石耳之生常在蒼崖之絶壁，苔衣石腴風日炙〔一六〕。捫蘿挽葛採萬仞〔一七〕，仄足委骨豺虎宅〔一八〕。佩刀買犢劍買牛〔一九〕，作民父母今得職〔二〇〕。閔仲叔不以口腹累安邑，我其敢用鮭菜煩嘉禾〔二一〕！願公不復甘此鼎，免使射利登嵯峨〔二二〕。

〔一〕元豐六年作。永新,吉州屬邑,太和鄰縣。宗令:縣令宗汝爲。石耳:地衣類植物,生深山巖石上,成不規則橢圓形,上灰下黑,可食用。

〔二〕飢欲句:《史記·伯夷列傳》:伯夷、叔齊“義不食周粟,隱於首陽山,采薇而食之”。首山:即首陽山。薇:一種野菜,又名野豌豆。

〔三〕渴欲句:許由洗耳於潁水之濱,見皇甫謐《高士傳》。又兼用《莊子·逍遙遊》:許由曰:“偃鼠飲河,不過滿腹。”陸機《猛虎行》:“渴不飲盜泉水。”此用其句律。李白《行路難》:“有耳莫洗潁川水,有口莫食首陽蕨。”二事相對本此。潁川:即潁水,源出登封,注入淮河。

〔四〕嘉禾:永新縣別稱。見《己未過太湖僧寺得宗汝爲書……》注〔一四〕。令尹:縣令。清如水:曹植《光祿大夫荀侯誄》:“如冰之清,如玉之潔。”此贊其爲官清廉。

〔五〕石上耳:即石耳。

〔六〕筠籠:竹籠。杜甫《野人送朱櫻》:“野人相贈滿筠籠。”

〔七〕瀹湯:以湯煮物。磨沙:磨成碎末。蘇軾《鰒魚行》:“磨沙瀹瀋成大胾。”光陸離:光彩斑斕。

〔八〕竹萌:筍。《爾雅·釋草》:“筍,竹萌。”粉餌:糕糰類食品。《儀禮·既夕禮》:“四籩:棗糗栗脯。”《注》:“糗以豆糗粉餌。”發揮:映襯,使更美好。劉禹錫《楊柳枝詞》:“桃紅李白皆誇好,須得垂楊相發揮。”

〔九〕芥薑:味皆辛辣,適宜作調味品。《尚書·洪範》:“金曰從革……從革作辛。”

〔一〇〕退食:《詩·召南·羔羊》:“退食自公。”“退食”舊說紛紜,此指從衙門歸來,在家用餐。《左傳·襄公七年》杜預注:“言人臣自公門入私門。”下筯:投著,下筷。《晉書·何曾傳》:“食日萬錢,猶曰無下箸(筯)處。”

〔一一〕杞菊:見《讀方言》注〔三〕。避席:退席。遺:棄,不用。萍:水草。虀:細切的醃菜。《後漢書·華佗傳》:“萍虀甚酸。”

〔一二〕雁門天花：代州雁門郡五臺山有天花蕈。佛教有天雨花之説：略謂佛祖説法，感動諸神，天上即會墜下香花，《維摩詰經・觀衆生品》有天女散花事。

〔一三〕桑鵝：菌類，一作桑耳。楮鷄：楮樹上生的木耳，一作樹鷄，因其味類鷄而名。韓愈《答道士寄樹鷄》：“軟濕青黄狀可猜，欲烹還喚木盤迴。”

〔一四〕藜羹：用嫩藜煮成的羹，一種粗劣食物。藜，又名萊，初生可食。

〔一五〕嘉蔬：此指石耳。遺餉：派人饋贈。荷眷私：承受眷念恩惠。

〔一六〕苔衣：苔蘚類植物。石腴：石髪類植物，即生於水邊石上的苔藻。風日炙：風吹日晒。

〔一七〕捫蘿：見《己未過太湖僧寺……》注〔三四〕。《水經注・漸江水》：“徑路險絶，記云：扳蘿捫葛，然後能升。”萬仞：極言山高。此寫石耳摘採之難。

〔一八〕仄足：因畏懼而不敢正立。仄：即側。委骨：棄骨，抛骨。此狀登山之險。

〔一九〕佩刀句：《漢書・龔遂傳》：遂勸民務農，“民有帶持刀劍者，使賣劍買牛，賣刀買犢，曰：‘何爲帶牛佩犢？’”

〔二〇〕作民句：《詩・小雅・南山有臺》：“樂只君子，民之父母。”《禮記・大學》：“民之所好好之，民之所惡惡之，此之謂民之父母。”又《表記》：“使民有父之尊，有母之親，如此而後可以爲民父母矣。”王禹偁《謫居感事》詩自注：“民間多呼縣令爲父母官。”職：常。《漢書・趙廣漢傳》：“爲京兆尹廉明，威刑豪强，小民得職。”此謂民得安居樂業。

〔二一〕閔仲叔二句：《後漢書・閔仲叔傳》：“客居安邑，老病家貧，不能得肉，日買猪肝一片，屠者或不肯與，安邑令聞，勑吏常給焉。仲叔怪而問之，知，乃嘆曰：‘閔仲叔豈以口腹累安邑邪？’遂去。”其：通豈。鮭菜：魚菜。見《對酒歌答謝公静》注〔九〕。

〔二二〕此鼎：指永新令所寄之石耳。射利：追求財利，猶如射箭。左思《吴都賦》：“乘時射利，財豐巨萬。”嵯峨：高峻貌，此借指高山。

靜居寺上方南入一徑有釣臺氣象甚古而俗傳謬妄意嘗有隱君子漁釣其上感之作詩〔一〕

　　避世一丘壑〔二〕，似漁非世漁〔三〕。獨吟嘉橘頌〔四〕，不遺子公書〔五〕。筍蕨園林晚，絲緡歲月除〔六〕。安知冶容子，紅袖泣前魚〔七〕。

〔一〕元豐六年作。靜居寺在吉州青原山，爲唐代禪僧行思禪師修道之地。山谷有《書〈次韻周元翁將游青原山寺〉後》：“予曩時上七祖山，極愛其山川，故爲予友元翁作此詩。又出上方之南，得古釣臺，嘉遁世不見其光輝者。元翁亦請予賦詩，詩曰：……元翁曰：‘青原遺跡但有顏公大字，當並刻此二詩，使來者得觀焉。’其後各解官去，不果刻。”按：元翁名周壽，周敦頤長子，時任吉州司法。

〔二〕避世：逃避塵世。《論語‧微子》：“且而與其從辟（避）人之士也，豈若從辟世之士哉？”一丘壑：出《漢書‧自叙傳》，見《讀方言》注〔一一〕。

〔三〕似漁句：謂像漁釣者，却又不是世俗的漁釣者。《莊子‧漁父》所寫漁父，孔子曾向他求教，並稱之爲“聖人”。《南史‧隱逸傳》：“漁父者，不知姓名，亦不知何許人也。太康孫緬爲尋陽太守，落日逍遥渚際，見一輕舟，陵波隱顯。俄而漁父至，神韻蕭灑，垂綸長嘯，緬甚異之。乃問：‘有魚賣乎？’漁父笑而答曰：‘其釣非釣，寧賣魚者邪？’”詩即化用其意，謂混同世俗而又超然於世。道佛二家均有此思想。《莊子‧人間世》：“然則我內直而外曲，成而上比。內直者，與天爲徒……外曲者，與人之爲徒也……爲人之所爲者，人亦無疵焉，是之謂與人爲徒。”又《德充符》：“有人之形，無

人之情。有人之形，故羣於人；無人之情，故是非不得於身。”僧肇
《不真空論》：“《中論》云：‘諸法不有不無者，第一真諦也。’尋夫不
有不無者，豈謂滌除萬物，杜塞視聽，寂寥虚豁，然後爲真諦者乎？
誠以即物順通，故物莫之逆；即僞即真，故性莫之易。性莫之易，
故雖無而有，物莫之逆，故雖有而無……有其所以不有，故雖有而
非有；有其所以不無，故雖無而非無。”

〔四〕嘉橘頌：屈原《橘頌》：“后皇嘉樹，橘徠服兮。”杜甫《與李十二白
同尋范十隱居》：“向來吟橘頌，誰欲討蒓羹？”此寫隱者品節堅貞。

〔五〕子公書：《漢書·陳萬年傳》：“咸（萬年子）數略遺（陳）湯，予書
曰：‘即蒙子公力，得入帝城，死不恨。’後竟徵入爲少府。”子公，陳
湯字。此謂不事請託干求。

〔六〕絲緡：釣魚用的絲綫。《詩·召南·何彼襛矣》：“其釣維何？維
絲伊緡。”除：光陰流逝。《詩·唐風·蟋蟀》：“日月其除。”常袞
《晚秋集賢院即事寄徐薛二侍郎》：“離憂歲月除。”

〔七〕冶容子：容貌妖豔者。《易·繫辭》：“冶容誨淫。”阮籍《詠懷詩》：
“昔日繁華子，安陵與龍陽。”紅袖：喻美人，此指龍陽君。泣前
魚：據《戰國策·魏策》四，“魏王與龍陽君共船而釣，龍陽君得十
餘魚而涕下”，王問其由，對曰：“臣之始得魚也，臣甚喜，後得又益
大，今臣直欲棄臣前之所得矣……四海之内，美人亦甚多矣，聞臣
之得幸於王也，必褰裳而趨王。臣亦猶曩臣之前所得魚也，臣亦
將棄矣，臣安能無涕出乎？”齊陸厥《中山王孺子妾歌》：“安陵泣前
魚。”此用其語，謂隱者已無榮利之心。

摩　詰　畫〔一〕

丹青王右轄，詩句妙九州〔二〕。物外常獨往〔三〕，人間
無所求。袖手南山雨，輞川桑柘秋〔四〕。胸中有佳處，涇

渭看同流〔五〕。

〔一〕元豐六年作。王維字摩詰。

〔二〕右轄：右丞，王維曾官尚書右丞，世稱王右丞。轄原爲星名，《晉書·天文志》：“轄星傅軫兩旁，主王侯。左轄爲王者同姓，右轄爲異姓。”《舊唐書》本傳：“維以詩名盛於開元、天寶間……尤長五言詩。書畫特臻其妙，筆蹤措思，參於造化。”郭若虛《圖畫見聞志》卷五：“善畫山水人物，筆蹤雅壯，體涉古今……自製詩（《偶然作》）曰：‘當世謬詞客，前身應畫師。’”杜甫《解悶》：“不見高人王右丞，藍田丘壑漫寒藤。最傳秀句寰區滿，未絶風流相國能。”詩後句即用杜詩意。

〔三〕物外：塵世之外。獨往：《莊子·在宥》：“出入六合，游乎九州，獨往獨來，是謂獨有。獨有之人，是謂至貴。”又《列子·力命》：“獨往獨來，獨出獨入，誰能礙之？”詩人多以“獨往”表達隱逸之趣。如謝靈運《入華子岡是麻源第三谷》：“且申獨往意，乘月弄潺湲。”白居易《效陶潛體詩》：“始悟獨往人，心安時亦過。”王維《終南別業》：“興來每獨往，勝事空自知。”

〔四〕袖手：謂不預世事。南山：終南山，王維隱居之地。《終南別業》：“中歲頗好道，晚家南山陲。”又其詩多寫山中雨景，如《山居秋暝》：“空山新雨後，天氣晚來秋。”《秋夜獨坐》：“雨中山果落，燈下草蟲鳴。”輞川：水名，在藍田縣南，源出秦嶺，北流入灞水，因諸水會合，如車輞環湊，故名。王維晚年在輞川得宋之問“藍田別墅”，改建爲“輞川別業”，隱居其中，嘯詠流連，並畫爲《輞川圖》。桑柘：二種葉皆可養蠶之樹，此指田園生活。

〔五〕胸中句：謂得道或覺悟真如佛性，參見《寄李次翁》注〔九〕。涇渭句：謂超脱是非差別，與世同波，參見《贈別李端叔》注〔一〇〕。蘇軾《次韻子由書王晉卿山水》：“賴我胸中有佳處，一樽時對畫圖開。”又《和陶王撫軍座送客》：“胸中有佳處，海瘴不能腓。”

過　家〔一〕

　　絡緯聲轉急〔二〕，田車寒不運。兒時手種柳，上與雲雨近〔三〕。舍傍舊傭保〔四〕，少換老欲盡。宰木鬱蒼蒼〔五〕，田園變畦畛〔六〕。招延屈父黨，勞問走婚親〔七〕。歸來飜作客，顧影良自哂〔八〕。一生萍託水〔九〕，萬事雪侵鬢。夜闌風隕霜，乾葉落成陣。燈花何故喜〔一〇〕？大是報書信。親年當喜懼〔一一〕，兒齒欲毀齔〔一二〕。繫船三百里，去夢無一寸〔一三〕。

〔　一　〕元豐六年自太和移官德平，經途歸家作。同時又有《上冢》一詩。《談藝録補訂》：“《過家》、《上冢》。按二題下青神無註。《後漢書·岑彭傳》：‘有詔過家上冢’，《吳漢傳》：‘詔令過家上冢’；《宋均傳》：‘光武嘉其功，令過家上冢’；《韓棱傳》：‘遷南陽太守，特聽過家上冢，鄉里以爲榮。’山谷假借古語，未可膠執。不然，卑官移監，冒僭寵榮，得無類《王直方詩話》所譏陳後山纔獲一正字，而賦詩曰‘趨嚴詔’乎。”

〔　二　〕絡緯：蟲名，俗稱絡絲娘、紡織娘。

〔　三　〕上與句：言樹高大。《古詩十九首》：“西北有高樓，上與浮雲齊。”

〔　四　〕傭保：僱工。

〔　五　〕宰木：墓上之樹木。

〔　六　〕田園句：謝靈運《登池上樓》：“園柳變鳴琴。”此用其句律。畦畛：田間界道。

〔　七　〕招延：邀請。屈：屈駕，屈尊。父黨：父系親屬。勞問：慰勞、探問。婚親：即姻親。

〔　八　〕歸來二句：劉長卿《湖上遇鄭田》：“舊業今已蕪，還鄉返爲客。”陸機《赴洛道中》:"佇立望故鄉,顧影悽自憐。"

〔九〕一生句:《後漢書·鄭康成傳》:"萍浮南北,復歸邦鄉。"劉伶《酒德頌》:"俯觀萬物,擾擾焉如江漢之載浮萍。"

〔一〇〕燈花句:古以燈花爲吉兆。《西京雜記》卷三:陸賈曰:"夫目瞤得酒食,燈火華得錢財,乾鵲噪而行人至,蜘蛛集而百事喜。"杜甫《獨酌成詩》:"燈花何太喜,酒綠正相親。"

〔一一〕親年句:《論語·里仁》:"子曰:'父母之年,不可不知也。一則以喜,一則以懼。'"因其長壽而喜,年高則又懼。親:指父母長輩。

〔一二〕齔(chèn):齔俗字,毀齒,即兒童換牙。《韓詩外傳》卷一:"故男八月生齒,八歲而齔齒……女七月生齒,七歲而齔齒。"

〔一三〕繫船二句:葉寘《愛日齋叢鈔》卷三謂此二句"當用范史(范曄《後漢書》)楊倫語,倫爲將軍梁商長史,諫諍不合,出補常山王傅,病不之官,詔書催發,倫曰:'有留死一尺,無北行一寸。'《三國志》司馬法將軍死綏注:王沈《魏書》云:綏,却也,有前一尺,無却一寸。梁馬仙琕曰:有留死一尺,無却生一寸。"《管錐編》(一)《左傳正義》六:"時間體驗,難落言詮,故著語每假空間以示之,強將無廣袤者說成有幅度",此二句"謂去家雖遠而夢歸若舉足便至,'一寸'與'三百里'均空間,彼此相較詩意正類鮑照《夢歸鄉》:'夢中長路近,覺後大江違';賈島《征婦怨》:'漁陽千里道,近如中門限,中門踰有時,漁陽長在眼。生在絲蘿下,不識漁陽道,良人自戍來,夜夜夢中到';或辛棄疾《鷓鴣天·送元濟之歸豫章》:'畫圖恰似歸家夢,千里河山寸許長。'史容注未發明也。"按:戎昱《寄湖南張郎中》:"寒江近戶漫流聲,竹影當窗亂月明。歸夢不知湖水闊,夜來還到洛陽城";顧況《憶故園》:"故園此去千餘里,春夢猶能夜夜歸",亦此意。

次韻郭明叔長歌〔一〕

君不見,懸車劉屯田,騎牛澗壑弄潺湲〔二〕,八十脣紅眼點漆〔三〕,金鍾舉酒不留殘〔四〕。君不見,征西徐尚書,爲國捐軀矢石間〔五〕,龍章鳳姿委秋草,天馬長辭十二閑〔六〕。何如高陽酈生醉落魄,長揖輒洗驚龍顏〔七〕。丈夫當年傾意氣,安用蚓食而蝸跧〔八〕。古人已作泉下土,風義可想猶班班〔九〕。郭侯忠信如古人,薦書飛名上九關〔一〇〕。詩書自可老斲輪,智略足以解連環〔一一〕。銅章屈宰山水縣〔一二〕,友聲相求不我頑〔一三〕。鵬翼垂天公直起,燕巢見社身思還〔一四〕。文思舜禹開言路〔一五〕,即看承詔著豸冠〔一六〕。尚趨手板事直指〔一七〕,少忍吏道之多艱。黃花零落一尊酒,別有天地非人寰〔一八〕。

〔一〕元豐六年自太和歸家時作。《外集詩注》前一首題云《明叔知縣和示〈過家〉、〈上冢〉二篇復次韻》,注云:“郭明叔,名知章,治平二年進士,元豐中知分寧縣。”《年譜》本詩題下引山谷真蹟云:“謹次韻上答知縣奉議惠賜長歌,邑子宣德郎黃庭堅再拜上”,字句稍有不同。

〔二〕懸車:謂致仕,古人年老辭官,廢車不用,故云。班固《白虎通·致仕》:“臣年七十,懸車致仕者……所以長廉恥也,懸車示不用也。”劉屯田:指劉渙,以太子中允在皇祐三年致仕,見《過致政屯田劉公隱廬》注〔一〕。潺湲:指流水。謝靈運《入華子岡是麻源第三谷》:“乘月弄潺湲。”

〔三〕眼點漆:《世說新語·容止》:“王右軍見杜弘治,嘆曰:‘面如凝脂,眼如點漆,此神仙中人。’”

〔四〕不留殘:庾信《舞媚娘》:“少年唯有歡樂,飲酒那得留殘。”韓愈《贈鄭兵曹》:“杯行到君莫停手,破除萬事無過酒。”此言明叔豪飲。

〔五〕征西二句:指徐禧,字德占,洪州分寧人,山谷堂妹夫,熙寧間獻策,以布衣入仕,歷官荆湖北路轉運副使、知制誥兼御史中丞。元

豐五年奉詔築永樂城,西夏傾國來攻,城陷被殺,贈吏部尚書,諡
忠愍。矢石:箭石,古代作戰多以射箭拋石擊敵。

〔六〕龍章鳳姿:形容風度儀表之非凡。《世説新語·容止》:"嵇康身
長七尺八寸,風姿特秀。"劉孝標注引《別傳》稱康"不加飾厲而龍
章鳳姿,天質自然。"此指徐尚書。委:丢棄。李白《古風》:"王風
委蔓草。"天馬:神馬,駿馬,見《史記·大宛傳》,此喻徐禧。十二
閑:《周禮·夏官·司馬》:"天子十有二閑。"閑,馬厩。二句寫徐
之死。

〔七〕何如二句:《史記·酈生傳》:酈食其,陳留高陽人,家貧落魄,沛
公至高陽,酈生"入謁,沛公方倨牀使兩女子洗足,而見酈生",生
"長揖不拜……曰:'必聚徒合義兵誅無道秦,不宜倨見長者。'於
是沛公輟洗,起攝衣,延酈生上坐,謝之。"落魄:困頓失意。龍
顔:《史記·高祖本紀》:"高祖爲人隆準而龍顔。"

〔八〕傾意氣:鮑照《代雉朝飛》:"握君手,執杯酒,意氣相傾死何有!"李
白《扶風豪士歌》:"扶風豪士天下奇,意氣相傾山可移。"傾,傾倒,
佩服。蚓食:《孟子·滕文公》:"充(陳)仲子之操,則蚓而後可者
也。夫蚓,上食槁壤,下飲黄泉。"蝎(hé):木中蠹蟲。蜷(quán):
葡匐,屈曲爬行。二句寫酈生不陸沉於世。

〔九〕班班:明顯、清楚。

〔一〇〕忠信:儒家所主張的兩個基本道德範疇。《論語·學而》:"主忠
信。"《禮記·禮器》:"忠信,禮之本也。"九關:指朝廷,古稱天門
九重,《楚辭·招魂》:"虎豹九關。"

〔一一〕老斲輪:《莊子·天道》:"斲輪徐則甘而不固,疾則苦而不入。不
徐不疾,得之於手,而應於心,口不能言,有數存焉於其間,……是
以行年七十而老斲輪。"後即因稱經驗豐富、技藝老到者。斲輪,
斲木製輪。解連環:《戰國策·齊策》:"秦始皇嘗使使者遺君王
后玉連環,曰:'齊多智,而解此環不?'……君王后引椎椎破之,謝
秦使曰:'謹以解矣。'"

〔一二〕銅章:低級官吏印章。屈宰山水縣:韓愈《縣齋讀書》:"出宰山水

縣。"此指郭氏知分寧縣。

〔一三〕友聲相求:《詩・小雅・伐木》:"嚶其鳴矣,求其友聲。"不我頑:
言其求友鄭重。頑:通玩,戲耍。

〔一四〕鵬翼垂天:《莊子・逍遙遊》:鵬"翼若垂天之雲"。此寫明叔仕途
通達,直上青雲。燕巢句:山谷自喻。社:指社日,古代春秋二季
祀社神,燕子春來秋去,故云"見社思還"。

〔一五〕文思:指功業道德,用以稱頌帝王。《尚書・堯典》:"欽明文思安
安。"杜甫《收京》:"文思憶帝堯。"舜禹:相傳遠古時的二位賢明
的部落領袖,此指當朝天子。

〔一六〕豸冠:獬豸冠,御史等執法官所戴。

〔一七〕手板:即笏,官員上朝用以記事之板。直指:漢武帝時,朝廷直接
派往地方執法的官員,也稱直指使者、繡衣直指。此當指郭氏調
任御史。

〔一八〕黃花二句:化用李白《山中問答》"桃花流水窅然去,別有天地非
人間"句意。

夜發分寧寄杜澗叟〔一〕

《陽關》一曲水東流〔二〕,燈火旌陽一釣舟〔三〕。我自
只如常日醉〔四〕,滿川風月替人愁〔五〕。

〔一〕元豐六年十二月移監德州德平鎮,詩係離家赴任所作。分寧:洪
州分寧縣,即今江西修水。《外集詩注》:"山谷居雙井,隸分寧。"
杜澗叟:《外集詩注》此首下有《題杜槃澗叟冥鴻亭》,知其名槃。

〔二〕陽關句:王維《送元二使安西》:"勸君更盡一杯酒,西出陽關無故
人。"後入樂府,以爲送別之曲。《苕溪漁隱叢話後集》卷九:"右丞
此絕句,近世人又歌入《小秦王》,更名《陽關》,用詩中語也。"

〔三〕燈火句：旌陽,地名。《輿地紀勝》卷二十六《隆興府》：“旌陽觀在
　　分寧縣東一里旌陽山。”《後山詩話》：“楊蟠《金山詩》云：‘天末樓
　　臺橫北固,夜深燈火見揚州。’”白居易《江樓夕望招客》：“燈火萬
　　家城四畔,星河一道水中央。”蘇軾《絶句》：“鄱陽湖上都昌縣,燈
　　火樓臺一萬家。”杜甫《秋日寄題鄭監湖上亭》：“磨滅餘篇翰,平生
　　一釣舟。”

〔四〕我自句：歐陽修《別滁州》：“花光濃爛柳輕明,酌酒花前送我行。
　　我亦祇如常日醉,莫教絃管作離聲。”

〔五〕滿川句：將物擬人,移情於景。庾信《小園賦》：“關山則風月悽
　　愴,隴水則肝腸斷絶。”杜牧《贈別》：“蠟燭有心還惜別,替人垂淚
　　到天明。”王安石《隴東西二絶句》：“祇有月明西海上,伴人征戍替
　　人愁。”

題宛陵張待舉曲肱亭〔一〕

　　仲蔚蓬蒿宅〔二〕,宣城詩句中〔三〕。人賢忘巷陋,境勝
失途窮〔四〕。寒葅書萬卷,零亂剛直胸〔五〕。偃蹇勳業外,
嘯歌山水重〔六〕。晨鷄催不起,擁被聽松風。

〔一〕元豐七年作。宛陵：古縣名,即今安徽宣城,宋時爲宣州治所。
　　張待舉：未詳。待舉,等待貢舉之士,意取《禮記・儒行》：“孔子
　　侍曰：‘儒有席上之珍以待聘,夙夜强學以待問,懷忠信以待舉,力
　　行以待取,其自立有如此者。’”曲肱：語出《論語・述而》：“飯蔬
　　食飲水,曲肱而枕之,樂亦在其中矣。”

〔二〕仲蔚：皇甫謐《高士傳》：張仲蔚,東漢平陵人,隱居不仕,“善屬
　　文,好詩賦,常居窮素,所處蓬蒿没人,閉門養性,不治榮名。”蓬

蒿:野草。

〔三〕宣城:南朝齊詩人謝朓,曾出爲宣城太守,多有詩詠之,世稱謝
　　　宣城。

〔四〕人賢二句:《論語‧雍也》:孔子稱顏回:"一簞食,一瓢飲,在陋
　　　巷,人不堪其憂,回也不改其樂。賢哉回也!"失途窮:《晉書‧阮
　　　籍傳》:"時率意獨駕,不由徑路,車迹所窮,輒慟哭而反。"此謂有
　　　賢者在就忘却了巷陌之窮陋;身居勝境就不會有窮途之悲。

〔五〕寒菹二句:謂其胸中惟有蔬食與書,以稱其安貧博學。菹(zū):
　　　腌菜。《新序‧雜事四》載楚惠王曾食寒菹事。

〔六〕偃蹇:高蹈遺世。勳業:功名事業。嘯歌:狀其放浪形骸。嘯,
　　　撮口發長聲。魏晉名士多尚此風。

　　【評箋】　賀裳《載酒園詩話》卷五:讀黃豫章詩,當取其清空平易者,
如《曲肱亭》:……。不甚矯揉,政自佳。

寄耿令幾父過新堂邑作
迺幾父舊治之地〔一〕

　　呼船凌大河〔二〕,驅馬踏平沙。道傍開新邑,千户有
生涯。四衢平且直,緑槐陰縣衙〔三〕。問誰作此邑,耆舊
對予嗟〔四〕:前日耿令君,遷民出坳宨〔五〕。始遷民懷
土〔六〕,異端極紛挐〔七〕。既遷人氣和,草木茂萌芽。桃李
雖不言〔八〕,春風滿城花〔九〕。陵陂青青麥〔一〇〕,煙雨潤
桑麻。自非耿令君,大澤荒兼葭〔一一〕。白頭晏起飯,襁褓
語嘔啞〔一二〕。自非耿令君,漂轉隨魚蝦。豈弟民父
母〔一三〕,不專司斂賒〔一四〕。令君兩男兒,有德必世

家〔一五〕。問令今安在？解官駕柴車〔一六〕。當時舞文
吏〔一七〕，白璧强生瑕〔一八〕。令君袖手去，不忍試虎牙。
人往惜事廢，感深知政嘉。我聞耆舊語，嘆息至昏鴉。定
知循吏傳，來者不能加〔一九〕。今爲將軍客，軒蓋湛光
華〔二〇〕。幕府省文書〔二一〕，醉歸接䍦斜〔二二〕。懷寶仁者
病〔二三〕，偷安道之邪〔二四〕。勉哉思愛日〔二五〕，贈言同
馬檛〔二六〕。

〔一〕元豐七年赴德州德平鎮時途經堂邑作。堂邑：宋時隸博州(今山
　　東聊城)，爲耿令舊治之地。
〔二〕凌：渡。大河：黄河。堂邑，在德州西南，黄河以北。
〔三〕綠槐句：古代官署多植槐，以其爲聽訟之所。《藝文類聚》卷八十
　　八引《春秋元命包》："樹槐，聽訟其下。"
〔四〕耆舊：年高長者。
〔五〕坳窊：低窪之地。窊同窪。
〔六〕懷土：懷念鄉土。《論語・里仁》："小人懷土。"
〔七〕異端：《論語・爲政》："攻乎異端，斯害也已。"此指不同意見。紛
　　拏：同紛挐，紛亂相爭。
〔八〕桃李句：《史記・李將軍列傳》："諺曰：'桃李不言，下自成蹊。'"
〔九〕春風句：用潘岳事，見《二月二日曉夢……》注〔七〕。
〔一〇〕陵陂句：《莊子・外物》引逸《詩》："青青之麥，生於陵陂。"陵陂：
　　山坡。
〔一一〕蒹葭：蘆葦類野生植物。《詩・秦風・蒹葭》："蒹葭蒼蒼。"
〔一二〕襁褓：指嬰兒。嘔啞：象聲詞，此指小兒學語聲。
〔一三〕豈弟句：見《虎號南山》注〔一六〕。
〔一四〕斂賒：聚斂賒售。《周禮・地官・司徒下》："泉府，掌以市之征
　　布，斂市之不售，貨之滯於民用者，以其賈(價)買之，物楬而書之，
　　以待不時而買者……凡賒者，祭祀無過旬日，喪紀無過三月。"此

言地方官並不專管買賣。

〔一五〕有德：有美德、令行。《左傳·襄公二十四年》：“子產寓書於子西，以告宣子曰：‘子爲晉國，四鄰諸侯，不聞令德而聞重幣。……德，國家之基也。有基無壞，無亦是務乎？有德則樂，樂則能久。’”詩正化用其意。世家：家族世代相傳。《漢書·賈誼傳》：“賈嘉最好學，世其家。”世，動詞，猶繼承。又《論語·憲問》：“有德者必有言。”此用其句律。以上二十句爲耆舊語，稱頌耿令的德行政績。

〔一六〕駕柴車：《新唐書·卓行傳》：元德秀爲魯山令，歲滿，“駕柴車去，愛陸渾佳山水，乃定居。”以下七句爲耆舊答言，謂耿令避患解官。

〔一七〕舞文吏：玩弄法令條文以行姦詐的官吏。

〔一八〕白璧句：謂深文周納，羅織罪名。

〔一九〕定知二句：謂後之良吏，無出其右者。循吏傳：《史記》有《循吏列傳》，《自序》：“奉法循理之吏，不伐功矜能，百姓無稱，亦無過行，作《循吏列傳》第五十九。”不能加：無以復加。

〔二〇〕湛光華：光彩焕發。謝混《遊西池》：“水木湛清華。”湛，澄鮮貌。

〔二一〕幕府句：語出《漢書·李廣傳》，謂簡化文書之事。

〔二二〕醉歸句：晉山簡鎮襄陽，常遊習家池，童兒歌曰：“山公出何許？往至高陽池。日夕倒載歸，酩酊無所知。時時能騎馬，倒著白接羅。”見《晉書》本傳。接羅：帽名。此狀其醉後放曠之態。庾信《衛王贈桑落酒奉答》：“高陽今日晚，應有接羅斜。”

〔二三〕懷寶句：《論語·陽貨》：“‘懷其寶而迷其邦，可謂仁乎？’曰：‘不可。’”此謂身懷才德而不爲國效力，乃仁者之病。

〔二四〕偷安：貪求眼前的安樂。賈誼《新書·數寧》：“夫抱火措之積薪之下，而寢其上，火未及然，因謂之安，偷安者也。”

〔二五〕愛日：愛惜時日。《大戴禮·曾子立事》：“君子愛日以學，及時以行。”

〔二六〕贈言句：《左傳·文公十三年》：晉人士會流亡秦國，後設法返晉，臨行秦大夫繞朝贈之以策。檛（zhuā）：即策，鞭子。此謂臨別贈言，如同贈鞭，有策勵上進之意。

送　王　郎〔一〕

　　酌君以蒲城桑落之酒〔二〕，泛君以湘纍秋菊之英〔三〕，贈君以黟川點漆之墨〔四〕，送君以陽關墮淚之聲〔五〕。酒澆胸次之磊隗〔六〕，菊制短世之頹齡〔七〕。墨以傳萬古文章之印〔八〕，歌以寫一家兄弟之情。江山千里俱頭白，骨肉十年終眼青〔九〕。連床夜語鷄戒曉，書囊無底談未了〔一〇〕。有功翰墨乃如此，何恨遠別音書少〔一一〕。炊沙作糜終不飽〔一二〕，鏤冰文章費工巧〔一三〕。要須心地收汗馬〔一四〕，孔孟行世日杲杲〔一五〕。有弟有弟力持家，婦能養姑供珍鮭〔一六〕，兒大詩書女絲麻，公但讀書煮春茶。

〔一〕元豐七年作。王郎：王純亮，字世弼，山谷妹婿。時山谷與其相見於德平，並另有《留王郎世弼》四詩。

〔二〕酌：盛酒於杯盞中以飲人。蒲城：今山西永濟縣西蒲州鎮，出桑落酒。《水經注·河水》：“（蒲坂）縣，故蒲也，王莽更名蒲城……民有姓劉名墮者，宿擅工釀，採挹河流，醖成芳酎，懸食同枯枝之年，排於桑落之辰，故酒得其名矣。然香醑之色，清白若滫漿焉，別調氛氳，不與佗同，蘭薰麝越，自成馨逸。”按劉墮即《洛陽伽藍記》中善釀者河東人劉白墮。《齊民要術》卷七載釀桑落酒法，因在十月桑落初凍時釀，故名。

〔三〕泛：泛觴，即在水邊飲酒，所謂“流觴曲水”者。湘纍：不以罪死曰纍，屈原赴湘死，故曰湘纍。揚雄《反離騷》：“欽弔楚之湘纍。”秋菊之英：《離騷》：“夕餐秋菊之落英。”此謂飲菊花酒。

〔四〕黟(yī)川：即黟縣，屬歙州，其地以産墨著名。點漆：形容墨黑如漆。齊蕭子良《答王僧虔書》：“仲將之墨，一點如漆。”《世説新語·容止》：王右軍見杜弘治，嘆曰："面如凝脂，眼如點漆。"

〔五〕送君句：用王維詩意，見《題陽關圖二首》。此言以離歌作別。以上四句用鮑照詩句律。趙與時《賓退錄》卷四："鮑明遠《行路難》首云：'奉君金卮之美酒，瑇瑁玉匣之瑤琴，七綵芙蓉之羽帳，九華蒲萄之錦衾。'黄魯直《送王郎》：……正用其體。"餘見評箋。

〔六〕酒澆句：見《次韻答張沙河》注〔一三〕。磊隗：即壘塊。

〔七〕菊制句：語出陶淵明《九日閑居》。制：制止；頹齡：衰年。晉傅統妻《菊花頌》："服之延年，佩之黄耇。"

〔八〕墨以句：謂以墨傳文章萬古不朽之盛事。參見《見子瞻粲字韻詩……》注〔六六〕。又杜甫《偶題》："文章千古事。"

〔九〕江山二句：謂人生易老，骨肉情親。山谷詩中多以白頭與青眼相對，《王直方詩話》："其用青眼對白頭者非一，而工拙亦各有差。老杜亦云：'別來頭併白，相見眼終青。'"

〔一○〕連床二句：見《次韻裴仲謀同年》注〔四〕。此寫與王郎徹夜長談，意猶未盡。

〔一一〕有功二句：謂王郎善於爲文，此行雖遠別，仍可常寄書信，以通款曲，故不必愁恨。

〔一二〕炊沙句：《楞嚴經》卷一："猶如煮沙，欲成嘉饌，縱經塵劫，終不可得。"寒山詩："蒸砂擬作飯，臨渴始掘井；用力磨碌磚，那堪得作鏡！"糜：粥。

〔一三〕鏤冰句：《管錐編》(三)《桓子新論　啓寤》："'畫水鏤冰，與時消釋。'……桓寬《鹽鐵論·殊路篇》云：'内無其質，而外學其文，雖有賢師良友，若畫脂鏤冰，費日損功'，可借詞申意。施工造藝，必相質因材，不然事無成就；蓋成矣而毀即隨之，浪抛心力。黄庭堅《送王郎》……本斯語也。"

〔一四〕要須句：謂當致力於内心修養而有所收穫。《答王雩子予》："想以道義敵紛華之兵，戰勝久矣。古人有言曰：'并敵一向，千里殺將。'要須心地收汗馬之功，讀書乃有味。"收汗馬：指努力修養而獲得的成果。汗馬，即汗馬之功，語出《史記·晉世家》。

〔一五〕呆呆：光明貌。《詩·衛風·伯兮》：“呆呆出日。”以上四句謂爲
　　　　文須養心冶性，摒棄物欲，才能如孔孟行世，光明輝耀。否則即好
　　　　比炊沙作糜，鏤冰成文，徒費工巧。這是山谷的一貫思想。

〔一六〕有弟二句：前句用杜甫“有弟有弟在遠方”、“有妹有妹在鍾離”
　　　　（《乾元中寓居同谷縣作歌七首》）句律。婦：媳婦。姑：婆婆。
　　　　珍鮭（xié）：泛指魚菜。

【評箋】　胡仔《苕溪漁隱叢話前集》卷二十九：苕溪漁隱曰：“永叔
《送原甫出守永興詩》云：‘酌君以荆州魚枕之蕉，贈君以宣城鼠鬚之管，
酒如長虹飲滄海，筆若駿馬馳平坂。’黃魯直《送王郎詩》云：……近時學
者，以謂此格獨魯直爲之，殊不知永叔已先有也。”

　　孫奕《履齋示兒編》卷十：晁無咎《行路難》云：“贈君珊瑚夜光之角
枕，玳瑁明月之雕牀，一繭秋蟬之麗縠，百和更生之寶香。”黃魯直《送王
郎》云……。此誠相若，然魯直辭雄意婉，壓倒無咎。原其句法，實有來
處，得非顧況《金瑣玉珮歌》云：“贈君金瑣大霄之玉珮，金璅禹步之流珠，
五嶽真君之祕籙，九天文人之寶書。”晁黃得奪胎換骨之活法于此者乎？

　　錢鍾書《管錐編》（二）論《鶯鶯傳》：崔氏報張生書曰：“玉環一枚……
玉取其堅潤不渝，環取其終始不絶”，……因物達情。……《玉臺新詠》卷
四鮑令暉《代葛沙門妻郭小玉詩》：“君子將遙役，遺我雙題錦；臨當欲去
時，復留相思枕。題用常著心，枕以憶同寢。”……黃庭堅《送王郎》：“酌
君以蒲城桑落之酒”云云，歷來談藝者皆謂其仿鮑照《擬行路難》：“奉君
金卮之美酒”云云；然黃詩申説：“酒澆胸中之磊塊”云云，補出崔鶯鶯所
謂“因物達情”，則兼師鮑令暉詩，鎔鑄兄妹之作於一鑪焉。

寄　黃　幾　復〔一〕

我居北海君南海〔二〕，寄雁傳書謝不能〔三〕。桃李春

風一杯酒,江湖夜雨十年燈〔四〕。持家但有四立壁〔五〕,治病不蘄三折肱〔六〕。想得讀書頭已白,隔溪猿哭瘴溪藤〔七〕。

〔一〕原注:"乙丑年(元豐八年)德平鎮作。"黄幾復:名介,南昌人,山谷有《黄幾復墓誌銘》。

〔二〕我居句:《年譜》:"按《成都續帖》,先生草書此詩,跋云:'時幾復在廣州四會,予在德州德平鎮,皆海瀕也。'"四會舊屬廣州,熙寧六年改屬端州(李攸《宋朝事實》卷十九),此用舊稱以示南海之意。時幾復知四會縣。《左傳·僖公四年》:"君處北海,寡人處南海。"

〔三〕寄雁句:《漢書·蘇武傳》有雁足傳書事。又相傳雁南飛至衡山而止,故其峰爲回雁峰。詩合用二事,意謂託雁傳遞書信,因雁不能飛達廣州,故辭謝不能。謝:推辭。《史記·項羽本紀》:"(陳)嬰謝不能。"

〔四〕桃李二句:前句追念當時交遊之樂,後句描寫今日宦游之苦。此聯解釋頗多分歧。《内集詩注》:"兩句皆記憶往時游居之樂,今既十年矣。"普聞《詩論》:"春風桃李但一杯,而想像無聊屢空爲甚,飄蓬寒雨十年燈之下,未見青雲得路之便,其羈孤未遇之嘆具見矣。其意句亦就境中宣出,桃李春風、江湖夜雨,皆境也。昧者不知,直謂境句,謬矣。"

〔五〕四立壁:形容窮困。《史記·司馬相如傳》:"家居徒四壁立。"

〔六〕治病句:謂未經生活挫折即已諳熟世事,練達人情。蘄:祈求。三折肱:《左傳·定公十三年》:"三折肱知爲良醫。"山谷《與洪駒父書》:"又聞頗以詩酒廢王事,此雖小疵,亦不可不勉除之。牛羊會計,古人以養其禄,老舅昔嘗亦有此過,三折肱而成醫,其説痛可信也。"

〔七〕瘴:南方山林中的濕熱之氣。此句想像黄幾復的生活環境。以上四句寫幾復雖困窮而有治世之才,縱好學而居瘴癘之地。

【評箋】 方東樹《昭昧詹言》卷二十：亦是一起浩然，一氣湧出。五六一頓。結句與前一樣筆法（按指《答龍門潘秀才見寄》）。山谷兀傲縱横，一氣湧現，然專學之，恐流入空滑，須慎之。

陳衍《宋詩精華録》卷二：次句語妙，化臭腐爲神奇也。三四爲此老最合時宜語，五六則狂奴故態矣。

和答莘老見贈〔一〕

往歲在辛丑，從師海瀕州〔二〕。外家有行役〔三〕，拜公古邗溝〔四〕。兒曹被鑒賞，許以綜九流〔五〕。仍許歸息女〔六〕，采蘋助春秋〔七〕。斯文開津梁〔八〕，盛德見虚舟〔九〕。離合略十年〔一〇〕，每見仰清修〔一一〕。久次不進遷，天禄勤校讎〔一二〕。文武修衰職，諫垣始登收〔一三〕。身趨鄴公城〔一四〕，逐臣既南浮〔一五〕。變彼丞中饋，家庭供百羞〔一六〕。堂堂來問寢，忽爲雲霧收〔一七〕。遺玩猶在篋〔一八〕，汝水遶墳丘〔一九〕。南箕與北斗〔二〇〕，日月行置郵〔二一〕。相逢輦轂下〔二二〕，存没可言愁〔二三〕。當年小兒女，生子欲勝裘〔二四〕。甌越委琴瑟〔二五〕，江湖拱松楸〔二六〕。持節轉七郡〔二七〕，治功無全牛〔二八〕。還朝蒙嗟識，明月豈暗投〔二九〕？抱被直延閣〔三〇〕，疏簾近奎鉤〔三一〕。三生石上夢〔三二〕，記是復疑不？隱几付天籟，閲人如海鷗〔三三〕。襟懷俯萬物，顔鬢與百憂〔三四〕。長歌可當泣，短生等蜉蝣〔三五〕。悲歡令人老，萬世略同流〔三六〕。軒冕來逼身，白蘋晚滄州〔三七〕。履拂知道肥〔三八〕，浄室見天游〔三九〕。小人樂蛙井〔四〇〕，癡甚顧虎

頭〔四一〕。世緣真嚼蠟〔四二〕，骨相謝封侯〔四三〕。松根養茯
苓，歲晏望華軿〔四四〕。

〔一〕元豐八年作。山谷四月以秘書省校書郎被召，六、七月間到京師。
　　是年七月孫莘老自秘書少監遷諫議大夫。

〔二〕辛丑：仁宗嘉祐六年，時山谷年十七。海瀕州：指揚州，屬淮南
　　東路。

〔三〕外家：母家，此指母舅李常（公擇）。行役：游宦。秦觀《李公行
　　狀》：“皇祐中登進士甲科，授防禦推官，權江州軍事判官……（丁
　　憂）服闋，權宣州觀察推官，監漣水軍，轉般倉。”時公擇在淮南。

〔四〕拜公句：嘉祐六年，孫莘老三十四歲，自京師歸高郵，山谷來謁，
　　以女嫁之。邗溝：古運河名，因經古邗城而得名，北經高郵西，入
　　射陽湖，又由淮安入淮。此指高郵。

〔五〕兒曹：山谷自謂。被鑒賞：受到賞識。九流：戰國時九個主要學
　　術流派，後泛指各種學派。此謂被莘老稱許爲學貫九流。

〔六〕仍：乃，於是。歸：出嫁。息女：親生女兒。據山谷《黃氏二室墓
　　誌銘》，山谷初室曰蘭溪縣君孫氏，年十八歸黃氏，二十而卒。

〔七〕采蘋：《詩·召南·采蘋》：“于以采蘋，南澗之濱。于以采藻，于
　　彼行潦……于以奠之，宗室牖下。誰其尸之，有齊季女。”《傳》：
　　“《采蘋》：大夫妻能循法度也。能循法度，則可以承先祖、共祭祀
　　矣。”《左傳·隱公三年》：“蘋蘩蘊藻之菜……可薦於鬼神。”春秋：
　　指一年四季的祭祀。《孝經》卷九：“春秋祭祀，以時思之。”

〔八〕津梁：渡口與橋梁。此謂莘老詩開拓了新境界。

〔九〕盛德句：《莊子·山木》：“方舟而濟於河，有虛船來觸舟，雖有偏
　　心之人不怒。有一人在其上，則呼張歙之。一呼而不聞，再呼而
　　不聞，於是三呼邪，則必以惡聲隨之。向也不怒而今也怒，向也虛
　　而今也實。人能虛己以游世，其孰能害之！”虛舟：喻心胸虛静，
　　超然曠達。

〔一〇〕離合句：嘉祐六年（一〇六一）莘老以女嫁山谷，翌年山谷與俞澹

(清老)從莘老學於漣水軍(見《避暑録話》),治平二年莘老在京師,山谷應進士試不第(見《孫公談圃》),四年莘老直集賢院,擢右正言,山谷登進士第。熙寧四年(一〇七一),山谷終葉縣尉任,與之相見於湖州,時莘老守湖州,東坡通判杭州,因公至湖,詩贈莘老云:"江夏無雙應未去",正指山谷(《再用前韻寄莘老》),其間正好十年。

〔一一〕清修:德行清高潔美。

〔一二〕天禄:漢殿閣名,藏書之所,劉向、揚雄先後校書於此。勤校讎:莘老於嘉祐四年編校昭文館書籍,八年與趙彦若、孫洙、曾鞏等校定《陳書》上之,治平四年直集賢院。長期擔任校書官,不得升遷。

〔一三〕袞職:帝王之職。《詩·大雅·烝民》:"袞職有闕,維仲山甫補之。"諫垣句:謂莘老先任右正言,後於熙寧二年知諫院,同修起居注。

〔一四〕郟公城:當作葉公城。山谷初仕葉縣尉。《水經注·汝水》:"醴水又屈而東南流,逕葉縣故城北……楚惠王以封諸梁子,號曰葉公城。"

〔一五〕逐臣句:熙寧元年莘老以言事得罪,通判越州,又徙知通州,三年因論新法貶知廣德軍。因曰"南浮"。

〔一六〕孌彼:《詩·邶風·泉水》:"孌彼諸姬。"此猶言那美好的女子。丞:通承,主持。中饋:《易·家人》:"無攸遂,在中饋,貞吉。"此謂孫氏在家主持飲食。張衡《同聲歌》:"綢繆主中饋,奉禮助烝嘗。"百羞:各種美味佳肴。

〔一七〕堂堂:儀態端莊。問寢:問安。雲霧收:言夫人溘然逝世。以上四句寫孫氏恪守婦道,操持家事,却忽然去世。

〔一八〕遺玩:猶遺物。篋:箱。潘岳《悼亡》:"流芳未及歇,遺掛猶在壁。"

〔一九〕汝水:流經汝州,州以水得名。墳丘:指孫氏之墓。據《墓誌銘》,孫氏"殯於葉縣者二十二年",後歸葬雙井。

〔二〇〕南箕句:寫南北暌隔。見《寄李次翁》注〔六〕。

〔二一〕置郵：《孟子·公孫丑上》："孔子曰：'德之流行，速於置郵而傳命。'"以馬傳遞爲置，以人傳遞爲郵。此謂時光流逝如置郵之速。

〔二二〕輦轂：原爲天子車輿，後指京師。山谷元豐八年夏秋到京師，時莘老由秘書少監遷諫議大夫。

〔二三〕存没：即存殁，生死。

〔二四〕勝衣：謂兒童稍長，力能承受成人之衣。《史記·三王世家》："皇子賴天，能勝衣趨拜。"按：據墓銘，孫氏之後山谷繼室謝氏生一女曰睦，"二夫人殁後，庭堅始得男曰相"。據陳靖華《黃山谷子黃相之生母辨》，相爲侍妾王氏所生。

〔二五〕甌越：古代越族的一支，居甌江一帶，首領搖助漢滅項羽，受封都東甌(今溫州)。山谷用指福州，因閩越與甌越同屬東越，其先皆越王勾踐之後，漢初封無諸爲閩越王，都東冶(今福州)，且福建建甌古稱東甌(見《史記·東越傳》)。委琴瑟：言喪妻。琴瑟：《詩·小雅·常棣》："妻子好合，如鼓琴瑟。"後即以琴瑟指妻室。元豐二年七月莘老坐蘇軾詩獄徙知福州，三年夫人壽安君卒焉。

〔二六〕江湖句：言墓地松楸已長大。拱：兩手合抱。

〔二七〕持節：古代使臣持節以爲憑證。魏晉以還，地方軍政官員加"使持節"等稱號。宋代命朝臣出守列郡，有如皇帝使臣，故用以稱州郡長官。轉七郡：莘老先後知通、湖、廬、蘇、福、徐等州及南京應天府。

〔二八〕無全牛：《莊子·養生主》："始臣之解牛之時，所見無非全牛者；三年之後，未嘗見全牛也。"此喻稱其吏治之精。

〔二九〕還朝二句：元豐六年莘老由應天府入爲太常少卿，易秘書少監。明月：珍珠名。此化用鄒陽《獄中上梁王書》中語，言身懷大才，終得施展。

〔三〇〕直：直宿，在宮中值夜。延閣：漢宮廷藏書處，見《漢書·藝文志》注引劉歆《七略》。元豐五年，改崇文院爲秘書省，以秘書監及少監爲正副長官，掌經史圖籍，莘老爲少監，故云"直延閣"。又莘老兼侍講，亦當直宿禁中。太宗嘗"命(呂)文仲爲翰林侍讀，寓直禁中,以備顧問……設直廬於秘閣,侍讀更直侍講……夜則迭宿"
(《宋朝事實類苑》卷三十一)。

〔三一〕奎鈎:指奎宿,二十八星宿之一,主文章。見《次韻答張沙河》注
　　　　〔三三〕。

〔三二〕三生句:唐大曆間僧人圓觀與士人李源友善,圓觀轉生,死前與
　　　　李源相約十二年後於杭州天竺相見,李如期赴約,見牧童乘牛而
　　　　來,即圓觀,且歌曰:"三生石上舊精魂,賞月吟風不要論,慚愧情
　　　　人遠相訪,此身雖異性長存。"事出袁郊《甘澤謠》。此言塵世離
　　　　合,恍若夢境。

〔三三〕隱几:憑几。天籟:自然界的音響,語見《莊子·齊物論》。此言
　　　　人生應如天籟,任其自然,乘化委運。海鷗:事見《列子·黃帝》。
　　　　此言當如海鷗一般檢閱世人,與胸無機心者交往。

〔三四〕俯萬物:俯察萬物。王羲之《蘭亭集序》:"仰觀宇宙之大,俯察品
　　　　類之盛。"與:隨。此謂容顏鬢髮隨種種憂愁而改變。

〔三五〕長歌二句:樂府《悲歌行》:"悲歌可以當泣,遠望可以當歸。"蜉
　　　　蝣:一種朝生夕死、生命極短之昆蟲。晉郭璞《遊仙詩十九首》之
　　　　三:"借問蜉蝣輩,寧知龜鶴年。"

〔三六〕悲歡二句:《古詩十九首》:"思君令人老。"《莊子·養生主》:"安
　　　　時而處順,哀樂不能入也。"又《人間世》:"自事其心者,哀樂不易
　　　　施乎前。"《尚書·畢命》:"萬世同流。"此謂悲歡令老,古今一致。

〔三七〕軒冕:指官位爵祿。白蘋:水中浮草。滄洲:濱水之地,古多指
　　　　隱居之處。

〔三八〕履狶:《易·履》:"履道坦坦。"又兼用《莊子·知北游》:"正、獲之
　　　　間於監市履狶也,每下愈況。"意謂踩豬(腿)可知豬肥,用以喻道,
　　　　山谷承之。以"履狶"指修養道德。道肥:喻修道的收穫。《韓非
　　　　子·喻老》:曾子問子夏"何肥",子夏曰:"戰勝,故肥也……吾人
　　　　見先王之義則榮之,出見富貴之樂又榮之,兩者戰於胸中,未知勝
　　　　負,故癯。今先王之義勝,故肥。"《韓詩外傳》卷二載閔子騫之事
　　　　與此相類:心慕榮利,則臉有菜色;"被夫子之教浸深",則"內明

於去就之義,出見羽蓋龍旂,旌旆相隨,視之如壇土矣。是以有勔勬
忝岌之色。"

〔三九〕浄室:猶虛室,喻清静空虛之心境。《莊子‧人間世》:"虛室生
白,吉祥止止。"天游:《莊子‧外物》:"胞有重閬(空隙),心有天
游。室無空虛,則婦姑勃谿;心無天游,則六鑿相攘。"此謂内心虛
静,精神方可悠游天外。

〔四〇〕樂蛙井:《莊子‧秋水》:埳(坎)井之蛙謂東海之鱉曰:"吾樂與!
出跳梁乎井幹之上,入休乎缺甃之崖……且夫擅一壑之水,而跨
跱埳井之樂,此亦至矣。"

〔四一〕顧虎頭:指東晉大畫家顧愷之。《歷代名畫記》卷五:"顧愷之,字
長康,小字虎頭。"餘見《次韻答叔原會寂照房呈稚川》注〔一一〕。

〔四二〕嚼蠟:語出《楞嚴經》卷八,形容乏味。

〔四三〕骨相句:謂無封侯之相。

〔四四〕松根二句:希望莘老歸隱江湖,頤養天年。杜甫《嚴氏溪放歌》:
"知子松根養茯苓,遲暮有意來同煮。"歲晏:歲晚。華輈:華美的
車乘。皮日休《奉和魯望漁具十五詠‧釣車》:"得樂湖海志,不壓
華輈小。"正詠隱趣。

以小團龍及半挺贈無咎并
詩用前韻爲戲〔一〕

我持玄圭與蒼璧,以暗投人渠不識〔二〕。城南窮巷有
佳人〔三〕,不索賓郎嘗晏食〔四〕。赤銅茗椀雨斑斑,銀粟翻
光解破顏〔五〕。上有龍文下棋局,探囊贈君諾已宿〔六〕。
此物已是元豐春,先皇聖功調玉燭〔七〕。晁子胸中開典
禮,平生自期莘與渭〔八〕。故用澆君磊隗胸〔九〕,莫令鬢毛

雪相似。曲几團蒲聽煮湯，煎成車聲繞羊腸〔一〇〕。鷄蘇胡麻留渴羌〔一一〕，不應亂我官焙香〔一二〕。肥如匏壺鼻雷吼，幸君飲此勿飲酒〔一三〕。

〔　一　〕元豐八年在京師作。小團龍：宋代福建建州出產的一種貢茶。建州茶始盛於南唐李氏，歲取建谿北苑之龍茶爲上貢。宋時丁謂爲轉運使，始製爲龍鳳之團茶，歲貢不過四十餅（一斤有八餅）。慶曆中，蔡襄爲轉運使，又別擇茶之精者爲小龍團，歲貢十斤，一斤二十餅。每逢南郊致齋，中書、樞密院各賜一餅，四人分之。半挺：挺爲建州茶之一種。《宋朝事實類苑》卷六十引楊文公《談苑》："李氏別令取其乳作片，或號曰京挺、的乳及骨子等……舍人近臣賜京挺、的乳，館閣白乳。"無咎：晁補之字，元豐五年至七年任北京國子監教授，此時與山谷同在京師，元祐元年任太學正。

〔　二　〕玄圭：黑色玉器，上尖下方。蒼璧：青色璧，圓形中有方孔，皆用於帝王大典。此用以喻小團龍、半挺兩種茶。以暗投人：即"明珠暗投"，語出《史記·鄒陽列傳》。渠：伊，即他。此謂無人賞識。

〔　三　〕佳人：友人，此指晁無咎，李白《江上寄巴東故人》："覺後思白帝，佳人與我違。"

〔　四　〕不索句：《南史·劉穆之傳》：穆之少時家貧，常往妻兄江氏家乞食。江氏"後有慶會，穆之猶往，食畢求檳榔。江氏兄弟戲之曰：'檳榔消食，君乃常饑，何忽須此？'"及穆之爲丹陽尹，"乃令厨人以金杅貯檳榔一斛以進之（妻兄）"。此反用之。晏食：晚食。《戰國策·齊策四》："（顏）斶願得歸，晚食以當肉，安步以當車。"此寫無咎雖困窮而不屈身求人。

〔　五　〕赤銅二句：寫煎茶時泛於水面的茗花。歐陽修《下直》："小雨班班作燕泥。"雨斑斑：雨點墜落貌，此狀煮茶。破顏：謂茶色之美令人開顏而笑。

〔　六　〕上有二句：寫兒現諾言，饋贈茶餅。龍文：茶餅上的龍形圖案。棋局：茶餅另一面的方形格子，爲製餅時留下的箋痕。諾已宿：

《論語·顏淵》:"子路無宿諾。"此謂贈茶已晚了些時日。

〔七〕先皇:指神宗。聖功:《易·蒙》:"蒙以養正,聖功也。"調玉燭:《爾雅·釋天》:"四時和謂之玉燭。"此言先帝功業使四時調和,國泰民安。

〔八〕晁子:晁補之。此句謂無咎熟悉禮樂典章制度,猶言滿腹經綸。莘(shēn):古國名,在今河南陳留東北,此指商之賢臣伊尹。《孟子·萬章上》:"伊尹耕於有莘之野,而樂堯舜之道焉。"後佐湯伐夏,被尊爲阿衡(宰相)。渭:指呂尚,周文王遇之於渭濱,迎立爲師,輔周滅商。此謂無咎以伊尹、呂尚自許。

〔九〕故用句:見《次韻答張沙河》注〔一三〕。

〔一〇〕曲几二句:先將煎茶聲喻爲車聲,再由車而設想其盤旋於山間小道。團蒲:古時一種用草編織的圓形坐墊。羊腸:原爲太行山之山道,屈曲難行,後指崎嶇曲折的小路。曹操《苦寒行》:"北上太行山,艱哉何巍巍!羊腸坂詰曲,車輪爲之摧。"羊腸一語雙關,既言小道,又指茶味誘人。

〔一一〕鷄蘇:一名水蘇;胡麻,一名巨勝,《内集詩注》:"東坡云,即今油麻也。俗人煮茶多以此二物雜之。"渴羌:《拾遺記》卷九:晉武帝爲撫軍時,府内有一羌人名姚馥,年九十八,好飲酒,"常言渴於醇酒,羣輩常弄狎之,呼爲渴羌。"此指嗜茶的俗人。

〔一二〕官焙:官家經營的製茶作坊,亦指其所製之茶。此言官茶香醇味美,俗茶只能供人牛飲。

〔一三〕匏壺:葫蘆之類,短頸大腹曰匏,壺通瓠。《史記·張丞相列傳》:"(張)蒼坐法當斬,解衣伏質,身長大,肥白如瓠。"此以減肥驅睡勸無咎飲茶。

次韻子由績谿病起被召寄王定國〔一〕

種萱盈九畹,蘇子憂國病〔二〕。炎蒸卧百戰〔三〕,山立有餘勁〔四〕。斯人廊廟器,不合從遠屏〔五〕。江湖搖歸心〔六〕,毛髮侵老境。艱難喜歸來,如晴月生嶺〔七〕。仍懷阻歸舟,風水蛟鼉橫。補袞諫官能〔八〕,用儒吾道盛。上書詆平津〔九〕,蠹藁初記省〔一〇〕。至今民社計,非事煩舌競〔一一〕。方來立本朝,獻納繼晨暝〔一二〕。人材包新舊,王度濟寬猛〔一三〕。必開曲突謀〔一四〕,滿慰傾耳聽。斯文呂與張,泉下亦蘇醒〔一五〕。天聰四門闢〔一六〕,國勢九鼎定〔一七〕。身得遭太平,分甘守閑冷〔一八〕。天津十年面,想見頎而整〔一九〕。何時及國門,休暇過煮茗〔二〇〕。燒燈留夜語,鴻雁看對影〔二一〕。但恐張羅地,頗復多造請〔二二〕。維此禮部公〔二三〕,寒泉甃舊井〔二四〕。謫去久羸瓶,召還汲修綆〔二五〕。太任決齋宮,陛下天統慶〔二六〕。日月進亨衢,經緯寒耿耿〔二七〕。西走已和戎〔二八〕,南遷無哀郢〔二九〕。誰言兩逐臣,朝覲天街並〔三〇〕。王子竄炎洲〔三一〕,萬死保軀命。還家頰故紅,信亦抱淵靜〔三二〕。稅屋待車音,掃門親帚柄〔三三〕。行當懷書傳,載酒求是正〔三四〕。端如嘗橄欖,苦過味方永〔三五〕。

〔　一　〕元豐八年作。蘇轍《潁濱遺老傳》:"移知歙績溪,始至而奉神宗遺制,居半年,除秘書省校書郎,明年至京師,除右司諫。"又據施宿《東坡先生年譜》元豐八年:"子由是歲八月自知績谿縣除校書郎,未至,遷右司諫。"則此詩作於八年秋冬間。《欒城集》卷十四有《答王定國問疾》詩,山谷所和即此詩。王定國:王鞏,字定國,王旦孫,元豐二年因受東坡烏臺詩案牽連,謫監賓州(今廣西賓陽)鹽稅,六年放歸(據東坡《次韻王鞏南遷初歸》施元之注,秦觀《王定國注〈論語〉序》作"七年罷還")。元豐八年,司馬光執政,定國上書言事,擢爲宗正寺丞。

〔二〕萱：萱草，《詩・王風・伯兮》：“焉得諼草，言樹之背。”諼亦作萱。《博物志・藥論》引《神農經》：“萱草忘憂。”一説：“諼訓忘……其諼字適與萱字同音，故當時戲謂萱草爲忘憂，而注《詩》者適又解云諼草令人忘憂，後人遂以爲誠然也。”（袁文《甕牖閑評》卷一）九畹：《離騷》：“予既滋蘭之九畹兮。”畹，十二畝，一説三十畝。二句謂廣種萱草不能解蘇子之憂，因其所憂在國事。

〔三〕炎蒸：杜甫《椶拂子》：“吾老抱疾病，家貧卧炎蒸。”卧百戰：患瘧疾。山谷有《次韻定國聞蘇子由卧病績溪》云：“及春瘧癘行，……寒暑戰胸中。”

〔四〕山立：像山一樣屹立不動，語出《禮記・玉藻》。此句寫子由風度人品。

〔五〕廊廟器：猶國之棟梁。不合：不應。從遠屏：指貶到邊遠之地，此言子由謫監筠州鹽酒税。

〔六〕摇歸心：因思歸而内心不安。《詩・王風・黍離》：“行邁靡靡，中心摇摇。”

〔七〕如晴句：陶淵明《雜詩》：“素月出東嶺。”

〔八〕補袞句：《詩・大雅・烝民》：“袞職有闕，維仲山甫補之。”袞原爲天子禮服，故袞職即天子職分，補袞代指諫官。此指子由除右司諫。

〔九〕上書句：漢丞相公孫弘封平津侯，汲黯“面觸弘等徒懷詐飾智，以阿人主取容，而刀筆吏專深文巧詆，陷人於罪”（《史記・汲黯傳》）。此以汲黯喻子由，公孫弘喻變法派。《潁濱遺老傳》：“時王介甫新得幸，以執政領三司條例，上以轍爲之屬，不敢辭。介甫急於財利而不知本，吕惠卿爲之謀主，轍議事多牾。”

〔一〇〕蠹藁句：謂奏稿雖已蠹蝕，但事尚記憶猶新。

〔一一〕民社計：人民與社稷的大計，即國計民生。《論語・先進》：“子路曰：‘有民人焉，有社稷焉，何必讀書，然後爲學？’子曰：‘是故惡夫佞者。’”頰舌競：《易・咸》：“《象》曰：‘咸其輔頰舌。’”滕口説也。”滕即騰，謂翻動頰舌，誇誇其談。二句言國家大事不是口舌紛争所能解決的。

〔一二〕獻納：進獻諫言以供採納。晨暝：猶言朝夕。

〔一三〕王度：猶言王政。《左傳・昭公十二年》引祭公謀父《祈招》之詩：
“思我王度，式如玉，式如金。”濟寬猛：《昭公二十年》：“仲尼曰：
‘善哉！政寬則民慢，慢則糾之以猛。猛則民殘，殘則施之以寬。
寬以濟猛，猛以濟寬，政是以和。’”調和黨爭、參用新舊是山谷的
一貫思想。蘇軾認爲仁宗之政爲寬，神宗之政則猛，元祐元年試
館職，蘇軾以此爲策題，引起軒然大波，蘇軾上疏言：“聖人之治天
下也，寬猛相資，君臣之間可否相濟。”（《續通鑑長編》卷三九四）
可參覽。

〔一四〕曲突謀：曲突徙薪事見《漢書・霍光傳》：“人爲徐生上書曰：客有
過主人者，見其竈直突，傍有積薪，客謂主人：‘更爲曲突，遠徙其
薪，不者，且有火患。’”亦見劉向《説苑》。此喻蘇轍之諫諍。

〔一五〕斯文二句：《内集詩注》：“吕謂中丞吕誨獻可，張謂監察御史裏行
張戩天祺。……山谷詩意謂元祐初召用諸人，而獻可、天祺皆前
死矣，然朝廷選用諫官，時政一新，亦可伸其憤懣之氣於泉下也。
獻可熙寧四年五月卒，天祺亦相繼去。”

〔一六〕天聰句：《尚書・説命》：“惟天聰明。”又《舜典》：“舜格于文祖，詢
于四岳，闢四門，明四目，達四聰，咨十有二牧。”此頌揚哲宗聖明，
廣聽臣言。

〔一七〕國勢句：謂哲宗繼位，國勢安定。九鼎：象徵國家政權。

〔一八〕身得二句：山谷自謂。分甘：分享太平之福；閑冷：閑官冷職，指
學官，山谷曾任北京教授，故云。杜甫《醉時歌》稱鄭虔“廣文先生
官獨冷”，時鄭爲廣文館博士。

〔一九〕天津二句：謂與子由京師一晤，今已十年，尚能想見其儀態。天
津：洛陽有天津橋，取天漢津梁之意；汴京宮城南汴河上有天漢
橋，一名州橋，此指首都。頎而整：修長而端莊。

〔二〇〕國門：都門。二句謂何時能抵京師，暇時可來煮茶品茗。

〔二一〕燒燈二句：寫與兄軾相逢，挑燈夜語，兄弟情親。鴻雁：指兄弟。

〔二二〕但恐二句：寫世態炎涼，蘇氏復職，恐怕又要賓客絡繹了。《史記·汲鄭列傳》："始翟公爲廷尉，賓客闐門；及廢，門外可設雀羅。翟公復爲廷尉，賓客欲往。"張羅地：張設(捕雀)網羅之處。

〔二三〕禮部公：指蘇軾。元豐八年東坡由知登州任被召爲禮部郎中。

〔二四〕寒泉句：《易·井》："井冽寒泉。"寒泉：喻賢人之清德美才。甃(zhòu)：井壁，"井甃無咎"(同上)，此用如動詞"砌"。

〔二五〕謫去二句：《易·井》："羸其瓶，凶。"羸：毀，汲井瓶毀爲凶。修綆：長井繩。《莊子·至樂》："綆短者不可以汲深。"韓愈《秋懷詩》："汲古得修綆。"汲井喻學習。此謂蘇氏兄弟貶謫外郡猶如瓶毀，如今還都，又可從而求教了。

〔二六〕太任：即大任。《詩·大雅·思齊》："思齊大任，文王之母。"齋宮：宮中齋戒之所。陛下：指哲宗。此言英宗妻高后以太皇太后身份垂簾聽政。

〔二七〕日月：指哲宗與宣仁高太后。亨衢：大道。《易·大畜》："何天之衢，亨。"經緯：經天緯地，即治理天下。耿耿：明亮貌。

〔二八〕西走句：指宋在西北熙河洮岷諸州確立了控制權。熙寧中王韶爲秦鳳路沿邊安撫使，通過歷年戰爭恢復了宋在這一地區的統治，史稱熙河開邊。

〔二九〕南遷句：謂貶逐之臣紛紛召還。《哀郢》：屈原《九章》篇名，此指遷客逐臣的哀怨心情。

〔三〇〕誰言：誰料。兩逐臣：指蘇氏兄弟。朝轡：上朝所騎之馬。天街：指汴京御街，由宮城南門宣德門經朱雀門，南達外城南薰門，爲汴京之中心干道。

〔三一〕王子：王鞏。竄：貶逐。炎洲：指賓州，廣西氣候炎熱，故云。

〔三二〕還家二句：謂王鞏歸朝時臉色依舊紅潤，説明他能清静修道。東坡《答王定國書》："君實嘗云：'定國瘴煙窟裏五年，面如紅玉，不知道能如此否？'"又《續通鑑長編》元祐六年六月注引劉摯語："王鞏坐事竄南荒三年，安患難，一不戚於懷，歸來顏色和豫，氣益剛實，此其過人遠甚，不得謂無入於道也。"可見爲時論共推。淵静：

《莊子‧在宥》:"其居也,淵而静。""無視無聽,抱神以静,形將自正。必静必清,無勞女(汝)形,無摇女精,乃可以長生。"

〔三三〕税屋:租屋。掃門:古人常持箒迎客,以示敬意。《史記‧孟軻列傳》:"(騶衍)如燕,昭王擁篲(篲,即箒)先驅,請列弟子之座而受業。"

〔三四〕載酒:見《讀方言》注〔九〕。是正:指正。

〔三五〕端如二句:山谷喜詠橄欖,因其能令人悟及苦盡甘來的哲理。其《謝王子予送橄欖》:"方懷味諫軒中果,忽見金盤橄欖來。想共餘甘有瓜葛,苦中真味晚方回。"按"味諫軒"爲山谷在戎州過蔡次律家,爲其軒所起之名,因軒外植餘甘子。又其《苦筍賦》:"苦而有味,如忠諫之可活國。"用意相同。

送舅氏野夫之宣城二首〔一〕

籍甚宣城郡〔二〕,風流數貢毛〔三〕。霜林收鴨腳〔四〕,春網薦琴高〔五〕。共理須良守〔六〕,今年輟省曹〔七〕。平生割鷄手,聊試發硎刀〔八〕。

試説宣城郡,停杯且細聽〔九〕。晚樓明宛水〔一〇〕,春騎簇昭亭〔一一〕。耙耢豐圩户〔一二〕,桁楊卧訟庭〔一三〕。謝公歌舞處〔一四〕,時對换鵝經〔一五〕。

〔一〕野夫:李莘字野夫,山谷母舅李常之兄。《内集詩注》:"按《實録》:元豐八年十二月屯田郎中李莘知宣州,然此詩未必是時所作,姑以除官之歲月爲次。"宣州宣城郡,治宣城縣,屬江南東路。

〔二〕籍甚:一作藉甚,名聲很大。《史記‧陸賈傳》:"陸生以此游漢廷公卿間,名聲藉甚。"

〔三〕風流：指宣城美名流播海内。數貢毛：要數其出產特別豐美。毛，土地所生之物。

〔四〕鴨脚：銀杏別名，因其葉似鴨脚而名。

〔五〕琴高：《列仙傳》載仙人琴高乘赤鯉事，任淵注遂直指琴高爲鯉魚。趙與時《賓退録》卷五辨其非：“今寧國涇縣東北二十里有琴溪，溪之側有石臺，高一丈，曰琴高臺，相傳琴高隱所，有廟存焉。溪中別有一種小魚，他處所無，俗謂琴高投藥滓所化，號琴高魚。歲三月，數十萬一日來集，漁者網取，漬以鹽而曝之。州縣須索無藝，以爲苞苴土宜，其來久矣。舊亦入貢，乾道間始罷。”梅堯臣《宣州雜詩》：“古有琴高者，騎魚上碧天。小鱗隨水至，三月滿江邊。”

〔六〕共理句：《漢書・循吏傳》：宣帝曰：“庶民所以安其田里，……與我共此者，其唯良二千石（指郡守）乎！”

〔七〕輟省曹：此指李莘由屯田郎中出知宣州，屯田郎中屬工部，尚書省所屬六部亦稱六曹，故稱省曹。輟，停止。

〔八〕平生二句：見《徐隱父宰餘干》注〔一五〕。發硎刀：用《莊子・養生主》庖丁解牛事“今臣之刀十九年矣，所解數千牛矣，而刀刃若新發於硎。”硎，磨刀石。此言到宣州任上一試吏治的才能。

〔九〕試説二句：《古詩》：“四坐且莫喧，願聽歌一言。”鮑照《代東武吟》：“主人且勿喧，賤子歌一言。”杜甫《奉贈韋左丞丈》：“丈人試静聽，賤子請具陳。”此仿之。

〔一〇〕晚樓：指宣城謝朓樓，謝爲太守時所建。宛水：宛溪，流經宣城。此寫晚霞中樓與溪交相輝映，化用李白《秋登宣城謝朓北樓》：“江城如畫裏，山晚望晴空。兩水夾明鏡，雙橋落彩虹”句。

〔一一〕春騎句：想像李莘春天在儀仗簇擁下行經昭亭山。山在城北，東臨宛溪，唐以後又稱敬亭山。

〔一二〕秔稴：即稉稴，稻名。杜牧《郡齋獨酌》：“罷亞百頃稻。”圩户：種圩田的農户。圩，圩田，在江邊或窪地四周築堤而形成的大片耕地。

〔一三〕桁楊：枷鎖、刑具，見《莊子·在宥》。刑具棄而不用，足見地方安
　　　　定，長官治理有方。謝朓《在郡臥病呈沈尚書》：“高閣常晝掩，荒
　　　　堦少諍辭。”

〔一四〕謝公句：謝朓曾爲宣城太守，常以歌舞延客。其《夜聽妓詩二首》
　　　　之一：“情多舞態遲，意傾歌弄緩。”此用以見李莘燕安樂易。

〔一五〕換鵝經：據《晉書》，王羲之寫《道德經》換山陰道士之鵝，故換鵝
　　　　經即《道德經》。此句寫李野夫晏處守道，無爲而治，即《老子》所
　　　　謂“不尚賢，使民不爭；不貴難得之貨，使民不爲盜；不見可欲，使
　　　　民心不亂。”一説右軍寫《黃庭經》換鵝，或以爲本是兩事，可以并
　　　　存。或説此句寫李野夫觀賞前賢筆墨，亦可通。

【評箋】　方回《瀛奎律髓》卷四《風土類》評第一首：三、四言土俗未
見其奇，却是五、六有幹旋，尾句稍健。彼學晚唐者有前聯工夫，無後四
句力量。評第二首：此詩中四句佳，言風土之美，而“明”、“簇”、“豐”、
“臥”，詩眼也。後山謂“句中有眼黃別駕”，是也。尾句尤有味，年豐矣，
訟少矣，彼謝公歌舞之地，以親筆墨爲事可乎？起句乃昌黎前詩體也。
紀昀：前詩指《送鄭尚書》(按韓愈《送鄭尚書赴南海》：“番禺軍府盛，欲説
暫停盃”。)，起二句直是蹈襲，不得云用昌黎前詩體。然昌黎亦套古詩
“四座且莫喧，願聽歌一言”句，非自創也。

陳衍《宋詩精華録》卷二：貢毛號以風流，語妙。鴨脚、琴高當之無愧
色。五句本漢詔。

送范德孺知慶州〔一〕

乃翁知國如知兵〔二〕，塞垣草木識威名〔三〕。敵人開
户玩處女，掩耳不及驚雷霆〔四〕。平生端有活國計〔五〕，百
不一試薶九京〔六〕。阿兄兩持慶州節〔七〕，十年騏驎地上

行〔八〕。潭潭大度如卧虎〔九〕，邊頭耕桑長兒女〔一○〕。折衝千里雖有餘〔一一〕，論道經邦正要渠〔一二〕。妙年出補父兄處〔一三〕，公自才力應時須〔一四〕。春風旌旗擁萬夫〔一五〕，幕下諸將思草枯〔一六〕。智名勇功不入眼〔一七〕，可用折箠笞羌胡〔一八〕。

〔一〕作於元祐元年。《内集詩注》：“按《實録》：元豐八年八月直龍圖閣、京東運使范純粹知慶州。此詩云：‘春風旌旗擁萬夫’，當是今年春初方作此詩爾。”范德孺：名純粹，范仲淹第四子。慶州：治所在合水(今甘肅慶陽)，亦爲環慶路治所。

〔二〕乃翁：爾父。知國如知兵：用揚雄《法言·淵騫篇》“使知國如知葬”句律。

〔三〕塞垣：邊城。杜甫《擣衣》：“一寄塞垣深。”草木識威名：《舊唐書·張萬福傳》：德宗謂張萬福曰：“朕以爲江淮草木亦知卿威名。”據史載，康定元年，范仲淹爲陝西經略安撫副使，兼知延州，慶曆元年，徙知慶州，兼環慶路經略安撫招討使，兵馬都部署，抵禦西夏進犯，威名大震。王闢之《澠水燕談録》卷二：“范文正公以龍圖閣直學士帥邠、延、涇、慶四郡，威德著聞，夷夏聳服，屬户蕃部率稱曰‘龍圖老子’，至於元昊，亦以是呼之。”

〔四〕敵人二句：《孫子·九地》：“是故始如處女，敵人開户；後如脱兔，敵不及拒。”此謂我方待敵，静如處女；敵方攻入，以爲可玩，不料我方迅捷出擊，速如脱兔，使之措手不及。《六韜·軍勢篇》：“疾雷不及掩耳，迅電不及瞑目。”《新唐書·李靖傳》：李靖曰：“兵機事，以速爲神……是震霆不及塞耳。”

〔五〕活國計：見《見子瞻粲字韻詩……》注〔五八〕。

〔六〕百不句：柳宗元《唐故衡州刺史東平吕君(温)誄》：“百不試而一出焉，猶爲當世甚重。若使幸得出其什二三，則巍然爲偉人，與世無窮，其可涯也！”薶：即埋。九京：即九原，晉國卿大夫墓地。

《禮記・檀弓》：“以從先大夫於九京也。”此謂范仲淹不及施展才能即已謝世。

〔七〕阿兄：指范純仁，字堯夫，仲淹第二子。神宗熙寧七年知慶州，元豐八年又自河中徙慶州。隋唐刺史例加使持節或持節號，純仁知州事，職掌相同，故云。

〔八〕十年：純仁兩度知慶州，其間正好十年。騏驎：駿馬。杜甫《驄馬行》：“肯使騏驎地上行。”

〔九〕潭潭：深廣貌，此指范純仁深沉大度。韓愈《符讀書城南》：“一爲公與相，潭潭府中居。”

〔一〇〕長兒女：使兒女成長。長，用如使動，猶培養。《漢書・食貨志》：“爲吏者長子孫。”杜甫《客堂》：“別家長兒女。”又《少年行》：“莫笑田家老瓦盆，自從盛酒長兒孫。”

〔一一〕折衝：擊退敵軍。衝，戰車。《吕氏春秋・召類》：“夫修之於廟堂之上，而折衝乎千里之外者，其司城子罕之謂乎？”《晏子春秋・內篇雜上》：“仲尼聞：夫不出於尊俎之間而知千里之外，其晏子之謂也，可謂折衝矣。”

〔一二〕論道經邦：《尚書・周官》：“立太師、太傅、太保。茲惟三公，論道經邦，燮理陰陽。”渠：伊，即他。以上分寫范仲淹、范純仁，爲范純粹之陪襯。

〔一三〕妙年：少年。曹植《求自試表》：“終軍以妙年使越。”

〔一四〕應時須：適應時勢之需求。杜甫《入奏行》：“吐蕃憑陵氣頗麤，竇氏檢察應時須。”

〔一五〕旌旗：旗幟通稱。旌同旌，旌有羽者，旗無之。擁：簇擁，此用爲被動。辛棄疾《鷓鴣天》“壯歲旌旗擁萬夫”，即由此化出。

〔一六〕幕：指幕府，軍旅出征，施用帳幕，故將軍府亦稱幕府。思草枯：準備出擊。王維《觀獵》：“風勁角弓鳴，將軍獵渭城。草枯鷹眼疾，雪盡馬蹄輕。”古人常用打獵比軍事，《三國志・孫權傳》注引《江表傳》載曹操與孫權書：“今治水軍八十萬衆，方與將軍會獵於吳。”

〔一七〕智名勇功:《孫子·軍形》:“故善戰者之勝也,無智名,無勇功。”不入眼:不重視,不追求。此句謂高明的軍事家不拘執於具體的聲名與戰功。

〔一八〕可用句:《後漢書·鄧禹傳》:“(光武)帝乃徵禹還,勅曰:‘赤眉無穀,自當來東。吾折箠笞之,非諸將憂也。無得復妄進兵。’”箠:馬鞭。笞:鞭撻。羌胡:指邊地少數民族。此謂對邊患不必過多使用武力,略施教訓即可。《邵氏聞見後錄》卷二十二:“范直方《誦忠宣答德孺論邊事書》云:‘大輅與柴車爭逐,明珠與瓦礫相觸;君子與小人鬥力,中國與夷狄較勝負,不唯不可勝,兼亦不足勝,雖勝,亦非也。’嗚呼!甚盛德之言也。”可參觀。以上六句寫范德孺,全詩章法井然。

【評箋】 翁方綱《七言詩歌行鈔》卷十《黃詩鈔》:三段井然,而換韻之法,前偏後伍,伍承彌縫,節奏章法,天然合筍,非經營可到。

方東樹《昭昧詹言》卷十二:自是老筆,而乏妙趣。三四句剩語不歸,擲。收四句正入,闊遠簡盡。

題王黃州墨蹟後〔一〕

掘地與斷木,智不如機舂〔二〕。聖人懷餘巧,故爲萬物宗〔三〕。世有斲泥手,或不待郢工〔四〕。往時王黃州,謀國極匪躬〔五〕。朝聞不及夕〔六〕,百壬避其鋒〔七〕。九鼎安磐石〔八〕,一身轉孤蓬〔九〕。浮雲當日月〔一〇〕,白髮照秋空。諸君發蒙耳〔一一〕,汲直與臣同〔一二〕。

〔 一 〕元祐元年作。王黃州:王禹偁,字元之,濟州巨野人,官至翰林學士,咸平元年十二月落知制誥,出知黃州。

〔二〕掘地二句:《易‧繫辭下》:"斷木爲杵,掘地爲臼,杵臼之利,萬民以濟。"王應麟《困學紀聞》卷十八《評詩》:"嘗觀孔融《肉刑論》云:'賢者所制,或踰聖人,水碓之巧,勝於斷木掘地。'此詩意本於此。機舂,即水碓也。"水碓,一種使用水力的舂具。

〔三〕萬物宗:萬物之宗主,主宰。《老子》四章:"道冲,而用之或不盈。淵兮,似萬物之宗。挫其銳,解其紛,和其光,同其塵。"以上四句言王黃州鋒芒太露,不能如聖人之大巧若拙,和光同塵。

〔四〕世有二句:《莊子‧徐无鬼》:"郢人堊慢(塗以石灰)其鼻端,若蠅翼,使匠石斲之,匠石運斤成風,聽而斲之,盡堊而鼻不傷,郢人立不失容。宋元君聞之,召匠石曰:'嘗試爲寡人爲之。'匠石曰:'臣則嘗能斲之。雖然,臣之質死久矣。'質,對手。此斲泥手指王禹偁,郢工指合適的對象,以"斲泥"喻諫諍,寫王禹偁剛直不阿,敢於言事。其至道二年在滁州答丁謂書:"夫剛直之名,吾誠有之。蓋嫉惡過當而賢不肖太分,亦天性然也,而齒少氣銳,勇於立事。"

〔五〕匪躬:《易‧蹇》:"王臣蹇蹇,匪躬之故。"匪通非;躬,自身。此謂王禹偁爲國極諫,雖屢遭貶謫,也在所不辭。王初任諫官,作《待漏院記》,即贊揚爲國獻身,批評竊位苟祿。重要政論有《端拱箴》、《御戎十事》、《應詔言事疏》等。

〔六〕朝聞句:《論語‧里仁》:"子曰:'朝聞道夕死可矣。'"此借指禹偁言事之速。

〔七〕百壬:各種奸佞之徒。《尚書‧皋陶謨》:"能哲而惠……何畏乎巧言令色孔壬。"王禹偁《謫居感事》:"兼磨斷佞劍,擬樹直言旗。"

〔八〕九鼎:禹鑄九鼎象徵九州,後以代指朝廷、國家。磐石:巨石。《荀子‧富國篇》:"國安於磐石。"

〔九〕一身句:轉蓬喻飄蕩流離。蓬,草名。曹植《吁嗟篇》:"吁嗟此轉蓬,居世何獨然!……流轉無恒處,誰知吾苦艱。"鮑照《蕪城賦》:"孤蓬自振。"禹偁一生三次被貶。淳化二年,尼姑道安誣徐鉉與妻甥姜氏(道安嫂)通姦,禹偁爲徐雪誣,抗疏論道安不實,貶爲商州團練副使,四年移解州。至道元年,開寶皇后之喪,羣臣不成服,禹偁以爲非,太宗不悦,貶爲滁州知州,次年移揚州。咸平元年,因修《太祖實録》,直書史事,出知黄州,後移蘄州,卒。其《黄岡竹樓記》云:"四年之間奔走不暇,未知明年又在何處!"

〔一〇〕浮雲句:《淮南子·説林訓》:"日月欲明而浮雲蓋之。"孔融《臨終》:"讒邪害公正,浮雲翳白日。"

〔一一〕發蒙耳:《漢書·汲黯傳》:"淮南王謀反,憚黯,曰:'黯好直諫,守節死義,至説公孫弘等,如發蒙耳。'"言公孫弘才幹遠不及汲黯,如揭蓋般容易對付。

〔一二〕汲:汲黯。直:鯁直。《漢書·賈捐之傳》:"置之争臣,則汲直。"臣:指王禹偁。蘇軾《王元之真賛序》:"如漢汲黯、蕭望之、李固,吳張昭,唐魏鄭公、狄仁傑,皆以身徇義,招之不來,麾之不去,正色而立於朝,則豺狼狐狸,自相吞噬,故能消禍於未形,救危於將亡。使皆如公孫丞相、張禹、胡廣,雖累百千,緩急豈可望哉!故翰林王公元之,以雄文直道,獨立當世,足以追配此六君子者。"

次韻張詢齋中晚春〔一〕

學古編簡殘〔二〕,懷人江湖永〔三〕。非無車馬客,心遠境亦静〔四〕。挽蔬夜雨畦〔五〕,煮茗寒泉井〔六〕。春去不窺園,黄鸝頗三請〔七〕。立朝無物望〔八〕,補外儻天幸〔九〕。想乘滄浪船,濯髮晞翠嶺〔一〇〕。

〔 一 〕元祐元年作。山谷有《賈天錫惠寶薰乞詩……》,跋云:"城西張仲謀爲我作寒計,惠送騏驥院馬通薪二百,因以香二十餅報之。"張詢:字仲謀,時住京城西。

〔二〕學古：《尚書·周官》：“學古入官，議事以制，政乃不迷。”編簡：書冊。編，連綴竹簡的繩子或皮筋。《顏氏家訓·勉學》：“古人勸學……鋤則帶經，牧則編簡，亦爲勤篤。”此句寫詢篤志好學，猶孔子“韋編三絶”之意。

〔三〕江湖永：《南史·隱逸傳》：“故有入廟堂而不出，徇江湖而永歸。”

〔四〕非無二句：化用陶淵明《飲酒》“結廬在人境，而無車馬喧。問君何能爾，心遠地自偏”之意。《史記·陳丞相世家》：“（陳平）家乃負郭窮巷，以弊席爲門，然門外多有長者車轍。”陸機有《門有車馬客行》。杜甫《閬州東樓筵奉送十一舅往青城縣得昏字》：“雖有車馬客，而無人世喧。”

〔五〕挽蔬句：杜甫《贈衛八處士》：“夜雨剪春韭。”挽：採摘。

〔六〕寒泉井：《易·井》：“井冽寒泉。”

〔七〕春去二句：《漢書·董仲舒傳》：“下帷講誦，弟子傳以久次相授業，或莫見其面。蓋三年不窺園，其精如此。”黃鸝：即黃鶯。此謂詢潛心學問，不爲外物所誘。

〔八〕物望：名望、衆望；物，指人。

〔九〕補外：出任地方官。補，任職。儻：偶然、僥倖。此謂或許能出放外任，則是天大的幸事。

〔一〇〕想乘二句：表示希望歸隱江湖。滄浪：水之青色，亦指水，見《孟子·離婁》“孺子之歌”，後多指放浪江湖的隱士生涯，《楚辭·漁父》中漁父即歌此歌。濯髮：洗髮。晞：披散頭髮，將它吹乾。《楚辭·遠遊》：“朝濯髮於湯谷兮，夕晞余身兮九陽。”

【評箋】　黃爵滋《讀山谷詩集》：此首静井二韻却佳，請韻尤勝。

和答錢穆父詠猩猩毛筆〔一〕

愛酒醉魂在〔二〕，能言機事疏〔三〕。平生幾兩屐〔四〕，身後五車書〔五〕。物色看王會〔六〕,勳勞在石渠〔七〕。拔毛能濟世,端爲謝楊朱〔八〕。

〔一〕元祐元年作。錢穆父:錢勰,字穆父,神宗時歷官提點京西、河北、京東刑獄,奉使高麗,歸拜中書舍人,元祐初知開封府。《宋史》傳附錢惟演後。山谷又有《戲詠猩猩毛筆》詩,《内集詩注》引其跋:"錢穆父奉使高麗,得猩猩毛筆,甚珍之,惠予,要作詩。蘇子瞻愛其柔健可人意,每過予書案,下筆不能休。此時二公俱直紫微閣(按:錢、蘇俱爲中書舍人),故予作二詩,前篇奉穆父,後篇奉子瞻。"此爲前篇。

〔二〕愛酒句:唐裴炎《猩猩銘序》:"酈元長《水經注》云:'武平封谿縣有獸曰猩猩,媛形人面,顏容端正,學人語,若與交言,聞者無不欷歔……'"又曰:"阮汧云:曾使封谿,見邑人云,猩猩在山谷行,常有數百爲羣。里人以酒并糟,設於路側;又愛著屐,里人織草爲屐,更相連結。猩猩見酒及屐,知里人設張,則知張者祖先姓字,及呼名罵云:'奴欲張我,捨爾而去!'復自再三相謂曰:'試共嘗酒。'及飲其味,逮乎醉,因取屐而著之,乃爲人之所擒。"

〔三〕能言:猩猩能言,其說由來已久。《禮記·曲禮上》:"猩猩能言,不離禽獸。"機事疏:泄漏機密之事。《易·繫辭上》:"子曰:'亂之所生也,則言語以爲階。君不密則失臣,臣不密則失身,幾事不密則害成。'"幾即機。二句兼寫猩猩與毛筆,並暗含酒後失言之趣。

〔四〕平生句:呼應上著屐事,又兼用《世說新語·雅量》:"阮遙集(孚)好屐……因嘆曰:'未知一生當著幾量屐!'"量、兩均作"雙"解。屐:木屐。

〔五〕身後句:《莊子·天下》:"惠施多方,其書五車。"二句言猩猩生命雖短,用其筆却寫出了大量傳世之作。

〔六〕物色:各種物品。王會:《逸周書》篇名,記述周公營建王城既畢,大會諸侯,各獻貢品,林林總總。此言在朝會衆多貢品中,可以見到猩猩毛筆。

〔七〕石渠：漢宮中閣名，藏書之所，見《三輔黃圖》卷六。書籍需用筆書寫，故稱筆功在石渠。

〔八〕拔毛二句：《孟子·盡心上》：“楊子取爲我，拔一毛而利天下，不爲也。”《列子·楊朱》：“禽子問楊朱曰：‘去子體之一毛以濟一世，汝爲之乎？’楊子曰：‘世固非一毛之所濟。’”濟世：救助世人，用《列子》語。端爲：應爲。謝：告訴。此以猩猩毛製筆，喻爲人應兼濟天下，不能祇顧私利，即《易·繫辭上》所謂“知周乎萬物，而道濟天下，故不過”之義。

【評箋】　宋王立之《王直方詩話》：山谷《猩猩毛筆》乃篇章中《毛穎傳》。

宋許顗《許彥周詩話》：凡作詩，若正爾填實，謂之點鬼簿，亦謂之堆垛死屍。能如《猩猩毛筆》詩曰：“平生幾輌屐，身後五車書。”又如云：“管城子無食肉相，孔方兄有絕交書。”精妙明密，不可加矣。當以此語反三隅也。

宋呂本中《東萊呂紫微詩話》：東坡詩云：“賦詩必此詩，定非知詩人。”此或一道也。魯直作詠物詩，曲當其理，如《猩猩筆》詩“平生幾兩屐，身後五車書”，其必此詩哉？

宋陳郁《藏一話腴》外編卷一：洪覺範於《猩猩筆》詩中“平生幾兩屐，身後五車書”，謂魯直本用阮孚“人生能着幾兩屐”之句，以下句非全，改“人生”爲“平生”，且曰：“若以‘人生’對‘身後’，豈不佳哉！”余謂山谷豈不知“人生”、“身後”是佳對，蓋猩猩不可言人，故改之耳。

王若虛《滹南詩話》：《猩猩毛筆》云：“身後五車書。”按《莊子》，惠施多方，其書五車。非所讀之書，即所著之書也，遂借爲作筆寫字，此以自肯耳。而呂居仁稱其善詠物而曲當其理，不亦異乎？只“平生幾兩屐”，細味之亦疏，而拔毛濟世事尤牽強可笑。以予觀之，此乃俗子謎也，何足爲詩哉！

賀裳《載酒園詩話》卷五：雖全篇俳謔，使事處猶覺天趣洋溢。

王士禛《分甘餘話》：詠物詩最難超脫，超脫而復精切則尤難也。宋人《詠猩猩毛筆》云:“生前幾兩屐,身後五車書。”超脱而精切,一字不可移易。

奉和文潛贈無咎篇末多見及以
既見君子云胡不喜爲韻〔一〕

談經用燕説,束棄諸儒傳〔二〕。濫觴雖有罪,末派瀰九縣〔三〕。張侯真理窟,堅壁勿與戰〔四〕。難以口舌争,水清石自見〔五〕。

先皇元豐末,極厭士淺聞〔六〕。祇今舉秀孝,天未喪斯文〔七〕。晁張班馬首,崔蔡不足云〔八〕。當令横筆陣,一戰静楚氛〔九〕。

荆公六藝學,妙處端不朽。諸生用其短,頗復鑿户牖〔一〇〕。譬如學捧心,初不悟己醜〔一一〕。玉石恐俱焚,公爲區别不〔一二〕?

〔一〕元祐元年作。是年張耒(字文潛)、晁補之(字無咎)同召試學士院,任秘書省正字。後張耒遷起居舍人,晁補之遷校書郎,同爲館閣之臣。《張右史集》卷九有《贈無咎以既見君子云胡不喜爲韻八首》,其五云:“詩壇李杜後,黄子擅奇勳。”其七云:“黄子少年時,風流勝春柳;中年一鉢飯,萬事寒木朽。”此所謂“篇末多見及”。詩共八首,此選其二、五、七三首。

〔二〕談經二句:批評王氏經學有穿鑿之弊。郢書燕説事見《韓非子・外儲説》,郢人遺燕相國書,誤書“舉燭”二字,燕相以爲“舉燭者,尚明也。尚明也者,舉賢而任之”。“燕相白王,大説,國以治。治

212

則治矣,非書意也。今世學者多似此類"。束棄:束之高閣,棄而不用,諸儒傳:各家對經典的解釋。熙寧四年二月更定科舉法,從王安石議,罷詩賦及明經諸科,專以經義策論試士;八年頒王安石《三經新義》於學官,有司用以取士,先儒之傳注悉廢。

〔三〕濫觴:原指江水發源處水少,僅能浮起酒杯,後指起源。《荀子·子道》:"昔者江出於岷山,其始出也,其源可以濫觴。及其至江之津也,不放舟,不避風,則不可涉也,非維下流水多邪?"此説又見《淮南子·人間訓》、《説苑》卷十七、《韓詩外傳》卷三等。末派:下游水流。九縣:即九州,天下。

〔四〕張侯:指張耒。理窟:猶言理論家。《世説新語·文學》:張憑善清談,"撫軍(後之簡文帝)與之話言,咨嗟稱善曰:'張憑勃窣爲理窟。'"堅壁:《漢書·項羽傳》:"漢王堅壁不與戰。"《世説新語·言語》:"謝胡兒語庾道季:'諸人莫當就卿談,可堅城壘。'"

〔五〕難以二句:《史記·留侯世家》:"留侯曰:'此難以口舌争也。'"古樂府《豔歌行》:"夫壻從門來,斜倚西北眄。語卿且勿眄,水清石自見。"

〔六〕先皇:指神宗。元豐:神宗年號,公元一〇七八至一〇八五。士淺聞:指王安石廢詩賦取士,導致文風衰微。東坡《答張文潛書》:"文字之衰未有如今日者也,其源實出於王氏。王氏之文未必不善也,而患在於好使人同己。……近見章子厚言先帝晚年,甚患文字之陋,欲稍變取士法,特未暇耳。"《邵氏聞見後録》卷二十四引晁説之語:元豐之末,神宗"厭薄代言之臣,謂一時文章不足用,思復辭賦,章惇猶能爲蘇軾道上德音也"。即謂此。

〔七〕秀孝:秀才、孝廉,原爲漢代兩種選才科目,此指才德傑出之士。元祐元年四月詔執政大臣推舉館閣人選,畢仲游及晁、張皆得試學士院。天未喪斯文:語出《論語·子罕》。此謂文學傳統并未因此中斷。

〔八〕班馬:漢代史家班固、司馬遷。崔蔡:漢代文人崔瑗(一説崔駰)、蔡邕。劉禹錫《柳君集紀》引韓愈語:"吾嘗評其文,雄深雅健似司

馬子長，崔、蔡不足多也。"不足云：比不上。沈約《宋書·恩倖傳
論》："兩京許史，蓋不足云。"

〔九〕筆陣：衛夫人《筆陣圖》："夫紙者，陣也；筆者，刀矟也；墨者，鍪甲
也；水硯者，城池也；心意者，將軍也。"杜甫《醉歌行》："筆陣獨掃千
人軍。"静楚氛：李白《塞下曲》："橫行負勇氣，一戰静妖氛。"楚氛，
出《左傳·襄公二十七年》，原指楚軍氣焰。此謂二人稱雄文壇。

〔一〇〕荆公：王安石於元豐三年九月封荆國公，故稱。六藝學：經學。
《宋元學案》卷九十八《新學略》全祖望《荆公周禮新義題詞》："荆
公解經最有孔、鄭家法，言簡意賅，惟其牽纏於字説者不無穿
鑿……然則去其字説之支離，而存其菁華，所謂六藝不朽之妙，良
不可雷同而詆也。"正發揮山谷之説。山谷《楊子建通神論序》：
"今夫六經之旨深矣，而有孟軻、荀况、兩漢諸儒及近世劉敞、王安
石之書，讀之亦思過半矣。"可參觀。用其短：《世説新語·品
藻》："周弘武巧於用短。"此采其字面。鑿户牖：謂穿鑿附會。唐
玄宗《孝經序》："希升堂者，必自開户牖。"邢昺疏："望升夫子之堂
者，既不得其門而入，必自擅開門户窗牖矣。言其妄為穿鑿也。"

〔一一〕譬如二句：《莊子·天運》："西施病心而矉其里，其里之醜人見而
美之，歸亦捧心而矉其里。其里之富人見之，堅閉門而不出；貧人
見之，挈妻子而去之。"

〔一二〕玉石二句：《尚書·胤征》："火炎崑岡，玉石俱焚。"此謂對王氏經
學須區分玉石，不能一概否定。

次韻答邢惇夫〔一〕

爲山不能山，過在一簣止〔二〕。渥洼騏驎兒，墮地志
千里〔三〕。岷山初濫觴，入楚乃無底〔四〕。將升聖人堂，道
固有廉陛〔五〕。邢子好少年，如世有源水〔六〕。方求無津

涯,不作蛙井喜〔七〕。兒中兀老蒼〔八〕,趣造甚奇異。過閱王公門,袖中有漫刺〔九〕。別來阻河山,望遠每障袂〔一○〕。斯文向千載,有志常寡遂。後生文楚楚,照影若孔翠〔一一〕。不應《太玄》草,晞價咸陽市〔一二〕。雨作枕簟秋,官閑省中睡〔一三〕。夢不到漢東,茗椀乃爲祟〔一四〕。聞君肺渴減〔一五〕,頗復佳食寐。讀書得新功,來雁寄一字。

〔　一　〕元祐元年作。邢惇夫:名居實,邢恕之子,少以奇童稱,有文名。元祐元年邢恕謫隨州,惇夫同往,次年二月八日卒於隨州。見晁説之《嵩山集》卷十九《邢惇夫墓表》。

〔　二　〕爲山二句:《論語·子罕》:"子曰:'譬如爲山,未成一簣,止,吾止也。'"簣(kuì):盛土之筐。《尚書·旅獒》:"爲山九仞,功虧一簣。"

〔　三　〕渥洼,水名,在今甘肅安西縣境,漢時有暴利長屯田於此,得良馬獻武帝,武帝作天馬之歌,見《漢書·武帝紀》。騏驎:指駿馬。《商君書·畫策》:"騏驎騄駬,每一日走千里。"杜甫《送李校書二十六韻》:"渥洼騏驥兒,尤異是龍脊。"傅玄《苦相篇·豫章行》:"男兒當門户,墮地自生神,雄心志四海,萬里望風塵。"《相馬經》:"馬生下墮地,無毛行千里。"

〔　四　〕岷山:《尚書·禹貢》:"岷山導江。"濫觴:見《奉和文潛贈無咎……》注〔三〕。楚:楚地,泛指江南。無底:《列子·湯問》:"渤海之東不知幾億萬里,有大壑焉,實惟無底之谷。"此謂大江入楚,便浩蕩無涯,山谷常以此喻爲學。其《答黔州陳監押》:"書不用求多,但要涓涓不廢。江出岷山,源若甕口,及其至於楚國,横絶千里,非方舟不可濟,惟其有源而不息,受下流多故也。"

〔　五　〕將升二句:謂若要達到聖人的境界,就應循序漸進。升堂,出《論語·先進》。廉:廳堂之側,即高出於地的底座。陛:臺階。此語有感而發。其《書邢居實文卷》:"余觀《學記》論君子之學有本末等衰,人雖不能自期壽百歲,然必不躐等,如水行川,盈科而後進耳。……吾惇夫才性高妙,超出後生千百輩,然好大略小,初日便爲塗遠之計,則似可恨。後生可畏,當欣慕其才而鑒其失也。"

〔六〕有源水:《孟子·離婁下》:"徐子曰:'仲尼亟稱於水曰:水哉水哉!何取於水也?'孟子曰:'源泉混混,不舍晝夜,盈科而後進,放乎四海,有本者如是。是之取爾。'"

〔七〕無津涯:《尚書·大誥》:"若涉淵水,其無津涯。"蛙井:出《莊子·秋水》。此寫惇夫學求萬方,不執一端。

〔八〕兒中句:謂其少年老成。韓愈《嘲魯連子》:"田巴兀老蒼。"

〔九〕漫刺:用禰衡事,見《再和答爲之》注〔一五〕。

〔一〇〕別來二句:時惇夫在隨州(治隨縣,今湖北隨州市)。障袂:宋玉《高唐賦》:"揚袂障日而望所思。"此寫別後相思。

〔一一〕楚楚:色彩鮮明貌。《詩·曹風·蜉蝣》:"衣裳楚楚。"照影:《博物志》卷四《物性》:"山雞有美毛,自愛其色,終日映水,目眩則溺死。"孔翠:此指孔雀豔麗的羽毛。二句批評後生只重文采。

〔一二〕《太玄》草:《漢書·揚雄傳》:"雄方草《太玄》,有以自守,泊如也。"睎價句:《史記·呂不韋傳》:呂不韋集門客著《呂氏春秋》,"布咸陽市門,懸千金其上,延諸侯游士賓客,有能增損一字者,予千金。"以上四句表現了山谷的文藝思想,其《奉和文潛贈無咎……》:"後生玩華藻,照影終没世"及《次韻定國聞子由卧病績溪》:"矢詩寫予心,莊語不加綺",均此意。

〔一三〕省中:時山谷爲秘書省校書郎。

〔一四〕漢東:漢水之東,指隨州。《左傳·桓公六年》:"漢東之國隨爲大。"此謂不能入睡成夢,乃茶作祟,因茶能驅睡。

〔一五〕肺渴減:惇夫病肺嘔血。山谷《和邢惇夫秋懷十首》之十:"讀書用意苦,嘔血驚乃翁。……肺熱今好否?微凉生井桐。"内熱乾渴,即司馬相如所患之消渴疾。古人常將肺渴二病連言,杜甫《同元使君〈春陵行〉》:"我多長卿病,……肺枯渴太甚。"白居易《東院》:"病來肺渴覺茶香。"

次韻王荊公題西太一宮壁二首〔一〕

風急啼鳥未了〔二〕，雨來戰蟻方酣〔三〕。真是真非安在，人間北看成南〔四〕。

晚風池蓮香度，曉日宮槐影西。白下長干夢到〔五〕，青門紫曲塵迷〔六〕。

〔一〕作於元祐元年秋。西太一宮：《楚辭·九歌》有《東皇太一》，王逸注：“太一，星名，天之尊神。”《史記·天官書》：“中宮天極星，其一明者，太一常居也。”《正義》：“泰一，天帝之別名也。”宋汴京有四太一宮，西太一宮天聖六年建，在城西南八角鎮（見洪邁《容齋三筆》、周城《宋東京考》十二）。東坡有《奉敕祭西太一和韓川韻四首》、《西太一見王荊公舊詩偶次其韻二首》，山谷詩同時作。《西清詩話》：“元祐間，東坡奉祠西太一宮，見公舊題兩絶，注目久之，曰：‘此老野狐精也。’遂次其韻。”

〔二〕風急句：寫烏鵲因風起而啼。《淮南子·人間訓》：“夫鵲先識歲之多風也，去高木而巢扶枝。”（《初學記》卷一引此，“夫鵲”作“烏鵲”。）

〔三〕雨來句：漢焦贛《易林》卷四《震》：“蹇：蟻封户穴，大雨將集。”戰蟻：形容雨前奔忙之蟻羣，暗用唐傳奇“槐安國”事。

〔四〕真是二句：《楞嚴經》卷一：“如人以表表爲中時，東看則西，南觀成北。表體既混，心應雜亂。”首二句賦兼比興，影射黨爭之激烈。對於王安石，或頌揚備至，或極盡醜詆。“元祐更化”後，一般士大夫及王氏門生故吏也多改易門庭，故山谷有是非安在、北看成南之嘆，諷刺一些人的趨炎附勢，見風使舵。參見《宋史·陸佃傳》。張舜民有《哀王荊公》七絶四首，其一：“門前無爵罷張羅，元酒生芻亦不多。慟哭一聲唯有弟,故時賓客合如何?"其三:"去來夫子本無情,奇字新經志不成。今日江湖從學者,人人諱道是門生。"正述其事。又國子司業黃隱原先推尊王氏經義,後又諷太學諸生不得復從王氏新說,欲取其版焚毀之,呂陶起而攻之,皆此類事。

〔五〕白下、長干:均指金陵。白下原爲濱江要地,陶侃築白石壘於此,故名。唐初置白下縣。長干指秦淮河兩岸之平地。

〔六〕青門:古長安城門名。《三輔黃圖》卷一:"長安城東出南頭第一門霸城門,民見門色青,名曰青城門,或曰青門。"紫曲:即紫陌,多指京城道路。劉禹錫《元和七年自朗州承召至京戲贈看花諸君子》:"紫陌紅塵拂面來。"塵迷:陸機《爲顧彥先贈婦》:"京洛多風塵,素衣化爲緇。"此正用其意,謂安石雖思掛冠歸隱金陵,但仍奔走於京師風塵之中。王安石《和惠思聞蟬》:"白下長干何可見?風塵愁殺庾蘭成。"即此意。

有懷半山老人再次韻二首〔一〕

短世風驚雨過,成功夢迷酒醑。草《玄》不妨準《易》〔二〕,論詩終近《周南》〔三〕。

啜羹不如放麑,樂羊終愧巴西〔四〕。欲問老翁歸處,帝鄉無路雲迷〔五〕。

〔一〕作年同上。王安石在熙寧九年罷相,歸居江寧府,在府城東門與鍾山間結廬,名半山園,故自號半山老人。

〔二〕草玄句:《漢書·揚雄傳贊》:"實好古而樂道,其意欲求文章成名於後世,以爲經莫大於《易》,故作《太玄》。"揚雄《解嘲·序》:"時雄方草創《太玄》。"杜甫《酬高使君相贈》:"草《玄》吾豈敢,賦或似相如。"草:寫作;準:以爲準則、典範。此稱王氏經學。王安石奉詔撰《三經新義》,對《周禮》、《尚書》、《詩經》重行闡釋,《周禮新義》爲王安石執筆,其他由其子王雱及呂惠卿等撰寫,熙寧八年頒於學官。

〔三〕《周南》:《詩經》十五國風之首,與《召南》合稱二南。《論語・陽貨》:"子謂伯魚曰:'女爲《周南》、《召南》矣乎?人而不爲《周南》、《召南》,其猶正牆面而立也與!'"《毛詩序》:"然則《關雎》(《周南》首篇),麟趾之化,王者之風,故繫之周公,南,言化自北而南也。《鵲巢》:(《召南》首篇),騶虞之德,諸侯之風也,先王之所以教,故繫之召公。《周南》、《召南》,正始之道,王化之基。"此言王氏論詩宗經貫道,經世致用。

〔四〕啜羹二句:《韓非子・説林上》載二事。其一:魏將樂羊攻中山,中山君烹樂羊子,以其羹遺之,樂羊食盡一杯,魏文侯謂堵師贊曰:"樂羊爲我故而食其子之肉。"答曰:"其子而食之,且誰不食?"樂羊罷中山,文侯賞其功而疑其心。其二:魯國孟孫獵得麑,使秦西巴載歸,麑之母隨後啼哭,秦西巴弗忍而與之,"孟孫大怒,逐之。居三月,復召以爲其子傅。"孟孫之御者問其故,答曰:"夫不忍麑,又且忍吾子乎?"按:詩作巴西,實誤。其《徐氏二子祝詞》:"孟孫得麑,授秦巴西……是以知巴西之罪,賢於樂羊之功。"可證非一時倒置。呂惠卿曾揭發王安石信中"無使上知"等語,致使得罪。元祐蘇轍上疏劾呂惠卿,斥其姦偽:"夫人君用人欲其忠信於己,必取仁於父兄,信於師友,然後付之以事。故放麑違命也,推其仁可以托國;食子徇君也,推其忍,則至於殺君。"任淵注以爲山谷以樂羊比惠卿,西巴比荆公,説過泥。山谷於此實批評黨同伐異之風,主張寬容和解。

〔五〕帝鄉:見《答王晦之見寄》注〔三〕。二句實謂荆公謝世,人天相隔,路杳雲迷。

送謝公定作竟陵主簿〔一〕

　　謝公文章如虎豹，至今斑斑在兒孫〔二〕。竟陵主簿極多聞〔三〕，萬事不理專討論〔四〕。澗松無心古須鬣，天球不琢中粹溫〔五〕。落筆塵沙百馬奔，劇談風霆九河飜〔六〕。胸中恢疏無怨恩，當官持廉庭不煩〔七〕。吏民欺公亦可忍，慎勿驚魚使水渾〔八〕。漢濱耆舊今誰存？駟馬高蓋徒紛紛〔九〕。安知四海習鑿齒，拄笏看度南山雲〔一〇〕。

〔一〕元祐元年秋作。謝公定：名㥽，謝師厚之子。竟陵縣隸復州，今湖北天門，漢水下游。主簿：州縣掌管文書雜務之官。

〔二〕謝公二句：歐陽修《歸田錄》卷一：謝希深"以啓事謁見大年，有云：'曳鈴其空，上念無君子者；解組不顧，公其如蒼生何！'大年自書此四句於扇，曰：'此文中虎也。'"謝希深名絳，杭州富陽人，師厚父。此用曲喻法，"文章"一語雙關，原指虎豹花紋，故在兒孫身上也可見到斑駁之紋。

〔三〕多聞：《論語・爲政》："多聞闕疑，慎言其餘，則寡尤。"又《述而》："多聞，擇其善者而從之。"此謂見聞廣博。

〔四〕萬事不理：《後漢書・胡廣傳》："萬事不理問伯始（胡廣字），天下中庸有胡公。"討論：《論語・憲問》："爲命，裨諶草創之，世叔討論之。"此寫公定無爲而治，政不煩苛，專事研討文學。

〔五〕澗松二句：喻公定人品高潔。澗松：左思《詠史》："鬱鬱澗底松。"鬣：松針。《能改齋漫錄》卷七："《名山記》云：'松有兩鬣、三鬣、五鬣者，言如馬鬣形也。'"天球：《尚書　顧命》："天球、河圖在東序。"孔穎達疏引鄭玄説："天球，雍州所貢之玉，色如天者，皆璞，未見琢治。"粹溫：純粹溫潤。顏延年《陶徵士誄》："貞夷粹溫。"

〔六〕落筆二句：謂其下筆如駿馬奔騰，言談口若懸河。劇談：猶疾言。《漢書・揚雄傳》：“口吃不能劇談。”風霆：即風雷，形容議論風生。九河翻：用《世説新語・賞譽》“懸河寫水”意，兼采韓愈《雜詩》：“淚如九河翻。”

〔七〕胸中二句：寫其爲人胸懷寬廣，不記恩怨，爲官清廉政簡。恢疏：《老子》七十三：“天網恢恢，疏而不失。”持廉：《史記・滑稽列傳》：優孟曰：“楚相孫叔敖持廉至死。”庭不煩：政令不繁。《老子》五十七章：“法令滋彰，盜賊多有。故聖人云：我無爲而民自化，我好静而民自正，我無事而民自富，我無欲而民自樸。”

〔八〕吏民二句：謂爲政不苛察，能忍則忍。《史記・曹相國世家》：曹參爲齊相九年，還京前“屬其後相曰：‘以齊獄市爲寄，慎勿擾也。……夫獄市者，所以並容也，今君擾之，姦人安所容也？’”漢行黄老之術，故此説甚普遍。《淮南子・説林訓》：“使水濁者魚撓之。”又《主術訓》：“夫水濁則魚喙，政苛則民亂。”《繆稱訓》：“欲知人道從其欲。勿驚勿駭，萬物將自理；勿撓勿攖，萬物將自清。”

〔九〕漢濱二句：襄陽多出賢士，習鑿齒《襄陽者舊傳》：“漢末嘗有四郡守、七都尉、二卿、兩侍中，朱軒高蓋會山下，因名冠蓋山，里曰冠蓋里。”駟馬高蓋：語出《漢書・于定國傳》，代指高官顯宦。杜甫《醉歌行》：“世上兒子徒紛紛。”

〔一〇〕四海習鑿齒：語出《晉書・習鑿齒傳》：釋道安初見習，“道安曰：‘彌天釋道安。’鑿齒曰：‘四海習鑿齒。’時人以爲佳對。”習鑿齒：襄陽人，爲桓温主簿，此比謝公定。拄笏：以手板拄頰。《世説新語・簡傲》：王子猷爲桓温參軍，“以手版拄頰云：‘西山朝來，致有爽氣。’”此用以寫公定蕭散簡遠之態。

次韻子瞻武昌西山〔一〕

漫郎江南酒隱處，古木參天應手栽〔二〕。石坳爲尊酌花鳥，自許作鼎調鹽梅〔三〕。平生四海蘇太史，酒澆不下胸崔嵬〔四〕。黃州副使坐閑散，諫疏無路通銀臺〔五〕。鸚鵡洲前弄明月〔六〕，江妃起舞襪生埃〔七〕。次山醉魂招髣髴，步入寒溪金碧堆〔八〕。洗湔塵痕飲嘉客，笑倚武昌江作罍〔九〕。誰知文章照今古，野老爭席漁爭隈〔一〇〕。鄧公勒銘留刻畫〔一一〕，刓剔銀鈎洗綠苔〔一二〕。琢磨十年煙雨晦，摸索一讀心眼開〔一三〕。謫去長沙憂鵩人〔一四〕，歸來杞國痛天摧〔一五〕。玉堂却對鄧公直〔一六〕，北門喚仗聽風雷〔一七〕。山川悠遠莫浪許，富貴崢嶸今鼎來〔一八〕。萬壑松聲如在耳，意不及此文生哀〔一九〕。

〔一〕元祐元年作。東坡有《武昌西山》詩，叙云："嘉祐中，翰林學士承旨鄧公聖求爲武昌令。常游寒溪西山，山中人至今能言之。軾謫居黃岡，與武昌相望，亦常往來溪山間。元祐元年十一月二十九日，考試館職，與聖求會宿玉堂，偶話舊事。聖求嘗作元次山窪尊銘刻之巖石，因爲此詩，請聖求同賦，當以遺邑人，使刻之銘側。"山谷所和即此詩。時和者有三十餘人。武昌：屬鄂州，今湖北鄂城。西山：《輿地紀勝·壽昌軍》："西山：在武昌西三里，一名樊山，舊名袁山。"

〔二〕漫郎：元結別號，見《漫尉》注〔一一〕。酒隱：孟郊《嚴河南》："隱士多隱酒。"二句謂元結嘗隱武昌，那參天大樹該是其當年所栽。

〔三〕石坳二句：武昌郎亭山下有一石，中間窪陷，元結修以藏酒，武昌令孟士源愛而名之曰"抔樽"，元結爲之作銘。尊同樽。調鹽梅：見《古詩二首上蘇子瞻》注〔七〕。古以鼎足喻三公，以鼎爲宰輔之稱。此寫元結之抱負。

〔四〕平生二句：見《送謝公定作竟陵主簿》注〔一〇〕。蘇太史：東坡嘗以治平二年直史館，故云。酒澆用阮籍事。崔嵬：山高而不平，此猶壘塊。

〔五〕黃州二句：元豐二年末東坡謫爲黃州團練副使。銀臺：指銀臺司，掌抄録天下奏狀，進呈通進司，合稱通進銀臺司。

〔六〕鸚鵡洲：在鄂州江夏城西長江中，漢末禰衡作《鸚鵡賦》，後被江夏太守黃祖所殺，埋於此洲，故名。弄明月：《能改齋漫録》卷八引東坡《虔州八境圖》：“誰向空中弄明月，山中木客解吟詩。”謂出徐鼎臣《搜神記》：“鄱陽山中有木客，秦時採木者。食木實，遂得不絶，時就民間飲酒，爲詩一章云：‘酒盡君莫沽，壺傾我當發。城市多囂塵，還山弄明月。’”又引劉長卿《龍門八詠》之七：“不如波上棹，還弄山中月。”按弄月實爲詩人常用語，謝靈運即有“弄此石上月”（《石門巖上宿》），李白有“夫君弄明月”（《寄弄月溪吳山人》）之句。

〔七〕江妃：江水女神。《列仙傳》載江妃二女逢鄭交甫於江濱，解佩與鄭。《山海經·中山經》：“洞庭之山……帝之二女居之。”郭璞注：“天帝之二女，而處江爲神，即《列仙傳》江妃二女也。”一説即帝堯之二女娥皇、女英。襪生塵：曹植《洛神賦》：“從南湘之二妃，攜漢濱之游女……陵波微步，羅襪生塵。”

〔八〕次山：元結字。寒溪：在樊山下，溪夏時凜然常有寒氣，故名。金碧堆：狀山間之秋色斑爛。陸機《演連珠》：“金碧之巖，必辱鳳舉之使。”

〔九〕洗涮：洗滌。罍：酒樽。在樊山與郎亭山間有一湖，方一二里，孟士源命曰“抔湖”，元結有銘。此以江作酒樽，亦其遺意。

〔一〇〕野老：鄉野之老。爭席：《莊子·寓言》載陽子居宿於旅店，主人事之甚恭，“其反也，舍者與之爭席矣。”漁爭隈：《韓非子·難一》：“歷山之農者侵畔，舜往耕焉，期年甽畝正。河濱之漁者爭坻，舜往漁焉，期年而讓長。”《淮南子·覽冥訓》：“田者不侵畔，漁者不爭隈。”隈：山水彎曲處。爭席、爭隈示不拘禮數，此寫東坡與農夫漁父相處無間。

〔一一〕鄧公句：東坡《武昌西山》詩施注：“鄧潤甫字溫伯，建昌人。宣仁簾聽，以字名，改字聖求，紹聖間始復之。初第進士，爲武昌令，終年六十八。"勒銘:事見詩叙。

〔一二〕刳剔:剖挖,猶雕琢。銀鈎:狀筆勢,見《晉書·索靖傳》。

〔一三〕摸索一讀:馮武《書法正傳·名跡源流》:"《曹娥碑》:此即蔡邕聞
之來觀,夜闇,手摸其文而讀之,題文云:'黄絹幼婦,外孫齏臼。'"
心眼開:歐陽修《石篆詩》:"嗟我豈能識字法,見之但覺心眼開。"
此言觀摩銘文,賞心悦目。

〔一四〕謫去句:賈誼謫爲長沙王傅,有鵩鳥飛止座隅。鵩似鴞,不祥之
鳥,賈誼憂傷自悼,作《鵩鳥賦》。此比東坡謫居黄州。

〔一五〕歸來句:《列子·天瑞》:"杞國有人憂天地崩墜,身亡所寄,廢寢
食者。"李白《梁甫吟》:"杞國無事憂天傾。"此句痛悼神宗去世。

〔一六〕玉堂:指翰林院。葉夢得《石林燕語》卷七:"學士院正廳曰玉堂,
蓋道家之名。……太宗時,蘇易簡爲學士,上嘗語曰:'玉堂之設,
但虚傳其説,終未有正名。'乃以紅羅飛白'玉堂之署'四字賜之。"
時東坡爲翰林學士知制誥,鄧爲翰林學士承旨,故得會宿玉堂。
直:值宿。

〔一七〕北門:亦指學士院。《石林燕語》卷七:"唐翰林院在銀臺之
北……因名'北門學士'。今學士院在樞密之後,腹背相倚,不可
南向,故以其西廊西向,爲院之正門;而後門北向,與集英相直,因
牓曰北門。"唤仗:入閣中的一項儀式。唐朝有一種簡易的視朝
儀式,皇帝御紫宸殿,呼儀仗自東西閣門入,百官隨仗入見,稱入
閣。費袞《梁谿漫志》卷三述其本末甚詳,其引宋庠語曰:"據唐
制,凡天子坐朝,必須立仗於正衙殿,或乘輿止御紫宸殿,即唤仗
自宣政殿兩門入,是謂東西上閣門也。"紫宸爲便殿。宋時間行此
制。風雷:指唤仗之聲。此言學士爲皇帝所召。

〔一八〕山川二句:《穆天子傳》卷三:"天子觴西王母於瑶池之上,西王母
爲天子謡曰:'白雲在天,山陵自出。道里悠遠,山川間之。將子
無死,尚能復來?'天子答之曰:'予歸東土,和治諸夏。萬民平均,
吾顧見汝。比及三年,將復而野。'"莫浪許:不要隨便許願。此
謂黄州遠隔山水,再見已非易事。崢嶸:形容突出,不同尋常。

鼎：方、正好，《漢書・匡衡傳》："無説《詩》，匡鼎來。"
〔一九〕萬壑二句：東坡原詩最後二句："請公作詩寄父老，往和萬壑松風
　　　　哀。"《世説新語・文學》："孫子荆除婦服，作詩以示王武子。王
　　　　曰：'未知文生於情，情生於文。覽之悽然，增伉儷之重。'"此用
　　　　"情生於文"之意，謂東坡詩情感人。

子瞻詩句妙一世乃云效庭堅體蓋退
之戲效孟郊樊宗師之比以文滑稽
耳恐後生不解故次韻道之〔一〕

　　我詩如曹鄶，淺陋不成邦〔二〕。公如大國楚，吞五湖
三江〔三〕。赤壁風月笛〔四〕，玉堂雲霧窗〔五〕。句法提一
律，堅城受我降〔六〕。枯松倒澗壑，波濤所舂撞〔七〕。萬牛
挽不前，公乃獨刀扛〔八〕。諸人方嗤點，渠非晁張雙〔九〕。
袒懷相識察，牀下拜老龐〔一〇〕。小兒未可知，客或許敦
厖〔一一〕。誠堪婿阿巽，買紅纏酒缸〔一二〕。

〔一〕元祐二年作。《内集詩注》繫於元年。山谷所和爲東坡《送楊孟
　　　容》詩。歐陽修《論尹師魯墓誌》："修見韓退之與孟郊聯句，便似
　　　孟郊，與樊宗師作誌，便似樊文。"按韓愈與孟郊聯句有《秋雨聯
　　　句》、《城南聯句》等，又有《南陽樊紹述（宗師）墓誌銘》。韓愈詩文
　　　間雜滑稽遊戲，張籍以書責之，韓愈答曰："此吾所以爲戲耳，比之
　　　酒色，不有間乎？"（《答張籍書》）"《詩》不云乎：'善戲謔兮，不爲虐
　　　兮。'《記》曰：'張而不弛，文武不能也。'惡害於道哉！"（《重答張
　　　籍書》）
〔二〕曹、鄶：皆古國名。周武王封弟叔振鐸於曹，都於陶丘（今山東定

陶），在今山東西南部，《詩經》有曹風。鄶亦作檜，周初封祝融氏之後於此，其地在今河南中部，《詩經》有檜風。《左傳·襄公二十九年》記吳公子季札在魯觀周樂，有"自《鄶》以下無譏焉"之説。（按：十五國風，檜以下即曹。）不成邦：爲山谷自謙。

〔三〕公：指東坡。大國楚：謂其詩如楚，有泱泱大國之風。吞：包容。左思《吳都賦》："或吞江而納漢。"五湖：在吳越地區，所指不一。《周禮·職方·揚州》："其澤藪曰具區（即太湖）"，"其浸五湖"。或以爲泛指太湖流域之湖泊，或以爲有確指，一般指洞庭、鄱陽、太湖、巢湖、洪澤。三江：《尚書·禹貢·揚州》："三江既入，震澤底定。"解釋頗多，《漢書·地理志》以吳淞江及蕪湖、宜興間由長江通太湖一水，並長江下游爲南、中、北三江，其實三爲多數，非確指。《淮南子·本經訓》："舜乃使禹疏三江五湖。"此以押韻倒置。此句又兼喻東坡胸襟闊大。司馬相如《子虛賦》："吞若雲夢者八九，於其胸中。"

〔四〕赤壁：黄州有赤鼻磯，東坡認作三國大戰之赤壁，作賦詠之。其《與范子豐書》云："黄州少西，山麓斗入江中，石室如丹，傳云：曹公敗所，所謂赤壁者，或曰非也。……今日李委秀才來相別，因以小舟載酒飲赤壁下。李善吹笛，酒酣作數弄，風起水湧，大魚皆出，上有棲鶻，坐念孟德、公瑾如昨日耳。"又《李委吹笛》詩引："元豐五年十二月十九日，東坡生日，置酒赤壁磯下……酒酣，笛聲起於江上……使人問之，則進士李委，聞坡生日，作新曲曰《鶴南飛》以獻。"

〔五〕玉堂：見《次韻子瞻武昌西山》注〔一六〕。韓愈《華山女》："雲窗霧閣事恍惚。"

〔六〕句法：即句律、詩律，包括修辭、句型等。杜甫《遣悶戲呈路十九曹長》："晚節漸於詩律細"；《寄高三十五書記》："美名人不及，佳句法如何。"提：提師，率軍之意。一律：韓愈《樊宗師銘》："從漢迄今用一律。"此借言自提一家之軍律。堅城：見《奉和文潛贈無咎……》注〔四〕，此喻東坡。受我降：表欽敬，甘拜下風之意。

《世説新語・文學》："殷中軍雖思慮通長,然於《才性》偏精。忽言及《四本》,便若湯池鐵城,無可攻之勢。"爲此所本。按詩人以作戰喻文事,實肇自王右軍題衛夫人《筆陣圖》後。杜甫《壯遊》："氣劘屈賈壘,目短曹劉牆。"韓愈《送靈師》："戰詩誰與敵,浩汗橫戈鋋。"又《寄崔二十六立之》："往歲戰詞賦,不將勢力隨。"白居易《醉後走筆酬劉五主簿》："操詞握賦爲干戈,鋒鋭森然勝氣多,齊入文場同苦戰。"歐陽修《讀梅氏詩有感示徐生》："勍敵嘗壓壘,羸兵當戒嚴",均其例。而蘇、黃尤喜此法,蘇軾《次韻舒教授寄李公擇》："論文作詩俱不敵,看君談笑收降旌。"山谷《次韻答薛樂道》則通篇用之。

〔七〕枯松二句:李白《蜀道難》："枯松倒掛倚絶壁,……砯厓轉石萬壑雷。"舂:即衝。韓愈《劉生》："洪濤舂天禹穴幽。"

〔八〕萬牛二句:杜甫《古柏行》："大廈如傾要梁棟,萬牛回首丘山重。"韓愈《病中贈張十八》："龍文百斛鼎,筆力可獨扛。"此寫東坡筆力雄健。

〔九〕嗤點:嗤笑,指點。杜甫《戲爲六絶句》："庾信文章老更成,凌雲健筆意縱橫。今人嗤點流傳賦,不覺前賢畏後生。"晁張:晁補之、張耒。雙:匹敵。二句謂雖有人指摘東坡,但他們連其門人都無法企及。

〔一〇〕祖懷二句:寫己爲東坡識拔并參拜東坡。《三國志・蜀志・龐統傳》注引《襄陽記》:"(龐)德公,襄陽人。孔明每至其家,獨拜牀下。"

〔一一〕小兒:指山谷之子相,小名小德,見《和答莘老見贈》注〔二四〕。敦厖:忠厚老實,見《送彥孚主簿》注〔二六〕。

〔一二〕誠堪二句:《内集詩注》:"阿巽蓋蘇邁伯達之女,東坡之孫。山谷雖有此言,其後契闊,竟不成婚,嫁范子功之孫溟,溟字箕叟。敷文學士蘇符仲虎,伯達之子也,其言云爾。……今人定婚者多以紅綵纏酒壺云。"此爲山谷爲子與東坡之孫約以婚姻。壻:作動詞,猶"爲壻"。

【評箋】 宋史繩祖《學齋佔畢》卷二：黄魯直次東坡韻云："我詩如曹
鄶，淺陋不成邦。公如大國楚，吞五湖三江。"其尊坡公可謂至，而自況可
謂小矣。而實不然，其深意乃自負而諷坡詩之不入律也。曹鄶雖小，尚
有四篇之詩入國風；楚雖大國，而《三百篇》絶無取焉。至屈原而始以騷
稱，爲變風矣。

元劉壎《隱居通議》卷八：此堂孫先生瑞，南豐先達名儒也，嘗謂余
曰：山谷作詩有押韻險處，妙不可言。如《東坡效庭堅體》詩云："我詩如
曹鄶……堅城受我降。"只此一"降"字，他人如何押到此？奇健之氣，拂
拂意表。

清潘德輿《養一齋詩話》卷一評史繩祖説：予謂此説魯直不甚服坡
詩，可也；謂其曹、鄶、楚之喻，暗含譏刺，殊失朋友忠直之道，似與魯直爲
人不類。蓋曹、鄶、楚云云，自就詩之氣象言耳，謂以此自負而刺坡，則楚
騷亦不易到，而魯直平時之詩，豈真能與國風抗衡而敢以之自負哉？以
晚近文人相輕之心測度古賢，予不以爲然。

陳衍《宋詩精華録》卷二：起四語論者謂有微詞，理或然也。"諸人"
四句言本不足附蘇門，而蘇乃降格納交。

贈 陳 師 道〔一〕

陳侯學詩如學道〔二〕，又似秋蟲噫寒草〔三〕。日晏腸
鳴不俛眉〔四〕，得意古人便忘老〔五〕。君不見，向來河伯負
兩河，觀海乃知身一蠡〔六〕。旅牀爭席方歸去〔七〕，秋水黏
天不自多〔八〕。春風吹園動花鳥，霜月入戶寒皎皎〔九〕。
十度欲言九度休〔一〇〕，萬人叢中一人曉。貧無置錐人所
憐〔一一〕，窮到無錐不屬天〔一二〕。呻吟成聲可管絃〔一三〕，
能與不能安足言〔一四〕。

詩　選

〔一〕元祐元年作。《外集詩注》："元祐元年、二年,陳無己在京師,寓居
陳州門。按《實録》,二年四月乙巳徐州布衣陳師道充徐州州學教
授,贈此詩時未得官也。"

〔二〕陳侯:指陳師道。學詩如學道:後山《次韻答秦少章》："學詩如學
仙,時至骨自換。"此謂後山學詩如學道修仙,平時積累,一旦徹
悟,即脱胎換骨,臻於妙境。此論後即爲江西詩派主要觀點。曾
幾《讀吕居仁舊詩有懷其人作詩寄之》："學詩如參禪,慎勿參死
句。縱横無不可,乃在歡喜處。又如學仙子,辛苦終不遇,忽然毛
骨換,政用口訣故。居仁説活法,大意欲人悟。常言古作者,一一
從此路。"吴可《學詩》："學詩渾似學參禪,竹榻蒲團不計年。直待
自家都了得,等閑拈出便超然。"

〔三〕又似句:喻後山詩境凄苦,多窮愁之嘆。蘇軾《讀孟郊詩》："初如
食小魚,所得不償勞。又似煮彭蜞,竟日持空螯。……何苦將兩
耳,聽此寒蟲號。"噫:嘆息。

〔四〕腸鳴:饑腸轆轆。韓愈《月蝕詩效玉川子作》："婪酣大肚遭一飽,
饑腸徹死無由鳴。"俛眉:低眉。揚雄《解嘲》："將相不俛眉。"此
寫後山雖困窮而不俯首求人。

〔五〕得意句:謂得古人之意便忘己之年老,化用"得意忘形"語,《晉
書·阮籍傳》："當其得意,忽忘形骸。"此謂後山追慕古人之高風
亮節。

〔六〕向來二句:《莊子·秋水》："秋水時至,百川灌河。涇流之大,兩
涘渚崖之間,不辨牛馬。於是焉河伯欣然自喜,以天下之美爲盡
在己。"負:自負。兩河:此指黄河,因其下游略呈南北流向,與晉
陝間北南流向一段東西相對,古稱兩河。河伯:即黄河之神。此
謂及至見到大海,他才自嘆渺小。北海若(海神)對河伯説:"爾出
於崖涘,觀於大海,乃知爾醜。"東方朔《答客難》："以蠡測海。"蠡:
貝殼做的瓢,形容量少。

〔七〕旅枕句:見《次韻子瞻武昌西山》注〔一〇〕。此寫後山真率隨和。

〔八〕黏天:滔天,形容水勢大。明楊慎《升菴詩話》卷九:"庾闡《揚都

229

賦》：‘濤聲動地，浪勢黏天。’本自奇語。昌黎祖之曰：‘洞庭漫汗，黏天無壁。’張祐詩‘草色黏天鷓鴣恨’，黃山谷‘遠山黏天吞釣舟’，秦少游小詞‘山抹微雲，天黏衰草’，正用此字爲奇。”自多：自負。《莊子・秋水》：北海若曰：“天下之水，莫大於海……而吾未嘗以此自多者，自以比形於天地，而受氣於陰陽，吾在於天地之間，猶小石小木之在大山也。”此寫後山虛懷若谷。其《答李端叔書》：“兩公（蘇軾兄弟）之門有客四人……僕自念不敢齒四士。”又《答魏衍黃預勉予作詩》：“我詩短淺子貢牆，衆目俯視無留藏。……人言我詩勝黃（山谷）語，扶豎夜燎齊朝光。”

〔九〕霜月句：杜甫《暮歸》：“客子入門月皎皎。”

〔一〇〕十度句：惠洪《禪林僧寶傳》卷六《雲居宏覺膺禪師》：“十度發言九度休去。”李羣玉《寄短書歌》：“十度附書九不達。”此寫後山安貧。其《謝憲臺趙史惠米》：“平生忍欲今忍貧，閉口逢人不少陳。”

〔一一〕置錐：即立錐，言極小之地。《莊子・盜跖》：“堯舜有天下，子孫無置錐之地。”後山《答黃生》：“我無置錐君立壁。”極言其貧。

〔一二〕窮到句：見前《上大蒙籠》注〔一一〕。又後山《答張文潛》：“我貧無一錐，所向皆四壁。”

〔一三〕呻吟：指吟詩，杜甫《同元使君春陵行》：“作詩呻吟内。”可管絃：可配樂歌唱。《舊唐書・武元衡傳》：“元衡工五言詩，好事者傳之，往往被之管絃。”此寫後山出口成章。

〔一四〕能與句：元稹《杜工部墓係銘》：“苟以爲能所不能，無可不可，則詩人以來，未有如子美者。”又《莊子・達生》載梓慶削木爲鐻，必齋戒静心，“不敢懷非譽巧拙”。此寫後山藝事天成自得，創作時根本不去考慮外人的評價。

觀秘閣蘇子美題壁及中人張侯家墨蹟
十九紙率同舍錢才翁學士賦之〔一〕

仁祖康四海〔二〕，本朝盛文章〔三〕。蘇郎如虎豹，孤嘯

翰墨場〔四〕。風流映海岱〔五〕，俊鋒不可當〔六〕。學書窺法
窟〔七〕，當代見崔張〔八〕。銀鈎刻琬琰〔九〕，蠆尾回鎌
緗〔一〇〕。擢登羣玉府〔一一〕，臺閣自生光〔一二〕。春風吹曉
雨，禁直夢滄浪〔一三〕。人聲市朝遠〔一四〕，簾影花竹涼。
秋河潣筆研〔一五〕，怨句挾風霜〔一六〕。不甘老天祿〔一七〕，
試欲叫未央〔一八〕。小臣膽如斗〔一九〕，侏儒奉一囊〔二〇〕。
請提師十萬〔二一〕，奉辭問犬羊〔二二〕。歸鞍飲月支〔二三〕，
伏背笞中行〔二四〕。人事多乖迕〔二五〕，南遷浮夜航〔二六〕。
此時調玉燭〔二七〕，日行中道黄〔二八〕。柄臣似牛李，傾奪
謀未藏〔二九〕。薄酒圍邯鄲〔三〇〕，老龜禍枯桑〔三一〕。兼官
百郡邸〔三二〕，報賽用歲常〔三三〕。招延青雲士〔三四〕，共醉
椒糈鶬〔三五〕。俗客避白眼〔三六〕，傲歌舞紅裳〔三七〕。謗書
動宸極〔三八〕，牢户繫桁楊〔三九〕。一網收冠蓋〔四〇〕，九衢
人走藏〔四一〕。庖丁提刀立，滿志無四旁〔四二〕。論罪等饕
餮〔四三〕，囚衣禦方良〔四四〕。姑蘇麋鹿疃〔四五〕，風月在書
堂〔四六〕。永無潣祓期〔四七〕，山鬼共幽篁〔四八〕。萬户封侯
骨〔四九〕，今成狐兔岡〔五〇〕。邇來四十年〔五一〕，我亦校書
郎〔五二〕。雄文終膾炙〔五三〕，妙墨見垣牆。高山仰豪
氣〔五四〕，崢嶸乃不亡〔五五〕。張侯開詩卷，詞意尚軒昂。
草書十紙餘，雨漏古屋廊〔五六〕。誠知千里馬，不服萬乘
箱，遂令駕鼓車，此豈用其長〔五七〕！事往飛鳥過〔五八〕，九
原色莽蒼〔五九〕。敢告大鈞手〔六〇〕，才難幸扶將〔六一〕！

〔一〕元祐元年爲校書郎時作。蘇子美：蘇舜欽，字子美，慶曆四年，以
　　范仲淹薦爲集賢校理、監進奏院，祕閣題壁即當時所爲。祕閣在
　　崇文院中，藏三館圖書。宋承唐制，以史館、昭文館、集賢院爲三

館,元豐改制,職事歸祕書省。中人:宦官。錢才翁:事跡未詳,
當爲山谷同僚。《宋朝事實類苑》卷三十一:"館職稱學士:集賢
院記開元故事,校書官許稱學士。今三館職事,皆稱學士,用開元
故事也。"

〔 二 〕仁祖:宋仁宗。

〔 三 〕本朝句:韓愈《薦士》:"國朝盛文章,子昂始高蹈。"歐陽修《蘇氏
文集序》:"予嘗考前世文章政理之盛衰,而怪唐太宗致治幾乎三
王之盛,而文章不能革五代之餘習。後百有餘年,韓、李之徒出,
然後元和之文始復於古。唐衰兵亂,又百餘年,而聖宋興,天下一
定,晏然無事。又幾百年,而古文始盛於今。"此指仁宗朝詩文革
新運動促成了文學繁榮。

〔 四 〕蘇郎二句:《蘇氏文集序》:"子美之齒少於予,而予學古文反在其
後。天聖之間,予舉進士於有司,見時學者務以言語聲偶摘裂,號
爲時文,以相誇尚,而子美獨與其兄才翁及穆參軍伯長作爲古歌
詩雜文。時人頗共非笑之,而子美不顧也。……獨子美爲於舉世
不爲之時,其始終自守,不牽世俗趨舍,可謂特立之士也。"翰墨
場:猶今所謂文壇。

〔 五 〕海岱:渤海與泰山之間地,此泛指京東一帶。《尚書·禹貢》:"海
岱惟青州";"海岱及淮惟徐州。"杜甫《登兗州城樓》:"浮雲連海
岱,平野入青徐。"歐陽修《蘇君墓誌銘》:"舉進士中第,改光禄寺
主簿,知蒙城縣。丁父憂,服除,知長垣縣。"蒙城屬淮南東路亳
州;長垣屬東京開封府。二處約當其地。

〔 六 〕俊鋒:卓犖超羣的鋒芒。

〔 七 〕法窟:法書之窟,窟爲人或事物的集中處。

〔 八 〕崔張:崔瑗,字子玉;張芝,字伯英,皆東漢時大書法家。

〔 九 〕銀鉤:見《以右軍書數種贈丘十四》注〔八〕。琬琰:兩種玉圭,即
琬圭與琰圭。琬圭上端渾圓,琰圭上端尖鋭。唐玄宗《孝經序》:
"寫之琬琰,庶有補於將來。"刻琬琰,或實指,或謂刊布於石上,均
可通。

〔一〇〕薑尾：見上銀鈎注。縑緗：供書寫用的細絹,淺黃色。柳宗元《上
　　　　河陽烏尚書啓》：“專當具筆札,拂縑緗,贊揚大功,垂之不朽。”

〔一一〕羣玉府：《穆天子傳》：“癸巳,至於羣玉之山……先王之所謂策
　　　　府。”後常用以指帝王藏書之府。此謂蘇子美得集賢校理。

〔一二〕臺閣：朝廷禁省稱臺,臺閣原爲尚書省別稱,此指三館及祕閣,因
　　　　其在禁中,故稱。《晉書・傅玄傳》：“於是貴游懾伏,臺閣生風。”
　　　　此處化用其語,意謂蘇子美爲臺閣增光。

〔一三〕禁直：在宫中值班。滄浪：原指水的青色,也泛指江湖隱居之處。
　　　　此句謂子美雖供職京師,却向往歸隱,“滄浪”又切子美隱居蘇州
　　　　滄浪亭事。

〔一四〕市朝遠：孫綽《秋日詩》：“垂綸在林野,交情遠市朝。”杜牧《送隱
　　　　者一絶》：“自古雲林遠市朝。”此句謂遠離人聲及市朝。

〔一五〕河：指天河、銀河。澗：洗濯。

〔一六〕挾風霜：《西京雜記》三：“淮南王安著《鴻烈》二十一篇……自云：
　　　　‘字中皆挾風霜。’”此喻子美詩中透出嚴峻凌厲之氣。

〔一七〕天禄：即天禄閣,漢朝殿閣名,收藏圖書典籍,揚雄曾校書於此。
　　　　此代指宋代館閣。此句言其不甘老於校書之職,而欲有所作爲。

〔一八〕叫未央：未央,漢朝宫殿名,此借指帝所。此即《離騷》“吾令帝閽
　　　　開關”,欲向君王陳訴之意。《蘇君墓誌銘》：“官於京師,位雖卑,
　　　　數上疏,論朝廷大事,敢道人之所難言。”

〔一九〕小臣：職卑秩微之臣,此指子美。膽如斗：《三國志・蜀志・姜維
　　　　傳》：“維妻子皆伏誅。”裴松之注：“《世語》曰：‘維死時見剖,膽如
　　　　斗大。’”此言子美敢於直言極諫。

〔二〇〕侏儒句：用漢東方朔事。見《見子瞻粲字韻詩,……》注〔四七〕。
　　　　朔曾云：“朱儒長三尺餘,奉一囊粟,錢二百四十；臣朔長九尺餘,
　　　　亦奉一囊粟,錢二百四十。”(見《漢書》本傳)此喻子位卑俸薄。

〔二一〕提師十萬：《史記・季布列傳》：“上將軍樊噲曰：‘臣願得十萬衆,
　　　　橫行匈奴中。’”韓愈《送侯參謀赴河中幕》：“提師十萬餘,四海欽
　　　　風棱。”提師：帶兵。

〔二二〕奉辭句：《尚書·大禹謨》：“奉辭罰罪，爾尚一乃心力，其克有勳。”《國語·鄭語》：“君若以成周之衆，奉辭伐罪，無不克矣。”奉辭：奉嚴正之辭。犬羊：對少數民族的蔑稱，此指與宋對壘的党項人西夏政權。

〔二三〕歸鞍句：《漢書·張騫傳》：“匈奴破月支王，以其頭爲飲器。”月支：即月氏，秦漢時游牧於敦煌、祁連一帶的少數民族。

〔二四〕伏背句：賈誼《陳政事疏》：“行臣之計，請必繫單于之頸而制其命，伏中行説而笞其背，舉匈奴之衆唯上之令。”中行（háng），姓；説，名，燕人，漢文帝宦者，降匈奴，深得單于寵信。見《史記·匈奴列傳》。

〔二五〕人事句：陶淵明《答龐參軍詩序》：“人事好乖，便當語離。”杜甫《新婚別》：“人事多錯迕。”

〔二六〕南遷句：指慶曆四年子美以“監主自盜”罪除名爲民，南歸蘇州。

〔二七〕調玉燭：《爾雅·釋天》：“四時和謂之玉燭。”此贊揚仁宗慶曆新政。《蘇君墓誌銘》：“天下殆於久安，尤困兵事，天子奮然用三四大臣，欲盡革衆弊以紓民，於是時，范文正公與今富丞相多所設施。”

〔二八〕日行句：謂日行於天。古人以爲太陽繞地而行，稱其軌跡爲黃道。《漢書·天文志》：“日有中道，月有九行。中道者，黃道。”此以日喻君主。

〔二九〕柄臣：權臣。牛李：唐牛僧孺與李宗閔。《新唐書·李逢吉傳》：“僧孺、宗閔以方正敢言進。既當國，反奮私昵黨，排擊所憎，是時權震天下，人指曰‘牛李’。”此指排斥范仲淹等革新派的權臣。仁宗景祐三年，范仲淹、余靖、尹洙、歐陽修等被宰相呂夷簡指爲朋黨，均遭貶斥。慶曆三年實行新政，夏竦及内侍藍元震等復指革新派爲黨人。夏竦陰使奴僕模倣石介書法，僞作石介爲富弼撰廢立詔草，飛語上聞，仲淹、富弼懼不自安，請求外任。慶曆五年，杜衍罷相，革新派遂紛紛被斥。夏竦復誣告富弼陰遣石介入契丹謀起兵，其時石介已死，富、范因此解除所兼安撫使。“傾奪謀”即指此。《詩·小雅·小旻》:"謀之其臧,則具是違;謀之不臧,則具是依。"未臧即不臧,不善也。

〔三〇〕薄酒句:《莊子·胠篋》:"魯酒薄而邯鄲圍。"按《釋文》有二說,一說諸侯朝見楚宣王,"魯恭公後至而酒薄。……宣王怒,乃發兵與齊攻魯。梁惠王常欲擊趙,而畏楚救,楚以魯爲事,故梁得圍邯鄲。"另一說爲:"許慎注《淮南》云:楚會諸侯,魯趙俱獻酒於楚王,魯酒薄而趙酒厚。楚之主酒吏求酒於趙,趙不與,吏怒,乃以趙厚酒易魯薄酒,奏之。楚王以趙酒薄,故圍邯鄲也。"

〔三一〕老龜句:《藝文類聚》卷九十六引《異苑》曰:"孫權時,永康有人入山,遇一大龜,即束之歸……欲上吳王,夜泊越里,纜船於大桑樹。霄中,樹呼龜曰:'勞乎元緒,奚事爾耶?'龜曰:'我被拘縶,方見烹脆,雖盡南山之樵,不能潰我。'樹曰:'諸葛元遜博識,必致相苦,令求如我之徒,計從安薄?'龜曰:'子明無多辭,禍將及爾。'樹寂而止。既至,權命煮之,焚柴萬車,語猶如故。諸葛恪曰:'燃以老桑乃熟。'獻者仍說龜樹共言,權登使伐樹,煮龜立爛。"二句皆喻子美受牽連而獲罪。

〔三二〕郡邸:漢時郡國諸侯在京城設立之館舍,朝見天子則居之。此指宋之進奏院。宋初,諸州以本州將吏爲進奏官駐京城,後因將吏不願久居,於太平興國七年置諸道都進奏院,掌承轉詔敕及各部門文件,並呈報各州文書。子美於慶曆四年爲集賢校理、監進奏院,故云。

〔三三〕報賽句:古時農事完畢,舉行祭祀稱報賽,意謂酬報神之恩德。魏泰《東軒筆錄》卷四:"京師百司庫務,每年春秋賽神,各以本司餘物貨易,以具酒饌,至時,吏史列坐,合樂終日。慶曆中(按:四年)蘇舜欽提舉進奏院,至秋賽,承例貨拆封紙以充。舜欽欲因其舉樂,而召館閣同舍,遂自以十金助席,預會之客亦醵金有差。酒酣,命去優伶,卻吏史,而更召兩軍女伎。先是,洪州人太子中舍李定願預醵廁會,而舜欽不納。定卹之,遂騰謗於都下。既而御史劉元瑜有所希合,彈奏其事。事下右軍窮治,舜欽以監主自盜論,削籍爲民,坐客皆斥逐。"蓋子美爲宰相杜衍之婿,又受范仲淹推薦,故政敵借故加罪,以打擊革新派。

〔三四〕招延:邀請。青雲士:德行高尚之士。此指當時參加祠神之會的同僚,有劉異、王洙、江休復、王益柔、宋敏求、梅堯臣等。《宋史》本傳:"同時會者皆知名士,因緣得罪逐出四方者十餘人。"

〔三五〕椒糈:椒香拌精米。糈,一本作醑,美酒。《離騷》:"懷椒糈而要之。"此指香酒。《九歌·東皇太一》:"奠桂酒兮椒漿。"

〔三六〕俗客句:指李定事,見上。《東軒筆録》卷四:"梅堯臣亦被逐者也。堯臣作《客至》詩曰:'客有十人至,共食一鼎珍。一客不得食,覆鼎傷衆賓。'蓋爲定發也。"王明清《揮麈前録》四:"李定,字仲求,洪州人,晏元獻公之甥,文亦奇,欲與賽神會,而蘇子美以其任子距之,致興大獄。"

〔三七〕傲歌:指王益柔。《續通鑑長編》卷一五三:御史中丞王拱辰"諷其屬魚周詢、劉元瑜等劾奏……益柔並以謗訕周、孔坐之。"《長編》原注曰:"《王拱辰行狀》云,或作傲歌,有'醉臥北極遣帝佛,周公孔子驅爲奴',蓋益柔所作也。"

〔三八〕謗書:指彈劾子美等人的章奏。動宸極:驚動了皇帝。

〔三九〕牢戶:牢獄。桁(háng)楊:枷鎖。見前《乙未過太湖僧寺,得宗汝爲書……》注〔二四〕。費袞《梁溪漫志》卷八載蘇子美與歐陽修書,自辯其誣,書云:"既而起獄,震動都邑,又使刻薄之吏當之,希望沽激,深致其文,枷掠妓人,無所不至。"

〔四〇〕一網句:《東軒筆録》卷四:劉待制元瑜既彈蘇舜欽,而連坐者甚衆,同時俊彥爲之一空。劉見宰相曰:"聊爲相公一網打盡。"《長編》與本傳均作:"(王)拱辰等方自喜曰:'吾一舉網盡矣。'"

〔四一〕九衢:四通八達的大道。人走藏:杜甫《大麥行》:"婦女行泣夫走藏。"

〔四二〕庖丁二句:用《莊子·養生主》中"庖丁解牛"事。庖丁解牛畢,"提刀而立,爲之四顧,爲之躊躇滿志,善刀而藏之。"此用以寫政敵得意之情狀。

〔四三〕論罪句：《左傳·文公十八年》：“縉雲氏有不才子”，貪婪聚斂，巧取豪奪，“天下之民比之三凶，謂之饕餮”。饕餮原爲獸名。此指子美“以監主自盜定罪，減死一等科斷，使除名爲民，與貪吏掊官物入己者一同”（《梁溪漫志》卷八蘇子美與歐陽修書）。

〔四四〕方良：即魍魎，傳說中的山鬼精怪。《周禮·夏官·方相氏》：“以戈擊四隅，毆方良。”《左傳·文公十八年》：“舜臣堯，賓於四門，流四凶族：渾敦、窮奇、檮杌、饕餮，投諸四裔，以禦螭魅。”“禦方良”即“禦螭魅”之意。孔穎達疏：“螭魅若欲害人，則使此四者當彼螭魅之災，令代善人受害也。”

〔四五〕姑蘇句：《史記·淮南王列傳》：淮南王欲反，伍被諫曰：“臣聞子胥諫吳王，吳王不用，乃曰：‘臣今見麋鹿游姑蘇之臺也。’今臣亦見宮中生荊棘，露霑衣也。”疃（tuǎn）：同疃，獸之足跡。《詩·豳風·東山》：“町疃鹿場。”此指麋鹿的足跡。

〔四六〕風月句：葉夢得《石林詩話》卷上：“姑蘇州學之南，積水瀰漫數頃，旁有一小山，高下曲折相望，蓋錢氏時廣陵王所作。……蘇子美謫廢，以四十千得之爲居，傍水作亭曰滄浪，歐陽文忠公詩所謂‘清風明月本無價，可惜祇賣四萬錢’者也。子美既死，其孤不能保，遂屢易主。”二句寫子美退居蘇州滄浪亭。

〔四七〕湔袚：語出《戰國策·楚策》，意爲洗刷污濁，引申作薦拔。此句謂子美永無出頭之日。

〔四八〕山鬼句：謂子美之死。《蘇君墓志銘》：“居數年，復爲湖州長史。慶曆八年十二月某日，以疾卒於蘇州，享年四十有一。”

〔四九〕萬戶：萬戶侯，即食邑萬戶之侯。封侯骨：漢代翟方進少時，汝南蔡父說他有封侯的骨相，此謂子美氣宇不凡。《蘇君墓志銘》：“君狀貌奇偉，慷慨有大志。”

〔五〇〕今成句：寫子美之墳已成狐兔出没之地。《文選》卷二十三張載《七哀詩》寫漢帝諸陵：“狐兔窟其中，蕪穢不復掃。……昔爲萬乘君，今爲丘山土。感彼雍門言，悽愴哀往古。”李善注引桓譚《新論》：“雍門周以琴見孟嘗君曰：‘臣竊悲千秋萬歲後，墳墓生荊棘，狐兔穴其中……。’”

〔五一〕邇來：即爾來，自昔至今。

〔五二〕我亦句：山谷元豐八年（一〇八五）除校書郎，上距慶曆四年（一〇四四）恰好四十年。

〔五三〕雄文：歐陽修《祭蘇子美文》：“子於文章，雄豪放肆。”又《六一詩話》：“子美筆力豪儁，以超邁橫絶爲奇。……余嘗於《水谷夜行詩》，略道其一二云：‘子美氣尤雄，萬竅號一噫，有時肆顛狂，醉墨洒滂霈。譬如千里馬，已發不可殺。’”

〔五四〕高山句：《史記·孔子世家》：“太史公曰：《詩》（《小雅·車舝》）有之，‘高山仰止，景行行止。’雖不能至，然心鄉往之。”

〔五五〕崢嶸句：謂子美如崇山峻嶺，屹立不朽。《老子》三十三章：“不失其所者久，死而不亡者壽。”

〔五六〕雨漏句：古人以“屋漏痕”狀草書之跡。陸羽《僧懷素傳》：“學古釵腳，何如屋漏痕。”姜夔《續書譜》：“用筆如折釵股，如屋漏痕，如錐畫沙……屋漏痕者，欲其無起止之跡。”

〔五七〕誠知四句：暗用《戰國策·楚策四》駿馬服鹽車而上太行事。《詩·小雅·大東》：“睆彼牽牛，不以服箱。”服，駕；箱，車廂。萬乘箱，天子之乘輿。鼓車，載鼓之車。《後漢書·循吏傳序》：“建武十三年，異國有獻名馬者，日行千里，又進寶劍，賈兼百金，詔以馬駕鼓車，劍賜騎士。”鼓車輕而良馬用非其長，故以喻棄置賢才。杜甫《送從弟亞赴河西判官》：“吾聞駕鼓車，不合用騏驥。”

〔五八〕事往句：謂世事變化如飛鳥過空，轉瞬即逝。張協《雜詩》：“人生瀛海內，忽如鳥過目。”杜甫《貽華陽柳少府》：“餘生如過鳥。”杜牧《獨酌》：“長空碧杳杳，萬古一飛鳥。”山谷亦屢用此喻。其《乞姚花》：“青春日月鳥飛過。”《初至葉縣》：“千年往事如飛鳥。”

〔五九〕九原：也作九京，原爲山名，在山西新絳北。《禮記·檀弓》：“從先大夫於九京也。”鄭玄注：“晉卿大夫之墓地在九原。京蓋字之誤，當爲原。”後遂泛指墓地。莽蒼：郊野之色，見《莊子·逍遙遊》。

〔六〇〕大鈞手：此指主宰者、掌權者。大鈞，大自然。鈞爲製陶轉輪，大自然化生萬物，如陶鈞製器，故稱。

〔六一〕才難：《論語·泰伯》：“才難不其然乎。”扶將：扶持。《別集詩》史季溫注：“是篇始則美蘇公之才，中則伸蘇公之冤，終則嘆人才之難，謂當愛護。詩人箴規美刺之體備矣。”

詠雪奉呈廣平公〔一〕

連空春雪明如洗，忽憶江清水見沙〔二〕。夜聽疏疏還密密，曉看整整復斜斜〔三〕。風回共作婆娑舞〔四〕，天巧能開頃刻花〔五〕。政使盡情寒至骨，不妨桃李用年華。

〔　一　〕元祐二年作。廣平公：宋盈祖，餘未詳。

〔　二　〕忽憶句：韓愈《答張十一功曹》：“山净江空水見沙。”

〔　三　〕夜聽二句：杜牧《臺城曲》：“整整復斜斜，隋旆簇晚沙。”《談藝録補訂》：“竊意山谷或因劉叉《雪車》詩：‘小小細細如塵間，輕輕緩緩成樸籔’，觸機得法。前人此類疊字聯，如義山《菊》：‘暗暗淡淡紫，融融冶冶黃’，初不多見。山谷斯篇以後，祖構迭起，唐眉山、陳簡齋、曾茶山、范石湖等名家皆屢爲之。”

〔　四　〕風回句：曲盡風中雪花飛舞之狀。杜甫《對雪》：“急雪舞迴風。”婆娑：盤旋輕盈的舞姿。《詩·陳風·東門之枌》：“子仲之子，婆娑其下。”

〔　五　〕天巧句：《太平廣記》卷五十二《殷天祥》（出《續仙傳》）載殷天祥又名殷七七，有神術，“每日醉歌曰：‘彈琴碧玉調，藥鍊白朱砂。解醞頃刻酒，能開非時花。’”浙西節度使周寶以師禮遇之。天祥嘗於重九日使鶴林寺杜鵑開放，爛熳如春。但《雲笈七籤》卷一一三引此歌作："解醒須臾酒,能開頃刻花。琴彈碧玉調,鑪鍊白朱砂。"按任淵注引《續仙傳》也作"頃刻花"。劉斧《青瑣高議》前集卷九載韓愈之姪韓湘作詩："一壺藏世界,三尺斬妖邪。解造逡巡酒,能開頃刻花。"韓公開宴,湘於座上"取土聚於盆,用籠覆之,巡酌間,湘曰:'花已開矣。'舉籠見蘂花二朵,類世之牡丹。"與前事相類。

【評箋】 呂本中《東萊呂紫微詩話》:歐陽季默嘗問東坡:"魯直詩何處是好?"東坡不答,但極口稱重黃詩。季默云:"如'臥聽疏疏還密密,曉看整整復斜斜',豈是佳耶?"東坡云:"此正是佳處。"

王若虛《滹南詩話》評此聯:予於詩固無甚解,至於此句,猶知其不足賞也,當是所傳妄耳。徐師川亦嘗詠雪云:"積得重重那許重,飛時片片又何輕。"曾端伯以爲警策,且言師川作此罷,因誦山谷"疏疏"、"密密"之句,云:"我則不敢容易道。"意謂魯直草率而已語爲工也。

方回《瀛奎律髓》卷二十一:"夜聽"、"曉看"一聯,徐師川有異論,東坡家子弟亦疑之,以問坡……以余味之,亦無不可。元祐詩人詩既不爲楊、劉崑體,亦不爲九僧晚唐體,又不爲白樂天體,各以才力雄於詩。山谷之奇,有崑體之變,而不襲其組織。其巧者如作謎然,此一聯亦雪謎也,學者未可遽非之。下一聯"婆娑舞"、"頃刻花",則妙矣。紀昀:三、四偶見亦有致,但不得標作句法耳。許印芳:按次句接法不測,蓋以沙喻雪也。三、四雖不可標作句法,却是獨創一格,此等最見本領。虛谷以五、六爲妙,真兒童之見。

戲呈孔毅父〔一〕

管城子無食肉相〔二〕,孔方兄有絶交書〔三〕。文書功用不經世〔四〕,何異絲窠綴露珠。校書著作頻詔除,猶能上車問何如〔五〕。忽憶僧床同野飯，夢隨秋雁到東湖〔六〕。

〔一〕元祐二年作。孔毅父：見《次韻和答孔毅甫》注〔一〕。

〔二〕管城子：此指筆。韓愈《毛穎傳》：“秦皇帝使蒙恬賜之湯沐，而封諸管城，號曰管城子。”食肉相：用班超事。《後漢書》本傳：“相者指曰：‘生燕頷虎頸，飛而食肉，此萬里侯相也。’”

〔三〕孔方兄：指錢。《晉書·隱逸傳》：魯褒《錢神論》：“錢之爲體，有乾坤之象，内則其方，外則其圓……親之如兄，字曰孔方。”二句均以曲喻寫毅父空有文才，身處貧賤。

〔四〕文書：文章著作。經世：治理國家。應璩《百一詩》：“文章不經國，筐篋無尺書。”

〔五〕校書二句：《顔氏家訓·勉學篇》：“梁朝全盛之時，貴游子弟，多無學術，至於諺云：‘上車不落則著作，體中何如則秘書。’”山谷元豐八年四月爲校書郎，元祐二年正月爲著作佐郎。此爲山谷自謙之詞。

〔六〕忽憶二句：謂想起與孔毅父同在江西時的情景。按：孔平仲曾監江州錢監，山谷知吉州太和縣，且同爲江西人，故云。東湖：在南昌，見《徐孺子祠堂》注〔一〕。

【評箋】　惠洪《冷齋夜話》卷四：用事琢句，妙在言其用，不言其名耳。此法唯荆公、東坡、山谷三老知之。……山谷曰：“管城子無食肉相，孔方兄有絶交書。”（按此法即今修辭學所謂之借代。）

王楙《野客叢書》卷八：魯直詩：“管城子無食肉相，孔方兄有絶交書。”今謂此體，魯直創見，僕謂不然，唐詩此體甚多。張祐曰：“賀知章口徒勞説，孟浩然身更不疑。”李益曰：“柳吳興近無消息，張長公貧苦寂寥。”貫休曰：“郭尚父休誇塞北，裴中令莫説淮西。”杜荀鶴曰：“卷一箔絲供釣綫，種千林竹作漁竿。”皆此句法也。讀之似覺齟齬，其實協律。

方東樹《昭昧詹言》卷十二：起雄整，接跌宕，俱入妙。收遠韻。凡四層。

謝黃從善司業寄惠山泉〔一〕

　　錫谷寒泉橢石俱，並得新詩虀尾書〔二〕。急呼烹鼎供
茗事，晴江急雨看跳珠〔三〕。是功與世滌羶腴，令我屢空
常晏如〔四〕。安得左轓清潁尾，風爐煮餅臥西湖〔五〕。

〔一〕元祐二年作。黃從善司業：《年譜》：“從善名降，後爲御史中
　　　丞……按《實錄》：元豐八年十二月乙酉，承議郎黃降守國子司
　　　業。”陸心源《元祐黨人傳・黃隱傳》：“黃隱字光中，初名降，字從
　　　善……知常州府無錫縣，以最聞。”惠山泉：在無錫。唐張又新
　　　《煎茶水記》：陸鴻漸（羽）評水曰：“無錫縣惠山寺石泉水第二。”
　　　張邦基《墨莊漫錄》卷三：“無錫惠山泉水，久留不敗。政和甲午
　　　歲，趙霆始貢水於上方，月進百樽。”

〔二〕錫谷：錫山與惠山間之山谷。錫山在惠山東側。陸羽《遊慧山寺
　　　記》：“山東峰當周秦間，大產鉛錫，至漢興，錫方殫，故創無錫
　　　縣……故東山爲之錫山。”橢石：橢圓形石子。虀尾：見《以右軍
　　　書數種贈丘十四》注〔八〕。

〔三〕急呼二句：寫煎茶之狀。陸羽《茶經》：“風爐以銅鑄之，如古鼎
　　　形，凡四窗，以備通飈漏燼之所。”“其火用炭，次用勁薪。”又：“其
　　　沸如魚目，微有聲，爲一沸；緣邊如湧泉連珠爲二沸；騰波鼓浪爲
　　　三沸。”

〔四〕是功二句：謂茶之功用可滌除腥羶肥膩。屢空：指貧窮。《論
　　　語・先進》：“回也其庶乎，屢空。”晏如：安然。《漢書・揚雄傳》：
　　　“無儋石之儲，晏如也。”

〔五〕左轓：借指地方長官。轓，車上遮蔽物。《後漢書・輿服志》：“中
　　　二千石、二千石皆皁蓋，朱兩轓。其千石、六百石，朱左轓。”清潁：
　　　潁水，源出河南登封，東南流入淮河。《史記・魏其武安侯列傳》：

“潁水清,灌氏寧。”尾：指潁水下游,借指潁州。《左傳·昭公十二年》：“楚子狩於州來,次於潁尾。”餅：茶餅。西湖：潁州勝地。歐陽修《西湖念語》：“況西湖之勝概,擅東潁之佳名。雖美景良辰,固多於高會;而清風明月,幸屬於閑人。並遊或結於良朋,乘興有時而獨往。”又《有贈余以端谿綠石枕與蘄州竹簟……》：“終當卷簟攜枕去,築室買田清潁尾。”

【評箋】　方東樹《昭昧詹言》卷十二：起三句叙。四句空寫。五六句議,二語抵一大段。七八句另一意,又抵一大段。叙、寫、議雖短章而完足,轉折抵一大篇。凡四層,章法好,短章之式。

黃爵滋《讀山谷詩集》：此種變律爲古,自成一體,的是變格。

詠李伯時摹韓幹三馬次蘇子由韻簡伯時兼寄李德素〔一〕

太史瑣窗雲雨垂,試開三馬拂蛛絲〔二〕。李侯寫影韓幹墨,自有筆如沙畫錐〔三〕。絶塵超日精爽緊〔四〕,若失其一望路馳〔五〕。馬官不語臂指揮,乃知仗下非新羈〔六〕。吾嘗覽觀在坰馬〔七〕,駑駘成列無權奇〔八〕。緬懷胡沙英妙質,一雄可將十萬雌〔九〕。決非皁櫪所成就,天驥生駒人得之〔一〇〕。千金市骨今何有〔一一〕？士或不價五羖皮〔一二〕。李侯畫隱百僚底〔一三〕,初不自期人誤知〔一四〕。戲弄丹青聊卒歲,身如閱世老禪師〔一五〕。

〔一〕元祐二年作。李伯時：李公麟,字伯時,北宋大畫家,舒城人,南唐先主昇諸孫,熙寧三年進士,歷官勑令删定官、御史檢法官,後

243

病痹,歸隱龍眠山,終於崇寧五年。韓幹:唐代畫家,以畫馬著名。李德素:李粲,字德素,李公麟之弟,與山谷爲姻親。時隱舒州龍眠山。子由《韓幹三馬》詩云:"老馬側立鬣尾垂,御者高拱持青絲。心知後馬有爭意,兩耳微起如立錐。中馬直視魁右足,眼光已動心先馳。僕夫旋作奔佚想,右手正控黃金羈。雄姿駿發最後馬,回身奮鬣真權奇。圉人頓轡屹山立,未聽決驟爭雄雌。"此詩即次其韻。

〔二〕太史:指子由,時爲起居郎。趙升《朝野類要》:"起居郎,起居舍人,謂之左右史。"瑣窗:鏤刻連環花紋之窗。試開:打開塵封的畫卷。

〔三〕李侯:指李伯時。寫影猶描摹。筆如沙畫錐:顏真卿《述張旭筆法十二意》:張旭曰:"後聞於褚河南曰:'用筆當須如錐畫沙,如印印泥。'始而不悟,後於江島,遇見沙平地靜,令人意悦欲書,乃偶以利鋒畫而書之,其勁險之狀,明利媚好,自茲乃悟用筆如錐畫沙,使其藏鋒,畫乃沉着。當其用筆,常欲使其透過紙背,此功成之極矣。"

〔四〕絶塵句:《西京雜記》卷二:漢文帝有良馬九匹,其一名絶塵。王嘉《拾遺記》卷三:周穆王有八駿,"五曰踰輝,毛色炳耀。六名超光,一形十影。"皆有超日之意。精爽緊:神采奕奕。《左傳·昭公七年》:子産曰:"用物精多則魂魄强,是以有精爽至於神明。"精爽猶精神。杜甫《魏將軍歌》:"魏侯骨聳精爽緊。"

〔五〕若失句:寫馬精神專注,好像已失自我,《莊子·徐无鬼》:"天下馬(世上最好的馬)有成材(天生的材質),若卹若失,若喪其一。若是者,超軼絶塵,不知其所。"一,自身。

〔六〕馬官二句:《周禮·夏官·司馬》:"圉人,掌養馬芻牧之事。"秦漢以來太僕掌輿馬,太僕寺卿即馬官。仗:儀仗,天子儀仗中有立馬,稱立仗馬,見《新唐書·百官志》。又《李林甫傳》:"君獨不見立仗馬乎?終日無聲而飫三品芻豆,一鳴則黜之矣。"非新羈:非新養之馬。此寫駿馬馴良。

〔七〕坰：遠郊。《詩·魯頌·駉》：“在坰之野。”《爾雅·釋地》：“林外謂之坰。”

〔八〕駑駘：劣馬。權奇：非凡奇特。《漢書·禮樂志》天馬歌：“志俶儻，精權奇。”

〔九〕胡沙：西域流沙之地。英妙質：指駿馬。《天馬歌》：“天馬徠，從西極，涉流沙，九夷服。”一雄句：《老子》二十八：“知其雄，守其雌，爲天下谿。”《淮南子·原道》：“是故聖人守清道而抱雌節。”雄謂剛強，雌謂柔弱。此取其字面，而用《論衡·初稟》之意：“夫王者，天下之雄也，稟命定於身中，猶鳥之別雄雌於卵殼之中也。卵殼孕而雄雌生，日月至而骨節強，強則雄自率將雌。……此氣性剛強自爲之矣。夫王者，天下之雄也。”將，統率。

〔一〇〕皁櫪：馬槽。天驥：天馬。《史記·大宛列傳》：“多善馬，馬汗血，其先天馬子也。”《集解》：“大宛國有高山，其上有馬，不可得，因取五色母馬置其下，與交生駒，汗血，因號曰天馬子。”此以馬喻人。

〔一一〕千金市骨：《戰國策·燕策一》載人君以千金求千里馬，三年未得，其涓人（近侍）以五百金買得千里馬骨，後不到一年，千里馬至者三。杜甫《畫馬贊》：“瞻彼駿骨，實惟龍媒。漢歌燕市，已矣茫哉！但見駑駘，紛然往來。”此句正化用其語。

〔一二〕士或句：用百里奚事，然各書所載有不同。據《史記·秦本紀》，百里奚爲虞大夫，被晉獻公所虜，作秦繆公夫人之媵（陪嫁者）至秦，復逃亡，繆公知其賢，以五羖（gǔ，黑色公羊）皮贖之，號曰五羖大夫。一說百里奚自賣於秦（見《史記·商君列傳》），五羊皮爲自賣之價（《韓詩外傳》）。《孟子·萬章》以爲此乃“好事者爲之”。此謂士之身價連五張羊皮都不如。

〔一三〕畫隱：以作畫爲隱居。百僚底：居於卑下的官位。《尚書·皋陶謨》：“百僚師師。”杜甫《狄明府（博濟）》：“有才無命百寮底。”《宣和畫譜》卷七：李公麟“仕宦居京師，十年不游權貴門。得休沐，遇佳時，則載酒出城，拉同志二三人，訪名園蔭林，坐石臨水，翛然終日……以沉於下僚，不能聞達，故止以畫稱。”

〔一四〕初不句：謂其最初未料會成畫家；世人僅以畫師目之，實出誤解。鄧椿《畫繼》卷三：李公麟"以文學有名於時……學佛悟道，深得微旨。立朝籍籍有聲，史稱以畫見知於世，非確論也。平日博求鐘鼎古器，圭璧寶玩，森然滿家。以其餘力，留意畫筆，心通意徹，直造玄妙，蓋其大才逸羣，舉皆過人也。"

〔一五〕戲弄二句：《廣川畫跋》卷五《書李伯時具溜山圖》："伯時於畫，天得也，嘗以筆墨爲游戲，不立寸度，放情蕩意，遇物則畫，初不計其妍蚩得失，至其成功，則無毫髮遺恨。"卒歲：猶度日。《左傳·襄公二十一年》："《詩》曰：'優哉游哉，聊以卒歲。'知（智）也。"此言以作畫遣時。老禪師：李公麟奉佛，故稱。

【評箋】 方東樹《昭昧詹言》卷十二：起四句叙畢。"絶塵"句正面議。"緬懷"句入。"千金"二句删。收舉百鈞，持重固而存之，不喘不汗。此使才驕氣浮者不解。始知神龍別有種，不比凡馬空多肉。

次韻子瞻和子由觀韓幹馬因論伯時畫天馬〔一〕

于闐花驄龍八尺，看雲不受絡頭絲〔二〕。西河驄作葡萄錦，雙瞳夾鏡耳卓錐〔三〕。長楸落日試天步〔四〕，知有四極無由馳〔五〕。電行山立氣深穩，可耐珠韉白玉羈〔六〕。李侯一顧嘆絶足〔七〕，領略古法生新奇。一日真龍入圖畫，在坰羣雄望風雌〔八〕。曹霸弟子沙苑丞，喜作肥馬人笑之〔九〕。李侯論幹獨不爾，妙畫骨相遺毛皮〔一〇〕。翰林評書乃如此，賤肥貴瘦渠未知〔一一〕。況我平生賞神駿，僧中云是道林師〔一二〕。

〔一〕元祐二年作。蘇軾有《次韻子由書李伯時所藏韓幹馬》，此詩即次
　　　其韻。

〔二〕于闐：西域古國名，今新疆和田一帶。花驄：毛色青白相雜之馬。
　　　唐太宗所乘有玉花驄，見《明皇雜録》。杜甫《驄馬行》：“初得花驄
　　　大宛種。”龍八尺：《周禮・夏官・廋人》：“馬八尺以上爲龍。”絡
　　　頭絲：古樂府《陌上桑》：“青絲繫馬尾，黄金絡馬頭。”杜甫《高都
　　　護驄馬行》：“青絲絡頭爲君老。”

〔三〕西河驄：原指西方水中所産之神馬。西河，古稱西部南北流向的
　　　黄河。葡萄錦：織有葡萄圖案的錦緞，此形容馬的花紋。雙瞳夾
　　　鏡：顏延之《赭白馬賦》：“雙瞳夾鏡，兩權協月。”寫馬雙目明亮。
　　　卓錐：直立之錐，形容馬耳勁挺直立。

〔四〕長楸句：寫馬在落日的大道上試跑。曹植《名都篇》：“走馬長楸
　　　間。”杜甫《韋諷録事宅觀曹將軍畫馬圖歌》：“霜蹄蹴踏長楸間。”
　　　長楸：古人種楸於道，故用指道路。天步：《詩・小雅・白華》：
　　　“天步艱難。”《後漢書・張衡傳》：“天步有常。”此借指天馬之步。

〔五〕四極：四方極遠之地。句謂天馬圈於厩中，雖知天地廣闊也無法
　　　馳騁。杜甫《天育驃圖歌》：“嗚呼健步何由騁！”

〔六〕電行：形容馬快如閃電。山立：屹立，語出《禮記・玉藻》。據崔
　　　豹《古今注》，秦始皇有名馬七，四曰犇電。杜甫《高都護驄馬行》：
　　　“走過掣電傾城知。”氣深穩：杜甫《韋諷録事宅……》：“可憐九馬
　　　争神駿，顧視清高氣深穩。”珠鞴：珠飾藉馬鞍之具。白玉羈：玉
　　　飾馬籠頭。

〔七〕絶足：指千里馬。孔融《論盛孝章書》：“燕君市駿馬之骨，非欲以
　　　騁道里，乃當以招絶足也。”

〔八〕一日二句：前句謂畫天馬入圖。真龍：指天馬。杜甫《丹青引贈
　　　曹將軍霸》：“須臾九重真龍出，一洗萬古凡馬空。”坰：見前詩注
　　　〔七〕。望風雌：猶望風披靡。以上十二句寫李公麟爲進貢之馬
　　　作畫。蘇軾有《三馬圖贊》，其引云：宋軍擒羌人首領鬼章青宜結
　　　以獻（按爲元祐二年事），“時西域貢馬，首高八尺，龍顱而鳳膺，虎

脊而豹章。出東華門,入天駟監,振鬣長鳴,萬馬皆瘖,父老縱觀,以爲未始見也……軾嘗私請於承議郎李公麟畫當時三駿馬之狀,而使鬼章青宜結效之,藏於家。"詩所記即此事。

〔九〕曹霸弟子:指韓幹。曹霸,唐代畫家,以畫馬擅名。杜甫有《丹青引》、《觀曹將軍畫馬圖》贊其技藝。沙苑:在陝西大荔縣南洛、渭之間,東西八十里,南北三十里,宜於畜牧,唐於此置沙苑監以牧馬。喜作肥馬:杜甫《丹青引》:"弟子韓幹早入室,亦能畫馬窮殊相。幹惟畫肉不畫骨,忍使驊騮氣凋喪。"

〔一〇〕妙畫句:用九方皋相馬事,見《列子·説符》。九方皋求馬,謂秦穆公曰:所得之馬,"牝而黄"。實爲"牡而驪"。穆公不悦。而伯樂贊曰:"若皋之所觀,天機也。得其精而忘其粗,在其內而忘其外。"此謂畫馬如相馬,其要在精神而不在皮相,故肥瘦無須計較。

〔一一〕翰林:指東坡。賤肥貴瘦:杜甫《李潮八分小篆歌》:"書貴瘦硬方通神。"東坡《孫莘老求墨妙亭詩》:"杜陵評書貴瘦硬,此論未公吾不憑。短長肥瘠各有態,玉環飛燕誰敢憎?"

〔一二〕況我二句:《世說新語·言語》:"支道林常養數匹馬。或言道人畜馬不韻。支曰:'貧道重其神駿。'"道林師:即支道林,東晉高僧,山谷用以自比。以上由韓幹畫馬引出對李伯時畫論的評隲。

【評箋】 方東樹《昭昧詹言》卷十二:叙題章法老。"李侯"二句逆入題。"一日"二句棱。"曹霸"二句議。"論幹"四句,反復有筆勢。"翰林論詩",言蘇公亦同李論。初學須解此種,乃不妄下筆,入滑俗傖父派。沈着曲折,所謂氣深穩,語意重。

題陽關圖二首〔一〕

斷腸聲裏無形影,畫出無聲亦斷腸〔二〕。想得陽關更西路〔三〕，北風低草見牛羊〔四〕。

　　人事好乖當語離〔五〕，龍眠貌出斷腸詩〔六〕。渭城柳色關何事，自是離人作許悲〔七〕。

〔一〕元祐二年作。山谷《書伯時陽關圖草後》："元祐初作此詩，題伯時所作陽關圖。"伯時：李公麟字。陽關圖：張舜民《畫墁録》卷一有詩題爲《京兆安汾叟赴辟臨洮幕府，南舒李君自畫陽關圖并詩以送行，浮休居士爲繼其後》，詩云："短亭離筵列歌舞，亭下喧喧簇車馬。溪邊一叟静垂綸，橋畔俄逢兩負薪。掣臂蒼鷹隨獵犬，聳耳驅驢扶隻輪。長安陌上多豪俠，正值春風二三月。分明朝雨浥輕塵，客舍青青柳色新。主人舉杯苦勸客，道是西征無故人。殷勤一曲歌未闋，歌者背面沾羅巾。酒闌童僕各辭親，結束韜縢意氣振。稚子牽衣老人哭，道上行客皆酸辛。惟有溪邊釣魚叟，寂寞投竿如不聞。"據此可想見畫面形象。《能改齋漫録》卷三謂此圖不當稱"陽關"，"謂之渭城圖宜矣"。

〔二〕斷腸二句：先謂詩有聲無形，次謂畫有形無聲。《談藝録・補訂》："陽關三疊，有聲無形，非繪事所能傳，故曰：'斷腸聲裏無形影。'然龍眠畫筆，寫惜別悲歌情狀，維妙維肖，觀者若於無聲中聞聲而腸斷，故曰：'畫出無聲亦斷腸。'即聽覺補充視覺之理也。"宋代談藝者多强調詩畫之異體同貌。蘇軾《和文與可洋川園池三十首・溪光亭》："溪光自古無人畫，憑仗新詩與寫成。"施注："詩人以畫爲無聲詩，詩爲有聲畫。"又《韓幹馬》："少陵翰墨無形畫，韓幹丹青不語詩。"張舜民《畫墁集》卷一《跋百之詩畫》："詩是無形畫，畫是有形詩。"南宋孫紹遠録唐以來題畫詩爲《聲畫集》，宋末畫家楊公遠自編詩集《野趣有聲畫》。參見錢鍾書《舊文四篇・中國詩與中國畫》。又首句本李商隱《贈歌妓》："斷腸聲裏唱陽關。"

〔三〕想得句：王維《送元二使安西》："西出陽關無故人。"

〔四〕北風句：《樂府詩集》卷八十六《敕勒歌》："天蒼蒼，野茫茫，風吹草低見牛羊。"

〔五〕人事句：陶淵明《答龐參軍詩序》："人事好乖，便當語離。"

〔六〕龍眠：李伯時號龍眠居士。貌：作動詞，描繪。杜甫《奉先劉少府新畫山水障歌》："貌得山僧及童子。"蘇軾《書林次中所得李伯時歸去來、陽關二圖後》："龍眠獨識殷勤處，畫出陽關意外聲。"

〔七〕渭城二句：王維詩："渭城朝雨浥輕塵，客舍青青柳色新。"此以物之無情反襯人之多情。《管錐編》四《孔稚珪〈北山移文〉條》："水聲山色，鳥語花香，胥出乎本然，自行其素，既無與人事，亦不求人知。……如岑參《山房即事》：'庭樹不知人去盡，春來還發舊時花'；杜甫《滕王亭子》：'古牆猶竹色，虛閣自松聲'，又《過故斛斯校書莊》：'斷橋無復板，臥柳自生枝'；劉禹錫《石頭城》：'山圍故國周遭在，潮打空城寂寞回，淮水東邊舊時月，夜深還過女牆來'，又《西塞山懷古》：'人世幾回傷往事，山形依舊枕寒流'；包佶《再過金陵》：'江山不管興亡事，一任斜陽伴客愁'；李賀《經沙苑》：'無人柳自春'；崔護《題城南》：'人面不知何處去，桃花依舊笑春風。'"此外，賀知章《回鄉偶書》："惟有門前鏡湖水，春風不改舊時波"；戴叔倫《湘南即事》："沅湘盡日東流去，不爲愁人住少時"；劉禹錫《傷愚溪》："隔簾惟見中庭草，一樹山榴依舊開"；李拯《退朝望終南山》："惟有終南山色在，晴明依舊滿長安"；韋莊《臺城》："無情最是臺城柳，依舊煙籠十里堤"等，均此類。山谷用意相同，但以議論出之，更覺精警。

次韻子瞻題郭熙畫山〔一〕

黃州逐客未賜環，江南江北飽看山〔二〕。玉堂臥對郭熙畫〔三〕，發興已在青林間〔四〕。郭熙官畫但荒遠，短紙曲折開秋晚。江村煙外雨脚明，歸雁行邊餘疊巘〔五〕。坐思黄柑洞庭霜〔六〕，恨身不如雁隨陽〔七〕。熙今頭白有眼力，尚能弄筆映窗光。畫取江南好風日〔八〕，慰此將老鏡中髮。但熙肯畫寬作程，十日五日一水石〔九〕。

〔一〕元祐二年作。蘇軾原詩爲《郭熙畫秋山平遠》。郭熙：河陽溫人（今河南溫縣），生卒年失考，熙寧間爲御書院藝學，師承李成，工山水寒林，善作巨幅壁畫。其畫論由其子郭思整理成《林泉高致》一書。

〔二〕黄州逐客：指東坡。未賜環：尚未還朝。《禮記·曲禮》孔穎達疏：“大夫士三諫而不從，出在竟（境）上，大夫則待放三年，聽於君命，若與環則還，與玦便去。”環諧還音。《荀子·大略》：“絶人以玦，反（返）絶以環。”二句言東坡在黄州得飽覽大江南北之山水。

〔三〕玉堂：指翰林學士院。東坡時爲翰林學士，故能在玉堂觀畫。郭熙畫：《蔡寬夫詩話》：“今玉堂中屏，乃待詔郭熙所作《春江曉景》。禁中、官局多熙筆迹，而此屏獨深妙，意若欲追配前人者。蘇僊州嘗賦詩云：‘玉堂畫掩春日閑，中有郭熙畫春山。’今遂爲玉堂一佳物也。”

〔四〕發興句：謂見畫而發游興。古人題畫多有此意。李白《同族弟金城尉叔卿燭照山水壁畫歌》：“卻顧海客揚雲帆，便欲因之向溟渤。”杜甫《奉先劉少府新畫山水障歌》：“若耶溪，雲門寺，吾獨胡爲在泥滓？青鞋布襪從此始。”

〔五〕郭熙四句：詩自此入題，寫郭熙所畫之《秋山平遠圖》。此圖作於小幅紙上，據東坡詩自注，畫後有文彦博之跋。官畫：郭熙有藝學、待詔之銜，故所作稱官畫。疊巘（yǎn）：層層疊疊的山峰。此圖諸家多有題詠，東坡詩：“離離短幅開平遠，漠漠疏林寄秋晚。”又《郭熙秋山平遠》七絶二首：“目盡孤鴻落照邊，遥知風雨不同川。”蘇轍次其韻：“亂山無盡水無邊，田舍漁家共一川。”劉迎《郭熙秋山平遠用東坡韻》：“楚天極目江天遠，楓林渡頭秋思晚。煙中一葉認扁舟，雨外數峰橫翠巘”，可想見其所繪之景。

〔六〕坐思句：米芾《書史》：唐人摹王羲之“一帖是‘奉橘三百顆，霜未降，未可多得’。韋應物詩（《答鄭騎曹青橘絶句》）云：‘書後欲題三百顆，洞庭更待滿林霜。’蓋用此事。”洞庭：指太湖。《博物志》卷一：“吳，左洞庭，右彭蠡。”兼指太湖中之洞庭山，一稱包山，其地以產柑橘著名。梁吳均《餅説》：“洞庭負霜之橘。”《雲麓漫鈔》卷四：“吳中太湖内乃洞庭山，產柑橘，香味勝絶。”

〔七〕恨身句：謂恨己不能如雁南飛。《尚書·禹貢》：“彭蠡既豬，陽鳥攸居。”孔傳：“隨陽之鳥，鴻雁之屬，冬月所居於此澤。”

〔八〕畫取：猶畫得。取，語助詞，作“得”解，見《詩詞曲語辭滙釋》卷三。好風日：王維《漢江臨泛》：“襄陽好風日，留醉與山翁。”

〔九〕但：只要。寬作程：把作畫期限放寬一些。杜甫《戲題王宰畫山水圖歌》：“十日畫一水，五日畫一石。能事不受相促迫，王宰始肯留真蹟。”

【評箋】 翁方綱《七言詩歌行鈔》卷十：前有玉堂一幅實景作襯，故後半又於空中宕出一幅佇發遠神。

方東樹《昭昧詹言》卷十二：“黄州”四句，叙畢。“郭熙”二句，正面。“江村”句寫。“歸雁”句頓住。“坐思”二句入己，緯也。乃空中樓閣，妙。“熙今”二句，馳取下二句。“畫取”二句，點出宗旨。“但熙”二句，餘情遠韻，力透紙背。

曲折馳驟，有江海之觀、神龍萬里之勢。“熙今”四句枯窘。

題郭熙山水扇〔一〕

郭熙雖老眼猶明，便面江山取意成〔二〕。一段風煙且千里〔三〕，解如明月逐人行〔四〕。

〔一〕元祐二年作。郭熙：見前詩注〔一〕。

〔二〕便面：扇之一種。《漢書·張敞傳》：“自以便面拊馬。”顏師古注：“便面，所以障面，蓋扇之類也。不欲見人，以此自障面，則得其便，故曰便面，亦曰屏面。”其形似團扇，後亦泛指扇子。取意：猶取次，隨意。句謂在不經意間畫了這幅山水扇面。

〔三〕一段句：即尺幅千里、咫尺萬里之意。《南史·（齊）蕭子良傳》：子良之孫蕭賁“能書善畫，於扇上圖山水，咫尺之內，便覺萬里爲遙。”杜甫《戲題王宰畫山水圖歌》：“尤工遠勢古莫比，咫尺應須論萬里。”風煙：風物景觀。杜甫《秋興八首》：“萬里風煙接素秋。”

〔四〕解：懂得，解人意。明月逐人：蘇味道《正月十五夜》：“暗塵隨馬去，明月逐人來。”此言扇上山水常與人俱，猶明月之隨人。

題鄭防畫夾五首〔一〕

惠崇煙雨歸雁〔二〕，坐我瀟湘洞庭〔三〕。欲喚扁舟歸去，故人言是丹青〔四〕。

能作山川遠勢，白頭惟有郭熙〔五〕。欲寫李成驟雨，惜無六幅鵝溪〔六〕。

徐生脱水雙魚〔七〕，吹沫相看晚圖〔八〕。老矣箇中得計，作書遠寄江湖〔九〕。

折葦枯荷共晚〔一〇〕，紅榴苦竹同時。睡鴨不知飄雪，寒雀四顧風枝〔一一〕。

子母猿號檞葉，山南山北危機〔一二〕。世故誰能樗里？轂中皆是由基〔一三〕。

〔一〕《内集詩注》附於元祐二年。鄭防：未詳。

〔二〕惠崇：僧人，建陽(今屬福建)人，一説長沙人，生活於北宋前期，能詩善畫。《圖畫見聞志》卷四稱其“工畫鵝雁鷺鷥，尤工小景，善爲寒汀遠渚，蕭灑虛曠之象，人所難到也”。

〔三〕坐我句：謂好像讓我坐在瀟湘洞庭之間。坐：用如使動詞。瀟湘：湘水流域。瀟，水清，故瀟湘猶清湘；一説湘水在零陵西合瀟水，故其中游稱瀟湘。洞庭：指湖南之洞庭湖，湘水流注其中。

〔四〕欲唤二句：《管錐編》(二)論《太平廣記》八六：“繪畫不特似真逼真，抑且亂真奪真，更僕難終……詞人賦詠，已成印板。如王季友《觀于舍人壁畫山水》：‘獨坐長松是阿誰，再三招手起來遲；于公大笑向予説：“小弟丹青能爾爲!”’杜甫《畫鶻行》：‘高堂見生鶻，颯爽動秋骨，初驚無拘攣，何得立突兀?’高適《同鮮于洛陽於畢員外宅觀畫馬歌》：‘半壁趁趨勢不住，滿堂風飄颯然度，家僮愕視欲先鞭，櫪馬驚嘶還屢顧’；方干《水墨松石》：‘蘭堂坐久心彌惑，不道山川是畫圖’；黄庭堅《題鄭防畫夾》：……。”

〔五〕白頭：郭熙高壽，故云。元好問稱其“年過八十”(《遺山詩集》卷四《汾亭古意圖》注)。

〔六〕李成：北派山水畫大師。其先唐宗室，生活於五代至宋初，家居營丘(山東昌樂)，世稱李營丘。驟雨：指其名作《六幅驟雨圖》。時有“直史館劉鰲者，時推精鑒，於曹武惠王第見成山水圖，愛之不已，有詩曰：‘六幅冰綃掛翠庭，危峰疊嶂鬥崢嶸，却因一夜芭蕉雨，疑是岩前瀑布聲。’識者以爲實録”(《聖朝名畫評》卷二)。山谷《跋郭熙畫山水》：東坡兄弟觀郭熙畫後“以爲郭熙因爲蘇才翁家摹六幅李成驟雨，從此筆墨大進。”又《題燕文貴山水》：“風雨圖本出於李成，超軼不可及也，近世郭熙時得一筆，亦自難得。”鵝溪：在四川鹽亭縣西北，以產絹名，稱鵝溪絹，唐時爲貢品，宋人書畫尤重之。

〔七〕徐生：指徐熙，南唐畫家，鍾陵(江西進賢)人，一説金陵人，世爲江南名族，“善畫花木、禽魚、蟬蝶、蔬果，學窮造化，意出古今。徐鉉云:'落墨爲格,雜彩副之,迹與色不相隱映也。'"(《圖畫見聞志》卷四)其所創"落墨法"不同於墨綫勾勒後填色之法,因在花鳥畫中獨具一格,宋人以"野逸"稱其風格。

〔八〕吹沫句:《莊子・大宗師》:"泉涸,魚相與處於陸,相呴(吐氣)以濕,相濡以沫,不如相忘於江湖。"此狀徐生所畫脱水雙魚。

〔九〕作書句:古樂府:"枯魚過河泣,何時悔復及! 作書與魴鱮,相教慎出入。"山谷以脱水魚的口吻,告誡人們處世要小心謹慎。江湖:指江湖中魚,此喻世人。按:據詩意,以下二首亦詠徐熙畫。

〔一〇〕折葦:徐熙喜於畫中描繪"折枝",有"折枝花圖","折枝紅杏、海棠、牡丹"等傳世,見《宣和畫譜》卷十七。

〔一一〕紅榴三句:《管錐編增訂》:"荷枯雪飄,而榴紅照眼,是亦雪中芭蕉之類耶? 李唐《深山避暑圖》有丹楓,葉德輝《觀畫百詠》卷二嘆爲'筆妙補天,深得輞川不問四時之意'。陸游《老學菴筆記》卷二:'靖康初,京織帛及婦人首飾衣服皆備四時。……花則桃、杏、荷花、菊花、梅花皆併爲一景,謂之"一年景"。'……是名畫家之'寓意'固亦市俗所慣爲熟視,雅人深致與俗工炫多求'備',將無同歟。"按:王維畫"雪中芭蕉"事宋人筆記多有記述,《夢溪筆談》卷十七:"書畫之妙,當以神會,難可以形器求也。如彦遠畫評言,王維畫物,多不問四時,如畫花往往以桃杏芙蓉蓮花同畫一景。余家所藏摩詰《卧雪圖》有雪中芭蕉,此難與俗人論也。"

〔一二〕子母二句:謂畫中描寫猿之母子哀號於槲樹叢中。《世説新語・黜免》載桓温經三峽,部下得猿子,其母沿岸哀號而死,腸皆寸斷。危機:觸發危險的因素、機緣。

〔一三〕世故:猶世事。樗(chū)里;樗里子,名疾,秦惠王異母弟,滑稽多智,號智囊,見《史記》本傳。彀(gòu)中:弓箭射程之内。《莊子・德充符》:"游於羿之彀中。"由基:養由基,春秋楚大夫,善射。《淮南子・説山訓》:"楚王有白猨,王自射之,則搏矢而熙。使養由基射之,始調弓矯矢,未發而猨擁柱號矣。"此詩感嘆世事危機四伏,無論如何聰明,也都在其射程之中。

睡　　鴨〔一〕

　　山鷄照影空自愛,孤鸞舞鏡不作雙〔二〕。天下真成長會合,兩鳧相倚睡秋江〔三〕。

〔一〕元祐二年作。

〔二〕山鷄:事見《次韻答邢惇夫》注〔一一〕。劉敬叔《異苑》卷三:"山鷄愛其毛羽,映水則舞。魏武帝時,南方獻之,帝欲其鳴舞而無由。公子蒼舒(曹冲)令置大鏡其前,鷄鑒形而舞,不知止,遂乏死。"此事又移于鸞鳥。南朝宋范泰《鸞鳥詩序》:"昔罽賓王結罝(網)峻祁之山,獲一鸞鳥。王甚愛之,欲其鳴而不能致也。……三年不鳴,其夫人曰:'嘗聞鳥見其類而後鳴,何不懸鏡以映之?'王從其言。鸞睹形感契,慨然悲鳴,哀響中霄,一奮而絶。"後山鷄與孤鸞對舉,遂成詩中造語之一格。李商隱《破鏡》:"秦臺一照山鷄後,便是孤鸞罷舞時。"又《鸞鳳》:"舊鏡鸞何處? 衰桐鳳不棲。金錢饒孔雀,錦段落山鷄。"此二句以鸞鷄之孤單映襯睡鴨之成雙。

〔三〕天下二句:《内集詩注》:"徐陵《鴛鴦賦》曰:'山鷄映水那相得,孤鸞照影不成雙。天下真成長會合,無勝比翼兩鴛鴦。'山谷非蹈襲者,以徐語弱,故爲點竄,以示學者爾。至其末語,用意尤深,非徐所及。唐人吳融《池上雙鳧》詩曰:'可憐翡翠歸雲髻,莫羨鴛鴦入畫圖。幸是羽毛無取處,一生安穩老菰蒲。'意雖佳而語陋。山谷兼用二人之長,政如臨淮王用郭汾陽部曲,一經號令,氣色益精明云。"趙與時《賓退録》卷十更進一解:"《容齋隨筆》謂魯直末句尤精工。余幼時不能解,每疑鴛鴦可言長會合,兩鳧則聚散不常,何可言長會合? 後乃悟魯直所謂長會合,特指畫者耳。"《管錐編》(四)二二九《全陳文卷六》:"此任氏之謬託知音也。黄詩純自徐陵賦推演,着眼在人事好乖,離多會少……真鴛鴦雖稱並命之禽,徐賦至誇其'交頸於千年',然不保形影之瞬息無離,終悲生命之暫促有盡;争及畫中睡鳬相倚,却可積歲常然而不須臾或變。故徐黄貌若同言'真成長會合',黄實舉徐初語,因從其後而駁之……如禪宗之'末後一轉語'。不知來歷者,僅覩黄詩中言雙鳬勝於山鷄、孤鷺,知來歷者,便省其言外尚有徐所賦鴛鴦在,鴛鴦勝山鷄、孤鷺,而畫鳬尤勝鴛鴦;不止進一解,而是下兩轉也。"

題晁以道雪雁圖〔一〕

飛雪灑蘆如銀箭,前雁驚飛後回眄。憑誰説與謝玄暉,莫道澄江静如練〔二〕。

〔一〕元祐二年作。晁説之:字以道,濟州鉅野人,元豐進士,工詩善畫。
〔二〕憑誰:仗誰,請誰。謝玄暉:謝朓,字玄暉,南朝齊詩人。澄江静如練:謝朓《晚登三山還望京邑》詩中的名句。"静"一作"浄"。李白《金陵城西樓月下吟》:"解道澄江浄如練,令人長憶謝玄暉。"

奉同子瞻韻寄定國〔一〕

風雲開古鏡,淮海熨冰紈〔二〕。王孫醉短舞,羅襪步微瀾〔三〕。老驥心雖在,白鷗盟已寒〔四〕。斯人氣金玉,視世一鼠肝〔五〕。南歸脱蟲蠱,入對隨孔鸞〔六〕。忽以口語去,鼓船下驚湍〔七〕。收身薄冰釋,置枕太山安〔八〕。后土花藥麗,海門天水寬〔九〕。伐木思我友〔一〇〕,知人良獨難〔一一〕。遙憐鬢鬚綠〔一二〕,猶復耐悲歡?

〔一〕元祐二年作。東坡有詩《昨見韓丞相(絳)言王定國今日玉堂獨坐有懷其人》,詩即次其韻。時王鞏(定國)爲揚州通判。

〔二〕風雲二句:寫風流雲散,天宇清明。開古鏡:杜甫《月》:"四更山吐月,殘夜水明樓。塵匣元開鏡,風簾自上鈎。"韓愈《酬司門盧四兄雲夫院長望秋作》:"長安雨洗新秋出,極目寒鏡開塵函。"淮海:《尚書·禹貢》:"淮海惟揚州。"冰紈:絹之潔白者。

〔三〕王孫:猶貴公子,指王鞏。因其祖王旦爲文正公,父王素爲懿敏公,故云。短舞:《漢書·長沙定王傳》注:"諸王來朝,有詔更前稱壽歌舞,定王但張袖小舉手,左右笑其拙。上怪問之,對曰:'臣國小,地狹,不足回旋。'"陶岳《零陵記》載此事,稱"短舞"。山谷借以描寫王鞏醉舞之態。羅襪句用曹植《洛神賦》。

〔四〕老驥:曹操《碣石篇·龜雖壽》:"老驥伏櫪,志在千里。烈士暮年,壯心不已。"白鷗:事見《列子·黃帝》。盟已寒。《左傳·哀公十二年》:"今吾子曰必尋盟,若可尋也,亦可寒也。"二句謂壯心猶存,歸隱不能。

〔五〕斯人:指王鞏。氣金玉:喻其氣質高貴。一鼠肝:《莊子·大宗師》:"偉哉造化!又將奚以汝爲?……以汝爲鼠肝乎?以汝爲蟲臂乎?"二句言其氣概不凡。

〔六〕南歸:指王鞏於元豐六年自賓州放還。蠱蠱:南方以毒傷人之物。《博物志》中有含氣射人之蠱,《搜神記》中作"蜮",含沙射人,可致人死。鮑照《代苦熱行》:"含沙射流影,吹蠱病行暉。"入對:指進宮奏對。孔鸞:孔雀、鸞鳳,喻能臣賢才。韓愈《南內朝賀歸呈同官》:"明庭集孔鸞,曷取於鳧鷖。"

〔七〕口語:有二義。司馬遷《報任少卿書》:"僕以口語,遇遭此禍。"指出語不慎。楊惲《報孫會宗書》:"遭遇變故,橫被口語。"則指他人的誹謗。此用後一義。二句寫王鞏受言事者攻擊,自宗正丞出倅揚州。

〔八〕收身:收斂自身,韜光養晦。薄冰釋:謂嫌隙仇怨如冰消溶。《老子》十五:"渙兮若冰之將釋。"置枕句:《戰國策·魏策一》:"大王高枕而卧,國必無憂矣。"《漢書·枚乘傳》:上書諫吴王:"易於反掌,安於太山。"

〔九〕后土:指大地,又指土地神。揚州有后土祠。花:指瓊花;藥:指芍藥。周密《齊東野語》卷十七:"揚州后土祠瓊花,天下無二本,絶類聚八仙,色微黄而有香。仁宗慶曆中,嘗分植禁苑,明年輒枯,遂復載還祠中,敷榮如故。"《能改齋漫録》卷十五:孔常甫叙芍藥云:"揚州芍藥,名於天下,非特以多爲誇也,其敷腴盛大,而纖麗巧密,皆他州之所不及。至於名品相壓,争妍鬥奇……遂與洛陽牡丹俱貴於時。"海門:指揚州一帶江水開闊處。

〔一〇〕伐木句:《詩·小雅·伐木》:"伐木丁丁,鳥鳴嚶嚶。……嚶其鳴矣,求其友聲。相彼鳥矣,猶求友聲,矧伊人矣,不求友生?"

〔一一〕知人句:見《聽崇德君鼓琴》注〔六〕及《次韻無咎閭子常……》注〔一八〕。

〔一二〕遥憐句:王鞏雖謫居而容貌不改,見《次韻子由績谿病起……》詩。蘇軾《次韻王鞏南遷初歸》:"逢人瘴髮黄,入市胡眼碧。……歸來貌如故,妙語仍破鏑。"緑:指鬢髮烏亮。

次韻柳通叟寄王文通〔一〕

故人昔有凌雲賦〔二〕,何意陸沉黄綬間〔三〕?頭白眼花行作吏〔四〕,兒婚女嫁望還山〔五〕。心猶未死杯中物〔六〕,春不能朱鏡裏顏〔七〕。寄語諸公肯湔祓〔八〕,割雞令得近鄉關〔九〕。

〔一〕元祐二年作。柳通叟、王文通：二人事迹不詳，山谷另有《次韻答柳通叟求田問舍之詩》。

〔二〕故人：指王文通。凌雲賦：《史記·司馬相如傳》：漢武帝讀相如《大人》之頌，“飄飄有凌雲之氣”。此贊其文才。

〔三〕陸沉：語出《莊子·則陽》，此謂埋没。黄綬：黄色印綬，低級官吏所佩。《漢書·百官公卿表》：吏秩“比二百石以上皆銅印黄綬”。

〔四〕頭白：杜甫《病後過王倚飲贈歌》：“頭白眼暗坐有胝。”嵇康《與山巨源絶交書》：“遊山澤，觀魚鳥，心甚樂之，一行作吏，此事便廢。”行：去。

〔五〕兒婚句：《後漢書·逸民傳》：向長字子平，隱居不仕，男女娶嫁既畢，與同好遊五岳名山，不知所終。又《南齊書·蕭惠基傳》：“惠基常謂所親曰：‘須婚嫁畢，當歸老舊廬。’”古人以爲仕爲養親，畢婚嫁則多指歸隱，元結《招陶別駕家陽華作》：“無或畢婚嫁，竟爲俗務牽。”還山：指歸隱。江淹《別賦》：“服食還山。”

〔六〕心猶句：謂其酒興未減。杯中物：指酒。陶淵明《責子詩》：“且進杯中物。”

〔七〕春不句：謂春天來臨，却不能使人恢復青春容顔。朱：作使動用法，使臉色紅潤。

〔八〕渝袚：猶荐拔，見《觀秘閣蘇子美題壁……》注〔四八〕。

〔九〕割鷄：見《送徐隱父宰餘干》注〔一五〕，此指作地方官。

再 答 元 輿〔一〕

君不能入身帝城結子公〔二〕，又不能擊强有如諸葛豐〔三〕。法當憔悴百寮底〔四〕，五十天涯一禿翁〔五〕。問君何自今爲郎？便殿作賦聲摩空〔六〕。偶然樽酒相勞苦，牛鐸調與黃鍾同〔七〕。安得朱輻各憑熊〔八〕，江南樓閣白蘋風〔九〕，勸歸啼鳥曉窗籠。男兒邂逅功補袞，鳥倦歸巢葉歸本〔一○〕。

〔一〕元祐二年作。元興：《內集詩注》卷八此首前有《戲答陳元興》，注引《實錄》："元祐二年八月陳軒爲主客郎中。"軒字元興。

〔二〕君不能句：見《靜居寺上方南入一徑有釣臺……》注〔五〕。此言無由結交權貴。

〔三〕又不能句：《漢書・諸葛豐傳》：諸葛豐琅邪人，以特立剛直名，"舉侍御史，元帝擢爲司隸校尉，刺舉無所避"。擊强：摧抑豪强。

〔四〕百寮底：見《詠李伯時摹韓幹三馬……》注〔一三〕。左思《詠史》："英俊沈下僚。"

〔五〕五十句：《史記・魏其武安侯列傳》：竇嬰與田蚡於漢武帝前論是非曲直，韓安國不置可否，田蚡怒曰："與長孺共一老禿翁，何爲首鼠兩端？"《集解》："禿老翁，言嬰無官位扳援也。"

〔六〕問君二句：《史記・馮唐列傳》："唐以孝著，爲中郎署長，事文帝。文帝輦過，問唐曰：'父老何自爲郎？'"何自：從何時。李賀《高軒過》："殿前作賦聲摩空，筆補造化天無功。龐眉書客感秋蓬，誰知死草生華風。"此兼用顏駟事。《漢武故事》：武帝見顏駟龐眉皓髮而問曰："叟何時爲郎？何其老也！"對曰："臣文帝時爲郎，文帝好文而臣好武；至景帝好美而臣貌醜；陛下即位，好少而臣已老。是以三世不遇，老於郎署。"

〔七〕勞苦：慰勞。牛鐸：牛鈴。黃鍾：十二樂律之首。十二律各有固定音高，以十二個長度不等的律管吹出。《晉書・荀勗傳》："初，勗於路逢趙賈人牛鐸，識其聲。及掌樂，音韻未調，乃曰：'得趙之牛鐸則諧矣。'遂下郡國。悉送牛鐸，果得諧者。"又《北史・長孫紹遠傳》："爲太常，廣召工人，創造樂器，唯黃鍾不調，每恒恨之。嘗經韓使君佛寺，聞浮圖三層上鐸鳴，其音雅合宮調，因取而配奏,方始克諧。"此二事兼用,牛鐸爲山谷自況,黃鍾則比元興。

〔 八 〕朱轓:見《謝黃從善司業寄惠山泉》注〔五〕。又《漢書·景帝紀》注引應劭釋朱轓曰:"車耳反出,所以爲之藩屏,翳塵泥也,以簟爲之,或用革。"憑熊:憑靠於伏熊狀的車軾。《後漢書·輿服志》:"公、列侯安車,朱班輪,倚鹿較,伏熊軾。"

〔 九 〕江南句:柳惲《江南春》:"汀州采白蘋,日落江南春。"溫庭筠《西江上送漁父》:"白蘋風起樓船暮。"

〔一〇〕邂逅:見《次韻寄上七兄》注〔六〕。補衰:見《和答莘老見贈》注〔一三〕。此謂仕宦功名亦是人生偶然之事。鳥倦歸巢:陶淵明《歸去來辭》:"鳥倦飛而知還。"葉歸本:《漢書·翼奉傳》:"天道終而復始,窮則反本。"注引《翼氏風角》:"木落歸本,水流歸末。"契嵩本《六祖壇經》十:"師曰:'諸佛出現,猶示涅槃,有來必去,理亦當然,吾此形骸,歸必有所。'衆曰:'師從此去,早晚可回?'師曰:'葉落歸根,來時無口(日)。'"

【評箋】 方東樹《昭昧詹言》卷十二:起逆入,奇气傑句,跌宕有勢。"牛鐸"句擲。收四句有韻,言不如歸也。

奉答謝公静與榮子邕論狄元規孫少述詩長韻〔一〕

謝公遂如此,宰木已三霜〔二〕。無人知句法,秋月自澄江〔三〕。二子學邁俗,窺杜見牖窗〔四〕。試斷郢人鼻,未免傷手創〔五〕。蟹胥與竹萌,乃不美羊腔〔六〕。自往見謝公,論詩得濠梁〔七〕。世方尊兩耳,未敢築受降〔八〕。丹穴鳳凰羽,風林虎豹章〔九〕。小謝有家法,聞此不聽冰〔一〇〕。相思北風惡，歸雁落斜行〔一一〕。

〔 一 〕謝公靜：名愔，師厚子。榮子邕：名輯。狄元規：名遵度，侍郎棐
　　　之子，長沙人，以父任爲襄城簿。此詩任淵繫於元祐元年；《年譜》
　　　繫於二年，題下注：“按謝景溫《小隱田記》又云：‘七年不幸伯元
　　　（指謝師厚）歿於鄧’，而此詩有‘謝公遂如此，宰木已三霜’，則是
　　　今歲所作，任氏次於元年，非是。”
〔 二 〕謝公：指師厚。宰木：墓上之木。
〔 三 〕句法：見《子瞻詩句妙一世……》注〔六〕。澄江：用謝朓“澄江靜
　　　如練”（《晚登三山還望京邑》）句，切謝姓。山谷《黃氏二室墓誌》：
　　　“然庭堅之詩，卒從謝公得句法。”
〔 四 〕二子：指狄、孫二人。邁俗：超邁流俗；邁，超過。石崇《思歸引
　　　序》：“余少有大志，夸邁流俗。”窺杜：指學習杜甫。見牖窗：猶初
　　　具規模。舒元輿《悲剡藤文》：“且今九牧士人，自專言能見文章戶
　　　牖者，其數與麻竹相多。”《遯齋閑覽》：“狄遵度幼而聰慧，弱冠爲
　　　文，詞氣豪邁，有韓柳之風。其爲歌詩每以子美爲法。”
〔 五 〕試斲二句：謂二子詩藝尚未臻妙。用匠石運斤事。《老子》七十
　　　四：“夫代大匠斲者，希有不傷其手矣。”韓愈《祭柳子厚文》：“不善
　　　爲斲，血指汗顏。巧匠旁觀，縮手袖間。”
〔 六 〕蟹胥二句：謂二子尚有好奇之病。《周禮·天官·庖人》：“共祭
　　　祀之好羞。”鄭玄注：“若荆州之䱥魚，青州之蟹胥。”蟹胥：蟹醬，
　　　珍奇食品。竹萌：《爾雅·釋草》：“筍，竹萌。”羊腔：即羊羫，羊
　　　肋，指普通食品。韓愈《病中贈張十八》：“酒壺綴羊腔。”
〔 七 〕自往二句：謂二子受教於師厚。《王直方詩話》釋爲山谷“之詩竟
　　　從謝公得句法”，誤。濠梁：《莊子·秋水》：莊子與惠子游于濠梁
　　　之上，共論游魚之樂，惠子問莊子何以知魚之樂，莊子答曰：“我知
　　　之濠上也。”意爲心領神會。此指領悟作詩三昧。
〔 八 〕世方二句：謂世俗貴古賤今，二子缺少自信，一味自卑。尊兩耳：
　　　《文選》卷三張衡《東京賦》：“若客所謂末學膚受，貴耳而賤目者

也。"李善注引桓子《新論》:"世咸尊古卑今,貴所聞,賤所見。"《顏氏家訓·慕賢》:"世人多蔽,貴耳賤目,重遥輕近。"受降:受降城,初築於漢武帝接受匈奴投降時,後唐代張仁願又於黄河北築三受降城防突厥。

〔九〕丹穴二句:喻詩文華美。《山海經·南次三經》:"丹穴之山……有鳥焉,其狀如鷄,五采而文,名曰鳳皇。"《文心雕龍·原道》:"文之爲德也大矣……龍鳳以藻繪呈瑞,虎豹以炳蔚凝姿。"章:紋章,花紋。

〔一〇〕小謝:指謝公静。家法:原指經學中各派師徒傳承的觀點、方法、學風,此指作詩之法。不聽冰:不懷疑。《顏氏家訓·書證》:"狐之爲獸,又多猜疑,故聽河冰,無流水聲,然後渡。今俗云狐疑虎卜,則其義也。"

〔一一〕相思二句:寫北風勁吹,雁不能南歸,書信無由寄達。

戲答趙伯充勸莫學書及爲席子澤解嘲〔一〕

平生飲酒不盡味,五鼎餽肉如嚼蠟〔二〕。我醉欲眠便遣客〔三〕,三年窺牆亦面壁〔四〕。空餘小來翰墨場〔五〕,松煙兔穎傍明窗〔六〕。偶隨兒戲灑墨汁〔七〕,衆人許在崔杜行〔八〕。晚學長沙小三昧〔九〕,幻出萬物真成狂〔一〇〕。龍蛇起陸雷破柱〔一一〕,自喜奇觀繞繩床〔一二〕。家人駡笑寧有道,污染黄素敗粉牆〔一三〕。誠不如南鄰席明府〔一四〕,蛛網鎖硯蝸書梁〔一五〕。懷中探丸起九死,才術頗似漢太倉〔一六〕。感君詩句喚夢覺,邯鄲初未熟黄粱〔一七〕。身如朝露無牢強,玩此白駒過隙光〔一八〕。從此永明書百卷,自

公退食一爐香〔一九〕。

〔一〕元祐二年作。趙伯充：名叔盎，宋宗室。席子澤：名延賞。

〔二〕五鼎：“羊一，豕二，膚（切肉）三，魚四，腊五。”（《禮記·郊特牲》孔氏《正義》）鼎：食器，祭祀時用作盛牲器。《公羊傳·桓公二年》何休注：“禮祭，天子九鼎，諸侯七，卿大夫五，元士三也。”餒肉：古代祭後分賜之祭肉（胙），也指一般肉食。《孟子·萬章》：“（魯）繆公之於子思也，亟問，亟餒鼎肉。”嚼蠟：《楞嚴經》卷八：“于橫陳時，味如嚼蠟。”

〔三〕我醉句：《南史·陶潛傳》：“潛若先醉，便語客云：‘我醉欲眠，君可去。’”示其真率。

〔四〕三年窺牆：宋玉《登徒子好色賦》：宋玉盛稱東鄰子“惑陽城，迷下蔡。然此女登牆窺臣三年，至今未許也”。面壁：《景德傳燈録》卷三：菩提達摩“寓止於嵩山少林寺，面壁而坐，終日默然，人莫之測，謂之壁觀婆羅門”。亦：祇，僅，範圍副詞（王鍈《詩詞曲語辭例釋》）。此句謂盡管有外物引誘，我只是面壁修行。

〔五〕翰墨場：猶文壇。謝瞻《張子房詩》：“濟濟屬車士，粲粲翰墨場。”

〔六〕松煙：指墨。兔穎：指筆。宋趙希鵠《洞天墨録》：“古墨惟以松煙爲之，曹子建詩：‘墨出青松煙，筆出狡兔翰。’”王羲之《筆經》：“漢時諸郡獻兔毫，惟中山兔肥而毫長可用。”故韓愈《毛穎傳》以毛穎（筆）爲中山人。馬永卿《嬾真子》卷五：“趙國平原廣澤無雜木，唯有細草，是以兔肥，肥則毫長而銳，此良筆也。”

〔七〕偶隨句：盧仝《示添丁》：“忽來案上翻墨汁，塗抹詩書如老鴉。”

〔八〕衆人句：杜甫《壯遊》：“斯人崔魏徒，以我似班揚。”崔杜：崔瑗、崔寔父子及杜度，皆東漢書法家。《法書要録》卷七《張懷瓘書斷》：“自杜度妙於章草，崔瑗、崔寔父子繼能，羅暉、趙襲亦法此藝。襲與張芝相善，芝自云：‘上比崔杜不足，下方羅趙有餘。’”

〔九〕長沙：指唐僧懷素。《國史補》卷中：“長沙僧懷素好草書，自言得草聖三昧。”三昧：佛家語，意爲“定”，後亦指事物訣竅。唐李肇

《翰林志》:"(學士)每下直出門,相謔謂之小三昧;出銀臺乘馬,謂之大三昧,如釋氏之去纏縛而自在也。"

〔一〇〕幻出萬物:《列子·周穆王》載老聃之言:"有生之氣,有形之狀,盡幻也。造化之所始,陰陽之所變者……謂之化,謂之幻。"佛家亦認爲世界爲幻化,所謂"幻與色無異也,色是幻,幻是色"(《道行經·道行品》),此借言藝事神妙。書法以造化爲師,故所書亦象萬物。李陽冰《上李大夫論古篆書》:"於天地山川,得方圓流峙之形;於日月星辰,得經緯昭回之度……於蟲魚鳥獸,得屈伸飛動之理;於骨角齒牙,得擺拉咀嚼之勢。隨手萬變,任心所成,通三才之氣象,備萬物之情狀。"狂:指書家狂放及書風豪暢。張旭曾被目爲"張顛"(《國史補》),懷素書亦有"驚蛇走虺,驟雨狂風"之譽,至評者以懷素爲狂(《宣和書譜》)。

〔一一〕龍蛇句:喻草書筆勢。《陰符經》上:"地發殺機,龍蛇起陸。"《世說新語·雅量》:"夏侯太初(玄)嘗倚柱作書。時大雨,霹靂破所倚柱,衣服焦然,神色無變,書亦如故。"李白《草書歌行》:"悦悦如聞神鬼驚,時時亦見龍蛇走。"

〔一二〕繞繩床:《晉書·劉毅傳》:劉毅擲樗蒲,"得雉,大喜,褰衣繞牀"。此借言驚喜。又李白《草書歌行》:"吾師(懷素)醉後倚繩床,須臾掃盡數千張。"繩床:即交椅,用藤繩編織,施木架以折疊,故名。程大昌《演繁露》十:"今之交牀,本自虜來,始名胡牀……(隋文帝)乃改交牀,唐穆宗時又名繩牀。"陶穀《清異錄》:"胡牀施轉關以交足,穿綳帶以容坐,轉縮須臾,重不數斤。"亦有以爲繩床、交床爲二物者。

〔一三〕污染句:古人興之所至,多於絹素、粉牆、屏風之上放筆揮毫。如張芝,"凡家之衣帛,必書而後練之"(衛恒《四體書勢》);"(王)子敬出戲,見北館新白土壁白净,取帚黏泥汁,書方丈一字,觀者如市"(馮武《書法正傳·書家記異》)。陸羽《僧懷素傳》:"時酒酣興發,遇寺壁裏牆,衣裳器皿,靡不書之。"

〔一四〕席明府:任淵注:"席君蓋京師醫者,與山谷寓舍相鄰,山谷書帖中所謂'席三'，即其人也。"

〔一五〕蝸書梁：杜牧《華清宮三十韻》："蝸涎蠹畫梁。"此言作書不如
　　　　行醫。

〔一六〕懷中二句：謂席治病救人，醫術高妙。九死：指垂危之人。《離
　　　　騷》："雖九死其猶未悔。"漢太倉：漢代名醫倉公淳于意，臨菑人，
　　　　爲齊太倉長，見《史記·扁鵲倉公列傳》。

〔一七〕君：指趙伯充。黃粱：用唐沈既濟《枕中記》事，見《題槐安閣》注
　　　　〔一三〕。按此文《太平廣記》據陳翰《異聞集》録入，題爲《吕翁》，
　　　　有"蒸黃粱"之語，後世"黃粱夢"即本此，而《文苑英華》收此文，僅
　　　　作"蒸黍"。

〔一八〕身如二句：《漢書·蘇武傳》："人生如朝露，何久自苦如此?"《古
　　　　詩十九首》："浩浩陰陽移，年命如朝露。"《遺教經》："世實危脆，無
　　　　牢强者。"《莊子·知北游》："人生天地之間，若白駒之過隙，忽然
　　　　而已。"

〔一九〕永明書百卷：指宋杭州永明寺釋延壽撰《宗鏡録》一百卷。書輯
　　　　集佛教各宗教義，自稱"宗門寶鏡"。自公退食：謂公餘歸家。
　　　　《詩·召南·羔羊》："自公退食。"

答王道濟寺丞觀許道寧山水圖〔一〕

　　往逢醉許在長安〔二〕，蠻溪大硯磨松煙〔三〕。忽呼絹
素翻硯水，久不下筆或經年〔四〕。異時踏門闖白首，巾冠
欹斜更索酒〔五〕。舉杯意氣欲翻盆，倒臥虛樽將八九〔六〕。
醉拈枯筆墨淋浪，勢若山崩不停手。數尺江山萬里遥，滿
堂風物冷蕭蕭〔七〕。山僧歸寺童子後，漁伯欲渡行人招。
先君笑指溪上宅〔八〕，盧鷀白鷺如相識〔九〕。許生再拜謝

不能，元是天機非筆力〔一〇〕。自言年少眼明時，手揮八幅錦江絲〔一一〕。贈行卷送張京兆〔一二〕，心知李成是我師〔一三〕。張公身逐銘旌去〔一四〕，流落不知今主誰。大梁畫肆閱水墨，我君槃礴忘揖客〔一五〕。蛛絲煤尾意昏昏〔一六〕，幾年風動人家壁。雨雪淥淥滿寺庭〔一七〕，四圖冷落讓丹青〔一八〕。笑酬肆翁十萬錢，卷付騎奴市盡傾〔一九〕。王丞來觀皆失席〔二〇〕，指點如見初畫日。四時風物入句圖，信知君家有摩詰〔二一〕。我持此圖二十年，眼見綠髮皆華顛〔二二〕。許生縮手入黃泉，衆史弄筆摩青天〔二三〕。君家枯松出老翟〔二四〕，風烟枯枝倚崩石。蠹穿風物君愛惜，不誣方將有人識〔二五〕。

〔一〕元祐二年館中作。此詩原載《外集》卷六，而《外集》卷十二又載一篇，題目相同，文字大同小異，僅比前篇多一韻，蓋前篇當爲改定本。王道濟：未詳。許道寧：長安人，一説河間人，北宋畫家，初以賣藥爲生，作畫師承李成而自有創造，善畫山水林泉。

〔二〕長安：指汴京。《宣和畫譜》卷十一：許道寧“初市藥都門，時時戲拈筆而作寒林平遠之圖，以聚觀者”。

〔三〕蠻溪：史容注：“山谷有帖云：‘嘉州峨眉縣中正寨之蠻溪出研石，青緑密緻而宜筆墨。’”按梅堯臣《杜挺之贈端溪圓硯》：“案頭蠻溪硯，其狀若圓璧。”則蠻溪亦可作泛稱。

〔四〕經年：整年。以上四句叙昔在京師，見許作畫。

〔五〕異時二句：寫許至己家。白首：指許道寧。巾冠欹斜：狀其落拓不羈。高適《重陽》：“亦從烏帽自欹斜。”

〔六〕舉杯二句：王維《少年行》：“相逢意氣爲君飲。”杜甫《白帝》：“白帝城中雲出門，白帝城下雨翻盆。”虛樽：空酒器。《能改齋漫録》卷七：“東坡病中大雪詩：‘飲雋瓶屢卧。’趙夔注云：歐陽詩：‘不覺長瓶卧。’張籍詩：‘酒盡卧空瓶。’”

〔 七 〕數尺江山：見《題郭熙山水扇》注〔三〕。滿堂風物：杜甫《戲韋偃爲雙松圖歌》：“絶筆長風起纖末，滿堂動色嗟神妙。”《奉先劉少府新畫山水障歌》：“堂上不合生楓樹，怪底江山起烟霧。聞君掃却赤縣圖，乘興遣畫滄洲趣。”

〔 八 〕先君：先父，已故的父親。

〔 九 〕盧鸕：即鸕鷀，一種水鳥，俗稱水老鴉，似鴉色黑。

〔一〇〕天機：天賦的悟性、才能。杜甫《奉先劉少府新畫山水障歌》：“劉侯天機精，愛畫入骨髓。”以上十四句寫許道寧曾至黄家作畫。

〔一一〕八幅：形容畫幅之寬；幅，長度單位。施肩吾《定情樂》：“感郎雙條脱，新破八幅綃。”錦江絲：成都出産之絹帛，因江流經成都南，以江水濯錦則鮮艷，濯以他江則色弱，故云。見《水經注》卷三三《江水》。此指畫幅。

〔一二〕贈行句：史容注：“京兆不知謂誰，而言錦江絲，疑是乖崖，蓋比之張敞云。”按張詠號乖崖，兩知益州，第一次在淳化五年(九九四)至咸平元年(九九八)，第二次在咸平六年(一〇〇三)至景德三年(一〇〇六)。

〔一三〕心知句：劉道醇《聖朝名畫評》卷二：“許道寧，河間人，學李成畫山水林木。”又云：“時人議得李成之畫者三人，許道寧得成之氣。”

〔一四〕張公：指京兆。銘旌：靈柩前之旗幡。

〔一五〕大梁：指汴京。我君：我父。槃礴：出《莊子·田子方》，箕踞而坐，即伸開雙腿，作箕狀。此寫閲畫時不拘形迹之態。

〔一六〕蛛絲煤尾：史容注：“集中有《答郭英發書》云：蛛絲所謂‘蟃蛸在户’者，煤尾屋塵。屋塵合墨，醫方謂之烏龍尾。”又《跋常山公畫》：“牆隅敗紙，蛛絲煤尾之餘，無不軸以象玉，表以綈錦。”此寫圖畫塵封之狀。

〔一七〕淰淰：雨雪不止貌。杜甫《秦州雜詩》：“淰淰塞雨繁。”

〔一八〕四圖句：謂四幅水墨畫受人冷落，不如着色之畫受人歡迎。

〔一九〕笑酬二句：謂笑着付給店主十萬錢，卷起畫交給隨從，滿市之人都爲之傾倒。市：市集。以上十四句叙許所畫山水圖，爲山谷之父在汴梁購得。

〔二○〕王丞:指王道濟。失席:驚訝離座。《禮記·檀弓》:"邾婁定公之時,有弒其父者,有司以告,公瞿然失席,曰:'是寡人之罪也。'"

〔二一〕四時二句:謂以四時景物入詩,使人確信王家中有王維這樣的傑出者。句圖:原爲詩人佳句之匯編。吳處厚《青箱雜記》卷九:"余嘗見惠崇自撰句圖,凡一百聯,皆平生所得於心而可喜者。"《詩藪》外編卷三:"唐人好集詩句爲圖,今惟張爲《主客》散見類書中。"此指王道濟詩中所寫即許氏圖中意境。

〔二二〕綠髮:黑髮。華顚:白頭。

〔二三〕許生:許道寧。縮手:袖手,停手。眾史:眾畫師,見《莊子·田子方》。摩青天:謂畫藝高超。韓愈《調張籍》:"想當施手時,巨刃磨天揚。"

〔二四〕老翟:指北宋畫家翟院深。《聖朝名畫評》卷二:"翟院深,營丘人,名隸樂工,善擊鼓。師鄉人李成,畫山水,喜爲峰巒之景。"

〔二五〕蠹穿二句:史容注:"言此畫雖蠹,而他日有識之者。按《文選》謝靈運《擬鄴中詩》,其序言建安末在鄴宮,究歡愉之極,古無此娛,何者?楚襄王有宋玉、唐、景,梁孝王有鄒、枚、嚴、馬,其主不文;漢武時,徐、樂諸才,備應對之能,而雄猜多忌,豈獲晤言之適?不誣方將,庶必賢於今日耳。靈運之意謂他日人必以今日之樂,爲賢於昔人。不誣之義,如嵇叔夜《養生論》云:一溉之益,不可誣也。五臣注詞不達,故爲箋云。"《管錐編》(四)論謝靈運此文:"'方將'皆謂後世。"'誣'即魏文帝《與吳質書》:'後生可畏,來者難誣,然吾恐與足下不及見也',李善注:'《論語》:後生可畏,焉知來者之不如今。''不誣方將'即'來者難誣';靈運託爲魏文於此《序》中重宣其《與吳質書》之意。若曰:鄴宮此集,主與臣志相得而才相稱,遠勝楚襄、漢武囊事;然盛況空前,未保絕後,他年行樂之人當有遠逾今日同會者。"又引史容箋注,以爲"史箋是也;'今日之樂'之'今日',乃'他日人'之'今日',正即'他日',非魏太子'賢於今日'之'今日'……字書皆訓'誣'爲'以無爲有',觀魏文、嵇、謝用此字,義等抹搬,則又當增'以有爲無'之訓也"。

觀伯時畫馬禮部試院作〔一〕

儀鸞供帳饕蝨行〔二〕,翰林濕薪爆竹聲〔三〕,風簾官燭
淚縱橫。木穿石槃未渠透,坐窗不遨令人瘦〔四〕,貧馬百
齧逢一豆〔五〕。眼明見此玉花驄,徑思着鞭隨詩翁,城西
野桃尋小紅〔六〕。

〔一〕元祐三年作。伯時:見《詠李伯時摹韓幹三馬……》注〔一〕,蘇軾
　　《書試院中詩》:"元祐三年正月二十一日領貢舉事,辟李伯時爲考
　　校官。三月初考校既畢,待諸廳參會,故數往詣伯時,伯時苦水
　　悸,悒悒不欲食,作欲驟馬以排悶。黃魯直詩先成,遂得之。魯直
　　詩云……。子瞻次韻云……。蔡天啓、晁無咎、舒堯文、廖明略皆
　　繼,此不能盡録。"時山谷亦爲試官之一。山谷《題太學試院》:"元
　　祐三年正月乙丑鎖太學,試禮部進士四千七百三十二人,三月戊
　　申奏號進士五百人、宗室二人。子瞻、莘老、經父知舉,熙叔、元
　　輿、彥衡、魯直、子明參詳。"
〔二〕儀鸞:儀鸞司,官署名,在拱宸門外嘉平坊,掌供朝廷所需帷帳、
　　陳設等物事。供帳:供設帷帳。班固《西都賦》:"乃盛禮樂供帳,
　　置乎雲龍之庭。"饕蝨:貪食之蝨。
〔三〕翰林:翰林司,在大寧門内,掌供御酒、茗湯、瓜菓,以供游幸、宴
　　飲之用,兼掌翰林院執役者名籍及輪流值宿。以上三句言試院供
　　應之寒傖簡陋。
〔四〕木穿二句:《酉陽雜俎》前集卷二:"有傅先生入焦山七年,老君與
　　之木鑽,使穿一盤石,石厚五尺,曰:'此石穴,當得道。'積四十七

年,石穿,得神丹。"事又見《真誥》五,末云"得仙升天"。渠:通
遽,馬上、很快。此寫鎖院日久,不能出遊,令人消瘦。

〔五〕貧馬句:元結《漫酬賈沔州》:"豈欲皂櫪中,爭食麰與麷。"原注:
"牛馬食餘草節曰麷(xián)。"此謂貧馬草料粗劣,以自況。

〔六〕玉花驄:見《次韻子瞻和子由觀韓幹馬……》注〔二〕。着鞭:加鞭
策馬。《晉書·劉琨傳》:"常恐祖生先吾着鞭。"王楙《野客叢書》
卷十九謂劉琨語"大綱言著鞭耳,非爲馬設。先此有《三國志》蜀
何祇謂楊洪曰:'故吏馬不敢駇,但明府未著鞭。'"按語出《三國
志·蜀志·楊洪傳》注引《益部耆舊傳》,"駇"當作"駃"。詩翁:
指東坡。末句化用杜甫《江南有懷鄭典設》:"寵光蕙葉與多碧,點
注桃花舒小紅。"

【評箋】 惠洪《天廚禁臠》卷下《促句換韻法》引此詩:此詩三句三疊
而止,其法不可過三疊,然促兩疊則俱用平聲,或用側聲。

王楙《野客叢書》卷二十:其詩三句一換,三疊而止,《禁臠》謂之促句
換韻。僕又觀當時名公如鮑夷白亦多此作,漁隱第言魯直有此一篇,而
不知其他。或者又謂唐人亦有此體。以僕考之,非止唐人,其苗裔蓋出
於《三百篇》之中,如《素冠》之詩是也。

方東樹《昭昧詹言》卷十二:起三句極言供奉之陋,當一傳。收入題
神化,極言貧困。此是在試院作。

錢鍾書《談藝錄》二《黃山谷詩補註》:按《素冠》之什,凡三章,章三
句,每句用韻,王説極是。然王未舉七言古詩之用此體者。《全唐詩》僅
存富嘉謨詩一首,曰《明冰篇》,即三句轉韻之體;岑嘉州《走馬川行》,亦
純用此體。

題伯時畫嚴子陵釣灘〔一〕

平生久要劉文叔〔二〕,不肯爲渠作三公〔三〕。能令漢

家重九鼎〔四〕，桐江波上一絲風〔五〕。

〔一〕元祐三年在試院中作。嚴子陵釣灘：見《西禪聽戴道士彈琴》注〔二六〕。

〔二〕平生久要：《論語·憲問》：“見利思義，見危授命，久要不忘平生之言，亦可以爲成人矣。”何晏《集解》：“久要，舊約也。平生，猶少時。”邢昺疏：“言與人少時有舊約，雖年長貴達不忘其言。”此猶言少時舊交。劉文叔：光武帝諱秀，字文叔。

〔三〕渠：其，指劉文叔。三公：朝廷中最高的官位，各代名稱不一，唐以後僅爲虛銜。《後漢書·逸民傳》：光武後於齊國訪得嚴光，披羊裘釣澤中，即遣使安於館舍，“車駕即日幸其館。光臥不起，帝即其臥所，撫光腹曰：‘咄咄子陵，不可相助爲理邪？’光又眠不應，良久，乃張目熟視，曰：‘昔唐堯著德，巢父洗耳。士故有志，何至相迫乎！’帝曰：‘子陵，我竟不能下汝邪！’於是升輿嘆息而去。”

〔四〕九鼎：象九州，爲國家社稷的象徵。《史記·平原君列傳》：“平原君曰：‘毛先生一至楚，而使趙重於九鼎大呂。’”

〔五〕桐江：建德（今浙江梅城）至桐廬一段的富春江。嚴子陵釣臺位於桐廬縣之江畔，臺下有嚴先生祠，范仲淹爲祠作記。一絲風：語意雙關，兼指嚴光之高風亮節。任淵注：“東漢多名節之士，賴以久存，迹其本原，政在子陵釣竿上來耳。”明劉基《釣臺》：“伯夷清節太公功，出處行藏豈必同？不是雲臺興帝業，桐江無用一絲風。”正由此詩化出。又明程敏政撰《嚴州府志》載蘇軾《滿江紅·釣臺》：“不作三公，歸來釣桐廬江側。劉文叔，眼青不改，故人頭白。風節倘能關社稷，雲臺何必圖顏色？使阿瞞臨死尚稱臣，伊誰力？”純用山谷詩意。按此詞《東坡樂府》不載，疑是偽託。

戲答陳季常寄黃州山中
連理松枝二首〔一〕

故人折松寄千里，想聽萬壑風泉音。誰言五鬣蒼煙面，猶作人間兒女心〔二〕。

老松連枝亦偶然，紅紫事退獨參天〔三〕。金沙灘頭鏁子骨，不妨隨俗蟄嬋娟〔四〕。

〔一〕元祐三年作。陳季常：陳慥，字季常。少任俠，慕朱家、郭解爲人，稍壯折節讀書，晚隱於黃州之岐亭，東坡爲作《方山子傳》。連理：異根樹木，枝條相連。

〔二〕五鬣：即五鬣松，因一簇有五根松針，故云。《酉陽雜俎》前集卷十八："松凡言兩粒、五粒，粒當言鬣……五鬣松，皮不鱗。"人間兒女心：切連理之意，因古人多以連理枝喻情愛。

〔三〕紅紫事：指繁花盛開。韓愈《晚春》："百般紅紫鬥芳菲。"又《感春三首》："黃黃蕪菁花，桃李事已退。"此句即"歲寒然後知松柏之後凋"意。

〔四〕金沙二句：《五燈會元》卷十一《風穴延沼禪師》："問：'如何是清净法身？'師曰：'金沙灘頭馬郎婦。'"《太平廣記》卷一〇一引《續玄怪錄·延州婦人》：延州有美婦，年少者悉與之遊，狎昵薦枕，一無所却。數年而殁，州人葬之道左。大曆中有胡僧自西域來，見其墓，焚香禮拜數日。人謂此乃淫婦，何故禮敬，僧曰："斯乃大聖，慈悲喜捨，世俗之欲，無不徇焉。此即鎖骨菩薩。"當即開墓，見遍身之骨，鈎結皆如鎖狀。州人異之，爲設大齋并建塔。世傳此婦即觀音化身，山谷常用此事，其《觀世音贊》："設欲真見觀世音，金沙灘頭馬郎婦。"《管錐編》(二)論《太平廣記》之四十六則：

“宋葉廷珪《海録碎事》卷一三：‘釋氏書。昔有賢女馬郎婦於金沙灘上施一切人淫；凡與交者，永絶其淫。死葬後，一梵僧來云：“求我侣。”掘開乃鏁子骨，梵僧以杖挑起，升雲而去。’”是佛家所謂“以欲止欲”。嬋娟：色態美好。鏁，同鎖。鎖子骨謂佛身，是本質；嬋娟則是爲度世人而幻化的形相。山谷以此寫松，謂其勁節猶佛身，而連理之枝若暫化之美色。

次韻子瞻送李豸〔一〕

驥子墮地追風日〔二〕，未試千里誰能識？習之《實録》葬皇祖〔三〕，斯文如女有正色〔四〕。今年持橐佐春官，遂失此人難塞責〔五〕！雖然一閧有奇偶〔六〕，博懸於投不在德〔七〕。君看巨浸朝百川，此豈有意潢潦前〔八〕！願爲霧豹懷文隱〔九〕，莫愛風蟬蜕骨仙〔一〇〕。

〔一〕元祐三年作。李廌(豸)：字方叔，華州人，一説陽翟人。家貧力學，元豐中謁東坡於黃州，東坡極稱其文。此年東坡知貢舉，李廌應舉，東坡以爲必能奪魁，及揭曉，竟落第，東坡悵恨不已，作詩送之，山谷亦次其韻。此事宋人筆記中多有述及，間有傅會之詞。李廌後絶意仕進，定居潁昌，著有《濟南集》。馬永卿《嬾真子》：“方叔初名豸，從東坡游。東坡曰：‘五經内無公名，獨左氏曰“庶有豸乎”，乃音直氏切，後人以爲蟲豸之豸，今宜易名曰廌。’方叔用之。”

〔二〕驥子句：見《次韻答邢惇夫》注〔三〕。驥子：千里馬。顏延之《天馬狀》：“降靈驥子，九方是選。”蘇軾《王大年哀詞》：“驥墮地走，虎生而斑。”秦始皇有名馬七，其一曰追風(崔豹《古今注》中)，此作動詞,謂駿馬一生下來就能疾馳。

〔三〕習之:唐李翱,字習之,作《皇祖實録》,祖諱楚金,韓愈爲作《故貝
州司法參軍李君墓誌銘》,文云:"隴西李翱合葬其皇祖考貝州司
法參軍楚金、皇祖妣清河崔氏夫人於汴州開封縣某里。"此以李氏
事比方叔,贊其文筆。蘇軾《與李方叔書》:"足下之文,過人處不
少,如《李氏墓表》及《子駿行狀》之類,筆勢翩翩,有可以追古作者
之道。"又其原詩有"筆勢翩翩疑可識"之句,亦此意。

〔四〕斯文句:揚雄《法言·吾子篇》:"或曰:'女有色,書亦有色乎?'
曰:'有。女惡華丹之亂窈窕也,書惡淫辭之淈法度也。'"正色:
純色,古人以青赤黃白黑爲正色,此指端莊的容顏。

〔五〕持橐:《漢書·趙充國傳》:"安世本持橐簪筆。"《注》:"橐,盛書;
簪筆,插筆於首以紀事。"故橐筆指文人之事。春官:指禮部。唐
武后光宅元年,嘗改禮部爲春官,神龍元年復舊,然後世仍習稱
之。塞責:盡責,《漢書·公孫弘傳》:"恐先狗馬塡溝壑,終無以
報德塞責。"二句謂李豸春試被黜,自己身爲考官未能盡責。

〔六〕一閧:《法言·學行》:"一閧之市,不勝異意焉;一卷之書,不勝異
説焉。一閧之市,必立之平;一卷之書,必立之師。"閧,即鬨
(hòng),喧鬧。奇偶:命運不順與順。此謂應試如鬧市的交易有
順利與挫折。

〔七〕博懸句:《史記·蔡澤傳》:"君獨不觀夫博者乎? 或欲大投,或欲
分功。"《集解》引班固《弈指》:"博懸於投,不必在行。"投:投瓊
(博具),猶今擲骰子,此謂應試猶賭博,勝負只在一擲,並不決定
於才德。

〔八〕巨浸:大水,湖海。《莊子·逍遥遊》:"大浸稽天而不溺。"朝百
川:使百川來朝。《尚書·禹貢》:"江漢朝宗於海。"《淮南子·氾
論》:"百川異源,而皆歸於海。"潢潦:積水。《左傳·隱公三年》:
"潢汙行潦之水。"二句勸勉方叔要有容納百川的胸懷,對科場失
意不必介意。

〔九〕霧豹懷文隱:見《過致政屯田劉公隱廬》注〔二〇〕。山谷希望方

叔能懷才而隱。

〔一〇〕莫愛句：夏侯湛《東方朔畫贊》：“蟬蛻龍變，棄俗登仙。”道家稱得道之人，尸解登仙，如蟬之蛻壳，此喻功名立就。山谷勸方叔不要追求功名之速成。東坡《與李方叔書》：“深願足下爲禮義君子，不願足下豐於才而廉於德也。若進退之際，不甚慎静，則於定命不能有毫髮增益，而於道德有丘山之損矣！”

次韻子瞻以紅帶寄王宣義〔一〕

參軍但有四立壁，初無臨江千木奴〔二〕。白頭不是折腰具〔三〕，桐帽棕鞋稱老夫〔四〕。滄江鷗鷺野心性〔五〕，陰壑虎豹雄牙須〔六〕。鶡鵝作裘初服在〔七〕，猩血染帶鄰翁無〔八〕。昨來杜鵑勸歸去，更待把酒聽提壺〔九〕。當今人材不乏使，天上二老須人扶〔一〇〕。兒無飽飯尚勤書，婦無複褌且着襦〔一一〕。社甕可漉溪可漁，更問黃鷄肥與癯〔一二〕。林間醉着人伐木，猶夢官下聞追呼〔一三〕。萬釘圍腰莫愛渠，富貴安能潤黃壚〔一四〕？

〔一〕元祐三年作。蘇軾原詩題爲：《慶源宣義王丈以累舉得官，爲洪雅主簿，雅州户掾。遇吏民如家人，人安樂之。既謝事，居眉之青神瑞草橋，放懷自得。有書來求紅帶，既以遺之，且作詩爲戲，請黃魯直、秦少游各爲賦一首，爲老人光華》。《内集詩注》：“王淮奇字慶源，眉之青神人，東坡叔丈人也。”山谷《題子瞻與王宣義書後》：“慶源，初名犖，字子衆，後改名淮奇，又易今字。其馭吏威愛如家人法，洪雅之人皆號稱王五三伯云。”蘇軾《與王慶源書》云：“向要紅帶，今寄一條去。却是小兒子輩，聞翁要此，頗盡功勾當

277

釘造,不知稱尊意否? 拙詩一首,并黄、秦二君,皆當今以詩文名
世者,各賦一首。"宣義:元豐改制後之文臣寄禄官名,相當於舊
寄禄官之光禄、衛尉寺丞等。

〔二〕參軍:指王慶源。宋代諸州設各種參軍,其中有司户參軍。王慶
源曾任"雅州户掾",即此職。四立壁:言其窮,用司馬相如事。
千木奴:用三國吳李衡事。《水經注・沅水》:"沅水又東歷龍陽
縣之氾洲,洲長二十里,吳丹陽太守李衡植柑於其上。臨死,勑其
子曰:'吾洲里有木奴千頭,不責衣食,歲絹千疋。'"此指家產。

〔三〕白頭句:杜甫《有懷台州鄭十八司户》:"黄帽映青袍,非供折腰
具。"任注引蘇叔黨(過)《王元直墓表》:"季父慶源,官於雅州,以
論事不合,取官長怒,憂以罪去,謀於公,公笑曰:'古人不肯束帶
見督郵,彼何人哉!'慶源服其語,即謝病去。"

〔四〕桐帽句:郭若虛《圖畫見聞誌》卷一《論衣冠異制》:"次用桐木黑
漆爲巾子,裹於幞頭之内,前繫二脚,後重二脚,貴賤服之。"山谷
《與楊明叔少府書》:"桐帽本蜀人作,以桐木作而漆之,如今之帽,
三十年前猶見之。棕鞵,本出蜀中,今南方叢林亦作。蓋野夫黄
冠之意。"鞵,同鞋。

〔五〕滄江句:言慶源如江湖鷗鷺,天性自由,不受拘束。杜甫《愁》:
"盤渦鷺浴底心性。"

〔六〕雄牙須:韓愈《別趙子》:"又嘗疑龍蝦,果誰雄牙須。"

〔七〕鷫鸘句:《西京雜記》二:司馬相如"以所著鷫鸘裘,就市人陽昌貰
酒,與文君爲歡"。鷫鸘:雁一類鳥,毛羽可織裘。初服:《離騷》:
"進不入以離尤兮,退將復修吾初服。"後指入仕前所穿之服。

〔八〕猩血句:猩猩之血可染衣物。唐裴炎《猩猩銘》:"西國胡人刺其
血染毳罽。"其說出於《華陽國志・南中志》:"猩猩獸能言,其血可
以染朱罽。"

〔九〕杜鵑:相傳杜鵑爲古蜀主杜宇死後所化之鳥,其鳴聲猶"不如歸
去"。梅堯臣《杜鵑》:"蜀帝何年魂,千春化杜鵑,不如歸去語,亦
自古來傳。"提壺:鳥名。梅堯臣《禽言・提壺》:"提壺蘆,沽

美酒。”

〔一〇〕當今二句：任淵注：“時文潞公、呂申公皆以大老平章軍國重事。”按“二老”語出《孟子·離婁上》：伯夷太公聞周文王善養老而歸之，“二老者，天下之大老也，而歸之，是天下之父歸之也。”據徐自明《宋宰輔編年録》，元祐元年四月以文彥博爲太師、平章軍國重事，呂公著爲尚書右僕射。“文彥博入對，命其子貽慶扶掖上殿”；“公著步履艱難，詔特許令男一人入殿扶掖”。元祐三年，呂公著加司空、同平章軍國事，制詞稱之爲“天下之大老”。正用孟子語，又切“須人扶”，可證任注不誤。或以爲二老難確指，未深考耳。陳師道《丞相温公(司馬光)輓詞》：“百姓歸周老，三年待魯儒。世方隨日化，身已要人扶。”後聯時人推爲警策(《冷齋夜話》卷二)，可參觀。

〔一一〕婦無句：《世説新語·德行》：韓康伯遺范宣絹，范終不受。“韓後與范同載，就車中裂二丈與范，云：‘人寧可使婦無幬邪？’范笑而受之。”又兼用《夙惠》中韓康伯事，見《戲贈彥深》注〔六〕，然僅采字面。幬即褌，褲子；複褲，夾褲，可套棉絮。

〔一二〕社甕：即社酒，祭土地神所用之酒。漉：濾酒，使之純凈。黃鷄：李白《南陵別兒童入京》：“白酒新熟山中歸，黃鷄啄黍秋正肥。”

〔一三〕林間二句：謂醉夢中聞伐木聲，錯以爲追呼之聲。

〔一四〕萬釘圍腰：指萬釘寶帶，古時皇帝用以賞賜功臣。歐陽修《子華學士儤直未滿……》：“萬釘寶帶爛腰鐶。”黃壚：黃泉下壚土，見《淮南子·覽冥訓》。《列子·楊朱》：“要死後數百年中餘名，豈足潤枯骨！”

【評箋】　方東樹《昭昧詹言》卷十二：一起跌宕，言貧不可歸。二句不歸，擲。三句曲，曲折好。“鄰翁無”三字擲。“當今”句言不用要我。收衰了。

聽宋宗儒摘阮歌〔一〕

翰林尚書宋公子，文采風流今尚爾〔二〕。自疑耆域是前身，囊中探丸起人死〔三〕。兒如千歲枯松枝，落魄酒中無定止〔四〕。得錢百萬送酒家〔五〕，一笑不問今餘幾。手揮琵琶送飛鴻，促絃聑醉驚客起〔六〕。寒蟲催織月籠秋，獨雁叫羣天拍水〔七〕。楚國羈臣放十年，漢宮佳人嫁千里〔八〕。深閨洞房語恩怨，紫燕黃鸝韻桃李〔九〕。楚狂行歌驚市人〔一〇〕，漁父拏舟在葭葦〔一一〕。問君枯木著朱繩〔一二〕，何能道人意中事？君言此物傳數姓，玄璧庚庚有橫理〔一三〕。閉門三月傳國工〔一四〕，身今親見阮仲容〔一五〕。我有江南一丘壑〔一六〕，安得與君醉其中，曲肱聽君寫松風〔一七〕。

〔一〕元祐三年作。摘(tī)阮：即彈奏阮咸。唐李匡乂《資暇集》下："樂器有似琵琶而圓者，曰阮咸。……中宗朝，元賓客行沖爲太常少卿，時有人於古冢獲其銅鑄成者獻之。元曰：'此阮仲容所造。'乃命工人木爲之，音韻清朗，頗難爲名，權以仲容姓名呼焉。"《賓退錄》卷九引阮咸來歷的三種説法，"蓋大同而小異，今世所行皆四弦十三柱者。"

〔二〕翰林尚書：指宋祁，字子京。官至知制誥、翰林學士，謚景文。宋公子：指宋宗儒。文采風流：杜甫《丹青引》："文采風流今尚存。"

〔三〕耆域：又曰耆婆，天竺人，爲奈女與萍沙王所生子，後成名醫。探丸：《漢書·尹賞傳》載長安少年殺吏，"相與探丸爲彈，得赤丸者斫武吏，得黑丸者斫文吏，白者主治喪。"此借言取出藥丸。二句寫其精醫術。山谷《宋宗儒真贊》：“探丸起死，味藥知性。”

〔四〕兒如二句：兒，貌的本字。盧仝《與馬異結交詩》：“此骨縱橫奇又奇，千歲萬歲枯松枝。半折半殘壓山谷，盤根蹙節成蛟螭。”杜牧《遣懷》：“落魄江湖載酒行。”落魄：猶落拓，不羈貌。

〔五〕得錢句：《南史·陶潛傳》：顏延之“爲始安郡，經過潛，每往必酣飲致醉……臨去，留二萬錢與潛，潛悉送酒家，稍就取酒。”

〔六〕手揮二句：嵇康《贈兄秀才入軍》：“目送歸鴻，手揮五絃。俯仰自得，游心太玄。”其意取《淮南子·俶真訓》：“夫目視鴻鵠之飛，耳聽琴瑟之聲，而心在雁門之間。”促絃：促節繁聲，即加快節奏。

〔七〕寒蟲：指蟋蟀，即促織，其鳴聲似催人紡織。月籠秋：月色籠罩着秋夜。杜牧《泊秦淮》：“烟籠寒水月籠沙。”獨雁叫羣：杜甫《孤雁》：“孤雁不飲啄，飛鳴聲念羣。誰憐一片影，相失萬重雲。”天拍水，即水拍天。韓愈《題臨瀧寺》：“海氣昏昏水拍天。”

〔八〕楚國羈臣：指屈原。放十年：《楚辭·大招》王逸序：“屈原流放九年，憂思煩亂。”漢宮佳人：指王昭君，名嬙，漢元帝宮人，遠嫁匈奴呼韓邪單于。

〔九〕洞房：室之深邃者。《楚辭·招魂》：“姱洞房些。”語恩怨：韓愈《聽穎師彈琴》：“昵昵兒女語，恩怨相爾汝。”紫燕：一稱越燕，頷下紫色，多巢於門楣上。李商隱《二月二日》：“紫蝶黃蜂俱有情。”韻桃李：在桃李間鳴囀歌唱。二句形容樂聲輕柔宛轉。

〔一〇〕楚狂行歌：《論語·微子》：“楚狂接輿歌而過孔子。”依邢昺説，他姓陸名通，字接輿，楚國隱者佯狂避世。

〔一一〕漁父句：《莊子·漁父》載孔子尊漁父爲聖人，孔子向他求教，“至於澤畔，(漁父)方將杖挐而引其船”，遂停船布道，終“乃刺船而去，延緣葦間”。挐(ráo)通橈，船槳，此用爲動詞，猶划、撑。

〔一二〕枯木：指琴。朱繩：朱絃。

〔一三〕玄璧：美玉。劉琨《重贈盧諶》：“握中有玄璧，乃自荆山璆。”庚庚：橫貌，此狀橫向紋理。《史記·文帝本紀》：陳平、周勃等使人迎代王爲帝，代王“卜之龜，卦兆得大橫。占曰：‘大橫庚庚，余爲天王,夏啓以光。'"

〔一四〕國工:國之名工,見《周禮·考工記·輪人》。此借指教坊樂工。

〔一五〕阮仲容:晉阮咸字,阮籍之姪,竹林七賢之一。

〔一六〕一丘壑:見《讀方言》注〔一一〕。又《世説新語·品藻》謝鯤自謂:
　　　　"端委廟堂,使百僚準則,臣不如(庾)亮。一丘一壑,自謂過之。"
　　　　又《巧藝》載顧愷之畫謝琨於巖石裏,正本其語。此指故鄉林泉。

〔一七〕曲肱:形容悠然自得,見《論語·述而》。松風:琴曲名,即《風入
　　　　松》。寫,此謂演奏。

【評箋】　方東樹《昭昧詹言》卷十二:起先叙入。三四贅語,不緊健。
"落魄"句無味,擲。"手揮"一段寫,未妙,太漫。末三句以己收。

　　　　清王辰《詩録》:通篇絶肖長吉。

　　　　清葉矯然《龍性堂詩話》初集:黃庭堅有《聽戴道士彈琴》及《聽宋宗
儒摘阮歌》,亦復傑出者。……二詩點綴工巧,足繼唐響,東坡、堯臣咸不
及也。

題竹石牧牛〔一〕

　　　　子瞻畫叢竹、怪石,伯時增前坡牧兒騎牛,甚有意態,
戲詠。

野次小崢嶸〔二〕,幽篁相倚緑〔三〕。阿童三尺箠〔四〕,
御此老觳觫〔五〕。石吾甚愛之,勿遣牛礪角。牛礪角尚
可,牛鬥殘我竹〔六〕。

〔　一　〕元祐三年作。

〔　二　〕野次:郊野間。崢嶸:此指怪異特立之石。

〔三〕幽篁：深幽的竹林。《九歌·山鬼》："余處幽篁兮，終不見天。"王
維《竹里館》："獨坐幽篁裏，彈琴復長嘯。"綠：綠竹。《詩·衛
風·淇奥》："綠竹猗猗。"此"綠"字與上之"崢嶸"皆以形容詞作名
詞，造語奇特。

〔四〕箠(chuí)：鞭子。

〔五〕御：駕馭。觳觫(hú sù)：因恐懼發抖。《孟子·梁惠王上》：有人
牽牛過堂下，將以釁鐘，王曰："舍之。吾不忍其觳觫，若無罪而就
死地。"此代指牛，以動詞作名詞。

〔六〕石吾四句：韓愈《石鼓歌》："牧童敲火牛礪角。"按此四句化用李
白《獨漉篇》句式："獨漉水中泥，水濁不見月。不見月尚可，水深
行人没。"參見范季隨《陵陽先生(韓駒)室中語》。《管錐編》(一)
《毛詩正義》五三《正月》條下，追溯其源，實肇自《正月》之"民今之
無禄，天天是椓；哿矣富人，哀此窮獨！"哿即可。意謂富人有財尚
可，而窮獨者則甚可悲。其列舉大量例句，如《穀梁傳·文公九
年》："毛伯來求金。求車猶可，求金甚也"；《漢書·王莽傳》："東
方爲之語曰：'寧逢赤眉，不逢太師，太師猶可，更始殺我'"；《宋
書·王玄謨傳》："軍士爲之語曰：'寧作五年徒，不逢王玄謨，玄謨
猶自可，宗越更殺我'"；古樂府《獨漉篇》："獨漉獨漉，水深泥濁，
泥濁尚可，水深殺我"；儲光羲《野田黄雀行》："窮老一頽舍，棗多
桑樹稀，無棗猶可食，無桑何以衣。"餘不贅引。

【評箋】　吕本中《東萊吕紫微詩話》：或稱魯直"桃李春風一杯酒，江
湖夜雨十年燈"，以爲極至。魯直自以此猶砌合，須"石吾甚愛之……牛
鬥殘我竹"，此乃可言至耳。

吴景旭《歷代詩話》卷五十九：余觀此詩機致圓美，只將竹石牛三件
頓挫入神，自成雅調。

陳衍《石遺室詩話》卷十四：理之不足，名大家常有之。山谷題畫詩
云："石吾甚愛之……牛鬥傷我竹。"……若其石既爲吾所甚愛，惟恐牛之
礪角，損壞吾石矣，乃以較牛鬥之傷竹，而曰礪角尚可，何其厚於竹而薄

於石耶！於理似說不去。（按詩句表現愛極而癡，一片諧趣，說詩不能如此膠柱鼓瑟。）

題子瞻墨竹〔一〕

眼入毫端寫竹真〔二〕，枝掀葉舉是精神。因知幻物出無象〔三〕，問取人間老斷輪〔四〕。

〔一〕元祐間館中作。

〔二〕毫端：筆端。《抱朴子·辭義》：“而歷觀古今屬文之家，鮮能挺逸麗於毫端。”寫真：描摹形象，多指作畫。《顏氏家訓·雜藝》：“武烈太子偏能寫真，坐上賓客，隨宜點染，即成數人。”

〔三〕因知句：佛教稱“諸法性空”，“夢幻不實”。《道行經·道行品》：“幻與色無異也，色是幻，幻是色。”《楞嚴經》卷二：“一切浮塵，諸幻化相，當處出生，隨處滅盡，幻妄稱相。”《五燈會元》卷一《七佛·毗婆尸佛》：“偈曰：身從無相中受生，猶如幻出諸形相。”此猶言東坡之畫若無中生有。無象：即無相，指物無自性，虛幻不實，亦指思維不執着於事相。

〔四〕老斷輪：見《次韻郭明叔長歌》注〔一一〕。此贊東坡畫藝無法言傳，不可端倪。僧肇《般若無知論》：“然則聖智幽微，深隱難測，無相無名，乃非言象之所得。”

謝送宣城筆〔一〕

宣城變樣蹲雞距〔二〕，諸葛名家捋鼠鬚〔三〕。一束喜從公處得，千金求買市中無。漫投墨客摹科斗，勝與朱門飽蠹魚〔四〕。愧我初非草玄手〔五〕，不將閑寫吏文書。

〔一〕元祐三年作。《年譜》："按成都續帖中有先生手寫此詩，題云：《謝陳正字送宣城諸葛筆》。跋云：'李公擇在宣城，令諸葛生作雞距法，題云草玄筆，以寄孫莘老。'"然則送筆者爲陳師道。

〔二〕宣城句：謂宣城諸葛氏新創雞距筆，其短鋒形如雞距。白居易《雞距筆賦》："足之健兮有雞足，毛之勁兮有兔毛。就足之中，奮發者利距；在毛之内，秀出者長毫。合爲手筆，正得其要；象彼足距，曲盡其妙。"

〔三〕諸葛名家：蔡絛《鐵圍山叢談》卷五："宣州諸葛氏，素工管城子，自右軍以來世其業，其筆製散卓也。"葉夢得《避暑録話》："筆蓋出於宣州，自唐惟諸葛一姓世傳其業。治平、嘉祐前有得諸葛筆者，率以爲珍玩。"鼠鬚：筆中珍品。《法書要録》三何延之《蘭亭記》："（王羲之）揮毫製序，興樂而書，用蠶繭紙，鼠鬚筆，遒媚勁健，絶代更無。"據歐陽修《歸田録》卷二，蔡襄爲歐公書《集古録目序》刻石，歐公以鼠鬚栗尾筆爲潤筆。按：二句用曲喻法，"蹲"、"捋"有奇趣。《艇齋詩話》稱親聞徐師川誦作："宣城諸葛尊雞距，筆陣王家將鼠鬚"，以爲"蹲"與"捋"無意義，"言尊言將，則有理"云云，實不諳此法。《談藝録·黃山谷詩補註》："夫'蹲'字與'雞距'雙關，'捋'字與'虎鬚'雙關，又借'虎鬚'喻鼠鬚筆；山谷用字法固如是。……例若'青州從事斬關來'，'管城子無食肉相，孔方兄有絶交書'，'王侯鬚若緣坡竹，哦詩清風起空谷'，'湘東一目誠甘死'，'未春楊柳眼先青'，'蜂房各自開户牖'，'失身來作管城公'，'白蟻戰酣千里血'等句，皆此類。酒既爲'從事'，故可'斬關'；筆既有封邑，故能'失身食肉'；鬚既比竹，故堪起風；蟻既善戰，故應飛血；蜂窠既號'房'，故亦'開户'。均就現成典故比喻字面上，更生新意；將錯而遽認真，坐實以爲鑿空。"按"鼠鬚"一作"虎鬚"《古尊宿語録》卷五黃檗禪師有"捋虎鬚"語。

〔四〕漫投：猶聊贈。墨客：文人。揚雄《長楊賦》用"翰林主人"與"子墨客卿"之對話形式，末云："墨客降席，再拜稽首。"科斗：即蝌蚪文。

〔五〕草玄手：指像揚雄一樣的大手筆。

【評箋】　宋袁文《甕牖閒評》卷五：世多病此詩既押十虞韻，魚虞不通押，殆落韻也。殊不知此乃古人詩格。昔鄭都官與僧齊己、鄭損輩共定今體詩格云："凡詩用韻有數格，一曰葫蘆，一曰轆轤，一曰進退。葫蘆韻者，先二後四；轆轤韻者，雙出雙入；進退韻者，一進一退，失此則謬矣。"今此詩前二韻押十虞字，後二韻押九魚字，乃雙出雙入，得非所謂轆轤韻乎？非太史之誤也。

憶邢惇夫〔一〕

詩到隨州更老成〔二〕，江山爲助筆縱橫〔三〕。眼看白璧埋黃壤〔四〕，何況人間父子情〔五〕！

〔一〕元祐三年作。惇夫之父恕元豐末與蔡確勾結，欲舍延安郡王（後之哲宗）而另立太子，陰謀敗露，反誣宣仁太后謀立己子，妄稱與章惇、蔡確等有策立哲宗之功。後又教太后之姪高公繪上書，乞尊禮太妃（哲宗母），爲高氏異日之福。元豐八年十二月二十七日邢恕出知隨州，惇夫隨父赴任，元祐二年二月八日卒於隨州，年僅二十。參見《邵氏聞見後録》卷二、《續通鑑長編》卷三六三。

〔二〕隨州：今湖北隨縣。更老成：言其少年早熟。杜甫《戲爲六絶句》："庾信文章老更成，凌雲健筆意縱橫。"又《敬贈鄭諫議》："毫髮無遺恨，波瀾獨老成。"惇夫以少年才俊游於名公耆宿間，爲士論所推，"因得翱翔，自振其才辯，而師友日盛，悉爲惇夫忘年也。

一時政事更張,士大夫進退,惇夫爲之喜怒激昂,有出於老成憂思之外者。"(晁説之《邢惇夫墓表》)

〔三〕江山爲助:《新唐書·張説傳》:"既謫岳州,而詩益悽惋,人謂得江山助云。"語本《文心雕龍·物色》:"若乃山林皋壤,實文思之奧府。……然屈平所以能洞監風騷之情者,抑亦江山之助乎!"又《歷代名畫記》卷八:董伯仁"動筆形似,畫外有情,足使先輩名流動容變色,但地處平原,闕江山之助。"

〔四〕眼看句:《世説新語·傷逝》:"庾文康(亮)亡,何揚州(充)臨葬云:'埋玉樹著土中,使人情何能已已!'"

〔五〕何況句:任淵注引《世説注》:"王悆期謂陶侃曰:'賢子越騎酷没,天下爲公痛心,況慈父情耶!'"惇夫年少謝世,人所痛惜,更何況父子至情,將何以堪。後李清照爲救其父李格非,在《上趙挺之》詩中亦用此句,見《洛陽名園記·張揀序》。

老杜浣花溪圖引〔一〕

　　拾遺流落錦官城〔二〕,故人作尹眼爲青〔三〕。碧鷄坊西結茅屋〔四〕,百花潭水濯冠纓〔五〕。故衣未補新衣綻〔六〕,空蟠胸中書萬卷〔七〕。探道欲度羲皇前〔八〕,論詩未覺國風遠〔九〕。干戈峥嶸暗寓縣〔一〇〕,杜陵韋曲無鷄犬〔一一〕。老妻稚子具眼前〔一二〕,弟妹飄零不相見〔一三〕。此公樂易真可人〔一四〕,園翁溪友肯卜鄰〔一五〕。鄰家有酒皆邀去〔一六〕,得意魚鳥來相親〔一七〕。浣花酒船散車騎〔一八〕,野牆無主看桃李〔一九〕。宗文守家宗武扶〔二〇〕,落日塞驢馱醉起〔二一〕。願聞解鞍脱兜鍪〔二二〕,老儒不用千户侯〔二三〕。中原未得平安報,醉裏眉攢萬國愁〔二四〕。

生綃鋪牆粉墨落〔二五〕，平生忠義今寂寞。兒呼不蘇驢失
脚〔二六〕，猶恐醒來有新作。常使詩人拜畫圖〔二七〕，煎膠
續絃千古無〔二八〕。

〔一〕元祐三年作。老杜：指杜甫。浣花溪：在今四川成都萬里橋西，
溪畔有杜甫草堂。引：古代的一種詩歌形式。

〔二〕拾遺句：至德二年杜甫被肅宗任爲左拾遺，後世稱杜拾遺。乾元
二年底至成都，流寓兩川達五年多，永泰元年攜家離成都。錦官
城：成都別稱，其地産錦，蜀漢時置錦官駐此，故稱。

〔三〕故人：指嚴武。作尹：上元二年以嚴武爲成都尹兼劍南東西兩川
節度使。嚴武在成都對杜甫多有照拂，寶應元年，嚴被召還，杜甫
親送至綿州。廣德二年，嚴武再度鎮蜀，薦杜甫爲參謀、檢校工部
員外郎。眼爲青：用晉阮籍能爲青白眼事，此猶言青睞，看重。

〔四〕碧雞坊：成都坊名，在府城西南。漢宣帝聞益州有金馬碧雞神，
派王褒祭之，遂有金馬祠、碧雞坊。結茅屋：杜甫於上元元年，結
廬西郊，是爲草堂，其《西郊》：“時出碧雞坊，西郊向草堂。”

〔五〕百花潭：杜甫草堂在浣花溪畔，潭與溪相連，在草堂之南。《狂
夫》：“萬里橋西一草堂，百花潭水即滄浪。”《方輿勝覽·成都府》：
“按吳中復《冀國夫人任氏碑記》云：‘夫人微時，以四月十九日見
一僧墜污渠，爲濯其衣，百花滿潭，因名曰百花潭。’”任氏，唐西川
節度使崔寧妻。濯冠纓：《孟子·離婁》：“滄浪之水清兮，可以濯
我纓。”纓即冠纓，帽帶。此句由《狂夫》之“滄浪”引申而出，又切
濯錦及任氏事。

〔六〕故衣句：古樂府《艷歌行》：“故衣誰當補，新衣誰當綻？”綻：原與
“補”義同，此作“綻裂”解，寫老杜弊衣百結。

〔七〕蟠：蟠積。萬卷書：杜甫《奉贈韋左丞丈二十二韻》：“讀書破
萬卷。”

〔八〕探道句：謂探究大道要追溯至上古時代。羲皇：伏羲氏。《莊
子·胠篋》言羲皇前之民風：“民結繩而用之，甘其食，美其服，樂

其俗,安其居,鄰國相望,雞狗之音相聞,民至老死而不相往來。
若此之時,則至治已。”杜甫《劍門》:“三皇五帝前,雞犬各相放。
後王尚柔遠,職貢道已喪。”又此用《南齊王僧虔論書》中句式:“弟
書如騎騾駸駸,恒欲度驊騮前。”(《法書要錄》卷一)

〔九〕論詩句:謂其詩遠承《詩經》的優良傳統。高適《別韋參軍》:“國
　　　風冲融邁三五。”山谷《次韻伯氏寄贈蓋郎中喜學老杜詩》:“老杜
　　　文章擅一家,國風純正不欹斜。”

〔一〇〕干戈:指戰亂。崢嶸:謂頻仍。寓縣:即宇縣,天下。

〔一一〕杜陵:在長安城南,原秦杜縣地,漢宣帝葬此,後改名杜陵,唐代
　　　杜氏世居於此。韋曲:即今長安縣,唐韋氏居此而得名。二地合
　　　稱韋杜,爲貴族世家聚居地。無鷄犬:狀劫後荒涼。

〔一二〕老妻句:杜甫《江村》:“老妻畫紙爲棋局,稚子敲針作釣鈎。”

〔一三〕弟妹句:杜詩中不乏思念弟妹之詞,其《送韓十四江東省覲》:“我
　　　已無家尋弟妹。”《乾元中寓居同谷縣作歌七首》:“有弟有弟在遠
　　　方,三人各瘦何人強?”杜甫有四弟:穎、觀、豐、占,惟占從公入
　　　蜀。又:“有妹有妹在鍾離,良人早殁諸孤癡。”

〔一四〕此公:指杜甫。樂易:樂天真率。《漫成》:“仰面貪看鳥,回頭錯
　　　應人。讀書難字過,對酒滿壺頻。”又《江亭》:“坦腹江亭暖,長吟
　　　野望時。”可人:合人意。

〔一五〕園翁句:杜詩有《北鄰》、《南鄰》,《客至》:“肯與鄰翁相對飲,隔籬
　　　呼取盡餘杯。”又《解悶》:“溪友得錢留白魚。”

〔一六〕鄰家句:言其入鄉隨俗,爲人謙和。《寒食》:“田父要(邀)皆去,
　　　鄰家問不違。地偏相識盡,鷄犬亦忘歸。”

〔一七〕得意句:《江村》:“自去自來梁上燕,相親相近水中鷗。”此用《世
　　　説新語・言語》:“簡文入華林園,顧謂左右曰:‘會心處不必在遠,
　　　翳然林水,便自有濠濮間想也。覺鳥獸禽魚,自來親人。’”

〔一八〕浣花句:謂來訪賓客車船相隨,散於草堂附近。杜甫《賓至》:“豈
　　　有文章驚海内,漫勞車馬駐江干。”又《嚴公仲夏枉駕草堂兼攜酒
　　　饌》:“竹裏行廚洗玉盤,花邊立馬簇金鞍。”

〔一九〕野牆句：杜甫《江畔獨步尋花七絶句》：“桃花一簇開無主,可愛深
　　　　紅愛淺紅?”

〔二〇〕宗文：杜甫長子;宗武,幼子。

〔二一〕蹇驢：駑鈍之驢。董迫《廣川畫跋》卷四《書杜子美騎驢圖》：“當
　　　　其乘驢歷市,望旗亭,逐麴車,鋪糟飲醨,欹傾頓委,其子捉轡持
　　　　之,吾意其當在長安而旅食時也。”按此所寫形象正化自圖。《談
　　　　藝録·補訂》：“宋人畫李杜,皆有《騎驢圖》。晁以道《嵩山文集》
　　　　卷四有七言古二章,題略云：‘三川言十數年前,嘗有一短帽騎驢
　　　　之士,半醉徘徊原上久之,曰：“三川非昔時矣。”恍惚失其人所在。
　　　　有收《杜老醉遊圖》者,物色之,知爲老杜再來也。’山谷詩句即切
　　　　‘醉遊’情事。”

〔二二〕願聞句：謂希望戰爭停息,國泰民安。兜鍪：胄,頭盔。杜甫《洗
　　　　兵馬》：“安得壯士挽天河,净洗甲兵長不用。”又《蠶穀行》：“焉得
　　　　鑄甲作農器,一寸荒田牛得耕。”

〔二三〕老儒句：杜甫《憶昔》：“願見北地傅介子,老儒不用尚書郎。”老儒
　　　　指杜甫。詩即由此化出,並兼用李白《與韓荆州書》：“生不用封萬
　　　　户侯。”意謂只要戰亂平息,雖窮老亦足。

〔二四〕攢(cuán)：聚集,此指皺眉。萬國：萬方,各地。杜甫《洗兵馬》：
　　　　“三年笛裏關山月,萬國兵前草木風。”

〔二五〕生綃句：謂絹畫鋪於牆上,粉墨漸已剥落。

〔二六〕兒呼句：謂杜醉酒,兒呼不醒,驢步踉蹌。

〔二七〕常使句：謂後人欽敬杜甫,常對圖作拜。王安石《杜甫畫像》：“所
　　　　以見公畫,再拜涕泗流。惟公之心古亦少,願起公死從之游。”

〔二八〕煎膠句：謂杜甫後無來者,其詩遂成千古絶唱。古有所謂續絃
　　　　膠,以鳳喙麟角合煮而成,所膠之處,終不相離,見舊題東方朔《十
　　　　洲記》及張華《博物志》。杜牧《讀韓杜集》：“杜詩韓集愁來讀,似
　　　　倩麻姑癢處抓。天外鳳凰誰得髓,無人解合續絃膠。”此即化用
　　　　其意。

【評箋】　黃爵滋《讀山谷詩集》：老杜一生心事，寫到十足，洵是知己，他人無此實落。

六月十七日晝寢〔一〕

　　紅塵席帽烏鞾裏〔二〕，想見滄洲白鳥雙〔三〕。馬齕枯萁諠午枕，夢成風雨浪翻江〔四〕。

〔一〕元祐四年作。

〔二〕紅塵：指熱鬧繁華之地。班固《西都賦》：“闐城溢郭，旁流百廛，紅塵四合，煙雲相連。”孟浩然《同儲十二洛陽道中作》：“酒酣白日暮，走馬入紅塵。”席帽：以藤席所編之帽，猶後之斗笠。吳處厚《青箱雜記》二：“國初猶襲唐風，士子皆曳袍重戴，出則以席帽自隨。”

〔三〕滄洲：水邊地，多指隱者居處。白鳥雙：歐陽修《和韓學士襄州聞喜亭置酒》：“清川萬古流不盡，白鳥雙飛意自閑。”東坡稱之爲“七言之偉麗者”，與老杜“可以並驅爭先”（《評七言麗句》），故山谷用之。此言奔走塵世而向往江湖。

〔四〕馬齕二句：謂馬食草料之聲化作夢中風雨浪翻之景。《楞嚴經》卷四：“如重睡人眠熟牀枕，其家有人於彼睡時，擣練舂米，其人夢中聞舂擣聲，別作他物，或爲擊鼓，或爲撞鐘。即於夢時自怪其鐘爲木石響，於時忽寤，遄知杵音。”任淵注引此，謂“此詩略采其意，以言江湖之念深，兼想與因，遂成此夢。”所謂想與因，見《世說新語·文學》：“衛玠總角時問樂令夢，樂云：‘是想。’衛曰：‘形神所不接而夢，豈是想邪？’樂云：‘因也。未嘗夢乘車入鼠穴，擣虀噉鐵杵，皆無想無因故也。’”今言“日有所思，夜有所夢”，即爲“想”；若體有所感，因以成夢，則是“因”。山谷既有江湖之思，又聞馬食之聲,合而成夢,故云"兼想與因"。《管錐編》(二)論《列子·周穆王》:"蓋心中之情欲、憶念,概得曰'想',則體中之感覺受觸,可名曰'因'。當世西方治心理者所謂'願望滿足'及'白晝遺留之心印',想之屬也;所謂'睡眠時之五官刺激',因之屬也。……滄洲結想。馬嚙造因,想因合而幻爲風雨清涼之境,稍解煩熱而償願欲。二十八字曲盡夢理……任註補益,庶無賸義,以《楞嚴》僅言因而未及想,祇得詩之半也;《外集》卷一三《次韻吉老》之七:'南風入書夢,起坐是松聲',史容註亦引《楞嚴》,則函蓋相稱,以詩惟言因耳。"葉夢得《石林詩話》卷上:"外祖晁君誠善詩……黄魯直常誦其'小雨愔愔人不寐,卧聽贏馬齕殘蔬',愛賞不已,他日得句云:'馬齕枯萁……'自以爲工,以語舅氏無咎曰:'吾詩實發於乃翁前聯。'"袁枚《隨園詩話》卷九評晁詩"真静中妙境",而山谷詩"落筆太狠,便無意致"。

題大雲倉達觀臺〔一〕

瘦藤拄到風烟上〔二〕,乞與游人眼豁開〔三〕。不知眼界闊多少〔四〕,白鳥飛盡青天回〔五〕。

〔一〕紹聖元年赴黔州途中經池州作。詩共六首,此録第二首。史容註:"池州泝流四十里至北岸蔣家沙,又四十里至大雲倉。按《同安志》此詩注云:大雲倉即今樅陽鎮(今安徽地),去舒州一百四十里;又云:達觀臺在樅陽鎮東永利寺。按山谷有手書石刻跋云:'永利禪寺東偏,遵微徑,攀古松,登高丘,四達而平(平字據《年譜》增),所瞻皆數百里,問(史注作間,據《年譜》改)其地主,曰戴器之。因名曰達觀臺,而屬器之築屋於其上,器之欣然曰:敢不諾!因爲作二詩,踰旬屋成,器之置酒,命歌舞者二三,時與鎮官蘇臺、范光祖同賞焉。……崇寧元年五月朔黃庭堅書。’”達觀，取賈誼《鵩鳥賦》“達人大觀”之意。

〔二〕瘦藤：指藜杖。風煙：風塵煙雲。

〔三〕乞(qì)：給予；乞與：此有使令意。句謂令游人眼界豁然開朗。

〔四〕不知句：唐方干《題報恩寺上方》：“來來先上上方看，眼界無窮世界寬。”

〔五〕白鳥句：杜甫《雨》：“紫崖奔處黑，白鳥去邊明。”《冷齋夜話》卷一論奪胎換骨云：“又如李翰林詩曰：‘鳥飛不盡暮天碧。’又曰：‘青天盡處没孤鴻。’……山谷作《登達觀臺》詩曰……凡此之類，皆換骨法也。”按：“鳥飛”句爲郭功甫《金山行》詩中句，見《苕溪漁隱叢話前集》卷三十七所引。

竹　枝　詞〔一〕

撐崖拄谷蝮蛇愁，入箐攀天猿掉頭〔二〕。鬼門關外莫言遠〔三〕，五十三驛是皇州〔四〕。浮雲一百八盤縈〔五〕，落日四十八渡明〔六〕。鬼門關外莫言遠，四海一家皆弟兄〔七〕。

〔一〕紹聖二年赴黔州途中作。竹枝：本巴渝(四川東部)民歌，貞元中，劉禹錫在沅湘作“竹枝”新辭，教俚俗歌之，遂盛於貞元、元和間。山谷有跋云：“古樂府有‘巴東三峽巫峽長，猿啼三聲淚霑裳。’但以抑怨之音，和爲數疊，惜其聲今不傳。予自荆州上峽，入黔中，備嘗山川險阻，因作二疊與巴娘，令以“竹枝”歌之。前一疊可和云‘鬼門關外莫言遠，五十三驛是皇州’，後一疊可和云‘鬼門關外莫言遠，四海一家皆弟兄’；或各用四句入《陽關》、《小秦王》，亦可歌也。紹聖二年四月甲申。"

〔二〕撑崖二句：寫登山艱險。蝮蛇：一種毒蛇，頭三角形，體灰黑。箐
　　　（jīng）：竹名，西南一帶亦稱大竹林爲箐。此以動物之愁爲襯託，
　　　猶李白《蜀道難》："猨猱欲度愁攀緣"之意。

〔三〕鬼門關：《内集詩注》："鬼門關在峽州路。"《古今圖書集成・職方
　　　典・夔州府》："鬼門關：去治(州治奉節)東北三十里，詩云：'赤
　　　甲下映人鮓甕，黄牛高抗鬼門關。'其險如此。"

〔四〕五十句：言離京師路途遥遠。皇州：京都。

〔五〕浮雲句：寫山路屈曲，高入雲際。陸游《入蜀記》卷六：巫山縣：
　　　"隔江南陵山，極高大，有路如綫，盤屈至絶頂，謂之一百八盤。"

〔六〕四十八渡：曹學佺《蜀中名勝記・黔江縣》："四十八渡水在治西
　　　二十里。發源栅山，溪水折流四十八灣，夾於兩岸之間。"一説在
　　　夔州治西七里(《古今圖書集成》)，又説在南平軍隆化縣東(《方輿
　　　勝覽》)。

〔七〕四海句：《論語・顔淵》：子夏曰："四海之内皆兄弟也。君子何患
　　　乎無兄弟也！"

和答元明黔南贈別〔一〕

　　萬里相看忘逆旅〔二〕，三聲清涙落離觴〔三〕。朝雲往
日攀天夢〔四〕，夜雨何時對榻涼〔五〕？急雪脊令相並影，驚
風鴻雁不成行〔六〕。歸舟天際常回首〔七〕，從此頻書慰
斷腸。

〔一〕紹聖二年作。山谷拜黔州謫命，長兄元明親送至黔州，"淹留數月
　　　不忍別，士大夫共慰勉之，乃肯行，掩涙握手，爲萬里無相見期之

別”(《書萍鄉縣廳壁》)。《年譜》:“詩中有‘急雪脊令……’之句,蓋冬時所作。然元明却是六月十三日離黔州,具先生所與天民、知命書,此詩蓋追和耳。”黔南:指黔州,隸夔州路,治彭水縣。

〔二〕萬里句:謂兄弟相對於萬里之外,幾已忘却身在客中。逆旅:客舍。

〔三〕三聲句:《水經注・江水二》記三峽:“每至晴初霜旦,林寒澗肅,常有高猿長嘯,屬引凄異,空谷傳響,哀轉久絶。故漁者歌曰:‘巴東三峽巫峽長,猿鳴三聲淚沾裳。’”三峽爲赴黔所經之地,故觸景生情。

〔四〕朝雲句:宋玉《高唐賦序》:楚王與巫山神女幽會,女曰:“妾在巫山之陽,高丘之阻,旦爲朝雲,暮爲行雨,朝朝暮暮,陽臺之下。”用此事切三峽,同時由雲憶及昔日抱負,即所謂“攀天夢”。其意出《離騷》,又曹植《苦思行》:“我心何踊躍,思欲攀雲追。”又相傳伊尹見商湯前,夢乘舟過日邊,後爲湯相,李白《行路難》:“忽復乘舟夢日邊”,意皆同。山谷詩屢有詠及,如《代書》:“屈指推日星,許身上雲霞,安知九天關,虎豹守夜叉。”

〔五〕夜雨句:謂此別之後,何時纔能聚首。對榻:猶對牀,見《次韻裴仲謀同年》注〔四〕。

〔六〕急雪二句:見《次元明韻寄子由》注〔七〕。前句喻患難中兄弟情深,後句言兄弟離散。杜甫《對雪》:“急雪舞回風。”又脊令、鴻雁相對本杜甫《舍弟觀赴藍田取妻子到江陵喜寄》詩:“鴻雁影來連峽内,鶺鴒飛急到沙頭。”

〔七〕歸舟句:謝朓《之宣城出新林浦向板橋》:“天際識歸舟,雲中辨江樹。”此設想元明盼己歸來之狀,猶柳永《八聲甘州》:“想佳人粧樓顒望,誤幾回天際識歸舟。”

次韻黄斌老所畫横竹〔一〕

酒澆胸次不能平,吐出蒼竹歲峥嵘〔二〕。卧龍偃蹇雷不驚〔三〕，公與此君俱忘形〔四〕。晴窗影落石泓處〔五〕，松煤淺染飽霜兔〔六〕。中安三石使屈蟠，亦恐形全便飛去〔七〕。

〔一〕元符二年作。黃斌老：鄧椿《畫繼》卷四："黃斌老，不記名，潼州府安泰人，文湖州之妻姪也。登科，嘗任戎倅，適山谷貶戎州，與定交，且通譜。善畫竹，山谷有詠其橫竹詩。"

〔二〕酒澆二句：言其胸有不平，以畫竹見之。酒澆胸次：用阮籍事，見《世説新語·任誕》。韓愈《送孟東野序》："大凡物不得其平則鳴。"又《送高閑上人序》謂張旭"喜怒窘窮，憂悲愉佚，怨恨思慕，酣醉無聊不平，有動於心，必於草書焉發之。"蘇軾《郭祥正家，醉畫竹石壁上……》："空腸得酒芒角出，肝肺槎牙生竹石，森然欲作不可回，吐向君家雪色壁。"山谷其他詩也多有此意，其《題子瞻畫竹石》："東坡老人翰林公，醉時吐出胸中墨。"又《題子瞻枯木》："胸中元自有丘壑，故作老木蟠風霜。"歲崢嶸：歲暮。鮑照《舞鶴賦》："歲崢嶸而愁暮。"崢嶸，深冥貌。杜甫《敬贈鄭諫議》："旅食歲崢嶸。"

〔三〕臥龍：喻竹，暗用費長房事，見《次韻子瞻與舒堯文禱雪……》注〔一四〕。偃蹇：偃息而臥。雷不驚：言龍（竹）安處畫中。《歷代名畫記》卷七：梁張僧繇在金陵安樂寺畫龍，"不點睛，每云點睛即飛去。人以為妄誕，固請點之。須臾，雷電破壁，兩龍乘雲騰去上天，二龍未點眼者見在。"

〔四〕公：指黃斌老。此君：指竹。《世説新語·任誕》：王子猷寄居某空宅，便令種竹，人問其故，王"直指竹曰：'何可一日無此君！'"忘形：脱略形迹，不拘禮節。《莊子·讓王》："故養志者忘形。"杜甫《醉時歌》："忘形到爾汝，痛飲真吾師。"此指其與所畫竹化而為一，到了忘形的地步。可參閱蘇轍《墨竹賦》。

〔五〕石泓：指石硯。韓愈《毛穎傳》："穎與絳人陳玄、弘農陶泓及會稽褚先生友善。"弘農産瓦硯，此改陶為石，即指石硯。

〔六〕松煤句：見《戲答趙伯充勸莫學書……》注〔六〕。

〔七〕中安二句：謂於畫中置三怪石，恐龍(竹)形全飛去，呼應前張僧繇事。

用前韻謝子舟爲予作風雨竹〔一〕

子舟詩書客，畫手睨前輩〔二〕。挹袂拍其肩，餘力左右逮〔三〕。摩拂造化爐，經營鬼神會〔四〕。光煤疊亂葉，世與作者背〔五〕。看君回腕筆，猶喜漢儀在〔六〕。歲寒十三本，與可可追配〔七〕。小山蒼苔面，突兀謝憎愛〔八〕。風斜兼雨重，意出筆墨外〔九〕。吾聞絕一源，戰勝自十倍〔一〇〕。榮枯轉時機〔一一〕，生死付交態〔一二〕。狙公倒七芧，勿用嗔喜對〔一三〕。此物當更工，請以小喻大〔一四〕。

〔一〕元符二年作。《畫繼》卷四：“黃彝字子舟，斌老之弟。其名字初非彝與子舟也，山谷以其尚氣，故取二器以規之，自後折節遂爲粹君子，舉八行，終朝郎郡倅。”

〔二〕畫手句：杜甫《冬日洛城北謁元元皇帝廟》：“畫手看前輩，吳生遠擅場。”睨：睥睨。

〔三〕挹袂二句：郭璞《遊仙詩》：“左挹浮丘袖，右拍洪崖肩。”其：指前輩。此謂其畫藝高超，能趕上前人。

〔四〕摩拂：猶觀摩仿佛。造化爐：見《姨母李夫人墨竹》注〔五〕。經營：構思安排。謝赫《古畫品錄》論六法，“五經營位置是也。”杜甫《丹青引》：“意匠慘淡經營中。”鬼神會：杜甫《閿山歌》：“那知根無鬼神會，已覺勢與嵩華敵。”此借言畫藝神妙如鬼神會合。《莊子·達生》：“梓慶削木爲鐻，鐻成，見者驚，猶鬼神。”

〔五〕光煤：指墨色。蘇軾《書懷民所遺墨》：“世人論墨，多貴其黑，而
不取其光。光而不黑，固爲棄物；若黑而不光，索然無神采，亦復
無用。”此言俗工畫竹僅有鮮亮的墨色，畫面雜亂無章。世：指世
俗畫師。作者：作手，大畫家。

〔六〕回腕筆：索靖《草書狀》：“命杜度運其指，使伯英迴其腕。”此寫筆
勢靈活流轉。姜夔《續書譜》：“大要執之欲緊，運之欲活，不可以
指運筆，當以腕運筆。”漢儀：原指漢朝典章制度，此借指前輩筆
法。《後漢書·光武帝紀》：“不圖今日復見漢官威儀。”

〔七〕與可：宋代畫竹大師文同字。追配：《尚書·君牙》：“對揚文武之
光命，追配於前人。”此謂子舟之畫可與文同比美。

〔八〕小山：指畫中竹下之石。蒼苔面：盧仝《蕭宅二三子贈答詩二十
首·石請客》：“自慚埋没久，滿面蒼苔痕。”又《石答竹》：“蒼蘚印
我面，雨霧皴我皮。此故不嫌我，突兀蒙相知。”謝：辭，謂無愛憎
之情。此言所畫竹石不計世人好惡，顯出超然物外、絶去愛憎的
姿態。參見《贈陳師道》注〔一四〕。《莊子·德充符》：“有人之形，
無人之情。”“吾所謂無情者，言人之不以好惡内傷其身。”佛家也
講摒棄愛憎等癡妄煩惱，要“不貪世間愛欲，無瞋恚癡愚之心”
(《俱舍論》)。

〔九〕意出句：有兩意：先是作畫者能超越筆墨技法，達意暢神；然後是
觀畫者亦能於形外去體味其精神氣韻。歐陽修《盤車圖》：“古畫
畫意不畫形”，“忘形得意知者寡。”《夢溪筆談·書畫》：“書畫之
妙，當以神會，難可以形器求也。世之觀畫者多能指摘其間形象、
位置、彩色瑕疵而已，至於奧理冥造者，罕見其人。”亦即東坡論書
所云：“鍾王之迹，蕭散簡遠，妙在筆墨之外”(《書黄子思詩
集後》)。

〔一〇〕吾聞二句：見《二月二日曉夢……》注〔二三〕及《和答莘老見贈》
注〔三八〕。此謂絶去利慾之源，則道藝可收十倍之效。

〔一一〕榮枯句：謂人生盛衰窮達只是時機之轉。《莊子·德充符》：“死
生、存亡、窮達、貧富、賢與不肖、毁譽、饑渴、寒暑，是事之變，命之

行也。”

〔一二〕生死句：《漢書·鄭當時傳》：“一死一生,乃知交情;一貧一富,乃
知交態。”詩用互體,言生死即含貧富。交態：世俗之態。世人常
樂生厭死,嫌貧愛富,畫家則將此留給世俗,不以生死窮達爲念。
意本《莊子·大宗師》：“古之真人,不知説(悦)生,不知惡死,其出
不訢,其入不距。”

〔一三〕狙公二句：《莊子·齊物論》：“狙公(養狙老翁)賦芧(分發橡子),
曰：‘朝三而暮四。’衆狙皆怒。曰：‘然則朝四而暮三。’衆狙皆悦。
名實未虧而喜怒爲用,亦因是也。”此謂對待世事變遷不必有喜怒
之情。

〔一四〕此物：指繪畫。更工：更加精巧微妙。以小喻大：司馬相如《上
書諫獵》：“此言雖小,可以喻大。”此指用小事説明藝術乃至人生
的道理。

寄題榮州祖元大師此君軒〔一〕

王師學琴二十年,響如清夜落澗泉〔二〕。滿堂洗净箏
琶耳〔三〕,請師停手恐斷絃。神人傳書道人命,死生貴賤
如看鏡。晚知直語觸憎嫌,深藏幽寺聽鐘磬〔四〕。有酒如
澠客滿門,不可一日無此君〔五〕。當時手栽數寸碧,聲挾
風雨今連雲〔六〕。此君傾蓋如故舊〔七〕,骨相奇怪清且秀。
程嬰杵臼立孤難,伯夷叔齊採薇瘦〔八〕。霜鍾堂上弄秋
月〔九〕,微風入絃此君説。公家周彦筆如椽〔一〇〕,此君語
意當能傳。

〔一〕元符二年作。榮州屬梓州路,治榮德縣(今四川榮縣),在山谷所

居戎州之北。祖元大師姓王。陸游《沁園春》詞引：“橫溪閣者，跨於雙溪之上也……其北鳳鳴山，則黄魯直所題榮州祖元大師此君軒在焉。”閣在榮州州治城北。軒名取晉王徽之“何可一日無此君”之意（《世説新語·任誕》）。《内集詩注》：“山谷有此詩跋云：‘元符二年閏月初吉書贈榮州琴師祖元。’按是歲閏九月。”

〔二〕王師：即祖元大師。澗泉：《樂府詩集》卷六十有李季蘭《三峽流泉歌》，題注引《琴集》：“《三峽流泉》，晉阮咸所作也。”琴曲又有《幽澗泉》，李白同名詩：“幽澗愀兮流泉深。”歐陽修有《聽琴》詩：“孤禽曉警秋野露，空澗夜落春巖泉。”（《苕溪漁隱叢話前集》卷十六引）

〔三〕滿堂句：《西清詩話》：“六一居士嘗問東坡：‘琴詩孰優？’東坡答以退之《聽穎師琴》，公曰：‘此祇是聽琵琶耳。’……東坡後有《聽惟賢琴詩》云：‘……歸家且覓千斛水，洗净從來箏笛耳。’詩成欲寄歐公而公亡，每以爲恨。”此寫琴音之妙。

〔四〕神人四句：言祖元先曾爲人算命，能預卜人之禍福貴賤，後知直言易犯忌，遂深居佛門。道：説，預卜。看鏡：形容一目了然。古人常以鏡喻洞察力，如《莊子·天道》稱聖人之心乃“天地之鑒也，萬物之鏡也”。《南史·陸慧曉傳》：“慧曉心如照鏡，遇形觸物，無不朗然。”

〔五〕有酒如澠：語出《左傳·昭公十二年》。澠（shéng）：古水名，源出臨淄。後句見《次韻黄斌老所畫橫竹》注〔四〕。

〔六〕寸碧：言苗之細小。韓愈孟郊《城南聯句》：“遥岑出寸碧。”連雲：言竹高大。

〔七〕此君句：謂竹與人親，宛如故舊。傾蓋：兩車相遇，雙方交談，故車蓋相並而小有傾斜。《史記·鄒陽傳》：“諺曰：‘有白頭如新，傾蓋如故。’”《索隱》：“按《家語》：‘孔子遇程子於途，傾蓋而語。’”

〔八〕程嬰二句：據《史記·趙世家》，屠岸賈殺趙氏，趙朔妻避難宮中，生一男，程嬰與公孫杵臼欲救此兒。公孫問：“立孤與死孰難？”程曰：“死易，立孤難耳。”公孫遂先死，程嬰撫養孤兒趙武，使復故位，最後也自盡。伯夷、叔齊義不食周粟而餓死。此以歷史人物喻竹之勁節。

〔九〕霜鐘堂:《山海經·中山經》:"又東南三百里曰豐山……有九鐘焉,是知霜鳴。"郭璞注:"霜降則鐘鳴,故言知也。"李白《聽蜀僧濬彈琴》:"客心洗流水,遺響入霜鐘。"祖元以之名堂。

〔一○〕周彥:王庠,字周彥,榮州人,祖元大師從弟。山谷《與王觀復書》:"有王庠周彥,榮州人,行己有恥,不妄取與,其外家連戚里向氏,屢當得官,固辭,以與其弟或及族人。作詩文雖未成就,要爲規摹宏遠,此君又東坡之兄壻也,故亦有淵源耳。"又《與榮州薛使君書》:"貴州士人惟周彥衣冠之領袖也,其人深中篤厚,雖中州不易得也。……紫衣僧祖元亦周彥之族兄,抱琴種竹,有瀟洒之趣,以星曆推休咎,常得十之七八。"筆如椽:猶大手筆。《晉書·王珣傳》:"珣夢人以大筆如椽與之,既覺,語人曰:'此當有大手筆事。'俄而帝崩,哀册謚議,皆珣所草。"後即以此稱人文筆。

【評箋】　胡仔《苕溪漁隱叢話後集》卷三十一:前輩譏作詩多用古人姓名,謂之點鬼簿。其語雖然如此,亦在用之何如耳,不可執以爲定論也。如山谷《種竹》云:"程嬰杵臼……"《接花》云:"雍也本犁子,仲由元鄙人。"善於比喻,何害其爲好句也。

黃爵滋《讀山谷詩集》:詠竹而用及程嬰、杵臼等事,此《選》賦之體,非詩正格,不善學之,則泛濫牽凑拉雜之病,無所不至。

賀裳《載酒園詩話》:至山谷詠竹而曰:"程嬰……",終嫌晦澀。此不過言"苦節"二字耳。

再次韻兼簡履中南玉三首(選一)〔一〕

鎖江亭上一樽酒〔二〕,山自白雲江自橫〔三〕。李侯短褐有長處〔四〕,不與俗物同條生〔五〕。經術貂蟬續狗尾,文

章瓦釜作雷鳴〔六〕。古來寒士但守節,夜夜抱關聽
五更〔七〕。

〔一〕元符三年作于戎州。先有《次韻李任道晚飲鎖江亭》一詩。據《年
　　　譜》,五月戊寅太守劉廣之率賓僚來賞鎖江荔枝,翌日追涼于安詔
　　　亭,山谷與其會,有題名并書杜詩。成履中、汲南玉(樊道尉)皆從
　　　行者。詩本三首,此其三。

〔二〕鎖江亭:在戎州治所樊道縣,"兩岸大石屹立,因置鐵絚,橫截其
　　　處,控扼夷羌之處也"。(《輿地紀勝·叙州》)一樽酒:沈約《別范
　　　安成》:"勿言一樽酒,明日難重持。"杜甫《春日憶李白》:"何時一
　　　樽酒,重與細論文。"

〔三〕山自句:杜詩寫景喜用"自"字,以興起對世事人生的感慨。"映
　　　階碧草自春色"(《蜀相》)、"虛閣自松聲"(《滕王亭子》)等,皆其
　　　例。以二"自"字成句,前此有劉長卿之"人自傷心水自流"(《重送
　　　裴郎中貶吉州》)、韓偓之"水自潺湲日自斜"(《自沙縣抵龍溪縣,
　　　值泉州軍過後,村落皆空,因一絶》)。又唐彦謙《金陵懷古》:
　　　"山自青青水自流。"

〔四〕李侯:指李任道。山谷《與王觀復書》:"有李仔任道,本梓人而寓
　　　江津二十餘年,其人言行有物,參道得其要,老成人也。"短褐:言
　　　其爲布衣,與"長處"成對。

〔五〕俗物:粗俗者。見《閏月訪同年李夷伯……》注〔八〕。同條生:
　　　《五燈會元》卷七《雪峰義存禪師》:嚴頭曰:"雪峰雖與我同條生,
　　　不與我同條死。"此猶"同類"之義。《雪竇頌古集》釋此:"同條生
　　　也共相知,不同條死,還殊絶。"

〔六〕貂蟬續狗尾:《晉書·趙王倫傳》:"至於奴卒廝役亦加以爵位,每
　　　朝會,貂蟬盈座。時人爲之諺曰:'貂不足,狗尾續。'"瓦釜作雷
　　　鳴:《楚辭·卜居》:"黃鍾毀棄,瓦釜雷鳴。讒人高張,賢士無
　　　名。"瓦釜,即瓦缶。二句諷刺當時流行之經術文學。

〔七〕抱關:原指門卒。關,門閂。《孟子·萬章下》:"辭尊居卑,辭富

居貧,惡乎宜乎? 抱關擊柝。"此指守住家門,自甘貧賤。

　　【評箋】　翁方綱《七言詩三昧舉隅》:凡山谷詩實處即其空處,黏處即其脱處,而此較之東坡《梁左藏》、《郭綸》等篇更爲易見耳。凡詩取料處皆即其見神韻處也,亦不但山谷如此。

送石長卿太學秋補〔一〕

　　長卿家亦但四壁,文君窺之介如石〔二〕。胸中已無少年事,骨氣乃有老松格〔三〕。漢文新覽天下圖,詔山採玉淵獻珠〔四〕。再三可陳治安策,第一莫上登封書〔五〕。

〔一〕元符三年作於戎州。石長卿:眉山人,時在戎。《内集詩注》引山谷《試張通筆帖》:"戎州城南儵舍中眉山石長卿觀書。"秋補:舉士之法。熙寧四年,立太學生三舍法,分上、内、外三舍,通過考試升舍。元符二年令諸州推行三舍法,選拔州學生中優異者,貢入太學,稱爲"補","其(州學)上舍即附太學補外舍,試中補内舍生"。崇寧"三年令州縣學用三舍法升太學,罷科舉。……每上舍生升舍已其秋,即貢入辟廱。長吏集闔郡官、提舉司官,即本所燕設,以禮津遣,限歲終悉集闕下。"(《文獻通考》卷四六)所述雖崇寧間事,但升舍時間均在秋天,故稱"秋補"。

〔二〕長卿二句:用司馬相如與卓文君事,相如字長卿,此巧關石長卿,寫其窮且益堅的品格。介如石:《易・豫》:"介于石。"介,堅;于,如。

〔三〕骨氣句:鍾嶸《詩品》評曹植:"骨氣奇高。"盧仝《與馬異結交詩》:"此骨縱橫奇又奇,千歲萬歲枯松枝。"

〔四〕漢文：漢文帝。此喻指徽宗，時初即位。天下圖：班固《東都賦》：
　　"天子受四海之圖籍，膺萬國之貢珍。"此言天子下詔廣羅人材。
〔五〕治安策：《漢書·賈誼傳》："因陳治安之策，試詳擇焉。"《治安策》
　　又名《陳政事疏》。登封書：《漢書·司馬相如傳》："長卿未死時，
　　爲一卷書，曰：'有使來求書，奏之。'其遺札書言封禪事。"歐陽修
　　《歸田録》："處士林逋居於杭州西湖之孤山……其臨終爲句云：
　　'茂陵他日求遺稿，猶喜曾無封禪書。'尤爲人稱誦。"山谷希望石
　　長卿能直言極諫，不要一味歌功頌德，迎合皇帝。白居易《放旅
　　雁》："雁雁汝飛向何處？第一莫飛西北去。"此用其句律。

次韻楊明叔見餞十首（選四）〔一〕

　　　楊明叔從予學問，甚有成，當路無知音，求爲瀘州從事而
　　不能得。予蒙恩東歸，用"蛟龍得雲雨，雕鶚在秋天"作十詩
　　見餞，因用其韻以別。

楊君清渭水，自流濁涇中〔二〕。今年貧到骨〔三〕，豪氣
似元龍〔四〕。男兒生世間，筆端吐白虹〔五〕。何事與秋螢，
爭光蒲葦叢〔六〕。

事隨世滔滔〔七〕，心欲自得得〔八〕。楊君爲己學〔九〕，
度越流輩百〔一〇〕。坐捫故衣蝨，垢襪春汗黑〔一一〕。睥睨
紈袴兒，可飲三斗墨〔一二〕。

元之如砥柱〔一三〕，大年若霜鶚〔一四〕。王楊立本朝，
與世作郛郭〔一五〕。觀公有膽氣，自可繼前作。丈夫存遠
大，胸次要落落〔一六〕。

虚心觀萬物〔一七〕，險易極變態〔一八〕。皮毛剥落盡，惟有真實在〔一九〕。侍中乃珥貂〔二〇〕，御史則冠豸〔二一〕照影或可羞，短蓑釣寒瀨〔二二〕。

〔一〕元符三年十二月發戎州，詩作於臨行時。楊明叔名皓，眉州丹稜人，時官於黔中，與山谷相過從。詩十首，此選二、三、七、八四首。

〔二〕楊君二句：見《閏月訪同年李夷伯……》注〔五〕。

〔三〕貧到骨：杜甫《又呈吴郎》：“已訴徵求貧到骨。”蘇軾《蜜酒歌》：“先生年來窮到骨。”

〔四〕豪氣句：見《見子瞻粲字韻詩……》注〔四九〕。

〔五〕筆端句：謂楊明叔筆端豪氣如虹。《禮記·聘義》：“君子比德於玉焉……氣如白虹，天也；精神見於山川，地也。”

〔六〕何事二句：《維摩詰所説經·弟子品》：“欲行大道，莫示小徑，無以大海内於牛跡，無以日光等彼螢火。”此謂楊明叔不必與庸陋之輩相較。

〔七〕滔滔：大水瀰漫貌，此指紛亂的人世。《論語·微子》：“滔滔者，天下皆是也。”

〔八〕心欲句：自得指得道，體認自性之道，故云。《孟子·離婁》：“君子深造之以道，欲其自得之也。”《禮記·中庸》：“君子無入而不自得焉。”鄭玄注：“自得，所鄉（向）不失其道。”《莊子·駢拇》：“不自得而得彼者，是得人之得而不自得其得者也。”亦即禪宗自心有佛，不勞外求之意。二句謂外表隨俗從衆，内心體道自得。源本《莊子》，《人間世》：“内直而外曲”，“内直者，與天爲徒”，即内心體認天道；“外曲者，與人之爲徒也……爲人之所爲者，人亦無疵焉，是之謂與人爲徒。”即隨波逐流。

〔九〕爲己學：《論語·憲問》：“古之學者爲己，今之學者爲人。”邢昺疏：“古人之學則履而行之。是爲己也。”爲己，完善、提高自我，而非誇耀於人。

〔一〇〕度越：超越。《漢書·揚雄傳》：桓譚稱揚雄“若使遭遇時君，更閱

賢知，爲所稱善，則必度越諸子矣。"流輩百：杜甫《送李校書二十六
韻》："清峻流輩伯。"韓愈《與崔羣書》："況足下度越此等百千輩。"

〔一一〕坐捫二句：寫明叔放曠不羈，不修邊幅。前句見《戲贈彥深》注〔四〕。
後句任淵注："嘗聞長老云：山谷此句蓋譏明叔垢汙不濯足。"

〔一二〕睥睨：蔑視。紈袴兒：不務正業的富家子弟。可飲句：《通典》十
四《選舉》二：北齊策試貢士，"天子常服乘輿出，坐於朝堂中楹，
秀孝各以班草對。字有脫誤者，呼起立席後，書有濫劣者，飲墨水
一升。""三斗"極言不通文墨。

〔一三〕元之：王禹偁字元之。砥柱：喻其剛直堅定，參見《題魏鄭公〈砥
柱銘〉後》。

〔一四〕大年：楊億字大年，建州（今福建建甌）人，累官知制誥、翰林學
士，爲人"剛介寡合"，"文格雄建，才思敏捷"（《宋史》本傳）。鶚：
猛禽，好峙立，立輒不移，稱鶚立。霜形容其威嚴凌厲。參見《贈
趙言》注〔三〕。孔融《薦禰衡表》："鷙鳥累百，不如一鶚，使衡立
朝，必有可觀。"語本《漢書·鄒陽傳》。此寫楊億立朝耿介正直。

〔一五〕郛郭：外城，引申爲保障。揚雄《法言·吾子篇》："虐政虐世，然
後知聖人之爲郛郭也。"此言王楊能維護正義，抵御奸邪。

〔一六〕遠大：《左傳·襄公三十一年》："吾聞君子務知大者遠者。"胸次：
猶胸襟、胸懷。落落：豁達。柳宗元《柳公（渾）行狀》："終身坦蕩
而細故不入，其達生知足，落落如此。"

〔一七〕虛心句：謂虛靜之心可洞觀萬物。參見《道臻師畫墨竹序》注〔一
二〕。又僧肇《般若無知論》："以聖心無知，故無所不知。……是
以聖人虛其心而實其照，終日知而未嘗知也。故能默耀韜光，虛
心玄鑒，閉智塞聰，而獨覺冥冥者矣。"

〔一八〕險易句：謂世事險易變化不定。

〔一九〕皮毛二句：寒山《有樹先林生》："皮膚脫落盡，惟有真實在。"寒山
用《涅槃經》意："如大樹外，有娑羅林，中有一樹，先林而生，足一
百年，其樹陳朽，皮膚枝葉悉皆脫落，惟真實在。"後藥山又用寒山
語云："皮膚脫落盡，惟有一真實。"（《五燈會元》卷五）此喻歷盡滄

桑而心志堅定。山谷《與王雲子飛書》："老來枝葉皮膚,枯朽剥
落,惟有心如鐵石。"

〔二〇〕侍中:原爲秦漢官名,魏晉後地位日隆,爲門下省之長官。珥貂:
侍中戴惠文冠,其以蟬羽貂尾爲飾。珥,插。左思《詠史》:"金張
籍舊業,七葉珥漢貂。"

〔二一〕御史:司糾彈之職。冠豸:戴獬豸冠,參見《太和奉呈吉老縣丞》
注〔五〕。

〔二二〕照影二句:謂官不稱職,當顧影自羞,歸隱漁釣。韓愈《朝歸》:
"峨峨進賢冠,耿耿水蒼佩。服章豈不好,不與德相對。顧影聽其
聲,赬顏汗漸背。進乏犬鷄效,又不勇自退。"此化用其意。寒瀬:
水激石間謂瀬,歐陽修《水谷夜行寄子美聖俞》:"石齒漱寒瀬。"

戲題巫山縣用杜子美韻〔一〕

巴俗深留客〔二〕,吴儂但憶歸〔三〕。直知難共語,不是
故相違〔四〕。東縣聞銅臭〔五〕,江陵換袷衣〔六〕。丁寧巫峽
雨,慎莫暗朝暉〔七〕。

〔 一 〕建中靖國元年,出川途中作。巫山縣屬夔州。杜甫有《巫山縣汾
州唐使君十八弟宴別兼諸公攜酒樂相送率題小詩留於屋壁》詩此
詩即次其韻。

〔 二 〕巴:古地名,今四川東部地區,古有巴國,秦置郡,東漢末劉璋分
爲巴及巴東、巴西三郡,巫山縣屬巴東。此謂巴俗好客。

〔 三 〕吴儂:吴人,吴語中多儂字,故云。劉禹錫《福先寺雪中酬別樂
天》:"才子從今一分散,便將詠詩向吴儂。"

〔 四 〕難共語:《論語・述而》:"互鄉難與言。"此指語言不通。違:離

去。杜甫《南楚》："杖藜妨躍馬，不是故離羣。"此用其句律。

〔五〕東縣句：《內集詩注》引山谷跋："銅臭乃退之照壁喜見蝎之意，蓋過巫山用銅錢也。"按宋代由於銅錢不足，故限制其流通區域，將一些地區劃爲鐵錢區，以緩解錢荒。四川自孟蜀亡後即劃爲鐵錢區，終宋之世未變，見《宋史·食貨志》。東縣：指巫山縣鄰縣巴東縣，屬荊湖北路歸州。銅臭：見《後漢書·崔寔傳》：寔從兄烈買官，其子鈞曰："論者嫌其銅臭。"此借用。

〔六〕江陵：宋代荊湖北路治所，唐時爲荊州治所，至德間又置方鎮爲荊南。山谷四月至荊南，泊家沙市。此係推測，謂到江陵時該初夏了。袷衣：夾衣。

〔七〕丁寧：即叮嚀，吩咐。巫峽雨：此暗切巫山神女事。暗朝暉：猶浮雲蔽日。杜甫《晴》："久雨巫山暗。"二句寄意徽宗，望其致政清明。

【評箋】 方回《瀛奎律髓》卷四十三：此出峽詩。起句有石本作"巴俗殊親我，吳儂但憶歸"，細味則改本爲佳。"直知難共語，不是故相違"，此老杜句法。巴人相留非不用情，奈不可與語，所以去之。此有深意。"東縣聞銅臭"者，蜀人用鐵錢，過巫山始用銅錢。山谷舊改此句，謂乃退之"照壁喜見蝎"之意，予以爲即班超"生入玉門關"之意也。"江陵換袷衣"，紀時序，亦見天氣漸佳。尾句殊工，有憂時之意。建中改紀，熙豐之黨不樂，想是已見萌芽，必亦有所深指，謂不可以雲雨蔽太陽也。
紀昀："巴人相留非不用情……"此仍解石本二句，改本乃"信美非吾土"意。"尾句殊工……"此解是。馮班：太露，少叙致。次聯二句不好。"聞銅臭"既非佳語，意尤晦。結聯二句，好意。

跋子瞻和陶詩〔一〕

子瞻謫嶺南〔二〕，時宰欲殺之〔三〕。飽喫惠州飯〔四〕，細和淵明詩。彭澤千載人，東坡百世士〔五〕。出處雖不同，風味乃相似〔六〕。

〔一〕《年譜》：“先生有真蹟石刻題云：‘建中靖國元年四月在荆州承天寺觀此詩卷，嘆息彌日，作小詩題其後。’”按東坡和陶詩始於元祐七年知揚州時，所和爲《飲酒》二十首。紹聖元年貶惠州，始遍和陶詩，集爲一編，子由爲之作引，曰：“東坡先生謫居儋耳，置家羅浮之下，獨與幼子過負擔度海，葺茅竹而居之……獨猶喜爲詩，精深華妙，不見老人衰憊之氣。是時轍亦遷海康，書來告曰：‘古之詩人有擬古之作矣，未有追和古人者也。追和古人則始於吾。吾於詩人無所甚好，獨好淵明之詩。淵明作詩不多，然其詩質而實綺，癯而實腴。自曹劉鮑謝李杜諸人，皆莫及也。吾前後和其詩凡一百有九篇，至其得意，自謂不甚愧淵明。’”此引作於紹聖四年十二月，以後又有《和陶詩》十五首，故共有一百二十四首。此引曾經東坡筆削，見費袞《梁谿漫志》卷四。

〔二〕子瞻句：東坡紹聖元年至四年謫居惠州，後移儋州，直至元符三年，竄流嶺海，前後七年。

〔三〕時宰：指執政者。宰謂宰執，宋宰相與執政之統稱。時章惇爲宰相。欲殺：東坡南遷，林希所草制詞中有“軾罪惡甚，論法當死”之語。又施宿《東坡先生年譜》：元符元年，“初朝廷遣吕升卿、董必察訪廣東西，謀盡殺元祐黨人，曾布争于上，以升卿與二蘇有切骨之怨，不可遣，乃罷。”杜甫《不見》：“世人皆欲殺，吾意獨憐才。”

〔四〕飽喫句：謂其隨遇而安，知命超脱。東坡《和歸園田居》：“我飽一飯足，薇蕨補食前。”又《和酬劉柴桑》：“一飽忘故山，不思馬少游。”惠州：屬廣南東路，治歸善。

〔五〕彭澤二句：謂淵明與東坡皆不朽之人。《孟子·盡心》：“聖人，百世之師也，伯夷、柳下惠是也……奮乎百世之上，百世之下，聞者莫不興起也。”

〔六〕出處：進退，多指出仕與退隱。《易·繫辭》：“君子之道，或出或

處，或默或語。"風味：指意趣或情志，見《發贛上寄余洪範》注
〔三〕。《和陶詩引》："淵明不肯爲五斗米一束帶見鄉里小兒，而子
瞻出仕三十餘年，爲獄吏所折困，終不能悛，以陷大難，乃欲以桑
榆之末景，自託於淵明，其誰肯信之？雖然，子瞻之仕，其出處進
退，猶可考也。後之君子，其必有以處之矣。孔子曰：'述而不作，
信而好古，竊比於我老彭。'孟子曰：'曾子與子思同道。'區區之
迹，蓋未足以論士也。"詩句即概括其意。按淵明與東坡一隱一仕
雖不同，然高風亮節則無異，正如孟子所論曾子、子思面對來敵，
一退一守，皆因地位處境不同，若"易地則皆然"(《離婁下》)。又
東坡《和陶貧士詩》謂夷齊之退，四皓之進，及淵明之初仕終歸，其
爲有道也一。"蓋古人無心於功名，信道而進退，舉天下萬世之是
非不能回奪"(《苕溪漁隱叢話前集》卷四引《詩眼》)，其意相同。

病起荆江亭即事十首(選三)〔一〕

翰墨場中老伏波，菩提坊裏病維摩〔二〕。近人積水無
鷗鷺，時有歸牛浮鼻過〔三〕。

成王小心似文武〔四〕，周召何妨略不同〔五〕。不須要
出我門下，實用人材即至公〔六〕。

閉門覓句陳無己〔七〕，對客揮毫秦少游〔八〕。正字不
知溫飽未〔九〕，西風吹淚古藤州〔一〇〕。

〔一〕建中靖國元年作，時山谷病癱初愈，在荆南待命。原詩十首，此選
其一、四、八三首。
〔二〕翰墨場：見《戲答趙伯充勸莫學書……》注〔五〕。老伏波：猶老

將。伏波爲將軍名號,如東漢馬援爲伏波將軍。菩提:梵語,覺
悟之意。釋迦牟尼成佛之樹稱菩提樹,其地爲菩提場,故後亦以
稱佛寺。維摩:即維摩詰,釋迦同時代人,精於佛法,稱病在家,
故稱病維摩,見《維摩詰經》。二句係山谷自道。白居易《因夢得
酬牛相公初到洛中小飲見贈》:"政事堂中老丞相,制科場裏舊將
軍。"此用其句律。

〔三〕近人二句:孫光憲《北夢瑣言》卷七:"唐前朝進士陳詠,眉州青神
人,有詩名……潁川嘗以詩道自負,謁荆幕鄭準……其詩卷首有
一對語云:'隔岸水牛浮鼻渡,傍溪沙鳥點頭行。'"此即點而化之,
既切荆州,又有畫意。五代道士厲歸真以畫牛著名,有名作《渡
水牛》。

〔四〕成王:周成王,姬誦,武王之子,幼年即位,叔父周公旦攝政,在位
三十七年。小心似文武:《詩·大雅·大明》:"維此文王,小心翼
翼。"此以成王比徽宗。

〔五〕周召:周公姬旦,武王弟;召公名奭,文王庶子。略不同:《漢書·
孫寶傳》:"寶曰:'周公上聖,召公大賢,尚猶有不相說(悦),著於
經典,兩不相損。今風雨未時,百姓不足,每有一事,羣臣同聲,得
無非其美者?'"周召不悦見《尚書·君奭》及《史記·燕召公世
家》。此謂存有不同意見並不奇怪。

〔六〕不須二句:山谷主張調和黨爭,不要存黨派門户之見,應秉公爲
國,唯才是舉。曾季貍《艇齋詩話》:此二句"謂范忠宣(純仁)也。
事見《忠宣言行録》。"按:元祐間黨爭激烈,不僅有新舊之爭,舊
黨内部也有洛、蜀、朔等派别之爭。蘇軾等反對一味斥逐變法派。
當時發生"蔡確詩案",梁燾、劉安世等請誅確,蘇軾只主張嚴責。
元祐四年蔡確貶英州别駕,新州安置,范純仁等反對,純仁謂吕大
防曰:"此路荆棘七八十年矣,奈何開之?吾儕正恐亦不免耳。"
(《續通鑑長編》卷四二七)哲宗親政,又盡行貶逐舊黨,正應純仁
之言。山谷有鑒於此,遂發此論。要出我門下:韓愈《柳子厚墓
誌銘》:子厚"名聲大振,一時皆慕與之交,諸公要人争欲令出我

門下"。至公：韓愈《晉公破賊回重拜臺司以詩示幕中賓客愈奉
和》："得就閒官即至公。"此借用其語。

〔七〕陳無己：陳師道，字無己。徐度《卻掃編》卷中：後山"與諸生徜徉
林下，或愀然而歸，徑登榻，引被自覆，呻吟久之，蹶然而興，取筆
疾書，則一詩成矣。因揭之壁間，坐臥吟哦，有竄易至月十日乃
定。"後山詩喜用"閉門"，其"閉門十日雨，吟作饑鳶聲"(《陳留市
隱》)，"大爲山谷所愛"(《王直方詩話》)，故此植用之。

〔八〕對客句：形容秦觀文思敏捷，落筆揮灑自如，與後山適成對照。
秦少游：秦觀字少游。山谷有《贈秦少儀》詩："秦氏多英俊，少游
眉最白。頗聞鴻雁行，筆皆萬人敵。"

〔九〕正字句：魏衍《彭城先生集記》："元符三年……除秘書省正字。"
後山一生貧窮，竟至無力養家，岳父郭槩爲西川提刑，妻與三子隨
食川中。山谷《陳師道字序》："我觀萬世，未有困於母而食於舅，
嬪息巢於外舅。"

〔一〇〕西風句：秦觀於紹聖元年坐黨籍遭貶，元符二年徙雷州，三年被
赦，七月啓行北歸，至藤州而卒，時八月十二日。據《冷齋夜話》，
少游在處州夢中作長短句，有句云："醉臥古藤陰下，杳不知南
北。"後在藤州"遂終於瘴江之上光華亭。時方醉起，以玉盂汲泉
欲飲，笑視之而化。"藤州：隸廣南西路，治鐔津(今廣西藤縣)。

【評箋】 洪邁《容齋續筆》卷二：杜子美有《存歿絕句》二首云："席謙
不見近彈棋，畢曜仍傳舊小詩。玉局他年無限笑，白楊今日幾人悲。""鄭
公粉繪隨長夜，曹霸丹青已白頭。天下何曾有山水，人間不解重驊騮。"
每篇一存一歿，蓋席謙、曹霸存，畢、鄭歿也。黃魯直《荊江亭即事》十首，
其一云："閉門覓句……"乃用此體，時少游歿而無己存也。

次韻中玉水仙花二首(選一)〔一〕

借水開花自一奇，水沉爲骨玉爲肌〔二〕。暗香已壓酴

醲倒，祇比寒梅無好枝〔三〕。

〔一〕建中靖國元年作。中玉：馬瑊，字中玉，時知荆南府。詩本二首，
　　　此其一。
〔二〕水沉：即沉香、沉水香，見《對酒歌答謝公靜》注〔一二〕。玉爲肌：
　　　杜甫《徐卿二子歌》：“大兒九齡色清澈，秋水爲神玉爲骨。”
〔三〕暗香二句：林逋《梅花》：“疏影横斜水清淺，暗香浮動月黄昏。”酴
　　　醾：叢生灌木，夏初開白花，“有二品：一種花大而棘，長條而紫心
　　　者爲酴醾；一品花小而繁，小枝而檀心者爲木香”。（《墨莊漫録》）
　　　此謂水仙幽香已壓倒酴醾，祇是没有梅花那樣優美的枝條。

王充道送水仙花五十枝
欣然會心爲之作詠〔一〕

　　凌波仙子生塵襪，水上輕盈步微月〔二〕。是誰招此斷
腸魂？種作寒花寄愁絶。含香體素欲傾城〔三〕，山礬是弟
梅是兄〔四〕。坐對真成被花惱〔五〕，出門一笑大江横〔六〕。

〔一〕建中靖國元年作。王充道：荆州人。
〔二〕凌波二句：曹植《洛神賦》：“陵波微步，羅襪生塵。”步月：在月下
　　　漫步。薛道衡《重酬楊僕射山亭詩》：“空庭聊步月，閑坐獨臨風。”
　　　李白《自遣》：“醉起步溪月。”此以洛神宓妃之綽約風姿狀水仙。
〔三〕傾城：原指傾覆邦家，城，國。《詩·大雅·瞻卬》：“哲夫成城，哲
　　　婦傾城。”後亦喻美色令人傾倒，漢李延年有歌詠佳人曰：“一顧傾
　　　人城，再顧傾人國。”（《漢書·李夫人傳》）
〔四〕山礬：山谷《戲詠高節亭邊山礬花二首序》：“江湖南野中有一種

小白花,木高數尺,春開極香,野人號爲鄭花。王荆公嘗欲求此花栽,欲作詩而陋其名,予請名曰山礬。”任淵注上詩引曾慥《高齋詩話》謂唐昌觀之玉蕊花即瑒花,山谷易名爲山礬。《談藝録·黃山谷詩補註》:“按《淮南子·俶真訓》云:‘槐榆與橘柚,合而爲兄弟。’山谷屬詞仿此。又《戲詠零陵李宗古居士家馴鷓鴣》云:‘山鷓之弟竹鷄兄。’”《談藝録補訂》又增數例,可參閱,“爲卉植叙彝倫,乃古修詞中一法。”按杜甫《岳麓山道林二寺行》:“山鳥山花吾友于。”角度稍異,修辭則相類。

〔五〕被花惱:謂花氣撩人,平静之心爲其所動,故愛之太甚反怨也。任淵注引山谷在荆州《與李端叔帖》:“數日來驟暖,瑞香、水仙、紅梅皆開,明窗静室,花氣撩人,似少年都下夢也。”《管錐編增訂》:“黃庭堅愛花香而自責‘平生習氣’,釋氏所謂‘染着’也;故宮藏其行書七絶,即見《竹坡詩話》所引者,首句‘花氣薰人欲破禪’,可相發明。此意詩中常見,如白居易《榴花》:‘香塵擬觸坐禪人’;劉禹錫《牛相公見示新什謹依本韻次用》:‘花撩欲定僧’;陳與義《蠟梅》:‘祇恐繁香欺定力’;朱熹《題西林院壁》:‘却嫌宴坐觀心處,不奈簷花抵死香。’……又按《山谷內集》卷九《出禮部試院王才元惠梅花》之三:‘百葉緗梅觸撥人’……即《王充道送水仙花》所謂‘坐對真成被花惱’也。”杜甫《江畔獨步尋花七絶句》:“江上被花惱不徹,無處告訴祇顛狂。”

〔六〕出門句:宋陳長方《步里客談》卷下:“古人作詩斷句,輒旁入他意,最爲警策。如老杜云‘鷄蟲得失無了時,注目寒江倚山閣’是也。黃魯直作《水仙花》詩,亦用此體。”王楙《野客叢書》卷二十五引陳文後云:“僕謂魯直此體甚多,不但《水仙》詩也。如《書醋池寺》詩:‘退食歸來北窗夢,一江風月趁漁船。’《二蟲》詩:‘二蟲愚智俱莫測,江邊一笑無人識。’詞曰:‘獨上危樓情悄悄,天涯一點青山小。’皆此意也。唐人多有此格,如孟郊《夷門雪》詩:‘夷門貧士空吟雪,夷門豪士皆飲酒。酒聲歡闃入雪消,雪聲激烈悲枯朽。悲歡不同歸去來,萬里春風動江柳。’”

【評箋】　方東樹《昭昧詹言》卷十二：起四句奇思奇句。“山礬”句奇句。“坐對”句用杜。收句空。道老。

翁方綱《七言詩三昧舉隅》：不特“山礬是弟梅是兄”是着色相語也；即“含香體素欲傾城”亦已是着色相語也。惟其用此等着色相語，所以末二語更覺破空而行，點睛飛去耳。此淮陰侯背水陣，所謂“此在兵法，顧諸君不識”者也。或乃套襲其體物語以爲工麗，則笨伯矣。……杜詩：“江上被花惱不徹，無處告訴衹顛狂。”此在江畔步行，特爲尋花而出，所以顛狂被花惱也。今乃靜中欣然會心，似無被花惱之譏矣，而孰知坐對乃真犯此病哉？此其所以捲却前半，消納通身也。愈見前半之黏，愈見末句之脱。

蟻　蝶　圖〔一〕

胡蝶雙飛得意，偶然畢命網羅〔二〕。羣蟻争收墜翼，策勳歸去南柯〔三〕。

〔一〕崇寧元年作。岳珂《桯史》卷十一：“黨禍既起，山谷居黔。有以屏圖遺之者，繪雙蝶翩舞，胃於蛛絲，而隊蟻憧憧其間。題六言於上曰：……。崇寧間又遷於宜，圖偶爲人攜入京，鬻於相國寺肆。蔡客得之，以示元長（蔡京），元長大怒，將指爲怨望，重其貶，會以訃奏僅免。”此説可參觀。

〔二〕畢命：結束生命。曹植《七啓》：“是以雄俊之徒，交黨結論，重氣輕命，感分遺身。故田光伏劍於北燕，公叔畢命於西秦。”網羅：陸龜蒙《蠱化》：橘之蠹蟲蜕化爲蝴蝶，“須臾，犯蟫網而膠之，引絲環纏，牢若桎梏，人雖甚憐，不可解而縱矣。”蜘蛛别名蛛蟫，蟫網即蛛網。

〔三〕策勳：紀功於策。南柯：見《題槐安閣》注〔一三〕。

雨中登岳陽樓望君山二首〔一〕

投荒萬死鬢毛斑〔二〕，生出瞿塘灩澦關〔三〕。未到江南先一笑，岳陽樓上對君山。

滿川風雨獨憑欄，綰結湘娥十二鬟〔四〕。可惜不當湖水面，銀山堆裏看青山〔五〕。

〔一〕崇寧元年作。山谷跋：“崇寧之元正月二十三夜發荆州，二十六日至巴陵，數日陰雨，不可出。二月朔旦，獨上岳陽樓，太守楊器之、監郡黄彦并來，率同游君山，行二十里螺蚌中乃至。見住持僧年八十，跛曳而出，登其絶頂，環望積水數百里，實壯觀也。”（《年譜》引）岳陽樓：在湖南岳陽城西門上，始建於唐之張説，下瞰洞庭湖。宋慶曆五年巴陵守滕宗諒重修，范仲淹作記。君山：在洞庭湖中。《水經注·湘水》：“是山湘君之所遊處，故曰君山矣。”《方輿勝覽·岳州》：君山“方六十里，亦名洞庭之山”。湘君所指説法不一。

〔二〕投荒：指貶謫、流放至荒遠之地。柳宗元《別舍弟宗一》：“一身去國六千里，萬死投荒十二年。”杜甫《涪江泛舟送韋班歸京》：“天涯故人少，更益鬢毛斑。”

〔三〕生出句：《後漢書·班超傳》：上疏曰：“臣不敢望到酒泉郡，但願生入玉門關。”瞿塘：長江三峽之首，在四川奉節縣東，灩澦堆正當其口，突出江心。李肇《國史補》：三峽“四月五月爲尤險時，故曰：‘灩澦大如馬，瞿塘不可下。灩澦大如牛，瞿塘不可留⋯⋯。’”

〔四〕綰結：繫，盤結。湘娥：即湘君，堯之二女。劉向《列女傳》：“舜爲天子，娥皇爲后，女英爲妃，舜陟方死於蒼梧，二妃死於江湘之間，俗謂之湘君。”十二鬟：劉禹錫《望洞庭》：“遥望洞庭山水色，白銀盤裏一青螺。"雍陶《題君山》:"疑是水仙梳洗處,一螺青黛鏡中心。"僅言山似螺而未及髻。然古髮型有所謂螺髻,因其形似螺殼(見崔豹《古今注·魚蟲》),後遂由螺及髻。皮日休《縹緲峰》:"似將青螺髻,撒在明月中。"辛棄疾《摸魚兒》詞:"遙岑遠目,獻愁供恨,玉簪螺髻。"皆然。此喻君山狀如湘君之十二髻鬟。

〔五〕可惜二句:所遺憾者未在湖面觀山,若於雪浪間觀看青山,將更爲壯觀。

自巴陵略平江臨湘入通城無日不雨至黃龍奉謁清禪師繼而晚晴邂逅禪客戴道純款語作長句呈道純〔一〕

山行十日雨霑衣,幕阜峰前對落暉〔二〕。野水自添田水滿,晴鳩却喚雨鳩歸〔三〕。靈源大士人天眼〔四〕,雙塔老師諸佛機〔五〕。白髮蒼顏重到此,問君還是昔人非〔六〕?

〔一〕崇寧元年作。巴陵:岳州治所,今湖南岳陽。平江、臨湘:均岳州縣名,在州之東部。通城:通城縣,在鄂州南部,鄰江西。山谷此行是到萍鄉探視其兄元明,以上皆途經之地。據《年譜》,二月初六日至通城。黃龍:山名,在分寧縣西,山有黃龍院,爲禪宗臨濟宗支派黃龍系的策源地。宋景祐三年慧南住此山,自言"黃龍出世,時當末運,擊將頹之法鼓,整已墜之玄綱",欲振興禪宗。清禪師:即靈源惟清,爲慧南弟子祖心的法嗣。戴道純:《五燈會元》卷十八:"寺丞戴道純居士,字孚中",曾向靈源學道。

〔二〕幕阜峰:黃龍山之別峰,昔太史慈曾置營幕於此,故云。蘇軾《送蜀人張師厚赴殿試》:"雲龍山下試春衣,放鶴亭前送落暉。"

317

〔三〕野水二句：用當句對之特殊句法。《談藝錄》稱"此體創於少陵，而名定於義山。少陵《聞官軍收兩河》云：'即從巴峽穿巫峽，便下襄陽向洛陽。'《曲江對酒》云：'桃花細逐楊花落，黃鳥時兼白鳥飛。'《白帝》云：'戎馬不如歸馬逸，千家今有百家存。'義山《杜工部蜀中離席》云：'座中醉客延醒客，江上晴雲雜雨雲。'《春日寄懷》云：'縱使有花兼有月，可堪無酒又無人。'……山谷亦數爲此體。"後句見《二月二日曉夢……》注〔四〕。此應題中"繼而晚晴"。

〔四〕靈源：即清禪師。惠洪《禪林僧寶傳》卷三十："禪師名惟清，字覺天，號靈源叟。"人天眼：即法眼、道眼，指有極大智慧。韶州靈樹如敏禪師有帖云："人天眼目，堂中上座。"（《五燈會元》卷四）宋釋智昭著有《人天眼目》。山谷《與周元翁書》："有清、新二禪師，是心之門人，道眼明徹。"即謂此。

〔五〕雙塔句：慧南之法嗣爲祖心禪師，卒後葬於慧南塔之東，號雙塔，見《禪林僧寶傳》卷二十三。佛機：眾生皆有善根，時機成熟，起信佛之緣，而得正果，謂佛機。《五燈會元》卷一《十七祖僧伽難提尊者》："佛言：若人生百歲，不會諸佛機，未若生一日，而得決了之。"

〔六〕白髮二句：僧肇《物不遷論》："是以梵志出家，白首而歸，鄰人見之曰：'昔人尚存乎？'梵志曰：'吾猶昔人，非昔人也。'鄰人皆愕然。"

【評箋】 方回《瀛奎律髓》卷十七：梅聖俞詩云："高田水入低田流。"此云"野水自添田水滿"，尤妙。或問劉夢得一詩用兩"高"字，東坡一詩用兩"耳"字，皆以義不同，今此乃用兩"雨"字何也？老杜"江閣邀賓許馬迎"，又云"醉於馬上往來輕"，此亦有例。張文潛詩多重疊用字，朱文公《語錄》道破，亦不以爲病，然後學却合點檢，必老成而後用此例，可也。

紀昀：題太累贅，詩遂不能理清頭緒。三、四偶然得之，亦好。有意效之，便成惡劫。工部"桃花"、"黃鳥"一聯，原非佳處。

趙翼《甌北詩話》卷十二：古人句法有不宜襲用者。白香山"東澗水流西澗水，南山雲過北山雲"（按出《寄韜光禪師》，"過"應作"起"），蓋脫胎於“東家流水入西鄰”之句(王維詩)，然已遜其蘊藉。梅聖俞又彷之，爲“南嶺禽過北嶺叫，高田水入低田流”，則磨牛之踏陳迹矣，乃歐陽公誦之不去口。黃山谷又彷之爲“野水自流……”，周少隱《竹坡詩話》亦謂其“語意高妙”，而不知愈落窠臼也。

　　錢鍾書《談藝録補訂》：按摩詰《送方尊師歸嵩山》云：“山壓天中半天上，洞穿江底出江南”，較甌北所引摩詰一聯更切。

題胡逸老致虛庵〔一〕

　　藏書萬卷可教子，遺金滿籝常作災〔二〕。能與貧人共年穀，必有明月生蚌胎〔三〕。山隨宴坐畫圖出〔四〕，水作夜窗風雨來。觀水觀山皆得妙，更將何物污靈臺〔五〕？

〔一〕崇寧元年作。胡逸老：未詳。

〔二〕藏書二句：《漢書·韋元成傳》：韋賢與其子元成皆位至丞相，“故鄒魯諺曰：‘遺子黃金滿籝，不如一經。’”籝(yíng)：竹器，箱籠之類。語本《老子》九：“金玉滿堂，莫之能守；富貴而驕，自遺其咎。”

〔三〕能與二句：《後漢書·梁商傳》：“每有饑饉，輒載租穀於城門，賑與貧餒，不宣己惠。”明月生蚌胎：明月指珍珠。《漢書·揚雄傳》“剖明月之珠胎”注：“珠在蛤中若懷妊然，故謂之胎也。”此借指子孫。《三國志·荀彧傳》注引孔融與韋端書，稱其二子之才德：“不意雙珠，近出老蚌，甚珍貴之。”

〔四〕宴坐：安坐，佛家又指坐禪。《維摩詰經·弟子品》：“心不住內，亦不在外，是爲宴坐。”此謂安坐觀山，山如畫圖展現於前。李白《陪族叔刑部侍郎曄及中書賈舍人至遊洞庭》：“淡掃明湖開玉鏡，丹青畫出是君山。”杜甫《即事》：“飛閣卷簾圖畫裏。”

〔五〕觀水二句：古代思想家多從山水中悟道識理。《孟子·盡心》："觀水有術，必觀其瀾……流水之爲物也，不盈科不行；君子之志於道也，不成章不達。"《孔子家語·三恕》："孔子觀於東流之水。子貢問曰：'君子所見大水必觀焉，何也？'孔子對曰：'以其不息，且徧與諸生而不爲也。夫水有似乎德。'"孔子謂水有八德，"是故君子見必觀焉"。此事又見《説苑》卷十七。《韓詩外傳》卷三釋智者樂水、仁者樂山之緣由，意相類。禪家亦喜在山水中參悟禪理。報慈文欽禪師曰："看水看山實暢情。"（《五燈會元》卷八）又趙州從諗禪師："無處青山不道場。"（同上卷四）青原惟信禪師云："老僧三十年前未參禪時，見山是山，見水是水；及至後來親見知識，有個入處，見山不是山，見水不是水；而今得個休歇處，依前見山只是山，見水只是水。"（同上卷十七）先由色悟空，進而悟及"非有非空"，煩惱即菩提，達于色空無礙之大自在境。後句暗用慧能之偈："明鏡本清净，何處染塵埃？"靈臺：指心，見《莊子·庚桑楚》。

【評箋】 方回《瀛奎律髓》卷二十五：三四謂賑饑者必有後，此理灼然。五六奇句也，亦近"吳體"。

紀昀：三四好在理語不腐。此詩不甚入繩墨，略其玄黃可矣，不以立法。

許印芳：律詩上下聯疊用風月山水等字，山谷以前作者皆用在前半，而且上聯總起，下聯分承，如沈雲卿《龍池》篇、杜子美《吹笛》篇是也。山谷此詩却命在後半上聯分説，下聯總收，變化得妙，惟氣脈與前半微嫌隔閡，曉嵐所謂不甚入繩墨也。

送密老住五峰〔一〕

我穿高安過萍鄉，七十二渡遶羊腸〔二〕。水邊林下逢

衲子，南北東西古道場〔三〕。五峰秀出雲雨上〔四〕，中有寶
坊如側掌〔五〕。去與青山作主人〔六〕，不負法昌老禪
將〔七〕。栽松種竹是家風，莫嫌斗絕無來往〔八〕。但得螺
師吞大象，從來美酒無深巷〔九〕。

〔一〕崇寧元年作。密老：《内集詩注》：“山谷有爲密公作草書跋尾云：
‘元年三月壬午旅寓宜春之開元，飯崇勝密公之堂。’即此僧也，壬
午蓋二十七日，宜春屬袁州。”五峰：《輿地紀勝》卷二十七：“在新
昌縣西一百里，東有歸雲、積翠二峰，西有折桂峰、羅漢峰，中有佛
巖峰，凡五。”

〔二〕高安：屬筠州；萍鄉：屬袁州，二州相鄰。七十二渡：山谷《書萍
鄉縣廳壁》：“庭堅杭荆江，略洞庭，涉修水，經七十二渡，出萬載、
宜春，來省伯氏元明於萍鄉。”

〔三〕水邊林下：幽僻退隱之地。衲子：僧徒別稱，因僧衣稱衲衣。道
場：原指僧人修道處，後指佛寺。山谷《洪州分寧縣雲巖禪院經
藏記》：“江西多古尊宿道場，居洪州境内者以百數，而洪州境内禪
席居分寧縣者以十數。”蘇轍《筠州聖壽院法堂記》：“高安郡本豫
章之屬邑，居溪山之間，四方舟車之所不由……唐儀鳳中六祖以
佛法化嶺南，再傳而馬祖興於江西，於是洞山有价，黄蘗有運，真
如有愚，九峰有虔，五峰有觀，高安雖小邦，而五道場在焉。”

〔四〕秀出：突出，超出。《景德傳燈錄》卷三：神光（即慧可）“覺頭痛如
刺，其師欲治之，空中有聲曰：‘此乃换骨，非常痛也。’光遂以見神
事白於師，師視其頂骨，即如五峰秀出矣。”此借用。

〔五〕寶坊：寺院之美稱。《景德傳燈錄》卷五《慧能大師》：“近有寶林
古寺舊地，衆議營緝，俾師居之，四衆霧集，俄成寶坊。”

〔六〕去與句：此指遁迹山林。蘇軾《寄劉孝叔》：“自從四方冠蓋鬧，歸
作二浙湖山主。”又《東坡志林》卷四《臨皋閑題》：“江山風月本無
常主，閑者便是主人。”滕宗諒《岳陽樓詩集序》：“今幸旦夕爲湖
山主。”

〔 七 〕法昌：指法昌倚遇禪師，漳州林氏子，幼出家，“在法昌二十三年
　　　而終”（見《五燈會元》卷十六）。密老爲其法嗣。法昌，山名，在分
　　　寧之北。

〔 八 〕栽松二句：寫禪僧逍遥自在的生活。玄覺《永嘉證道歌》：“入深
　　　山，住蘭若，岑崟幽邃長松下。優游静坐野僧家，闃寂安居實蕭
　　　灑。”家風：原指家族的傳統風尚，此指禪林宗派的風尚。斗絶：
　　　即陡絶，陡峭險峻。

〔 九 〕但得二句：《内集詩注》引法昌《法身頌》：“螺螄吞大象，石虎咬蕃
　　　馬，驚起段家龍，踏落雲屋瓦。”喻法力之大。又注云：“古語曰：
　　　美酒無曲巷。言酒之美者，雖在深僻之處，人必就沽。五峰雖險
　　　絶，但解法昌宗旨，何患不爲人之所知哉！”山谷《送徐景道尉武
　　　寧》：“李苦少人摘，酒醇無巷深。”

新喻道中寄元明用觴字韻〔一〕

　　中年畏病不舉酒，孤負東來數百觴。唤客煎茶山店
遠，看人穫稻午風凉。但知家裏俱無恙〔二〕，不用書來細
作行〔三〕。一百八盤攜手上，至今猶夢遶羊腸〔四〕。

〔 一 〕崇寧元年，自萍鄉歸途中作。新喻：屬臨江軍（今江西新余）。按
　　　山谷至萍鄉，其“來以崇寧元年四月乙酉，而去以是月之己亥”
　　　（《書萍鄉縣廳壁》）。元明：山谷兄。

〔 二 〕無恙：《史記·刺客列傳》《索隱》引《易傳》：“上古之時，草居露
　　　宿。恙，噬蟲也，善食人心，俗悉患之，故相勞云‘無恙’。”

〔 三 〕不用句：杜甫《别常徵君》：“各逐萍流轉，來書細作行。”

〔 四 〕一百二句：《書萍鄉縣廳壁》：“初元明自陳留出尉氏、許昌，渡漢
　　　沔，略江陵，上夔峽，過一百八盤，涉四十八渡，送余安置於摩圍山

之下。……蠻中九年，白頭來歸，而相見於此，訪舊撫新，悲喜兼懷，其情有不勝言者矣。"又見《竹枝詞》注〔五〕。

【評箋】　范大士《歷代詩發》卷二十五：（"看人"句）"秧"字作用力字，妙。（"但知"二句）直捷快人。

題落星寺四首（選一）〔一〕

　　落星開士深結屋〔二〕，龍閣老翁來賦詩〔三〕。小雨藏山客坐久〔四〕，長江接天帆到遲。宴寢清香與世隔〔五〕，畫圖妙絕無人知〔六〕。蜂房各自開戶牖，處處煮茶藤一枝〔七〕。

〔一〕《外集詩注》："四詩非同時作，後人類聚於此，故詩語有重複，不可指其歲月。"按：崇寧元年山谷自荊南歸分寧，遂往袁州省其兄元明，五月到江州與其家相會，本詩可能作於此時，詳見注文及《過致政屯田劉公隱廬》題注。落星寺：《水經注》卷三十九《廬水》："（彭蠡）湖中有落星石，周迴百餘步，高五丈，上生竹木。傳曰：有星墜此，因以名焉。"《輿地紀勝》卷二十五《南康軍·星子縣》："境內有落星石，石上建落星寺……又有落星灣，夏秋之季，湖水方漲，則星石泛於波瀾之上，至隆冬水涸則可以步涉。"詩本四首，此其三。

〔二〕開士：佛家稱能自開悟、又能以法開導他人者，爲菩薩之異名，後亦用作對僧人之敬稱。李白《登巴陵開元寺西閣》："衡岳有開士，五峰秀真骨。"

〔三〕龍閣老翁：《外集詩注》："龍閣老翁當謂李公擇。公擇南康軍建昌人,廬山亦在南康境内,必有賦詠。按元祐三年八月丙子,御史中丞李常充龍圖直學士,其賦詩當在此前,而山谷詩當在元祐以後作。"龍閣,即龍圖閣,有待制、直學士、學士等職,山谷有《跋張龍閣家問》可證。原注:"寺僧擇隆作宴坐小軒,爲落星之勝處。"高步瀛《唐宋詩舉要》卷六:"疑此當屬山谷自謂,詩中始有主腦",但史籍"皆不言山谷任職龍圖閣","此首當在紹聖元年辭編修居鄉待命除知宣州又除知鄂州之時。……竊疑知宣州、鄂州或有直龍圖閣之銜。是年山谷已五十歲,故以龍閣老翁自署也。"考王明清《揮塵前録》卷三:"建炎末,贈黄魯直、秦少游及晁無咎、張文潛俱爲直龍圖閣。"據此則山谷生前未有直龍圖閣之銜,高説不能成立。

〔四〕小雨句:《莊子·大宗師》:"夫藏舟於壑,藏山於澤,謂之固矣。"《談藝録補訂》:"青神(史容)註引《莊子》:'藏山於澤。'按僅標來歷,未識手眼。勝處在雨之能藏,而不在山之可藏。賈浪仙《晚晴見終南諸峰》云:'半句藏雨裏,今日到窗中',庶可以註矣。坐久者,待雨晴而山得見;山谷《勝業寺悦堂》詩所謂:'苦雨已解嚴,諸峰來獻狀'是也。韓致堯《丙寅二月二十三日撫州如歸館作》云:'好花虛謝雨藏春',元遺山《晴景圖》云:'藏山祇道雲煙好',用'藏'字亦可參觀。"白居易《杭州春望》:"柳色春藏蘇小家。"《予以長慶二年冬十月到杭州……》:"雲水埋藏恩德洞。"《和櫛沐寄道友》:"夜色藏南山。"晚唐來鵠《雲》:"映水藏山片復重。"皆同一機杼。

〔五〕宴寢句:韋應物《郡齋雨中與諸文士燕集》:"兵衛森畫戟,燕寢凝清香。海上風雨至,逍遥池閣涼……理會是非遣,性達形跡忘。鮮肥屬時禁,蔬菓幸得嘗。俯飲一杯酒,仰聆金玉章。神歡體自輕,意欲凌風翔。"此處寫其超塵出世之概,故謂"與世隔"。"兵衛"二句自唐以來即傳誦人口,蔡正孫《詩林廣記》引白居易《吳郡詩石記》:"韋應物爲蘇州牧,歌詩甚多。有《郡宴詩》云:'兵衛森畫戟,燕寢凝清香。'最爲警策。"宴寢:即燕寢,安寢。

〔六〕畫圖句:原注:"僧隆畫甚富,而寒山、拾得畫最妙。"

〔七〕蜂房二句：謂僧房甚多，到處皆可拄杖品茗。藤一枝：指藤杖。
　　《苕溪漁隱叢話・後集》卷三十七引《許彦周詩話》：“晦堂心禪師
　　初退黃龍院，作詩云：‘……生涯三事衲，故舊一枝藤。乞食隨緣
　　過，逢山任意登。’”

【評箋】　方回《瀛奎律髓》卷二十五：此學老杜所謂拗字吳體格，而
編山谷詩者置外集古詩中，非是。“各開戶牖”真佳句，恐以此遂兩用之。
　　紀昀：拗字與吳體不同。
　　許印芳：姚姬傳先生《今體詩鈔》選落星寺詩獨取此章，批云：“此詩
真所謂似不食煙火人語。”其他選本亦多取此章，而曉嵐以重句之故，疑
而不取，可怪也。又按“吳體”之名，始見少陵集中……山谷學杜，亦喜作
此體……吳體即是拗體，亦不必盡如杜詩之奇古。虛谷批語每稱爲“拗
字吳體”，原自不錯。曉嵐處處駁之，蓋未嘗遍考唐宋以來律詩之正變，
而固執己見，妄議古人。
　　方東樹《昭昧詹言》卷十二：全橅杜。腴妙，乃非枯寂。起二句叙。
三四句寫。五六句換筆。……故承五六，有不盡之妙。筆勢往復展拓，
頓挫起落。薑塢先生云：“撑挺嘻嗷，山谷獨得處。”又卷二十：此摹杜公
《終明府水樓》，音節氣味逼肖，而別出一段風趣。

湖口人李正臣蓄異石九峰東坡先生名曰壺中九華并爲作詩〔一〕後八年自海外歸湖口石已爲好事者所取〔二〕乃和前篇以爲笑實建中靖國元年四月十六日明年當崇寧之元五月二十日庭堅繫舟湖口李正臣持此詩來石既不可復見東坡亦下世矣感嘆不足因次前韻

有人夜半持山去，頓覺浮嵐暖翠空〔三〕。試問安排華

屋處，何如零落亂雲中〔四〕？能回趙璧人安在？已入南柯夢不通〔五〕。賴有霜鐘難席捲，袖椎來聽響玲瓏〔六〕。

〔一〕蘇軾南貶，紹聖元年七月至湖口，作《壺中九華》詩，引曰："湖口人李正臣蓄異石九峰，玲瓏宛轉，若窗櫺然。予欲以百金買之，與仇池石爲偶，方南遷未暇也。名之曰壺中九華，且以詩紀之。"湖口：屬江州，扼彭蠡湖口，故名。九華：山名，在池州青陽縣，李白以九峰如蓮花，乃更名九華。壺中：用葛洪《神仙傳》所載壺公事：壺公賣藥，懸一壺，每日入後，即跳入壺中。費長房見此，亦隨之跳入壺中，但見樓觀五色，重門閣道。又《雲笈七籤》卷二八引《雲臺治中錄》：施存"爲雲臺治官，常懸一壺，如五升器大，變化爲天地，中有日月，如世間，夜宿其内，自號壺天，人謂曰壺公。"山谷有《書壺中九華山石》，可參觀。

〔二〕石已句：據晁補之《雞肋集》卷三三《書李正臣怪石詩後》，此石歸郭功甫（祥正）："初正臣蓄一石，高五尺而狀異甚。東坡先生謫惠州，過而題之云壺中九華，謂其一山九峰也。元符己卯九月，貶上饒，艤鍾山寺下，寺僧言壺中九華奇怪，而正臣不來，余不暇往。庚辰七月，遇赦北歸，至寺下，首問之，則爲當塗郭祥正以八十千取去累月矣。"

〔三〕有人二句：《莊子·大宗師》："夫藏舟於壑，藏山於澤，謂之固矣，然而夜半有力者負之而走，昧者不知也。"此借指奇石落於他人之手。山失而暖氣浮空，則其清寒可見。詩人善於點化常事，作天外之想。

〔四〕試問二句：曹植《箜篌引》："生存華屋處，零落歸山丘。"此借寫石言志。

〔五〕能回二句：以藺相如比蘇軾，嘆其逝世，生死相隔，不復相通。回趙璧：《史記·藺相如列傳》："度秦王負約，不償城，使從者懷其璧，從間道亡，歸璧於趙。"南柯：見《題槐安閣》註〔一三〕。

〔六〕霜鐘：原爲鐘名，見《寄題榮州祖元大師此君軒》注〔一〇〕。此指石鐘山,在湖口。有南北二山,皆高五、六百尺,周十里許,下多石穴,風水相激,聲若洪鐘。蘇軾有《石鐘山記》,述及唐李渤在石鐘山扣聆其聲,"枹止響騰,餘韻徐歇";蘇軾在元豐七年亦親訪此山,"寺僧使小童持斧,於亂石間擇其一二扣之,硿硿焉。"椎:敲擊器具。末句正應蘇文之意。

觀　化〔一〕

南山之役,偶得小詩一十五首,書示同懷,不及料簡銓次〔二〕。夫物與我若有境,吾不見其邊〔三〕;憂與樂相過乎前,不知其所以然〔四〕,此其物化歟〔五〕?亦可以觀矣。故寄名曰觀化。

柳外花中百鳥喧,相媒相和隔春煙〔六〕。黃昏寂寞無言語,恰似人歸鎖管絃〔七〕。生涯蕭灑似吾廬,人在青山遠近居。泉響風搖蒼玉珮〔八〕,月高雲插水晶梳。風煙漠漠半陰晴〔九〕,人道春歸不見形〔一〇〕。嫩草已侵冰面綠,平蕪還破燒痕青〔一一〕。竹笋初生黃犢角,蕨芽已作小兒拳〔一二〕。試挑野菜炊香飯,便是江南二月天。

〔一〕《外集》卷十三題注:"崇寧元年罷太平州後,自荊州居家作。"觀化:觀察事物的變化。《莊子・至樂》:"且吾與子觀化而化及我。"宋代道學家教人從萬物變化中體察道或理,這種觀點也見於詩歌創作與評論。《鶴林玉露》乙編卷二:"杜少陵絕句云:'遲日江山麗,春風花草香。泥融飛燕子,沙暖睡鴛鴦。'……上二句見兩間莫非生意,下二句見萬物莫不適性。"又"如'水流心不競,雲在意俱遲','野色更無山隔斷,天光直與水相通','樂意相關禽對語,生香不斷樹交花'等句,只把做景物看亦可,把做道理看,其中亦儘有可玩索處。大抵看詩,要胸次玲瓏活絡。""活"即所謂"活潑潑",語本禪宗話頭,後爲道學家襲用。此類詩雖以體道明理爲旨歸,但也能表現大自然蓬勃活躍的生機和詩人曠達超脱的情懷。這組詩也有此特點。山谷此時復遭罷官,而詩中却表現出超然得失、忘情自然的胸襟。

〔二〕不及句:謂來不及整理選擇,安排停當。

〔三〕夫物二句:《莊子·在宥》:"彼其物無窮,而人皆以爲有終;彼其物無測,而人皆以爲有極……入無窮之門,以遊無極之野,吾與日月參(三)光,吾與天地爲常。"謂得道者達於天人合一,就與天(自然)一樣永恒,亦即東坡所云:"自其不變者而觀之,則物與我皆無盡也"(《前赤壁賦》)之意。

〔四〕憂與二句:《莊子·人間世》:"自事其心者,哀樂不易施乎前,知其不可奈何而安之若命,德之至也。"又《刻意》:"故心不憂樂,德之至也。"《達生》:"不知吾所以然而然,命也。"此謂不知憂樂之因,祇是安於命運。

〔五〕物化:萬物的變化。《莊子·齊物論》載莊周夢蝶事,曰:"此之謂物化。"莊子認爲物化是道的運行,是不借助外力的"自化",是無爲而化。

〔六〕媒:原指鳥媒,即捕鳥時用以引誘他鳥的活鳥,此用如動詞,招引之意,與捕鳥無涉。

〔七〕管絃:喻鳥鳴。山谷《再用前韻贈子勉》之四:"鳥語花間管絃。"任淵注引劉禹錫《唐侍御寄遊道林岳麓二寺詩……》:"蘿密鳥韻如簧音。"《談藝録補訂》:"苟徵前人詩句,似當引庾信《奉和趙王隱士》:'野鳥繁絃囀,山花焰火燃',或崔湜《春日幸望春宫》:'庭際花飛錦繡合,枝間鳥囀管絃同。'翁洮《春》:'林間鳥奏笙簧月,野外花含錦繡風',則有管無絃,同劉句矣。"

〔八〕泉響句:柳宗元《小石潭記》:"隔篁竹,聞水聲如鳴珮環。"《禮記·玉藻》:"古之君子必佩玉……行則鳴佩玉……大夫佩水蒼玉。”此以佩玉之玲瑢作響喻泉聲。

〔九〕風煙句：謝朓《游東田》：“生煙紛漠漠。”李白《菩薩蠻》：“平林漠
　　漠煙如織。”漠漠：迷濛貌，形容煙氣。

〔一〇〕春歸：指冬去春來。

〔一一〕平蕪：長滿青草的原野。燒痕青：惠崇《訪楊雲卿淮上別業》：“河
　　分岡勢斷，春入燒痕青。”

〔一二〕蕨：菜名，初生時形如小兒拳，黃紫色，故又名拳菜。李白《憶秋
　　浦桃花舊遊，時竄夜郎》：“不知舊行徑，初拳幾枝蕨。”

武昌松風閣〔一〕

　　依山築閣見平川，夜闌箕斗插屋椽〔二〕，我來名之意
適然。老松魁梧數百年，斧斤所赦今參天，風鳴媧皇五十
弦〔三〕，洗耳不須菩薩泉〔四〕。嘉二三子甚好賢〔五〕，力貧
買酒醉此筵。夜雨鳴廊到曉懸，相看不歸臥僧氈。泉枯
石燥復潺湲〔六〕，山川光輝爲我妍。野僧早饑不能饘〔七〕，
曉見寒谿有炊煙〔八〕。東坡道人已沉泉，張侯何時到眼
前〔九〕？釣臺驚濤可晝眠〔一〇〕，怡亭看篆蛟龍纏〔一一〕。
安得此身脫拘攣，舟載諸友長周旋〔一二〕。

〔一〕崇寧元年作。山谷罷太平州後，即於九月至鄂州，寓居踰年，此詩
　　經塗所作。任淵注引《跋與李德叟書》：“崇寧元年九月甲申繫舟
　　繁口題。”《年譜》所引《跋元祐間與三姪太君帖》與上同，甲申蓋十
　　二日。繁口即樊口，武昌地名。松風閣在西山寺。

〔二〕夜闌：夜殘，夜將盡時。箕斗：二十八宿之二。此句寫月落星沉
　　之狀。

〔三〕五十弦：指瑟。此狀松濤之聲。《史記·封禪書》："太帝使素女鼓五十弦瑟。"瑟，《世本》云宓(伏)羲所造；馬融《笛賦》云神農造(參見《風俗通義》六及《宋書·樂志》)。素女爲黃帝時神女。各書均未載女媧造瑟，而只説"女媧作簧"(《世本》)，簧，笙中簧。山谷或係誤記，或因女媧爲伏羲之妹(一説其婦)，故將素女與女媧(即媧皇)混而爲一。

〔四〕洗耳句：用許由事。此言天籟清音可滌去塵俗，若洗耳然，但不必用泉水耳。菩薩泉：蘇軾《菩薩泉銘序》："今寒溪少西數百步，別爲西山寺，有泉出於嵌竇間，色白而甘，號菩薩泉。"

〔五〕二三子：猶諸位，幾人，見《論語·述而》。

〔六〕潺湲：水流貌。《九歌·湘夫人》："觀流水兮潺湲。"

〔七〕饘(zhān)：厚粥。《禮記·檀弓》："饘粥之食。"疏："厚曰饘，稀曰粥。"

〔八〕寒谿：見《次韻子瞻武昌西山》注〔八〕。

〔九〕東坡二句：東坡於建中靖國元年七月歿於常州。沉泉：沉於九泉。張侯：張耒。崇寧元年張耒知潁州，爲東坡舉哀行服，爲言官所劾，貶房州別駕，黃州安置。任注謂張耒此時猶未至黃，故山谷詩云云。然張耒《黃州安置謝表》云："臣已於九月初三日到黃州。"而山谷抵武昌在十二日，然則山谷或未知也。

〔一○〕釣臺：《水經注·江水三》："(武昌)北背大江，江上有釣臺，(孫權)常極飲其上。"

〔一一〕怡亭句：歐陽修《集古録跋尾》："怡亭在武昌江水中小島上，武昌人謂其地爲吳王散花灘。亭，裴鷗造，李陽冰名而篆之，裴虬銘，李莒八分書，刻於島石。"蛟龍纏：形容篆書盤繞屈曲之狀。杜甫《觀薛稷少保書畫壁》："鬱鬱三大字，蛟龍岌相纏。"

〔一二〕拘攣：束縛。周旋：來往、交遊。按：此詩與韓愈《山石》、蘇軾《遊金山寺》同一機杼，均由寫山水泉石歸爲向往江湖；在寫景中用鋪叙之法，由景物轉換展示時間推移。

【評箋】　方東樹《昭昧詹言》卷十二:"風鳴"二句奇想。後半直叙,却能掃人凡言,自撰奇重之語。故無遠意。"我來"句删。"野僧"二句不洽,删。

次　韻　文　潛〔一〕

武昌赤壁弔周郎,寒溪西山尋漫浪〔二〕。忽聞天上故人來,呼舡凌江不待餉。我瞻高明少吐氣,君亦歡喜失微恙〔三〕。年來鬼祟覆三豪,詞林根柢頗摇蕩〔四〕。天生大材竟何用,祇與千古拜圖像〔五〕。張侯文章殊不病,歷險心膽元自壯。汀洲鴻雁未安集〔六〕,風雪牖户當塞向〔七〕。有人出手辦兹事,政可隱几窮諸妄〔八〕。經行東坡眠食地,拂拭寶墨生楚愴〔九〕。水清石見君所知,此是吾家祕密藏〔一〇〕。

〔一〕崇寧元年作。文潛:張耒字文潛。

〔二〕武昌赤壁:見《子瞻詩句妙一世……》注〔四〕。周郎:周瑜。漫浪:指元結,見《漫尉》注〔二〕。

〔三〕高明:高尚明智,此以稱文潛。少:稍稍。吐氣:吐出胸間鬱積之氣。微恙:小疾。二句謂故友相見,彼此欣喜。此用杜甫《短歌行》句律:"君今起柂春江流,余亦沙邊具小舟。"

〔四〕鬼祟:鬼神引起災禍。覆:顛覆,此謂致死。三豪:指蘇軾、秦觀、陳師道。山谷有書云:"去年失秦少游,又失東坡蘇公,今年又失陳履常。余意文星已宵墜矣,然幸此三君子者皆有佳兒未死。"(《雜簡》,載《别集》)書亦作於崇寧元年。任淵注以爲指蘇、秦及范祖禹,不確。詞林根柢:杜甫《八哀詩·李邕》:"憶昔李公存,詞林有根柢。"此謂三人之逝,文壇損失鉅大。

〔五〕天生二句:李白《將進酒》:"天生我材必有用。"此反其意,又兼用杜甫《古柏行》:"古來材大難爲用。"與:使。此謂大材生前不得重用,只能於身後令人拜其圖像。王安石《杜甫畫像》:"所以見公畫,再拜涕泗流。"楊蟠《觀子美畫像》:"文光萬丈照詞林,獨步才難一代欽……師法望公千載後,仰風三嘆感知音。"

〔六〕汀洲句:《詩·小雅·鴻雁》:"鴻雁于飛,集于中澤。之子于垣,百堵皆作。雖則劬勞,其究安宅。"《序》云:"美宣王也。萬民離散,不安其居,而能勞來還定,安集之。"此反其意,感慨時勢動蕩。

〔七〕塞向:《詩·豳風·七月》:"塞向墐户。"向,北窗。《孟子·公孫丑》:"賢者在位,能者在職,國家閒暇,及是時,明其政刑,雖大國,必畏之矣。《詩》云:'迨天之未陰雨,徹彼桑土,綢繆牖户。今此下民,或敢侮予?'孔子曰:'爲此詩者,其知道乎!能治其國家,誰敢侮之?'"北宋末造,内憂外患,山谷恐有板蕩之虞,故出此未雨綢繆之議。

〔八〕有人二句:謂國事自有當政者操辦,我輩正可學道山林。出手:動手。隱几:憑几。窮諸妄:清除各種妄念。《圓覺經》下:"居一切時,不起妄念。"《壇經·説一體三身佛門》(惠昕本):"被妄念浮雲蓋覆,自性不得明。若遇善知識,聞真正法,自除迷妄,内外明徹。"

〔九〕經行二句:元豐三年二月東坡到黄州,初寓定惠院,常至安國寺,五月遷居臨皋亭;四年始營東坡,五年築雪堂,事具東坡詩文。經行:佛家語,指爲養身散悶往返於某地,此借用。眠食地:泛指東坡在黄故居。寶墨:珍貴的墨跡。楚愴:凄楚悲愴。

〔一○〕水清二句:謂是非自有公論,無需以口舌爭,是爲處世之真諦。《談藝録補訂》:"山谷元祐元年《奉和文潛贈無咎》第二首云:'談經用燕説,束棄諸儒傳。濫觴雖有罪,末派瀰九縣。張侯真理窟,堅壁勿與戰。難以口舌争。水清石自見。'山谷蓋重提十六年前舊語耳。世故頏洞,人生艱窘,拂意失志,當息躁忍事,毋矜氣好

勝；日久論定，是非自分。……蓋山谷昔在王氏新學大盛之時，嘗
向文潛進此言；今二人投老同爲逐客，遂復申前誡。”水清石見：
出古詩《艷歌行》。秘密藏：佛教稱典籍之總匯爲秘藏；秘密藏，猶
言奧旨精義。《圓覺經》上：“大悲世尊，廣爲菩薩開秘密藏，令諸
大衆深悟輪迴。”

【評箋】　陳衍《宋詩精華録》卷二：沈痛語一二敵人千百。

寄　賀　方　回〔一〕

少游醉臥古藤下〔二〕，誰與愁眉唱一盃〔三〕？解作江
南斷腸句，祇今唯有賀方回〔四〕。

〔一〕崇寧二年作，在鄂州。賀鑄（方回）建中靖國元年通判泗州，崇寧
　　　元年在當塗見山谷（見夏承燾《唐宋詞人年譜》）。

〔二〕少游句：見《病起荆江亭即事》注〔一〇〕。

〔三〕與：爲、替。唱一盃：晏殊《浣溪沙》：“一曲新詞酒一盃，去年天氣
　　　舊亭臺，夕陽西下幾時迴？無可奈何花落去，似曾相識燕歸來。
　　　小園香徑獨徘徊。”“唱一盃”既包含“一曲新詞”，又呼應上之“醉
　　　臥”，其“夕陽”、“落花”又寓悲悼之意。

〔四〕解作二句：賀鑄《青玉案·橫塘路》：“碧雲冉冉蘅臯暮，綵筆新題
　　　斷腸句。”此化用賀詞，並切悼亡之意。《詩人玉屑》二十一引《冷
　　　齋夜話》：“山谷嘗手寫所作《青玉案》者，置之几研間，時自玩
　　　味……山谷云：‘此詞少游能道之。’作小詩曰：……”此謂如今
　　　只有賀方回能寫出斷腸的悲歌了。元符三年秦觀卒後，賀鑄有
　　　《題秦觀少游寫真》詩：“誰容老芸閣，自讖死藤州。”

鄂州南樓書事四首(選二)〔一〕

四顧山光接水光,憑欄十里芰荷香〔二〕。清風明月無人管,併作南樓一味涼〔三〕。

武昌參佐幕中畫,我亦來追六月涼〔四〕。老子平生殊不淺,諸君少住對胡牀〔五〕。

〔一〕崇寧二年在鄂州作。鄂州南樓亦因傅會東晉庾亮事而得名。亮所登南樓應在武昌(今湖北鄂城),而此南樓則在州治江夏(今武昌),蓋唐永貞元年置武昌軍,治鄂州,遂傅會成此南樓。《輿地紀勝·壽昌軍》:"今鄂州南樓乃白雲樓故基,元祐中太守方澤因其廢基以南樓名之。"陸游《入蜀記》五:"南樓在儀門之南石城上,一曰黃鶴山。制度閎偉,登望尤勝……下闞南湖,荷葉彌望。中爲橋,曰廣平,其上皆列肆,兩旁有水閣,極佳。"詩原四首,此選其一、四。

〔二〕四顧二句:常建《題破山寺後禪院》:"山光悅鳥性。"芰(jì):四角菱。古人多以十里言香氣及荷花,韓愈《酬司門盧四兄雲夫院長望秋作》:"曲江荷花蓋十里。"李商隱《韓翃舍人即事》:"橋南荀令過,十里送衣香。"歐陽修《憶焦陂》:"焦陂荷花照水光,未到十里聞花香。"柳永《望海潮》:"有三秋桂子,十里荷花。"

〔三〕清風二句:見《答龍門潘秀才見寄》注〔三〕。蘇軾《前赤壁賦》:"且夫天地之間,物各有主……惟江上之清風,與山間之明月,耳得之而爲聲,目遇之而成色,取之無禁,用之不竭。"此即化用賦意。一味涼:歐陽修《招許主客》:"惟有新秋一味涼。"

〔四〕武昌二句:見《再用舊韻寄孔毅甫》注〔五〕。武昌:指庾亮,亮於咸和九年鎮武昌,都督六州諸軍事,領江荆豫三州刺史。參佐:

僚屬。幕：幕府。畫：謀劃。謝瞻《張子房》：“婉婉幕中畫。”杜甫
《羌村三首》：“憶昔好追涼，故遠池邊樹。”

〔五〕老子二句：用庾亮語。《晉書·庾亮傳》：“亮在武昌，諸佐吏殷浩
之徒，乘秋夜共登南樓，俄爾不覺亮至，諸人將起避之。亮徐曰：
‘諸君少住，老子於此處興復不淺。’便據胡床與浩等談詠竟坐。”
老子：亮自稱，猶老夫。此乃山谷夫子自道。

追和東坡題李亮功歸來圖〔一〕

今人常恨古人少，今得見之誰謂無〔二〕？欲學淵明歸
作賦，先煩摩詰畫成圖〔三〕。小池已築魚千里〔四〕，隙地仍
栽芋百區〔五〕。朝市山林俱有累，不居京洛不江湖〔六〕。

〔一〕《內集詩注》繫於崇寧元年。《年譜》據《題周昉畫美人琴阮圖》高
子勉序，繫於崇寧二年，時李亮功官長沙，山谷南遷過之。李亮功
名公寅，李公麟之弟。元符三年十二月東坡抵韶州，時亮功為韶
倅，東坡為作《李伯時畫其弟亮工舊隱宅圖》詩，山谷追和即此詩。

〔二〕今人二句：《南史·張融傳》：“常嘆云：‘不恨我不見古人，所恨古
人又不見我。’”古人指超脱流俗，高風絶塵之士。韓愈《孟生詩》：
“孟生江海士，古貌又古心。”此以古人稱李亮功。

〔三〕欲學二句：陶淵明於東晉義熙元年辭去彭澤令歸隱，作《歸去來
兮辭》。王維得宋之問輞川別業，作《輞川圖》。此用喻李公麟為
其弟作圖。

〔四〕小池句：《關尹子·一宇》：“以盆為沼，以石為島，魚環游之，不知
幾千萬里不窮乎！夫何故？水無源無歸。聖人之道，本無首，末
無尾，所以應物不窮。”原意是喻天道圓轉無窮，如《易·泰》：“無

往不復。"《莊子・則陽》:"得其環中以隨成……窮則反,終則始。"此謂汲汲世途,奔競千里,無異魚游小池,原地打轉。《管錐編》(三)論《全漢文》卷二二:"關尹子頌'聖人之道',庭堅移施人事,等盆魚於磨牛、磨蟻,變贊詞爲憾詞,如《欸乃歌》之二:'從師學道魚千里,蓋世成功黍一炊',又《去賢齋》:'爭名朝市魚千里,窺道詩書豹一斑。'皆謂奔波競攘而實則未進分寸,原地不離,故我依然;猶功蓋一世,夢祇刹那,學富五車,見僅管孔。"此句既實寫居處之景,又隱含悟道之意。任淵注引《齊民要術》載陶朱公《養魚經》:"以六畒地爲池,池中有九洲。求懷子鯉魚二十頭,牡鯉魚四頭,内池中。魚在池中周遶九洲無窮,自謂江湖也。"僅切實景。

〔五〕芋百區:左思《蜀都賦》:"瓜疇芋區。"區:區田,分區耕作之田。

〔六〕朝市二句:表現山谷道家"齊物"與佛家"中道"思想。莊子主張齊物,故於處世既不主刻意仕進,也不求退隱山林。其《刻意》云:"若夫不刻意而高,無仁義而修,無功名而治,無江海而閑,不道引而壽,無不忘也,無不有也。淡然無極而衆美從之。此天地之道,聖人之德也。"佛教大乘"中道"講不落二邊,所謂"不生亦不滅,不常亦不斷,不一亦不異,不來亦不出"(《中論》)。《陀羅尼經・夢行分》:"離於二邊,住平邊相","悉不讚毁……亦不選擇";《壇經・宣詔》:"明與無明,凡夫見二,智者了達,其性無二,無二之性,即是實性。"均爲"中道"之義。白居易《詠懷》:"隨緣逐處便安閒,不入朝廷不住山。"意旨相同。

贈　惠　洪〔一〕

數面欣羊胛〔二〕,論詩喜雉膏〔三〕。眼橫湘水暮〔四〕,雲獻楚天高〔五〕。墮我玉麈尾〔六〕,乞君宮錦袍〔七〕。月清放舟舫,萬里渺雲濤〔八〕。

〔一〕崇寧三年作。惠洪，禪僧，又稱洪覺範，筠州彭氏子，年十四，父母俱亡，祝髮爲僧，工詩文，著有《禪林僧寶傳》、《冷齋夜話》等。崇寧間往來湘中，山谷過衡州，花光仲仁長老爲畫墨梅，惠洪爲賦長短句，山谷贈詩當在此時。政和初因罪刺配朱崖軍，建炎二年五月，示寂於同安。

〔二〕數面：陶淵明《答龐參軍詩序》：“欵然良對，忽成舊游。俗諺云：數面成親舊。”羊胛：羊之肩骨，易熟。《新唐書·回鶻傳》：“骨利幹處瀚海北……晝長夜短，日入亨（烹）羊胛，熟，東方已明，蓋近日出處也。”歐陽修《謝觀文王尚書惠西京牡丹》：“爾來不覺三十年，歲月纔如熟羊胛。”此言數次見面，因高興而只覺時間短促。

〔三〕雉膏：雉肉。《易·鼎》：“鼎耳革，其行塞，雉膏不食。”此謂與其論詩如食美味。惠洪精詩學，著有《天廚禁臠》，故云。《南史·謝弘微傳》：“齊武帝問王儉：‘當今誰能爲五言？’儉曰：‘胐（謝弘微孫）得父（謝莊）膏腴，江淹有意。’”正以肴饌喻詩。

〔四〕眼橫句：古人多以水波喻眼，宋玉《神女賦》：“望余帷而延視兮，若流波之將瀾。”傅毅《舞賦》：“目流睇而橫波。”此反之，以眼波喻水。後王逐客（王觀）《卜算子·送鮑浩然之浙東》：“水是眼波橫，山是眉峰聚。欲問行人去那邊？眉眼盈盈處。”亦用此法。

〔五〕雲獻句：謂浮雲散去，現出高朗的天宇。杜甫《觀作橋成月夜舟中有述還呈李司馬》：“天高雲去盡。”“獻”字傳神，擬物作人。王安石《半山即事》：“暮林搖落獻南山。”山谷《勝業寺悦亭》：“苦雨已解嚴，諸峰來獻狀。”

〔六〕墮我句：《世説新語·文學》：孫盛與殷浩共論玄理，“彼我奮擲麈尾，悉脱落，滿餐飯中。賓主遂至莫（暮）忘食。”魏晉名士清談常持麈尾。此寫交談之歡。

〔七〕乞君：贈君。乞（qì），給予。韓愈《調張籍》：“乞君飛霞佩，與我高頡頏。”宮錦袍：《新唐書·宋之問傳》：“武后遊洛南龍門，詔從臣賦詩。左史東方虬詩先成，后賜錦袍。之問俄頃獻，后覽之嗟賞，更奪袍以賜。”《舊唐書·李白傳》：“嘗月夜乘舟，自采石達金陵，白衣宮錦袍,於舟中顧瞻笑傲,旁若無人。"此句贊其詩才。
〔八〕月清二句:李白《月下獨酌》:"永結無情遊,相期邈雲漢。"東坡
　　《中山松醪賦》:"遂從此而入海,渺翻天之雲濤。使夫嵇阮之倫,
　　與八仙之羣豪,或騎麟而翳鳳,爭楮挈而瓢操,顛倒白綸巾,淋漓
　　宮錦袍,追東坡而不可及,歸餔歠其醨糟,漱松風於齒牙,猶足以
　　賦《遠遊》而續《離騷》也。"由此可見山谷點化的用意和痕迹。

　　【評箋】　方回《瀛奎律髓》卷四十七:此詩亦恐非山谷作。山谷乙酉
年死於宜州,覺範始年三十五歲,撰此詩以惑衆,而山谷甥洪氏誤信爲
然,故收之云。五六雖壯麗,恐非山谷語,意淺。
　　紀昀:却似山谷筆墨。虛谷所云,恐不免愛憎之見。

書磨崖碑後〔一〕

　　春風吹船著浯溪〔二〕,扶藜上讀《中興碑》〔三〕。平生
半世看墨本,摩挲石刻鬢成絲。明皇不作苞桑計〔四〕,顛
倒四海由禄兒〔五〕。九廟不守乘輿西〔六〕,百官已作烏擇
棲〔七〕。撫軍監國太子事,何乃趣取大物爲〔八〕?事有至
難天幸爾,上皇蹢躅還京師〔九〕。內間張后色可否,外間
李父頤指揮〔一〇〕。南內淒涼幾苟活,高將軍去事尤
危〔一一〕。臣結《春秋》二三策〔一二〕,臣甫《杜鵑》再拜
詩〔一三〕。安知忠臣痛至骨?世上但賞瓊琚詞〔一四〕。同
來野僧六七輩,亦有文士相追隨〔一五〕。斷崖蒼蘚對立久,
凍雨爲洗前朝悲〔一六〕。

〔一〕崇寧三年作。磨崖碑：《輿地紀勝》卷五十六：“《大唐中興頌》在祁陽浯溪石崖上，元結文，顏真卿書，大曆六年刻，俗謂之磨崖碑。”楊震方《碑帖叙録》：“《大唐中興頌》……楷書二十一行，行二十字，字徑四寸五六分，自左而右。”山谷《中興頌詩引并行紀》（載《豫章遺文》）：“崇寧三年三月己卯（初六），風雨中來泊浯溪，進士陶豫、李格，僧伯新、道遵同至中興頌崖下。明日居士蔣大年、石君豫，太醫成權及其姪逸，僧守能、志觀、德清、義明、崇廣俱來。又明日，蕭褒及其弟哀來。三日裴回崖次，請予賦詩。老矣，豈復能文，強作數語，惜秦少游已下世，不得此妙墨劖之崖石耳。修水黃某字魯直，諸子從行：相、梲、相、楷、舂陵尼悟超。”

〔二〕浯溪：源出湖南祁陽松山，東北流入湘江，唐元結寓居溪畔，其《浯溪銘》云：“溪世無名稱者也，爲自愛之，故命浯溪。”

〔三〕扶藜：拄杖。藜：草名，莖老可作杖。《莊子·讓王》：“（原憲）杖藜而應門。”

〔四〕苞桑計：指居安思危，以固邦本。苞桑，桑樹本幹。《易·否》：“其亡其亡，繫於苞桑。”疏：“苞，本也。凡物繫於桑之苞本，則牢固也。若能‘其亡其亡’以自戒慎，則有繫於苞桑之固，無傾危也。”又《繫辭下》：“是故君子安而不忘危，存而不忘亡，治而不忘亂，是以身安而國家可保也。”

〔五〕顛倒句：元稹《連昌宮詞》：“禄山宫裏養作兒，虢國門前鬧如市。弄權宰相不記名，依稀憶得楊與李。廟謨顛倒四海摇，五十年來作瘡痏。”《舊唐書·安禄山傳》：“後（禄山）請爲貴妃養兒，入對皆先拜太真。玄宗怪而問之，對曰：‘臣是蕃人，蕃人先母而後父。’玄宗大悦。”

〔六〕九廟：帝王奉祀祖先的宗廟，後以指朝廷、國祚。乘輿西：指安史之亂時玄宗倉惶入蜀。

〔七〕百官句：指百官投敵。《中興頌》中有“百寮竄身，奉賊稱臣”語。姚範《援鶉堂筆記》卷四十：“‘百官’句謂羣臣之向靈武（肅宗）而背上皇，杜子美所謂‘攀龍附鳳’者也。”可備一説。烏擇棲：指擇主而事。《左傳·哀公十一年》：“鳥則擇木，木豈能擇鳥？”

〔八〕撫軍二句：《左傳·閔公二年》：“冢子，君行則守，有守則從，從曰撫軍，守曰監國，古之制也。”趣取：趨取，追求。《莊子·人間世》：“趣取無用。”趣通趨。大物：指國家。《莊子·在宥》：“夫有土者，有大物也。”此譏刺肅宗身爲太子不全力禦敵，反汲汲於奪取皇位。

〔九〕事有二句：元結《中興頌》：“事有至難，宗廟再安，二聖重歡。”事：指平定叛亂，國家中興。上皇：指玄宗，在肅宗即位後稱太上皇。踂：彎腰屈身；踖：小步行走，均形容小心戒懼。據《資治通鑑·至德二載》，玄宗還朝，“索黄袍自爲上（肅宗）著之，上伏地頓首固辭。上皇曰：‘天數人心，皆歸於汝，使朕得保養餘齒，汝之孝也。’”“上皇不肯居正殿，曰：‘此天子之位也。’”“上皇上馬，上親執靮。行數步，上皇止之。”

〔一〇〕内間二句：《舊唐書·肅宗張后傳》：“皇后寵遇專房，與中官李輔國持權禁中，干預政事。”又《李輔國傳》：“本名静忠，閑厩馬家小兒”，因擁立肅宗獲寵，遂大權獨攬，“宰臣百司，不時奏事，皆因輔國上決。”頤指揮：《漢書·賈誼傳》：“今陛下力制天下，頤指如意。”謂以臉色示意指揮，狀權勢顯赫。

〔一一〕南内：興慶宮，原爲玄宗舊邸。至德二載（七五七）玄宗還都，先居南内，上元元年（七六〇）遷西内太極宮，至七六二年死。說詩者多謂用“南内”誤，當言“西内”。其實“南内”亦可，居住時間且長於“西内”。白居易《長恨歌》：“西宮南内多秋草。”可見二處玄宗皆淒涼苟活。高將軍：指宦官高力士，先後曾加冠軍大將軍、驃騎大將軍等號，故“帝或不名而呼將軍”（《新唐書》本傳）。高力士深得玄宗寵信，幸蜀時，扈從在側；還都後，李輔國脅迫玄宗遷宮，兵刃相向，賴高力士護駕，玄宗始得無殃，故“泣持力士手曰：‘微將軍，阿瞞已爲兵死鬼矣！’”（《太平廣記》卷一八八《李輔國》）上元元年，高被流放巫州，玄宗處境愈危。

〔一二〕臣結句：《内集詩注》本“春秋”作“春陵”，並謂“作《春秋》非是”。

按此爲任淵臆改，其理由是元結在道州曾作《舂陵行》詩，無據。《豫章文集》原作“春秋”，且宋袁文《甕牖閒評》卷五云：“余親見太史寫此詩於磨崖碑後者，作‘臣結《春秋》二三策’，詎庸改耶！”清朱霈《牖窺雜誌》：“霈嘗舟泊浯溪，得見《中興碑》刻完好如故，後係‘春秋’字。”足以定論。二三策：《孟子·盡心下》：“吾於《武成》（《尚書》篇名）取二三策而已矣。”意爲所取不過兩三頁罷了。策，竹簡。曾季貍《艇齋詩話》謂此句：“言元結《頌》用《春秋》之法。”即文寓褒貶，微詞見意。

〔一三〕臣甫句：杜甫有兩首七古《杜鵑行》，其一作於上元元年玄宗遷西內後，傷君王失位，君臣離散，詩云：“君不見昔日蜀天子，化爲杜鵑似老烏……雖同君臣有舊禮，骨肉滿眼身羈孤。”又有五古《杜鵑》：“我見常再拜，重是古帝魂。”寓意相同。

〔一四〕安知二句：謂世人祇是欣賞元、杜文詞之美，而不知其憂國之忠忱。瓊琚：美玉，喻文詞之美。白居易《見尹公亮新詩偶贈絕句》：“吟看句句是瓊琚。”韓愈《祭柳子厚文》：“玉佩瓊琚，大放厥辭。”

〔一五〕同來二句：見注〔一〕。又王明清《揮塵後録》卷七：“是時外祖曾空青坐鈎黨，先徙是郡（永州），太史留連踰月，極其歡洽，相予酬唱，如《江樾書事》之類是也。帥遊浯溪，觀《中興碑》，太史賦詩，書姓名於詩左。外祖急止之云：‘公詩文一出，即日傳播。某方爲流人，豈可出郊？公又遠徙。蔡元長當軸，豈可不過爲之防邪！’太史從之，但詩中云‘亦有文士相追隨’，蓋爲外祖而設。”曾空青即曾公袞，名紆，曾布第三子（一説第四子）。

〔一六〕凍雨：應作涷雨，暴雨。

【評箋】　宋張戒《歲寒堂詩話》：張文潛與魯直同作《中興碑》詩，然其工拙不可同年而語。魯直自以爲入子美之室，若《中興碑》詩，則真可謂入子美之室矣。

曾季貍《艇齋詩話》：山谷《浯谿碑》詩有史法，古今詩人不至此也。

張文潛《浯谿》詩止是事,持語言,今碑本並行,愈覺優劣易見。張詩比山谷,真小巫見大巫也。

范成大《驂鸞錄》:始余讀《中興頌》,又聞諸搢紳先生之論,以爲元子之文有《春秋》法……夫元子之文固不爲無微意矣,而後來各人貪作議論,復從旁發明呈露之。魯直詩至謂:"撫軍監國太子事,何乃趣取大物爲",又云:"臣結春陵二三策,臣甫杜鵑再拜詩。安知忠臣痛至骨,後來但賞瓊琚詞。"魯直既倡此論,繼作者靡然從之,不復問歌頌中興,但以詆罵肅宗爲談柄。

元劉壎《隱居通議》卷八:山谷翁《書摩厓碑後》、《題老杜浣花醉圖》,皆精深有議論,嚴整有格律,二篇正堪作對。

方東樹《昭昧詹言》卷十二:稍有章法,然亦順叙。分三層。"事有"二句太漫。後半大勝放翁《十八學士》、《明皇幸蜀》二首,乃知坡《驪山》亦不佳也。

陳衍《宋詩精華錄》卷二:此首音節甚佳,而議論未是。

翁方綱《七言詩三昧舉隅》:山谷《浯溪碑詩》:"臣結春秋二三策,臣甫杜鵑再拜詩。"此乃字字沈痛,不作珮玉瓊琚之詞觀也明矣。然而平生半世玩賞拓本,即一二文士亦孰不咀其詞句者?則於次山文字一段正面,究竟未能消却也。故於此下用推宕之筆出之,曰:"安知忠臣痛至骨?世上但賞瓊琚詞。"此"瓊琚詞"三字,乃擲筆天外,粉碎虛空矣,正與此篇(按指《王充道送水仙花……》)末句妙處相似;此即所謂不着一字,盡得風流者也。

到 桂 州〔一〕

桂嶺環城如雁蕩〔二〕,平地蒼玉忽嶒峨〔三〕。李成不在郭熙死,奈此百嶂千峰何〔四〕!

〔一〕崇寧三年作。桂州：屬廣南西路，治臨桂（今桂林）。

〔二〕桂嶺句：《夢溪筆談·雜誌》：“予觀雁蕩諸峰，皆峭拔險怪，上聳
　　　千尺，穿崖巨谷，不類他山，皆包在諸谷中。”此寫桂州城爲羣峰
　　　環抱。

〔三〕平地句：謂山峰拔地而起。蒼玉：佩飾。《禮記·玉藻》：“大夫佩
　　　水蒼玉。”此狀山色。梅堯臣《池州蕭相樓》：“樓中九華峰，天削水
　　　蒼玉。”即以玉喻山。嶒（céng）峨：崚嶒嵯峨，狀山勢高峻不平。

〔四〕李成：由五代入宋之畫家，李唐宗室，營丘人，世稱李營丘。爲北
　　　方山水畫派代表。郭熙：見《次韻子瞻題郭熙畫山》注〔一〕。此
　　　謂二位大師已死，無人能畫出這些奇山異峰了。杜甫《戲韋偃爲
　　　雙松圖歌》：“天下幾人畫古松，畢宏已老韋偃少。”韓愈《石鼓歌》：
　　　“少陵無人謫仙死，才薄將奈石鼓何！”歐陽修《菱溪大石》：“盧仝
　　　韓愈不在世，彈壓百怪無雄文。”張耒《讀中興頌碑》：“元功高名誰
　　　與紀，風雅不繼騷人死。”《宣和畫譜》卷十一《山水》評許道寧：“張
　　　士遜一見，賞詠久之，因贈以歌，其略云：‘李成謝世范寬死，唯有
　　　長安許道寧。’”山谷化用其句律。

寄黃龍清老三首（選一）〔一〕

　　騎驢覓驢但可笑〔二〕，非馬喻馬亦成癡〔三〕。一天月
色爲誰好？二老風流只自知〔四〕。

〔一〕崇寧三年作。黃龍：原爲山名，在隆興（今南昌），因禪僧慧南在
　　　此舉揚一家宗風，世稱黃龍派。清老：靈源惟清，慧南法嗣祖心
　　　的上首弟子，山谷師友之，號靈源叟、清侍者。

〔二〕騎驢句：禪宗常用此喻修道，意謂自身本有佛性，何勞向外求佛？
　　　若向外求，無異騎驢覓驢。《景德傳燈錄》卷二八《神會大師》：“誦

經不見有無義，真似騎驢更覓驢。"又卷九《大安禪師》："即造百丈，禮而問曰：'學人欲求識佛，何者即是？'丈曰：'大似騎牛覓牛。'"用意相同，即《壇經》(敦煌本)五二所云："我心自有佛，自佛是真佛。自若無佛心，向何處求佛？"

〔三〕非馬句：《公孫龍子·指物論》："物莫非指，而指非指。"又《白馬論》："白馬非馬。"《莊子·齊物論》駁之："以指喻指之非指，不若以非指喻指之非指也；以馬喻馬之非馬，不若以非馬喻馬之非馬也。天地一指也，萬物一馬也。"

〔四〕一天二句：臺灣學者杜松柏《禪學與唐宋詩學》釋曰："祖心惟清二禪師之心境如一天孤月之明朗，二人之禪境只自知，不能舉示人。"按二老當指祖心兩大弟子：死心悟新及靈源惟清，山谷稱清新二禪師。此詩寄惟清而及悟新，順理成章，而祖心已死(卒於元符三年)，不當并提。詩前二句寫不知道者之癡妄可笑，以襯託二人禪境之高妙，總在說明禪之真諦惟在自悟，不能言喻，無從告人。

和范信中寓居崇寧遇雨二首〔一〕

范侯來尋八桂路〔二〕，走避俗人如脫兔〔三〕。衣囊夜雨寄禪家，行潦升階漂兩屨。遣悶悶不離眼前，避愁愁已知人處〔四〕。慶公憂民苗未立，旻公憂木水推去。兩禪有意開壽域〔五〕，歲晚築室當百堵〔六〕。它時無屋可藏身，且作五里公超霧〔七〕。

當年游俠成都路，黃犬蒼鷹伐狐兔〔八〕。二十始肯爲儒生，行尋丈人奉巾屨〔九〕。千江渺然萬山阻，抱衣一囊遍處處〔一〇〕。或持劍掛宰上回，亦有酒罷壺中去〔一一〕。

昨來禪榻寄曲肱，上雨傍風破環堵〔一二〕。何時鯤化北溟波？好在豹隱南山霧〔一三〕。

〔一〕崇寧四年作。范信中：范寥，字信中，蜀人，負才任俠，豪縱不羈，浪迹江湖間。嘗爲知州翟思之書吏，翟卒，來弔喪，晚將翟家几席間白金器攜去遁走，徑往宜州見山谷，隨侍在側。山谷下世，以變賣白金器所得爲辦喪事。後以告發謀反事得官，又因收藏東坡墨迹而被勒停除名，紹興間知邕州兼邕管安撫卒。參見《梁谿漫志》卷十、《宋史翼》卷七。崇寧：崇寧寺。范信中《宜州家乘序》："崇寧甲申秋，余客建康，聞山谷先生謫居嶺表，恨不識之，遂泝大江，歷溢浦，捨舟於洞庭，取道荆湘，以趨八桂。至乙酉三月十四日始達宜州，寓舍崇寧寺。翼日，謁先生於僦舍，望之真謫仙人也。……自此日奉杖履，至五月七日，同徙居於南樓，圍棋誦書，對榻夜語，舉酒浩歌，跬步不相舍。"

〔二〕八桂：《山海經·海内南經》："桂林八樹，在番隅東。"此代指廣西。

〔三〕脫兔：《孫子·九地》："後如脫兔，敵不及拒。"此形容迅速。

〔四〕遣悶二句：葉廷珪《海録碎事》卷九《愁樂門》引庾信《愁賦》："閉門欲驅愁，愁終不肯去；深藏欲避愁，愁已知人處。"此化用之，巧用頂真格。

〔五〕兩禪：指上慶公、旻公兩禪僧。開壽域：任淵注："徽宗崇寧三年，詔天下置崇寧寺觀，爲上祈年。"《漢書·禮樂志》："驅一世之民，躋之仁壽之域。"杜甫《上韋左相二十韻》："八荒開壽域，一氣轉洪鈞。"壽域，健康長壽之境。

〔六〕百堵：《詩·小雅·斯干》："築室百堵。"一面牆爲一堵，百堵指房多。此言兩僧築室，權當廣廈。

〔七〕且作句：《後漢書·張霸傳》附張楷："楷字公超……性好道術，能作五里霧。"此喻雲遊四方。

〔八〕當年二句：范信中落拓任俠，蓋東方朔、郭解一流人，"家始饒給，

345

從其叔分財,一月輒盡之,落莫無聊賴,欲應科舉,……即以成都第二名薦送。益縱酒,遂毆殺人,因亡命,改姓名曰'花但石',蓋增損其姓字爲庾語。遂匿傍郡爲園丁,久之技癢不能忍,書一詩於亭壁,主人見之愕然,曰:'若非園丁也。'贈以白金半筑遣去。"(《梁谿漫志》卷十)可見其立身行事之一斑。《史記·李斯傳》:李斯腰斬咸陽,臨刑前謂其子曰:"吾欲與若復牽黃犬,俱出上蔡東門逐狡兔,豈可得乎?"《太平御覽·羽族部·鷹》引此作:"李斯臨刑,思牽黃犬,臂蒼鷹,出上蔡東門,不可得矣。"後黃犬蒼鷹即指打獵。

〔九〕二十二句:謂其折節讀書,遠道來訪。丈人:老人,山谷自謂。奉巾屨:指侍奉飲食起居。

〔一〇〕千江二句:韓愈《感春》:"我所思兮在何所,情多地迥兮徧處處。東西南北皆欲往,千江隔兮萬山阻。"

〔一一〕或持二句:《史記·吳太伯世家》:吳公子季札經徐國,徐君愛其劍而口未敢言,季札心知之而未獻。待其歸過徐,徐君已死,遂解劍繫其塚樹而去,以示友情生死不渝。宰:墓。後句見《湖口人李正臣蓄異石九峰……》注〔一〕。以上四句寫其飄泊江湖。

〔一二〕昨來二句:謂寓居崇寧寺遇雨。韓愈《南海神廟碑》:"故明宮齋廬,上雨旁風,無所蓋障。"環堵:四周土牆。《禮記·儒行》:"儒有一畝之宮,環堵之室,篳門圭窬,蓬戶甕牖。"此形容居室之陋。

〔一三〕何時二句:上句用《莊子·逍遥遊》鯤化鵬事。下句用《列女傳·陶答子妻》事:"南山有玄豹,霧雨七日而不下食"。謝朓《之宣城郡出新林浦向板橋》:"雖無玄豹姿,終隱南山霧。"好在:張相《詩詞曲語辭匯釋》卷六:"存問之詞。翫其口氣,彷彿'好麼',用之既熟,則轉而義如'無恙',又轉而不爲存問口氣,義如'依舊'矣。"此用如"依舊"。此謂范寥前程遠大,而今却沉晦不顯。

詞選

醉　蓬　萊〔一〕

　　對朝雲靉靆,暮雨霏微〔二〕,亂峰相倚〔三〕。巫峽高唐,鎖楚宮朱翠〔四〕。畫戟移春,靚妝迎馬,向一川都會〔五〕。萬里投荒,一身弔影〔六〕,成何歡意! 盡道黔南,去天尺五〔七〕。望極神州,萬重煙水〔八〕。樽酒公堂,有中朝佳士。荔頰紅深,麝臍香滿,醉舞裀歌袂〔九〕。杜宇聲聲,催人到曉,不如歸是〔一〇〕。

〔 一 〕作於紹聖二年三月,赴黔州途經夔州巫山縣時,參見《黔南道中行記》。

〔 二 〕對朝雲二句:既寫實景,又用宋玉《高唐賦》所謂"旦爲朝雲,暮爲行雨,朝朝暮暮,陽臺之下"意。靉靆:雲氣濃重貌。

〔 三 〕亂峰:巫山羣峰連綿,其尤著者有十二峰。陸游《入蜀記》卷六:"峰巒上入霄漢,山脚直插江中……然十二峰者,不可悉見,所見八九峰,惟神女峰最爲纖麗奇峭。"

〔 四 〕高唐:楚國臺觀,見《高唐賦》。楚宮:楚故離宮。明曹學佺《蜀中名勝記》卷二二引《本志》:"楚宮在女觀山西畔小山頂,三面皆荒山,南望江山奇麗。"朱翠:本指婦人飾物或容貌,此指美人。

〔 五 〕畫戟三句:寫地方官之儀仗,盛妝豔服者迎候馬隊,向城中走去。畫戟:彩飾之戟。靚(jìng)妝:華麗的妝飾,多指女子,此指歌姬

347

舞女。

〔六〕萬里二句：柳宗元《別舍弟宗一》：“一身去國六千里，萬死投荒十二年。”李密《陳情表》：“煢煢孑立，形影相弔。”山谷常用此語形容其貶謫生涯，見其書信。

〔七〕黔南：即黔州。去天尺五：極言地勢之高。漢民諺：“城南韋杜，去天尺五。”（《辛氏三秦記》）

〔八〕神州：泛指中原，兼指京城。逐臣每每以回望京城表達哀怨之情，張舜民《賣花聲》：“何人此路得生還？回首夕陽紅盡處，應是長安。”此又翻進一層，設想貶所望鄉之苦，以烘托離愁。

〔九〕荔頰三句：寫白裏透紅的臉色、氤氳馥郁的香氣、令人陶醉的歌舞。裾：夾衣。

〔一○〕杜宇：即杜鵑鳥，相傳爲古蜀帝杜宇所化。舊説其鳴聲類喚“不如歸去”。

定 風 波

次高左藏使君韻〔一〕

萬里黔中一漏天〔二〕，屋居終日似乘船〔三〕。及至重陽天也霽，催醉，鬼門關外蜀江前〔四〕。　莫笑老翁猶氣岸〔五〕，君看，幾人黃菊上華顛〔六〕？戲馬臺南追兩謝，馳射〔七〕，風流猶拍古人肩〔八〕。

〔一〕高左藏使君：高羽。山谷《致瀘州帥王補之》：“前守曹供備（按名譜字伯達）已解官去，新守高羽左藏，丹之弟也，老練廉勤，往亦久在場屋，不易得也。雖閒居與郡中不相關，亦託庇焉。”左藏：左藏庫使，階官名。此書署“正月十二日”，而此詞又寫重陽事，故可推定作於紹聖四年,因山谷於上年五月抵黔,於翌年春遷戎。

〔二〕黔中:原爲楚國郡名,唐時又曾改黔州爲黔中郡,故以稱黔州。天漏:常形容雨多不止。杜甫《九日寄岑參》:“安得誅雲師,疇能補天漏?”蜀中多雨,邛都有漏天,戎州夔道有大漏天、小漏天,此移以稱黔。

〔三〕屋居句:杜甫《飲中八仙歌》:“知章騎馬似乘船,眼花落井水底眠。”此借言雨多。

〔四〕重陽:農曆九月初九,又名重九,古有登高飲酒的風俗。霽:久雨初晴。鬼門關:在奉節縣東,兩山相夾如門,又名石門關。山谷《竹枝詞》:“鬼門關外莫言遠,四海一家皆弟兄。”蜀江:流經彭水縣注入長江之巴江(即今烏江)。

〔五〕氣岸:氣概傲岸。

〔六〕幾人句:古人在重陽節常插戴菊花,稱簪菊。華顛:髮已花白之頭。此謂世上老人有幾個有此豪興。

〔七〕戲馬臺:又稱掠馬臺,在徐州城南。劉裕在晉安帝義熙十二年封爲宋公,重陽節大會戲馬臺,後遂相承以爲例。兩謝:《文選》卷二十有謝瞻及謝靈運所作《九日從宋公戲馬臺集送孔令》詩各一首。馳射:切戲馬事。

〔八〕風流句:郭璞《遊仙詩》:“左把浮丘袖,右拍洪崖肩。”浮丘、洪崖皆仙人。此寫山谷直追古人的豪邁氣概。

念　奴　嬌

八月十七日,同諸甥待月。有客孫彥立者,善吹笛,有名酒酌之〔一〕

斷虹霽雨,净秋空、山染修眉新緑〔二〕。桂影扶疏〔三〕,誰便道、今夕清輝不足?萬里青天,姮娥何處〔四〕?

駕此一輪玉。寒光零亂,爲誰偏照醽渌〔五〕? 年少從我追遊,晚涼幽徑,遶張園森木。共倒金荷〔六〕,家萬里、難得尊前相屬〔七〕。老子平生,江南江北,最愛臨風曲〔八〕。孫郎微笑,坐來聲噴霜竹〔九〕。

〔一〕題及正文據《山谷琴趣外篇》。汲古閣本《山谷詞》題作:"八月十八日,同諸生步自永安城樓,過張寬夫園,待月。偶有名酒,因以金荷酌衆客。客有孫彥立,善吹笛。援筆作樂府長短句,文不加點。"《苕溪漁隱叢話》後集卷三十一亦引此,作"八月十七日",客作"孫叔敏"。按:詞作於戎州,永安城樓蓋州治南城。據《年譜》,元符元年重九,遊無等院,登永安門,從者有僧道、舉子、子姪數人,山谷有題名。時山谷僦居城南,無等院亦在南門外。此詞作於元年抑二年,待考。孫彥立:未詳。

〔二〕山染句:古人以山形容婦人之眉,稱遠山黛。此反以眉喻山。"染"字尤佳。王建《江陵使至汝州》:"日暮數峰青似染。"王安石《題齊安壁》:"日净山如染。"曾鞏《東津歸催吳秀才寄酒》:"不覺溪山碧於染。"皆僅言山色如染,而山谷兼言山如新畫之眉,尤爲生色。

〔三〕桂影:月中桂樹之影。《酉陽雜俎・天咫》:"舊言月中有桂,有蟾蜍,故異書言月桂高五百丈……釋氏書言,須彌山南面有閻扶樹,月過,樹影入月中。或言月中蟾桂,地影也;空處,水影也。此語差近。"

〔四〕姮娥:嫦娥。《淮南子・覽冥訓》:"羿請不死之藥於西王母,姮娥竊以奔月。"姮娥,羿妻,奔入月中爲月精。

〔五〕醽渌:美酒名。《抱朴子・嘉遯》:"寒泉旨於醽渌。"衡陽東有醽湖,其水釀湛渌酒味甘美,故酒稱醽渌。

〔六〕金荷:酒杯之美稱。

〔七〕尊:通樽。屬:斟酒,酌酒。

〔八〕最愛句:《老學庵筆記》卷二引此句作"愛聽臨風笛",并曰:"予在蜀見其稿。今俗本改笛爲曲，以協韻，非也。然亦疑笛字太不入韻，及居蜀久，習其語音，乃知瀘戎間謂笛爲獨。故魯直得借用，亦因以戲之耳。”

〔九〕孫郎：指孫彥立。坐來：《詩詞曲語辭匯釋》卷四：“猶云適纔或正當其時也；亦猶云登時或一時也。……（此句）言笛聲登時而作也。”《苕溪漁隱叢話》後集卷三十一：“客有孫叔敏善長笛，連作數曲。”故云。

鷓　鴣　天

坐中有眉山隱客史應之和前韻，即席答之〔一〕。

黃菊枝頭生曉寒，人生莫放酒杯乾。風前橫笛斜吹雨，醉裏簪花倒著冠〔二〕。　　身健在，且加湌，舞裙歌板盡清歡〔三〕。黃花白髮相牽挽，付與時人冷眼看〔四〕。

〔一〕史應之：名鑄，客瀘戎間。元符二年山谷在戎州，有《戲答史應之三首》，詞當作於同年重九。

〔二〕醉裏句：徐釚《詞苑叢談》卷四引《草堂詩餘》四集：“沈天羽云：東坡‘破帽多情卻戀頭’，翻龍山事特新。山谷‘風前橫笛斜吹雨，醉裏簪花倒著冠’，尤用得妙。”按東坡句見《南鄉子·重九涵輝樓呈徐君猷》。龍山事爲晉孟嘉軼事，見《世說新語·識鑒》引《孟嘉別傳》。嘉爲桓溫參軍，重九日溫率僚佐遊龍山，風吹落孟嘉帽，嘉渾然不覺，溫命取還之，傳爲雅事。《誠齋詩話》：“‘羞將短髮還吹帽，笑倩旁人爲正冠。’（按出杜甫《九日藍田崔氏莊》）……孟嘉以落帽爲風流，少陵以不落爲風流，翻盡古人公案，最爲妙法。”山谷於此不僅著冠，而且倒著，其不拘形迹，風流自賞，又進一層。

〔三〕身健三句：杜詩(同上)："明年此會知誰健？醉把茱萸仔細看。"此化用其意，謂趁身健而及時行樂。加飱：古詩《行行重行行》："努力加餐飯。"

〔四〕黄花二句：謂衹管在白髮上簪花自娱，任憑世人對己冷眼相看。付與：給與，讓。此寫山谷超然達觀，情老彌健。

木 蘭 花 令〔一〕

凌歊臺上青青麥〔二〕，姑孰堂前餘翰墨〔三〕。暫分一印管江山，稍爲諸公分皂白〔四〕。　　　江山依舊雲空碧，昨日主人今日客〔五〕。誰分賓主强惺惺，問取磯頭新婦石〔六〕。

〔一〕崇寧元年作。山谷由戎州放回後於荆南待命，先受知舒州，後又召爲吏部員外郎。山谷辭去"恩命"，乞求太平州之任，以度餘生。請求獲准，於崇寧元年六月赴任，九日到任，十七日即罷官。本詞即反映了這一戲劇性事件，抒發了對世事的深沉感慨。《能改齋漫録》卷十七："豫章守當塗，既解印，後一日，郡中置酒，郭功甫在坐，豫章爲《木蘭花令》一闋示之，云：……其後復竄易前詞云：'翰林本是神仙謫，落帽風流傾坐席。座中還有賞音人，能岸烏紗傾大白。江山依舊雲橫碧，昨日主人今日客。誰分賓主强惺惺，問取磯頭新婦石。'"

〔二〕凌歊臺：在太平州治當塗縣。《輿地紀勝·太平州》："凌歊臺：在城北黄山之顛，宋孝武(劉裕)大明七年，南遊登臺，建離宮。"歊(xiāo)，暑氣；凌歊有消暑之意。青青麥：用《莊子·外物》所引逸詩："青青之麥，生於陵陂。"高臺離宮，而今麥苗青青，有黍離麥秀

352

之慨。

〔三〕姑孰：當塗古名，因流貫其間的姑孰溪而名。姑孰堂“在州之清
　　　和門外，下臨姑溪”(《輿地紀勝》同上)。餘翰墨：謂昔人已逝，空
　　　留佳篇名章。李白有《姑熟十詠》。此謂無論帝王還是墨客，都成
　　　陳迹，祇有文章翰墨能和江山共存。

〔四〕管江山：即做山水主人。此謂“吏隱”之趣，即雖爲官而怡情山
　　　水。分皂白：猶分是非。州郡官即所謂“良二千石”，爲皇帝倚重
　　　之官，而此僅云“管江山”、“分皂白”，足見其淡然超脫，并隱含
　　　牢騷。

〔五〕江山二句：概言九日罷官之戲劇性變化。江山依舊，而人却在一
　　　夜之間反主爲客，其不平、自嘲等複雜感情，皆寓於此。

〔六〕誰分二句：謂誰要强分主客，就去問江邊的望夫石。惺惺：清醒、
　　　明白，本爲禪宗語，指常懷警覺之心，以便觸處悟道。明《王常宗
　　　集》卷三《惺惺説》：“惺惺字古經傳所無有，獨浮屠喘巖言主人翁
　　　惺惺否？曰惺惺。……空萬物不有，則常惺惺。”此借用。新婦
　　　石：即望夫山，《輿地紀勝》(同上)：“在當塗縣。昔人往楚，累歲
　　　不還，其妻登此山望夫，乃化爲石。……劉禹錫詩(《望夫山》)：
　　　‘終日望夫夫不歸，化爲孤石苦相思，望來已是幾千載，祇似當時
　　　初望時。’”此言問石，因石是塵世滄桑的見證，一切升沉榮辱都如
　　　過眼煙雲，本無須有是非彼此之分，誰要强分賓主，祇是徒勞。

千　秋　歲

　　　少游得謫，嘗夢中作詞云：“醉臥古藤陰下，了不知南
北。”竟以元符庚辰死於藤州光華亭上。崇寧甲申，庭堅竄宜
州，道過衡陽，覽其遺墨，始追和其《千秋歲》詞。〔一〕

苑邊花外，記得同朝退〔二〕。飛騎軋，鳴珂碎〔三〕。齊

歌雲繞扇，趙舞風回帶〔四〕。嚴鼓斷〔五〕，杯盤狼籍猶相對。　　灑淚誰能會？醉卧藤陰蓋。人已去，詞空在。兔園高宴悄，虎觀英遊改〔六〕。重感慨，波濤萬頃珠沉海〔七〕。

〔一〕少游事見《病起荆江亭即事》注〔一〇〕。甲申爲崇寧三年。

〔二〕苑邊二句：寫與少游同在京城遊宴。元祐間二人同在京師，少游任太學博士，兼國史院編修，山谷亦爲史官，故云“同朝”。

〔三〕飛騎二句：寫車馬飛馳。鳴珂：馬籠頭上的玉飾，行時有聲。張華《輕薄篇》：“文軒樹羽蓋，乘馬鳴玉珂。”此呼應少游詞“憶昔西池會，鵷鷺同飛蓋”之語。又《望海潮》：“西園夜飲鳴笳，有華燈礙月，飛蓋妨花。”西池指開封城西之金明池，方圓九里，周以圍牆，三月初一至四月二十向士庶開放，有各種游藝活動，盛況空前，參見《東京夢華錄》卷七。

〔四〕齊歌二句：齊趙之女善歌舞。《説文》：“謳，齊歌也。”蕭統《陶淵明集序》：“齊謳趙女之娛。”杜甫《貽華陽柳少府》：“醉從趙女舞，歌鼓秦人盆。”詩人多以歌扇與舞衣作對。陰鏗《侯司空宅詠妓》：“鶯啼歌扇後，花落舞衫前。”庾信《和趙王看妓》：“緑珠歌扇薄，飛燕舞衫長。”劉希夷《代閨人春日》：“池月憐歌扇，山雲愛舞衣。”杜甫《數陪章梓州泛江有女樂在諸舫戲爲豔曲》：“江清歌扇底，野曠舞衣前。”參見《能改齋漫録》卷八、《容齋三筆》卷十四。

〔五〕嚴鼓：更鼓。

〔六〕兔園：原爲漢梁孝王園囿，見《三輔黄圖》卷三。虎觀：即漢白虎觀，章帝建初四年，會羣儒於此，講論五經，班固撰成《白虎通義》一書。二句謂西園宴散，館閣同僚紛紛罷去。

〔七〕珠沉海：喻少游逝世。

【附録】

《能改齋漫録》卷十六：秦少游《千秋歲》，世尤推稱。秦既没藤州，晁

無咎嘗和其韻以弔之云：（詞略。按即本詞，字句稍有出入。）中云“醉卧
藤陰蓋”者，少游臨終作詞所謂“醉卧古藤陰下，了不知南北”，故無咎用
之。山谷守當塗日，郭功父嘗寓焉。一日過山谷論文，山谷傳少游《千秋
歲》詞，嘆其句意之善，欲和之而海字難押。功父連舉數海字，若孔北海
之類，山谷頗厭，而未有以卻之者。次日，又過山谷問焉，山谷答曰：“昨
晚偶得一海字韻。”功父問其所以，山谷云：“羞殺人也爺娘海。”自是功父
不復論文于山谷矣。蓋山谷用俚語以卻之也。

　　同書卷十七：秦少游所作《千秋歲》詞，予嘗見諸公唱和親筆，乃知在
衡陽時作也。少游云：“至衡陽，呈孔毅甫使君。”其詞云云，今更不載。
毅甫本云：“次韻少游見贈。”其詞云：……。其後東坡在儋耳，姪孫蘇元
老，因趙秀才還自京師，以少游、毅甫所贈酬者寄之。東坡乃次韻録示元
老，且云：“便見其超然自得，不改其度之意。”其詞云：……。豫章題云：
（略。即本詞小序）。詞云：……。晁無咎集中嘗載此詞，而非是也。少
游詞云：“憶昔西池會，駕鷺同飛蓋”，亦爲在京師與毅甫同在於朝，叙其
爲金明池之游耳。今越州、處州皆指西池在彼，蓋未知其本源而云也。
（按：同一書而自相牴牾如此，當依後説爲是。）

虞　美　人

宜州見梅作〔一〕

　　天涯也有江南信〔二〕，梅破知春近。夜闌風細得香
遲〔三〕，不道曉來開遍向南枝。　　玉臺弄粉花應妬，飄
到眉心住〔四〕。平生箇裏願杯深〔五〕，去國十年老盡少
年心〔六〕。

〔一〕崇寧三年作。

〔二〕天涯句：南朝宋陸凱《贈范曄》："折花逢驛使，寄與隴頭人。江南無所有，聊贈一枝春。"江南信：春之使者，指梅花。

〔三〕夜闌句：蘇軾《臨江仙》："夜闌風靜縠紋平。"

〔四〕玉臺：妝臺。王昌齡《朝來曲》："盤龍玉臺鏡，唯待畫眉人。"弄粉：塗脂抹粉。《太平御覽·時序部》引《雜五行書》："宋武帝女壽陽公主人日臥於含章殿簷下，梅花落公主額上，成五出花，拂之不去。皇后留之，看得幾時，經三日，洗之乃落。宮女奇其異，競效之，今梅花妝是也。"

〔五〕箇裏：箇中、此中之意。王維《同比部楊員外夜遊》："香車寶馬共喧闐，箇裏多情俠少年。"

〔六〕去國句：山谷於崇寧三年（一一○四）到宜州，上距紹聖二年（一○九五）黔州之謫，正好十年。去國：離京，國指京都。

南 鄉 子

重陽日，宜州城樓宴集，即席作〔一〕。

諸將説封侯〔二〕，短笛長歌獨倚樓〔三〕。萬事盡隨風雨去，休休，戲馬臺南金絡頭〔四〕。　　催酒莫遲留，酒味今秋似去秋〔五〕。花向老人頭上笑，羞羞，白髮簪花不解愁〔六〕。

〔一〕崇寧四年作。王暐（或託佚名）《道山清話》："山谷之在宜也，其年乙酉，即崇寧四年也。重九日，登郡城之樓，聽邊人相語：'今歲當鏖戰，取封侯。'因作小詞云：（略。即本詞，字句有不同。）倚欄高歌，若不能堪者。是月三十日，果不起。范寥自言親見之。"

〔二〕諸將句：《後漢書·班超傳》：班超投筆嘆曰：大丈夫當"立功異

域,以取封侯,安能久事筆硯間乎!"

〔三〕短笛句:趙嘏《長安秋望》:"殘星幾點雁橫塞,長笛一聲人倚樓。"
　　此以諸將之熱中功名與己之超然獨處對比。《老子》二十章:"衆
　　人熙熙,如享太牢,如登春臺。我獨泊兮,其未兆,如嬰兒之未孩,
　　儽儽兮,若無所歸! 衆人皆有餘,而我獨若遺。我愚人之心也哉,
　　沌沌兮!"可參觀。山谷詩中多此類靜躁冷暖之對比。如《絕句》:
　　"富貴功名繭一盆,繰車頭緒正紛紛。肯尋冷淡做生活,定是著書
　　揚子雲。"又《次韻感春五首》:"高蓋相摩戛,騎奴爭道喧。吾人撫
　　榮觀,宴處自超然。"

〔四〕休休:猶言"已矣夫",即算了吧,完了。戲馬臺:見《定風波》注
　　〔七〕。此謂即使像劉裕在彭城戲馬臺歡宴重陽的盛會,也一去不
　　復返了。用此事切重陽,而金絡頭又切戲馬,也呼應開頭的諸將。

〔五〕酒味句:《道山清話》作"酒似今秋勝去秋",山谷詩多以美酒之可
　　愛對功名之虛無。以修辭和情趣言,《道山清話》句當更勝。

〔六〕花向三句:詠重九常由美酒而及黃花。此用擬人法寫花調侃詩
　　人:偌大年紀還要簪花自娛,却又不能解愁。其實是借花自嘲。
　　按《道山清話》末句作"人不羞花花自羞",成了詩人對花的調笑,
　　其造語脫胎於蘇軾:"人老簪花不自羞,花應羞上老人頭"(《吉祥
　　寺賞牡丹》),如此更顯幽默和達觀。二人於此皆反用杜甫《九日》
　　"苦遭白髮不相放,羞見黃花無數新"句意。

清　平　樂

晚春〔一〕

　　春歸何處〔二〕? 寂寞無行路。若有人知春去處,喚取
歸來同住〔三〕。　　　春無蹤跡誰知? 除非問取黃鸝。百
囀無人能解,因風飛過薔薇〔四〕。

〔一〕作年失考。

〔二〕春歸：白居易《落花》："留春春不住，春歸人寂寞。"韓愈《晚春》："草樹知春不久歸。"

〔三〕若有二句：白居易《大林寺桃花》："人間四月芳菲盡，山寺桃花始盛開。常恨春歸無覓處，不知轉入此中來。"韓愈《題于賓客莊》："縱使春歸可得知？"《能改齋漫録》卷十六："王逐客(王觀)送鮑浩然游浙東，作長短句云：'……才始送春歸，又送君歸去。若到江東趕上春，千萬和春住。'"《苕溪漁隱叢話》後集卷三九引此，以爲王詞"體山谷語也"。

〔四〕黃鸝：即黃鶯鳥。晚春正是黃鶯出没之時。王維《積雨輞川莊作》："陰陰夏木囀黃鸝。"此謂百計尋春而不得，唯有詢問黃鸝，而鳥語費解，則唯一希望也隨鳥飛去而破滅，留下的是無盡的悵惘。詞寫得一波三折，宛轉綢繆，真得風人之旨。俞平伯《唐宋詞選釋》："上片提出問題，下片自己試爲解答。'除非問取黃鸝'，鶯啼雖十分宛轉，卻無人能解。飛過薔薇，又是春盡的光景。全篇宛轉一意，但何以特提出這黃鸝呢？馮贄《雲仙雜記》卷二引《高隱外書》：'戴顒攜黃柑斗酒，人問何之，曰：往聽黃鸝聲。此俗耳鍼砭，詩腸鼓吹，汝知之乎！'這裏借寓自己身分懷抱，恐亦非泛泛之筆。"可參觀。

【評箋】 清吳衡照《蓮子居詞話》：山谷云："春歸何處……喚取歸來同住。"通叟云："若到江南趕上春，千萬和春住。"碧山云："怕此際春歸，也過吳中路，君行到處，便快折河邊千條翠柳，爲我繫春住。"三詞同一意，山谷失之笨，通叟失之俗，碧山差勝；終不若元梁貢父云："拚一醉留春，留春不住，醉里春歸。"爲灑脱有致。

滿　庭　芳〔一〕

修水濃青〔二〕，新條淡緑，翠光交映虛亭。錦鴛霜鷺，荷徑拾幽蘋〔三〕。香渡欄干屈曲,紅妝映、薄綺疏櫳〔四〕。風清夜〔五〕,橫塘月滿,水凈見移星。　　堪聽,微雨過,嫛姍藻荇〔六〕,瑣碎浮萍。便移轉胡牀,湘簟方屛〔七〕。練靄鱗雲旋滿〔八〕,聲不斷、簷響風鈴〔九〕。重開宴,瑤池雪滿,山露佛頭靑〔一〇〕。

〔一〕作年失考。

〔二〕修水:《方輿勝覽》卷十九:"在分寧西六十里,其源自郡城東北,流六百三十八里至海昏,又東流百二十里入彭蠡湖,以其遠,故曰修水。"

〔三〕錦鴛二句:寫鴛鴦、鷺鷥在荷花叢中採食蘋草。

〔四〕紅妝:盛妝美人。薄綺:輕薄的絲織品,此指美人之衣。櫳:窗格。

〔五〕風清夜:蘇軾《後赤壁賦》:"月白風清,如此良夜何!"

〔六〕嫛姍:緩行貌。藻荇:水草。

〔七〕湘簟:湘竹所編之蓆。

〔八〕練靄句:寫煙靄像白絹,雲彩如魚鱗,頃刻間布滿天空。

〔九〕簷響句:謂掛在簷間的鈴鐺遇風作響。元稹《飲致用神麴酒三十韻》:"遙城傳漏箭,鄉寺響風鈴。"

〔一〇〕瑤池:《穆天子傳》:"天子觴西王母於瑤池之上。"傳說在崑崙山上。林逋《西湖》:"春水凈於僧眼碧,晚山濃似佛頭靑。"二句寫山四周布滿白色雲氣,僅露靑色山頭。

【評箋】《唐宋名家詞選》引夏敬觀評:方之少游,靈動不足,嚴整有餘。

水 調 歌 頭〔一〕

瑤草一何碧〔二〕!春入武陵溪〔三〕。溪上桃花無數,花上有黄鸝。我欲穿花尋路，直入白雲深處，浩氣展虹蜺。祇恐花深裏，紅露濕人衣〔四〕。　　坐玉石，欹玉枕，拂金徽〔五〕。謫仙何處〔六〕？無人伴我白螺杯〔七〕。我爲靈芝仙草，不爲朱脣丹臉，長嘯亦何爲〔八〕？醉舞下山去，明月逐人歸〔九〕。

〔一〕作年失考。王灼《碧雞漫志》卷二引此詞，謂：“世傳爲魯直子建炎初見石耆翁，言此莫少虛作也。莫此詞本始，耆翁能道其詳。”可備一説。

〔二〕瑤草：神話中瑤姬所化之草。《山海經·中次七經》：“姑媱之山，帝女死焉，名曰女尸，化爲䔄草。”此猶言仙草。一何：多麽。

〔三〕武陵溪：陶淵明《桃花源記》：“晉太元中，武陵人捕魚爲業。緣溪行，忘路之遠近。忽逢桃花林，夾岸數百步，中無雜樹，芳草鮮美，落英繽紛。”此指景色幽絶處。

〔四〕我欲五句：擬蘇軾《水調歌頭》句律：“我欲乘風歸去，又恐瓊樓玉宇，高處不勝寒。起舞弄清影，何似在人間！”展：展現，化成。虹蜺：彩虹，古人以爲雄爲虹，雌爲蜺。濕人衣：王維《山中》：“山路元無雨，空翠濕人衣。”

〔五〕金徽：金飾琴徽。琴徽爲琴上定音標誌。

〔六〕謫仙：李白《玉壺吟》：“世人不識東方朔，大隱金門是謫仙。”又《對酒憶賀監》序：賀知章“一見余，呼余爲謫仙人”。

〔七〕白螺杯：用螺殼雕成的白色酒杯。

〔八〕靈芝：菌類，食之延年益壽，被認爲瑞草。此靈芝仙草指不朽之物，朱脣丹臉謂肉身凡體。既爲不朽，故不必如隱者長嘯，以養性延壽。長嘯：嘬口出聲爲嘯，《世説新語·棲逸》載阮籍於蘇門山中遇真人，“因對之長嘯”，真人亦嘯，“如數郭鼓吹，林谷傳響”。

〔九〕醉舞二句：李白《下終南山過斛斯山人宿置酒》：“暮從碧山下，山月隨人歸。”

蘇味道《正月十五日夜》:"暗塵隨馬去,明月逐人來。"

西　江　月

老夫既戒酒不飲,遇宴集,獨醒其旁。坐客欲得小詞,援筆爲賦。〔一〕

斷送一生惟有,破除萬事無過〔二〕,遠山橫黛蘸秋波〔三〕。不飲旁人笑我。　　花病等閒瘦弱〔四〕,春愁無處遮攔〔五〕。杯行到手莫留殘〔六〕,不道月斜人散〔七〕。

〔一〕作年失考。

〔二〕斷送二句:韓愈《遣興》:"斷送一生惟有酒,尋思百計不如閒。莫憂世事兼身事,須著人間比夢間。"又《贈鄭兵曹》:"當今賢俊皆周行,君何爲乎亦遑遑? 杯行到君莫停手,破除萬事無過酒。"《後山詩話》:"才去一字,遂爲切對,而語益峻。"

〔三〕遠山句:漢代趙飛燕妹合德爲薄眉,號遠山黛,見《趙飛燕外傳》。秋波:喻眼波。此寫侑酒女子的眉眼神情,"蘸"字傳神。沈雄《古今詞話》稱此句"不甚聯屬","南宋人謂其突兀之句翻成語病"。

〔四〕等閒:無端。

〔五〕遮攔:排遣。

〔六〕杯行句:見《次韻郭明叔長歌》注〔四〕張端義《貴耳集》卷下:"詩話謂作'莫留連',意思殊短。又嘗見山谷真蹟,乃是'更留殘',詞意便有斡旋也。"又王若虛《滹南詩話》稱嘗見"東坡書此詞墨跡",亦作"更留殘"。可參觀。袁文《甕牖閒評》卷五:黃太史詞云:"一盃春露莫留殘,與郎扶玉山。"又詞云:"盃行到手更留殘。"兩殘字下得雖險，而意思極佳。

〔七〕不道句：《詩詞曲語辭匯釋》卷四："不道，猶云不思也；不想也。
此反辭，意猶云何不思、何不想也。……黄庭堅《西江月》詞：'杯
行到手……'言何不思月斜人散後，無復會飲之樂乎。"

文選

跛奚移文〔一〕

女弟阿通歸李安詩，爲置婢，無所得，迺得跛奚。蹣跚離疏〔二〕，不利走趨，顙出屋檐〔三〕，足未達户樞，三嫗挽不來，兩嫗推不去〔四〕，主人不悦，廚人罵怒。黄子笑之曰："堯牽羊，而舜鞭之，羊不得食，堯舜俱疲。百羊在谷，牧一童子，草露晞而出，草露濕而歸，不亡一羊，在其指撝。故曰：使人也，器之〔五〕。物有所不可，則亦有所宜。警夜偷者不以馬，司晝漏者不以鷄〔六〕。準繩規矩，異用殊施。天傾西北，地缺東南〔七〕；尺有所不逮，寸有所覃〔八〕。子不通之〔九〕，則屨不可運土〔一〇〕，簣不可當屨〔一一〕，坐而睆之，小大俱廢。子如通之，則瞽者之耳，聾者之目，絕利一源，收功十百〔一二〕。事固有精於一則盡善〔一三〕，徧用智則無功，有所不能，乃有所大能焉。"

呼跛奚來："前，吾爲若詔之〔一四〕。汝能與壯士拔距乎〔一五〕？能與羣狙争芧乎〔一六〕？能與八駿取路乎〔一七〕？能逐三窟狡兔乎〔一八〕？"皆曰："不能。"曰："是固不能，閨門之内，固無所事此。今將詔若可爲者。汝無狀於行，當任坐作〔一九〕。不得頑癡〔二〇〕，自令謹飭〔二一〕。晨入庖舍，滌鎗瀹釜，料簡蔬茹，留精黜梬〔二二〕。臠肉法欲方，膾魚法欲長，起溲如截肪，煮餅深注湯，和糜勿投醯，薑臼晚用薑，蔥渫不欲焦，旋菹不欲黃〔二三〕。飯不欲著牙，揚盆勿駐沙〔二四〕。進火守煓，水沃沸鼎，斟酌蔪茞〔二五〕，生熟必告。姨嬬臨食，爬垢撩髮，染指舐杓，嗋截懷骨，事無小大，盡當關白〔二六〕。食了滌器，三正三反，抆拭髑潔，寢匙覆埦，陶瓦鬅素，視在謹數，兄弟為行，牡牝相當〔二七〕。日中事間，浣衣漱襦，器械器凈，謹循其初，素衣當白，染衣增色，栀鬱為黃，紅螺蚜光〔二八〕，挼藍杵草，茅蒐槖皁〔二九〕，漿胰粉白，無不媚好。燥濕處亭，尉帖坦平〔三〇〕，來往之役，資它使令。牛羊下來，喚雞棲桀，撐拒門關，閑護草竊，飲飯猫犬，堙塞鼠穴〔三一〕。凡烏攫肉，猫觸鼎〔三二〕，犬舐鎗，鼠窺甀，皆汝之罪也。春蠶三卧，升簇自裹〔三三〕，七晝七夜，無得停火。紓蔴藤葛，蕉任絺綌，錫疏手作〔三四〕，無有停時。緢緝偷工夫，一日得半工，一纓亦有餘〔三五〕。暑時蘊蒸，扇涼蜜冰，薰艾出蚊，冰盤去蠅。果生守樹，果熟守笝〔三六〕，執弓懷彈，驅嚇飛鳥。無得吮嘗，日使殘少，姆嫗罵譏〔三七〕，瘧痢泄嘔。天寒置籠〔三八〕，衣衾畢烘，搔癢抑痛，炙手捫凍〔三九〕。無事倚牆，鞵履可作，堂上啝呼，傳聲代諾〔四〇〕。截長續短，鳧鶴皆憂〔四一〕，持勤補拙，與巧者儔〔四二〕。凡前之爲，汝能之不？"跛奚對曰："我缺於足，猶全於手。如前之爲，雖勞何咎〔四三〕？"黃子曰："若是，則不既有用矣乎！"皆應曰："然。"無不意滿。

〔一〕山谷在元豐元年作《用明發不寐有懷二人爲韻寄李秉彝德叟》，

云：“安詩無恙時，學行超儕輩。”安詩爲山谷母舅李公擇長子李攄字，山谷有《李攄字説》。據此詩，李攄已卒，則此文之作當在元豐之前。秦觀《李公擇行狀》：“子男四人，長曰攄，揚州江都縣尉，蚤卒。”山谷在嘉祐四年至治平四年間，從李公擇在淮南，揚州爲淮南東路治所，則此文之作或在淮南時。跂奚：跂腿奴婢。奚，奴婢，見《周禮・天官・序官》。移文：即檄文，此謂曉喻之文。

〔二〕離疏：《莊子・人間世》：“支離疏者，頤隱於臍，肩高於頂，會撮（髮髻）指天，五管在上，兩髀爲脅。”支離疏即支離破碎之意，此指形體殘缺不全。

〔三〕顙（sǎng）：額頭。

〔四〕三嫗二句：《晉書・鄧攸傳》：爲吴郡守，離任時百姓挽留，歌曰：“鄧侯拖不留（《太平御覽》拖作挽），謝令推不去。”此用其句式。

〔五〕堯牽羊數句：《列子・楊朱》：“君見其牧羊者乎？百羊而羣，使五尺童子，荷箠而隨之，欲東而東，欲西而西。使堯牽一羊，舜荷箠而隨之，則不能前矣。”此化用其意，謂當量才而用人。晞：乾。指撝：即指揮。器：才能、本領，此用爲動詞，即用其才。《禮記・王制》：“瘖、聾、跛、躄、斷者，侏儒，百工各以其器食之。”《疏》：“器，能也。因其各有所能，供官役使，以廩餼食之。”

〔六〕司書漏：司，負責、管理；漏，漏壺，古計時器。蔡邕《獨斷》：“夜漏盡，鼓鳴則起，晝漏盡，鐘鳴則息。”此書漏即指漏刻、時間。

〔七〕天傾二句：《淮南子・天文訓》：“昔者共工與顓頊争爲帝，怒而觸不周之山，天柱折，地維絶。天傾西北，故日月星辰移焉；地不滿東南，故水潦塵埃歸焉。”

〔八〕尺有二句：《楚辭・卜居》：“夫尺有所短，寸有所長。”不逮：不及。覃（tán）：長。

〔九〕通：通達、曉暢。《易・繫辭上》：“一闔一闢謂之變，往來不窮謂之通。”此謂不拘泥，能因事制宜。

〔一〇〕屨：鞋子。

〔一一〕簣（kuì）：盛土竹器。

〔一二〕瞽者：盲人。絶利二句：見《二月二日曉夢……》注〔二三〕。利指耳目之利（敏鋭）。此謂盲人失明，則其聽力可收十百之功。

〔一三〕事固句：參見《道臻師畫墨竹序》注〔八〕。

〔一四〕詔：告，教訓，曉諭。

〔一五〕拔距：古代一種習武活動。《漢書·甘延壽傳》"投石拔距"注："拔距者，有人連坐相把據地，距以爲堅而能拔取之，皆言其有手掣之力。"

〔一六〕羣狙争芋：見《用前韻謝子舟……》注〔一三〕。

〔一七〕八駿：見《列子·周穆王》，穆王駕八駿之乘，周遊天下，至於崑崙。

〔一八〕三窟狡兔：見《戰國策·齊策》載馮諼事。

〔一九〕汝無二句：謂其行走不成樣子，却可做坐着之事。

〔二〇〕頑癡：愚昧、不靈活。

〔二一〕謹餙：謹慎周到。

〔二二〕庖舍：廚房。鎗：俗作鐺（chēng），此指鍋。瀹（yuè）：原意疏導，此謂洗滌。料簡：揀擇。蔬茹：蔬菜；茹，蔬菜之總稱。觕：即粗。

〔二三〕臠：魚肉塊，此作動詞。膾：細切。起溲：發酵。晉束皙《餅賦》："肴饌尚溫，則起溲可施。"截肪：切開的脂肪，曹丕《與鍾大理書》："稱美玉白如截肪。"此喻發酵之麪食。和糜：攪和搗碎。醯（xī）：醋。虀臼：在石臼中搗碎（葱、薑等物）。《世説新語·捷悟》：曹操過曹娥碑，見碑陰有"黃絹幼婦，外孫虀臼"八字。葱渫：《禮記·曲禮》："葱渫處末。"渫亦作渫，鄭注："渫，烝葱也。"渫，同渫。焦：枯黃。菹：用醋調和之菜，此用如動詞，謂趁蔬菜鮮嫩時馬上做成菹。

〔二四〕揚盆句：謂倒東西不要留下渣滓。

〔二五〕烓（gǐng）：灶。沃：灌注。斛：羹勺，此用如動詞，猶"調羹"。酌：挹取。薌：穀物香氣。嘬：可食之水草，此指芼羹，以菜雜肉之羹，見《禮記·内則》。

〔二六〕姨：傭婦。嬚(lán)：女子。染指：以手指拈菜。《左傳·宣公四年》：“楚人獻黿於鄭靈公……（子公）染指於鼎，嘗之而出。”訷(shì)：舔。嘬(chuài)：一口吞下。胾(zì)：大塊肉。懷：懷藏，挾帶。關白：報告。

〔二七〕扠拭：擦拭。蠲(juān)：通涓，清潔。寢匙：放置匙具，其狀如臥，故云“寢”。垸：即碗。髹(xūn)：漆，此指漆器。素：未上漆之器物。謹數：用心點數。兄弟、牝牡：指同類和配對的器物。

〔二八〕梔：一種常綠灌木，可作黃色染料。鬱：鬱金，多年生草本植物，冬時從地下莖採黃色粉狀物作染料。紅螺：唐劉恂《嶺表異錄》：“紅螺，大小亦類鸚鵡螺，殼薄而紅。”蚜光：即矴光，以石磨紙布等物，使光澤，此指用紅螺磨光。

〔二九〕挼藍：揉搓藍草。杵：舂搗。茅蒐：即茜草，可作深紅色染料，見《爾雅·釋草》。橐皂：橐吾與皂莢。漢史游《急就篇》：“半夏皂莢艾橐吾。”橐吾爲多年生常綠草本；皂莢一名鷄栖，果實可洗滌去污。

〔三〇〕漿：米湯，作漿衣用，使乾後平挺。胰：猪胰，浸酒中，冬日塗抹皮膚，可防皸裂。粉：女子用以傅面。《急就篇》：“芬薰脂粉膏澤筩。”顏師古注：“粉謂鉛粉及米粉，皆以傅面取光潔也。”此句或釋爲漿洗衣服如粉之白，亦通。處亭：安排停當。尉帖坦平：熨得平坦服帖。尉通熨。

〔三一〕牛羊數句：《詩·王風·君子于役》：“日之夕矣，羊牛下來。”“鷄棲於桀。”桀：小木椿。閑：防備。草竊：《尚書·微子》：“好草竊姦宄。”謂草野竊盜。飲飯：用作使動，餵飯喝水。堙塞：堵塞。

〔三二〕猫觸鼎：《北夢瑣言》卷七：唐盧延讓有詩云：“栗爆燒氈破，猫跳觸鼎翻。”爲前蜀王建所賞。盧自嘆：“不意得力於猫兒狗子也。”

〔三三〕春蠶二句：臥指蠶眠，三臥即蠶經三次蛻皮，不動不食方能成熟。簇：供蠶作繭之具。自裹：即吐絲結繭。

〔三四〕蕉：芭蕉，纖維可織布，稱蕉布。絺(chī)：細葛布；綌(xì)：粗葛布。錫：通緆，細布；疏：粗布。

〔三五〕紵：即縡；緝：績，謂將麻之纖維編爲綫。纓：帶子。句謂做條帶
　　　　子尚有盈餘。

〔三六〕筥(jǔ)：圓形竹筐。

〔三七〕姆：古時以婦道教女子的女教師，後亦以稱保姆。嫗：老婦。

〔三八〕籠：熏籠，作熏香、取暖、烘乾等用。

〔三九〕炙手句：謂在火上烤手，揉搓凍僵部分。捼(ruán)：兩手相揉摩。

〔四〇〕噭(jiào)：大聲呼叫。傳聲：向人傳達堂上之命。代諾：替人
　　　　應答。

〔四一〕截長二句：《莊子・駢拇》："是故鳧脛雖短，續之則憂；鶴脛雖長，
　　　　斷之則悲。故性長非所斷，性短非所續，無所去憂也。"此即順其
　　　　天性之意。

〔四二〕儔：同類，相等。

〔四三〕雖勞句：猶任勞任怨。

【評箋】　洪邁《容齋續筆》卷十五：黃魯直《跂奚移文》擬王子淵《僮
約》，皆極文章之妙。錢鍾書《管錐編》(三)二十六論王褒《僮約》：宋黃庭
堅倣作《跂奚移文》，琢詞警鍊。

上蘇子瞻書〔一〕

　　庭堅齒少且賤〔二〕，又不肖，無一可以事君子，故嘗望
見眉宇於眾人之中〔三〕，而終不得備使令於前後。伏惟閣
下學問文章，度越前輩；大雅豈弟，博約後來〔四〕；立朝以
直言見排擯，補郡輒上最課，可謂聲實於中，內外稱
職〔五〕。凡此數者，在人爲難兼，而閣下所蘊，海涵地
負〔六〕，此特所見於一州一國者耳。惟閣下之淵源如此，

而晚學之士不願親炙光烈〔七〕，以增益其所不能〔八〕，則非人之情也。借使有之，彼非用心於富貴榮辱，顧日暮計功，道不同不相爲謀〔九〕；則愚陋是已，無好學之志，"訑訑予既已知之"者耳〔一〇〕。

　　庭堅天幸，早歲聞於父兄師友，已立乎二累之外〔一一〕；獨未嘗得望履幕下，以齒少且賤，又不肖耳。知學以來，又爲禄仕所縻，聞閣下之風，樂承教而未得者也。今日竊食於魏，會閣下開幕府在彭門〔一二〕，傳音相聞，閣下又不以未嘗及門過譽斗筲，使有黃鍾大吕之重〔一三〕。蓋心親則千里晤對，情異則連屋不相往來，是理之必然者也，故敢坐通書於下執事〔一四〕。夫以少事長，士交於大夫，不肖承賢，禮故有數，似不當如此〔一五〕。恭惟古之賢者，有以國士期人，略去勢位〔一六〕，許通書者，故竊取焉。非閣下之豈弟，單素處顯，何特不可，直不敢也〔一七〕，仰冀知察。故又作《古風》詩二章，賦諸從者。《詩》云："我思古人，實獲我心〔一八〕。"心之所期，可爲知者道，難爲俗人言〔一九〕，不得於今人，故求之古人中耳〔二〇〕。與我並世，而能獲我心，思見之心，宜如何哉！《詩》云："既見君子，我心寫矣〔二一〕。"今則未見而寫我心矣！春候暄冷失宜〔二二〕，不審何如？伏祈爲道自重。

〔一〕元豐元年作，時山谷在北京，東坡知徐州。
〔二〕庭堅句：萬曆本作："某再拜：某齒少且賤"。"某"代"庭堅"。
〔三〕眉宇：眉額，代指容貌，此指東坡。
〔四〕大雅：才德高尚之士。豈弟：即愷悌，安樂和易貌。博約：《論語・子罕》："夫子循循然善誘人，博我以文，約我以禮。"博，使之廣博,即以文獻典籍豐富其知識。約,使受約束,即以禮儀制度來檢束行爲。後來:指後學、晚輩。

〔五〕排根(hén):排斥。補郡:出任州郡地方官。最課:宋制:官員任滿一年,由上級官府考核優劣,爲一考,考績優秀曰最。課,考績。聲實:指聲名與實質。萬曆本作"聲實相當"。内外:指朝廷和地方。

〔六〕海涵地負:稱其才德像海一樣兼收並蓄,像大地一樣負載萬物。

〔七〕親炙:親承教化,如受熏炙,見《孟子·盡心下》。光烈:光華與濃郁的香氣。

〔八〕以增益句:語出《孟子·告子下》。增益:增加,增强。

〔九〕顧:只是,不過。此句謂汲汲名利,只計功利得失。後句出《論語·衛靈公》,此謂這類人與東坡不同道,故不願受其教。

〔一〇〕訑訑(yí):傲慢自足貌。《孟子·告子下》:"夫苟不好善,則人將曰:'訑訑,予既已知之矣。'訑訑之聲音顔色距人於千里之外。"此擬愚陋者口吻,謂對其所言早已知之。

〔一一〕二累:指上述日暮計功和無好學之志兩種態度。

〔一二〕今日二句:山谷於熙寧五年除北京國子監教授,魏即指北京大名府,因其地約當漢之魏郡,北周又置魏州,故云。會:正逢。幕府:將帥在外以帳幕爲府署,後亦指衙署。彭門:彭城,指徐州,相傳堯封彭祖於此,爲大彭氏國,秦置彭城縣。此指東坡知徐州。

〔一三〕及門:親至老師門下受教。過譽:蘇軾《答黃魯直書》:"軾始見足下詩文於孫莘老之坐上,聳然異之,以爲非今世之人也。莘老言:'此人,人知之者尚少,子可爲稱揚其名。'軾笑曰:'此人如精金美玉,不即人而人即之,將逃名而不可得,何以我稱揚爲!'"斗筲:原爲容量很小的量器,此喻才識淺陋者,爲山谷自謙之詞。黃鍾、大呂:十二樂律中開頭兩音,聲調宏亮。此言東坡之贊譽使己聲名益重。

〔一四〕坐:遽然。下執事:在下當差者。用作敬稱,以示不敢直指其人,下之"從者"意同。句謂因此敢貿然給東坡寫信。

〔一五〕夫以五句：謂年少者事奉長者，位卑者與位高者交往，才識短淺
　　　　者承受賢人教誨，本應遵循一定的禮節，而不應像這樣貿然打擾。
　　　　禮數謂禮儀等級。《左傳・莊公十八年》：“王命諸侯，名位不同，
　　　　禮亦異數。”

〔一六〕國士：一國的傑出之士。略去：不加考慮。勢位：權勢職位。

〔一七〕非閣下四句：謂假如不是東坡和順樂易，己處孤單寒素之境地，
　　　　又有何不可，祇是不敢這樣，而希望其諒解。處顯：《莊子・天
　　　　地》：“不以王天下爲己處顯。”此作獨立特行解。萬曆本“單素”二
　　　　句作：“素處何特不可。”

〔一八〕二句出《詩・邶風・緑衣》。

〔一九〕可爲二句：出司馬遷《報任少卿書》。

〔二〇〕不得二句：即孟子所謂尚友古人之意，《萬章下》：“以友天下之善
　　　　士爲未足，又尚論古之人。……是以論其世也，是尚友也。”

〔二一〕二句出《詩・小雅・蓼蕭》。寫：抒發，傾吐。

〔二二〕春候句：謂春天氣候暖冷無常。

胡宗元詩集序〔一〕

　　士有抱青雲之器而陸沉林皋之下，與麋鹿同羣〔二〕，
與草木共盡，獨託於無用之空言，以爲千歲不朽之計〔三〕。
謂其怨邪？則其言仁義之澤也。謂其不怨邪？則又傷己
不見其人。然則其言不怨之怨也〔四〕。夫寒暑相推，草木
與榮衰焉，慶榮而弔衰，其鳴皆若有謂〔五〕，候蟲是也〔六〕。
不得其平，則聲若雷霆〔七〕，澗水是也。寂寞無聲，以宮商
考之，則動而中律，金石絲竹是也〔八〕。維金石絲竹之聲，
國風雅頌之言似之。澗水之聲，楚人之言似之〔九〕。至於

候蟲之聲,則末世詩人之言似之〔一〇〕。今夫詩人之玩於詞,以文物爲工〔一一〕,終日不休,若怨世之不知者,以待世之知者。然而其喜也,無所於逢;其怨也,無所於伐。能春能秋,能雨能暘,發於心之工伎,而好其音,造物者不能加焉。故余無以命之,而寄於候蟲焉〔一二〕。

清江胡宗元自結髮迄于白首,未嘗廢書〔一三〕,其胸次所藏,未肯下一世之士也,前莫輓,後莫推,是以窮於丘壑〔一四〕。然以其耆老於翰墨〔一五〕,故後生晚出,無不讀書而好文。其卒也,子弟門人次其詩爲若干卷,宗元之子遵道嘗與予爲僚〔一六〕,故持其詩來求序於篇首。觀宗元之詩,好賢而樂善,安土而俟時〔一七〕,寡怨之言也〔一八〕,可以追次其平生〔一九〕,見其少長不倦,忠信之士也。至於遇變而出奇,因難而見巧,則又似予所論詩人之態也〔二〇〕。其興託高遠則附於國風,其忿世疾邪則附於楚辭〔二一〕。後之觀宗元詩者,亦以是求之,故書而歸之胡氏。

〔一〕據山谷《胡宗元墓誌銘》,胡宗元諱堯卿,江西臨江軍新喻人。少以進士薦於鄉,再試不利,客游高安,年四十,築草堂於高安魯公嶺,隱居讀書二十年。熙寧六年應詔出山,授臨江軍長史,元豐五年五月卒,壽七十一。本文即作於此年,時山谷知吉州太和縣。

〔二〕青雲:喻高位或宏圖,青雲之器猶言經世之才。《史記·伯夷列傳》:"閭巷之人,欲砥行立名者,非附青雲之士,惡能施於後世哉?"器:才能。林臯:林下水邊。《莊子·知北游》:"山林歟,臯壤歟?"臯,水邊之地。與麋鹿同羣:劉峻《廣絶交論》:"耿介之士……獨立高山之頂,歡與麋鹿同羣。"此均指隱居。

〔三〕獨託二句:《史記·太史公自序》:"子曰:'我欲載之空言,不如見

之於行事之深切著明也。’”據《索隱》孔子此語見《春秋緯》。此化
用其語。千歲不朽：用曹丕《典論・論文》意，見《見子瞻粲字韻
詩和答……》注〔六六〕。此謂才識之士不爲世用，只能以文章爲
不朽。

〔四〕謂其三句：謂發揮温柔敦厚的傳統詩教，即詩既要怨刺，又要歸
於仁義，委婉含蓄。不怨之怨：即《詩大序》所云：“下以風刺上，
主文而譎諫”，“發乎情，止乎禮義。發乎情，民之性也；止乎禮義，
先王之澤也。”

〔五〕有謂：《莊子・齊物論》：“今我則已有謂矣，而未知吾所謂之，其
果有謂乎？其果無謂乎？”謂本指言説，此作“有意”解。杜甫：
《杜鵑行》：“聲音咽咽如有謂，號啼略與嬰兒同。”

〔六〕候蟲：隨不同季節出没的昆蟲。此數句用韓愈《送孟東野序》意：
“維天之於時也亦然，擇其善鳴者而假之鳴。是故以鳥鳴春，以雷
鳴夏，以蟲鳴秋，以風鳴冬。四時之相推敓（奪），其必有不得其平
者乎！”

〔七〕不得句：韓愈：“大凡物不得其平則鳴。”（同上）

〔八〕考：敲擊。《詩・唐風・山有樞》：“子有鐘鼓，弗鼓弗考。”宫商：
指古樂宫商角徵羽五聲音階，亦稱五音。律：樂律。此指以不同
的音階去演奏。金石絲竹：《禮記・樂記》：“金石絲竹，樂之器
也。”韓愈：“樂也者，鬱於中而泄於外者也，擇其善鳴者而假之鳴。
金石絲竹匏土革木，八者物之善鳴者也。”

〔九〕楚人之言：指以屈原爲代表的楚辭。

〔一○〕至於二句：候蟲之聲纖弱哀切，故以比末世之音。《詩大序》：“亂
世之音怨以怒，其政乖；亡國之音哀以思，其民困。”

〔一一〕文：文飾、描繪，用作動詞。物：事物。

〔一二〕暘：晴。《尚書・洪範》：“曰雨曰暘。”此謂詩人能描繪四時陰晴
之變化，極其工巧。工伎：工巧。山谷認爲詩人刻意追求詞藻音
律之美，雖窮妍盡態，也只如候蟲之鳴，它與胡宗元詩之興寄高遠
形成對比。

〔一三〕清江：臨江軍治所。結髮：指童年，古代男子自成童開始束髮。廢書：丟棄書本。

〔一四〕其胸次五句：謂其胸襟不凡，不願處一代傑出人物之下，但無人薦拔，故只得老於山林。輓：即挽，推挽，推舉，薦拔。莫：無人。

〔一五〕耆老：老人，耆宿，前輩。此有深通意。

〔一六〕宗元句：據《墓誌銘》："其子遵道登第，仕吉州太和縣主簿。"山谷爲太和令，與之同僚。遵道爲宗元第二子。

〔一七〕安土：安於故土。《易·繫辭上》："安土敦乎仁，故能愛。"《漢書·元帝紀》："安土重遷，黎民之性；骨肉相附，人情所願也。"胡宗元一生安居鄉里，在魯公嶺"藝松竹，灌圃畦，隱約林丘之下蓋二十年"，"始爲壽藏（墓穴）於魯公嶺，謂諸兒曰：'吾百歲後猶安樂此宅也。'"（《墓誌》）

〔一八〕寡怨之言：《論語·爲政》："言寡尤，行寡悔。"《禮記·表記》："虞夏之道，寡怨於民。"此化用之。

〔一九〕可以句：謂可從詩中想見其平生爲人。追次：追念，排比，編次。

〔二〇〕至於三句：《孫子·兵勢》："凡戰者，以正合，以奇勝。故善出奇者，無窮如天地，不竭如江河。"歐陽修《六一詩話》論韓愈詩："得韻窄，則不復旁出，而因難見巧，愈險愈奇。"此謂就其詩作之奇巧言，胡宗元又頗似前文所述工於詞章者。

〔二一〕興託：即興寄，指形象中寄寓的思想感情。國風：此代指《詩經》。比興寄託被認爲是《詩經》的優良傳統。忿世：憤恨世俗。疾邪：憎惡奸邪。漢趙壹有《刺世疾邪賦》。韓愈《雜説》："將憤世嫉邪，長往而不來者之所爲乎？"此謂其詩既有很高的藝術性，又有充實的思想內容。

東郭居士南園記〔一〕

以道觀分於嶄巖之上，則獨居而樂〔二〕；以身觀國於蓬藋之間,則獨思而憂〔三〕。士之處汙行以辭禄,而友朋見絶;自聾盲以避世〔四〕,而妻子不知,況其遠者乎〔五〕!東郭居士嘗學於東西南北,所與游居,半世公卿,而東郭終不偶。駕而折軸,不能無悶〔六〕;往而道塞〔七〕,不能無愠。退而伏於田里,與野老並耡,灌園乘屋〔八〕,不以有涯之生而逐無隄之欲〔九〕,久乃蓬然獨覺〔一〇〕,釋然自笑。問學之澤,雖不加於民,而孝友移於子弟;文章之報,雖不華於身,而輝光發於草木,於是白首肆志而無彈冠之心〔一一〕,所居類市隱也〔一二〕。揔其地曰"南園"〔一三〕,於竹中作堂曰"青玉",歲寒木落而視其色,風行雪墮而聽其聲,其感人也深矣。據羣山之會,作亭曰"翠光",逼而視之,土石磊砢〔一四〕,繚以松楠;遠而望之,攬空成色〔一五〕,下與黼黻文章同觀〔一六〕。其曰翠微者,草木金石之氣邪?其曰山光者,日月風露之景邪?不足以給人之欲,而山林之士甘心焉〔一七〕,不知其所以然而然也〔一八〕。因高作閣曰"冠霞",鮑明遠詩所謂"冠霞登綵閣,解玉飲椒庭"者也〔一九〕。蟬蜕於市朝之溷濁,翳心亨之葉,而乾没之輩不能窺是臞儒之僊意也〔二〇〕。其宴居之齋曰"樂静"。蓋取兵家《陰符》之書曰:"至樂性餘,至静則廉〔二一〕。"《陰符》則吾未之學也,然以予説之,行險者躁而常憂,居易者静而常樂〔二二〕,則東郭之所養可知矣。其經行之亭曰"浩然"〔二三〕。委而去之,其亡者,莎鷄之羽;逐而取之,其折者,大鵬之翼〔二四〕。通而萬物皆授職,窮而萬物不能攖〔二五〕,豈在彼哉〔二六〕!由是觀之,東郭似聞道者也。

東郭聞若言也〔二七〕,曰:"我安能及道!抑君子所謂'困於心,衡於慮,而後作'者也〔二八〕。我爲子家壻,軒冕

不及門，子之姑氏懟我不才者數矣〔二九〕。殆其能同樂於
丘園，今十年矣！可盡記子之言，我將劖之南園之石。它
日御以如臯，雖不獲雉，尚其一笑哉〔三〇〕！”予笑曰：“士
之窮乃至於是夫！”於是乎書東郭之鄉族名字，曰新昌蔡
曾子飛，作記者豫章黄庭堅。

〔一〕據文稱，東郭居士爲新昌蔡曾子飛，新昌屬江南西路筠州，文當作
　　　于山谷爲吉州太和令時。
〔二〕以道二句：《莊子·天地》：“以道觀言而天下之君正，以道觀分而
　　　君臣之義明。”分：名分。嶄巖：即巉巖。淮南小山《招隱士》：“谿
　　　谷嶄巖兮水曾波。”指隱士所居之山林。此借用《莊子》語，謂從天
　　　道的高度來看萬物的名分，則無彼此之分，故能超然而樂。
〔三〕以身二句：《易·觀》：“觀國之光，利用賓於王。”蓬蓽：草名，亦指
　　　用草編的簡陋門户。此謂身居草野，由自身而念及國事，則心有
　　　憂思。
〔四〕自聾盲：指不問世事。
〔五〕遠者：關係較親朋更爲疏遠者。
〔六〕駕而句：《漢書·景十三王傳》：“上徵榮（臨江王劉榮），榮行，祖
　　　於江陵北門。既上車，軸折車廢。江陵父老流涕竊言曰：‘吾王不
　　　反矣。’”此喻遭遇挫折。不能無悶：《易·乾·文言》：“龍德而隱
　　　者也，不易乎世，不成乎名，遯世無悶。”此反用之。
〔七〕道塞：指仕進之途阻塞。《後漢書·二十八將傳論》：“遂使縉紳
　　　道塞，賢能蔽壅。”
〔八〕乘屋：即蓋屋。《詩·豳風·七月》：“亟其乘屋。”鄭玄箋：“乘，
　　　治也。”
〔九〕不以句：《莊子·養生主》：“吾生也有涯，而知也無涯。以有涯隨
　　　無涯，殆已！”《左傳·成公二年》：“以逞無疆之欲。”
〔一〇〕蘧然：驚覺貌，見《莊子·大宗師》。獨覺：修道者稱獨自悟道爲

獨覺。《俱舍論》十二：“言獨覺者，謂現身中離稟至教，唯自悟道。”道家亦有類似之説。

〔一一〕肆志：放縱情志。《莊子·繕性》：“故不爲軒冕肆志。”《史記·魯仲連傳》：“吾與富貴而詘於人，寧貧賤而輕世肆志焉。”彈冠：指出仕。語出《漢書·王吉傳》。

〔一二〕市隱：居於市中而游心寂寞，形同隱居。王康琚《反招隱》：“小隱隱陵藪，大隱隱朝市。”《晉書·鄧粲傳》：“夫隱之爲道，朝亦可隱，市亦可隱。”

〔一三〕揔：同總，聚合。

〔一四〕磊砢：衆石累積貌。

〔一五〕攬空句：謂把取秀麗的景色。李白《登廬山五老峰》：“九江秀色可攬結。”

〔一六〕黼黻(fú fú)文章：原指禮服上的花紋圖案，此指絢爛的景色。

〔一七〕不足二句：謂山水景物不能滿足人之欲求，但隱居之士却對此感到舒心快意。《左傳·莊公九年》：“請受而甘心焉。”

〔一八〕不知句：《莊子·達生》：“吾生於陵而安於陵，故也；長於水而安於水，性也；不知吾所以然而然，命也。”此謂怡情山林而不知個中之因。

〔一九〕句出鮑照《代昇天行》。錢仲聯《鮑參軍集註》引呂向説：“冠霞，謂從仙也。解玉，謂去仕也。”椒庭：即宮庭，此指天宮。漢后妃之宮以椒和泥塗壁，取其溫香多子之義。

〔二〇〕蟬蜕三句：《史記·屈原列傳》：“蟬蜕於濁穢，以浮游塵埃之外。”翳：遮掩，覆蓋。心亨：内心通達。《易·坎·彖辭》：“維心亨，乃以剛中也。”乾没之輩：投機射利之徒。臞：同癯，清瘦。臞儒：此指郭居士。

〔二一〕《陰符》：《陰符經》，舊題黃帝撰，一卷，有太公、范蠡、鬼谷子、張良、諸葛亮、李筌等六家注，内容多道家修煉之術。晁公武《郡齋讀書志》引山谷跋語，稱此書雜糅兵家語，妄託諸賢訓注，實爲唐李筌之偽託。“至樂”句出《陰符經》下篇。

〔二二〕行險二句：《禮記·中庸》：“故君子居易以俟命，小人行險以徼幸。”疏：“君子以道自處，恒居平安之中，以聽待天命也。”“小人以惡自居，恒行險難傾危之事，以徼求榮幸之道。”此即化用其意。

〔二三〕浩然：《孟子·公孫丑下》：“予然後浩然有歸志。”切歸隱之意。

〔二四〕委而六句：謂委棄世俗，所失者微不足道，如莎鷄之羽翼；追逐名利，所受之挫折，如大鵬之翅膀。委而去之：語出《孟子·公孫丑下》。莎鷄：即絡緯、紡織娘，其翅極薄。大鵬：《莊子·逍遙遊》中所寫飛鳥，“其翼若垂天之雲”。

〔二五〕通而二句：謂如命運通達順利，則萬物各盡職分，爲他效力；如困頓窮乏，則萬物不能擾亂其心。授：提供、進獻。攖：擾亂。《莊子·大宗師》：“其爲物無不將也，無不迎也，無不毀也，無不成也，其名爲攖寧。”“攖寧”即雖受干擾而寧静如故。

〔二六〕豈在彼哉：彼指外物，此謂主動權不在於物，而在於己，即得道者能轉物而不爲物轉，亦即《莊子·山木》“物物而不物於物（主宰外物而不爲外物所役使）”之意。

〔二七〕若言：這樣的話。

〔二八〕困於心三句：出《孟子·告子下》。意謂心意困苦，思慮阻塞，才有此行爲。

〔二九〕子之句：事不詳。懟（duì）：怨恨。不才：没有才能。數：多次，經常。

〔三〇〕它日三句：《左傳·昭公二十八年》：“昔賈大夫惡（貌醜），娶妻而美，三年不言不笑。御以如皋，射雉獲之，其妻始笑而言。”御：駕車。如皋：至水邊之地。

毁　　璧〔一〕

夫人黄氏，先大夫之長女。生重瞳子，眉目如畫，玉

雪可念。其爲女工，皆妙絶人〔二〕。幼少能自珍重，常欲
鍊形仙去。先大夫棄諸孤早，太夫人爲家世堙替，持孤女
託，以夫人歸南康洪民師。民師之母文成縣君李氏，太夫
人母弟也〔三〕。治《春秋》甚文，有權智如士大夫〔四〕。夫
人歸洪氏，非先大夫意，怏怏逼之而後行，爲洪氏生四男
子，曰：朋、窫、炎、羽，年二十五而卒。民師亦孝謹，喜讀
書，登進士第，爲石州司户參軍，奔父喪客死。文成君聞
夫人初不願行，心少之，故夫人歸則得罪。及舅與夫皆
葬〔五〕，夫人不得藏骨於其域，焚而投諸江，是時朋、窫、
炎、羽未成人也。其卒以熙寧庚戌〔六〕，其舉而棄之，以元
豐甲子某月。夫人殁後十有四年，太夫人始知不得葬，哭
之不成聲，曰："使是子安歸乎？"其兄弟無以自解説，念夫
人，建洪氏之廟南康廬山之下。故刻石於廬山，築亭以麻
之〔七〕，髣髴其平生而安之。

　　毁璧兮隕珠〔八〕，執手者兮問過。愛憎兮萬世一
軌〔九〕，居物之忌兮〔一〇〕，固常以好爲禍。羞桃茢兮飯
汝，有席兮不嬪汝坐〔一一〕。歸來兮逍遥，采芝英兮禦
餓〔一二〕。淑善兮清明，陽春兮玉冰〔一三〕。畸於世兮天脱
其縷，愛胃人兮生冥冥〔一四〕。棄汝陽侯兮，遇汝曾不如
生〔一五〕。未可以去兮，殆而其雛嬰〔一六〕。眾雛羽翼兮故
巢傾〔一七〕！歸來兮逍遥，西江浪波兮何時平！山岑岑兮
猿鶴同社〔一八〕，瀑垂天兮雷霆在下，雲月爲晝兮風雨爲
夜，得意山川兮不可繪畫。寂寂無朋兮去道如咫〔一九〕，彼
幽坎兮可謝，歸來兮逍遥，增膠兮不聊此暇〔二〇〕。

〔　一　〕《年譜》據"夫人殁後十有四年"推定此文作於元豐六年。然序文

中又有"元豐甲子(七年)"語,則此文當作於七年或其後。六年山谷移官德平,途中曾返家省親,獲知胞妹死無葬身之地,楚辭體之正文或作於此時,而序文則於後補作,如陶淵明之《歸去來兮辭》序作於後,確否待考。山谷飽蘸血淚寫下的這篇悼文,披露了家長制壓迫下一個青年女子的悲劇。也許是因涉及洪氏,所以洪炎在編定山谷集時删去了,今收於《別集》。吳曾《能改齋漫録》卷十四亦載此文。

〔二〕夫人七句:陳師道爲山谷母李夫人作墓銘,云:"四女,有婦行,長爲洪氏婦,其死不幸,校理(山谷)是以賦《毀璧》也。"先大夫:山谷父黄庶。重瞳子:眼中有兩個瞳子,相傳舜與項羽皆重瞳。女工:即女紅、女功,舊時婦女應從事的各種工作。

〔三〕太夫人五句:太夫人,山谷母,陳師道《墓銘》:"康州(山谷父)卒,子稚而貧,夫人以喪還葬豫章,遣子就學,或勸以利,夫人曰:'自我家及兒父時,未嘗不貧,何用利!'"埃替:衰敗。此處四庫本及萬曆本皆殘缺,"持孤女託"四字據《能改齋漫録》增補,然亦難通。南康:南康軍,屬江南東路,治星子縣。母弟:同母之弟,此指女弟,即妹。

〔四〕治《春秋》二句:山谷《洪氏四甥字序》:"洪氏四甥,其治經皆承祖母文成君講授。文成賢智,能立洪氏門户,如士大夫。"

〔五〕舅:丈夫之父,公公。

〔六〕熙寧庚戌:神宗熙寧三年。

〔七〕庥(xiū):庇蔭。

〔八〕毀璧句:痛惜人亡。潘岳《楊仲武誄》:"春蘭擢莖,方茂其華;荆寶挺璞,將剖於和。含芳委耀,毀璧摧柯,嗚呼仲武,痛哉奈何!"

〔九〕愛憎句:謂世間盡管愛憎紛紜,但殊途同歸。意即恩恩怨怨,都歸一死。見《寄李次翁》注〔三〕。韓愈《秋懷》:"浮生雖多途,趨死惟一軌。"

〔一〇〕居物之忌:受人忌恨。物,他人。

〔一一〕羞:進獻。桃茢(liè):桃枝所編掃帚,用以掃除不祥。殯葬時先用它袚除凶邪,《左傳・襄公二十九年》:"乃使巫以桃茢先袚殯。"
飯:即飯含,以珠玉貝米之類納於死者口中。嬪:尊稱死去的婦
人。《禮記・曲禮》:"生曰父、曰母、曰妻;死曰考、曰妣、曰嬪。"此
作動詞,即以禮葬之。

〔一二〕歸來二句:《楚辭・招魂》:"魂兮歸來哀江南。"又《九歌・湘君》:
"聊逍遥兮容與。"芝英:瑞草,司馬相如《大人賦》:"呼吸沆瀣兮
餐朝霞,噍咀芝英兮嘰瓊華。"四庫本作"雲英",雲母之一種,服之
長生。此想像其死後成仙。

〔一三〕淑善二句:贊其人品。陽春言其温和,玉冰喻其純潔。曹植《光
禄大夫荀侯誄》:"如冰之清,如玉之潔。"

〔一四〕畸於世二句:《莊子・大宗師》:"畸人者,畸於人而侔於天。"畸通
奇,即不偶,此言與人世不合,指黃氏不爲洪家所容。纓:束縛,
言死使其解脱。愛:愛欲,愛憎之情。罥:掛,此謂纏繞。佛教以
爲人有愛欲,如受纏縛。冥冥:昏昧。

〔一五〕棄汝二句:謂棄骨灰於江中,待其不如牲口。陽侯:波神,見《楚
辭・哀郢》,又《淮南子・覽冥訓》"陽侯之波",高誘注:"陽侯,陵
陽國侯也,其國近水,溺水而死,其神能爲大波。"生:即牲,此用
"生"乃有意隱其詞。《論語・鄉黨》:"君賜生,必畜之。"《疏》:"君
賜己牲之未殺者,必畜養之,以待祭祀之用也。"

〔一六〕未可二句:謂不能就此撒手而去,因爲孩子尚小。殆:危險。《論
語・微子》:接輿歌曰:"已而,已而,今之從政者殆而!"

〔一七〕羽翼:羽翼長成,指成人。

〔一八〕猿鶴同社:與猿鶴爲友。社:志趣相投者結成的團體。韓愈《柳
州羅池廟碑》:"春與猨吟兮秋鶴與飛。"又《南溪始泛》:"願爲同社
人,鷄豚燕春秋。"

〔一九〕去道如咫:謂離天道僅咫尺之遥。《國語・楚語下》:"是知天
咫。"《禮記・中庸》:"子曰:'道不遠人,人之爲道而遠人,不可以
爲道。'"《文子・原道》:"大道坦坦,去身不遠。"此言黃氏雖孤單
寂寞,却與天道親近。

〔二〇〕幽坎：墓穴、冥間。謝：辭却。膠：困擾不安。聊：樂。此三句文義晦澀，意謂不必待在幽暗的地下，還是歸來逍遙，否則徒增煩憂而不能樂此閑暇。

【評箋】 劉壎《隱居通議》卷四：至宋豫章公，用功於騷甚深，其所作亦甚似，如《毀璧》一篇，則其尤似者也。朱文公爲之序曰：“《毀璧》者，豫章黃太史庭堅之所作也。太史以能詩致大名，而尤以楚辭自喜，然以其有意於奇也太甚，故論者以爲不詩若也。獨此篇爲其女弟而作，蓋歸而失意於其姑，死而猶不免於水火，故其詞極悲哀而不暇於作爲，乃爲賢於他語云。”其詞曰……。此詞三章，一章言其失愛於姑也，二章言其死而不免於水火也，三章言其死後山川寂寥也。每章以“歸來兮消搖”句結之，卒章疑有誤字。公作此詞，清峭而意悲愴，每讀令人情思黯然。

黃幾復墓誌銘〔一〕

吾友幾復諱介。南昌黃氏有田西山下已數世〔二〕，不知其所從來。父書以天文經緯，言人事畸耦如神〔三〕。幾復與其兄甲皆授學〔四〕，其父試以迎日〔五〕，求五緯法〔六〕，曰：“先得者傳焉。”甲以二日，幾復以十日。其父曰：“甲可世家〔七〕，介可爲儒。”而二子皆以卒業〔八〕。

幾復年甚少則有意於六經，析理入微〔九〕，能坐困老師宿學。方士大夫未知讀莊老時，幾復數爲余言：“莊周雖名老氏訓傳〔一〇〕，要爲非得莊周，後世亦難趨入；其斬伐俗學〔一一〕，以尊黃帝、堯、舜、孔子，自揚雄不足以知之〔一二〕。”予嘗問名消搖游〔一三〕，幾復曰：“消者如陽動而冰消〔一四〕，雖耗也而不竭其本。搖者如舟行而水搖，雖動也而不傷其內。游於世若是，唯體道者能之〔一五〕。常恨魏晉已來誤隨向郭，陷莊周爲齊物〔一六〕。尺鷃與海鵬，之二蟲又何知，乃能消搖游乎〔一七〕？”其後十年，王氏父子以經術師表一世〔一八〕，士非莊老不言。予戲幾復曰：“微言可以市矣。”幾復曰：“吾安能希價於咸陽，而與稷下爭辯哉〔一九〕！”

熙寧九年，乃得同學究出身〔二〇〕，調程鄉尉〔二一〕，論民事與令不同而直，移長樂尉〔二二〕，舉廣州教授〔二三〕。嶺南人士承幾復講辭章句，聞所未聞，稍有知名者。改楚州團練推官〔二四〕，知四會縣〔二五〕。新興民岑探自言有神下之〔二六〕，越俗機鬼〔二七〕，相傳數郡，推宗焉〔二八〕。新州捕得探兄弟妻子繫治，探欺野人言：“吾能三呼陷新州城。”不逞子及老弱從者以百數〔二九〕，至城下，言不效，皆潰去。而新州聲張，以爲豪賊挾衆攻城。經略使遣將童政捕斬〔三〇〕，而官軍所遇薪水行商皆殺之〔三一〕，亦檄幾復護槍手策應〔三二〕。幾復察童政部曲多不法，即自言：“經略司不隸將，下得以土丁捕賊〔三三〕。”且言：“童政所效首級，莫非王民，斲已瘞之棺，刳方娠之婦，一童政之禍，百岑探不足云。”其後皆如幾復所言。用薦者，改宣德郎知永新縣〔三四〕。幾復仕於嶺南蓋十年，故中朝士大夫多不識知。其至京師也，言均減二廣丁米事〔三五〕，頗便民，諸公將稍用之，而幾復死矣！蓋元祐三年四月乙巳。

娶胡氏，四子。一男曰槃。三女：長嫁梅州司理參軍王鎮〔三六〕，次許嫁番禺王逵〔三七〕，季尚小。幾復孝友忠信，可與同安共危，喜言天下奇士，胸次磈磊，不以細故輕重人〔三八〕。甞與詩人袁陟游〔三九〕,亦工爲五言,似韋蘇州〔四〇〕。其客死,遂調其棺斂〔四一〕,又護其喪歸葬,請銘焉。遂聞義士也〔四二〕,尚能保佑其惸嫠〔四三〕。銘曰:

嗚呼幾復!信道以後時,見微而不戮〔四四〕。啓予手足,子歸不辱〔四五〕;西山之封,其倩所築〔四六〕。太史司馬,實多外孫,女歸有子,其似斯文〔四七〕。

〔一〕黃幾復卒於元祐三年,墓誌之作或在同年。

〔二〕西山:又名南昌山。《輿地紀勝·隆興府》:"在新建西,大江之外,高二千丈,周三百里,壓豫章數縣之地。"

〔三〕天文:天象。經:經星,即恒星,指二十八宿。《穀梁傳·莊公七年》:"恒星者,經星也。"緯:緯星,行星,《史記·天官書》:"水、火、金、木、填星,此五星者,天之五佐,爲緯。"畸耦:即奇偶,指命運不順與順。《易·繫辭上》:"仰以觀於天文,俯以察於地理,是故知幽明之故。"《晉書·張華傳》:"華聞豫章人雷焕妙達緯象,乃要焕宿,屏人曰:'可共尋天文,知將來吉凶。'"此謂幾復之父操占卜之業,上觀星象,以測人事吉凶,靈驗如神。

〔四〕授學:從父學習。授通受。

〔五〕迎日:《史記·五帝本紀》:"獲百鼎,迎日推策。"《集解》:"日月朔望,未來而推之,故曰迎日。"迎,推算。

〔六〕五緯:五大行星,見注〔三〕,又名歲星(木)、熒惑(火)、鎮星(土)、太白(金)、辰星(水)。

〔七〕世家:繼承家學。《漢書·賈誼傳》:"賈嘉最好學,世其家。"

〔八〕卒業:完成學業。

〔九〕析理入微:語見《晉書·葛洪傳》,謂分析事理至於細微處。

〔一〇〕莊周句:《莊子》被認爲是闡發《老子》思想的。《史記·老子韓非列傳》:"莊子者,蒙人也,名周……其學無所不闚,然其要本歸於老子之言。"

〔一一〕斬伐：砍伐，引申爲討伐。《詩・小雅・雨無正》：“斬伐四國。”

〔一二〕自揚雄句：此着眼於揚雄以儒爲本，兼取道家的思想特色。《法言・問道篇》：“老子之言道德，吾有取焉耳；及搥提仁義，絶滅禮學，吾無取焉耳。”“或曰：莊周有取乎？曰：少欲。……至周罔君臣之義……雖鄰不覩也。”

〔一三〕消摇游：即逍遥遊，《莊子》開宗明義的第一篇，也是其哲學之最高境界。《淮南子・俶真訓》：“芒然仿佯於塵埃之外，而消摇於無事之業。”

〔一四〕陽動而冰消：《史記・天官書》：“雷電、蝦虹、辟歷：夜明者，陽氣之動者也，春夏則發，秋冬則藏。”《鬼谷子・捭闔》：“陽動而行，陰止而藏。”

〔一五〕體道：得道，領悟天道。

〔一六〕常恨二句：魏晉時向秀、郭象注《莊子》，認爲萬物祇要自適其性即可逍遥，其《逍遥遊》注：“苟足於其性，則雖大鵬無以自貴於小鳥，小鳥無羨於天池，而榮願有餘矣。”據《世説新語・文學》，諸名賢“不能拔理於郭、向之外”，支道林“卓然標新理於二家之表”。劉孝標注引向、郭之義：“夫大鵬之上九萬，尺鷃之起榆枋，大小雖差，各任其性，苟當其分，逍遥一也。”又引支氏《逍遥論》，支氏以爲祇有無待的“至人”才能逍遥，適性不是逍遥。《高僧傳・支遁傳》引其語：“夫桀跖以殘害爲性，若適性爲得者，彼亦逍遥矣！”

〔一七〕尺鷃(斥鷃)：一種小雀。海鵬：大鵬。《逍遥遊》寫鯤化爲鵬，將飛往南冥，爲斥鷃取笑。連蜩(蟬)與學鳩(斑鳩)亦笑之，故莊子云：“之二蟲又何知！”此化用之，而二蟲則指鷃與鵬。

〔一八〕王氏句：熙寧八年頒王安石《三經新義》於學官，以爲取士之標準，參見《有懷半山老人再次韻》注〔二〕。蔡絛《鐵圍山叢談》卷三亦有記述。

〔一九〕希價於咸陽：見《次韻答邢惇夫》註〔一二〕。稷下：《史記・田敬仲完世家》：“(齊)宣王喜文學游説之士，自如騶衍、淳于髡、田駢、接予、慎到、環淵之徒七十六人，皆賜列第，爲上大夫，不治而議論。

是以齊稷下學士復盛,且數百千人。"齊臨淄有稷門,故云。其學士皆能言善辯,有"談天衍,雕龍奭"之稱,見《孟子荀卿列傳》。

〔二〇〕同學究出身:宋時取士諸科録取等第,有及第、出身、同出身等類。學究爲諸科之一,次於進士科,應試者回答某一經書的義疏、訓注等問題。

〔二一〕程鄉:屬廣南東路梅州,爲州治(今廣東梅州市)。

〔二二〕長樂:屬循州,在梅州西南。

〔二三〕教授:學官名,慶曆四年設於州學,負責訓導考核學生。

〔二四〕楚州:屬淮南東路,治所在山陽(今江蘇淮安)。團練推官:寄禄官名,僅示品級。

〔二五〕四會:屬廣南東路端州。

〔二六〕新興:新州治所,在端州南。

〔二七〕越俗機鬼:《淮南子·人間訓》:"荆人鬼,越人機。"機,祈求鬼神,降福消災。

〔二八〕推宗焉:推舉岑探爲首領。

〔二九〕不逞子:爲非作歹之徒。

〔三〇〕經略使:官名,不常置,總一路兵民之政,由各路帥府之知州(府)兼任。

〔三一〕薪水行商:打柴汲水者及行旅客商。

〔三二〕檄:用文書通告。

〔三三〕經略司:經略使官署。土丁:鄉兵之一,農閑教習武藝,維持治安。按:原句難解,"不"與"下"當前後互換,方通。

〔三四〕用薦者:因而受到推薦。宣德郎:寄禄官名。永新:屬江南西路吉州。

〔三五〕丁米:即身丁錢。除四川外,南方各路每歲按身丁徵收錢米,此制沿自五代,雖間有捐除,但直至南宋仍極普遍。北宋以男子二十爲丁,六十爲老。

〔三六〕司理參軍:曹官之一,掌獄訟審訊。

〔三七〕番禺:廣南東路及廣州治所,今廣州。

〔三八〕細故：瑣事、細節。輕重：輕視與看重，此爲偏義複詞，指前者。曹操《與孔融書》：“夫立大操者，豈累細故！”

〔三九〕袁陟：《宋詩紀事》卷十六：“陟字世弼，號遯翁，南昌人。慶曆六年進士，知當塗縣，官止太常博士卒。”《苕溪漁隱叢話》前集卷三七引《潘子真詩話》：袁陟“没時纔三十四歲。自作墓銘，叙其平生。有詩文十卷，號《遯翁集》。”

〔四〇〕似韋蘇州：《苕溪漁隱叢話》（同上）引《王直方詩話》：“世弼能爲詩，慕韋應物，而遒麗奇壯過之。”然則幾復與世弼爲同調。

〔四一〕遽調句：《漢書·趙廣漢傳》：“豫爲調棺，給斂葬具。”調，操持辦理。

〔四二〕聞義：《論語·述而》：“聞義不能徙，不善不能改，是吾憂也。”

〔四三〕惸(qióng)嫠(lí)：無兄弟與無丈夫者，指孤苦之人。

〔四四〕見微句：謂見微知著，不枉殺無辜。

〔四五〕啓予二句：《論語·泰伯》：“曾子有疾，召門弟子曰：‘啓予足，啓予手。’”啓：視。歸：指死。《爾雅·釋訓》：“鬼之爲言歸也。”《列子·天瑞》：“古者謂死人爲歸人。”司馬遷《報任安書》：“太上不辱先，其次不辱身，其次不辱理色，其次不辱辭令。”臨終視手足，以全軀而終爲幸。此指幾復善終。

〔四六〕封：墳墓，《易·繫辭下》：“古之葬者……不封不樹。”倩：女壻。

〔四七〕太史四句：《漢書·楊惲傳》：“惲母，司馬遷女也。惲始讀外祖《太史公記》，頗爲《春秋》，以材能稱，好交英俊諸儒，名顯朝廷。”歸：出嫁。

寫　真　自　贊〔一〕

余往歲登山臨水〔二〕，未嘗不諷詠王摩詰輞川别業之篇〔三〕，想見其人，如與並世。故元豐間作“能詩王右轄”

之句〔四〕，以嘉素寫寄舒城李伯時，求作右丞像。此時與伯時未相識，而伯時所作摩詰偶似不肖，但多髯爾。今觀秦少章所畜畫像甚類而瘦，豈山澤之儒故應臞哉〔五〕？少章因請余自贊。贊曰：

飲不過一瓢，食不過一簞〔六〕，田夫亦不改其樂，而夫子不謂之能賢，何也？顏淵當首出萬物，而奉以四海九州，而享之若是，故曰：“人不堪其憂〔七〕。”若余之於山澤，魚在深藻，鹿得豐草，伊其野性則然〔八〕，蓋非抱沈陸之屈，懷迷邦之寶〔九〕，既不能詩成無色之畫，畫出無聲之詩，又白首而不聞道，則奚取於似摩詰爲〔一○〕？若乃登山臨水，喜見清揚〔一一〕，豈以優孟爲孫叔敖，虎賁似蔡中郎者耶〔一二〕？

或問魯直：“似不似汝？”似與不似，是何等語！前乎魯直，若甲若乙，不可勝紀；後乎魯直，若甲若乙，不可勝紀。此一時也，則魯直而已矣。一以我爲牛，予因以渡河而徹源底；一以我爲馬，予因以日千里〔一三〕。計魯直之在萬化，何翅太倉之一稊米，吏能不如趙張三王，文章不如司馬班揚〔一四〕。顧顧以富貴酖毒，而酖毒不能入其城府〔一五〕，投之以世故豺虎，而豺虎無所措其爪角，則於數子有一日之長〔一六〕。

〔一〕作年失考。元祐間，李伯時與秦少章（秦觀弟覯）俱在京師，四年夏，東坡出知杭州，秦少章從東坡學，隨至餘杭。此文或作於四年前。

〔二〕登山臨水：《楚辭·九辯》：“登山臨水兮送將歸。”

〔三〕未嘗句：參見《摩詰畫》注〔四〕。《舊唐書·文苑傳》：王維在輞川別業"與道友裴迪浮舟往來,彈琴賦詩,嘯詠終日。嘗聚其田園所爲詩,號《輞川集》"。按《輞川集》收録王、裴二人各爲輞川二十景所作之五絶,一景一詩,共四十首。

〔四〕故元豐句:指《摩詰畫》詩。

〔五〕臞:清瘦。

〔六〕飲不二句:《論語·雍也》:孔子贊顏回之賢曰:"一簞食,一瓢飲,在陋巷,人不堪其憂,回也不改其樂。"《莊子·逍遙遊》:"鷦鷯巢於深林,不過一枝;偃鼠飲河,不過滿腹。"此化用其句式。

〔七〕顏淵:顏回,字子淵。當首出萬物:《易·乾》:"首出庶物,萬國咸寧。"《疏》:"聖人爲君,在衆物之上,最尊高於物,以頭首出於衆物之上。"享:享受。此謂顏回本治國之才,受天下人供奉,而生活却如此貧困,因曰"不堪其憂"。

〔八〕鹿得二句:嵇康《與山巨源絶交書》:"此由(猶)禽鹿……逾思長林而志在豐草也。"顧況《遊子吟》:"鹿鳴志豐草。"伊:語助詞,乃。

〔九〕沈陸:即陸沈,無水而沉,喻埋没人才,語出《莊子·則陽》。懷迷邦之寶:《論語·陽貨》:"懷其寶而迷其邦,可謂仁乎?"原謂賢人懷才却讓邦國沉迷不振。山谷自稱無才德,亦不抱怨懷才不遇。達語中含牢騷。

〔一〇〕既不四句:無色之畫謂詩,無聲之詩謂畫。見《題陽關圖》注〔二〕。此謂王維工詩善畫,而己一無所長,形貌雖似,又有何用?

〔一一〕清揚:清指目,揚指眉,引申爲容貌風采。《詩·鄭風·野有蔓草》:"有美一人,清揚婉兮。"

〔一二〕豈以二句:據《史記·滑稽列傳》:優孟爲楚國藝人,楚相孫叔敖死後,其子窮困,優孟裝扮成孫叔敖,往見楚莊王,王以爲叔敖復生,優孟借機諷刺楚王寡恩,王大受感動,遂封其子。蔡邕,累官至中郎將,故稱蔡中郎。虎賁:勇士,漢代虎賁中郎將主宿衛。此言不能因有其貌或名,就以爲有其實。爲山谷自嘲。

〔一三〕一以四句:《莊子·應帝王》:"泰氏其卧徐徐,其覺于于。一以己

爲馬,一以己爲牛。"又《天道》:"老子曰:'夫巧知神聖之人,吾自
以爲脱焉(超脱)。昔者子呼我牛也,而謂之牛;呼我馬也,而謂之
馬。'"莊子認爲萬物均由"道"在運行中化出,所謂"一之所起,有
一而未形。物得以生謂之德。未形者有分,且然無間謂之命,留
動而生物,物成生理謂之形"(《天地》)。人在自然中也可化牛、化
馬,或其他東西,彼此無高低貴賤之分。山谷正用莊子之意。又
《大宗師》:"浸假而化予之左臂以爲鷄,予因以求時夜(報曉);浸
假而化予之右臂以爲彈,予因以求鴞炙(烤鴞肉);浸假而化予之
尻以爲輪,以神爲馬,予因以乘之,豈更駕哉!"此亦兼用之。

〔一四〕計魯直四句:《莊子·秋水》:"計中國之在海內,不似稊米(小米
粒)之在大(太)倉乎? 號物之數謂之萬,人處一焉。"萬化:萬物。
翅:通啻,何翅猶言豈只。趙張三王:《漢書·王吉傳》:"京兆有
趙廣漢、張敞、王尊、王章,至駿(王吉之子王駿),皆有能名。故京
師稱曰:'前有趙張,後有三王。'"司馬班揚:指司馬相如、班固、
揚雄。

〔一五〕顧顧:長貌。富貴酖毒:貪圖富貴如同服毒。參見《小山集序》注
〔二一〕。城府:指胸懷、胸襟。《莊子·德充符》:窮達貧富之類
"不可入於靈府"。

〔一六〕投之三句:《詩·小雅·巷伯》:"投畀豺虎,豺虎不食。"《論語·
子路》:"刑罰不中,則民無所措手足。"此借用其語。世故:世態
人情。豺虎:極言世態險惡。一日之長:《世説新語·品藻》:龐
士元謂顧劭曰:"陶冶世俗,與時浮沉,吾不如子。論五霸之餘策,
覽倚仗之要害,吾似有一日之長。"《貞觀政要·任賢》:王珪曰:
"至如激濁揚清,嫉惡好善,臣於數子,亦有一日之長。"此兼用之。

小 山 集 序〔一〕

晏叔原,臨淄公之莫子也〔二〕。磊隗權奇,疏於顧

忌〔三〕，文章翰墨，自立規摹，常欲軒輊人，而不受世之輕重〔四〕。諸公雖愛之，而又以小謹望之，遂陸沈於下位〔五〕。平生潛心六藝，玩思百家，持論甚高，未嘗以沽世〔六〕。余嘗怪而問焉，曰："我槃跚教室〔七〕，猶獲罪於諸公，憤而吐之，是唾人面也〔八〕。"乃獨嬉弄於樂府之餘〔九〕，而寓以詩人句法，清壯頓挫〔一〇〕，能動搖人心，士大夫傳之，以爲有臨淄之風爾，罕能味其言也。

余嘗論："叔原固人英也，其癡亦自絕人〔一一〕。"愛叔原者，皆慍而問其目。曰："仕宦連蹇〔一二〕，而不能一傍貴人之門，是一癡也；論文自有體，不肯一作新進士語〔一三〕，此又一癡也；費資千百萬，家人寒饑，而面有孺子之色，此又一癡也；人百負之而不恨，己信人，終不疑其欺己，此又一癡也。"乃共以爲然。雖若此，至其樂府，可謂狹邪之大雅〔一四〕，豪士之鼓吹〔一五〕，其合者高唐、洛神之流〔一六〕，其下者豈減桃葉、團扇哉〔一七〕？

余少時間作樂府，以使酒玩世。道人法秀獨罪余以筆墨勸淫，於我法中，當下犁舌之獄〔一八〕。特未見叔原之作耶！雖然，彼富貴得意，室有倩盼慧女〔一九〕，而主人好文，必當市購千金，家求善本，曰"獨不得與叔原同時"耶！若乃妙年美士，近知酒色之娛；苦節臞儒，晚悟裙裾之樂〔二〇〕，鼓之舞之，使宴安酖毒而不悔，是則叔原之罪也哉〔二一〕！

〔　一　〕《小山集》：晏幾道詞集。幾道曾監潁昌許田鎮，"年未至乞身，退居京城賜第，不踐諸貴之門"（《碧雞漫志》卷二），"元祐中，叔原以長短句行，蘇子瞻因魯直欲見之"（《硯北雜誌》上）。然則山谷與幾道相見當在元祐中。《小山詞》自序云：“七月己巳，爲高平公綴緝成編。”《唐宋詞人年譜·二晏年譜》：“范姓望出高平，宋人稱范仲淹純仁父子爲高平公……詞序所稱高平公，殆指純仁。宛書城謂‘純仁元祐四年知潁昌府，見宰輔表，蓋代韓縝任。是年七月，適有己巳日……’”山谷序或當作於是年。

〔二〕晏叔原：晏幾道字叔原，號小山，晏殊第七子。臨淄公：晏殊。歐陽修《晏公(殊)神道碑銘》：“累進階至開府儀同三司，勳上柱國，爵臨淄公。”莫通暮。

〔三〕磊隗二句：言叔原爲人倜儻超羣，不拘小節。磊隗：即磊塊，猶言磊落。權奇：奇特不凡，見《漢書·禮樂志》載《天馬歌》。

〔四〕規摹：即規模，此指文章體制風格。軒輊：輕重高低，常指褒貶。

〔五〕小謹：謹小慎微。望之：期望他。《管子·形勢解》：“是故其所謹者小，則其所立亦小。其所謹者大，則其所立亦大。故曰：小謹者不大立。”《新唐書·杜牧傳》：“牧剛直有奇節，不爲齷齪小謹。”幾道正是杜牧一流人物。陸沈：見《寫真自贊》注〔九〕。

〔六〕潛心：用心鑽研。六藝：儒家六經：《易》、《禮》、《樂》、《詩》、《書》、《春秋》，見《漢書·儒林傳》注。玩思：研習體會。百家：諸子百家。六藝與百家對舉，見韓愈《進學解》：“先生口不絕吟於六藝之文，手不停披於百家之編。”持論：立論，提出看法、主張。沽世：爲世所用，獲取功名，即所謂“求善賈而沽”之意（《論語·子罕》）。

〔七〕槃跚敦窣：皆爲腳步不穩、跛行之貌。槃跚：亦作媻姍、蹣跚。敦窣(bó sù)：亦作勃窣，均見司馬相如《子虛賦》。

〔八〕憤而二句：謂如盡吐胸中積憤，勢必觸犯別人。

〔九〕樂府之餘：指詞。自古詩演爲樂府，又變爲長短句，故云。元稹《樂府古題序》：“備曲度者，總得謂之歌曲詞調。斯皆由樂以定詞，非選調以配樂也。”

〔一〇〕清壯頓挫：陸機《文賦》：“箴頓挫而清壯。”頓挫：抑揚轉折。

〔一一〕其癡句：見《次韻答叔原會寂照房呈稚川》注〔一一〕。

〔一二〕連蹇：艱難。《易・蹇》："往蹇來連。"後以稱遭遇坎坷。揚雄《解嘲》："孟軻雖連蹇，猶爲萬乘師。"

〔一三〕體：規矩法度。《後漢書・班固傳論》："固之序事……贍而不穢，詳而有體。"新進士：新登科第、初入仕途者。

〔一四〕狹邪：亦作狹斜，狹路曲巷，後指娼妓居處。此謂挾妓行樂、風流倜儻的生活。大雅：《詩經》一部分，也指正聲，醇正的詩歌。此稱幾道詞風流豔麗而歸於雅正，猶揚雄所謂"麗以則"。

〔一五〕鼓吹：原爲樂歌名，由打擊樂及吹奏樂組成，聲情雄壯。此猶言壯歌。

〔一六〕高唐、洛神：宋玉《高唐賦》及曹植《洛神賦》，二賦均寫人神之戀。

〔一七〕桃葉、團扇：《樂府詩集》卷四五《清商曲辭》有《桃葉歌》三首，題解引《古今樂録》："《桃葉歌》者，晉王子敬之所作也。桃葉，子敬（王獻之字）妾名，緣於篤愛，所以歌之。"又卷四二《相和歌辭》有班婕妤《怨歌行》，以團扇見意。二詩皆爲情歌。

〔一八〕道人三句：《禪林僧寶傳》卷二六《法雲圓通秀禪師》："禪師名法秀，秦州隴城人，生辛氏。"李公麟工畫馬，法秀告誡："入馬腹中亦足懼。"山谷"作豔語，人爭傳之。秀呵之曰：'翰墨之妙，甘施於此乎？'魯直笑曰：'又當置我於馬腹中耶？'秀曰：'汝以豔語動天下人婬心，不止馬腹，正恐生泥犁中耳！'"我法：佛法。泥犁：梵語，指地獄。

〔一九〕倩盼：美女。《詩・衛風・碩人》："巧笑倩兮，美目盼兮。"

〔二〇〕苦節二句：謂刻苦持節之清瘦儒者，暮年也體悟了婦人之樂。苦節：語出《易・節》，言節制欲望，自奉過苦，也指堅苦卓絶，砥礪名節。四部叢刊本"晚悟"作"晚恨"，與文義相悖，今據萬曆本改。

〔二一〕鼓之三句：謂貪圖歌舞享樂，猶如飲鴆服毒而不後悔，難道是叔原的罪過？《詩大序》："情動於中而形於言……永歌之不足，不知手之舞之足之蹈之也。"《左傳・閔公元年》："宴安酖毒，不可懷也。"酖同鴆。

祭舅氏李公擇文〔一〕

盛德之士,神人所依〔二〕。珠玉在淵,國有光輝〔三〕。方時才難,公隕於道〔四〕!彼天悠遠,莫我控告〔五〕。士喪畏友〔六〕,朝失寶臣〔七〕。我哭之慟,不惟懿親〔八〕。公處貧賤,如處休顯〔九〕,溫溫不試〔一〇〕,任重道遠〔一一〕。内行純明,不缺不疵〔一二〕。臨民孝慈,來歌去思〔一三〕其在朝廷,如圭如璧〔一四〕。忠以謀國,不沽予直〔一五〕。熙寧元祐,言有剛柔〔一六〕。公心如一,成以好謀。十年江湖,睟然生色〔一七〕。三年主計〔一八〕,鬚髮盡白。它日謂我:"何喪何得!"我知公心,謀道憂國。出牧南陽,往撫益部〔一九〕。稱責辦嚴〔二〇〕,笑語即路。天下期公,來相本朝。奄成大夜〔二一〕,終不復朝。嗚呼哀哉!我少不天,殆欲堙替〔二二〕。長我教我,實惟舅氏〔二三〕。四海之内,朋友比肩。舅甥相知,卒無間然〔二四〕。今天喪我〔二五〕,舅氏傾覆。誰明我心,以血繼哭〔二六〕。平生經過,爲我舉觴。沃酒棺前,割我肺腸〔二七〕。嗚呼哀哉!

〔一〕秦觀《李公行狀》:"遂出知鄧州,數月徙成都府,行及陝府閿鄉縣,暴卒於傳舍,實元祐五年二月二日也。"
〔二〕盛德二句:見《次韻答張沙河》注〔四二〕。
〔三〕珠玉二句:《荀子·勸學》:"玉在山而草木潤,淵生珠而崖不枯。"《韓詩外傳》卷四第三十章:"良玉度尺,雖有十仞之土,不能掩其光;良珠度寸,雖有百仞之水,不能掩其輝。"陸機《文賦》:"石藴玉而山輝,水懷珠而川媚。"珠玉比公擇。《禮記·聘義》:"君子比德於玉焉……詩云：‘言念君子，温其如玉。’故君子貴之也。”

〔四〕才難：出《論語·泰伯》。隕：去世，見注〔一〕。

〔五〕彼天二句：《詩·秦風·黄鳥》：“彼蒼者天，殲我良人！”控告：赴告、上訴。《左傳·襄公八年》：“剪焉傾覆，無所控告。”此謂蒼天遥遠，無處陳訴哀情。

〔六〕畏友：品格高尚、使人敬畏的朋友。

〔七〕寶臣：賢臣如國之珍寶。劉向《説苑·至公》：“是國之寶臣也。”

〔八〕懿親：至親。

〔九〕休顯：美好顯達。

〔一〇〕不試：指不用刑罰。《禮記·樂記》：“兵革不試，五刑不用。”《史記·禮書》：“是故刑罰省而威行如流……古者帝堯之治天下也，蓋殺一人刑二人而天下治。《傳》曰：‘威厲而不試，刑措而不用。’”

〔一一〕任重道遠：語出《論語·泰伯》。

〔一二〕内行二句：謂内心純潔明達，没有缺陷毛病。《史記·五帝本紀》：“舜居嬀汭，内行彌謹。”《尚書·君牙》：“咸以正，罔缺。”《荀子·賦篇》：“明達純粹而無疵也，夫是之謂君子之知。”

〔一三〕臨民二句：謂對百姓寬厚仁慈，故來時百姓歡歌，去後思其德政。《行狀》：“始公在武昌、吴興，政尚寬簡，日與賓客縱酒笑詠，吏民安樂之，郡以大治，於是世知公之才。”

〔一四〕如圭如璧：圭、璧皆玉器，比人品之高尚。《詩·衛風·淇奥》：“有匪君子，如金如錫，如圭如璧。”

〔一五〕不沽予直：不待價而沽，即不計待遇，反用《論語·子罕》中語。沽：賣。直：值，即價錢。

〔一六〕熙寧二句：二朝之政，言論有剛柔之不同。元祐元年，蘇軾撰學士院策論題，云：“欲師仁祖之忠厚，而患百官有司不舉其職，或至於媮；欲法神考之勵精，而恐監司守令不識其意，流入於刻。”（《續通鑑長編》卷三九三）引起軒然大波，非之者以爲其借題發揮，攻擊先帝。蘇軾在元祐二年正月之上疏中承認其用意是説明治天

下應"寬猛相資,君臣之間可否相濟"。他憂慮元祐之政"馭吏之
法漸寬,理財之政漸疏,備邊之計漸弛",故應參以神宗勵精圖治
之精神。蘇軾反對一味復舊,而應參酌新法,擇善而從,最突出者
即是要保留免役法,故與守舊派發生衝突。李常贊同蘇軾之論
(同上卷三九四),是所謂以剛濟柔,而其於熙豐間反對均輸、青苗
之言論則被目爲抑聚斂、寬民命之"柔"。

〔一七〕十年二句:指做了十多年地方官。熙寧初公擇爲三司條例檢詳
官,與王安石政見不合,熙寧三年四月"落職爲太常博士,通判滑
州。常言:散常平錢流毒四海,又州縣有錢未嘗出,而徒使民入
息者。上令具州縣吏姓名至五六,終不肯具,而求罷職,故黜。"
(同上卷二一〇)後歷知鄂、湖、齊州,徙淮西提刑,元豐六年還朝,
在外十三年,此舉其成數。晬然:温潤貌。生色:現出神色。《孟
子·盡心上》:"君子所性,仁義禮智根於心,其生色也晬然,見
於面。"

〔一八〕計:計算、帳簿,掌財政之官稱計吏,宋三司使總理國計,轄鹽鐵、
度支、户部,稱計省。李常在元祐元年三月"爲户部尚書……(司
馬)光曰:'使此人掌邦計,則天下知朝廷非急於征利,貪吏望風掊
克之患庶幾少息也。'"(《續通鑑長編》卷三七一)元祐三年九月遷
御史中丞(同上卷四一四)。

〔一九〕出牧二句:公擇元祐四年五月出知鄧州,十二月改成都(《北宋經
撫年表》卷二)。漢時州長官稱"牧"。南陽:郡名,指鄧州,知州
例兼京西南路安撫使,轄一路軍政,地位約當州牧(漢之州在郡之
上),故稱。益部:即益州成都府,知府例兼當路安撫使,故
云"撫"。

〔二〇〕稱責辦嚴:謂其才稱職,辦事認真。

〔二一〕奄成大夜:謂突然逝世。奄,遽,突然。

〔二二〕我少二句:謂己從小喪父,幾遭埋没。《詩·鄘風·柏舟》:"母也
天只。"《傳》:"天謂父也。"埋替:埋滅,埋没。

〔二三〕長我二句:謂其於山谷有教養之恩。公擇官淮南時,山谷隨侍在

側。《再和公擇舅氏雜言》：“外家有金玉我躬之道術，有衣食我家之德心，使我蟬蛻俗學之市，鳥哺仁人之林。”

〔二四〕無間然：《論語·泰伯》：“禹，吾無間然矣。”此指相知之深，沒有隔閡。

〔二五〕今天喪我：《論語·先進》：“顏淵死。子曰：‘噫！天喪予，天喪予！’”

〔二六〕以血繼哭：《韓非子·和氏》：“文王即位，和乃抱其璞而哭於楚山之下，三日三夜，泣盡而繼之以血。”

〔二七〕割我肺腸：柳宗元《與浩初上人同看山寄京華親故》：“海畔尖山似劍芒，秋來處處割愁腸。”

松 菊 亭 記〔一〕

期於名者入朝，期於利者適市〔二〕。期於道者何之哉？反諸身而已〔三〕。鍾鼓管弦以飾喜，鈇鉞干戈以飾怒，山川松菊所以飾燕閒者哉〔四〕！貴者知軒冕之不可認，而有收其餘力以就閒者矣；富者知金玉之不可守，而有收其餘力以就閒者矣〔五〕。

蜀人韓漸正翁有范蠡、計然之策〔六〕，有白圭、猗頓之材〔七〕，無所用於世，而用於其楮〔八〕，中更三十年而富百倍，乃築堂於山川之間，自名松菊，以書走京師，乞記於山谷道人。山谷逌然笑曰〔九〕：韓子真知金玉之不可守，欲收其餘力而就閒者。予今將問子，斯堂之作，將以歌舞乎？將以研桑乎〔一〇〕？將以歌舞，則獨歌舞而樂，不若與人樂之；與少歌舞而樂，不若與衆樂之。夫歌舞者豈可以樂此哉〔一一〕？呴饑問寒以拊孤，折券棄責以拊貧〔一二〕，冠婚喪葬以拊宗，補耕助斂以拊客〔一三〕，如是則歌舞於堂，人皆粲然相視曰："韓正翁而能樂之乎〔一四〕！"此樂之情也，將以研桑，何時已哉！金玉之爲好貨〔一五〕，怨入而悖出，多藏厚亡，它日以遺子孫，賢則損其志，愚則益其過，韓子知及此，空爲之哉！雖然，歌舞就閑之日以休研桑之心，反身以期於道，豈可以無孟獻子之友哉？孟獻子以百乘之家，有友五人，皆無獻子之家者也〔一六〕。必得無獻子之家者與之友，則仁者助施，義者助均，智者助謀，勇者助決，取諸左右而有餘，使宴安而不毒〔一七〕，又使子弟日見所不見，聞所不聞〔一八〕，賢者以成德，愚者以寡怨，於以聽隱居之松風，裛淵明之菊露〔一九〕，可以無愧矣。

〔一〕據文中所述，此記當作於元祐間在京師時。

〔二〕期於二句：《戰國策·秦策一》："爭名者於朝，爭利者於市。"

〔三〕反諸身：反通返。回返自身，古人內省修養法。儒、道乃至以後的佛家，皆認爲人內心有一種精神實體，即"誠"、"性"、"道"、"真如"等，修養即爲對這種實體的體認、回歸。《論語·衛靈公》："君子求諸己，小人求諸人。"《孟子·離婁上》："行有不得者，皆反求諸己，其身正，而天下歸之。"又《盡心上》："萬物皆備於我矣。反身而誠，樂莫大焉。"《禮記·中庸》："射有似乎君子，失諸正鵠，反求諸其身。君子之道，辟如行遠必自邇，辟如登高必自卑。"《吕氏春秋·論人》："太上反諸己，其次求諸人。"《壇經》："菩提只向心覓，何勞向外求玄？聽説依此修行，天堂祇在目前。"又《韓詩外傳》、《淮南子》均有此論。

〔四〕鍾鼓三句：《荀子·樂論》："且樂者先王之所以飾喜也，軍旅鈇鉞者先王之所以飾怒也。"飾：此用如表達。《禮記·三年問》注：

“飾,情之章表也。”燕閒：安樂悠閒。《君道》：“上以飾賢良而明貴賤,下以飾長幼而明親疏。”“飾”與“明”互文見義。又《富國》：先王制禮作樂,“爲之鍾鼓管磬琴瑟竽笙,使足以辨吉凶,合歡定和而已。”

〔五〕軒冕：車馬與冠服,代指祿位。《老子》九：“金玉滿堂,莫之能守;富貴而驕,自遺其咎。功成身退,天之道。”四句即化用其意。

〔六〕范蠡、計然之策：指理財致富之道。《史記·貨殖列傳》：“昔者越王勾踐困於會稽之上,乃用范蠡、計然……范蠡既雪會稽之恥,乃喟然而嘆曰:‘計然之策七,越用其五而得意。既已施於國,吾欲用之家。’”范去官經商,遂成巨富。計然：相傳爲范蠡之師。

〔七〕白圭、猗頓之材：二人皆善經商者。白圭：戰國魏文侯時人。猗頓：原魯之窮士,至西河,大畜牛羊於猗氏之南,十年而富擬王公,故名。見《史記·貨殖列傳》、《孔叢子·陳士義》。

〔八〕楮(chǔ)：紙的代稱,此指錢幣。

〔九〕逌(yóu)然：悠然,臉色寬舒貌。

〔一〇〕研桑：研,計然姓辛名研;桑,漢桑弘羊,均爲善計算理財者。班固《答賓戲》：“研桑心計於無垠。”此用作動詞：算計、謀利。

〔一一〕將以六句：《孟子·梁惠王下》：“(孟子)曰:‘獨樂(欣賞音樂)樂,與人樂樂,孰樂?’(齊王)曰:‘不若與人。’曰:‘與少樂樂,與衆樂樂,孰樂?’曰:‘不若與衆。’”去：四部叢刊本作“夫”,據萬曆本校改。

〔一二〕卹：救助。拊：撫育。孤：無父母者。折券棄責：《戰國策·齊策》：孟嘗君使馮諼收債於薛,“當償者悉來合券,券徧合,起矯命以責賜諸民,因燒其券,民稱萬歲。”馮諼謂爲孟嘗君“市義”。券：債券,雙方各持一半爲據。責：通債。

〔一三〕冠婚喪葬：古代男子一生中的三大禮。冠指行冠禮,男子二十成年,行束髮加冠之禮。拊宗：撫育同宗之人。斂：收穫。客：客戶,無田產之戶,多爲佃農,租佃上戶、官戶等的土地。

〔一四〕粲然：啓齒而笑貌。能樂之：《孟子·梁惠王上》：“孟子見梁惠王。王立於沼上，顧鴻雁麋鹿，曰：'賢者亦樂此乎？'孟子對曰：
'賢者而後樂此，不賢者雖有此，不樂也。……古之人與民偕樂，
故能樂也。'"此化用其意，謂其捄貧濟困，而後歌舞，是真能享其
樂者。乎：用作感嘆詞。

〔一五〕好貨：貴重物品。

〔一六〕豈可四句：《孟子·萬章下》："萬章問曰：'敢問友。'孟子曰：'不
挾長，不挾貴，不挾兄弟而友。友也者，友其德也，不可以有挾也。
孟獻子，百乘之家也，有友五人焉：樂正裘、牧仲，其三人，則予忘
之矣。獻子之與此五人者友也，無獻子之家者也。此五人者，亦
有獻子之家，則不與之友矣。'"家：指卿大夫之領地。百乘：一百
輛馬車，此指財產富有。因孟獻子之友皆無百乘之產，故此意謂
不與富貴者友。

〔一七〕取諸二句：《孟子·離婁下》："君子深造之以道，欲其自得之也。
自得之，則居之安；居之安，則資之深；資之深，則取之左右逢其
原。"宴安：見《小山集序》注〔二一〕，此反用其意，謂安樂不能危
害其精神。

〔一八〕又使二句：揚雄《法言·淵騫篇》："七十子之於仲尼也，日聞所不
聞，見所不見。"此謂學業修養日有長進。

〔一九〕裛(yè)：沾濕。陶淵明《飲酒》："秋菊有佳色，裛露掇其英。"

與洪甥駒父〔一〕

　　所寄《釋權》一篇，詞筆從橫，極見日新之効〔二〕，更須
治經，深其淵源，乃可到古人耳〔三〕。《青瑣祭文》，語意甚
工，但用字時有未安處。自作語最難，老杜作詩，退之作
文，無一字無來處〔四〕，蓋後人讀書少，故謂韓杜自作此語

耳。古之能爲文章者，真能陶冶萬物〔五〕，雖取古人之陳言入於翰墨，如靈丹一粒，點鐵成金也〔六〕。文章最爲儒者末事〔七〕，然既學之，又不可不知其曲折〔八〕，幸熟思之。至於推之使高如泰山之崇崛，如垂天之雲〔九〕；作之使雄壯如滄江八月之濤〔一〇〕，海運吞舟之魚〔一一〕，又不可守繩墨令儉陋也〔一二〕。

駒父外甥教授〔一三〕：別來三歲，未嘗不思念。閑居絕不與人事相接，故不能作書，雖晉城亦未曾作書也〔一四〕。專人來，得手書，審在官不廢講學，眠食安勝，諸稺子長茂，慰喜無量。

寄詩語意老重，數過讀，不能去手，繼以嘆息，少加意讀書，古人不難到也。諸文亦皆好，但少古人繩墨耳，可更熟讀司馬子長、韓退之文章〔一五〕。凡作一文，皆須有宗有趣，終始關鍵，有開有闔〔一六〕，如四瀆雖納百川〔一七〕，或匯而爲廣澤，汪洋千里，要自發源注海耳。老夫紹聖以前，不知作文章斧斤，取舊所作讀之，皆可笑。紹聖以後始知作文章〔一八〕，但以老病惰懶，不能下筆也。外甥勉之，爲我雪恥。《罵犬文》雖雄奇，然不作可也。東坡文章妙天下，其短處在好罵，慎勿襲其軌也〔一九〕。

甚恨不得相見，極論詩與文章之善病。臨書不能萬一，千萬强學自愛，少飲酒爲佳。見師川所寄詩卷有新句〔二〇〕，甚慰人意。比來頗得治經觀史書否？治經欲鉤其深，觀史欲馳會其事理，二者皆須精熟，涉獵而已，無他功也。士朝而肄業，晝而服習，夕而計過，無憾而後即安。此古人讀書法也。潘君必數相見〔二一〕，比得其書，甚想見其人。

〔一〕所選二書，一般多誤作一篇，且前後倒置，因四部叢刊本《豫章文集》中二書緊接，所以致誤。《中國歷代文論選》亦有此誤，且考定其作於崇寧二年山谷在鄂州時。按：《山谷老人刀筆》將前一首編於"初仕之館職"期內，具體作年不能確考，據同時書信可知洪駒父在黃州，又山谷《洪駒父璧陰齋銘》云："甥洪芻駒父仕爲黃之酒正。"後一首《刀筆》編於"丁憂"期內，則不確。山谷丁母憂在元祐六年，八年服除，而信中明言紹聖之後。初步可考知第二書作於紹聖四年後居黔戎時，詳見下。洪甥駒父：洪芻，字駒父，洪州南昌人，山谷外甥，紹聖進士，工詩，與兄朋、弟炎、羽號稱"四洪"，著有《老圃集》、《詩話》、《香譜》等。

〔二〕日新：《禮記·大學》："湯之盤銘曰：'苟日新，日日新，又日新。'"

〔三〕更須三句：山谷反覆教人讀經，以養心治性，文學才有根本。其與洪駒父另一書云："學問文章，如甥才氣筆力，當求配於古人，勿以賢於流俗遂自足也。然孝友忠信是此物之根本，極當加意，養以敦厚醇粹，使根深蒂固，然後枝葉茂爾。"

〔四〕老杜三句：講究字詞語來歷出處，山谷之前已有之。韋絢《劉賓客嘉話》載劉禹錫語："爲詩用僻字，須有來處。宋考功詩云：'馬上逢寒食，春來不見餳。'嘗疑此字，因讀毛詩鄭箋說簫處，注云：即今賣餳人家物。六經唯此注中有餳字，緣明日是重陽，欲押一餻字，尋思六經，竟未見有餻字，不敢爲之。嘗訝杜員外'巨顙拆老拳'，疑老拳無據，及覽《石勒傳》：'卿既遭孤老拳，孤亦飽卿毒手。'豈虛言哉！後輩業詩，即須有據，不可率爾道也。"錄此以見山谷淵源有自。

〔五〕陶冶萬物：本指大自然創造、化育萬物。《莊子·大宗師》："今一以天地爲大爐，以造化爲大冶。"《禮記·郊特牲》："器用陶匏，以象天地之性也。"《淮南子·俶真》："包裹天地，陶冶萬物。"又《本經》："陰陽之陶化萬物。"此指爲文鎔鑄鍛煉，即陸機《文賦》所謂"籠天地於形內，挫萬物於筆端"之意。

〔六〕如靈丹二句：用禪家語。《五燈會元》卷七《龍華靈照禪師》："還丹一粒,點鐵成金。至理一言,轉凡成聖。”又卷十七《黄龍慧南禪師》:“雲門如九轉丹砂,點鐵成金。”

〔七〕文章句:《論語·學而》:“子曰:‘行有餘力,則以學文。’”又《憲問》:“有德者必有言,有言者不必有德。”《述而》:“志於道,據於德,依於仁,游於藝。”《左傳·襄公二十四年》:“大上有立德,其次有立功,其次有立言。”

〔八〕曲折:指構思安排,技巧法度。山谷多教人學古人文章法度。如《書枯木道士賦後》:“閑居當熟讀《左傳》、《國語》、《楚辭》、莊周、韓非,欲下筆略體古人致意曲折處,久久乃能自鑄偉詞。”《答曹荀龍》:“作賦要讀左氏、前漢,其佳句善字皆當經心,略知某處可用,則下筆時源源而來矣。”

〔九〕垂天之雲:《莊子·逍遥遊》寫大鵬“其翼若垂天之雲”。

〔一〇〕八月之濤:枚乘《七發》:“將以八月之望……並往觀濤乎廣陵之曲江。”濤:大潮。江潮之壯,八月中秋爲最。

〔一一〕海運:出《莊子·逍遥遊》,指海的運動。吞舟之魚:大魚,出《莊子·庚桑楚》。

〔一二〕繩墨:法度。《文心雕龍·鎔裁》:“裁則蕪穢不生,鎔則綱領昭暢。譬繩墨之審分,斧斤之斷削矣。”儉陋:貧乏粗劣。以上五句言要形成雄偉的風格,不能僅憑寫作方法,窘步束手,還有更重要的因素。

〔一三〕教授;學官名,州學設教授。據《晉州州學齋堂銘》,“甥洪駒父主晉州學。”

〔一四〕晉城:澤州治所,州與晉州相鄰。《答世因弟》:“嗣深除晉城計上官……知命來入峽中數年,大率只在涪陵,至今未歸也。”晉城即指嗣深,山谷叔父黄廉之子叔敖。知命,山谷弟叔達,紹聖三年攜家抵黔,四年曾到涪州。據此可推知書作於同時或之後。

〔一五〕諸文三句:參見注〔八〕。又《跋書柳子厚詩》:“王觀復作詩有古人態度,雖氣格已超俗,但未能從容中玉珮之音,左準繩,右規矩爾。意者讀書未破萬卷,觀古人之文章未能盡得其規摹及所總覽籠絡,但知玩其山龍黼黻成章耶?"均主張熟讀古人之作以合其規矩繩墨。

〔一六〕宗:宗旨。趣:歸趣。宗趣即文章之立意、主題。山谷《論作詩文》:"每作一篇輒須立一大意,長篇須曲折三致焉,乃爲成章爾。"終始、關鍵、開闔,均指結構布局。范溫《潛溪詩眼》:"山谷言文章必謹布置,每見後學,多告以《原道》命意曲折。後予以此概考古人法度,如杜子美《贈韋見素詩》(按應爲《奉贈韋左丞丈二十二韻》)……此詩前賢録爲壓卷,蓋佈置最得正體,如官府甲第廳堂房室,各有定處,不可亂也。"可相發明。

〔一七〕四瀆:古人對四條獨流入海的大川的總稱。《爾雅·釋水》:"江、河、淮、濟爲四瀆。四瀆者,發源注海者也。"

〔一八〕老夫五句:紹聖二年,山谷謫黔,所謂紹聖前後即指謫黔前後。《名賢詩話》:"黃魯直自黔南歸,詩變前體。"《苕溪漁隱叢話》後集卷三十二:"《豫章先生傳贊》云:'山谷自黔州以後句法尤高,筆勢放縱,實天下之奇作。'"

〔一九〕東坡三句:山谷《書王知載朐山雜詠後》:"詩者人之情性也,非强諫爭於廷,怨忿垢於道,怒鄰罵坐之爲也。"《後山詩話》亦云:"蘇詩始學劉禹錫,故多怨刺,不可不慎也。"其旨相類。

〔二〇〕師川:徐俯,字師川,徐禧子,山谷外甥。此句以下據《刀筆》補。

〔二一〕潘君:潘錞,字子真,有《潘子真詩話》。

【附録】

關於"無一字無來處",前人多有論列,今録數則:李之儀《雜題跋》:作詩字字要有來處,但將老杜詩細考之,方見其工;若無來處,即謂亂道亦可也。王舒王解字云:詩從言從寺,寺者法度之所在也。可不信哉!

陸游《老學庵筆記》卷七:今人解杜詩,但尋出處,不知少陵之意初不如是。且如《岳陽樓詩》:"昔聞洞庭水……"此豈可以出處求哉?縱使字字尋得出處,去少陵之意益遠矣。蓋後人元不知杜詩所以妙絕古今者在何處,但以一字亦有出處爲工。如《西崑酬倡集》中詩,何曾有一字無出處者,便以爲追配少陵,可乎?且今人作詩,亦未嘗無出處,渠自不知,若爲之箋注,亦字字有出處,但不妨其爲惡詩耳。

潘德輿《養一齋李杜詩話》卷二:按《東皋雜録》云:"或問荆公:杜詩何故妙絶古今?荆公云:老杜固嘗言之:'讀書破萬卷,下筆如有神。'"予考"破"字之義,張氏邐求謂識破萬卷之理……愚以張氏爲近之,惟其識破萬卷之理,故能無一字無來處,而又能陶冶點化也。元氏遺山云:"子美之妙,元氣淋漓,隨物賦形,謂無一字無來處可,謂不從古人中來亦可。"遺山之説,尤兼賅無流弊。今人詩非空疏則餖飣,未嘗不讀杜也亦考遺山此説耶?又程氏榮云:"韓文杜詩號不蹈襲者,然無一字無來處。大抵文字中自立語最難,用古人語又難,須是用古而不露筋骨。"王氏世懋云:"杜子美出,而百家稗官都作雅音,牛溲馬勃咸成鬱致。子美之後,欲令人毀靚妝,張空拳,必不能也。然病不在故事,顧所以用之何如耳。"愚以荆公、遺山、程氏、王氏四説互證山谷,前輩金針,殆已度盡。

跋東坡論畫〔一〕

陸平原之圖形於影,未盡捧心之妍;察火於灰,不覩燎原之實,故問道存乎其人,觀物必造其質〔二〕,此論與東坡照壁語託類不同,而實契也〔三〕。又曰:情見於物,雖近猶疏;神藏於形,雖遠則密。是以儀天步晷,而修短可量;臨淵揆水,而淺深可測〔四〕。此論則如語密而意疏,不如東坡得之濠上也〔五〕。雖然,筆墨之妙,至於心手不能相爲南北,而有數存焉於其間〔六〕,則意之所在者,猶是國師天津橋南看弄胡孫,西川觀競渡處耳〔七〕。予嘗見吳生《佛入涅槃》畫,波旬皆作舞〔八〕,而大波旬醞藉徐行,喜氣漏於眉宇之間,此亦得之筆墨之外。或有益於程氏〔九〕,

故并書之。

〔一〕作於元祐間,參見注〔九〕。

〔二〕陸平原六句:陸機《演連珠》:"臣聞圖形於影,未盡纖麗之容;察火於灰,不覩洪赫之烈。是以問道存乎其人,觀物必造其質。"陸機字平原。捧心:《莊子·天運》:"西施病心而矉其里,其里之醜人見之而美之,歸亦捧心而矉其里。"燎原:《尚書·盤庚》:"若火之燎于原,不可嚮邇。"

〔三〕東坡照壁語:蘇軾《傳神記》:"傳神之難在目。顧虎頭云:'傳形寫影,都在阿堵中。'其次在顴頰。吾嘗於燈下顧自見頰影,使人就壁模之,不作眉目。見者皆失笑,知其爲吾也。目與顴頰似,餘無不似者。眉與鼻口,可以增減取似也。"又《書吳道子畫後》:"道子畫人物,如以燈取影,逆來順往,旁見側出,橫斜平直,各相乘除,得自然之數,不差毫末。"二句謂陸機與東坡皆以圖影爲例,而寓意不同,陸謂不能盡態極妍,蘇則以爲可傳神寫照;但在要求表現精神實質一點上二人又相同,故云"實契也"。

〔四〕又曰九句:《演連珠》:"臣聞情見於物,雖遠猶疏;神藏於形,雖近則密。是以儀天步晷,而修短可量;臨淵揆水,而淺深難察。"山谷所引稍異。儀天:以儀器測天。步晷:依日晷推算時間及星辰運行。步,推算。

〔五〕得之濠上:見《奉答謝公静與榮子邕……》注〔七〕。

〔六〕而有句:《莊子·天道》記輪扁斲輪事,輪扁曰:"不徐不疾,得之於手而應於心,口不能言,有數存焉於其間。"

〔七〕則意三句:《景德傳燈録》卷五載唐慧忠國師事:代宗"時有西天大耳三藏到京,云得'他心慧眼'",也叫"他心通",即能知曉他人心思的一種法力。"帝勅令與國師試驗","師曰:'汝道老僧即今在什麼處?'曰:'和尚是一國之師,何得却去西川看競渡!'"國師再問,答曰:"何得却在天津橋上看弄猢猻!"《酉陽雜俎》續集卷四有類似之事:"一公初謁華嚴,嚴命坐,頃曰:'爾看吾心在何所?'

一公曰：'師馳白馬過寺門矣。'又問之，一公曰：'危乎，師何爲處乎刹末也？'"此喻藝術創作靈感的馳騁變化。《管錐編》（三）論陸機《演連珠》釋此："黄若曰：得心應手，固是高境，然神妙處往往非初心所及，出意計之外，有同幸偶；'有數'即《文賦》所謂'非余力'也。"按《文賦》："雖兹物之在我，非余力之所勠。"即創作非自己的力量所能駕馭。

〔八〕波旬：釋迦牟尼出世時之魔王名。

〔九〕程氏：蘇軾《傳神記》："南都程懷立，衆稱其能，於傳吾神，大得其全。懷立舉止如諸生，蕭然有意於筆墨之外者也，故以吾所聞助發云。"據此，則山谷所跋即東坡此文，且二文作於同時，可能在元祐元年至四年四月二人同在京師時。

劉明仲墨竹賦〔一〕

子劉子山川之英〔二〕，骨毛粹清〔三〕。用意風塵之表〔四〕，如秋高月明〔五〕。游戲翰墨〔六〕，龍蚪起陸〔七〕；嘗其餘巧〔八〕，顧作二竹。其一枝葉條達〔九〕，惠風舉之〔一〇〕，瘦地篔筜〔一一〕，夏簜解衣〔一二〕。三河少年〔一三〕，稟生勍剛〔一四〕；春服楚楚〔一五〕，俠游專場〔一六〕。王謝子弟〔一七〕，生長見聞；文獻不足〔一八〕，猶超人羣。其一折幹偃蹇〔一九〕，斫頭不屈〔二〇〕，枝老葉硬〔二一〕，強項風雪〔二二〕。廉藺之骨成塵，凛凛猶有生氣〔二三〕。雖汲黯之不學，挫淮南之鋒，於千里之外〔二四〕。子劉子陵雲自許〔二五〕，按劍者多〔二六〕，故以歸我，請觀謂何？黄庭堅曰：吾子於此，可謂能矣。猶有脩篁之歲晚〔二七〕，枯梢之

發春〔二八〕。少者骨梗〔二九〕，老而日新〔三〇〕。附之以傾崖
礐石〔三一〕，摧之以冰霜斧斤。第其曾高昭穆，至於來昆仍
雲〔三二〕。組練十幅〔三三〕，煙寒雨昏，迺爲能盡之。蓋陽
虎有若之似夫子，市人識之〔三四〕。顏回之具體，門人不
知〔三五〕。蘇子曰：“世之工人，或能曲盡其形，至於其理，
非高人逸才不能辨。”意其在斯〔三六〕。故藉外論之，梓人
不以慶賞成簴〔三七〕，痀僂不以萬物易蜩〔三八〕。及其至
也，禹之喻於水〔三九〕，仲尼之妙於韶〔四〇〕，蓋因物而不用
吾私焉〔四一〕。若夫燕荆南之無俗氣〔四二〕，庖丁之解牛，
進技以道者也〔四三〕。文湖州之得成竹於胸中〔四四〕，王會
稽之用筆如印印泥者也〔四五〕。《詩》云：“鶴鳴于九皋，聲
聞于天〔四六〕。”妙萬物以成象〔四七〕，必其胸中洞然好學
者，天不能掣其肘〔四八〕。劉子勉旃〔四九〕！

〔一〕劉明仲：善畫竹，生平不詳。元祐間館中作。

〔二〕山川之英：天地之精華。

〔三〕骨毛：即毛骨，容貌骨象。《晉書·元帝紀》：“(琅邪王)沈敏有度
量，不顯灼然之迹，故時人未之識焉。惟侍中嵇紹異之，謂人曰：
‘琅邪王毛骨非常，殆非人臣之相也。’”粹清：純粹清儁。杜甫
《奉送魏六丈佑少府之交廣》：“衆中見毛骨，猶是麒麟兒。”

〔四〕風塵之表：世俗之外。《晉書·王戎傳》：“戎有人倫鑒識，嘗
目……王衍神姿高徹，如瑶林瓊樹，自然是風塵表物。”

〔五〕秋高月明：謝靈運《初去郡詩》：“野曠沙岸净，天高秋月明。”

〔六〕游戲翰墨：謂將文墨看作游戲。《長靈和尚語録》：“有問有答，須
是其人，若是其人，喚作游戲三昧，逢場設施，無可不可。”

〔七〕龍虵起陸：語出《陰符經》：形容筆勢飄逸。

〔八〕嘗其餘巧：《禮記·檀弓下》：季康子之母死，公輸般欲以機關下

棺安葬,公肩假以爲不可,曰:“般,爾以人之母嘗巧,則豈不得以,其毋以嘗巧者乎!”又《文苑英華》六七王起《振木鐸賦》:“以金爲鈴,且嘗巧於懿匠。”此謂嘗試運用其多餘的技藝來畫竹。

〔九〕條達:形容竹葉疏密有致。《莊子·至樂》:“名止於實,義設於適,是之謂條達而福持。”蘇軾《净因院畫記》:“(文)與可之於竹石枯木,真可謂得其理者矣。如是而生,如是而死,如是而攣拳瘠蹙,如是而條達遂茂。根莖節葉,牙角脉縷,千變萬化,未始相襲,而各當其處,合於天造,厭於人意。蓋達士之所寓也歟!”

〔一〇〕惠風:和風。王羲之《蘭亭集序》:“惠風和暢。”

〔一一〕瘦地:貧瘠之地。杜甫《秦州雜詩二十首》之十二:“瘦地翻宜粟,陽坡可種瓜。”筃(gě):原指箭桿;笒筃;指篁竹之筃,參見宋釋贊寧《筍譜》。

〔一二〕篁:篁竹。晉戴凱之《竹譜》:“篁竹,堅而促節,體圓而質堅,皮白如霜粉。”解衣:指筍殼剥落。

〔一三〕三河少年:漢人稱河東、河内、河南三郡爲三河。《史記·貨殖列傳》:“昔唐人都河東,殷人都河内,周人都河南。夫三河在天下之中,若鼎足,王者所更居也。”地當洛陽黄河南北一帶,多游俠少年,有“任俠稱六輔,輕薄出三河”(梁簡文帝《西齋行馬詩》)之稱。此狀竹風致瀟灑。梁武帝《書評》:“王子敬書如河朔少年。”

〔一四〕稟生勦剛:韓愈《山南鄭相公樊員外酬答爲詩其末咸有見及語樊封以示愈依賦十四韻以獻》:“稟生肖勦剛。”勦:輕捷。此言竹稟性矯健。

〔一五〕春服:《論語·先進》:“莫春者,春服既成。”楚楚:華美整齊貌。《詩·曹風·蜉蝣》:“蜉蝣之羽,衣裳楚楚。”

〔一六〕專場:即擅場,本鬥鷄用語,即勝者稱雄賽場。應瑒《鬥鷄詩》:“專場驅衆敵,剛捷逸等羣。”此寫竹英武卓立。

〔一七〕王謝子弟:東晉以還,王謝兩家世爲望族,故常并稱。《書法鉤玄》卷四《梁武帝評書》:“王僧虔書猶如揚州王謝家子弟,縱復不端正,奕奕皆有一種風氣。”按《法書要録》卷二《袁昂古今書評》:

"王右軍書,如謝家子弟,縱復不端正者,爽爽有一種風氣。"二評大同小異,或以爲後人增易袁昂而託名梁武。此寫竹風姿不凡。

〔一八〕文獻不足:《論語·八佾》:"宋不足徵也,文獻不足故也。"此謂王謝子弟,在詩書禮樂環境中成長,耳濡目染,即使讀書不多,也自有一種清高脱俗之氣。

〔一九〕偃蹇:高聳。枝條雖折仍挺拔而立。

〔二〇〕斫頭不屈:三國時張飛生擒巴郡太守嚴顏,呵顏曰:"大軍至,何以不降而敢拒戰?"顏答曰:"我州但有斷頭將軍,無有降將軍也!"見《三國志·蜀志·張飛傳》。

〔二一〕枝老葉硬:陸龜蒙《杞菊賦》:"前後皆樹以杞菊……及夏五月,枝葉老硬,氣味苦澀。"

〔二二〕强項:不願低頭,用東漢董宣事,見《贈趙言》注〔一一〕。

〔二三〕廉藺二句:《世説新語·品藻》:"庾道季云:'廉頗、藺相如雖千載上死人,懍懍恒如有生氣。曹蜍、李志雖見在,厭厭如九泉下人。'"凛凛:當作懍懍,嚴正貌。

〔二四〕雖汲黯三句:汲黯,漢武帝時人。《史記·汲鄭列傳》:"故黯時丞相史皆與黯同列,或尊用過之。黯褊心,不能無少望(怨恨),見上,前言曰:'陛下用羣臣如積薪耳,後來者居上。'上默然。有間黯罷,上曰:'人果不可以無學,觀黯之言也日益甚。'"又:"淮南王謀反,憚黯,曰:'好直諫,守節死義,難惑以非。至如説丞相弘(公孫弘),如發蒙振落耳。'"《漢書·高帝紀》:"夫運籌帷幄之中,決勝千里之外,吾不如子房。"

〔二五〕陵雲自許:即以凌雲自許。《史記·司馬相如傳》:"相如既奏《大人》之頌,天子大説(悦),飄飄有凌雲之氣,似游天地之間意。"後亦喻筆力雄健。杜甫《戲爲六絶句》:"凌雲健筆意縱橫。"

〔二六〕按劍者多:見《閏月訪同年李夷伯子真……》注〔四〕。此謂忌恨者多。

〔二七〕修篁:長竹。

〔二八〕枿(niè):同蘖,樹木砍伐後重新萌發出的枝條。

〔二九〕骨梗：即骨鯁，喻品格正直不阿，亦指書畫筆力勁健。此謂新枝
　　　　勁挺有力。

〔三〇〕日新：日日更新。《易·繫辭上》：“日新之謂盛德。”《禮記·大
　　　　學》：“湯之盤銘曰：‘苟日新，日日新，又日新。’”

〔三一〕礜(yù)石：《説文解字》石部：“礜(yù)，毒石也。出漢中。……特
　　　　立之石也。”此石可入藥，味辛性熱。

〔三二〕第：排列次序。曾：曾祖。高：高祖。昭穆：宗廟或墓地之輩次
　　　　排列，始祖居中，左稱昭，右稱穆，後泛指家族輩份。來昆仍雲：
　　　　《爾雅·釋親》：“玄孫之子爲來孫，來孫之子爲晜(昆)孫，晜孫之
　　　　子爲仍孫，仍孫之子爲雲孫。”此指竹大小高低設置錯落得宜。

〔三三〕組練：《左傳·襄公三年》：“使鄧廖帥組甲三百，被練三千以侵
　　　　吳。”原指將士之服，此指絹帛之類畫幅。

〔三四〕陽虎二句：《史記·孔子世家》：孔子過匡，“匡人聞之，以爲魯之
　　　　陽虎。陽虎嘗暴匡人，匡人於是遂止孔子。孔子狀類陽虎，拘焉
　　　　五日。”又《史記·仲尼弟子列傳》：“孔子既没，弟子思慕，有若似
　　　　孔子，弟子相與共立爲師，師之如夫子時也。”後弟子發問，“有若
　　　　默然無以應，弟子起曰：‘有子避之，此非子之座也。’”此事《孟
　　　　子·滕文公上》已有記載：“子夏、子張、子游以有若似聖人，欲以
　　　　所事孔子事之。”

〔三五〕顔回二句：《孟子·公孫丑上》：“(公孫丑曰)昔者竊聞之：子夏、
　　　　子游，子張皆有聖人之一體，冉牛、閔子、顔淵則具體而微。”意爲
　　　　具備孔子之體而規模較小。

〔三六〕蘇子六句：蘇軾《淨因院畫記》：“余嘗論畫，以爲人禽、宮室、器用
　　　　皆有常形，至於山石、竹木、水波、煙雲，雖無常形，而有常理……
　　　　世之工人，或能曲盡其形，而至於其理，非高人逸才不能辨。”

〔三七〕梓人句：《莊子·達生》：“梓慶削木爲鐻(通簾，懸掛鐘磬的木
　　　　架)，鐻成，見者驚猶鬼神。魯侯見而問焉，曰：‘子何術以爲焉？’
　　　　對曰：‘臣工人，何術之有！雖然，有一焉：臣將爲鐻，未嘗敢以耗
　　　　氣也，必齊(齋)以静心。齊三日，而不敢懷慶賞爵禄；齊五日，不

敢懷非譽巧拙;齊七日,輒然忘吾有四枝(肢)形體也。當是時也,
無公朝。其巧專而外骨(外界擾亂)消,然後入山林,觀天性形軀,
至矣,然後成見鐻,然後加手焉,不然則已。則以天合天,器之所
以疑(擬)神者,其是與!'"

〔三八〕痀僂句:痀僂亦作佝僂,駝背。蜩,蟬。《莊子·達生》載:孔子至
楚,於林中見一駝背老人用竹竿黏蟬,驚嘆其技,老人自述其訓練
經過,末云:"雖天地之大、萬物之多,而唯蜩翼之知。吾不反不
側,不以萬物易蜩之翼,何爲而不得?"二句謂要達到技藝之神必
須超脫塵世榮辱,排除外界干擾,靜心凝神。

〔三九〕禹之句:《孟子·離婁下》:孟子曰:"如智者若禹之行水也,則無
惡於智矣。禹之行水也,行其所無事也。如智者亦行其所無事,
則智亦大矣。"即順應事物自然之理,如大禹治水之因勢利導。

〔四〇〕仲尼句:《論語·八佾》:"子謂《韶》,盡美矣,又盡善也。"又《述
而》:"子在齊聞《韶》,三月不知肉味,曰:'不圖爲樂之至於斯
也。'"《韶》:舜時樂曲。

〔四一〕因物句:《莊子·應帝王》:"汝游心於淡,合氣於漠,順物自然而
無容私焉,而天下治矣。"因:即順;因物:順應物理。無容私:不
夾雜個人成見。以上四句描述藝術的自然無迹是藝事的至高
境界。

〔四二〕燕荊南:燕肅,字穆之,北宋畫家,祖籍青州益都,後徙家曹州,生
年不詳,卒於仁宗康定元年(一〇四〇)。"荊南"殆爲"曹南"之
誤,因其生平與荊南無涉,而《圖畫見聞志》及《宣和畫譜》均言其
徙家曹南。山谷另有《道臻師畫墨竹序》,言其畫竹"超然免於流
俗",與此意同。

〔四三〕進技句:《莊子·養生主》載庖丁解牛事,庖丁曰:"臣之所好者道
也,進乎技矣。"道:天道,物理,事理規律。又《莊子·天地》:"故
通於天地者,德也;行於萬物者,道也;上治人者,事也;能有所藝
者,技也。技兼於事,事兼於義,義兼於德,德兼於道,道兼於天。"
此言藝事已超出一般境界而臻於出神入化的地步。

〔四四〕文湖州：文同，字與可，梓州永泰人，北宋畫家，善畫竹，元豐初除
知湖州，未到任而卒，世稱“文湖州”。得成竹於胸中：蘇軾《文與
可畫篔簹谷偃竹記》：“故畫竹必先得成竹於胸中，執筆熟視，乃見
其所欲畫者，急起從之，振筆直遂，以追其所見，如兔起鶻落，少縱
則逝矣。與可之教予如此。”

〔四五〕王會稽：王羲之，官至右軍將軍，會稽内史，故稱王右軍、王會稽。
用筆如印印泥：《書法鈎玄》載顔真卿《述張長史(旭)筆法十二
意》：“後聞褚河南云用筆當如印印泥，思所不悟，後於江島，偶見
沙平地净。令人意悦欲書，乃以鋒利畫而書之，其勁險之狀，明利
媚好。”印泥狀筆力遒勁。

〔四六〕二句出《詩·小雅·鶴鳴》。皐：沼澤；九皐，水沼深處。

〔四七〕妙萬物：《易·説卦》：“神也者，妙萬物而爲言者也。”成象：《易·
繫辭上》：“在天成象，在地成形，變化見矣。”此指形象。

〔四八〕掣其肘：據《吕氏春秋》卷十八《具備》，宓子賤治亶父，請魯君派
二吏隨往，“宓子賤令吏二人書，吏方將書，宓子賤從旁時掣揺其
肘，吏書之不善，則宓子賤爲之怒。吏甚患之，辭而請歸。宓子賤
曰：‘子之書甚不善，子勉歸矣。’”此兼用其句式。

〔四九〕旃：語助詞，猶“之焉”。

【評箋】 袁昶《山谷外集詩注評點》：宋賦簡質，變盡班張以來格調，
而與荀賦禮知雲蠶之遺意反相近，其源出於諸子，以議論成文而好博喻。
評“廉藺之骨成塵”數句：一寫榮觀超然之致，一寫槎牙勁健之態，純用蒙
莊喻筆。評“鶴鳴於九皐”數句：句句不説竹，却句句説竹，翻空易奇，可
悟筆妙。

家 誡〔一〕

某自丱角讀書及有知識〔二〕，迄今四十年，時態歷觀

諦見〔三〕。潤屋封君〔四〕、巨姓豪右、衣冠世族，金珠滿堂，不數年間復過之，特見廢田不耕，空困不給〔五〕。又數年復見之，有縲紲〔六〕於公庭者，有荷擔而倦於行路者，問之曰：“君家曩時蕃衍盛大〔七〕，何貧賤如是之速耶？”有應於予曰：“嗟乎！吾高祖起自憂勤，噍類數口〔八〕，兄叔慈惠，弟姪恭順，爲人子者告其母曰：‘無以小財爲争，無以小事爲酬，使我兄叔之和也。’爲人夫者告其妻曰：‘無以猜忌爲心，無以有無爲懷，使我弟姪之和也。’”於是共戹而食，共堂而燕，共庫而泉，共廩而粟〔九〕。寒而衣，其幣同也〔一〇〕；出而遊，其車同也。下奉以義，上謙以仁。衆母如一母，衆兄如一兒。無爾我之辨，無多寡之嫌，無私貪之欲，無橫費之財。倉箱共目而斂之，金帛共力而收之，故官私皆治，富貴兩崇。逮其子孫蕃息，妯娌衆多，内言多忌，人我意殊，禮義消衰，詩書罕聞，人面狼心，星分瓜剖，處私室則包羞自食，遇識者則强曰同宗〔一一〕，父無争子而陷於不義〔一二〕，夫無賢婦而陷於不仁，所志者小而所失者大，至於危坐孤立，患害不相維持，此其所以速於苦也。

某聞而泣之，家之不齊遂至如是之甚！可誌此以爲吾族之鑑，因爲常語以勸焉。吾子其聽否？昔先獻以子弟喻芝蘭玉幹生於階庭者〔一三〕，欲其質之美也。又謂之龍駒鴻鵠者〔一四〕，欲其才之俊也。質既美矣，光耀我族；才既俊矣，榮顯我家。豈宜偷取自安而忘家族之庇乎！漢有兄弟焉，將別也，庭木爲之枯；將合也，庭木爲之榮〔一五〕。則人心之所叶者，神靈之所祐也。晉有叔姪焉，無間者爲南阮之富，好異者爲北阮之貧〔一六〕。則人意之所和者，陰陽之所贊也。大唐之間，義族尤盛。張氏九世同居，至天子訪焉，賜帛以爲慶〔一七〕。高氏七世不分，朝廷嘉之，以族閭爲表〔一八〕。李氏子孫百餘衆，服食、器用、童僕無所異，黃巢禄山大盜，橫行天下，殘滅人家，獨不劫李氏，云“不犯義門”也〔一九〕。此見孝慈之盛，外侮所不能欺。

雖然，古人陳跡而已，吾子不可謂今世無其人。德安王兵部義聚百餘年，至五世，諸母新寡〔二〇〕，弟姪謀析財而與之，俾營別居。諸母曰：“吾之子幼，未有知識，吾所倚賴猶子〔二一〕、伯伯、叔叔也，不願他業，待吾子得訓經意如禮數足矣〔二二〕。”其後姪子官至兵部侍郎，諸母授金冠章帔〔二三〕，人皆曰：“諸母其先知乎，有助耶？”鄂之咸寧有陳子高者，有腴田五千，其兄之田止一千，子高愛其兄之賢，願合户而同之。人曰：“以五千膏腴就貧兄，不亦卑乎！”子高曰：“我一身爾，何用五千！人生飽煖之外，骨肉交歡而已。”其後兄子登第，官至太中大夫〔二四〕，舉家受廕。人始曰：“子高心地吉，乃預知兄子之榮也。”

然此亦人之所易爲也，吾子欲知其難者，願悉以告。昔鄧攸遭危厄之時，負其姪而逃之，度不兩全，則託子於人而寧抱其姪也〔二五〕。李充在貧困之際〔二六〕，昆季無資，其妻求異，遂棄其妻曰：“無傷我同胞之恩！”人之遭貧遇害，尚能爲此，況處富盛乎！

然此予聞見之遠者，恐未可以信人，又當告以耳目之尤近者。吾族居此四世矣〔二七〕，未聞公家之追負，私用之不給，泉粟盈儲，金朱繼榮〔二八〕，大抵禮義之所積，無分異之費也。其後婦言是聽，人心不堅，無勝己之交〔二九〕，信小人之黨，骨肉不顧，酒藏是從〔三〇〕，乃至苟營自私，偷取目前之逸，恣縱口體，而忘遠大之計。居湖坊者，不二世而絕；居東陽者，不二世而貧〔三一〕。其或天歟？亦人之不幸歟？吾子力道聞學〔三二〕，執書冊以見古人之遺訓，觀時利害，無待老夫之言矣。於古人氣概風味豈特髣髴耶？願以吾言敷而告之〔三三〕，吾族敦睦當自吾子起。若夫子孫榮昌，世繼無窮之美，則吾言非小補哉，誌之曰家誡。時紹聖元年八月日書。

〔一〕作於紹聖元年。

〔二〕丱（guàn）角：古時兒童頭髮束成兩角。

〔三〕諦見：仔細觀察。

〔四〕潤屋：富貴之家。《禮記·大學》："富潤屋。"疏："言家若富則能潤其屋，有金玉，又華飾見於外也。"封君：有封爵名號者，指顯貴之家。

〔五〕空困不給：糧倉空虛，不豐足。給，豐足。

〔六〕縲絏：縛犯人的繩索，此用作動詞，猶拘繫。

〔七〕蕃衍盛大：指人丁興旺。

〔八〕噍（jiào）類：活人，噍即嚼，意謂能吃飯者。此指家中人口。

〔九〕卮：圓形飲器，此指食具。燕：通宴。泉：通錢，音近而通，一說貨幣如泉水之流行，《漢書·食貨志》："故貨，寶於金，利於刀，流於泉。"此作動詞，謂在同一銀庫中出納錢幣。廩：糧倉。

〔一〇〕幣：繒帛，此指衣料。

〔一一〕人面狼心：《左傳·宣公四年》："諺曰：'狼子野心。'"《漢書·匈奴傳贊》："被髮左衽，人面獸心。"星分：左思《蜀都賦》："九野星分。"瓜剖：鮑照《蕪城賦》："竟瓜剖而豆分。"此寫家庭分裂。包羞：心懷羞恥，出《易·否》。末句謂家人在外勉強承認爲同宗，意即在家則人各異心。

〔一二〕爭子：能規諫父母的兒子。《孝經》："父有爭子，則身不陷於不義。"争通諍,規諫。

〔一三〕先猷:先賢。芝蘭玉幹生於階庭:《世說新語·言語》:"謝太傅
(安)問諸子姪:'子弟亦何預人事,而正欲使其佳?'諸人莫有言
者。車騎(謝玄)答曰:'譬如芝蘭玉樹,欲使其生於階庭耳。'"

〔一四〕龍駒:駿馬,亦喻才能傑出之子弟。《晉書·陸雲傳》:"此兒若非
龍駒,當是鳳雛。"鴻鵠:天鵝,亦喻傑出人才。《世說新語·賞
譽》:"陸士衡、士龍鴻鵠之裵回,懸鼓之待槌。"

〔一五〕漢有五句:梁吳均《續齊諧記》:"京兆田真兄弟三人,共議分財,
生貲皆平均,惟堂前一株紫荆樹,共議欲破三片。明日就截之,其
樹即枯死,狀如火然。真往見之,大驚,謂諸弟曰:'樹本同株,聞
將分斫,所以顦顇,是人不如木也。'因悲不自勝,不復解樹,樹應
聲榮茂。兄弟相感,合財寶,遂爲孝門。"

〔一六〕晉有三句:《世說新語·任誕》:"阮仲容(咸)、步兵(阮籍)居道
南,諸阮居道北。北阮皆富,南阮貧。"

〔一七〕張氏三句:《舊唐書·孝友傳》:"鄆州壽張人張公藝,九代同
居。……貞觀中特敕吏加旌表。麟德中,高宗有事泰山,路過鄆
州,親幸其宅,問其義由。其人請紙筆,但書百餘'忍'字。高宗爲
之流涕,賜以縑帛。"

〔一八〕高氏三句:《新唐書·高崇文傳》:"其先自渤海徙幽州,七世不異
居,開元中,再表其閭。"閭:鄉里。表:官府立牌坊,賜匾額,以表
彰其家族。

〔一九〕李氏七句:《舊唐書·孝友傳》:"李知本,趙州元氏人……事親至
孝,與弟知隱甚稱雍睦。子孫百餘口,財物僮僕,纖毫無間。隋
末,盜賊過其閭而不入,因相誡曰:'無犯義門。'同時避難者五百
餘家,皆賴而獲免。"山谷所記稍有異。

〔二〇〕諸母:對同宗族伯叔母之通稱。

〔二一〕猶子:兄弟之子,即從子。

〔二二〕訓:教誨。如:與,和,并列連詞。

〔二三〕章帔:章服,以圖文表示等級的禮服。

〔二四〕太中大夫：元豐改制前爲從四品上階文散官，元豐三年後廢文散官，遂爲新寄禄官，相當於舊寄禄官左右諫議大夫。

〔二五〕昔鄧攸四句：《世説新語·德行》："鄧攸始避難，於道中棄己子，全弟子。"劉孝標注引王隱《晉書》："攸以路遠，斫壞車，以牛馬負妻子以叛，賊又掠其牛馬。攸語妻曰：'吾弟早亡，唯有遺民。今當步走，儋（擔）兩兒盡死，不如棄己兒，抱遺民。吾後猶當有兒。'婦從之。"

〔二六〕李充：晉人，字弘度，江夏人，少孤貧，官著作郎，撰《四部書目》，《晉書·文苑傳》有傳。山谷所述不知所本。

〔二七〕吾族句：山谷《叔父給事行狀》："黄氏本婺州金華人，公高祖偉瞻，當李氏時來游江南，以策干中主，不能用，授著作佐郎，知分寧縣，解官去游湘中。久之，念藏器以待時，無兵革之憂，莫如分寧，遂以安輿奉二親來居分寧，因葬焉。"

〔二八〕金朱：印章與服色，指官位。

〔二九〕勝己之交：即《論語·學而》"無友不如己者"之意。勝己用《孟子·公孫丑上》："不怨勝己者。"

〔三〇〕胾(zì)大塊肉。

〔三一〕居湖坊四句：居湖坊者謂黄氏在長沙的一支。山谷《與黄顔徒書》："舊聞先君緒言長沙一族，初亦零替"，後該族黄昭官至侍御史，家荆南，山谷稱其爲族伯父晦甫侍御。東陽：古郡名，治所在長山(今浙江金華)，此即分寧一支之祖籍。

〔三二〕力道：致力於道。

〔三三〕敷：鋪陳，陳述。

黔南道中行記〔一〕

紹聖二年三月辛亥次下牢關〔二〕，同伯氏元明、巫山

尉辛紘堯夫傍崖尋三游洞〔三〕。繞山行竹間二百許步,得
僧舍,號大悲院,才有小屋五六間,僧貧甚,不能爲客煎
茶。過大悲,遵微行〔四〕,高下二里許,至三游間,一徑棧
閣繞山腹〔五〕,下視深谿悚人,一徑穿山腹虒闇〔六〕,出洞
乃明。洞中略可容百人,有石乳,久乃一滴,中有空處,深
二丈餘,可玄,嘗有道人宴居〔七〕,不耐久而去。

　　厥壬子〔八〕,堯夫舟先發,不相待。日中乃至蝦蟆
碚〔九〕,從舟中望之,頤頷口吻,甚類蝦蟆也。予從元明尋
泉源,入洞中,石氣清寒,流泉激激,泉中出石腰骨,若虬
龍糾結之狀。洞中有崩石,平闊可容數人宴坐也,水流循
蝦蟆背垂鼻口間,乃入江耳〔一〇〕。泉味亦不極甘,但冷熨
人齒〔一一〕,亦其源深來遠故耶。

　　壬子之夕宿黄牛峽〔一二〕。明日癸丑,舟人以豚酒享
黄牛神〔一三〕,兩舟人飲福皆醉〔一四〕。長年三老請少
駐〔一五〕,乃得同元明、堯夫曳杖清樾間〔一六〕,觀歐陽文忠
公詩及蘇子瞻記丁元珍夢中事,觀隻耳石馬〔一七〕。道出
神祠背,得石泉甚壯,急命僕夫運石去沙,泉且清而歸。
陸羽《茶經》記黄牛峽茶可飲,因令舟人求之,有媼賣新茶
一籠,與草葉無異,山中無好事者故耳〔一八〕。

　　癸丑夕宿鹿角灘下〔一九〕,亂石如囷廩〔二〇〕,無復寸
土。步亂石間,見堯夫坐石據琴,兒大方侍側,蕭然在事
物之外〔二一〕。元明呼酒酌堯夫,隨磐石爲几案牀座。夜
闌乃見北斗在天中,堯夫爲《履霜》、《烈女》之曲〔二二〕。
已而風激濤波,灘聲洶洶,大方抱琴而歸。

　　初,余在峽州,問士大夫夷陵茶,皆云觕澀不可飲;試
問小吏,云唯僧茶味善,試令求之,得十餅,價甚平也。攜

至黃牛峽，置風爐清樾間〔二三〕，身候湯，手捉得味〔二四〕，既以享黃牛神，且酌元明、堯夫云："不減江南茶味也。"乃知夷陵士大夫但以貌取之耳，可因人告傅子正也〔二五〕。

〔一〕紹聖二年赴黔州途中過峽州時作。峽州屬荊湖北路，治夷陵（今宜昌），位於三峽之西陵峽東首。

〔二〕下牢關：在州治之西，隋於此置峽州，後爲鎮。陸游《入蜀記》卷六："過下牢關，夾江千峰萬嶂……初冬草木皆青蒼不彫，西望重山如闕，江出其間，則所謂下牢谿也。"

〔三〕同伯氏句：陸游《入蜀記》卷六：三游"洞大如三間屋，有一穴通人過，然陰黑峻險尤可畏。繚山腹，傴僂自巖下，至洞前，差可行，然下臨溪潭，石壁十餘丈，水聲恐人。又二穴，後有壁，可居，鍾乳歲久，垂地若柱，正當穴門，上有刻云：'黃大臨、弟庭堅，同辛紘、子大方，紹聖二年三月辛亥來遊。'"元明，大臨字。

〔四〕遵微行：沿着小路。《詩·豳風·七月》："遵彼微行。"

〔五〕棧閣：《後漢書·隗囂傳》李賢注："棧閣者，山路懸險，棧木爲閣道。"即棧道，依山架木而築成的道路。

〔六〕黮（dǎn）闇：昏暗，出《莊子·齊物論》。

〔七〕玄：通懸。《文選》張衡《東京賦》："右睨玄圃。"李善註："玄與懸古字通。"此指可懸垂而入於穴中。宴居：閒居，安居。此指道人安坐修道。佛家稱坐禪爲宴坐。

〔八〕厥壬子：辛亥之翌日。厥：其。

〔九〕蝦蟆碚：《方輿勝覽·峽州》："蝦蟆培在夷陵縣之南，凡出蜀者必酌水以瀹茗，陸羽第其品爲第四。"

〔一〇〕頤頷數句：《入蜀記》卷六："蝦蟆在山麓臨江，頭鼻吻頷絶類，而背脊皰處尤逼真，造物之巧，有如此者。自背上深入，得一洞穴，石色緑潤，泉泠泠有聲，自洞出，垂蝦蟆口鼻間，成水簾入江。"虯龍，無角龍。

〔一一〕冷熨人齒：寒冷冰人之齒，如高溫之熨。熨舊讀 wèi。

〔一二〕黃牛峽：在宜昌西。《水經注》卷三十四：“江水又東逕黃牛山，下有灘名曰黃牛灘，南岸重嶺疊起，最外高崖間有石如人負刀牽牛，人黑牛黃。”

〔一三〕以豚酒享：用小猪及酒祭（黃牛神）。

〔一四〕飲福：祭祀完畢，飲供神之酒，謂受神之福，故云。庾信《周宗廟歌·皇夏飲福酒》：“受釐徹俎，飲福移樽。”

〔一五〕長年三老：船工。長年：船上撑篙者；三老：船後掌舵者。杜甫《夔州歌》：“長年三老長歌裏。”

〔一六〕曳杖清樾：謂拖着手杖走在清蔭中。樾：樹蔭。《禮記·檀弓》：“孔子蚤作，負手曳杖，消摇於門。”

〔一七〕觀歐陽二句：指歐陽修《黃牛峽祠》詩及東坡《書歐陽公黃牛廟詩後》。文云：“軾嘗聞之於公：‘予昔以西京留守推官爲館閣校勘，時同年丁寶臣元珍適來京師，夢與予同舟泝江，入一廟中，拜謁堂下，予班元珍下，元珍固辭，予不可。方拜時，神像爲起，鞠躬堂下，且使人邀予上，耳語久之。元珍私念神亦如世俗，待館閣乃爾異禮耶？既出門，見一馬隻耳。覺而語予，固莫識也。不數日，元珍除峽州判官，已而余亦貶夷陵令，日與元珍處，不復記前夢矣。一日與元珍泝峽謁黃牛廟，入門惘然，皆夢中所見。予爲縣令，固班元珍下；而門外鐫石爲馬，缺一耳。相視大驚，乃留詩廟中，有石馬繫祠門之句，蓋私識其事也。’”詩及文皆刻石於廟。

〔一八〕陸羽五句：見陸羽《茶經·七之事》。《入蜀記》卷六：“晚次黃牛廟，山復高峻，村人來賣茶葉者甚衆，其中有婦人……茶則皆如柴枝草葉，苦不可入口。”適與山谷所述相同。好事者：此指熱中品茶之人。

〔一九〕鹿角灘：峽州諸灘之一，皆在州西北，見《輿地紀勝·峽州》。

〔二〇〕囷（gūn）廩：糧倉。

〔二一〕蕭然句：謂蕭散閑遠，超脱於世事之外。

〔二二〕《履霜》、《烈女》：皆琴曲名。《樂府詩集》卷五七《琴曲歌辭》有尹伯奇《履霜操》，伯奇爲周尹吉甫子，爲後母所逐，“晨朝履霜，自傷

見放，於是援琴鼓之而作此操。曲終投河而死。”（題解引《琴操》）
又同上卷五八有孟郊《列女操》，題解引《琴集》：“楚樊姬作《列
女引》。”
〔二三〕風爐：煮茶用具，見《謝黃從善司業寄惠山泉》注〔三〕。
〔二四〕挼（ruán）：用手揉搓。
〔二五〕傅子正：不詳。然據文意，當即“夷陵士大夫”之類。

南園遁翁廖君墓誌銘〔一〕

庭堅以罪放黔中，三年又避親嫌，遷置於戎州〔二〕。
未至而訪其士大夫之賢者，有告者曰：“王默復之、廖及成
叟其人也。”問復之之賢，曰：“復之學問文章爲後進師表，
褒善貶惡，人畏愛之；激濁揚清〔三〕，常傾一坐〔四〕。鄉人
之爲不善者，必悔曰：‘豈可使復之聞之！’”問成叟之賢，
曰：“事父母孝敬，有古人所難。邃於經術，善以所長開導
人，子弟以爲師保〔五〕。能以財發其義〔六〕，四方之遊士以
爲依歸。”竊自喜曰：“雖投棄裔土〔七〕，而得兩賢與之游，
可無恨。”至戎州而訪之，則二士皆捐館舍矣〔八〕，未嘗不
太息也。會成叟之子鐸，以進士王全狀其先人言行，來乞
銘。遂叙而銘之。
叙曰：維廖氏得姓於周〔九〕，至唐乃有顯者，唐末有仕
於犍爲〔一〇〕，不能歸，留爲蜀人，至遁翁五世矣〔一一〕。大
父君諱翰，辭不受父祖田宅，以業其兄，而自治生，因爲戎
州著姓。生二子，曰璆、曰琮，璆有文行而不得仕〔一二〕，
琮以奉議郎致仕〔一三〕，恩遷承議郎，累贈翰至宣德郎。璆

有子曰及,是謂遯翁。遯翁天資魁梧〔一四〕,性重遲,不兒戲,長而刻意問學〔一五〕,治《春秋》三傳,於聖人之意有所發明,不以世不尚而奪其業〔一六〕。元祐初,乃舉進士,至禮部,有司罷之而不慍也〔一七〕。居父喪,卒哭而哀不衰,猶有思慕之色〔一八〕。奉其母夫人,溫凊定省,能用《曲禮》〔一九〕,使其親安焉。士有負公租將就杖者〔二〇〕,遯翁持金至庭曰:“願以此輸逋錢,免廢一士。”有司義而從之。土俗:病者必殺牛,祭非其鬼〔二一〕。遯翁嘗病,親黨皆請從俗禱焉。遯翁曰:“不愧於天,吾病將已;天且翦之,於禱何益〔二二〕!”里中嘗薦士應經明行修詔者〔二三〕,上下皆以爲可,遯翁獨不可,既而不果薦,識者以爲然。年四十遂築南園,曰:“吾期終於此,遯於人而全於天〔二四〕,不亦可乎?”則自號南園遯翁,幽居獨樂,非其所好,姻家鄰室不覿也〔二五〕。如是數年,年四十有五而卒。復之哭之曰:“天奪我成叟,吾衰矣〔二六〕!”

娶河内于氏,生三男二女:男則鐸,次構,次桐;長女適進士李武,次在室。鐸以元符元年十有一月壬申葬遯翁於棘道縣之錦屏山,於是母夫人年七十三,除喪而哭之哀,曰:“諸子孫事我,豈不夙夜〔二七〕!亡者之能養,不可得已!嗚呼,可謂孝子矣!”

銘曰:遯翁遯於人,乃其不逢。全於天,乃其不窮〔二八〕。初若泛也,考於仁而同〔二九〕。中若隘也,考於義而通。卒而不病於孝,藹然有古人之風〔三〇〕。

〔一〕作於元符元年。

〔二〕庭堅三句:山谷於紹聖二年(一〇九五)謫黔州,元符元年(一〇九八)春因避外兄張向之嫌遷戎州。《内集詩注》目録卷十二引《實録》:"紹聖四年三月,知宗正丞張向提舉夔州路常平,十二月壬寅詔涪州別駕、黔州安置黄庭堅移戎州安置,以避使者親嫌故也。"山谷三月間離黔,六月初抵戎。黔屬夔州路,戎屬梓州路。

〔 三 〕激濁揚清:懲斥邪惡,發揚善行。魏劉劭《人物志·利害》:"其功足以激濁揚清,師範僚友。"

〔 四 〕傾一坐:使在座者傾倒、佩服。坐,即座。《漢書·司馬相如傳》有"一坐盡傾"語。

〔 五 〕師、保:皆古時輔導並協助帝王之官,見《尚書·太甲》。此猶言老師、師傅。

〔 六 〕能以句:謂能仗義疏財。

〔 七 〕投棄裔土:流放到邊遠之地。《左傳·文公十八年》:"投諸四裔。"《國語·周語》:"余一人其流辟旅於裔土。"

〔 八 〕捐館舍:死之委婉説法。

〔 九 〕維廖氏句:《通志·氏族略》:"《風俗通》:古有廖叔安,《左傳》作颿,蓋其後也……今衡山、南劍多廖氏,或言周文王子伯廖之後。"

〔一〇〕犍爲:屬成都府第嘉州。

〔一一〕遯翁:取避世之意。《易·乾·文言》:"遯世無悶。"《禮記·中庸》:"遯世不見知而不悔,唯聖者能之。"

〔一二〕文行:文章德行。《論語·述而》:"子以四教:文行忠信。"

〔一三〕奉議郎:與以下承議郎、宣德郎均階官名。

〔一四〕天資魁梧:天生身材高大。

〔一五〕性重遲三句:謂其性格持重,長而苦學。韓愈《劉公墓誌銘》:"始爲兒時,重遲不戲。"刻意:專心致志。《文心雕龍·通變》:"今才穎之士,刻意學文。"

〔一六〕不以句:熙豐間王氏經學主宰學術。王安石《答韓求仁書》:"至於《春秋》,三傳既不足信,故於諸經尤爲難知。"據周麟之跋孫覺《春秋經解》,王安石曾稱《春秋》爲"斷爛朝報"。《困學紀聞》卷六:"尹和靖云:介甫不解《春秋》,以其難之也;廢《春秋》非其意。”熙寧四年更定科舉法,安石稱:“(《春秋》)決非仲尼之筆也。《儀禮》亦然。請自今經筵毋以進講,學校毋以設法,貢舉毋以取士。”《春秋》三傳遂不列爲考試科目(見《宋史紀事本末·學校科舉之制》)。奪:改變。

〔一七〕乃舉三句:宋制:秋天“取解”,即各州選拔士子赴京應試,冬集禮部,明春在禮部考試。慍:怨怒。

〔一八〕卒哭二句:停止了哭泣而哀痛猶不衰減,尚有追思懷念親人的神色。

〔一九〕温清二句:《禮記·曲禮》:“凡爲人子之禮,冬温而夏清,昏定而晨省。”謂冬讓雙親温暖,夏則使其清涼,指四時之禮;黄昏給雙親鋪床,使其安定,清晨則問候請安,指早晚之禮。

〔二〇〕負公租:拖欠官府租税。杖:杖責,用竹板或荆條打背、臀或腿。

〔二一〕非其鬼:驅鬼。非:排。

〔二二〕不愧四句:《詩·小雅·何人斯》:“不愧于人,不畏于天。”此化用之。劓:割鼻之刑。《易·睽》:“其人天且劓。”引申爲割除、消滅。《尚書·盤庚》:“我乃劓殄滅之。”《論語·述而》:“子疾病,子路請禱。子曰:‘有諸?’子路曰:‘有之。《誄》曰:“禱爾於上下神祇。”’子曰:‘丘之禱久矣。’”此化用之,謂天若亡我,禱告亦無用。

〔二三〕經明行修:貢舉科目之一。元祐元年置,命升朝文官各舉一人應試,試法與進士科同,授官優於進士。元祐四年改爲須有特詔方許奏舉。約紹聖間罷。

〔二四〕遯於人:謂避開人世。全於天:指與天合一。莊子認爲超脱世事,因任自然,就可達到天人合一的境界。《莊子·達生》:“棄世則無累,無累則正平……棄事則形不勞,遺生則精不虧。夫形全精復,與天爲一。”又《大宗師》:“畸人者(形體不全之人)畸於人而侔於天。”此化用之。

〔二五〕非其二句:謂若不爲其所喜,即使是親戚鄰居也不相見。

〔二六〕吾衰矣:《論語·述而》:“子曰:‘甚矣吾衰也!久矣吾不復夢見

425

周公!'"

〔二七〕夙夜：早晚。此謂子孫早晚殷勤侍奉。《詩·大雅·烝民》："夙
　　　　夜匪解(懈)，以事一人。"

〔二八〕全於天二句：謂與天地相終始，乃至永恒不朽。《莊子·在宥》：
　　　　"廣成子曰：'彼其物無窮，而人皆以爲有終；彼其物無測，而人皆
　　　　以爲有極……故余將去女，入無窮之門，以游無極之野。吾與日
　　　　月參光，吾與天地爲常。'"

〔二九〕考：考察、考核。

〔三〇〕藹然：親切和順貌。

與王周彥長書〔一〕

　　七月戊辰某敬報周彥賢良足下〔二〕：成都呂元鈞，某
之故人也，解梓州而遇諸途，能道榮州土地風氣之常。嘗
問之曰："亦有人焉？"元鈞曰："里人王周彥者，讀書好學
而有高行，以其母屬當得蔭補入仕〔三〕，始以推其弟，今以
推其甥及姪，斯其人也。"時僕方再往京師，見其摩肩而
入，接踵而出〔四〕，冠蓋後先，車馬爭馳，求秋毫之利，較蝸
角之名〔五〕，大之相嫌嫉，小之忘廉恥，甚於羣蟻之競
腥〔六〕。兹窮荒絕塞，其地與蠻夷脣齒〔七〕，其俗以奔薄相
尚〔八〕，尊爵禄而貴衣冠，乃有周彥者，其古人之流乎〔九〕？
豈不卓然獨立於一世哉！既竊嘆其人，又喜欲與之游也。

　　及某以罪戾抵戎僰，久之，觀榮之士樂善而喜聞道，
中州弗及也。無乃周彥居西河而格其心，而變其俗〔一〇〕，
以致然耶？凡儒衣冠懷刺袖文〔一一〕，濟濟而及吾門者無

不接，每探刺受文則意在目前，其周彥者亦我過也〔一二〕？經旬浹而寂然〔一三〕。一日惠然而來，乃以先生長者遇我。退而自謂："何以得此於周彥者〔一四〕？豈以葭莩之好，齒髮長而行尊者耶〔一五〕？"既辱其來，乃枉以書執進之，敬出其文詞，且有索於我矣。周彥迫之不已，僕安得不啟不發而有以報也〔一六〕？

　　夫周彥之行猶古人也，及其文則慕今之人也，何哉？見其一而未見其二也，惟推其所慕而致於文而已。顏子曰："舜何人也，予何人也〔一七〕？"孟子曰："伯夷、伊尹皆古聖人也。吾未能有所行焉，乃所願，則學孔子也〔一八〕。"孔子曰："吾不復夢見周公〔一九〕。"孔子之學周公，孟子之學孔子，自堯舜而來至於三代賢傑之人，材聚雲翔，豈特周公而已？至於孔孟之學不及於周孔者〔二〇〕，蓋登太山而小天下，觀於海者難爲水也〔二一〕。企而慕者高而遠，雖其不逮，猶足以超世拔俗矣。況其集大成而爲醇乎醇者耶〔二二〕？周彥之爲文，欲溫柔敦厚，孰先於《詩》乎？疏通知遠，孰先於《書》乎？廣博易良，孰先於《樂》乎？潔靜精微，孰先於《易》乎？恭儉莊敬，孰先於《禮》乎？屬辭比事，孰先於《春秋》乎〔二三〕？讀其書而誦其文，味其辭，涵泳容與乎淵源精華〔二四〕，則將沛然決江河而注之海，疇能禦之〔二五〕！周彥之病其在學古之行而事今之文也。若歐陽文忠公之炳乎前，蘇子瞻之煥乎後，亦豈易及哉！然二子者，始未嘗不師於古而後至於是也。夫舉千鈞者輕乎百鈞之勢，周彥之行扛千鈞矣，而志於文則力不及於百鈞，是自畫也〔二六〕，未之思爾。周彥其稽孔孟之學而學其文，則文質彬彬〔二七〕，誠乎自得於天者矣，異日將以我爲知言也。紙窮不能盡所欲言,惟高明裁幸。

蒙遺疋物芎朮、珠子黄〔二八〕,皆此無有,拜嘉慚怍。湯餅之具尤奇,羈旅良濟益佩〔二九〕,憂愛災患,尤所不忘耳。元師能令攜琴一來爲望。莊叔之子亦可教以《詩》《書》否〔三〇〕?惠訊至寄聲不宣,某再拜。

〔一〕王周彦:見《寄題榮州祖元大師此君軒》注〔一一〕。此書作於戎州,首云“七月戊辰”,末云“元師能令攜琴一來爲望”,元師即祖元大師,周彦從兄,善琴,山谷爲賦詩,作於元符二年九月。山谷又有《跋贈元師此君軒詩》,云:“元符二年冬元訪予於戎道。”與信所述相符,可推定其作於元符二年。

〔二〕賢良:有德行之士。

〔三〕蔭補:因父祖官位功勳而得官職。宋代蔭補頗濫,名目繁多,如聖節蔭補在皇帝壽誕時,每年一次;大禮蔭補則在舉行郊禮時,三年一次。此外還有致仕蔭補、遺惠蔭補等。但僅限中高級官員享有此權。

〔四〕見其二句:形容人羣擁擠,熙來攘往。語出《晏子春秋》之“比肩繼踵”及桓譚《新論》之“民摩肩”。

〔五〕蝸角之名:喻極小的虚名,由《莊子·則陽》中之“蝸角之戰”引申而來。蘇軾《滿庭芳》:“蝸角虚名,蠅頭微利。”

〔六〕甚於句:《莊子·徐无鬼》:“羊肉不慕蟻,蟻慕羊肉,羊肉羶也。”

〔七〕唇齒:喻地相毗鄰。《左傳·僖公五年》:“虢,虞之表也。……諺所謂‘輔車相依,脣亡齒寒’者,其虞虢之謂也。”

〔八〕奔薄:奔競趨利。薄:迫。

〔九〕古人:前人多以“高古”相尚,有不同流俗、淳樸清高等義。杜甫《吾宗》:“吾宗老孫子,質樸古人風。”

〔一〇〕無乃二句:《史記·仲尼弟子列傳》:“孔子既没,子夏居西河教授,爲魏文侯師。”西河,戰國魏地。子夏比周彦,謂其高風亮節能化人心、易風俗。格：糾正。《尚書·冏命》：“繩愆糾謬,格其非心。”

〔一一〕懷刺袖文：懷藏名片、文章,準備向山谷請教。

〔一二〕每探刺二句：山谷自謂每當探看名片,接受文章,就想眼前來訪者中或有王周彦。形容期望晤面之殷切。

〔一三〕旬浹：整整十天。浹：整,周。

〔一四〕何以句：謂憑什麽得到周彦如此厚愛與敬意。

〔一五〕葭莩：蘆葦中的薄膜,喻關係淡薄疏遠,此言略有交情。齒髮長：年長。行(háng)尊：輩分高。此爲山谷謙詞。

〔一六〕不啓不發：《論語·述而》：“不憤不啓,不悱不發。”此啓與發均指對周彦有所教誨。

〔一七〕顏子二句：出《孟子·滕文公上》,意謂舜爲人,我亦爲人,經過努力,我也可達到舜的水平。

〔一八〕孟子五句：出《孟子·公孫丑上》,意謂如要學習,就學孔子,因孔子“可以仕則仕,可以止則止,可以久則久,可以速則速”。

〔一九〕孔子句：出《論語·述而》。

〔二○〕至於句：謂孔子之學不及周公,孟子之學不及孔子。周孔,萬曆本作“周公”。

〔二一〕蓋登二句：《孟子·盡心上》：“孟子曰：‘孔子登東山而小魯,登泰山而小天下,故觀於海者難爲水,遊於聖人之門者難爲言。’”難爲水：難於爲水所吸引。

〔二二〕況其句：《孟子·萬章下》：“孔子之謂集大成。集大成也者,金聲而玉振之也。”韓愈《讀荀》：“孟氏醇乎醇者也。荀與楊,大醇而小疵。”醇：精純完美。

〔二三〕周彦十三句：《禮記·經解》：“孔子曰：‘入其國,其教可知也。其爲人也溫柔敦厚,《詩》教也。疏通知遠,《書》教也。廣博易良,《樂》教也。絜静精微,《易》教也。恭儉莊敬,《禮》教也。屬辭比事,《春秋》教也。’”孔穎達疏：“溫,謂顏色溫潤；柔謂性情和柔。詩依違諷諫,不指切事情,故云。”“書録帝王言誥,舉其大綱,事非繁密,是疏通,上知帝皇之世,是知遠也。”“樂以和通爲體,無所不用,是廣博;簡易良善,使人從化,是易良。”“易之於人,正則獲吉,邪則獲凶,不爲淫濫,是絜静;窮理盡性,言入秋毫,是精微。”“禮以恭遜節儉、齊莊敬慎爲本,若人能恭敬節儉,是《禮》之教也。”“春秋聚合會同之辭,是屬辭;比次褒貶之事,是比事也。”按:温柔敦厚原指性情,後亦成爲對詩的要求,即規勸批評應委曲婉轉,不要直言刻露。

〔二四〕讀其書三句:《孟子・萬章下》“頌(誦)其詩,讀其書。”此化用之。涵泳:潛游,喻深入體會。容與:逍遥自得貌,此猶言陶醉。

〔二五〕則將二句:《孟子・盡心上》:“若決江河,沛然莫之能禦也。”又《梁惠王上》:“民歸之,由(猶)水之就下,沛然誰能禦之?”沛然:充沛盛大貌。疇:誰。

〔二六〕夫舉四句:《孟子・梁惠王上》:“吾力足以舉百鈞,而不足以舉一羽……然則一羽之不舉,爲不用力焉……故王之不王,不爲也,非不能也。”自畫:畫地自限,停止。《論語・雍也》:“冉求曰:‘非不説子之道,力不足也。’子曰:‘力不足者,中道而廢。今女(汝)畫。’”此謂周彦未學古之文,非不能,而是不爲。

〔二七〕文質彬彬:出《論語・雍也》,指文采與實質協調相映。

〔二八〕芷:雅之古字,雅物,清雅之物。芎(xiōng):芎藭,草名,生於川中者名川芎,最有名,根莖可入樂,莖葉細嫩時曰蘼蕪,葉大時曰江蘺。朮:亦草藥,有白朮、蒼朮等。珠子黄:硫黄類藥物。宋祁《益部方物略記》:“水硫黄,出資、榮州山硼中,秋潦已收,里人布茅水上,流沫擁聚,取而熬之,復投於水則成,號真珠黄。”

〔二九〕濟佩:濟,解救急難之物;佩,佩帶之物。

〔三〇〕莊叔:王周彦之兄,見《與榮州薛使君書》。敦:篤信愛好,此作使動用,猶言勉勵。《左傳・僖公二十七年》:“説禮樂而敦詩書。詩書,義之府也;禮樂,德之則也。”

道臻師畫墨竹序〔一〕

墨竹出於近世，不知其所師承〔二〕。初吳道子作畫，超其師楊惠之〔三〕，於山川崖谷、遠近形勢、虎豹蛇龍，至於蟲蛾草木之四時，日月列星風雨水火雷霆之神物，軍陳戰鬬斬馘犇北之象〔四〕，運筆作卷〔五〕，不加丹青，已極形似。故世之精識博物之士，多藏吳生墨本，至俗子乃衒丹青耳。意墨竹之師近出於此。

往時天章閣待制燕肅始作生竹〔六〕，超然免於流俗。近世集賢校理文同遂能極其變態，其筆墨之運疑鬼神也〔七〕。韓退之論張長史喜草書，不治它技，所遇於世，存亡得喪，怫聊不平，有動於心，必發於書；所觀於物，千變萬化，可喜可愕，必寓於書〔八〕。故張之書不可端倪，以此終其身而名後世。與可之於竹，殆猶張之於書也。

嘉州石洞講師道臻，刻意尚行，欲自振於溷濁之波〔九〕，故以墨竹自名。然臻過與可之門，而不入其室，何也？夫吳生之超其師，得之於心也，故無不妙〔一〇〕。張長史之不治它技，用智不分也，故能入於神〔一一〕。夫心能不牽於外物，則其天守全，萬物森然出於一鏡〔一二〕，豈待含墨吮筆，槃礴而後爲之哉〔一三〕！故余謂臻：欲得妙於筆，當得妙於心。臻問心之妙，而余不能言，有師範道人出於成都六祖，臻可持此往問之〔一四〕。

〔一〕山谷有《書遺道臻墨竹後與斌老》，云："元符三年三月戎州無等院涪翁借地所築槁木菴中書。此篇之成,罕書與人。吾宗斌老授竹法於文與可,故書此。"然則本篇之作當在元符三年三月之前,山谷居戎州時。斌老即文同妻姪黄斌老,時任倅。

〔二〕墨竹二句:墨竹之始,其説不一。舊説始自五代李氏。元夏文彦《圖繪寶鑑》卷二:"李夫人西蜀名家,未詳世胄,善屬文,尤工書畫。郭崇韜伐蜀得之,夫人以崇韜武弁,常鬱悒不樂。月夕,獨坐南軒,竹影婆娑可喜,即起揮毫濡墨,模寫窗紙上,明日視之,生意具足。或云:自是人間往往效之,遂有墨竹。"或以爲當更早。元李衎《竹譜詳録》卷一:"墨竹亦起於唐而源流未審……黄太史疑出於吳道子。"下有注:"《畫評》云:'寫竹於古無傳,自沙門元靄及唐希雅、董羽輩始爲之倡。'……《廣畫集》載孫位松石墨竹,又成都大慈寺灌頂院有張立墨竹畫壁。孫、張皆晚唐人,蜀中皆有墨竹,乃知非元靄董輩倡始,亦不起於李夫人也。"

〔三〕楊惠之:唐代畫家、雕塑家。鄧椿《畫繼》卷九:"舊説楊惠之與吳道子同師。道子學成,惠之恥與齊名,轉而爲塑,皆爲天下第一。"山谷之説,未知何據。

〔四〕陳:通陣。斬馘(guó):割下耳朵。古代戰爭以割取敵人左耳計功。犇:即奔。北:敗北。

〔五〕卷:畫卷。

〔六〕天章閣待制燕肅:字穆之,祖籍青州益都,後徙陽翟(今河南禹縣),生年不詳,卒於仁宗康定元年,善作山水寒林,師法李成,追踪王維。擢龍圖閣待制,後進龍圖閣直學士,見《宋史》本傳。此云"天章閣",殆係誤記。

〔七〕近世二句:見《劉明仲墨竹賦》注〔九〕、〔四四〕。疑鬼神:形容運筆之神妙。《莊子·達生》:"器之所以疑神者。"疑通擬,類似。

〔八〕韓退之十一句:韓愈《送高閑上人序》:"往時張旭善草書,不治他技。喜怒窘窮,憂悲愉佚,怨恨思慕酣醉,無聊不平,有動於心,必於草書焉發之。觀於物,見山水崖谷,鳥獸蟲魚,草木之花實,日月列星,風雨水火,雷霆霹靂,歌舞戰鬥,天地萬物之變,可喜可愕，一寓於書。故旭之書，變動猶鬼神，不可端倪，以此終其身而名後世。”

〔九〕刻意二句：《莊子・刻意》：“刻意尚行，離世異俗。”刻意：在思想意識上克制自己。尚行：力求行爲高尚。自振：自舉，自拔。溷濁：混濁。此謂其砥志勵行，以求離世異俗。

〔一〇〕得之二句：《歷代名畫記》卷二：“或問余曰：‘吳生何以不用界筆直尺，而能彎弧挺刃，植柱構梁？’對曰：‘守其神，專其一，合造化之功，假吳生之筆，向所謂意存筆先，畫盡意在也。’”歐陽修《書梅聖俞稿後》：“故工之善者，必得於心，應於手，而不可述之言也。”蘇軾所謂“畫竹必先得成竹於胸中”（《文與可畫篔簹谷偃竹記》），亦此意。

〔一一〕用智二句：用《莊子・達生》載“痀僂承蜩”事，孔子聽丈人自述其技後，歎曰：“用心不分，乃凝於神。其痀僂丈人之謂乎！”見《劉明仲墨竹賦》注〔三八〕。此謂藝術創作專注一心，排除外界干擾，故能入於神化之境。

〔一二〕則其二句：《莊子・達生》：“壹其性，養其氣，合其德，以通乎物之所造。夫若是者，其天守全，其神無卻（隙），物奚自入焉！夫醉者之墜車，雖疾不死。骨節與人同而犯害與人異，其神全也。……死生驚懼不入乎其胸中。”天守：指得道者虛靜之心，因能保守天道，不爲外物所役，故云。《莊子・天道》：“水靜猶明，而況精神！聖人之心靜乎！天地之鑒也，萬物之鏡也。”儒家中荀子也主虛靜，《荀子・解蔽》：“虛一而靜，謂之清明，萬物莫形而不見。”蘇軾論藝亦主心境虛靜，可參閱其《送參寥師》詩。

〔一三〕豈待二句：謂形象已在心中構成，不必等到落筆。《莊子・田子方》：宋元君命畫師作畫，畫師皆“舐筆和墨”，準備下筆，有一畫師後至，不拘禮節，徑至館舍。“公使人視之，則解衣般礴（盤腿而坐）臝（裸）。君曰：‘可矣，是真畫者也。’”此借用其語。

〔一四〕師範道人：山谷道友，在黔州與山谷相從有十八個月（《與周達夫》）。《與周元翁》：“今所與共居範上座，是簡州人，渢山喆老門

433

人也。"山谷對其推崇備至,以師友待之。成都六祖:禪院名。山谷有《成都中和六祖院勸緣疏》,可證。持此:謂帶着這篇序文。

龐安常傷寒論後序〔一〕

龐安常自少時善醫方〔二〕,爲人治病,處其生死多驗〔三〕,名傾江淮諸醫。然爲氣任俠〔四〕,鬭鷄走狗,蹴鞠擊毬〔五〕,少年豪縱事無所不爲。博弈音技〔六〕,一工所難,而兼能之。家富,多後房〔七〕,不出户而所欲得。人之以醫聘之也,皆多陳其所好〔八〕,以順適其意。其來也病家如市,其疾已也,君脱然不受,謝而去之。中年乃屏絶戲弄,閉門讀書,自神農、黄帝經方、扁鵲《八十一難》、《靈樞》、《甲乙》、葛洪所綜緝百家之言,無不貫穿〔九〕。其簡策紛錯,黄素朽蠧,先師或失其讀;學術淺陋,私智穿鑿,曲士或竄其文。安常悉能辨論發輝,每用以視病,如是而生,如是而不治,幾乎十全矣〔一〇〕。然人以病造,不擇貴賤貧富,便齋曲房,調護以寒暑之宜,珍膳美饌,時節其饑飽之度〔一一〕,愛其老而慈其幼,如痛在己也。未嘗輕用人之疾,嘗試其所不知之方,蓋其輕財如糞土而樂義,耐事如慈母而有常,似秦漢間游俠而不害人〔一二〕,似戰國四公子而不争利〔一三〕,所以能動而得意,起人之疾,不可縷數,它日過之,未嘗有德色也〔一四〕。

其所論著《傷寒論》,多得古人不言之意〔一五〕,其所師用而得意於病家之陰陽虛實〔一六〕,今世所謂良醫,十不得其五也。余始欲掇其大要，論其精微，使士大夫稍知之，適有心腹之疾，未能卒業。然未嘗游其庭者〔一七〕，雖得吾説而不解，誠加意讀其書，則過半矣〔一八〕。故特著其行事，以爲後序云。其前序海上道人諾爲之〔一九〕，故虛右以待。元符三年三月豫章黄庭堅序。

〔一〕元符三年作。龐安常：北宋名醫。張耒《龐安常墓誌》：“君諱安時，字安常，蘄州蘄水人。”“戊寅之春余見君于蘄水山中……是冬而有痁疾作，明年春而劇……後數日與客坐語而卒，年五十八，時二月初六也。”按：其卒年當爲哲宗元符二年己卯（一〇九九），生年則爲仁宗慶曆二年壬午（一〇四二）。《豫章文集》收録本文不著年月，《四庫全書》據宋本著録龐氏《傷寒總病論》，山谷此序文末署元符三年三月。

〔二〕少時善醫方：《墓誌》：“君問醫于父，父授以脈訣，君曰：‘是不足爲也。’獨取黄帝、扁鵲之脈書治之，未久已能通其説，時出新意，辨詰不可屈。父大驚，君時未冠也。已而病聾，君曰：‘天使我隱于醫歟？’”

〔三〕處：處方，診斷。

〔四〕爲氣任俠：負氣仗義，急難濟困，豪俠所爲。《史記·季布列傳》：“爲氣任俠，有名於楚。”

〔五〕鬬鷄二句：《戰國策·齊策一》：“臨淄甚富而實，其民無不吹竽鼓瑟，擊筑彈琴，鬬鷄走犬，六博蹹踘者。”《史記·袁盎傳》：“與閭里浮沈相隨行，鬬鷄走狗。”鞠與毬相類，以皮爲之，中實以毛，以脚踢或杖擊爲戲。

〔六〕博弈音技：博，六博，一種局戲；弈，圍棋。音，音樂；技，技藝，此指武藝。

〔七〕後房：姬妾。

〔八〕皆多句：謂病家常以龐安常所好之物來迎合他。

〔九〕神農：古帝神農氏嘗百草爲藥以治病，此指《神農本草經》，古代的藥物著作。黃帝經方：指《黃帝内外經》。扁鵲：戰國名醫，原名秦越人。《八十一難》：指舊題秦越人所撰《難經》，二卷八十一篇，發明内經之旨，釋疑解難，故云。《靈樞》：《黃帝内經》包括《素問》、《靈樞》二書。《甲乙》：古醫書，全稱《針灸甲乙經》，晉皇甫謐撰。葛洪：晉人，號抱朴子，精醫學，著有《金匱藥方》、《肘後備急方》等。此謂龐安常熟讀醫書，學貫百家。

〔一〇〕黃素：黃色絲絹，用以書寫。讀：句讀（逗），失其讀，謂讀不通句子。私智：個人小聰明。《史記·項羽本紀》：“奮其私智而不師古。”曲士：鄉曲之士，常指孤陋寡聞者。《莊子·秋水》：“曲士不可語於道者，束於教也。”發輝：即發揮。十全：完全，此謂診斷幾乎完全應驗。

〔一一〕造：來訪。便齋：日常休息之所，別室。曲房：深邃的密室。饘：厚粥。《墓誌》：“有輿疾自千里踵門求治者，君爲闢第舍居之，親視饘粥藥物，既愈而後遣之，如是常數十百人不絕也。”

〔一二〕似秦漢句：謂其有俠士之風而不加害於人，即所謂“赴士之阸困，既已存亡死生矣，而不矜其能，羞伐其德”（《史記·游俠列傳》）。

〔一三〕戰國四公子：指齊國孟嘗君田文、趙國平原君趙勝、魏國信陵君無忌和楚國春申君黃歇，四人在當時均以禮賢下士、注重節義著名。

〔一四〕德色：做好事而露出得意之色。

〔一五〕其所論句：張耒《跋龐安常傷寒論》：“惟仲景（漢張仲景）《傷寒論》論病處方纖悉必具……龐安常又竊憂其有病證而無方者，續著爲論數卷。”又《墓誌》：“古今異宜，方術脱遺，備傷寒之變，補仲景《傷寒論》。”

〔一六〕師用：師法前人并用之于醫療實踐。司馬遷《報任少卿書》：“若望僕不相師用。”陰陽虚實：中醫治病多據以判斷下藥。

〔一七〕游其庭：孔子之子鯉嘗“趨而過庭”，孔子教以《詩》（《論語·季氏》）。此謂親至其門學習。

〔一八〕則過半矣：語出《易・繫辭下》。

〔一九〕海上道人：指蘇軾。四庫本《傷寒論》將山谷此序置篇首，“海上道人”作“海上人”；又載東坡與龐氏帖，云：“惠示《傷寒論》，真得古聖賢救人之意……謹當爲作題首一篇寄去，方苦多事，故未能便付去人。”故《提要》云：“時軾方謫儋州，至五月始移廉州，七月始渡海至廉。故是年三月猶稱海上人也。……前序竟未及作，故即移後序爲弁首也。”

大　雅　堂　記〔一〕

　　丹稜楊素翁〔二〕，英偉人也，其在州閭鄉黨有俠氣，不少假借人〔三〕，然以禮義，不以財力稱長雄也。聞余欲盡書杜子美兩川夔峽諸詩〔四〕，刻石藏蜀中好文喜事之家，素翁粲然向余〔五〕，請從事焉。又欲作高屋廣楹廡此石〔六〕，因請名焉，余名之曰大雅堂，而告之曰：

　　由杜子美以來四百餘年，斯文委地〔七〕，文章之士，隨世所能，傑出時輩，未有升子美之堂者，況室家之好耶〔八〕！余嘗欲隨欣然會意處，箋以數語〔九〕，終以汩没世俗，初不暇給〔一〇〕。雖然，子美詩妙處乃在無意於文，夫無意而意已至〔一一〕，非廣之以國風雅頌，深之以《離騷》、《九歌》，安能咀嚼其意味，闖然入其門耶〔一二〕！故使後生輩自求之，則得之深矣。使後之登大雅堂者，能以余説而求之，則思過半矣〔一三〕。彼喜穿鑿者，棄其大旨，取其發興於所遇林泉、人物、草木、魚蟲，以爲物物皆有所託，如世間商度隱語者，則子美之詩委地矣〔一四〕。素翁可并刻此於大雅堂中，後生可畏〔一五〕，安知無渙然冰釋於斯文者乎〔一六〕！元符三年九月涪翁書。

〔一〕據文末題款，作于元符三年。關于大雅堂之始末，山谷另有《刻杜子美巴蜀詩序》述其事，序云："自予謫居黔州，欲屬一奇士而有力者，盡刻杜子美東西川及夔州詩，使大雅之音久湮没而復盈三巴之耳，而目前所見，録録不能辦事，以故未嘗發於口。丹稜楊素翁，挐扁舟，蹴犍爲，略陵雲，下郁鄢，訪余於戎州，聞之欣然，請攻堅石，摹善工，約以丹稜之麥三食新而畢，作堂以宇之，予因名其堂曰大雅，而悉書遺之，此西州之盛事，亦使來世知素翁真磊落人也。"

〔二〕丹稜：屬成都府路眉州。

〔三〕少：即稍。假借：給好臉色看，寬容。《戰國策·燕策三》："願大王少假借之，使得畢使於前。"

〔四〕兩川夔峽：兩川，東川與西川。唐至德二年將劍南節度使轄境分爲劍南東川與劍南西川，東川治所爲梓州，西川治所爲益州（成都）。乾元二年歲末杜甫抵成都，開始流寓兩川的生活，歷時五載，永泰元年離蜀，大曆元年到夔州，三年春出峽。

〔五〕粲然：露齒而笑貌。

〔六〕楹：廳堂前的柱子，也指屋子，廣楹猶言廣廈。庥：庇蔭。

〔七〕斯文委地：謂風雅的傳統已被拋棄。

〔八〕未有二句：以升堂入室喻水平成就高低，見《論語·先進》。此謂升堂者尚且未有，何況入室者。

〔九〕箋以數語：山谷有《杜詩箋》，見《別集》卷四，采自廬陵羅泌家藏真迹。

〔一〇〕汩（gǔ）没：埋没。二句謂已沉于世事俗務，無暇完成。

〔一一〕子美二句：贊揚杜詩不刻意求工而自臻妙境，即所謂"不煩繩削而自合"。東坡《南行前集叙》："夫昔之爲文者，非能爲之爲工，乃不能不爲之爲工也。山川之有雲霧，草木之有華實，充滿勃鬱而

見于外,夫雖欲無有,其可得耶?⋯⋯故軾與弟轍爲文至多,而未
嘗敢有作文之意。"可參觀。

〔一二〕非廣之四句:謂要能鑒賞并學習杜詩,須具備《詩經》、《楚辭》的
　　　　　深厚修養。咀嚼:即琢磨、體會。

〔一三〕則思過半矣:出《易・繫辭下》。

〔一四〕彼喜六句:謂如對杜詩穿鑿附會,以爲物物皆有寄託,則杜詩的
　　　　　精髓實質被拋棄了。商度:估計,度量,揣度。隱語:《文心雕
　　　　　龍・諧隱》:"讔者,隱也,遯辭以隱意,譎譬以指事也。"宋代民間
　　　　　有"商謎",耐得翁《都城紀勝・瓦舍衆伎》:"商謎舊用鼓板吹《賀
　　　　　聖朝》,聚人猜詩謎、字謎、戾謎、社謎、本是隱語。"

〔一五〕後生可畏:出《論語・子罕》。

〔一六〕渙然冰釋:《老子》十五:"渙兮若冰之將釋。"杜預《春秋左傳序》:
　　　　　"若江海之浸,膏澤之潤,渙然冰釋,怡然理順,然後爲得也。"此謂
　　　　　疑慮盡去,豁然開朗。

與王觀復書〔一〕

　　庭堅頓首啓:蒲元禮來〔二〕,辱書勤懇千萬,知在官
雖勞勚〔三〕,無日不勤翰墨,何慰如之! 即日初夏,便有暑
氣,不審起居何如? 所送新詩皆興寄高遠〔四〕,但語生硬
不諧律呂〔五〕,或詞氣不逮初造意時〔六〕,此病亦只是讀書
未精博耳。長袖善舞,多錢善賈〔七〕,不虛語也。南陽劉
勰嘗論文章之難云:"意翻空而易奇,文徵實而難工〔八〕。"
此語亦是沈謝輩爲儒林宗主時,好作奇語,故後生立論如
此〔九〕。好作奇語,自是文章病,但當以理爲主,理得而辭
順,文章自然出羣拔萃〔一○〕。觀杜子美到夔州後詩,韓退

之自潮州還朝後文章,皆不煩繩削而自合矣〔一一〕。往年嘗請問東坡先生作文章之法,東坡云:"但熟讀《禮記》、《檀弓》,當得之〔一二〕。"既而取《檀弓》二篇讀數百過,然後知後世作文章不及古人之病,如觀日月也〔一三〕。文章蓋自建安以來好作奇語〔一四〕,故其氣象衰苶〔一五〕,其病至今猶在,唯陳伯玉、韓退之、李習之,近世歐陽永叔、王介甫、蘇子瞻、秦少游,乃無此病耳。公所論杜子美詩,亦未極其趣,試更深思之。若入蜀下峽年月,則詩中自可見,其曰:"九鑽巴巽火,三蟄楚祠雷",則往來兩川九年,在夔府三年可知也〔一六〕,恐更須改定乃可入石。適多病少安之餘,賓客妄謂不肖有東歸之期,日日到門,疲於應接。蒲元禮來告行,草草具此。世俗寒溫禮數,非公所望於不肖者,故皆略之,三月二十四日。

〔一〕作于元符三年,因書中云"不肖有東歸之期",知山谷此年離戎州東下。王觀復:名蕃,文正公王曾之後,其先益都人,徙家湖州,時官閬州節度推官(見山谷《答王雲子飛》),多以書尺從山谷問學。

〔二〕蒲元禮:熙寧四年山谷有數詩與之唱和,其中《再和元禮春懷十首》序云:"元禮蒲君,成都之佳少年,風調清越,好狎使酒……今已折節自苦,恂恂退避,從容學問文章。然時時酒後耳熱,稍出其故態,而又激於聲詩。"

〔三〕勞勩(yì):勞苦。

〔四〕興寄:比興寄託,指意象中所蘊含的思想內容。陳子昂《與東方左史虬〈修竹篇〉序》:"齊梁間詩,彩麗競繁而興寄都絕。"

〔五〕不諧律呂:不合詩歌的聲律。

〔六〕或詞氣句:陸機《文賦》:"恒患意不稱物,文不逮意。蓋非知之難,能之難也。"逮:及,此猶表達。

〔七〕長袖二句:《韓非子·五蠹》:"鄙諺曰:'長袖善舞,多錢善賈。'此言多資之易爲工也。"喻憑借物多則易成功。

〔八〕南陽三句:《文心雕龍·神思》:"意翻空而易奇,言徵實而難巧也。是以意授於思,言授於意,密則無際,疏則千里,或理在方寸而求之域表,或義在咫尺而思隔山河。"意同陸機,即言語不能充分表達思想,文字亦不能與語言相合無間。按劉勰祖籍東莞莒縣(今屬山東),渡江後遷居京口(時稱南東莞,即今江蘇鎮江),宋齊因之。楊明照《梁書劉勰傳箋注》:"黃庭堅《與王觀復書》稱爲南陽人,乃誤屬里望。"

〔九〕沈謝輩:沈,沈約,字休文,歷仕宋、齊、梁三朝,齊梁文壇領袖。謝,謝朓,字玄暉,工五言詩,與沈約等從竟陵王蕭子良遊。齊梁文學追求雕琢華麗,務爲出奇。《文心雕龍·定勢》:"自近代辭人,率好詭巧,原其爲體,訛勢所變,厭黷舊式,故穿鑿取新,察其訛意,似難而實無他術也,反正而已。故文反正爲乏,辭反正爲奇。效奇之法,必顛倒文句,上字而抑下,中辭而出外,回互不常,則新色耳。"清孫德謙《六朝麗指》列舉好奇之例,"如鮑明遠《石帆銘》:'君子彼想',恐是'想彼君子',類彥和之所謂顛倒文句者。句何以顛倒?以期其新奇也。又庾子山《梁東宮行雨山銘》:'草綠衫同,花紅面似。'其句法本應作'衫同草綠,面似花紅',今亦顛之倒之者,使之新奇也。"

〔一〇〕但當三句:理,義理,思想内容,相對詞章而言,見《容齋隨筆》卷七《李習之論文》。范曄《獄中與諸甥姪書》:文章乃"情志所託,故當以意爲主,以文傳意,則其詞不流,然後抽其芬芳,振其金石耳。"張耒論文有相同意見,其《答李推官書》:"足下之文可謂奇矣。捐去文字常體,力爲瑰奇險怪,務欲使人讀之如見數千歲前科蚪鳥迹所記,弦匏之歌,鐘鼎之文也……抑耒之所聞,所謂能文者,豈謂其能奇哉?能久者固不能以奇爲主也……自六經以下至于諸子百氏,騷人辯士論述,大抵皆將以爲寓理之具也。是故理

441

勝者,文不期工而工,理詘者巧爲粉澤,而隙間百出。”又其《論文詩》曰:“文以意爲車,意以文爲馬。理强意乃勝,氣盛文如駕。”其語又本杜牧《答莊充書》:“凡爲文以意爲主,以氣爲輔,以辭彩章句爲之兵衞。”

〔一一〕觀杜三句:謂杜詩韓文之臻妙境,皆在貶謫之後。“不煩繩削而自合”,出自韓愈《南陽樊紹述墓誌銘》,意爲不勞雕琢加工即已符合法度。此論着眼於經過磨難而使創作臻于爐火純青之境。子由、山谷評東坡嶺外文字,持論相類(參見《苕溪漁隱叢話》後集卷三十)。又《豫章先生傳贊》云:“山谷自黔州以後,句法尤高,筆勢放縱,實天下之奇作。”(同上卷三十二)亦發揮此意。

〔一二〕東坡二句:費袞《梁溪漫志》卷四:“東坡教人讀《檀弓》,山谷謹守其言,傳之後學。《檀弓》誠文章之模範。凡爲文記事,常患意晦而辭不達,語雖蔓衍而終不能發明。惟《檀弓》或數句書一事,或三句書一事,至有兩句而書一事者,語極簡而味長,事不相涉而意脈貫穿,經緯錯綜,成自然之文,此所以爲可法也。”可備一説。

〔一三〕如觀句:《論語·子張》:“子貢曰:‘君子之過也,如日月之食焉,過也,人皆見之;更也,人皆仰之。’”

〔一四〕文章句:謂建安文學漸開六朝綺麗之風,尤以曹植爲著,故李白《古風》云:“自從建安來,綺麗不足珍。”並可參見《宋書·謝靈運傳論》。

〔一五〕衰苶(nié):衰頹。苶,疲倦貌。

〔一六〕九鑽四句:見杜甫《秋日荆南述懷三十韻》,巽原作㗊(xùn),噴。相傳漢方士欒巴于元旦噴酒滅成都火災,見葛洪《神仙傳》,巴火遂爲火之代稱。古人鑽木取火,四季改用不同的木材,稱改火,後又以改火指一年。故“九鑽”句指在蜀中九年。雷二月而奮,八月而蟄,此指在夔州三年,因戰國時夔屬楚。考杜甫乾元二年(七五九)歲末抵成都,大曆元年(七六六)春移居夔州,三年春離夔。故蜀中九年包括夔州三年,非九年之外又有三年。

書幽芳亭〔一〕

　　士之才德蓋一國，則曰國士〔二〕；女之色蓋一國，則曰國色；蘭之香蓋一國，則曰國香〔三〕。自古人知貴蘭，不待楚之逐臣而後貴之也〔四〕。蘭蓋甚似乎君子，生於深山叢薄之中〔五〕，不爲無人而不芳〔六〕，雪霜凌厲而見殺，來歲不改其性也。是所謂遯世無悶，不見是而無悶者也〔七〕。蘭雖含香體潔，平居蕭艾不殊，清風過之，其香靄然〔八〕，在室滿室，在堂滿堂，是所謂含章以時發者也〔九〕。

　　然蘭蕙之才德不同，世罕能別之，予放浪江湖之日久，乃盡知其族姓。蓋蘭似君子，蕙似士，大概山林中十蕙而一蘭也〔一○〕。《楚辭》曰：“予既滋蘭之九畹，又樹蕙之百畝。”以是知不獨今，楚人賤蕙而貴蘭久矣〔一一〕。蘭蕙叢生，初不殊也，至其發華，一幹一華而香有餘者蘭，一幹五七華而香不足者蕙〔一二〕。蕙雖不若蘭，其視椒樧則遠矣〔一三〕，世論以爲國香矣，乃曰：“當門不得不鋤〔一四〕！”山林之士所以往而不返者耶？

〔一〕作于元符間在戎州時。戎州有蘭山，在僰道縣界，山中生蘭，見《輿地紀勝》。山谷又有《幽芳亭記》（見《別集》卷四）：“蘭是山中香草，移來方廣院中，方廣老人作亭，要東行西去，涪翁名曰幽芳。”

〔二〕國士：《戰國策·趙策》：“知伯以國士遇臣，臣故國士報之。”又蕭何曾稱韓信爲“國士無雙”（《史記·淮陰侯列傳》）。

〔三〕國香：《左傳·宣公三年》：“鄭文公有賤妾曰燕姞，夢天使與己蘭,曰:'余爲伯鯈。余,而祖也,以是爲而子,以蘭有國香,人服媚之如是。'"

〔四〕楚之逐臣:指屈原。

〔五〕叢薄:草木聚生處。

〔六〕不爲句:《荀子·宥坐》:"孔子曰:夫遇不遇時也,賢不肖材也。君子博學深謀,不遇時者多矣……夫芷蘭生於深林,非以無人而不芳。君子之學,非爲通也;爲窮而不困,憂而意不衰也,知禍福終始而心不惑也。"《孔子家語·在厄》亦有類似文字:"且芝蘭生於幽林,不以無人而不芳;君子修道立德,不爲窮困而改節。"

〔七〕是所謂二句:《易·乾·文言》:"子曰:'龍,德而隱者也。不易乎世,不成乎名,遯世無悶;不見是而無悶,樂則行之,憂則違之,確乎其不可拔,潛龍也。'"此謂君子避世,樂在其中,故無煩悶,即使不爲世人所贊同,亦無悶也。不見是:不被贊同。

〔八〕平居:平時。蕭艾:野生蒿草,味臭,喻小人。《離騷》:"何昔日之芳草兮,今直爲此蕭艾也。""清風"句用陶淵明《飲酒》詩:"幽蘭生前庭,含薰待清風。清風脱然至,見別蕭艾中。"

〔九〕含章:含美于内。《易·坤·象》:"含章可貞,以時發也。"此謂人含文章于内,遇適當之時必發之于外。

〔一〇〕然蘭蕙七句:蘭,蘭草,一名蕳。古所謂蘭,多指蘭草,非今之蘭花。洪興祖《楚辭補注·離騷》:"澤蘭如薄荷,微香,荆湘嶺南人家多種之,此與蘭草大抵相類。但蘭草生水旁,葉光潤尖長,有岐,陰小紫,花紅白色而香,五六月盛。"蕙有二種:一種可薰除災邪,故亦名薰草;一種即山谷所述者,名蕙蘭。宋羅願《爾雅翼·釋草·蘭》:"其一幹一華而香有餘者蘭,一幹五六華而香不足者蕙。今野人謂蘭爲幽蘭,蕙爲蕙蘭。"

〔一一〕《楚辭》曰四句:引文出《離騷》。邵博《邵氏聞見後録》卷二十九引此數句云:"蘭以少故貴,蕙以多故賤。予以爲非是。蓋十二畞爲畹,則九畹百畞,亦相等矣。"而洪興祖《補注》則又以多爲貴:"畹或曰十二畞,或曰三十畞,九畹蓋多於百畞矣。然則種蘭多於蕙也。此古人貴蘭之意。”

〔一二〕一幹二句：邵博云：“蘭有二種：細葉者春花，花少；闊葉者秋花，花多。”引山谷此二句後云：“是以細葉爲蘭，闊葉爲蕙，亦非也。楚人曰蕙，今零陵香是也，又名薰。”（同上）按蕙有二種，二人所指不同，故生岐見。

〔一三〕視：比。椒榝：《爾雅·釋木》：“椒、榝醜菜。”椒、榝皆類茱萸，椒有木本草本之分，木本者俗名花椒，子黑，味辛氣郁。

〔一四〕當門句：《三國志·蜀志·周羣傳》：先主（劉備）欲誅張裕，“諸葛亮表請其罪，先主答曰：‘芳蘭生門，不得不鋤。’”蘭喻才士，張裕通曉占候，天才過人，而劉備銜其不遜，故云。《南史·袁淑傳》載淑詩云：“種蘭忌當門，懷璧莫向楚。楚少別玉人，門非植蘭所。”“當門”出此詩。

題魏鄭公砥柱銘後〔一〕

余平生喜觀《貞觀政要》〔二〕，見魏鄭公之事太宗，有愛君之仁，有責難之義〔三〕，其智足以經世，其德足以服物，平生欣慕焉。故觀《砥柱銘》，時爲好學者書之〔四〕，忘其文之工拙，所謂“我但見其嫵媚”者也〔五〕。

吾友楊明叔，知經術，能詩，善屬文，爲吏幹公家如己事，持身潔清，不以夏畦之面事上官〔六〕，不以得上官之面陵其下，可告以魏鄭公之事業者也，故書此銘遺之。置砥柱於座旁，亦自有味。劉禹錫云：“世道劇頹波，我心如砥柱〔七〕。”夫隨波上下，若水中之鳧，既不可以爲人師表，又不可以爲人臣作則，砥柱之文在旁，並得兩師焉。雖然，

持砥柱之節以事人，上官之所不悦，下官之所不附，明叔
亦安能病此而改其節哉！建中靖國元年正月庚寅，繫船
王市〔八〕，山谷老人燭下書，瀘州史子山請鑱諸石〔九〕。

〔一〕建中靖國元年作。魏鄭公：魏徵，字玄成，隋末隨李密降唐，爲太
　　子建成洗馬，後被唐太宗擢爲諫議大夫，直言敢諫，深受倚重，封
　　鄭國公。撰《砥柱山銘》，云：“仰臨砥柱，北望龍門。茫茫禹跡，浩
　　浩長春。”《全唐文》，《困學紀聞》卷十七又有“掛冠莫顧，過門不
　　息”八字。砥柱：砥柱山，黄河三門峽急流中石島，屹立如柱。
　　《廣川書跋》卷七：“《唐砥柱銘》貞觀十二年特進魏徵撰，秘書正字
　　薛純書。其字因山鑱鑿，就其窪平，隨多少置字，故不成行序……
　　唐以書學相高，刻石之文，此其最大者也。筆力有餘，點畫不失，
　　尚多隸體，氣象奇偉，猶有古人體法。”其字方可尺餘，已殘缺
　　不全。

〔二〕《貞觀政要》：唐吳兢撰，十卷，採太宗與羣臣問答之語，記當時法
　　制政事。

〔三〕責難：以難事勉人。《孟子·離婁上》：“責難於君謂之恭，陳善閉
　　邪謂之敬。”

〔四〕故觀二句：山谷另有《跋砥柱銘後》：“營丘王蕃觀復，居今而好
　　古，抱質而學文，可望以立不易方，人不知而不愠者也，故書《砥柱
　　銘》遺之。”即一例。

〔五〕所謂句：見《贈趙言》注〔二二〕。

〔六〕不以句：《孟子·滕文公下》：“曾子曰：‘脅肩諂笑，病于夏畦。’”
　　疏：“竦縮其身，强容而笑者，其勞苦有甚於夏之五六月而灌園
　　也。”此謂對上官無諂諛之色。

〔七〕劉禹錫三句：出《詠史二首》之一。

〔八〕建中二句：考庚寅爲正月二十九日，據山谷《游瀘州合江縣安樂
　　山行記》，正月晦與合江令汎安樂溪，則此文作於合江，王市，當爲
　　合江地名。據其《瀘州中壩葛氏竹林留題》，經江安縣時，爲縣令

石信道所留，建中靖國元年正月丙寅(初五)離江安。

〔九〕史子山：眉州人史鑄，時客瀘州。

承天院塔記〔一〕

　　紹聖二年余以史事得罪〔二〕，竄黔中，道出江陵〔三〕，寓承天，以補紉春服〔四〕。時住持僧智珠方撤舊僧伽浮圖於地〔五〕，瓦木如山，而囑余曰：“成功之後，願乞文記之。”余笑曰：“作記不難，顧成功爲難耳。”後六年，余蒙恩東歸，則七級浮圖歸然立於風雨之上矣。因問其事緣，珠曰：“此雖出於衆力，費以萬緡，鳩工於丁丑〔六〕，而落成於壬午，其難者既成功矣，其不難者敢乞之。”余曰：“諾。”

　　謹按：承天禪院僧伽浮圖作於高氏有荊州時〔七〕，既壞而主者非其人，枝撐以度歲月〔八〕。有知進者住持十八年，守舊而已。智珠初問心法於清涼奇道者，而自閩中來，則佐知進主院事，道俗欣欣，皆曰：“起廢扶傾，唯此道人能之。”於是六年作而新之者過半。知進没，衆歸珠而不釋，此浮圖遂崇成耳。

　　僧伽本起於盱眙〔九〕，於今寶祠遍天下，其道化乃溢於異域，何哉？豈釋氏所謂願力普及者乎？儒者嘗論一佛祠之費，蓋中民萬家之産，實生人穀帛之蠹〔一〇〕，雖余亦謂之然。然自余省事以來，觀天下財力屈竭之端，國家無大軍旅勤民丁賦之政，則蝗旱水溢，或疾疫連數十州，此蓋生人之共業，盈虛有數〔一一〕，非人力所能勝者耶？然

447

天下之善人少,而不善人常多,王者之刑賞以治其外,佛者之禍福以治其内,則於世教豈小補哉〔一二〕!儒者常欲一合而軌之〔一三〕,是真何理哉!因珠來乞文,記其化緣,故并論其事。

　　智珠古田人,有智略而無心,與人無崖岸,又不爲翕翕然〔一四〕,故久而人益信之。買石者鄒永年,篆額者黄乘,作記者黄庭堅,立石者馬城〔一五〕。

〔　一　〕作于建中靖國元年。《年譜》引族伯父黄仲貫《跋承天塔記》:"先生初自蜀出峽,留荆州,待辭免乞郡之命,與府帥馬瑊忠玉相從歡甚。閩人陳舉自臺察出爲轉運判官,先生未嘗與之交也。承天寺僧智珠造七級浮圖,乞記於先生。一日記成,忠玉飯諸部使者於浮圖下,環視先生書碑……舉與轉運判官李植、提舉常平林虞,相顧遽請於前曰:'某等願記名不朽,可乎?'先生不答。舉由此憾之。舉知先生昔在河北與趙挺之有怨,挺之執政,遂以墨本走介獻於朝廷,謂幸災謗國。先生遂除名、羈置宜州。"

〔　二　〕紹聖句:山谷參與修《神宗實録》:紹聖初,章惇、蔡卞等論《實録》多誣,傳訊史官,遂有黔州之謫。

〔　三　〕江陵:荆湖北路及江陵府治所。

〔　四　〕補紉春服:準備春天服裝。山谷四月至江陵,故云。紉:縫綴或以綫穿針。《禮記·内則》:"衣裳綻裂,紉箴(針)請補綴。"

〔　五　〕住持:主持僧寺者,寺主。撤:拆除。僧伽浮圖:佛塔;僧伽,僧衆;浮圖,即佛陀,此指塔。

〔　六　〕鳩工:召集工匠;鳩,集合。此指動工。

〔　七　〕高氏:後梁開平元年(九〇七)朱温以高季興爲荆南節度使。後唐時高受封爲南平王,又得歸、峽二州,史稱南平國。

〔　八　〕既壞二句:謂塔傾倒後,管事者缺乏能力,只能勉强維持。枝撐:即支撑,維持。

〔九〕僧伽句：《太平廣記》卷九六："僧伽大師，西域人也，俗姓何氏。唐龍朔初來遊北土，隸名於楚州龍興寺。後於泗州臨淮縣信義坊乞地施標，將建伽藍。於其標下，掘得古香積寺銘記，并金像一軀，上有普照王佛字，遂建寺焉。"中宗迎師入京，尊爲國師。"至景龍四年三月二日，於長安薦福寺端坐而終……即以其年五月送至臨淮，起塔供養，即今塔是也。"據韓愈《送僧澄觀》詩，泗州僧伽塔毀於水火，由澄觀重建。宋太宗太平興國間下詔增修。劉攽《中山詩話》："泗州塔，人傳下藏真身，後閣上碑道興國中塑僧伽像事甚詳。退之詩曰：'火燒水轉掃地空。'則真身焚矣。塔本喻都料（宋著名建築師喻浩）造，極工巧。"盱眙：泗州治所。

〔一〇〕儒者三句：儒者所論甚多。王禹偁《應詔言事疏》曰：一般僧人糜費已鉅，"而又富僧巨髡，窮極口腹，一齋之食，一襲之衣，貧民百家未能供給……不曰民蠹，其可得乎！"（《皇朝文鑑》卷四二）李覯《富國策》稱"緇黃存則其害有十"，"男不知耕而農夫食之，女不知蠶而織婦衣之，其害一也"，"民財以殫，國用以耗"。蠹：蛀蟲。

〔一一〕盈虛：指富足與匱乏。有數：有定數。《易·豐》："天地盈虛，與時消息。"《莊子·秋水》："消息盈虛，終則有始。"

〔一二〕王者：稱王者，統治者。禍福：佛教因果報應的說教，現世禍福乃前世善惡諸業之果，今生之業也必導致來生報應。劉禹錫《袁州萍鄉縣楊岐山故廣禪師碑》："然則儒以中道御羣生，罕言性命，故世衰而寖息。佛以大悲救諸苦，廣啓因業，故劫濁而益尊……厚於求者，植因以覬福。罹於苦者，證業以銷冤。革盜心於冥昧之間，泯愛緣於生死之際。陰助教化，總持人天。所謂生成之外，別有陶冶。刑政不及，曲爲調柔。"可與山谷此說相發明。豈小補哉：《孟子·盡心》："豈曰小補之哉！"

〔一三〕儒者句：謂儒者常想將治外與治內合一，即以刑賞治內，不能真正感化人心。

〔一四〕崖岸：高傲。翕翕然：聚合、趨附貌。韓愈《唐故朝散大夫……鄭君墓誌銘》："不爲翕翕熱，也不爲崖岸斬絕之行。"

〔一五〕鄒永年：字天錫，松滋人，時從山谷遊。黃乘：山谷弟，雅善小篆。
馬瑊：字忠玉，時知荆南府，領荆湖北路。

跋亡弟嗣功列子册〔一〕

《列子》書時有合於釋氏〔二〕，至於深禪妙句，使人讀之三嘆，蓋普通中事不自葱嶺傳來〔三〕，信矣。亡弟嗣功讀此書，至於潰敗，猶緝而讀之〔四〕，其苦學好古，後生中殆未之見也。紹聖中，余自繕治而藏之〔五〕，少年輩竊取玩之，又毀裂幾不可挾，唐坦之復爲輯之〔六〕。智興上人喜異聞〔七〕，故以遺之。

〔一〕作于建中靖國元年四月至崇寧元年正月寓居荆州時。山谷出蜀東歸，因病癰瘍，泊舟沙市，滯留荆南，歷時九月。此文書贈僧人智興。據《內集詩注》目録《贈鄭交》題下注："山谷在荆州爲興上人書此詩。"又《豫章文集》卷二十六《跋招清公詩》末云："舟中晴暖，閑弄筆墨，爲太和釋智興書。"皆可推定此文作于荆州。嗣功：山谷從弟，爲叔父黃廉(夷仲)之第三子。廉有四子：叔豹、叔向、叔夏、叔敖，從山谷詩文獲知：叔豹字嗣文，叔向字嗣直，叔敖字嗣深，嗣功當爲叔夏之字。

〔二〕《列子》句：《列子》託名戰國時列禦寇作，實爲晉人作品。晉人張湛爲之作注，故有人懷疑張湛作僞。此書雜糅莊老佛道，或大段抄撮《莊子》，或暗中偷運佛説。而後人反以爲"佛所言者，列禦寇、莊周言之詳矣"(李翱《去佛齋論》)；僧人則據以斷定佛法在周初已傳至中土。如《天瑞篇》記林類之言："死之與生，一往一反。故死於是者，安知不生於彼？"被目爲輪迴之説；《仲尼篇》載孔子言西方有"聖者","不治而不亂,不言而自信,不化而自行",人以爲暗指佛祖;《周穆王篇》記"西極之國有化人來,入水火,貫金石",則被當成僧人來華之證。

〔三〕普通:梁武帝年號(五二〇——五二六);普通中事,指達磨來華傳播禪法。據《景德傳燈録》卷三,南天竺菩提達磨于梁普通八年渡海抵廣州,梁武帝迎至金陵,與帝問答,機緣不契,遂渡江至洛陽,寓嵩山少林寺,面壁默坐,人稱"壁觀婆羅門"。他弘揚禪學,法嗣綿延,被禪宗尊爲"東土初祖"。葱嶺:舊時對帕米爾高原與喀喇昆侖山脈的總稱,古代中西交通必經處。《景德傳燈録》卷三又載達磨死後三年,"魏宋雲奉使西域回,遇師(達磨)於葱嶺,見手攜隻履,翩翩獨逝。雲問師何往,師曰西天去……(雲)別師東返……具奏其事,帝令啓壙,唯空棺,一隻革履存焉。"同書卷十九:"越州諸暨縣越山師鼐,號鑒真禪師。初參雪峰而染指,後因閩王請於清風樓齋,坐久,舉目忽覩日光,豁然頓曉,而有偈曰:'清風樓上赴官齋,此日平生眼豁開,方知普通年遠事,不從葱嶺路將來。'"師鼐覩日光而頓悟佛性真如實先天地而有,并非普通年中才由達磨傳來。葱嶺云云,只是泛言佛法來自西方,不必拘泥。山谷即化用師鼐之偈,意謂《列子》書中已有佛法禪意,不待普通年中從西方傳至,表現了山谷佛道合一的思想。

〔四〕緝(jī):連接縫合,此指修整裝訂。

〔五〕繕治:修補整治。

〔六〕唐坦之:名履,山谷有《與唐坦之書》。

〔七〕智興上人:吉州太和縣僧人。上人,上德之人,對僧人之尊稱。

題自書卷後〔一〕

崇寧三年十一月,余謫處宜州半歲矣。官司謂余不當居關城中〔二〕,乃以是月甲戌抱被入宿子城南予所僦舍喧寂齋〔三〕。雖上雨傍風,無有蓋障,市聲喧憒〔四〕,人以爲不堪其憂〔五〕,余以爲家本農耕,使不從進士〔六〕,則田中廬舍如是,又可不堪其憂邪?既設臥榻,焚香而坐,與西鄰屠牛之机相直〔七〕。爲資深書此卷〔八〕,實用三錢買鷄毛筆書〔九〕。

〔一〕崇寧三年作。

〔二〕關城:即城廂。

〔三〕子城:附屬于大城的小城,此指附郭之外城。僦:租賃。

〔四〕上雨傍風:見《和范信中寓居崇寧遇雨》詩注〔一二〕。喧憒(huì):喧鬧而令人煩亂。

〔五〕不堪其憂:《論語·雍也》:"人不堪其憂,回也不改其樂。"

〔六〕使不句:謂假使不由進士出身而做官。

〔七〕屠牛之机:《易·渙》:"渙奔其机。"机,承物者,此指切肉案板。《三國志·魏志·王粲傳》注引《吳質別傳》:"質案劍曰:'曹子丹,汝非屠机上肉,吳質吞爾不搖喉,咀爾不搖牙,何敢恃勢驕邪?'"

〔八〕資深:姓李,見《內集詩注》卷十九目録崇寧三年下注。

〔九〕鷄毛筆:王羲之《筆經》:"嶺外少兔,以鷄毛作筆,亦妙。"

題李白詩草後〔一〕

余評李白詩如黄帝張樂於洞庭之野,無首無尾,不主故常,非墨工槧人所可擬議〔二〕。吾友黄介讀李杜優劣論〔三〕,曰:"論文政不當如此〔四〕。"余以爲知言。及觀其藁,書大類其詩,彌使人遠想慨然。白在開元至德間〔五〕,

不以能書傳，今其行草殊不減古人，蓋所謂不煩繩削而自合者歟〔六〕。

〔一〕李白書名爲詩名所掩，但其書法仍爲後人寶愛。宋代尚存其墨蹟。《宣和書譜》稱李白"嘗作行書，有'乘興踏月，西入酒家，不覺人物兩忘，身在世外'一帖，字畫尤飄逸，乃知白不特以詩名也。今御府所藏五：行書《太華峰》《乘興帖》，草書《歲時文》《詠酒詩》《醉中帖》。"其他尚有著録，不贅。北宋時竟有葛叔忱僞造李白草書事(見《邵氏聞見後録》)。今有《上陽臺帖》存世，爲李白所書自詠之詩，藏故宮博物院。

〔二〕余評四句：《莊子·天運》："北門成問於黃帝曰：'帝張咸池之樂于洞庭之野，吾始聞之懼，復聞之怠，卒聞之而惑，蕩蕩默默，乃不自得。'帝曰：'……吾奏之以人，徵之以天，行之以禮義，建之以大清……其卒無尾，其始無首……吾又奏之以陰陽之和，燭之以日月之明，其聲能短能長，能柔能剛，變化齊一，不主故常。'"張：設；張樂，即擺開樂隊演奏音樂。主：守。常：常規。墨工：木匠，因其用墨綫打樣。槧人：雕刻印刷木版的工人。擬議：比擬、揣度、議論。此以音樂玄妙莫測、來去無迹、不循常格來稱譽李詩。

〔三〕黃介：字幾復，見《黃幾復墓誌銘》。李杜優劣論：指元稹爲杜甫所作《墓係銘》，其叙稱："詩人以來，未有如子美者。是時山東人李白，亦以奇文取稱，時人謂之李杜。余觀其壯浪縱恣、擺去拘束、模寫物象，及樂府歌詩，誠亦差肩於子美矣。至若鋪陳終始、排比聲韻，大或千言，次猶數百，辭氣豪邁而風調清深，屬對律切而脫棄凡近，則李尚不能歷其藩翰，況堂奧乎！"因其軒輊李杜，故宋人常有此稱，如魏泰《臨漢隱居詩話》："元稹作李杜優劣論，先杜而後李，韓退之不以爲然。"

〔四〕政：通正。

〔五〕開元至德：玄宗與肅宗年號。

〔六〕蓋所謂句：見《與王觀復書》注〔一一〕。

453

書家弟幼安作草後〔一〕

幼安弟喜作草，携筆東西家，動輒龍蛇滿壁〔二〕，草聖之聲〔三〕，欲滿江西。來求法於老夫，老夫之書，本無法也。但觀世間萬緣，如蚊蚋聚散〔四〕，未嘗一事橫於胸中，故不擇筆墨，遇紙則書，紙盡則已，亦不計較工拙與人之品藻譏彈，譬如木人，舞中節拍，人嘆其工，舞罷則又蕭然矣〔五〕。幼安然吾言乎？

〔一〕作年失考。

〔二〕龍蛇滿壁：指滿壁塗鴉。龍蛇，狀草書飛動夭矯之勢。《法書要錄》卷一《王右軍題衛夫人筆陣圖後》：“若欲學草書，又有別法，須緩前急後，字體形勢，狀等龍蛇。”又卷八《書斷》中論王獻之書：“蓋欲奪龍蛇之飛動，掩鍾張之神氣。”李白《草書歌》：“時時只見龍蛇走。”溫庭筠《題秘書省賀知章草書》：“落筆龍蛇滿壞牆。”

〔三〕草聖：草書之聖手、大師。漢代張芝人稱草聖。杜甫《飲中八仙歌》：“張旭三盃草聖傳。”

〔四〕蚊蚋聚散：喻人生短暫虛妄。《楞嚴經》卷五：“十方微塵顛倒，衆生同一虛妄。如是乃至三千大千一世界內，所有衆生，如一器中貯百蚊蚋，啾啾亂鳴。”韓愈《醉贈張秘書》：“雖得一餉樂，有如聚飛蚊。”

〔五〕譬如四句：木偶之喻，佛家常用。敦煌寫本《維摩詰經變文》：“機關傀儡，皆因繩索抽牽，或舞或歌，或行或走，曲罷事畢，拋向一邊。”寒山詩：“但看木傀儡，弄了一場困。”王梵志詩：“魂魄似繩子，形骸若柳木。掣取細腰肢，抽牽動眉目。”“繩子乍斷去，即是乾柳模。觀此身意相，都由水火風。”《景德傳燈錄》卷五：司空山本净禪師偈曰："徧觀修道者,撥火覓浮漚。但看弄傀儡,綫斷一時休。"《能改齋漫録》卷八："唐梁鍠《詠木老人》詩:'刻木牽絲作老翁,鷄皮鶴髮與真同。須臾弄罷寂無事,還似人生一世中。'《開天傳信記》稱明皇還蜀,嘗以爲誦,而非明皇所作也。觀山谷詩:'世間盡被鬼神誤,看取人間傀儡棚。煩惱自無安脚處,從他鼓笛弄浮生。'蓋用鍠意也。"其實并非始于梁鍠。山谷用以喻藝事,謂雖精巧而盡歸虚幻,故無需計其優劣。

跋東坡水陸贊〔一〕

東坡此書,圓勁成就,所謂"怒猊抉石,渴驥奔泉",恐不在會稽之筆〔二〕,而在東坡之手矣。此數十行又兼《董孝子碣》、《禹廟詩》之妙處〔三〕。

士大夫多譏東坡用筆不合古法。彼蓋不知古法從何出爾！杜周云:"三尺安出哉！前王所是以爲律,後王所是以爲令〔四〕。"予嘗以此論書,而東坡絶倒也。往時柳子厚、劉禹錫譏評韓退之《平淮西碑》〔五〕,當時道聽途説者亦多以爲然,今日觀之,果何如耶？

或云:東坡作戈,多成病筆,又腕著而筆卧,故左秀而右枯。此又見其管中窺豹〔六〕,不識大體。殊不知西施捧心而顰〔七〕,雖其病處,乃自成妍。今人未解愛敬此書,遠付百年,公論自出,但恨封德彝輩無如許壽及見之耳〔八〕。

余書自不工,而喜論書。雖不能如經生輩左規右矩,形容王氏〔九〕,獨得其義味,曠百世而與之友〔一〇〕,故作決定論耳。

〔一〕作年未詳。山谷所跋爲東坡《水陸法像贊十六首》。水陸：水陸
道場,佛教設齋超度水陸衆鬼之法會,相傳始自梁武帝時。

〔二〕會稽之筆：徐浩,唐書法家,字季海,官至彭王傅,會稽郡公,世稱
徐會稽。《新唐書》本傳稱其書法"八體皆備,草隸尤工。世狀其
法曰'怒猊抉石,渴驥奔泉'云。"猊,狻猊,即獅子。喻書法道勁
迅疾。

〔三〕《董孝子碣》：陳思《寶刻叢編》卷十三："明州：唐《董黯孝子碣》,
唐明州刺史任殷撰,前史部侍郎集賢院學士徐浩書。孝子後漢
人,名黯,字叔達,句章人也,和帝時殺其鄉人以報親仇,召拜郎中
不受。大曆中殷爲刺史,葺其祠宇,以大曆十二年二月立此碑。"
趙明誠《金石録》卷八作"崔殷撰"。《禹廟詩》：徐浩撰並書,無年
月,參見《寶刻叢編》卷一《京畿》及卷十三《越州》。

〔四〕杜周云三句：語出《史記·酷吏列傳》,稍有異。杜周,漢人。三
尺：指法律,因古時法令刻于三尺竹簡。此謂古無成法,法應隨
時變更。

〔五〕往時句：裴度討淮西吳元濟,韓愈爲行軍司馬,後奉詔撰《平淮西
碑》,李愬妻唐安公主女,訴碑不實,貶抑愬功,帝詔段文昌重撰碑
文。董逌《廣川書跋》卷九《平淮西碑》："劉禹錫知名於時,嘗忌愈
出其右。貞元、長慶間,禹錫隨後以進,故爲説每務詆訾,且謂文
昌此碑,自成一家,其自快私意如此。又謂柳宗元言：愈作此碑,
如時習小生,作帽子頭,以紉綴其文,且不若仰父俛子,以此爲上
下之分。宗元嘗推愈過揚雄,不宜有此語,皆禹錫妄也。"

〔六〕管中窺豹：《世説新語·方正》：人謂王子敬(獻之)："此郎亦管中
窺豹,時見一斑。"喻見解片面。

〔七〕西施捧心：《莊子·天運》："故西施病心而矉其里。其里之醜人
見而美之,歸亦捧心而矉其里",里人見之皆逃走,"彼知矉美,而
不知矉之所以美。"矉：同顰,皺眉。

〔八〕封德彝：封倫,字德彝,由隋入唐,累官中書令、右僕射。《資治通
鑑》卷一九三：太宗謂長孫無忌曰："唯魏徵勸朕：'偃武修文,中

國既安,四夷自服。'朕用其言。今頡利成擒,其酋長並帶刀宿衛,部落皆襲衣冠,徵之力也。但恨不使封德彝見之耳!"此以封喻譏評東坡者。

〔九〕形容王氏:模擬王羲之。

〔一〇〕曠百世句:謂與古人爲友。曠:間隔。百世:時間長久。

論 語 斷 篇〔一〕

《論語》一書,孔子之門人親受聖言〔二〕,雖經秦事,編簡斷缺,然而文章條理,可疑者少。由漢以來,師承不絕〔三〕,比諸傳記,最有依據〔四〕,可以考六經之同異,證諸子之是非,學者所當盡心。夫趨名者於朝,趨利者於市〔五〕,觀義理者於其會,《論語》者,義理之會也。凡學者之於孔氏,有如問仁,有如問孝、問政、問君子者眾矣,所問非有更端,而所對每不一〔六〕。蓋聖人之於教人,善盡其材,視其學術之弊,性習之偏,息黠補剋之功深矣〔七〕。古之言者,天下殊塗而同歸,百慮而一致〔八〕,學者儻不於領會,恐於義理,終不近也。

近世學士大夫知好此書者已眾,然宿學者盡心〔九〕,故多自得;晚學者因人,故多不盡心。不盡其心,故使章分句解〔一〇〕,曉析詁訓〔一一〕,不能心通性達,終無所得〔一二〕。荀卿曰:"善學者通倫類。"蓋聞一而知一,此晚學者之病也;聞一以知二,固可以謂之善學。由此以進,智可至於聞一知十;由此以進,智可至於一以貫之。一以貫之,聖人之事也〔一三〕。由學者之門地至聖人之奧室,其塗雖甚長，然亦不過事事反求諸己〔一四〕，忠信篤實，不敢自欺，所行不敢後其所聞〔一五〕，所言不敢過其所行〔一六〕，每鞭其後，積自得之功也。

　　夫不仕無義也。子使漆彫開仕，對："吾斯之未能信"，孔子説〔一七〕。蓋漆彫開在聖人之門，聞義雖甚高，至於反身以自誠〔一八〕，則未能篤信其心。未能篤信，則事至而不能無惑，以不能無惑之心適事，而欲應變曲當〔一九〕，不可得也。此漆彫開所以不願仕也。先王制禮，行道之人皆有三年之愛於其父母〔二〇〕，而宰予欲於菁祥之中食稻衣錦，引天下至薄之行，自以爲安〔二一〕。漸漬孝弟之説不爲不久，豈其無所忌憚，吐不仁之言至於如此？蓋若宰予者，其先受之質薄〔二二〕，自其至誠內觀〔二三〕，實見三年爲哀已忘，而強勉爲之者，將欲加厚其質而不可得，故不敢少自隱匿，方求孔子之至言，以洗雪其邪心，以窮受薄之地，不暇恤人之議己也。豈其不仁者欲見於一時之言，而近仁者將載於終身之行？古之學者所自得於內而不恤其外，凡如此也。此所以有講有學，有朋友切磨以相發明，非爲文章可傳後世，辯論可屈衆人而發也，其所聞於師與自得於心者如此。方其學於師也，不敢聽以耳而聽之以心〔二四〕；於其反諸身也，不敢求諸外而求之內。故樂與諸君講學，以求養心寡過之術，士勇之不作久矣，同與諸君勉之。

〔一〕作年失考。
〔二〕《論語》二句：《漢書·藝文志》："《論語》者，孔子應答弟子、時人及弟子相與言而接聞於夫子之語也。當時弟子各有所記，夫子既卒,門人相與輯而論纂,故謂之《論語》。"

〔三〕由漢二句:魏何晏《論語集解序》:"劉向言魯《論語》二十篇,皆孔
子弟子記諸善言也。太子太傅夏侯勝、前將軍蕭望之、丞相韋賢
及子玄成等傳之。齊《論語》二十二篇,其二十篇中章句頗多於魯
論,琅邪王卿及膠東庸生(名譚)、昌邑中尉王吉皆以教授。故有
魯論,有齊論。魯共王時嘗欲以孔子宅爲宫,壞,得古文《論
語》。……安昌侯張禹本受魯論,兼講齊説,善者從之,號曰張侯
論。……古論唯博士孔安國爲之訓解,而世不傳,至順帝時,南郡
太守馬融亦爲之訓説。漢末大司農鄭玄就魯論篇章考之齊、古,
爲之注。近故司空陳羣、太守王肅、博士周生烈,皆爲義説。"

〔四〕比諸二句:漢人把《論語》視爲傳記,如《漢書·揚雄傳贊》:"傳莫
大於《論語》。"

〔五〕夫趨二句:見《松菊亭記》注〔二〕。

〔六〕更端:另一件事。《禮記·曲禮》:"侍坐於君子,君子問更端,則
起而對。"孔子對不同人所問之同一問題,回答多不同。《論語·
爲政》:"孟懿子問孝,子曰:'無違。'……樊遲曰:'何謂也?'子曰:
'生,事之以禮;死,葬之以禮,祭之以禮。'""孟武伯問孝,子曰:
'父母唯其疾之憂。'""子夏問孝,子曰:'色難。有事,弟子服其
勞;有酒食,先生饌。曾是以爲孝乎?'"上言問仁、問政見《顏淵》
篇;問君子,見《爲政》。孔子所答亦不同。

〔七〕息黥(qíng)補劓(yì):語出《莊子·大宗師》。黥:刺面;劓:割
鼻,均爲刑罰。此謂補救弊病。

〔八〕天下二句:見《易·繫辭下》。

〔九〕盡心:《孟子·盡心上》:"盡其心者,知其性也。知其性,則知天
矣。"此言學習經典要用心領悟。

〔一〇〕章分句解:指章句之學,即對經書的章節文句加以解釋分析,漢
儒今文學派尤重此學,其弊爲繁瑣支離,"所謂章句小儒,破碎大
道"(《漢書·夏侯勝傳》),"説王字之文至於二三萬言"(《漢書·
藝文志》),"説《堯典》篇目兩字之誼,至十餘萬言"(桓譚《新論》)。

〔一一〕曉析詁訓：此指訓詁之學，即對經書字義進行詮釋，古文學派重此，如馬融、鄭玄遍注羣經，許慎《說文解字》集文字之大成。但忽略了對義理的闡發。

〔一二〕不能二句：此爲宋儒不滿漢學，向義理心性之學轉變之徵。王應麟《困學紀聞・經說》：“自漢儒至於慶曆間，談經者守訓故而不鑿。《七經小傳》（劉敞撰）出，而稍尚新奇矣。至《三經義》行，視漢儒之學若土梗。”

〔一三〕荀卿曰十一句：《荀子・勸學》：“倫類不通，仁義不一，不足謂善學。學也者，固學一之也。”又《解蔽》：“故君子一於道而贊稽物。一於道則正，以贊稽物則察，以正志行察論，則萬物官矣。”此謂學習應觸類旁通，舉一反三，以道貫通各種知識。一以貫之，語出《論語・里仁》。

〔一四〕反求諸己：見《松菊亭記》注〔二〕。

〔一五〕所行句：《論語・先進》：“子路問：‘聞斯行諸？’子曰：‘有父兄在，如之何其聞斯行之？’冉有問：‘聞斯行諸？’子曰：‘聞斯行之。’”公西華問所答爲何不同，“子曰：‘求也退，故進之；由也兼人，故退之。’”

〔一六〕所言句：《論語・爲政》：“先行，其言而後從之。”

〔一七〕子使三句：出《論語・公冶長》。孔子叫漆彤開去做官，他答道：“我對此還沒有信心。”孔子很高興。說：通悅。

〔一八〕反身以自誠：見《松菊亭記》注〔三〕。

〔一九〕應變曲當：謂應對變化，委曲得宜。《荀子・儒效》：“其持險應變曲當。”

〔二〇〕三年之愛：《禮記・三年問》：“三年之喪何也？……創鉅者其日久，痛甚者其愈遲，三年者，稱情而立文，所以爲至痛極也。斬衰，苴杖，居倚廬，食粥，寢苫，枕塊，所以爲至痛飾也。……凡生天地之間者，有血氣之屬，必有知，有知之屬，莫不知愛其類……故有血氣之屬者，莫知於人，故人於其親也，至死不窮。”

〔二一〕宰予：孔子學生，字子我。《論語・陽貨》：宰予以爲三年之喪過

長,一年已足。"子曰:'食夫稻,衣夫錦,於女(汝)安乎?'曰:
'安。''女安,則爲之。夫君子之居喪,食旨不甘,聞樂不樂,居處
不安,故不爲也。今女安,則爲之。'宰我出。子曰:'予之不仁也!
子生三年,然後免於父母之懷。夫三年之喪,天下之通喪也。予
也有三年之愛於其父母乎!'"朞(jī)即期,一周年,此指齊衰一年
之喪服。祥:喪祭名,有小祥、大祥。

〔二二〕先受之質:先天禀受的氣質。

〔二三〕至誠内觀:一種内省的修養,即在内省中探求自身的誠心。《禮
記·中庸》:"至誠如神","唯天下至誠"。道家亦講内省。《莊
子·駢拇》:"吾所謂聰者,非謂其聞彼也,自聞而已矣。吾所謂明
者,非謂其見彼也,自見而已矣。"《抱朴子·至理》,"反聽而後所
聞徹,内視而後見無朕。"

〔二四〕不敢句:《莊子·人間世》:"若一心,無聽之以耳,而聽之以心;無
聽之以心而聽之以氣。聽止於耳,心止於符。"

《中國古典文學名家選集》已出書目

王維孟浩然選集　　　／　王達津選注

高適岑參選集　　　　／　高文、王劉純選注

李白選集　　　　　　／　郁賢皓選注

杜甫選集　　　　　　／　鄧魁英、聶石樵選注

韓愈選集　　　　　　／　孫昌武選注

柳宗元選集　　　　　／　高文、屈光選注

白居易選集　　　　　／　王汝弼選注

杜牧選集　　　　　　／　朱碧蓮選注

李商隱選集　　　　　／　周振甫選注

歐陽修選集　　　　　／　陳新、杜維沫選注

蘇軾選集　　　　　　／　王水照選注

黃庭堅選集　　　　　／　黃寶華選注

楊萬里選集　　　　　／　周汝昌選注

陸游選集　　　　　　／　朱東潤選注

辛棄疾選集　　　　　／　吳則虞選注

陳維崧選集　　　　　／　周韶九選注

朱彝尊選集　　　　　／　葉元章、鍾夏選注

查慎行選集　　　　　／　聶世美選注

黃仲則選集　　　　　／　張草紉選注